HERMES

在古希腊神话中，赫耳墨斯是宙斯和迈亚的儿子，奥林波斯神们的信使，道路与边界之神，睡眠与梦想之神，死者的向导，演说者、商人、小偷、旅者和牧人的保护神——解释学（Hermeneutic）一词便来自赫耳墨斯（Hermes）之名。

西方传统 经典与解释
Classici et commentarii
HERMES
古希腊悲剧注疏

刘小枫●主编

高贵的言辞
——索福克勒斯《埃阿斯》疏证

Sophocles' Aias
A translation with introduction & commentary

沈默●撰

华东师范大学出版社

华东师范大学出版社六点分社　策划

古典教育基金·正则资助项目

缘　起

　　自严复译泰西政法诸书至 20 世纪 40 年代,汉语学界中
的有识之士深感与西学相遇乃汉语思想史无前例的重大事
变,孜孜以求西学堂奥,凭着个人的禀赋和志趣选译西学经
典,翻译大家辈出。可以理解的是,其时学界对西方思想统
绪的认识刚刚起步,选择西学经典难免带有相当的随意性。

　　50 年代后期,新中国政府规范西学经典译业,整编 40 年
代遗稿,统一制订新的选题计划,几十年来寸累铢积,至 80 年
代中期形成振裘挈领的“汉译世界学术名著”体系。虽然开牖
后学之功万不容没,这套名著体系的设计仍受当时学界的教条
主义限制。“思想不外义理和制度两端”(康有为语),涉及义理
和制度的西方思想典籍未有译成汉语的,实际未在少数。

　　80 年代中期,新一代学人感到通盘重新考虑“西学名
著”清单的迫切性,创设“现代西方学术文库”。虽然从迻译
现代西学经典入手,这一学术战略实际基于悉心梳理西学

传统流变、逐步重建西方思想汉译典籍系统的长远考虑,翻译之举若非因历史偶然而中断,势必向古典西学方向推进。

90 年代以来,西学翻译又蔚成风气,丛书迭出,名目繁多。不过,正如科学不等于技术,思想也不等于科学。无论学界迻译了多少新兴学科,仍似乎与清末以来汉语思想致力认识西方思想大传统这一未竟前业不大相干。晚近十余年来,欧美学界重新翻译和解释古典思想经典成就斐然,汉语学界若仅仅务竟新奇,紧跟时下"主义"流变以求适时,西学研究终不免以支庶续大统。

西方思想经典即便都译成了汉语,不等于汉语学界有了解读能力。西学典籍的汉译历史虽然仅仅百年,积累已经不菲,学界的读解似乎仍然在吃夹生饭——甚至吃生米,消化不了。翻译西方学界诠释西学经典的论著,充分利用西方学界整理旧故的稳妥成就,於赓续清末以来学界理解西方思想传统的未竟之业意义重大。译界并非不热心翻译西方学界的研究论著,甚至不乏庞大译丛之举。显而易见的是,这类翻译的选题基本上停留在通史或评传阶段,未能向有解释深度的细读方面迈进。设计这套"西方传统:经典与解释",旨在推进学界对西方思想大传统的深度理解。选题除顾及诸多亟待填补的研究空白(包括一些经典著作的翻译),尤其注重选择思想大家和笃行纯学的思想史家对经典的解读。

编、译者深感汉语思想与西学接榫的历史重负含义深远,亦知译业安有不百年积之而可一朝有成。

刘小枫

2000 年 10 月于北京

目 录

ΑΙΘΕΡΜΕΜΦΣΥΞΑΣΥΠΕΔΕΧΣΑΤΟΣΟ
ΜΑΤΑΔΕΧΘΟΝΤΟΝΔ①

苍天接受灵魂，大地接受肉身

---

① 这是古希腊人为纪念波提戴阿之战阵亡将士所立石碑碑刻上的一段文字。此段文字如以小写并加气号与调号书写，则形成如下文字：αἰθὲρ μὲν φσυχὰς ὑπεδέχσατο, σό[ματα δὲ χθὸν τὸνδ'；如按照阿提喀方言勘正，则这段文字为 αἰθὴρ μὲν ψυχὰς ὑπεδέξατο σώ[ματα δὲ χθὼν τῶνδ'。勘正前后，含义并无改变。

"古希腊悲剧注疏"出版说明

　　古希腊悲剧源于每年一度的酒神祭(四月初举行,通常持续五天),表达大地的回春感(自然由生到死、再由死复生的巡回),祭仪内容主要是通过扮演动物表达心醉神迷、灵魂出窍的情态——这时要唱狂热的酒神祭拜歌。公元前六百年时,富有诗才的科林多乐师阿瑞翁(Arion)使得这种民俗性的祭拜歌具有了确定的格律形式,称为酒神祭歌(διθύραμβος＝Dithyrambos),由有合唱和领唱的歌队演唱。古希腊的悲剧,衍生于在这种庄严肃穆的祭歌之间插入的有情节的表演,剧情仍然围绕祭神来展开。

　　我国古代没有"悲剧""喜剧"的分类,只有剧种的分类。我们已经习惯于把古希腊的 tragedy 译作"悲剧",但罗念生先生早就指出并不恰当,因为 tragedy 并非表达"伤心、哀恸、怜悯"的戏剧。其实,trag-的希腊文原义是"雄兽",-edy(ἡ ᾠδή[祭歌])的希腊文原义是伴随音乐和舞蹈的敬拜式祭唱,合拼意为给狄俄尼索斯神献祭雄兽时唱的形式庄严肃穆的祭歌,兴许译作"肃剧"最为恰切——汉语的"肃"意为"恭敬、庄重、揖拜",还有"清除、引进"的意思,与古希腊 Trag-edy 的政治含义颇为吻合。古希腊的 Com-edy 的希腊语原义是狂欢游行时纵情而又戏谐的祭歌,与肃剧同源于酒神狄俄尼索斯崇拜的假面歌舞表演,后来发展成有情节的戏谐表演,译作"喜"剧同样不妥,恰切的译法也许是"谐剧"——"谐之言皆也。辞浅会俗,皆悦笑也"。肃剧严肃庄重、谐剧戏谐浅俗,但在歌队与对白的二分、韵律及场景划分等形式方面,肃剧和谐剧基本相同。约定俗成的译法即便不甚恰切也不宜轻举妄动,但如果考虑到西方文明进入中国才一百多年光景,来日方长,译名或术语该改的话也许不如乘早。

　　古希腊戏剧无论严肃形式(肃剧)抑或轻快形式(谐剧),均与宗教祭祀相关。从祭仪到戏剧的演化,关键一步是发明了有情节的轮唱:起先是歌队的领唱与合唱队的应答式轮流演唱,合唱队往往随歌起舞——尽管轮唱已经可以展现情节,但剧情展示仍然大受限制,于是出现了专门的演员,与合唱歌队的歌和舞分开,各司其职;从此,合唱歌队演唱的英雄传说有了具体的人物再现。起初演员只有一个,靠戴不同的面具来变换角色、展开戏剧情节。演戏的成份虽然增多,合唱歌队的歌和舞仍然起着结构性的支撑作用。

　　僭主庇西斯特拉图(Peisistratus,约前 600－528)当政(公元前 560 年)后,把狄俄尼索斯祭拜表演从山区引入雅典城邦,搞起了酒神戏剧节,此时雅典在正加快步伐走向民主政制。创办戏剧节对雅典城邦来说是一件大事——有抱负的统治者必须陶铸人民的性情,为此就需要德育"教材"。从前,整个泛希腊的政治教育都是说唱荷马叙事诗和各种习传神话,如今,城邦诗人为了荣誉和奖赏相互竞赛作诗,戏剧节为得奖作品提供演出机会,城邦就有了取代荷马教本的德育教材。剧场与法庭、公民大会、议事会一样,是体现民主政治的制度性机制——公民大会有时就在剧场举行。总之,古希腊戏剧与雅典城邦出现的民主政制关系密切,通过戏剧,城邦人民反观自己的所为、审查自己的政治意见、雕琢自己的城邦美德——所有古代文明都有自己的宗教祭仪,但并非所有古代文明都有城邦性质的民主政制。古希腊肃剧的内容,明显反映了雅典城邦民主制的形成、发展和衰落的过程,展现了民主政制中雅典人的自我认识、生活方式及其伦理观念的变化。追问中国古代为什么没有肃剧,与追问中国古代为什么没有演说术,同样没有意义。把古希腊戏剧当用作一种普遍的戏剧形式来衡量我们的古代戏曲并不恰当,我们倒是应该充分关注雅典戏剧的特殊性及其所反映的民主政治问题,尤其与传统的优良政制的尖锐矛盾。

古代戏剧的基本要素是言辞(如今所谓"话剧"),戏剧固然基于行动,但行动在戏台上的呈现更多靠言辞而非如今追求的演技。由此引出一个问题:如何学习和研究古希腊戏剧。自结构主义人类学兴起以来,古希腊肃剧研究不再关注传世的剧作本身,而是发掘戏剧反映的所谓历史文化生态和社会习俗,即便研读剧作,也仅仅是为了替人类学寻找材料。亚理士多德在《论诗术》中说,肃剧作品即便没有演出,也值得一读——人类学的古典学者却说,要"看戏"而非"读戏",甚至自负地说,亚里士多德根本不懂肃剧。然而,后世应当不断从肃剧作品中学习的是古希腊诗人在民主政治时代如何立言……"不有屈原,岂见《离骚》"——没有肃剧诗人,岂见伟大的传世肃剧!不再关注诗人的立言,而是关注社会习俗,我们失去的是陶铸性情的机会。按照亚里士多德的教诲,即便如今我们没有机会看到肃剧演出,也可以通过细读作品,"洞性灵之奥区,极文章之骨髓"。

幸赖罗念生、周作人、缪灵珠、杨宪益等前辈辛勤笔耕,至上世纪末,古希腊悲剧的汉译大体已备,晚近则有张竹明、王焕生

先生的全译本问世(译林版 2007)。"古希腊悲剧注疏"乃注疏
体汉译古希腊悲剧全编,务求在辨识版本、汇纳注疏、诗行编排
等方面有所臻进,广采西方学界近百年来的相关成果,编译义疏
性专著或文集,为我国的古希腊悲剧研究提供踏实稳靠的文本
基础。

中山大学古典学研究中心

西方典籍编译部乙组

2008 年 5 月

索福克勒斯和他的《埃阿斯》

我们现在可以见到有作品传世的三位古典悲剧作家当中，索福克勒斯(Σοφοκλῆς)着实是最具里程碑意义的一位。

一

关于索福克勒斯生平的记载与传说

关于索福克勒斯的生平以及他的创作，我们知道的其实并不多。我们只能根据散见于各种文献中的记载约略地了解他的一些生平纪事。一般认为，这位诗人生于公元前 496 年。其根据是，据说他曾在萨拉弥斯战役胜利的庆祝节日中担任少年歌队的队长，而少年歌队照例是由 15 岁男童组成。根据文献记载，萨拉弥斯战役胜利发生于公元前 480 年，如果诗人这一年恰好年满 15 周岁的话，那么，他就应该生于公元前 496 年。[①] 幼年时，索福克勒斯曾师从一位叫做兰姆珀斯(Λαμπός)的人学习音乐和诗韵。从他的出生地来看，索福克勒斯并不能算是地道的

---

① Ala Sommerstein, *Greek Drama and Dramatists*, Routledge, 2002, p. 41.

雅典人。他出生在雅典郊外距雅典大约一公里一个叫做克洛诺斯的小镇。成名后，他还曾以他的家乡为背景创作过他的另一个名篇：《俄狄浦斯在克洛诺斯》。而在雅典人的观念(参见柏拉图，《王制》，463a)中，只有属于雅典十部落的人才能算作是地道的雅典人，其他地方来的人，无论是否长期居住在雅典，哪怕是在雅典长大，都只能算是 $ὁ\ δῆμος$〔乡民〕，只有雅典城中十部落的居民才被称作是 $ὁ\ πολίτης$〔公民或城邦自由民〕。索福克勒斯的父亲是一个名叫索菲洛斯($Σωφίλλος$)的木匠或铁匠。也有记载称，这位索菲洛斯可能是一个富商，拥有自己的一个工匠场。在雅典城郊外，他的家族还有一个家族墓地。在这样优渥的家境下，接受了出色教育的诗人索福克勒斯注定会成为他那个时代最伟大的作家。

希腊最伟大悲剧诗人的创作

　　按照公元十世纪拜占庭时期的地中海地区历史百科全书《索达》($Σοῦδα$)的记载，索福克勒斯一生共创作了 123 部悲剧；但现在所能见到的、保存相对完整的作品却只有七部：即《埃阿斯》，《安提戈涅》、《特拉喀斯女孩》、《俄狄浦斯王》、《厄勒克特拉》、《菲洛克忒特斯》以及他死后才得以公演的《俄狄浦斯在克洛诺斯》。据《索达》记载，索福克勒斯曾经在比赛中 23 次获奖，这也超过了希腊另外两位伟大的悲剧诗人埃斯库罗斯和欧里庇得斯。[1] 1907 年，考古学家在尼罗河上游的一个叫做厄克昔林库斯($Ὀξύρρυγχος$)的地方发掘出一批极为珍贵的纸莎草经卷——后称厄克昔林库斯经卷(sc. *Oxy. papyri*)。在这批经卷中，涉及

---

[1]　Cf. Suda (*ed.* Finkel *et al.*)索福克勒斯条：$ἐδίδαξε\ δὲ\ δράματα\ ρκγ᾽,\ ὡς\ δέ\ τινες\ καὶ$ $πολλῷ\ πλείω,\ νίκας\ δὲ\ ἔλαβε\ κδ᾽$〔他曾创作了 123 部作品——也有人说可能更多，并且获得过 23 次大奖〕。

索福克勒斯的除一部比较完整的萨杜耳剧《追踪》(Ἰχνευταί, 亦作追踪萨杜耳)外, 还有一些作品的残片, 涉及的剧目有《洛克里斯的埃阿斯》、《集合埃开亚人》、《阿勒乌斯的儿子们》、《克勒乌萨》、《欧吕庇洛斯》、《赫尔弥厄涅》、《伊纳科斯》、《拉克尼亚女人》、《先知或波利伊得斯》、《瑙布琉斯的回归》、《瑙布琉斯的愤怒》、《尼厄珀》、《厄涅乌斯》、《厄诺玛乌斯》、《牧羊人》、《波吕克塞涅》、《宴饮》、《特勒乌斯》、《忒厄斯特斯》、《特洛伊洛斯》、《菲德拉》、《特里普托勒摩斯》、《迪洛的沦陷》以及《迪洛的重振》等。

公元二世纪传记作家普鲁塔克(Μέστριος Πλούταρχος)曾写过一本叫做《追求德性之完善》(De Profectibus in Virtute)的小册子, 书中记载了索福克勒斯对自己成长过程的描述。[1] 对于诗人风格的变化, 有研究者进行了相当周密的分析。按照普鲁塔克的记载, 索福克勒斯说, 他已完成了对他的前辈埃斯库罗斯的摹仿。这句话意味着, 一方面, 我们的这位诗人确实曾经有过一个摹仿前辈的阶段; 另一方面, 它也意味着, 到我们这位诗人的伟大作品出现, 并在竞赛中获得奖赏时, 已超出了他的前辈。事实上, 索福克勒斯对埃斯库罗斯的感情似乎十分复杂。他既对埃斯库罗斯心怀敬意, 因此也才会在他早期风格上摹仿埃斯库罗斯; 另一方面, 他对后者的风格又有所保留, 因此不会始终摹仿后者的创作。有研究者称, 索福克勒斯在其创作的第一个阶段是以"埃斯库罗斯语言上的凝重"为特征的。[2] 而诗人在他创作的第二个阶段为雅典的观众引进了一种新的方法, 这种方法的标志便体现在《埃阿斯》一剧中: 埃阿斯自戕前, 诗人使舞台上空无一人。[3] 至于索福克勒斯的第三个创作阶段, 人物的念白表

---

[1]　Cf. C. M. Bowra, *Sophoclean tragedy*, Oxford, 1944.

[2]　C. M. Bowra, *op. cit.*, p. 392.

[3]　C. M. Bowra, *op. cit.*, p. 396.

现得似乎更为自然。

　　公元前 406 或 405 年，索福克勒斯死于 90 岁高龄。他毕生亲眼见证了希腊在希波战争中的大获全胜，也见证了伯罗奔半岛战争残酷的血腥杀戮。诗人因为自己的作品而得到雅典人的普遍赞誉，这种赞誉使得他的一部作品在其死后在雅典被完整地搬上舞台。

二

　　在索福克勒斯完整存世的七部悲剧中，《埃阿斯》应当是诗人最早的作品，至少是最早的一批作品之一。但是，却没有任何可靠的文献支持我们确定这部作品的创作时间。我们只能从语言风格，剧作结构以及音韵变化等方面同作者的其他作品加以比较，由此做出推断。

《埃阿斯》创作时间之辨

　　索福克勒斯的这七部悲剧，创作或演出时间可以肯定的只有公元前 409 年的《菲洛克忒特斯》和诗人死后才得以演出的《俄狄浦斯在克洛诺斯》（首演时间应该是公元前 401 年）。在索福克勒斯的七部悲剧中，一般认为，《安提戈涅》的首演应该是在公元前 440 年代后期。而大多数研究者都认定，《埃阿斯》和《安提戈涅》以及《特拉喀斯女孩》应当被看作是最早创作的一组作品。更有一些研究者把《埃阿斯》看作是最早的一部，其时间应该在公元前 450 年代。通常，这些考证都能够找到相当多的证据——有研究表明，《埃阿斯》在语言和文化上都带有那个年代雅典的政治元素。20 世纪学者惠特曼曾提出，死于公元前 449 年的政治家西蒙曾经秉持贵族制的价值观念，而这种价值观恰

恰也是埃阿斯所倡导的价值观,所以,该作品中的埃阿斯仿佛是在影射西蒙;他据此判断,这部作品应该创作于这位西蒙死前。① 而罗伯特则认为,这部悲剧应该是在公元前451年至公元前450年之后不久写成的,因为诗人在剧中提到了伯里克利城邦法中的一项条款,这项条款通常被称作代讼条款,即奴隶在遇到讼案时不能自己出庭,必须请一个自由民替他出庭代讼: ἄλλον τιν᾽ ἄξεις ἄνδρα δεῦρ᾽ ἐλεύθερον, | ὅστις πρὸς ἡμᾶς ἀντὶ σοῦ λέξει τὰ σά 〔你最好另外找个人来,还得是自由民,|替你把你的事情在我们面前说一说:行1260—行1261〕。但根据伯里克利城邦法的颁布时间来判断,却只能证明索福克勒斯的这个作品是在法令颁布之后,而不能证明他的创作时间距这个法令的颁布间隔多久。

从文本看创作

从此剧调式以及文字等方面似乎可以断定,这部作品应当是和《安提戈涅》同时期的作品,也可能仅仅稍晚于后者。它的歌队入场歌采用的是抑抑扬格调式(行134—行171),紧接着是一段抒情颂歌(行172—行200);而我们知道,只有在埃斯库罗斯《波斯人》、《求乞者》以及《阿伽门农》中出现过以这种调式写作的歌队入场歌。在索福克勒斯的作品中,《安提戈涅》的歌队入场歌与这种调式十分接近,而在其另外的作品中却从未出现过这种情况。在《埃阿斯》中,这种抑抑扬格后来还穿插到歌队抑扬格对话中(行1163—行1167);而这种变调的处理方法也只在《安提戈涅》(行929—行943)中出现过。至于文本中语词使用方面的证据则更为明显:在索福克勒斯的《埃阿斯》中,有一些用词和短语

---

① C. H. Whitman, *Sophocles: a study of heroic humanism*, Cambridge, 1951 pp. 45—46, p. 61.

还明显带有埃斯库罗斯的痕迹,譬如:行 56 的 ῥαχίζω〔一劈两半,拦腰斩断〕在《波斯人》(行 624)中曾出现过,行 412 的 πόροι ἁλίρροθοι〔(你这)波涛汹涌的大海〕也曾出现在《波斯人》(行 367)中,行 447 的 φρένες διάστροφοι〔被扭曲的心灵〕出现在《被缚的普罗米修斯》(行 673)中,行 673 的 λευκόπωλος ἡμέρα〔骑在白马上踏出光芒〕出现在《波斯人》(行 386)中,至于行 740 的 ὑπεσπανισμένον〔缺少,有事情未能做到〕则是《波斯人》(行 489)中曾经使用过的语汇。此外,像叙事诗语言 ἦ ῥα〔(起语助作用)难道是真的,行 172,行 954〕更是《波斯人》(行 663)特有的语汇,这种说法在希腊悲剧当中再没有其他人使用过;埃斯库罗斯在《波斯人》(行 584)中使用的阳性主格复数形式冠词 τοί〔即 ὁ(冠词,阳性单数主格)的朵利亚复数形式,而其阿提喀复数形式则为 οἱ〕,在索福克勒斯笔下,只在这个作品出现过,而且仅仅出现了一次(行 1440)。不妨进一步比对一下这部《埃阿斯》与埃斯库罗斯《波斯人》所使用的语词形式,从中也不难发现这部《埃阿斯》的创作时间应当属于早期,譬如《埃阿斯》(行 789)中的 φέρων … πρᾶξιν〔宣示他的宿命〕与《波斯人》(行 248)中的 φέρων … πρᾶγιν(与前引含义相近),《埃阿斯》(行 769)中的 ἐπισπάσειν κλέος〔胜利或荣誉的赢得〕和《波斯人》(行 477)中以主动态的形式使用的 ἐπέσπασεν〔赢得〕。当然,这种雷同或许是某种巧合,但用词的雷同却可以表明,创作《埃阿斯》时的索福克勒斯还受着他的前辈埃斯库罗斯风格和语言的巨大影响。至于 ἦ ῥα〔难道是真的〕和 τοί(冠词的朵利亚复数形式),这部戏里包含了许多这样带有叙事诗色彩的语言,譬如行 177 的 κλυτῶν ἐνάρων〔代表荣誉的武器〕,行 374 以下的 ἑλίκεσσι βουσί, κλυτοῖς αἰπολίοις〔长着犄角的牛与漂亮的羊〕,行 933 的 οὐλίῳ〔可怕的〕,行 954 的 πολύτλας〔耐着性子〕,以及行 1165 的 κοίλην κάπετον〔墓穴〕;当然,我们的这位诗人或许只是认为采用这样的语言来谈论特洛伊逸事以及荷马时代的英雄可能更为恰当一些罢了,但这也未必不是一种遁词。

从戏剧手法看创作

从舞台人物的角度,一般研究者都会提到施耐德温的一个观点。他认为,这部戏应该写于所谓第三角色出现后不久,因为我们只有两处在舞台上看到三个角色(drei Schauspieler),一处是开场(雅典娜、奥德修斯和埃阿斯),另一处是退场(阿伽门农、透克洛斯和奥德修斯)。而就所能看到的文献而言,在这之前,舞台上是不会出现这个第三角色的。① 当然,在这部戏的开场中,当埃阿斯出场以后,奥德修斯便不再说话了(行92-行117);而在退场时,当阿伽门农还没有退下去之前,透克洛斯也没有再说话(行1318-行1373)。忽略了这一环节中索福克勒斯所受埃斯库罗斯的影响,简单将这样的舞台设计归结为情节需要,显然是欠妥的。而更为值得注意的是,除了《安提戈涅》之外,索福克勒斯其他作品,都没有出现过将一个三音步抑扬格在两个或者两个以上的 ἀντιλαβή〔念白对话者〕当中分别使用的情况。而埃斯库罗斯的这个规矩,同时也是早前悲剧创作的一项基本规则。索福克勒斯对这一规则的超越则意味着他完成了向古典悲剧成熟期的转变。这时,索福克勒斯写出的对话也变得更加生动,也更能打动人心。从现有文本来判断,他在写作《埃阿斯》之前已经完成了这一转变。这一点又可以有助于判断:《埃阿斯》应该比《安提戈涅》晚一些。

从舞台演出形式的角度,似乎也可找到许多证据,证明这部

---

① *Sophokles: Ajax*, Berlin, 1876, introd. von Friedrich Wilhelm Schneidewin, p. 64.

戏创作于诗人的早期。譬如,有学者指出,这部戏里,较少三个演员同时在舞台上出现并同时有台词,并且在场景转换或一个新人物出场时采用抑抑扬格。① 这一特征仅见于《安提戈涅》和《特拉喀斯女孩》。② 此外,也有学者(B. Seidensticker)指出,索福克勒斯在此剧中开始使用 στιχομέτρια 〔其字面含义作单行成韵,转义作交互对白;其使用情况见行 36—行 50〕的方式使场上气氛紧张,而这种技巧在后来才逐渐被娴熟使用。③ 当然,为了说明这个作品的早期性质,也有学者认为作品结构尚显僵硬④;更有赖因哈特这样的研究者认为,这部戏的整体结构略显简单——他说,这时的索福克勒斯尚未学会使形式与内容结合成为一个有机的完美的整体。⑤ 这些都不足为证。

除此之外,关于这部悲剧的时间,还有许多研究成果,但认为它是诗人早期的作品却似乎相当一致。

三

关于埃阿斯传说,在希腊文献中确有众多版本,这些不同的传说版本为埃阿斯的故事提供了大相径庭的说法。⑥ 当然,荷马在《伊利亚特》所记载的传说应该算是最重要的,我们称这个

① R. W. B. Borton, *The chorus in Sophocles' tragedies*, Oxford, 1980, pp. 8—9.
② T. B. L. Webster, An *introduction to Sophocles*, London, 1969, p. 122.
③ Cf. W. Jens (ed.), Die *Bauformen der griechischen Tragödie*, München, 1971, pp. 200—209.
④ G. M. Kirkwood, *A study of Sophoclean drama*, Ithaca, 1958, pp. 86—89.
⑤ K. Reinhardt, *Sophocles*, tr. H. & D. Harvey, Oxford, 1979, pp. 15—18.
⑥ 关于埃阿斯传说版本的说明及相关文献引证,我参考了杰布本的导言。但在参考其他刊本及相关文献发现有所不同时,我也做了相应的调整,文中不再一一说明。

版本为《伊利亚特》版本。

埃阿斯传说之《伊利亚特》版本

在《伊利亚特》版本中,埃阿斯出生在雅典外海的萨拉弥斯岛,他的父亲忒拉蒙(Τελαμών)在娶了萨拉弥斯王的女儿(阿波罗多洛斯,《希腊神话》,III. ii, 6),继承王位之后,生下了埃阿斯(品达,《伊斯特米凯歌》,VI. 行65)。根据《伊利亚特》版本,希腊人征讨特洛伊时,埃阿斯率战船12艘出征,并在部队的左翼(即东边)驻扎:Αἴας δ᾽ ἐκ Σαλαμῖνος ἄγεν δυοκαίδεκα νῆας· |στῆσε δ᾽ ἄγων ἵν᾽ Ἀθηναίων ἵσταντο φάλαγγες〔埃阿斯离开萨拉弥斯,带领着12艘战船,|来到雅典人的军营旁边,停将下来:荷马,《伊利亚特》,卷II. 行557以下〕。亚历山大里亚时代的学者认为,荷马的第二句话不可信,埃阿斯并不是紧挨着阿开亚人的部队驻扎的,他的右侧应该是忒撒利亚人(荷马,《伊利亚特》,卷XIII. 行681),再向右是奥德修斯的位置,阿开亚人的部队则在奥德修斯的右边(《伊利亚特》,卷IV. 行329)。在特洛伊,埃阿斯拥有相对独立的作战指挥权,他唯一需要服从的就是一个由该军事同盟所有指挥人员组成的、近似于议事会的机构。按照他们的约定,这军事同盟有一个最高的统帅——阿伽门农。不过,在《伊利亚特》版本中,并未描述阿伽门农对埃阿斯部队的调度,而且也看不到后者的部队与雅典人的部队有什么联系。不过,《伊利亚特》版本还是让我们了解到埃阿斯的一些基本情况:他是希腊大军中最为出色的统帅,只有那位阿喀琉斯可能比他更为优秀:ἀνδρῶν αὖ μέγ᾽ ἄριστος ἔην Τελαμώνιος Αἴας ὄφρ᾽ Ἀχιλεὺς μήνιεν〔最伟大的勇士乃是忒拉蒙之子埃阿斯,只是稍逊于阿喀琉斯:《伊利亚特》,卷II. 行768〕。按照《伊利亚特》的说法,埃阿斯是一个身材魁伟,样貌清秀,表情坚毅的勇士:ἔξοχος Ἀργείων κεφαλήν τε καὶ εὐρέας ὤμους〔他的头和肩膀都要高

过阿特柔斯的儿子：《伊利亚特》，卷 III. 行 227〕；πελώριος ἕρκος Ἀχαιῶν〔(就像是) 阿开亚人中间的一座堡垒：伊利亚特》，卷 III. 行 229〕ὅς περὶ μὲν εἶδος, περὶ δ᾽ ἔργα τέτυκτο τῶν ἄλλων Δαναῶν〔无论是外表还是曾经取得的业绩,他都远远超过其他希腊人：伊利亚特》，卷 XVII. 行 279—行 280〕；μειδιόων βλοσυροῖσι προσώπασι〔在坚毅的脸上绽露出微笑：《伊利亚特》，卷 XVII. 行 212〕；荷马甚至说，σεύατ᾽ ἔπειδ᾽ οἷός τε πελώριος ἔρχεται Ἄρης〔其身材的魁伟,有如高大的阿瑞斯：《伊利亚特》，卷 VII. 行 208〕。

在《伊利亚特》当中,埃阿斯是那场战争的主要人物之一。他性格鲁莽又争强好胜——有时,他就像一头狮子;而当他遭遇强敌后撤时,他又变得像一头在打谷场上被孩子们不停抽打的倔强的驴子(《伊利亚特》,卷 XI. 行 548—行 562)。他十分顽强,绝不会让他的亲人和朋友对他感到失望(《伊利亚特》,卷 VIII. 行 266,等等);有时,遇到危机,他又能够为整个希腊大军提供安全的保障;在海战中,他曾经重创赫克托耳(《伊利亚特》,卷 XIV. 行 409 以下),也曾与帕特罗克鲁斯直接对阵(《伊利亚特》,卷 XVII. 行 128 以下)。当阿喀琉斯离开这支部队时,唯一能够和赫克托耳相抗衡的就只有埃阿斯了;据荷马记载,当埃阿斯单独迎战赫克托耳时,阿特柔斯儿子属下的那些将领一个个都表现得欣喜若狂(《伊利亚特》,卷 VII. 行 182)。埃阿斯最重要的一件兵器是那件著名的七层编盾——这件兵器不仅是他过往特殊贡献的象征,而且也能够充分体现出他的魁伟与他的作战能力。这件兵器在进攻中能够显示他高大的身材,同时也可以使他得到有效的保护;在《伊利亚特》里,这件兵器被称作是一座塔,而拥有这样盾牌的人也就因此而成了保护阿开亚人的"坚固的堡垒"(《伊利亚特》,卷 VII. 行 219)。

关于埃阿斯的性格,索福克勒斯笔下的雅典娜说他在战斗

中十分英勇,同时又小心谨慎得出奇: *τούτου τίς ἄν σοι τἀνδρὸς ἤ προνούστερος,* | *ἤ δρᾶν ἀμείνων ηὑρέθη τὰ καίρια* 〔你还能够找到一个人比这个埃阿斯更加谨小慎微,|而在做事情时又更能掌握好分寸吗:行119—行120〕。但在荷马的笔下,赫克托耳却说,他在危险面前只是一个 *ἀμαρτοεπὲς βουγάϊε* 〔大话连篇的夸夸其谈者:《伊利亚特》,卷XIII. 行824〕。埃阿斯也曾接受希腊大军统帅的命令,停下手来,不再与赫克托耳相争——这或许体现了这个莽撞的人在某些情况下也曾表现出某种风度。因此,这个埃阿斯也就不仅在身高与力量上出色,而且在人格上也十分出类拔萃: *Αἶαν ἐπεί τοι δῶκε θεὸς μέγεθός τε βίην τε* | *καὶ πινυτήν* 〔埃阿斯啊,神明赐予你以身高与力量,还使你有了超凡的理解能力:《伊利亚特》,卷VII. 行288〕。埃阿斯这方面的性格在他出征特洛伊时表现得十分突出。他似乎很清楚,什么时候可以刚性一些,什么时候不能完全铁面无情。《伊利亚特》版本似乎并未注意到埃阿斯性格中的自以为是。而在索福克勒斯的《埃阿斯》中,这位萨拉弥斯勇士所有磨难的起因都在于他首先拒绝了神明的帮助,而后又冒犯了雅典娜。在《伊利亚特》当中,这种冒犯是绝对没有的,甚至当他想要把自己武装起来,准备迎战赫克托耳时,他还鼓励那些雅典人祈祷,祈求神明能够帮助他(《伊利亚特》,卷VII. 行193以下)。在海战中,当他惊讶地发现神明可能会与他作对时,他所做的只是将他英勇而果敢的行动停下来: *γνῶ δ' Αἴας κατὰ θυμὸν ἀμύμονα ῥίγησέν τε* | *ἔργα θεῶν* 〔埃阿斯想到那一切可能是神明所为,|心中不禁打起寒颤:《伊利亚特》,卷XVI. 行119〕。在与帕特洛克鲁斯的部队交战之前,天降浓雾,他为了祈求清新明朗的天气,也曾对神明宙斯表现出他由衷的虔诚(《伊利亚特》,卷XVII. 行645以下)。诸如此类的例证,不胜枚举。

但是,如果按照《伊利亚特》版本这样发展下去,埃阿斯的自

杀也就有可能找不到依据了。关于阿喀琉斯死后他的兵器应该
奖励给谁,荷马在《奥德赛》中也有过几句话的描写: οἴη δ' Αἴαντος
ψυχὴ Τελαμωνιάδαο | νόσφιν ἀφεστήκει, κεχολωμένη εἵνεκα νίκης, |
τήν μιν ἐγὼ νίκησα δικαζόμενος παρὰ νηυσὶ | τεύχεσιν ἀμφ' Ἀχιλῆος·
ἔθηκε δὲ πότνια μήτηρ. | παῖδες δὲ Τρώων δίκασαν καὶ Παλλὰς Ἀθήνη
〔唯有那忒拉蒙之子埃阿斯的魂灵|伫立一旁,人们对获胜者感到不
满——|我理当赢得阿喀琉斯的兵器,|那是他那尊贵的母亲的封赏:荷
马,《奥德赛》,卷 XI. 行 543 以下〕。这也是现在所能见到的关于阿
喀琉斯兵器颁赏最早的说明。但是,这一描述却与后来人们所
知埃阿斯因为没有得到颁赏而变得疯狂的故事完全不同——在
荷马笔下,雅典娜通过希腊将领的投票把阿喀琉斯的兵器奖励
给了埃阿斯!

埃阿斯传说之《埃提奥比斯》版本与品达的记载

在荷马以后出现了两个十分重要的与埃阿斯有关的传说版
本:公元前 766 年前后出现的系列组诗《埃提奥比斯》(Αἰθιοπίς),
我们称作《埃提奥比斯》版本;公元前 700 年前后出现的《小伊利
亚特》(Ἰλιὰς μικρά),我们称之为《小伊利亚特》版本。这两部作品
现在均已失传,只有通过其他文献当中提及的只言片语才能得
窥其中的部分内容。这两部作品的作者属于荷马同时代的一个
史诗作者群体,因为荷马的作品写特洛伊战争只涉及 50 天的战
争过程,而这个群体的作者写作的作品可能涵盖了特洛伊之战
的整个过程,所以,史家也称他们的作品为全景史诗。

一般认为,《埃提奥比斯》的作者是米利都的阿尔克提努斯
(Ἀρκτῖνος Μιλήσιος)。这位阿尔克提努斯可能是荷马的学生或徒
弟,生活在公元前 775 年到公元前 741 年之间。据记载,作者在
这部史诗中曾提到阿喀琉斯之死。在写到这一情节时,阿尔克

提努斯可能仿照荷马《伊利亚特》写交战双方为争夺阵亡的帕特洛克鲁斯尸体展开激战的情节,并且提到了埃阿斯突奔阵前,将阿喀琉斯的尸体抢回到自己的营帐中。值得注意的是,在写到阿喀琉斯的兵器最后奖励何人时,阿尔克提努斯提到过一位专门以解决疑难杂症著称,名叫珀达莱利厄斯($Ποδαλείριος$)的内科医生,这位医生看到埃阿斯在争夺阿喀琉斯兵器时眼睛里闪烁着强悍的凶光,由此诊断后者的精神状态已陷入极度的愤怒——我们注意到,后来出现在《伊利亚特》随文诂证(诂证文字见于荷马,《伊利亚特》,卷 XI. 行 515)中的文字或许预示着埃阿斯后来将要发生的一切。而一般学者都认为,这部失传的《埃提奥比斯》将阿喀琉斯的兵器颁赏给奥德修斯而不是埃阿斯的过程完整地记载下来。《埃提奥比斯》版本可能提供给索福克勒斯的一个重要的情节。而关于埃阿斯传说的这一版本还提到了另一个细节,即埃阿斯自杀的时间,可能还包括埃阿斯自杀时的一些具体细节。根据记载,阿尔克提努斯曾说过,埃阿斯的死是在"黎明前后"。《埃提奥比斯》版本的这一描述出现在品达诗作的一则随文诂证:$ό\ γὰρ\ τὴν$ $Αἰθιοπίδα\ γράφων\ περὶ\ τὸν\ ὄρθρον\ φησὶ\ τὸν\ Αἴαντα\ ἑαυτὸν\ ἀνελεῖν$ 〔据《埃提奥比斯》说,埃阿斯是在黎明前后在这里自杀的:诂证文字见于品达,《伊斯特米凯歌》,IV. 行 58〕。结合《埃提奥比斯》版本所提供的前一个细节,有理由认为,虽然精明的珀达莱利厄斯在兵器颁赏的某个环节上发现埃阿斯心中的愤愤不平,但大多数人却未必能够看到这种征兆。那位医生掌握着希腊人所崇尚的某种 $πρῶτος\ μάθε$ 〔预言〕的力量,但这种预言依据的却只是飘忽不定的,凡人无法得窥其秘密的某种迹象——那位医生预言了埃阿斯的自杀,但埃阿斯自己却无法预知自己的结局。在投票结束后的那个夜晚,埃阿斯可能因为落败而躲藏起来,而他可以躲藏的地方便是他自己的营帐。

关于埃阿斯的传说,还有另外一个版本:在投票落败之后,多疑的埃阿斯感觉这次投票是阿伽门农对他仇恨的表现;他担心,接下来雅典娜还会帮助阿伽门农与墨涅拉厄斯伤害他,于是,他便先发制人,对阿特柔斯这两个儿子的部队大开杀戒——特别值得注意的是,埃阿斯的报复行动实际上落到了那些作为战利品的牛羊头上。假如关于埃阿斯的传说到此结束,那么,埃阿斯自杀的动机也就似乎只是因为对自己所受不公正待遇感到愤怒了。而这种解释也与荷马的解释相符。照品达的说法,εἰ γὰρ ἦν | ἓ τὰν ἀλάθειαν ἰδέμεν, οὔ κεν ὅπλων χολωθεὶς | ὁ καρτερὸς Αἴας ἔπαξε διὰ φρενῶν | λευρὸν ξίφος 〔如果他们(即阿开亚人)知道会发生什么事情,那么,神勇的埃阿斯就不会因为兵器颁赏的结果而愤怒,最终导致让那把利剑插入自己的胸膛了:品达,《涅湄凯歌》,VIII. 行 24 以下〕。但是,在另外的版本中却可以看到这个传说的继续发展。

《埃提奥比斯》版本和品达的说法有着共同之处,都认为埃阿斯是在黎明时分自杀的。这种说法意味着,在投票之后的一夜里,无论埃阿斯是在独处,还是做了什么骇人听闻的事情,都会有一个相对漫长的过程,而这个过程使埃阿斯倒在自己那把锋利的剑刃上一事似乎不能被看作是他不小心的意外事故。但是,品达的说法却有和荷马的说法不一致的地方:按照荷马的说法,阿喀琉斯的兵器颁赏给谁是由特洛伊人和雅典娜决定的:παῖδες δὲ Τρώων δίκασαν καὶ Παλλὰς Ἀθήνη 〔请那些特洛伊人和帕拉斯·雅典娜来裁定:荷马,《奥德赛》,卷 XI. 行 547〕;但按照品达的说法,参加投票的是阿特柔斯的后人,也就是那些阿开亚人指挥官。索福克勒斯所采用的就是品达的这种说法。

有一点需要特别指出:在兵器颁赏这一情节上,荷马的说法与品达的说法有着完全不同的效果:荷马的《奥德赛》中有一则随文诂证(诂证文字见于荷马,《奥德赛》,卷 XI. 行 547)说,荷马的说法也可能出自某位史诗诗人的作品;按照那个诗人的说法,在选择兵器颁赏给谁的时候,阿伽门农似乎为了公平而从特洛伊战俘中挑选了一些人,由他们来决定阿喀琉斯的兵器应该奖励给谁。这则随文诘证可能确有所本:《埃提奥比斯》版本与《小伊利亚特》版本都提到了这个决定是特洛伊战俘最后作出的。所不同的是,《小伊利亚特》版本称这些特洛伊人是从特洛伊城跑出来的,而《埃提奥比斯》版本则认为这些特洛伊人是从阿开亚人战俘营里挑选出来的——由特洛伊来决定这一点使埃阿斯失去了仇恨阿开亚人的理由,也使他做出那种背信弃义之举失去了被人同情的可能。而品达把选择的任务交给了阿开亚人,这样一来,埃阿斯心中的愤恨也就有了依据,作为索福克勒斯笔下值得同情的角色,这个人物自然也就成立了。

埃阿斯传说之《小伊利亚特》版本

《小伊利亚特》(Ἰλιὰς μικρά)一般被认为(虽然并非公认)由一个叫做庇拉的莱斯克斯(Λέσχες Πυρραῖος)人所作。《小伊利亚特》和《埃提奥比斯》在风格上的差别有些近似于荷马《奥德赛》与《伊利亚特》的差别:后一组倾向于凝重的史诗风格,前一组则更多些浪漫的色彩。从一位古典语文学家对阿里斯托芬的诘证(诘证文字见于阿里斯托芬,《骑士》,行1056)中了解到,在写到兵器颁赏时,莱斯克斯与早前的说法不尽相同:在奈斯托耳的建议下,阿伽门农派出一些密探到特洛伊城中打探消息;在特洛伊城中,这些密探听到了过路的两个女人的一番对话——其中一位认为,埃阿斯更勇敢,因为他能够从正在激战的战场上将阿喀琉斯的尸体带出来;而另一位则为雅典娜辩护,认为雅典娜也同样有这样的能力,只要那人拜倒在她的脚下,她就可以做同样的事情。依照《小伊利亚特》版本的说法,阿伽门农和墨涅拉厄斯正是在听到这样的消息之后才决定将兵器颁赏给奥德修斯,从而导致埃阿斯陷入疯狂,夜袭阿开亚人的牛羊,最后倒在了自己的剑刃上。这时,阿伽门农接受了忒斯托耳的儿子先知卡尔喀斯(Καρχάς Θεστωρίδης)的建议,发布命令,禁止任何人以希腊礼仪将埃阿斯的尸体收殓下葬。

从相传的《小伊利亚特》版本中,可以找到索福克勒斯《埃阿斯》的两条故事线索:其一,埃阿斯在那天晚上陷入了疯狂,于是便对作为战利品的牛羊牲畜大开杀戒;其二,当埃阿斯自杀身亡后,他的尸体依然被阿开亚人羞辱。这两条线索都是《小伊利亚特》版本中独有的。而在其他的文献中,埃阿斯死前并没有对阿开亚人有所冒犯,他死后,他的葬礼也像阿喀琉斯一样,并没有任何人持有异议。

以上简要地介绍了有关埃阿斯的主要传说。不过,除此之外,还有另外一些关于埃阿斯的记载,一个是关于埃阿斯与埃阿克后代(Αἰακίδης)关系的记载,再一个便是埃斯库罗斯的一组三联剧;前者散见于一些古典文献,后者则已散佚,只能通过间接的引述见到。

埃阿斯与埃阿克后代

关于埃阿斯与埃阿克后代之间的关系,《伊利亚特》版本似乎并不认可。它认为,宙斯之子埃阿克(Αἰακίδης)的后代只是两个,一个是他的儿子珀琉斯,另一个是他的孙子阿喀琉斯。然而,按照活动于公元前540年到公元前480年之间的古希腊散文作家菲勒希得斯(Φερεκύδης)的记载,埃阿斯的父亲忒拉蒙与珀琉斯之间虽然没有血缘关系,但却曾经相互建立起某种同盟关系。还有一个传说,称珀琉斯与忒拉蒙同为埃阿克的儿子,都为恩戴伊丝(Ἐνδηΐς)所生(参见阿波罗多洛斯,《希腊神话》,III. xii. 6)。

由于忒拉蒙与珀琉斯是两兄弟,因此,他们母亲出生地埃伊纳岛
的人便将忒拉蒙和他的儿子同埃阿克拉上关系。在公元前五世
纪之前,这种说法曾经是一个很普遍的说法。埃伊纳岛上的雅
典娜神殿雕塑是希波战争之后才开始出现的。东面山顶上,赫
拉克勒斯与忒拉蒙的雕像矗立在那里;而埃阿斯保护阿喀琉斯
尸体的地方则在岛的西面。希罗多德说,在萨拉弥斯战役之前,
阿特柔斯的儿子曾经决定让埃阿克的后代成为盟友,他们曾将
埃阿斯与忒拉蒙从萨拉弥斯岛招到他们这里来,同时又派了一
条船出海,前去将“埃阿克以及那些埃阿克的后代”,即珀琉斯和
他的儿子阿喀琉斯,弗库斯和他的儿子克立苏斯和潘诺波
斯——召集到一起:

> 接着,他们便祈求神明,同时又决定将埃阿克斯都找
> 来……然后又从萨拉米斯将埃阿斯与忒拉蒙召集来,还派
> 了一条船前往埃伊纳岛将埃阿克和埃阿克斯人一起找来
> (希罗多德,《历史》,VIII. 64)。

这段文字特别表明,虽然埃阿斯这时已完全被当作埃阿克的后
代在埃伊纳岛上受到崇拜,但这却一点也没有改变他的家就是
萨拉弥斯岛的传统观点。

埃斯库罗斯之埃阿斯三联剧

除上述散见于古典文献中的传说外,埃斯库罗斯以埃阿斯
为核心所写的一组三联剧也被看作是埃阿斯传说来源的一个版
本,这个三联剧史称埃阿斯三联剧(Aἰάντεια)。

埃斯库罗斯这组三联剧的第一联叫做《兵器颁赏》
(Ὅπλων κρίσις)。一般认为,这部已失传的悲剧,其情节取自《伊

利亚特》和《小伊利亚特》；但也有一种观点认为，它按照阿尔克提努斯的《埃提奥比斯》让那些特洛伊战俘来做裁判，同时却忽略了《埃提奥比斯》当中关于埃阿斯宰杀牛羊的情节。① 在挑选裁判的时候，《兵器颁赏》显然不能接受《小伊利亚特》版本中仅仅根据那两个女人的对话作出决定的说法。埃斯库罗斯埃阿斯三联剧的第二联是《色雷斯女人》(Θρῆσσαι)。这个剧目或许是因为其歌队由埃阿斯所俘虏的色雷斯女人组成而得名。这个歌队的作用和索福克勒斯笔下的那些萨拉弥斯水手相近，都是为了对埃阿斯表示尊敬，在他蒙受不公正待遇时为他难过，也都是为了对苔柯梅萨表达同情——苔柯梅萨和她们一样也成了俘虏，而且由于埃阿斯的死去而沦落到和她们同样的地位。对于埃阿斯的自杀，这部剧则采用由一位信使来讲述经过(诂证文字见于索福克勒斯，《埃阿斯》，行815)。埃斯库罗斯采纳了我们曾经听到过的传说：埃阿斯也像赫拉克勒斯一样，除了曾经以狮皮包裹时没有覆盖的那个地方外，也是刀枪不入的。这位信使还说明了，当埃阿斯想要杀死自己的时候，"弓弩拉开之时"，弓弩上的那支箭瞄准的不是埃阿斯身上的那个可以看作是他的命门的地方。这时，一个神奇的力量对他发挥了作用：这个力量也许就是雅典娜，她告诉他那个箭应该射中他的那个致命的地方(诂证文字见于索福克勒斯，《埃阿斯》，行833)。《色雷斯女人》还提到了一个人，他甚至亲眼目睹了埃阿斯自杀的过程，并将当时的情景绘声绘色地描述出来。埃斯库罗斯的《萨拉弥斯女人》(Σαλαμίνια)是他的埃阿斯三联剧的最后一联。这部剧写的是埃

---

① Friedrich Gottlieb Welcker, "Über den Aias des Sophokles", *Rhein. Mus.* for 1829, part three, p. 53.

阿斯死后,透克洛斯带着埃阿斯托付给他的欧吕萨克斯回到萨
拉弥斯。回到萨拉弥斯,他见到了自己的父亲忒拉蒙,将埃阿斯
的遭遇告诉了忒拉蒙。忒拉蒙为此极为怨恨透克洛斯,于是便
将透克洛斯放逐了。而后,透克洛斯来到塞浦路斯。在塞浦路
斯,他发现了一个小岛,这个岛和他的家乡萨拉弥斯颇有些相
像。此剧歌队是由萨拉弥斯女人组成的,我们似乎可以猜测,这
些萨拉弥斯女人当中就包括了埃阿斯的母亲俄里珀亚
(Ἐριβοία)。①

　　有一点需要提醒一下,在埃阿斯三联剧中,埃斯库罗斯将萨
拉弥斯岛称作是埃阿斯岛。他还提到,在这个岛上,曾经有一种
英雄祭奠仪式,即每年举办一次的埃阿斯节(Αἰάντεια);而且,这
部三联剧婉转却又明确地告诉人们,忒拉蒙还曾颁布法令纪念
他的儿子。

四

　　对于这部作品,大多数研究都集中在将其剧情结构分作两
部分上,即以埃阿斯的自戕而死(行865)为界:第一部分以埃阿
斯的自戕为核心,第二部分则围绕埃阿斯死后是否应该得到有
尊严的葬礼展开。出于这样的剧情结构,一直以来,《埃阿斯》都
和《特拉喀斯女孩》以及《安提戈涅》归为一类,对这类悲剧还有

---

① 在本剧中,索福克勒斯所采用的说法认为,埃阿斯的母亲是俄里珀亚:
Τελαμῶνι δείξει μητρί τ', Ἐριβοία λέγω (带他去见忒拉蒙以及我的母亲俄里珀亚:
行569)。不过,关于埃阿斯的母亲,却还有另外一种说法,称她是佩里珀亚
(Περίβοια): Τελαμὼν δὲ τοσοῦτος ἐγένετο, ὥστ' ἐκ μὲν πόλεως τῆς μεγίστης ἦν αὐτὸς
ἐβούλετο γῆμαι Περίβοιαν τὴν Ἀλκάθου 〔神力无比的忒拉蒙在各个城邦的竞争中获
胜,娶得阿尔卡图斯的女儿佩里珀亚:色诺芬,《校猎》,I. ix〕。

一个术语作专门的称谓:*diptycha*。拉丁词 *diptycha* 出自希腊语的 δίπτυχος,其本义表示可折叠起来的东西,似乎有些近似于将中国戏曲里的两个折子戏连成一体,形成一部完整的戏。不过,对于这种称谓以及由此形成某种理解,有学者批评认为,它会使埃阿斯的死在这部戏中的意义被削弱。关于这种两折的理论,古时似乎就有某种牵强的解释:古代校勘者在行 1123 处的随文诂证中称,在写完埃阿斯自戕之后,索福克勒斯可能是想要将该戏拉长,故而迷恋上了一种拙劣的趣味——亚里士多德曾经称追求这样趣味的人是一种 τῶν φαύλων ποιητῶν〔拙劣的诗人:《诗学》,1251b37—1252a1〕。更有近代作者认为,这是因为索福克勒斯的创作素材不足以完成一整部悲剧,于是硬生生地在这之后又加上了 550 行。① 当然,有的说法倒没有这么过激:惠特曼认为,索福克勒斯在做超越埃斯库罗斯三联剧单一剧情的尝试;② 而泰勒则把这种情况看作是索福克勒斯没有能够恰当地将两个相互独立的片断有机地结合在一部戏里。③ 学者们之所以十分在意分界或 *diptycha*〔两折〕这样的问题,是因为它似乎(仅仅是似乎)背离了亚里士多德在古典悲剧中找到的同一律。但是,如果能够找出一个贯穿这部戏始终的命题,那么,也就可以化解这一冲突,而这个命题或许就是这部悲剧作为一个整体的主题。在古典作品的分析中,主题的发现一定是在母题或动机的分析之后;因此,我们不可能在各个具体的动机尚未清晰之前便对主题作出判断。

---

① A. J. A. Waldock, *Sophocles the dramatist*, Cambridge, 1951, pp. 49—75.

② C. H. Whitman, *ibid.*, p. 44, p. 63.

③ J. Tyler, "Sophocles' *Ajax* and Sophoclean plot construction", *AJPh*, 1974, pp. 31—36.

作为悲剧冲突母题的兵器颁赏

在讲到有关埃阿斯的传说时,我曾说,关于兵器颁赏一节有多个文献都曾提供给诗人以创作素材。但在索福克勒斯这里,虽然也有所提及,或被当作是前情设定,至少我们的诗人认定雅典的观众没有人不知道这个情节,于是他只作背景提及,不作正事描述。这种处理方法意味着什么呢? 或许我们的诗人并不希望我们注意到过往的情节? 但是,如果不能像雅典人那样马上想到或者迅速回忆起某个传说版本提供的早前情节,并将这样的情节当作是这部悲剧的前提,那么,《埃阿斯》的整部悲剧也就失去了全部的根基。

事实上,这一前情设定对于这部作品而言具有至关重要的作用。照索福克勒斯采纳的说法,阿喀琉斯的兵器颁赏给奥德修斯,是经过阿开亚将领们投票决定的。这种投票裁决某事的形式,是雅典人十分熟悉的。雅典人或许还以为,如果说投票并不是做出决定的最佳选择,至少也是他们所能想到的唯一行之有效的选择。他们并不认为,投票会有任何不公正的结果出现。但是,这个悲剧的基础恰恰就是投票选择带来的。前面已经提到,关于阿喀琉斯兵器颁赏情节的传说有不同的版本。索福克勒斯在这里似乎颇费心思地挑选了《埃提奥比斯》版本,同时也参考了品达提供的一些记载,亦即设定好作出这一颁赏决定的是阿开亚指挥官。但在文献中,关于那次兵器颁赏的决定如何作出的,却有着许多不同的传说版本。略去注疏者在阿里斯托芬《骑士》随文诂证中提到的那个颇带传奇色彩的版本不计的话,在《奥德赛》中,关于这次投票参与者的记载就与其他的记载相去甚远,甚至可以说具有完全不同的意义:在《奥德赛》中,参加投票的是特洛伊战俘。是由阿开亚指挥官来决定兵器颁赏,

还是由特洛伊战俘来决定,这其中的差别决定了这个悲剧两个
方向完全相反的路向:前者显示的是雅典的一个民主程序,而后
者(我们不得不猜测或揣度)很可能是特洛伊战俘的一个计谋。如
果采用《奥德赛》版本,那么,我们的诗人恐怕就很难将这个悲剧
提升到悲怆的高度,因为,按照那个版本,我们很难说埃阿斯受
到了多大程度的不公正的待遇或评价;但是,当投票者是阿开亚
人时,情况就完全不同了。这样的设计在两个方面决定了这个
悲剧的性质:第一,埃阿斯的落败并不是出自某个阴谋——虽然
歌队在剧中责备阿开亚人时也曾说到阴谋论: ἐννυχίοις μαχαναῖς
〔在夜晚设下骗局:行 180〕,也不是来自敌方军队的败将(或从特洛伊
城中逃难出来的难民);埃阿斯在兵器颁赏中落败是在雅典民主的
形式下产生的结果;尽管这中间也有雅典娜在起作用,但雅典娜
的作用本身也是雅典民主的一部分,而不是雅典民主之外的某
个力量。民主(或貌似民主)的投票并没有承认埃阿斯的伟大,甚
至没有承认埃阿斯在这场战争中至关重要的作用,这让埃阿斯
感到愤愤不平,当然,这种评价并不符合埃阿斯确实伟大的事
实——由此导致的悲剧自然会令雅典的观众产生很多的联想。
第二,这样的设计使索福克勒斯可以很顺利地在以后的剧情发
展中加入埃阿斯与女神雅典娜的冲突,同时也为他宰杀作为公
共财产的那些牛羊提供了依据;另一方面,我在下文中还会讲
到,这一设计也使埃阿斯的悲剧不再是一个个人的悲剧,而成为
一个人的伟大同他所在的共同体之间发生冲突时所产生的
悲剧。

埃阿斯的 μανίας 〔疯狂〕与 φρόνιμος 〔清醒〕

　　从整部戏的剧情发展来看,索福克勒斯此剧最重要的一个
命题就是: μανίας 使埃阿斯作出伤害阿开亚人的事情,而

φρόνιμος 则使他伤害了自己,使他自戕。我们从一开始就看到埃
阿斯从 μανίας 向 φρόνιμος 转变。

　　事实上,μανιάς 是女神雅典娜给他带来的,这使他趁夜闯入
阿开亚人的军营,将那些牛羊当作是阿特柔斯的后代宰杀。有
一点,我们一定要始终注意,那就是埃阿斯在 μανιάς 状态下宰杀
牛羊的这一举动:并非埃阿斯的所有的行动,只有这种背弃共同
体共同利益的行动才是在 μανιάς 的状态下作出的,而这一行动
又是在雅典娜催使下完成的(行53—行54),最后能够使埃阿斯停
下手来的也是雅典娜(行51)。如果说埃阿斯在宰杀牛羊时想到
的是阿特柔斯的后代(行57),那么,当雅典娜想到要保护阿伽门
农与墨涅拉厄斯以及那些阿开亚指挥官,而将他的愤怒转向那
些牛羊时,她是否想到那些牛羊是征讨特洛伊的军事同盟(亦即
一个军事共同体)的共同的财富呢? 有一句话或许可以解释这一
问题的答案:ἄδαστα βουκόλων φρουρήματα〔这些都是暂由牧人看守,
还没有来得及分配:行54〕。或许可以说,这句话表明雅典娜是意
识到这一点的。而此处的提示至少表明了这样两点:其一,宰杀
作为这个军事同盟 ἄδαστα〔没有分配的〕财产的牛羊,并不是埃阿
斯的本意,甚至不是他在 μανιάς 状态下主动去做的事情,而是女
神雅典娜催使他去做的事情——这样也就为其后来因感到耻辱
而自戕留下了伏笔。其二,在埃阿斯自己的想象中,他刀劈斧砍
的对象应该是阿特柔斯的后代,应该是阿开亚的那些将军;而当
他恢复了 φρόνιμος 之后,他发现他宰杀的只是那些战利品,这便
使得导致他自戕的那种羞愧感油然而生。希腊有名谚,称
κοινὰ τὰ φίλων〔直译作与朋共通:亚里士多德,《政治学》,1263a30〕,意思
就是说,共同体内各成员共有的东西是各成员共同分享的,其言
下之意则表示不容任何个人将这种共有的东西侵占或损毁。这
句谚语表明了雅典的一种共同理念,也是一个城邦的根基。埃

阿斯的宰杀牛羊所触碰的恰恰就是雅典的这一共同理念,他的
羞愧感也是由此而生。

的确,埃阿斯对阿特柔斯的儿子,对阿开亚人心存不满,这
一点从他最后独白的诅咒中可以看出来: *καί σφας κακοὺς κάκιστα
καὶ πανωλέθρους | ξυναρπάσειαν, ὥσπερ εἰσορῶσ' ἐμὲ* 〔她们或许可以抓
起那些邪恶之人,让他们|像你们现在所看到的我一样在无比的悲惨中
毁灭:行 839—行 840〕。对于雅典人来说,埃阿斯的这种愤怒只
是埃阿斯多变性格的折射;但对埃阿斯而言,意识到自己的罪
恶,却使得他无法宽恕自己。希腊人在一般意义上也承认,对
自己喜欢的人要善待,对战场上的敌人则可以冷酷无情:
δίκαιον εἶναι τὸν μὲν φίλον εὖ ποιεῖν, τὸν δὲ ἐχθρὸν κακῶς 〔要善待朋友,对
我们所厌恶的人则可以不义:行 335a〕。但是,如果让他们深入地
去想一下这个问题,他们就会提出, *οὐκ ἄρα τοῦ δικαίου βλάπτειν ἔργον
... οὔτε φίλον οὔτ' ἄλλον οὐδένα, ἀλλὰ τοῦ ἐναντίου, τοῦ ἀδίκου* 〔公正的
人所做的事情……就是既不要伤害朋友,也不要伤害别的任何人,否则就是
不公正了:柏拉图,《王制》,335d〕——虽然我们可能会说这只是苏格
拉底或者柏拉图的个人主张,但如果说这样的观念在希腊人中正
在形成,也不是没有道理的。当然,这也并不意味着在战场上要
温文尔雅,因为这里所说的 *ὁ ἐχθρός* 并不一定是战场上的敌人,也
可能是在自己所在的共同体中被自己所厌恶的人;而阿伽门农与
墨涅拉厄斯以及所有参与投票的阿开亚人,在埃阿斯看来都是这
种 *ὁ ἐχθρός* 了。从以上两个角度来考察可以说,埃阿斯的羞愧感
首先出自他不能容忍自己对共同体共同财富的侵犯,因为这涉及
到他对希腊的某种共同价值的伤害;其次,如果我们把导致这种
伤害的根源,亦即把埃阿斯心中对阿开亚人的那种愤怒考虑进来
的话,那么,埃阿斯在雅典娜的催使下所犯的罪行,针对的并不是
战场上的敌人,而是他所厌恶的人——在希腊, *ὁ ἐχθρός* 一词可用

来表示敌人：*φίλον εἴη φιλεῖν·* ｜ *ποτὶ δ᾽ ἐχϑρὸν ἅτ᾽ ἐχϑρὸς ἐὼν λύκοιο δίκαν ὑποϑεύσομαι*〔让我成为我朋友的朋友，而我也把敌人当作敌人，像狼一样扑上去：品达，《皮托凯歌》，II. 行 83〕；但是，这个词所指的敌人带有较为鲜明的个人色彩：*πῶς … τις ἐχϑροῖς ἐχϑρὰ πορσύνων, φίλοις* ｜ *δοκοῦσιν εἶναι*〔对那种让人以为是朋友的敌人，又怎么去与他为敌：埃斯库罗斯，《阿伽门农》，行 1374〕。从这个意义上来讲，*ὁ ἐχϑρός* 与在战场上所面对的 *οἱ πολέμιοι* 含义是不同的。这表明，雅典娜催使埃阿斯所做的事情，如果不是后来又被她转移到牛羊牲畜身上，而是落到他的 *ὁ ἐχϑρός* 身上，他也就失去了作为一个伟大勇士所可能具有的柏拉图笔下的那种道德水平。

所有这一切都与埃阿斯的两种不同的心智状态紧密相关：在 *μανιάς* 的状态下，埃阿斯宰杀了作为共同体共同财产的牛羊，是 *μανιάς* 使他做出这样的举动，这使他感到羞愧，但这种羞愧使他走上自戕而死的不归之路，却并不是必然的；在 *φρόνιμος* 的状态下，他诅咒阿特柔斯的后代使他失去了成为伟大勇士的最后的机会——我们不能想象，对外感到羞愧，对内失去荣耀的埃阿斯如何还能不去自戕。换言之，埃阿斯的 *μανιάς* 为他的自戕制造出了理由，而他的 *φρόνιμος* 则使他必会平静地走向那条不归之路。

葬礼的禁令与雅典娜的作用，阿特柔斯的儿子与透克洛斯元素

我们注意到，夜深人静时，埃阿斯站到阿开亚人的营帐前，准备趁营帐内的人睡觉时将他们杀死，此时，他是在 *μανιάς* 状态下的。当他恢复了 *φρόνιμος* 的状态之后，他首先是对自己的计划被挫败感到痛苦。在阿开亚人方面，兵器颁赏的裁决使得阿开亚人失去了公正。而埃阿斯趁夜杀戮那些牛羊更使阿特柔斯

的这些后代对埃阿斯产生了刻骨的仇恨。于是,当埃阿斯自戕
而死之后,军营中弥漫着的也就不会是一种悲伤的情绪,而是一
种想要对埃阿斯加以惩治的渴望——我们有理由相信,阿伽门
农下达葬礼禁令并非阿伽门农一个人独断的决定,至少会受到
墨涅拉厄斯以及那些阿开亚人的影响。所以,人们对埃阿斯惩
罚也就必会极为严厉,而禁止下葬便是希腊最严苛的惩罚之一。
有意思的是,埃阿斯似乎提前也知道了这一惩罚:他在最后独白
中 向 宙 斯 祈 祷, καὶ μὴ πρὸς ἐχθρῶν του κατοπτευθεὶς πάρος |
ῥιφθῶ κυσὶν πρόβλητος οἰωνοῖς θ' ἕλωρ 〔千万不要让我的敌人先看到,他
们会让我|尸横荒野,让我成为野狗与鹰鹫捕食的腐肉:行829—行830〕;
这句话表明,埃阿斯已经预见到自己将来可能会被禁止下葬,因
此,临死前,他对宙斯提出的唯一请求就是让他死后尽快离开阿
开亚人的控制,不要让他在死后成为野狗与鹰鹫的美食。事实
上,按照这时的剧情发展,我们也可以想象得到,当埃阿斯倒下
之后,阿开亚人的愤怒不可避免地会一齐朝他发泄。埃阿斯临
死前预感到了这一点,而这种预感显然要比死亡本身显得更为
可怕。

　　在埃阿斯的悲剧中,女神雅典娜的作用十分重要。当埃阿
斯恢复了 φρόνιμος 状态之后,埃阿斯似乎就对神明百依百顺了,
这时,埃阿斯也与受到雅典人崇拜的英雄的样子比较贴近了。
然而,这里有一个十分重要的问题,他这时所顺从的神意是一种
什么样的神意? 我们看到,他并没有提到雅典娜,更没有对他最
初拒绝接受雅典娜帮助的做法表示丝毫忏悔之意。他相信的或
顺从的是先知卡尔喀斯的预言(行735—行779)。埃阿斯一直在
用傲慢无礼的言辞将雅典娜激怒,他说他在作战时完全无需神
的帮助。有了他对先知卡尔喀斯预言的敬重,我们当然就可以
想到,埃阿斯对雅典娜表现出的傲慢肯定是一时兴起做出的自我

炫耀,这种自我炫耀就像阿伽门农捕获一只小鹿时得意忘形的样子将狩猎神阿尔忒弥激怒一样:那一次,阿伽门农的张狂曾经惹恼了阿尔忒弥:κἀκ τοῦδε μηνίσασα Λητῴα κόρη | κατεῖχ᾽ Ἀχαιούς, ὡς πατὴρ ἀντίσταθμον | τοῦ θηρὸς ἐκθύσειε τὴν αὑτοῦ κόρην〔勒托的女儿(指狩猎女神阿尔忒弥)对此极为恼火,令阿开亚的船队无法前进,直到最后,我的父亲(指阿伽门农)把自己的孩子祭上,算是对那些猎物的赔偿:索福克勒斯,《厄勒克特拉》,行 570 以下〕。事实上,我们也看到,埃阿斯并不是一个糟糕的、对神明全无虔敬的人,但他所表现出来的傲慢对于一般人而言确实太强烈了,因此给他招来忌恨。雅典娜让他在那种自豪感受到挫折时去对阿开亚人实施杀戮,却又让他在疯狂的状态下转而去宰杀那些牛羊。当这种疯狂过去之后,她又借这样的杀戮使他陷入深深的沮丧之中。照先知卡尔喀斯的说法,只要他在那一天从早到晚一直待在营帐里,他就会安然无恙,这先知的确通上了神祇:雅典娜对埃阿斯的愤怒只是那一天的事情。卡尔喀斯的预言意味着,令埃阿斯想要自戕的动机到了第二天就会消失。他会发现,并不是他的那份自豪要求他去死,而他的那种疯癫则出自女神雅典娜的作用;但是,命运多舛,卡尔喀斯的信使到底迟了一步。

阿特柔斯的儿子,奥德修斯以及透克洛斯元素

在埃阿斯的悲剧中,有两个人起着重要作用的。在索福克勒斯的这部戏里, οἱ Ἀτρείδαι 一词在不同的语境下可以表示两种不同的含义。一般说来,这个词表示阿特柔斯的儿子们,在这里也就是指阿伽门农和墨涅拉厄斯;但在有些情况下,也可以表示希腊大军的指挥官们,与阿开亚人同义。而在埃阿斯悲剧中有着重要作用的是阿特柔斯的两个儿子。这两个儿子依次出场,也展现出两种不同的性格。阿特柔斯两个儿子的不同性格

塑造了埃阿斯悲剧的两个不同的方面：阿伽门农以刚毅的统帅身份左右着整个希腊大军，也决定了埃阿斯葬礼禁令的执行；阿特柔斯的另一个儿子墨涅拉厄斯既是斯巴达王，性格中便带有粗鄙而自负的特征——他也成为阻止埃阿斯葬礼举行的重要一环。至于奥德修斯，他的作用肯定要比阿特柔斯的两个儿子更为重要：在兵器颁赏一事上，他是得到阿喀琉斯兵器的统帅，但他性格中狡猾诡谲的一面却始终使他能够在神人面前处事从容；在埃阿斯葬礼一事上，他又"审时度势地"发现，埃阿斯对他地位的威胁在埃阿斯死后已经不再，而为埃阿斯争取到举行葬礼的权利则可以为他带来更高的声誉。

透克洛斯元素也是埃阿斯悲剧中的一个重要的母题。透克洛斯跟随着他同父异母的兄弟埃阿斯出征来到特洛伊，与他并肩作战，对这位极为信任他的人表现出最大的忠诚。埃阿斯自戕而死后，他赶到这里首先想到要保证埃阿斯的儿子欧吕萨克斯的安全。无论是否是完全依靠他的努力，埃阿斯的葬礼最后毕竟是由他来操办的，埃阿斯的尸身也是在他的安排下下葬的。在这整个过程中，他始终拼力对抗阿特柔斯儿子的威胁和奚落，先是应对墨涅拉厄斯，而后又与阿伽门农争辩。同时，他也对接下来自己将要面对的情况十分清楚。他知道，回到萨拉弥斯，年迈的忒拉蒙一定会极为愤怒，也会像阿特柔斯的儿子们一样斥责他，斥责他怎能这样卑鄙地背叛自己的骨肉兄弟。他甚至想到自己会被抛弃，会被驱赶流放（行 1006—行 1020）。从这个人物的塑造中，隐约可以看到我们的诗人在《俄狄浦斯在克洛诺斯》一剧中关于安提戈涅以及在《菲洛克忒特斯》一剧中对菲洛克忒特斯的描写。

在这种背景下，阿特柔斯的两个儿子——阿伽门农与墨涅拉厄斯的出现便使剧情在场面上变得紧张起来，而他们之间的争执也成为全剧的又一个高潮。首先是透克洛斯与墨涅拉厄斯之间的争执。墨涅拉厄斯的出现令雅典观众马上想到他是一个刚愎自用的人，而且显然要比他的兄弟阿伽门农令人厌恶。这一最初印象有可能使雅典观众对透克洛斯产生某种同情。然后，透克洛斯历数了墨涅拉厄斯的种种卑劣形迹。而后者则明显在争执中落得下风，虽不是溃败而逃，也得算是黯然离场。接着便是阿伽门农的登场，这也是透克洛斯必须面对的一关：唯一能够解除葬礼禁令的只有阿伽门农一人。阿伽门农一上来便将埃阿斯的功绩贬得一钱不值。于是，透克洛斯便着力驳斥他对埃阿斯的贬低，戏剧冲突此时达到了顶点。当奥德修斯出场时，他仅与阿伽门农说了几句话便使自己在观众面前展现出人格的光彩，尽管这种光彩带有着虚幻的色彩。此时，即便阿伽门农可能还不够宽宏大量，但他至少已表明希望能够履行自己的义务，能够听从明智的建议，因为他也知道，τόν τοι τύραννον εὐσεβεῖν οὐ ῥάδιον〔权倾一时者要想维护自己的威望，并不容易：行 1350〕。

主题分析：τὸ μεγά καὶ ἡ ἀρετὴ Αἴαντος〔埃阿斯的伟大与出类拔萃〕

对这个悲剧的主题，历来有不同的争论；概括这些争论，其核心在于如何看待埃阿斯以及埃阿斯的悲剧。事实上，埃阿斯的悲剧并不在于这个人物有多么卑劣，并不在于他是否宰杀了那些作为公共财产的牛羊；也不在于他曾经多么孤傲，在希腊大军中怎样地得不到盟友的理解；甚至不在于他的精神曾经一度失常。埃阿斯的全部悲剧只在于他的 τὸ μεγά〔伟大〕，只在于使他能够成为伟大的那种 ἡ ἀρετὴ〔出类拔萃〕的品质。

雅典人对埃阿斯应该并不陌生。在雅典人看来，埃阿斯就

像他们的父辈一样。而祭拜埃阿斯的仪式似乎延续的时间也极
为久远：鲍桑尼亚斯说，διαμένουσι δὲ καὶ ἐς τόδε τῷ Αἴαντι παρὰ
Ἀθηναίοις τιμαί，　αὐτῷ τε καὶ Εὐρυσάκεϊ· καὶ γὰρ Εὐρυσάκους βωμός
ἐστιν ἐν Ἀθήναις〔就是时至今日，雅典人还依然给予埃阿斯极高的荣誉，
也很推崇欧吕萨克斯，在雅典甚至还设置这欧吕萨克斯的龛位：鲍桑尼亚
斯，《希腊志》，I. 35. 3〕。自从雅典人大约公元前 595 年从麦加拉
人手中将萨拉弥斯夺过来，这个岛便一直是阿提喀的一个部落
区。雅典城中的每一个 ἔφηβι〔专指年满 18 岁的青年〕都肯定参加
过每年一次在萨拉弥斯举办的埃阿斯节。[①] 此外，在雅典，还有
一种献祭仪式，也是以埃阿斯的名义举行的。[②] 雅典人每天都
能看到埃阿斯的雕像，这座雕像就坐落在在雅典集市上，位列十
大英雄的雕像之中，而雅典十个部落的姓氏也都出自于这些英
雄。科勒尔认为，几乎可以肯定，当初，克莱斯忒尼将雅典城划
分为十个部落（参见希罗多德，《历史》，V. 66）的时候，就在雅典实
际上建起了这十座 ἐπώνυμοι〔英雄雕像〕；[③]不过，也有学者推测，
这十座英雄雕像的建成时间不大可能晚于伯里克利时代。[④] 埃
阿斯的英雄声望也同样体现在埃阿斯部落所拥有的一些特别的
品行上——按照埃斯库罗斯的说法，在马拉松之战中，埃阿斯部
落的部队，其位置是在整个大军的右翼；而普拉蒂亚战役之后，他
们获得奖励，被选派前往吉塞隆山上去为山神 Σφραγίτιδες〔司弗拉
基提得斯〕送上祭拜的牺牲。普鲁塔克说，在部落歌队的竞赛中，
Αἰαντίς〔埃阿斯的歌队〕从未有过落败。维尔克尔认为，索福克勒斯
在《埃阿斯》中所说 κλειναί τ᾽ Ἀθῆναι καὶ τὸ σύντροφον γένος〔和我一

---

① Mommsen, *Heoritologie*, p. 411.
② Cf. C. F. Hermann, *Grk. Ant.*, XII. 62. 46.
③ Köhler, in *Herrmes*, v. p. 340.
④ Wachsmuth, *Die Stadt Athen*, 1. p. 506 n. 2.

样血脉的高贵的雅典人啊：行 861〕，①其实就是在说雅典城中的
Αἰαντὶς φυλή 〔埃阿斯的部落〕。② 那些杰出的雅典人可能会使两
个部落的后人而感到自豪——埃阿斯有两个儿子，即吕西狄喀
生下的费拉伊厄斯(*Φιλαῖος*)与在这部戏中出现的苔柯梅萨生下
的欧吕萨克斯。根据在阿提喀流行的传说(普鲁塔克,《评传·梭
伦》,10)，这两兄弟曾被当作是雅典人,他们曾将萨拉弥斯的统治
权转让给了雅典人,并在阿提喀定居下来——费拉伊厄斯住在
布劳龙,而欧吕萨克斯则定居在墨里忒。在雅典, *Φιλαῖδαι* 〔费拉
伊厄斯部落〕与 *Εὐρυσακίδαι* 〔欧吕萨克斯部落〕是最为高贵的两个部
落。后世的佩西斯特拉图斯(普鲁塔克,同上,10)，米尔提亚得斯
父子(希罗多德,《历史》,VI. 35),甚至史学家修昔底德都将自己寻
宗到费拉伊厄斯部落,进而上溯至埃阿斯;③而阿尔喀比亚德则
沿欧吕萨克斯部落也能寻上去(普鲁塔克,《评传·阿尔喀比亚德》,
1)。④ 埃阿斯部落那些骁勇善战的战士随着萨拉弥斯被收复而
归入到雅典,这些人在胜利之后都得到了封赏,因此也都对波塞
冬与雅典娜充满感激之情(希罗多德,《历史》,VIII. 121)。在这样
的背景下,无论我们的诗人如何来描写或设计埃阿斯的悲剧,他
都不可能违背雅典城中这样的氛围,而雅典人似乎也不大可能
认为埃阿斯只是一个有勇无谋的莽夫,当他最后下决心自戕赴
死时,他的伟大也就得到了证明。事实上,雅典人倒是完全有可
能认为他是一个身上带有神祇禀性的人。但索福克勒斯直到最

---

① Friedrich Gottlieb Welcker, "Über den *Aias* des Sophokles", *Rhein. Mus.*, for
   1829, part 3, p. 61.
② Thirlwall, *Phil. Mus.*, 1. p. 524 n. 17.
③ Marrcell. *Vit. Thyc.* § 3.
④ 鲍桑尼亚斯曾称费拉伊厄斯是欧吕萨克斯的儿子(I. 35. 2),这个说法可能不
   准确。

后都没有为我们提供一个能让埃阿斯的形象在雅典人心目中得以恢复的机会。在雅典人的观念中，一个英雄如果要想得到后人的崇拜与敬仰，就必得在死后有一座能够与其生前伟业相称的 ἡρῷον〔英雄冢〕，亦即逝者的灵魂只有凭借葬礼的举行才能够完全得到认可，惟有如此，往生者才能够进入冥界神明的领地。后世者对这个英雄的崇拜则需要有这个英雄冢作凭吊的依据。而在凭吊仪式上，英雄冢前摆放的祭品和祭坛上奉献给神明的牺牲相当(伊塞亚乌斯，《演说集》，Ⅵ. 51)。附带提醒一句，在古希腊，ἐναγίζειν 一词一般用来表示将祭品摆在坟墓前，祭奠逝去的灵魂，按照希腊的一般规矩，这个词则用来表示祭拜英雄，而 θύειν 一词多用来表示祭奠神明：τῷ μὲν ὡς ἀθανάτῳ ... θύουσι, τῷ δὲ ἑτέρῳ ὡς ἥρωι ἐναγίζουσι〔在神殿里当作是不朽的神明祭奠，而在另外的地方则当作有生有死的英雄祭拜：希罗多德，《历史》，Ⅱ. 44〕。修昔底德在提到布拉希达斯的时候也说到过，περιέρξαντες αὐτοῦ τὸ μνημεῖον ὡς ἥρωί τε ἐντέμνουσι καὶ τιμὰς δεδώκασιν〔在那坟墓周围建起围墙，将那里面的死者奉为英雄，每年举办各式各样的祭拜活动，以纪念这些英雄：修昔底德，《伯罗奔半岛战争志》，Ⅴ. 11. 1〕。然而，当雅典人听到埃阿斯的尸身有可能成为鹰鹫和野狗的美食时，当他们看到透克洛斯坚持要将埃阿斯下葬时，透克洛斯与阿特柔斯的两个儿子的争论也就不再仅限于下葬可以使逝者灵魂得到安宁那么简单了。争论的焦点并不在于埃阿斯死后安宁与否。此时，雅典人的感情被我们的诗人引领着，走向了另外的地方：他们现在关心的是这位伟大的勇士如何才能在死后获得救赎。在这种情感中，最值得怀疑的是，他所犯下的罪过是否是他命中注定的？他这样的罪过能否得到宽恕？

我们的诗人创作出埃阿斯这样一个人物，其目的是想让埃

阿斯成为一个真正的英雄被后世的人们景仰、崇拜。因此,他让
埃阿斯在他最后的独白中详细地陈述了自己的心路历程。这个
时候的埃阿斯应该已经恢复到正常的心智,重新得到了清醒的
理智,从另一个角度来考虑,也可以说,这个时候,埃阿斯学会了
σωφροσύνη〔知所分寸〕;① 于是,我们的这位主人公人格中的那种
神圣便凸现出来:他知道自己做了什么,这个罪孽是不言而喻
的。这时他内心承受着煎熬,感到深深的耻辱;要消弭这种耻
辱,他想到了死。自戕的决定在他感受到耻辱的同时就已经作
出。最后的独白中,他回顾的并不是他的丰功伟绩,也不是他在
征讨特洛伊的过程中发挥了怎样的重要作用——这些,我们的
诗人要让另外三位在埃阿斯死后去争论。埃阿斯作出决定后先
是向自己的孩子告别,这时的他表现出真正柔情的一面。而当
他转而嘱咐苔柯梅萨时,他的语气便显得有些粗鲁或粗暴,他警
告苔柯梅萨,任何劝慰的努力都是徒劳的。此时,他所表现出来
的态度并不能证明那个 ὕβρις〔行止猖狂〕状态重新出现,他的这
种态度只是表明此时他的内心正在经历着挣扎。而后,他便退
回到自己那间僻静的营帐里。短时的间隙过后,歌队唱起颂歌。
这之后,他再次回到舞台上来,手上拿着剑,发表了那一大段著
名的临终独白。值得注意的是,在吟诵这段独白时,埃阿斯已经
拥有了 σωφροσύνη,因此,便不能说埃阿斯的自戕是在他的行止

---

① 在索福克勒斯存世作品中,作为名词的 σωφροσύνη 并没有出现过,甚至在埃
　　斯库罗斯的作品中也从未出现过;而作为形容词的 σώφρων(阳性/阴性主格
　　单数)和作为动词的 σωφρονεῖν(现在时不定式),我们能看到的也并不多;一
　　般认为,这是因为希腊古典作家——特别是希腊鼎盛期的古典作家——通
　　常不会在作品中要求他的主人公应该做什么,而只是要求他的主人公不要
　　做什么,所以,表示正面肯定意义的描述行为规则的语词就会比较少见。
　　Cf. B. Knox, *The heroic temper: studies in Sophoclean tragedy*, Berkeley,
　　1964, p. 67.

猖狂时做出的决定。①

　　这便是《埃阿斯》悲剧的核心。确定了这一命题的核心地位之后，不妨回过头再去看看这个悲剧的两个争议最大的问题。

　　这里看到的应该是一个完整的剧作，那么，作为一个整体的这个剧作，其贯穿始终的主题又应该是什么呢？从行数上看，到行 865 埃阿斯自戕而死，似乎有一个主题已经完成。后世的读者通常都会想到，随着埃阿斯的死，这部戏的主要问题（即便不把这个问题看作是全剧的主题）消失了。而接下来透克洛斯与三个人的争论所围绕的主题就变成了埃阿斯下葬的主题。近代学者大多认为，我们的诗人之所以花费超过三分之一的篇幅来描写透克洛斯与那三个人之间的争论，是因为希腊人对葬礼极为重视；同时，透克洛斯因为与阿特柔斯儿子阿伽门农进行了那次谈话，于是便为他在舞台上历数埃阿斯在这场征战中的业绩提供了可能；或者，只有在墨涅拉厄斯与阿伽门农的反衬下，奥德修斯精明而又宽容的人格魅力才能得到凸显。然而，这种观点的前提在于需要有这样一个假定：这部分戏对于希腊观众来说可能很有意思，而且与前半部分的主题没有脱节。但如果真要将埃阿斯死后的部分当作是不可或缺的一部分的话，那么，仅仅这样去解释一番显然就不够了。除此之外，即便队后半部分做出这样的解释，我们也还必须说明，这部戏从始至终的剧情在怎样情形下才能被看作是一个有机的整体。

　　另一个问题是，有一批学者认为，这部戏的主题是要告诉我

----

① 在索福克勒斯笔下，埃阿斯的性格中有两个最重要而又似乎相互冲突的特质，他称之为 σωφροσύνη 和 ὕβρις；关于这两种特质，我在下文中还会说到，而且，这两种特质也贯穿在《埃阿斯》这部作品之中。我将 σωφροσύνη 一词译作知所分寸，而将 ὕβρις 一词译作行止猖狂。在以下文字中，当这两个单词译文形式出现时，我均不再标注译文。

们如何生活才能避免遭受这样的惩罚。坡(J. P. Poe)认为,埃阿斯的自戕应当是对他攻击阿开亚将领的惩罚。① 对此,更为极端的看法是认为,埃阿斯在疯癫状态下作出的那个举动使他丧失了成为一个英雄的资格。② 然而,事实上,这种说法却很难成立:在公元前五世纪的雅典人看来,乃至在整个古典时代的希腊人看来,对自己所厌恶的人加以报复和帮助自己的朋友一样,都是再平常不过的事情了,都是可以接受的。在开场的时候,雅典娜并没有说埃阿斯的行为是邪恶之举,也没有明确地指出她对埃阿斯加以惩罚就是出于这样的原因。凯恩斯说,对埃阿斯所作所为道德价值的忽略是因为"对他的荣誉的过度关注"。③ 但是,在这部戏当中,除了他的敌人,没有任何人为此对他有过任何的谴责④。还有一些研究者认为,如果说埃阿斯拿那些牛羊出气其实是针对参加投票的阿开亚人的报复,那么,这样的反应也太过分了。⑤ 不过,埃阿斯的做法和荷马笔下的阿喀琉斯的做法还是有很大不同的(荷马,《伊利亚特》,卷 I. 行 1 以下):后者之所以没有去把阿伽门农杀掉,并不是因为道德感的良心发现,也不是因为想明白之后需要与之媾和;他之所以没有杀他,实在是因为雅典娜的阻拦;雅典娜还承诺,如果他改变了那种 ὕβρις 〔狂狂的〕作风,她会对他有所嘉奖的(《伊利亚特》,卷 I. 行 212—行

① J. P. Poe, *Genre and meaning in Sophocles' Ajax*, Frankfurt am Main, 1978, p. 23.

② R. W. Minadeo, "Sophocles' *Ajas* and *kakia*", *Eranos*, 1987, p. 23.

③ D. L. Cairns, *AIDOS: the psychology and ethics of honour and shame in ancient Greek literature*, Oxford, 1993, p. 230.

④ Cf. I. M. Linforth, *ibid.*, pp. 8—10; J. R. March, "Sophocles' *Ajax*: the death and burial of a hero", *BICS*, 1991—1993, p. 11.

⑤ M. Heath, *ibid.*, p. 173; N. R. E. Fisher, *Hybris: a study in the values of honour and shame in ancient Greece*, Warminster, 1992, p. 316, pp. 326—328.

214)。而埃阿斯以趁夜偷袭的方式实施报复,在有些学者看来,实在是一种对其 *ἀρετή* 的损害。确切地说,埃阿斯之所以感到受辱,并不是因为他曾试图去报复他所厌恶的人,而是因为他对那些牛羊实施了暴行并且在这之后还表现出欣喜若狂。当他感到自己受辱之后,他便把剑调转过来刺入自己的胸膛。

现在回到我们最初的问题上来,在这个看似分作两个部分的作品中,有一种同一性的东西是贯穿始终的,这便是我们的诗人所要向我们呈现的某种观念。而这一观念一定包含这样的内容,即埃阿斯的死并不是某种突发的偶然事件,而是某个必会导致悲剧发生的事件;如此一来,只有当埃阿斯的尸体不再蒙受羞辱,可以下葬的时候,真正意义上的悲剧高潮才算到来。我们必须尽力跟着这一观念的发展,或者换言之,也就是必须努力去寻找索福克勒斯为自己作品所设想的那个角度。

许多研究者认为,埃阿斯使雅典娜感到愤怒并不是因为,至少不完全是因为他对自己的敌人发起进攻,而是因为他的 *ὕβρις*;这种观点的典型代表是基尔克伍德:"他是由于尽可能清楚地展现出 *ὕβρις* 才遭到神怨怒的。"[①] 在古希腊语中,*ὕβρις* 一词同时具有两层含义:其一是指人对神的某种触犯,而在特定情况下也可能是指某种骄傲或自以为是。但这却并不是这个词在这里所表示的含义。从严格意义上来讲,这个词并不是指某种心理状态。毋宁说,它是指一种心理状态所导致的结果。它描述的是一种特殊的行为或行为方式,这种行为或行为方式通常会给行为者自己带来某种伤害,使行为者自己成为自己行为的牺牲品——在《伊利亚特》当中,阿喀琉斯说到阿伽门农时便使用了这个词:*ἦ ἵνα ὕβριν ἴδῃ Ἀγαμέμνονος Ἀτρεΐδαο*〔你看到阿特柔斯的儿子阿伽门农

---

① G. M. Kirkwood, *ibid.*, p. 274.

那样行止十分猖狂了吗:《伊利亚特》,卷 I. 行 203〕;在《奥德赛》中,这个
词常被用来表示人们对奥德修斯粗鲁行为的某种态度。在整部
戏中,说到 ὕβϱις 一词时,大多是针对埃阿斯说的(行 135,行 196,行
367,行 650,行 955,行 971,行 1092,行 1151,行 1385),剧作中针对阿
特柔斯的儿子所做的事情而言的情况仅有两处(行 1061,行 1081),
但却从没有一处是对神表现出来的。因此很难说,雅典娜是因为
埃阿斯的 ὕβϱις 而对他加以惩罚的。当然,雅典娜也明确说过神
明会垂爱给那些 σώφϱων 〔知所分寸的〕人,而对 ὕβϱις 人则很是厌
恶: τοὺς δὲ σώφϱονας | θεοὶ φιλοῦσι καὶ στυγοῦσι τοὺς κακούς 〔对知道
分寸的聪明人,|神明自然有所眷爱,而那些丑恶的东西则会为神明所厌
恶:行 132—行 133〕——在这里,雅典娜似乎把 τοὺς κακούς 〔丑恶的
东西〕和 ὕβϱις 等同起来,并用这个词表示无法自控,或失去自控
能力;也有学者就这句话特意指出,在这里,"σώφϱων 人是不会
行止猖狂的,ὕβϱις 和 σωφϱοσύνη 可以看作是两两对应的反义
词"。① 而从整个剧作上看,埃阿斯肯定不具备 σωφϱοσύνη 这样
的品格;几乎和索福克勒斯所有的主人公一样,他在言行上极易
πεϱισσός 〔本义作过度、出格、乖张〕。② 这种品格使他总是言语张扬,
总是拒绝接受一般凡人的劝告,总是我行我素,对周围的人和情
势全然不顾,拒绝任何妥协的可能——这便是典型的索福克勒
斯式的性格。这种人物听不进任何不同意见,坚定而固执地坚
信自己是正确的。这一类人物一定会脱离其所在的共同体,在

---

① R. P. Winnington-Ingram, *Sophocles: an interpretation*, Cambridge, 1980, p.
　　6. 引文中,希腊字后面括号内的译文是笔者所加。
② πεϱισσός 一词本身并无褒贬,在不同语境下可能各有扬抑;一般而言,πεϱισσός 只
　　表示超过正常数量: σχεδόν γέ τι πάντων μάλιστα ἤ γε πεϱαιτέϱω γυμναστικῆς ἤ
　　πεϱιττὴ αὕτη ἐπιμέλεια τοῦ σώματος 〔对身体在意到超出健身的程度反而会造成最
　　大的妨碍:柏拉图,《王制》,407b〕;我在这里选用这个词,也是为了说明埃阿斯
　　的行为过度既是他的出色所在,也是他行事乖张的表现。

一般人而言就是自外于自己所在的城邦，在埃阿斯而言也就是自外于他所结盟的希腊大军。于是，在他的周围就一定会有一批人被他的这种性格所戕害；而在这些人的眼里，他的行为就一定是 *ὕβρις*。如果假定他的行为是邪恶的，那么，自然可以对这种 *ὕβρις* 加以鞭挞。但是，悲剧在于埃阿斯并不是 *κακός*。他的伟大与他的出类拔萃已在雅典的那座英雄雕像中尽数体现，这样，他的这种 *ὕβρις* 也就成为我们对他加以赞美的理由，而有这样的理由使他自戕而亡，这中间的悲剧也就在所难免。托兰斯说："这样的英雄本身就内含着 *ὕβρις*，而这种 *ὕβρις* 又意味着 *ἄτη*〔毁灭〕。"① 如果埃阿斯没有表现出这种骄傲，他就不会落得毁灭的结果；但是，如果他没有了这种 *ὕβρις*，他也不能成为索福克勒斯的主人公了，也就失去了古典悲剧人物应有的那种 *μεγαλοπρέπεια*〔崇高、悲怆〕——而这种 *μεγαλοπρέπεια* 之中所蕴含的 *ὕβρις* 本身就蕴含了导致毁灭的要素。在这个悲剧中，为 *σωφροσύνη* 努力找到出路的人都是一些似乎让我们看不起的人；而埃阿斯作为索福克勒斯笔下的人物，他对这种行为举止方式的拒绝使他同那些人拉开了距离。值得注意的是，索福克勒斯让雅典娜在称赞奥德修斯的时候（行 132－行 133）就用到了 *σωφροσύνη*。后世长期高度评价这个作品，或许就出于对索福克勒斯这两行的误解：人们可能以为，我们的诗人希望藉此提醒雅典的人们，不要把自己变得 *ὕβρις*，而要努力做到 *σωφροσύνη*。②

在《埃阿斯》一剧悲剧主体的构成中，其他元素或可忽略，但有一个人物却是无论如何无法绕过去的，这个人物便是奥德修斯。全剧中，奥德修斯两次出场，一次是在开场时，另一次是退

---

① R. M. Torrance, "Sophocles: some bearings", *HSPh*, 1965, pp. 274—276.
② 事实上，我们由这个悲剧的主题要素或可进一步深入思考希腊现实生活中思想家的另一个重要的历史事件——苏格拉底之死。

场时。一般认为，奥德修斯在此剧中代雅典娜行事：他所做的事情都是雅典娜认为他应该去做的事情，亦即将埃阿斯找出来，并查明他是否就是宰杀那些牛羊的凶手。为此，雅典娜会给他以帮助，使他能够"在她的引领下"。见到自己所厌恶的人已变得疯疯癫癫，奥德修斯马上表现出怜悯，并且流露出人生虚幻的念头。这时，雅典娜对他说，知道分寸的聪明人，神明自然有所眷爱（行 132－行 133）。在这部戏结束的时候，他又去向阿伽门农说情。他也承认，埃阿斯是阿喀琉斯之后最伟大的一个人，而对他的厌恶在他死后也就不会再延续下去了。不过，从奥德修斯的这种宽宏大量之中，似乎也可以看到雅典娜恩赐的痕迹，这种宽宏大量出自高贵的理智，也出自骑士的情怀。奥德修斯甚至想到，自己或许也会有那么一天，需要神明为自己感动，那时他就会得到一座 ἡϱῷον〔英雄冢〕：καὶ γὰϱ αὐτὸς ἐνϑάδ᾽ ἵξομαι〔我在某一天也会出现这样的需要：行 1365〕。这便是为神所眷爱的那种明智的知所分寸，而且，知所分寸之中虽然不无私心，但在行为上却总是要表现出某种宽宏大量来。①

　　然而，细心品啜剧情的发展却可以发现，奥德修斯对埃阿斯的态度与雅典娜很不一样。虽然他是最厌恶埃阿斯的人，但他却完全从心里认可埃阿斯的伟大与出类拔萃，并且将埃阿斯视作是一个真正的英雄，是他使埃阿斯的葬礼得以完成。不能想象，雅典的那十座英雄冢当中埃阿斯的那一座如果没有奥德修斯为其求情，如何能够建起来。而奥德修斯正是意识到自己和埃阿斯同样都是凡人，所以才会这样做。这意味着他很清楚世事多变——一切都不是一成不变的，人不可能永远把另一个人

---

① Cf. R. Scodel, *Sophocles*, Boston, 1984, p. 25; L. Bergson, "Der *Aias des Sophokles* als 'Trilogie'", *Herms*, 1986, pp. 38－39.

当作是自己的敌人,他还要想到这个人或许某一天应当可以成
为他的朋友。当然,有学者① 认为,就此而论,索福克勒斯的这
个作品也可以被看作是对奥德修斯此种人格魅力的歌颂,这种
观点或许有些言过其实,毕竟此剧所围绕的核心问题或主题是
埃阿斯的悲剧。但也要看到,我们的诗人所设计的奥德修斯的
这种性格却为埃阿斯悲剧的完成提供了一个最佳的通道。一般
说来,埃阿斯被认为是早期贵族政制最后一个英雄。他的价值
放到现代肯定抵不过奥德修斯的价值。因此,有批评家认为,埃
阿斯只具有伟大的品格,却不能像奥德修斯那样具备 ἀρετή,而
奥德修斯身上所具有的那种 ἀρετή 则是一种新型英雄所必然具
有的品格或品质;更有学者认为②,这种品质体现的是公元前五
世纪希腊城邦之间既有竞争又有合作的相互关系的本质。颇带
讽刺意味的是,当奥德修斯试图说服阿伽门农解除埃阿斯葬礼
禁令时,阿伽门农居然认为,奥德修斯这样劝说他是因为有私
利: ἦ πάνϑ' ὅμοια πᾶς ἀνὴρ αὑτῷ πονεῖ 〔果然,每个人都只为自己着想:
行 1366〕;这句话虽然讽刺意味明显,但却极为重要。就整个形
象而言,这部戏当中的奥德修斯与他在《奥德赛》当中的情形十
分相像;在那里,他曾对满脸愁容走在黄泉路上的埃阿斯表现出
极大的宽容: σεῖο δ' Ἀχαιοὶ | ἶσον Ἀχιλλῆος κεφαλῇ Πηληϊάδαο |
ἀχνύμεϑα φϑιμένοιο διαμπερές 〔对你,我们阿开亚人|就像失去珀琉斯的儿
子阿喀琉斯一样,|为这样的丰碑逝去而感伤:《奥德赛》,卷 XI. 行 556—

---

① Cf. H. D. F. Kitto, *Greek tragedy*, London, 1963, p. 122. 我们可能会注意到,
这种设计会令我们联想到古典时代经典的苏格拉底问题:我们应该如何活? 按
照基托的观点,索福克勒斯的这部《埃阿斯》在今天的意义就在于它要告诉我
们,我们不能像埃阿斯那样,当然更不能像墨涅拉厄斯那样活着,我们应当像奥
德修斯那样。

② C. Segal, *Sophocles' tragic world: divinity, nature, society*, Cambridge,
1995, p. 6, p. 17.

行 558〕；这种相近主要体现在由于雅典娜的诱导而使埃阿斯的高贵得到凸显。

至此，我们看到，埃阿斯是一个真正的悲剧人物。他的悲剧在于他的伟大使他超越了人的能力，但同时却失去了生命。他的悲剧肇始于希腊大军这样一个共同体当中，但他的生命却是他在海滩上独自结束的——没有面对他的敌手阿加门农和墨涅拉厄斯，也没有让后来对他有了同情的奥德修斯在场。全剧以奥德修斯寻找他的敌人埃阿斯开始，而到了结束时，当他已把后者视为朋友之后，埃阿斯依然不在现场。埃阿斯的伟大与他的出类拔萃和他的倨傲猖狂是一体两面的，正是这种一体两面的品质使他成为一个英雄，也使他成为一个悲剧的牺牲者。

五

希腊时代，所有悲剧都是用韵文写成的。因此，在对这个悲剧注疏之后，对其韵文的韵律也需做一些基本的分析，虽然此类分析对阅读译本并无直接的裨益，但对理解剧作风度却十分重要。因为借助这一分析，也可以更好地发现文本外的意味。①

为分析《埃阿斯》一剧的音律，我们首先需要简单介绍一下古希腊音律学的一些基本情况。②

---

① 以下，在考察诗行音律及文字传抄勘正时，除特殊情况外，对希腊原文，我均不再注参考译文，如确需了解译文，可在本书正文中查找。

② 这里概述的音律学基本理论，以施密特的《古典语言音韵与音律概述》(J. H. Heinrich Schmidt, *An Introduction to the Rhythmic and Metric of Classical Languages*, trans. by John William White, London, 1879)一书为依据。

古希腊诗歌与韵文音律

与近代以后众多欧洲语文音律不同,古希腊语诗歌与韵文的音律是通过单词中音节的时长来实现的;而前者(如英文)则是通过重读音节与轻读音节的交叉出现来实现其音律关系的。在希腊语中,当两个或两个以上的音节组成一个音律时,与长音节相对应的短音节,我们采用"⏑"来标注,一个短音节 ⏑ 的时长表示一个音长单位,希腊语称作是 ὁ χρόνος〔本义作时间〕,拉丁词为 mora;一个 χρόνος 的时长等于一个 1/8 拍(我们通常也称其为抑音节)。而长音节,我们采用"—"来标注,它的时长是两个音长单位,亦即与两个 1/8 拍时长短音节的"⏑"等长,等于一个 1/4 拍(我们通常也称其为扬音节)。除长短音节标记外,在为希腊诗歌与韵文注音律时,还有间歇符也是常用的,间歇符的记号为"⌒",其间歇时长等于一个"⏑"的时长;长间歇记号是在"⌒"之上标注长音记号,其时长则等于一个"—"。音步间以"|"作区分记号,一个音律单元的结束以"‖"来表示;诗行前,有时还会增加音节,是一种额外添加的轻读音节,轻读音节并不构成一个音步,以"¦"为记号。此外,记号"∟"表示这个长音要延长一个短音时长,等于一个半长音或三个短音,即 —⏑ 或 ⏑⏑⏑。记号"⊔"表示这个长音的时长需加倍,等于两个长音或一个长音加两个短音,亦即 —— 或 —⏑⏑。而记号">"则被称作是 συλλαβὴ ἄλογος〔逾理长音〕,表示以一个违反规则的长音替代了一个本来应该在该处使用的短音。

在古希腊,我们可以概括地说,音律有以下几种基本类型,有时这几种类型也可能混用:

逻迦奥伊迪考斯调:古代音律学家将一种介于韵文与散文

之间的音律称作是 λογαοιδικός〔逻迦奥伊迪考斯调〕。① 显然，逻迦奥伊调是一种不规则调式，但无论各音节如何组合，都可以但不必然用音节的名称将其组合成的音律称之为调式（或调）。逻迦奥伊调的基本形式由一个长音和一个短音组成，记作 －⌣（扬抑）或 ⌣－（抑扬）；我们将这种扬抑或抑扬组合而成的调式称作是逻迦奥伊基本调式。逻迦奥伊调还有一个变调，相传是古代希腊诗人格吕孔（Γλύκων）首先使用的，因此被称作是格吕孔调——格吕孔曾在迦逻奥伊调第一（或第二，或第三）音步的长音之后再接一个短音，形成 －⌣⌣；这样，这个音步就成了一个三音节的音步——我们称这种变化为格吕孔变化。如果一行文本中连续出现四个基本调式，便称这个诗行的音律为四音步。当音步都是基本调式时，如果第一个音步出现格吕孔变化，就称这个诗行的音律为第一格吕孔调；如果第二音步出现格吕孔变化，则这个诗行被称作是第二格吕孔调；如果第三音步为格吕孔变化，即为第三格吕孔调。逻迦奥伊基本调式一般记作 －⌣|－⌣|－⌣|－⌣‖；第一格吕孔调记作 －⌣⌣|－⌣|－⌣|－⌣‖；第二格吕孔调记作 －⌣|－⌣⌣|－⌣|－⌣‖；第三格吕孔调记作 －⌣|－⌣|－⌣⌣|－⌣‖。

　　朵克弥亚调：古希腊悲剧表示悲怆时常有一种特定的调式，譬如 ⌣|－－|⌣|－－‖|－－⌣|－⌣‖，亦即用这种 短|长长短|长短‖长长短|长短 的两个二音步音律来表示悲怆时极度的震撼或紧张；这个调式的基本调式是 －－⌣（即五个短音）和 －⌣（即一个带收缩性质的长音，相当于两个短音）一道组成的。我们称这种调式作朵克弥亚调。这个调式的名字出自古希腊语 δόχμιος 一词，而希腊语这个形容词的意思是曲折的，拐弯抹角

————————

① 下文将这个调式简称作逻迦奥伊调。

的;这似乎表示使用这种调式的目的在于希望通过某种隐喻而不是直截了当地将心中的悲怆抒发出来。由于其中的长音音节可以分解为两个短音,这样便可能产生朵克弥亚调的一些主要变化形式。

伊奥尼亚调:古希腊悲剧中还有一种二音步调式,其基本音步构成为－－ ⏑⏑。带额外添加轻读音节时,其轻读音节为⏑⏑,这种情形下形成的调式称作是伊奥尼亚大调(*ionicus a maiore*);而不带轻读音节的,则被称作是伊奥尼亚小调(*ionicus a minore*)。典型的伊奥尼亚大调记作 ⏑⏑ ¦ － － ⏑⏑ ¦ － ⌃(长间歇符,代表一个音符,标在文字部分,其上标长音记号)‖。伊奥尼亚调因其出自伊奥尼亚(Ἰωνία,也作 Ἰωνίη)地区而得名。

《埃阿斯》音律说明

《埃阿斯》一剧所使用的音律包括:扬抑格(－ ⏑)或扬抑抑格(－ ⏑⏑)逻迦奥伊调,以扬抑格为基础的扬抑调,只在歌队入场歌中使用过的抑抑调,以及行首带额外添加音节的朵克弥亚调(⏑ ¦ － － ⏑ ¦ － ⌃)。鉴于希腊文音律在汉语移译中完全无法体现,以下在音律说明阶段不再对音律加以分析,而只对调式略作说明。

歌队合唱歌(行 172－行 200):这个合唱歌可以分作三部分,亦即三节。第一节是行 172－行 181,第二节是行 182 至行 191,第三节则是行 192 至行 200——其中,第一节和第二节,它们都采用扬抑抑(即－ ⏑⏑)作调式的基本构成,不过也采用了一些扬抑抑格的变化形式(如－－,⌐)。希腊戏剧中合唱队是从舞台的右侧(即观众的左侧)上场的,而当合唱队行进至舞台左侧(即观众右侧)时,合唱队向舞台右侧相反方向转身后再唱第二节,前者被称作是 στροφή(缩写作 στρ.),而后者则被称作 ἀντιστροφή(缩写作ἀντ.），我将其译作正向合唱歌（意即合唱歌开始时歌队以一个正向行进时所唱合唱歌）与转向合唱歌（意即歌队转身后向反方向行进时所唱合唱歌）。歌队转向合唱歌结束后在舞台中央停下来，这时，歌队面对观众吟唱第三节。在《埃阿斯》中，歌队合唱歌的前两节采用了三组音律，三组音律均有对应关系。

第一对唱歌（行201－行262）：第一场以两组对唱使上下两半场得以区分。ἀμοιβαῖον〔对唱歌〕是希腊悲剧中表达某种激烈情绪时使用的一种抒情形式，多采用咏叹调的调式，中间或插入歌队的合唱，或插入三音步抑扬格插话。行201，第一对唱歌以苔柯梅萨—歌队队长—苔柯梅萨之间的抑抑扬格对唱开始；至行221，歌队合唱插入，采用逻迦奥伊调；合唱歌首节至行232，苔柯梅萨—歌队插入，重新以抑抑扬格对唱；至行245，歌队转身向另个方向以同样的调式吟唱转向合唱歌；至行257，苔柯梅萨—歌队再次以抑抑扬格对唱。

第二对唱歌（行348－行429）：第二对唱歌虽为对唱调式，也确实是埃阿斯与人物对谈；但只有饰演埃阿斯的主唱演员一人在以抒情咏叹调的形式独自吟唱，而人物（无论是饰演角色的演员还是歌队队长）则只是以三音步抑扬格与埃阿斯说话（不是吟唱）。第二对唱歌的首节，次节以及三节各自转向前后的音律都是各自一一对应的：首节的前三行（行348－行350，行356－行358）均为行首带额外添加轻读音节的朵克弥亚调；而转向前后两段的最后两行则为一个逻迦奥伊调跟着两个四音步扬抑格。在歌队转向时，行354至行355以及行362至行363是歌队队长的三音步抑扬格念白。第二对唱歌，次节与三节的音律在转向前后也是一一对应的：次节转向前后均分作两小节：第一小节前三行均为行首额外添加了一个轻读音节的朵克弥亚调；而后四行为第二小节，采用逻迦奥伊调，且一四及二三也两两对应。三节转向前后可分四小节：第一小节三行，从散韵到朵克弥亚调；第二小节两行，为逻迦奥伊调；第三小节五行，前后两行为三音步扬抑格调式，中间以一个三音步逻迦奥伊调衔接；第四小节两行，采用抑扬格调式；第五小节两行，也采用抑扬格调式，但以所谓阿朵尼句式（versus Adonius）的二音步逻迦奥伊调区隔。

第一肃立歌（行596－行645）：第一肃立歌分作两节。首节，行596至行607为正向的合唱歌，行608至行623为转向的合唱歌；正向与转向一一对应，分作四小节——第一小节三行，第二小节三行，第三小节两行，前三小节均采用逻迦奥伊调；第四小节一行，将扬抑调（－⌣）改为由三个抑声组成的抑抑调（⌣⌣⌣）。次节，行624至行633为正向的合唱歌，行635至行645为转向的合唱歌；正向与转向亦一一对应，不分小节；第一行和第二行与第五行和第六行一一对应，各行分别采用两个三音步；第三行和第四行则与第七行与第八行一一对应，各使用一个三音步；第九行则采用一个六音步逻迦奥伊调。

第二肃立歌（行693－行718）：第二肃立歌正向合唱歌与转向合唱歌相对应地各自分作两节，采用四音步或六音步的逻迦奥伊调。第二肃立歌只在音步韵律形式上与 στάσιμον〔肃立歌〕的颂歌体相同，而在表演形式上与肃立歌不同：歌队不是 ἵσταμμαι〔肃立〕在舞台上，歌队这时采用是一种所谓和歌起舞（ὑπόρχημα）的演唱形式——这种演唱形式通常带有欢快的调式。

场间歌（行879－行960）：场间歌的正向与转向的转换较为特殊，它通过行915至行924苔柯梅萨的一段三音步陈述将正向和转向区分开，而这正反两段所采用的音律却完全相同；到转向部分结束时，苔柯梅萨又以十三个三音步将此节场间歌结束。在苔柯梅萨开始三音步之前，正向与转向场间歌各自又都可分作七个小节，而根据其音律这七个小节则可以分为三个相互对应的部分：第一部分为行 879 至行 899，对应的转向场间歌则是行 925 至行 945——其中，行 879 至行 890 对应行 925 至行 936，为抒情体朵克弥亚调，而行 891 至行 899 对应行 937 至行 945，为穿插有咏叹调感叹语的三音步逻迦奥伊调；第二部分为行 900 至行 907，对应的转向场间歌是行 946 至行 935——其中，行 900 至行 903 对应行 946 至行 949，为抒情体逻迦奥伊调，而行 904 至行 907 对应行 950 至行 953，为三音步逻迦奥伊调；第三部分是行 908 至行 914，对应的转向场间歌是行 954 至行 960，采用抒情体逻迦奥伊调。

　　第三肃立歌（行 1185－行 1222）：第三肃立歌可分作两节：首节为行 1185 至行 1193，对应的转向肃立歌为行 1194 至行 1198，各自都应并作四行才能使音律得以体现，四行肃立歌又分作两个小节，每小节为两行，均采用两个四音步格吕孔调，第一个小节的两行以一个双韵加以分隔其格吕孔调，第二个小节则没有这个双韵。次节为行 1199 至行 1200，对应的转向肃立歌为行 1201 至行 1222；第三肃立歌的次节分作两小节，正向与转向的前六行为一小节，采用格吕孔调，并以一个双韵阿朵尼句式作为结束；后四行为第二小节，其第一和第三行为两个三音步，而第二和第四行为格吕孔调。

版本源流

钞本

　　在索福克勒斯的七部存世作品中，有三部作品在拜占庭时期曾被当作学院教学用书，它们是《埃阿斯》、《厄勒克特拉》以及《俄狄浦斯王》；这三部作品现存钞本不少于 150 个。

　　众多钞本中,最早的钞本应当抄于公元十世纪的拜占庭时期。现存于保存古典文献最出色的图书馆之一佛罗伦萨的梅蒂奇洛伦佐图书馆(*Bibilioteca Mediceo-Laurenziana*)的钞本,通常被称作是 L 钞本。拜占庭钞本的抄写者大多喜欢像自己写作一样对文本中自己认为有误的地方随意加以修改。但在修改的时候,这些抄写者通常会在随文诂证(即所谓 *scholia*,拉丁文 *scholium* 的复数形式,常记作 schol.)处将更改前的情况标注出来,但并不是每个抄写者都会如此认真,所以,一定还有相当多的疏漏。因此,L 钞本在后世数代学者努力下也就出现 L^{ac} 钞本和 L^{pc} 钞本,即 *L ante correctionem*(诂前 L 钞本)和 *L post correctionem*(诂后 L 钞本)。而在梅蒂奇洛伦佐图书馆,还收藏有公元 10 世纪的 Λ 钞本和公元 12 世纪后期的 *K* 钞本。除这个图书馆收藏的钞本之外,还有许多不同的钞本。而诂前诂后的改动,有些可能小有益处,但大多并未改得有道理;譬如,将行 115 的 ἐννέπεις 读作 ἐννοεῖς,将行 273 的 βλέποντας 读作 φρονοῦντας,将行 564 的 φρουρὰν 读作 θήραν,将行 880 的 ἕδρας 读作 ἄγρας,将行 1233 的 διωρίσω 读作 διωρίσω,以及将行 1309 的 συνεμπόρους 读作 συγκειμένους 等。此类诂证在许多种钞本都可以见到。而有的钞本则相对比较细心,譬如,在将行 130 的 βάρει 读作 βάθει 时还在随文诂证中注明是变体(Mosq. b),在有的版本中则注明疑误(A, Aug. a, Ienensis)。不过,也有一些改动就没有道理了,譬如将行 189 的 βαρχαζόντων 读作 καγχαζόντων,将行 582 等处的 θροεῖν 读作 θρηνεῖν,或者将行 1036 中的 ὁμοῦ 读作 ἀεί (Pal., Ien., Mosq. a 和 b)。这种辨读的随意性似乎在阅读《埃阿斯》时常会出现,但就其整体而言,这些改动对作品内容的影响好像并不大。

　　在《埃阿斯》中,有些段落,所有的钞本都出现了明显的误读。譬如,按照斯托巴乌斯的考证(Stobaeus, 113. 8),在行 330

处,L^{pc}钞本与所有钞本都误读作 φίλων γὰρ οἱ τοιοίδε νικῶνται φίλοι,
而正确的读法应当是 φίλων γὰρ οἱ τοιοίδε νικῶνται λόγοις（下划虚线
是为了显示两个单词有所不同）,因为,φίλοι 是形容词 φίλος 的阳性
主格复数形式,而在这里这个词不能作主格单数名词 φίλων 的
述词,而应当保持 L^{ac} 钞本中的形式,即以 λόγοις 的形式作动词
νικῶνται 的补语。此外,有一点极为重要,在行 28,13 世纪出现
的一个钞本(即 A 钞本)以及这个钞本前后出现的大多数钞本正
确地读作 τήνδ' οὖν ἐκείνῳ πᾶς τις αἰτίαν νέμει;但 L^{pc} 钞本却将
τρέπει 误读作 νέμει,当然,L^{pc}钞本之后的许多钞本中也曾以讹传
讹[如 Pal. 钞本,Δ 抄本,L² 钞本(即丁道尔夫所采用的 L b 钞本),Aug.
b. 钞本,以及 V⁴ 钞本]。仅此一点就可证明,从版本学的角度来
看,将 L 钞本当作是所有现存钞本底本的这一理论是不能够成
立的——因为,νέμει 不大可能在 10 世纪前半叶的 L 钞本与 13
世纪的 A 钞本之间的那段时间由什么人恢复到底本上。此外,
行 61,L 钞本和 A 钞本以及大多数钞本都误读作
κἄπειτ' ἐπειδὴ τοῦδ' ἐλώφησεν φόνου;而正确的读法,亦即将句中的
φόνου 恢复到 πόνου 上来,却仅见于为数不多的钞本(Vat. a 钞
本,Harl. 钞本,Ienensis 钞本,R. 钞本);但如果说,在这些为数
不多的以正确读法抄写的钞本中,φόνου 一词是因正确的辨
读而保留下来的,这好像又不大可能——因为,φόνου 的这个
读法虽然值得怀疑(仅凭借 φόνου 一词并不能加强悲剧的反讽效
果),但这个词却能够满足上下文语境的要求。至于行 112
的辨读,L 钞本之后同样采用它的正确辨读的钞本很少,大
多数的钞本,如 Γ 钞本,Aug. b 钞本,以及 Dresd. a 钞本,都
误读作 τἄλλ' ἔγωγέ σ' ἐφίεμαι;但几百年后,A 钞本以及大多数钞本
又都回归到 L 钞本的 τἄλλ' ἐγὼ σ' ἐφίεμαι 上来。这或许也可以证
明,在某些方面,L 钞本还是具有权威性的。另外的证据是,行 45

处，只有 L 钞本保留了 *ἐξεπράξατ* 的读法，而其他钞本的读法都是 *ἐξέπραξεν*；对此，L 钞本还特别加写了一段随文诂证。在行 232，也只有 L 钞本把 *ἱππονώμας* 一词保留下来——这个词在其他钞本中均经过了涂改，将这个词误读成 *ἱππονόμους*。行 1137，L 钞本读作 *πόλλ᾽ ἂν καλῶς λάθρα σὺ κλέψειας κακά*（你竟然能够将罪孽深重之事干得这么漂亮），强调了此处的辨读准确，但也存疑；但却有钞本将 *καλῶς* 径直改读作 *κακῶς*——注意，如将这一行做这样的修改，则这句话的意思就会发生逆转：*πόλλ᾽ ἂν κακῶς λάθρα σὺ κλέψειας κακά*（你竟然这样恶劣地作出如此罪孽深重之事）；至少两者间的语气和情绪发生了很大的变化。行 927，L 钞本有一个 *ἐξανύσσειν*，但 A 钞本以及几乎所有钞本却都将这个词辨读作 *ἐξανύσειν*。无论是 L 钞本还是别的钞本，在辨读修正之后，通常都会在书卷叶边加注相关诂证说明，我们通常称此类文字为 *scholia*（随文诂证）。譬如，L 钞本的随文诂证中就有记录辨读之前的情况，行 831 注 *προστρέπω*，而钞本的正文中则将这个词辨读作 *προτρέπω*；行 636 以下，除 T 钞本及少数想要表明特里克利尼亚本校订情况的钞本外，大多数钞本都辨读作 *ὃς ἐκ πατρῴας ἥκων γενεᾶς πολυπόνων Ἀχαιῶν*；从诂证后的韵律的效果上看，在 *πολυπόνων* 一词前确实出现了一个短长长短这样音律上的失误——这一诂证似乎希望证明特里克利尼亚钞本辨读的正确性。

特别要说明的是，随文诂证并非只是对文本辨读的考辨，有时也会出现文本对勘的提示；在 L 钞本中，行 1225 处文字 *δῆλος δέ μούστι ἐκλύσων στόμα* 的书叶一侧就有一则十分重要的文本对勘诂证文字：*Διˣ καὶ δῆλός ἐστιν ὥς τι σημανῶιν νέον*；这句话提示我们需要注意《埃阿斯》行 326 的 *καὶ δῆλός ἐστιν ὥς τι δρασείων κακόν* 与《安提戈涅》行 242 的 *δηλοῖς δ᾽ ὥς τι σημανῶν νέον* 的对勘——句首的 *Διˣ* 中，*Δι* 或许是指狄杜姆斯，而上标 *χ* 则只是为了要求对此注加以重视(这个记号也加在《厄勒克特拉》行 28 的随文诂证中)。古典语文学家显然是要通过引述《安提戈涅》行 242 来说明在行 1225 处出现的 *δῆλος* 与 *ἐκλύσων* 在一起时的结构关系;但当他需要考察《埃阿斯》前面的文字(行 326)的时候,他却无意间将 *δηλοῖς δ* 写作了 *καὶ δῆλός ἐστιν*。

此外,从历史上看,在文本誊抄过程中,缺文脱字,随意改动各行顺序以及增删文字也时有发生。在《埃阿斯》的文本中,仅有不多几处缺文脱字:行 636 缺字,而特里克利尼乌斯以 *ἄριστος* 补充了此处的缺字;行 936 的缺文脱字则可以通过对韵律的考察辨读出来:在 *ὅπλων* 一词之前应该还有一个音步,亦即依韵应该是一个三音步抑扬格,但却有脱字,因为与之对应的行 384 及行 951 都是抑扬格的三音步句式,但在行 936 却少了一个音步。有一些语句,我们可以猜想,底本的前后顺序有可能在誊抄时被打乱了。行 966 至行 973 各行就可能有位置调换。摩尔施塔特(Morstadt)对行 1067 至行 1070 以及洛文(Leeuwen)对行 1346 至行 1369 各自顺序进行了重新编排。此外,整行文字的添加有四处:第一处,行 544b 的 *τὸ μὴ φρονεῖν γὰρ κάρτ' ἀνώδυνον κακόν* 可能是从页边空白串到文中的,它原在页边空白处只是引述的一段文字;第二处,行 571 的 *μέχρις οὗ μυχοὺς κίχωσι τοῦ κάτω θεοῦ* 则显然属于托伪;第三处,行 839 至行 842;第四处,对行 1407 的 *Αἴαντος, ὅτ' ἦν, τότε φωνῶ* 几乎可以肯定不是底本中所有的。整行添加之外,也有只添加一两个单词,譬如,行 714,几乎所有的钞本都将一个单词 *μαμαίνει* 篡改为 *μαμαίνει τε καὶ φλέγει*;行 884,大多数钞本(包括 L 钞本)都在 *ποταμῶν* 之后添加了 *ἴδρις* 一词;而行 1190,在 *Τροΐαν* 一词后面添加 *ἠνεμόεσσαν* 则是稍晚的一些钞本所为。

最后,在纸莎草文献中,有关《埃阿斯》的卷册有三个:公元前二世纪的科隆经卷(*P. Colon* 251)，公元二世纪或三世纪和公元四世纪的厄克昔林库斯经卷(*P. Oxy.* 2093, 1615)，以及公元五世纪或六世纪的伯若经卷(*P. Berol.* 21208)。不过，这些经卷对《埃阿斯》的文本影响都不大。

勘本与注疏

索福克勒斯的全集勘本为数众多，最早的勘本是意大利出版家老阿尔都斯(Aldus Pius Manutius, 1449/1450—1515)于 1502 年在威尼斯刊印。而在三百多年后，由德国古典语文学家贝尔克(Theodor Bergk, 1812—1881)勘定的版本于 1858 年印行，1868 年又印第二版。在众多的索福克勒斯全集勘本中，这两个勘本最为重要。老阿尔杜斯勘本虽注疏极简，但校勘却十分认真，因此也被称作是 *editio princeps*(类底本)；而贝尔克勘本将其对各种钞本的对勘细致陈列，并加以梳理，是一个极为周密的近代可据版本。除此之外，在数十种勘本中，19 世纪末开始陆续印行的杰布(Richard Claverhouse Jebb, 1841—1905)索福克勒斯全集希英对照本中的希腊文部分也就各钞本进行了勘正。在以后的年代里，杰布本几乎成为索福克勒斯最重要也最具权威性的勘本。

剑桥刊印的杰布本《索福克勒斯戏剧与残篇》第七卷(*Sophocles: The Plays and Fragments, with crictical notes, commentary, and translation in English prose*, by R. C. Jebb, part VII: *Ajax*, Cambridge, 1896)，除校勘谨严外，其注疏也十分绵密(以下简称杰布本)。除此之外，此剧的注疏本还有洛贝克注疏本(C. A. Lobeck, 3rd ed., Berlin, 1866)，塞弗尔特注疏本(Moritz Seyfert, Berlin, 1866)，沃尔夫注疏本(该勘本曾经贝勒尔曼修订, G. Wolff, 4th ed., revised by L. Bellerman, Leipsic, 1887)，帕雷注疏本(F. A. Paley, London, 1880)，帕尔默注疏本(C. E. Palmer, London, 1887)，帕雷这

个版本的注文还带有评论与解释性内容,此类注文主要是为了对各钞本中的修改加以分辨。

刊本

现今,我们所能看到的除杰布本之外,还有诸多刊本,包括:施耐德温《索福克勒斯集》中的《埃阿斯》一剧最初以德文译本刊印(*Sophokles, erstes Bändchen: Allgemeine Einleitung*, Aias, erkärt von F. W. Schneidewin, Berlin, 1850, 1877, 即施耐德温本),而后又以英文版出版(English trans., by R. B. Paul, London, 1851, 即保罗疏施耐德温本),是《埃阿斯》一剧最重要的注疏本之一;其德文版的注疏文字以文本校勘为主,而保罗之英文版的注疏则以文句解读为主。冯特的《索福克勒斯注疏集》卷五所载《埃阿斯》(*Sophocles, with annotations, introduction, etc.*, by Edward Wunder, Part V. *Ajax*, London, 1864, 即冯特本),这个版本采用丁道尔夫钞本,虽未将希腊文本转译,但却有极为详尽的注疏,其注疏多以罗马传说的视角对原文加以梳理。冯特本一方面注意从古典与文学的角度分析文本,同时也对戏剧情景营造有所涉及。弗里德里克·布莱德斯的《索福克勒斯的埃阿斯》(*Sophoclis Ajax, denuo recensuit, brevique annotatione critica*, by Fredericus H. M. Blaydes, 1875, 即布莱德斯本)采用 L 钞本为底本,对丁道尔夫钞本有所参照。最初对该剧加以详细周密解读的是米切尔的《索福克勒斯的埃阿斯》(*The Ajax of Sophocles, with notes critical and explanatory*, by T. Mitchell, Oxford, 1882, 即米切尔本),这个刊本书后所附的解读文字十分清晰。布莱德斯本在文本校勘上所下功夫较大,其评论性注疏则较为简单。布莱德斯本也没有转译。威尔森的《索福克勒斯的埃阿斯》(*Ajax of Sophocles*, by J. Clunes Wilson, Cambridge, 1906, 即威尔森本)以杰布本的英文译文为基础,对译文作了适当调整。威尔森本是我所见到的罕见的没有注疏文字的刊本。比特曼的《索福克勒斯的埃阿斯》(*The Ajax of Sophocles*, by J. R. Pitman, London, 1878, 即比特曼本)在希腊原文下附有拉丁译文, 但其书后的注疏文字却极为精炼而简洁, 是一个十分出色的刊本, 这个刊本较适合于初学者学习希腊悲剧。摩尔谢德的《索福克勒斯的埃阿斯》(*The Ajax of Sophocles*, trans. and introd. by E. D. A. Morshead, London, 1895, 即摩尔谢德本)以其长篇导言影响最为显著。

埃 阿 斯

[古希腊]索福克勒斯 著

沈 默 译

剧中人物：雅典娜

埃阿斯

奥德修斯

阿伽门农

萨拉弥斯歌队，跟随埃阿斯出征特洛伊的水手

苔柯梅萨，埃阿斯的一个妻子

信使，由跟随埃阿斯出征特洛伊的水手组成

透克洛斯，埃阿斯同父异母兄弟

墨涅拉厄斯，阿伽门农的兄弟

（以下为无台词人物）

欧吕萨克斯，埃阿斯与苔柯梅萨之子

众随从、传令官等

场景：特洛伊，埃阿斯营帐一侧

开　场

（舞台上，奥德修斯正在四处搜寻脚印，雅典娜则站在神台上。

雅典娜　　[1]方才，拉厄耳忒斯的儿子，我看到你一直

在追踪你极为反感的那个人，用尽了各种办法；

现在，就在埃阿斯船队的营帐前，

他的营帐扎在部队最顶端的边缘，

[5]我见你睁大了眼睛，像猎犬一样搜寻

他的踪迹，寻找他不久前留下的线索，希望知道

他现在是否还在那里面？你那嗅觉，

真像拉科尼亚猎犬，使你的追踪显得有模有样。

那人确实在里面，他刚从那杀戮中回来，内心正在经受

　　煎熬，

[10]脸上淌着汗水，手上沾满了带着杀气的血迹；

你已经不必继续去探寻营帐大门之内的情况。

或许，那位赐给你光明的神明能够给你答案；

如果你知道些什么，不妨快点儿说出来。

（奥德修斯四下张望，但却没有看到雅典娜身在何处。

奥德修斯　　哦，与我亲近的雅典娜啊，神明的话语听上去如此

亲切；

[15]虽然看不到你,但你的声音却依然那样清晰!

我无法看到你,却能听到你的声音,我的心灵感到震撼,

就好像第尔海尼亚军号传递出的青铜之声。

你见到的是,我正在四下里找寻我的敌人

寻找那位重盾在手的埃阿斯的踪迹。

[20]这样长的时间里,我只是在追踪他,却并不理会其他。

　　　昨天的夜晚,他对我们做的简直是疯狂的举动,

那件事情肯定是他做的,只是我们最初还拿不准。

我想弄清事情的原委,四处彷徨游荡,

寻找他在哪里;这件事情成了我的一件心事!

[25]那天一早,我们发现所有的战利品

竟然一个也不剩,全都被杀了,一定是

让人杀了! 一起被杀的还有羊群的守护人。

　　　大家都传言,把这一罪行算在他的身上。

有一个专爱打探消息的家伙曾经见到他独自一人

[30]大剌剌穿过一片开阔地,手上的剑还滴着殷红的鲜血;

他说他亲眼看到了这一切,他说埃阿斯就是朝那个方向

　　去了。

于是,我便马上循着踪迹追过去。他的脚印,我能认得

　　出来;

可有些踪迹,我却被弄糊涂了,完全无法分辨。

你现在来得正是时候,赶快告诉我该去什么地方找!

[35]现在需要你像过去一样为我指路。

雅典娜　奥德修斯,你说的这些,我能够感觉得到。从你刚刚

　　上路去寻找踪迹,我就一直跟在你身边,一直悉心守护

　　着你。

奥德修斯　那末,可爱的女神哦,我做的这件事情能够有个好的
　　　　　结果吗?

雅典娜　我得对你说,正是那个人干了这样的事情。

奥德修斯　[40]可他为什么要这样做呢? 他那双手又怎么能干
　　　　　下如此凶残之事呢?

雅典娜　正是因为阿喀琉斯的那件兵器,令他陷入了异常的
　　　　愤怒。

奥德修斯　可是,那些羊群却何以成为他的屠戮对象?

雅典娜　他认为,粘在他手上的鲜血就是你们的。

奥德修斯　你是说他做的这些事情难道都是针对阿尔戈斯
　　　　　人的?

雅典娜　[45]他几乎做到了,幸亏我多了几分小心。

奥德修斯　他怎么会这样草率行事? 是什么使他变得如此
　　　　　鲁莽?

雅典娜　他是想要趁夜悄悄靠近你们。

奥德修斯　他靠近了吗? 他是否到了想要到的地方?

雅典娜　他确实已经到了两位统帅的大营门前。

奥德修斯　[50]是什么使他那双跃跃欲试的手在这桩凶杀发生
　　　　　之前停止下来的呢?

雅典娜　是我,是我让他停了下来。我让他承受了
　　　　那种无药可医的欣喜,让他眼前出现了幻象。
　　　　我令他那震怒转向乱跑的牛群,转移到另外一些战利品上;
　　　　这些都暂由牧人看守,还没有来得及分配。
　　　　[55]他挥舞长剑,杀向那些长着犄角的牲畜,
　　　　将那些牲畜拦腰斩断。就在此时,他想到的是,
　　　　他要杀死的是阿特柔斯的两个儿子;而现在
　　　　这二人都已经落到他的手中,他要一个个地对付他们。

当他的疯癫达到顶点的时候,我依然在不断地

[60]鼓动他,将他拉进致命的陷阱之中。

俄顷,他停下砍杀,略作歇息,

将尚且活着的牛羊捆起来,将它们带回到家里,

就好像他带回来的不是牛羊,而是一些战俘。

他将其带了回来,像对待人一样

[65]将它们四肢捆起来,鞭打虐待。

　　我要让你也看看,我要让他的那种疯狂暴露在光天化

日之下;

看过之后,你一定要如实地去向阿尔戈斯人通报。

胆子大一点,不要退缩,不必担心

他的威胁。我会从他的视线里消失,

[70]也会设法让他看不到你的脸。

　　　　(朝着埃阿斯的营帐大声喊道)你就在这里,你把你那些战

俘的双手

反绑起来。而我一直在这里召唤你! 我一直在喊

埃阿斯,到这儿来,从那个营帐出来,到前面来吧!

奥德修斯　你在做什么呀,雅典娜! 不要叫他,不要让他到这

　　　　里来!

雅典娜　[75]别喊了! 不然,你非得变成胆小鬼不可。

奥德修斯　神明啊,随他去吧! 就让他待在里面好了!

雅典娜　怎么了? 先前,他不也是人吗?

奥德修斯　是的,可他是敌人,而且现在依然如此。

雅典娜　可嘲笑敌人难道不是也会让人很开心吗?

奥德修斯　[80]可我,我倒宁愿让他留在营帐里。

雅典娜　你是不是担心有一个胡言乱语的人出现在自己的

　　　　面前?

奥德修斯　没错。如果他不这么疯癫,那我就没什么可担心了。

雅典娜　可现在,即便你站在他对面,他也完全看不到你。

奥德修斯　如果他的目力一如既往,那该怎么办呢?

雅典娜　[85]他的眼睛还是很不错的,只是我会让他对你视而
　　　　不见。

奥德修斯　是啊,有了神明,那就没什么事情是不可能的了。

雅典娜　好了,不要再说话了,待在这里就可以了。

奥德修斯　我是得待在这里。我倒是想离这里远远的。

雅典娜　(对埃阿斯说道)怎么回事儿,埃阿斯! 我喊你好几声了!
　　　　[90]你为何要冒犯愿意帮你的同盟呢?

　　　　　　　　(埃阿斯从营帐门处出来,手中拿着淌血的鞭子,上场。)

埃阿斯　噢,赐福给人的雅典娜! 欢迎你,宙斯的女儿!
　　　　一直以来,你都在帮助我。为了感谢你使我得到
　　　　这样的收获,我要用这金光闪烁的战利品为你加冕。

雅典娜　话说得真好! 可是,你得和我说一说,
　　　　[95]你剑上的血迹是否是在阿尔戈斯人的营地里染上?

埃阿斯　夸耀自己完全可以的,我对此并不否认。

雅典娜　你就这样手持武器去追杀阿特柔斯的那两个儿子?

埃阿斯　是的,他们现在已经不能再让埃阿斯的名誉受辱了。

雅典娜　我理解你刚刚说的话,那两个人都已经被处死了?

埃阿斯　[100]是的,这是他们应得的。谁让他们想要从我手中
　　　　将兵器夺走呢!?

雅典娜　不错,那末,对拉厄耳忒的儿子又该怎么办呢?
　　　　他是不是毫发无损? 是否从你的手心里逃走了?

埃阿斯　那个诡计多端的狐狸! 你是问我他现在在哪儿吗?

雅典娜　我是在问你。你的那个对手奥德修斯怎么样了?

埃阿斯　[105]那个最是得意的俘虏,我的女神啊,

他现在就坐在里面,因为我现在还不想让他死。

雅典娜　　那你要怎么做? 你想得到些什么?

埃阿斯　　我要把他绑到我家柱子上。

雅典娜　　这个可怜的人啊,你到底要怎么整治他呀?

埃阿斯　　[110]我要用皮鞭把他打得血肉模糊,然后再将他
　　　　　杀掉。

雅典娜　　不要这样折磨那个可怜的人了。

埃阿斯　　我可以让你,雅典娜,在别的事情上
　　　　　随心所欲;但对他的惩罚,却只能这样了。

雅典娜　　随便你怎么样吧! 只要你觉得
　　　　　[115]能让你高兴,你就照你的想法去做好了。

埃阿斯　　那我可要回去做我的事情了。我要命你
　　　　　和我站在一起,就像至今为止你做的一样。

　　　　　　　　　　　　　　　　(埃阿斯退场,回到自己的营帐中。

雅典娜　　奥德修斯,你是否已经看到神明的力量有多么强大?
　　　　　你还能够找到一个人比这个埃阿斯更加谨小慎微,
　　　　　[120]而在做事情时又更能掌握好分寸的吗?

奥德修斯　一个也找不出来! 虽然他是我的敌人,
　　　　　但我还是很可怜他遭受了那样的不幸,
　　　　　因为他已被厄运纠缠着,陷入了痴迷,
　　　　　而我并不觉得,我自己遭受了怎样的不幸。
　　　　　[125]因为,我知道,我们的生活不过是
　　　　　一些幻象,不过只是一些转瞬即逝的幻影。

雅典娜　　你现在已经知道了他的宿命将是怎样,
　　　　　你绝对不会再像他那样对神明
　　　　　言语轻狂,也不会骄横莽撞,
　　　　　[130]即便你权倾一时或者财力雄厚。

因为，只需一天的时间就足以使所有人变得卑躬屈膝，

或者变得趾高气扬；对知道分寸何在的人，神明自然

有所眷爱，而神明所厌恶的只是那些卑劣龌龊者流。

（雅典娜身影消失，奥德修斯退场，由萨拉弥斯人组成的歌队上场。）

歌队入场歌

歌队队长　　忒拉蒙的儿子，萨拉弥斯岛的主人，

[135]你在那波涛汹涌的海上坚固有如磐石，

如果你的运气好，我心中也会油然感到喜悦；

而当宙斯的打击落到你的头上，或者是那些

达纳奥斯的子民对你恶语相向，我就会

显得惊慌失措，我的眼睛就会

[140]像惊飞的鸽子一样表现出战栗。

　　　　就这样。夜色这时慢慢退去，

伴随着沙沙的声响，在我们的耳边，

冲击着我们的尊严，那流言告诉我们，

你闯到了我们的马儿嬉戏的草原，在那里

[145]达纳奥斯人捕获的那些牲畜，

那可不是赏赐的战利品！——

你却用那锃光瓦亮的铁剑将它们杀戮。

　　　　那些编造的流言就像悄悄细语一样，被那位

奥德修斯一句句吹入每一个士兵的耳中；

[150]许多人都相信他的话；因为他的

花言巧语总是能够轻易地将人们打动，

让听到的人带着猖狂欣赏你那悲伤，

甚至已超越传话者的感受——

就这样,如同一支箭总要对那高贵的魂灵发射,你也绝不
　　可能

[155]不被击中;只是假如有人像我这样谈论此事,

也不会有人相信他能够做到。妒忌之心

悄然爬入那富有而又强悍之人的脑海中。

没有了那些强悍者,我们这等羸弱之人

凭借自己的能力建起的壁垒就会不堪一击。

[160]如我等一样的人,和强悍者结成同盟,

总会给我们带来些许的助益。

　　唯愚钝者,未能事先得此教诲,

这样的人,或许对你会多有责难;

而我们却没有足够的能力

[165]反驳这样的责难,

只能求助于你,我们的国王——

而他们一旦逃出了你的视线,

就会像一群小鸟一样喳喳不停;

可你的意外现身又会使他们萎靡,

[170]就像面对强悍的鹰,只能蜷缩

在某个角落,一个个都变得噤声而不能言语。

正向合唱歌

歌队　那真是阿耳忒弥的女神,真的是

牛群的守护神吗? 宙斯的女儿,

那真是要命的谣传,那是我们耻辱的来源!

[175]是她为了你们驱赶,驱赶属于我们所有人的牛群?

不管怎么样,这或许只是报复,只为了在那胜利之后她未得
　　到的奉献,

她是否就骗得了那些代表荣誉的兵器? 也或者

只因为在那祭奠中未能祭上他的牺牲?

再说,那身穿青铜铠甲的战神厄尼亚力奥

[180]对于那种看不上他的帮助的人感到异常愤怒,

由此他是否也会在夜晚设下骗局?

转向合唱歌

　　　出自你的本心,你决不会自找迷途而行,

忒拉蒙的儿子哦,

前去杀戮牛群与牧人。

[185]却无人能够把神明种下的疯癫的根源去除,只有

宙斯和阿波罗才能够令阿尔戈斯人免受此番折磨。

假如那些传播流言的王者

将你毁谤,或者,

假如那人生来就带着西西弗的劣等血脉,

[190]那么,不要啊,我的主人,赶快将你的容颜

隐藏到海边的营帐中,否则啊,我就会名誉扫地。

抑扬抒情颂歌

现在,你要振作起来,你已经把战事停下来,

你已在那里长久隐避,

[195]现在可以让死亡的火焰冲上云霄。

你的敌人会行止猖狂,四处游荡,

如狂风般在林间呼啸,

所有的人都在大声地说笑,

令你承受无尽的苦痛;

[200]而我心中的悲伤久久不能释怀。

第一场

(苫柯梅萨从营帐大门处上场。

第一对唱歌首节

苫柯梅萨　　埃阿斯船上的水手伙伴，

　　　　　那些大地之子，传承着厄勒克忒得的血脉，

　　　　　我们的悲哀现在依然如故，怀恋

　　　　　远在天边的忒拉蒙的家。现在，

　　　　　[205]我的主人，伟大的，强悍的

　　　　　埃阿斯，在那昏天黑地的风暴中，

　　　　　魂灵正在蒙受着灾难。

歌队队长　　昨天暗夜里，能有多大的灾难

　　　　　可以和我在那个白天遭受的痛苦相抵哦?!

　　　　　[210]弗吕吉亚人泰洛坦托斯的女儿啊，

　　　　　据说，那埃阿斯虽然性情暴躁，但他却能够凭着那把战剑

　　　　　将你俘获到床边，——他对你可是真正的情深意笃；

　　　　　所以，你最好还是把话说明白一些。

苫柯梅萨　　如此不堪的事情怎能说得出?

　　　　　[215]你听到后笃定感到如死神般恐怖。

　　　　　那个夜晚，疯狂曾将我们伟大的埃阿斯控制，

　　　　　直到现在，他还能够感受到屈辱!

　　　　　营帐之内的一切都能够为此作证——

　　　　　血迹斑斑的衣服依然披挂在身上

　　　　　[220]证明着手刃时的牺牲。

　　　　　　　　　　　　　　　　　　　　　正向合唱歌

歌　队　　你说的这些消息，说到我们那个

　　　　　性情暴烈之人；我们如何能够承受，而又无处躲避?

　　　　　[225]伟大的达纳奥斯将这消息传递到异乡，声音也变得

　　　　　　　嘈杂!

　　　　　我实在担心接下来会发生什么。

　　　　　真是悲惨啊! 这担心并不多余! 那人将会在众人面前

死去——

[230]握着黯黑长剑的手已经疯狂,

曾对着牛羊恣意砍杀;而骑马的放牧者,遭遇也是同样。

第一对唱歌次节

苔柯梅萨　呜呼! 可他捕获的那些家伙啊,

都是从那个放牧场来! 其中的一些被割断了咽喉;

[235]也有些却被拦腰斩断。他会一气

抓起两头白蹄的公羊,那可是个个机灵,结果——

一头羊的头颅被砍下,将舌尖割下,

提在手上,然后将其他的东西丢弃一旁;

而另外一头,则被他捆到

[240]一根木桩旁,

将缰绳折叠着拿在手上鞭挞

那头公羊,发出呼呼的响声;

他还大声叱骂,也不像平常人一样,

所说的话却都是神明教训他时曾经说过的。

转向合唱歌

歌队　[245]让我们赶快用面纱将我们的脸遮挡,

让我们尽量轻手轻脚找个位子坐下,

尽力把船桨摇起,离开这里,快些到大海中去航行,

[250]否则啊,接下来的愤怒就会降临我们头上。

我担心,我们的两位统帅,阿特柔斯的两个儿子,

他们会让我们在乱石下暴毙,

[255]会让我们在他的愤怒之中落入万劫不复的深渊。

第一对唱歌三节

苔柯梅萨　不会的;那疯狂过后,

一阵偏南的微风已将电闪雷鸣吹散;

此时此刻,清醒已让他陷入到新的痛苦之中。

[260]这时,他内心的冲突正在胶着——

这深切的焦虑,却不是别的任何人

起了作用的结果。

歌队队长　　他那疯狂一旦退去,我们也就能够安静下来。

那些凌乱的事情,一旦过去,也就自不待言了。

苔柯梅萨　　[265]可是,假如让你来做选择的话,

你会怎么做? 你是会让你的朋友难过,而自己快乐,

还是会和他们一起去感受那些痛苦呢?

歌队队长　　你这个女人啊,双倍的悲痛肯定要糟糕得多啊!

苔柯梅萨　　可那瘟疫虽然已经离开,我们却还是要面临着灾难。

歌队队长　　[270]此话怎讲? 我可真的弄不懂你在说什么了。

苔柯梅萨　　那个人在疯癫的时候,却在那样

糟糕的状态下找到了自己的愉悦,而令

我们这些还清醒的人感到沮丧;

现在,他那阵疯癫停了下来,给了他些许的舒缓,

[275]于是,那个人便感受到了极度的沮丧,

当然,我们也同样不比先前好受多少。

这确是两种痛苦,可它们难道有什么不一样吗?!

歌队队长　　真的是一样的。这种打击很可能是

哪位神明带来的。我担心,如果那个病魔过去之后,

[280]他的精神还是得不到恢复的话,那该怎么办啊?

苔柯梅萨　　就是这样,你一定知道,这就是现在的情况。

歌队队长　　这灾难最初是怎么飞落到他的身上?

我们的难过和你一样,请把情况告诉我们。

苔柯梅萨　　你一直和我们的感受是一样的,

[285]你也听说了那些事情。在夜已死寂的时候,

火盆中的篝火已经熄灭,那个人手持一把双刃剑,
决定要去进行一番厮杀。我会拦住他,
对他说,你要去做什么,埃阿斯?
这种时候,你为什么还要出去? 要知道,
[290]现在没有信使过来招呼,战斗的号角
也还没有吹响。整个部队还在睡觉。

　　他的回答很简单,就是他常挂在嘴边的那句话:
女人啊,安静点儿吧,这才是女人得体的表现;
于是,我便就此打住,任由他去。
[295]至于之后的情形,我就说不好了;
他回来时,将他的斩获四脚捆绑,带了回来,
有犍牛和牧羊犬,还有那些被俘获的羊只。
他从喉咙处生生将那些脑袋砍下;
他会将其捆绑,然后将其从中间劈成两半,
[300]就好像对人的惩罚一样。

　　然后,他从大门外猛冲进来,大声呵斥
幻想中的影子,一会儿是阿特柔斯的儿子,
一会儿又变成了奥德修斯;呵斥之中,
竟然还掺杂进了带着倨傲的狂笑。
[305]而后,他又朝着自己的营帐冲过去,
然后经一番周折才使自己的心智恢复平静。
见到这般浩劫的场面,他拍打着自己的脑袋,
嚎叫起来。接着,便在成堆的死去羊只的残肢尸身中
跌坐下来——如此的灾难皆因他而来;这时,
[310]他拳头紧握,手指插入头发,用力将头发攥紧。
最初的好长时间里,他一句话也说不出来;
我可不敢将发生的事情告诉他,

接着，他突然对我大吼大叫起来，

拼命问我刚刚出了什么事情。

[315]这种时候，我的朋友啊，我真不该

把我所知道的事情一五一十地说出来。

这样一来，那种悲伤的呻吟，

表明他深陷痛苦，是我从未听到过的。

早前，他曾言之凿凿，任何悲情的哭喊

[320]都只属于卑劣龌龊者流；

那时，他常常会暗暗地悲泣，

从没有像牛一样哞哞哀嚎。

　　　而当他看到自己所造成的灾难，

他便显得浑浑噩噩，只是跌坐在

[325]被他用那把剑杀死的牲畜中；

很显然，他可能会做出一些傻事。他所说的话，

还有他所表现出的悲痛，在在都表明了这种可能。

我的朋友啊，我到这里来就是为了

让你们进到里面去，尽你们的能力帮一帮他——

[330]因为，只有朋友的话才有可能使他痊愈。

歌队队长　苔柯梅萨，泰洛坦托斯的女儿啊，你说的这些

真的让人担心，我们的主人竟然变得如此疯狂！

　　　　　　　　　（埃阿斯的喊叫声从他的那个小屋中传出来。

埃阿斯　哎呀，哎呀呀！

苔柯梅萨　看来他的情形越发糟糕了。你们听一听，

[335]你们听到埃阿斯那声嘶力竭的喊叫了吗？

埃阿斯　哎呀，哎呀呀！

歌队队长　这个人啊，要么正在发病，要么就是沉疴未愈，

反正他现在已经被那病魔所左右。

埃阿斯　　孩子啊,我的孩子啊!

苔柯梅萨　　[340]我受不了了! 欧吕萨克斯,他在叫你呢!

　　这是怎么一回事情啊? 你在哪里啊? 我真受不了了!

埃阿斯　　透克洛斯啊,我在喊你! 透克洛斯,你在哪里?

　　你还在追逐你的那些猎物吗? 可我就要不行了!

歌队队长　　这个人的理智应该已经恢复。快把门打开,

　　[345]快点儿! 那样的话,也许他就会感到羞耻了。

苔柯梅萨　　好吧,门打开了。你看见

　　他做了什么吧? 他就在那儿,你都看到了吧?

　　　　　　　　　　　(这时,可以看到,埃阿斯坐在那些被杀死的牲畜当中。

　　　　　　　　　　　　　　　　　　　第二正向对唱歌首节

埃阿斯　　哎呀!

　　那些可爱的伙计啊,在我的朋友当中,

　　[350]只有他们依然恪守着真正的约定。

　　你们可知道,我曾经受了怎样的鲜血铸就的惊涛骇浪?

　　那海浪啊,此起彼伏,将我紧紧环抱。

歌队队长　　(对苔柯梅萨)果真是这样,看来你说的话没有错,

　　[355]他现在的确显得有些不着调。

　　　　　　　　　　　　　　　　　　　第二转向对唱歌首节

埃阿斯　　哎呀!

　　伙计们啊,你们谙熟着大船航行的技艺,

　　你们穿过海洋,在海面的碧波中摇动船桨,

　　[360]有你们这些照顾我的人在,我就知道,

　　那灾难定能过去,请在这样的时刻让我去死!

歌队队长　　快别说啦! 不要再这样以恶治恶啦!

　　不要用糟糕来医治糟糕,那会带来更大的痛苦!

　　　　　　　　　　　　　　　　　　　第二正向对唱歌次节

埃阿斯　你是否已经看到了这种强悍,那种坚韧?

　　[365]是否看到了我在战斗中的那种骁勇无畏?

　　可当我将手伸向那些可怜的家伙时,你看到了我的畏惧吗?

　　于是,便有人那样猖狂地嘲笑我!

苔柯梅萨　我求求你,我的主人埃阿斯,请你不要这样说话!

埃阿斯　快些退下! 你就不能找个别的地方去吃草吗?!

　　[370]啊呀! 啊呀!

歌队队长　以神明的名义,你且退让一步,冷静一点儿吧!

埃阿斯　怎么这样的不幸啊!? 让那些祸害

　　从我的手中溜走,却让我将那些

　　[375]长着犄角的牛与漂亮的羊砍倒,

　　任凭它们那黑色的血溅洒当场。

歌队队长　为何总要为已经做过的那些事情感到痛苦呢?

　　那些事情是不应该,可毕竟已经成了现在这个样子。

　　　　　　　　　　　　　　　第二转向对唱歌次节

埃阿斯　(似乎想象自己现在就面对着奥德修斯)你呀,一直在四处

　　打探,

　　[380]用尽了各种各样卑劣的手段,拉厄耳忒斯的儿子啊,

　　在这大军之中,就数你最是鬼祟,

　　现在的你,一直笑个不停,开心之极。

歌队队长　那些欢欣也好,悲怆也好,都是注定的。

埃阿斯　我已经遭此劫难,可我还是想要看到他的劫难,

　　[385]哎呀! 哎呀呀!

歌队队长　不要大喊大叫,难道你面对的是怎样的厄运吗?

埃阿斯　神明宙斯,我先人父辈的血脉啊!

　　我要将装摸作样,将那个让人恨之入骨的无赖杀死,

　　[390]要将那两个执掌王权的兄弟杀死;或许,

　　　　到最后，我还会将我自己也杀掉吗?!

苔柯梅萨　　当你提出这样的要求时，也请将我一道请求被处
　　　　死吧!

　　　　你想想，如果你死了，让我如何独活在这个世界上?

第二正向对唱歌三节

埃阿斯　啊!

　　　　那一片的幽暗，竟是我的光明!

　　　　[395]在暗黑之神的领地，我却感受到比艳阳更加明亮，

　　　　将我带上，带上我与你住在一起，

　　　　带上我;我不配再到神明那里去寻找帮助，

　　　　[400]而其他的人们也不再屑于对我善待。

　　　　　　宙斯的女儿啊，

　　　　那力大无边的女神，

　　　　她现在急欲要将我拷问折磨——

　　　　却让我能够去到何处逃逸?

　　　　我又能够在哪里得到安宁?

　　　　[405]如果以往的声名已经尽丧，我的朋友们哦，那些家伙

　　　　一个个倒在我的身旁，如果我依然钟情在这些愚蠢的猎物
　　　　　　身上，

　　　　那就让这些将士们挥舞起他们双手，

　　　　用利刃将我杀死。

苔柯梅萨　[410]我真是感到难过，曾经那样无所不能的人，

　　　　竟然说出这样的话?! 而早先他是不可能这样委屈自己的!

第二转向对唱歌三节

埃阿斯　啊!

　　　　你们这波涛汹涌的海峡，

　　　　你们海边的悬崖，还有那茂密的树林，

很久，很久以来，你们挡住了我的去路，

[415]令我无法去到特洛伊；你们现在不再这样做，

可我的生命也已不再；看明白事情的人没有不知道！

　　　　斯卡曼德洛斯掀起的波涛啊，

近在我们身旁，

[420]对阿尔戈斯来的人们如此友善；

有了这条河，你们就不再需要

顾及这个人了。我敢说，

这个人确是一个真正的勇士——

[425]那些特洛伊人啊，他们可从未看到过

这样的希腊人；可现在，却要在屈辱中

就这样一败涂地。

歌队队长　我实在无法阻止你，也不知道如何让你说下去。

你现在遇到的是难以克服的灾难。

埃阿斯　[430]啊呀！有谁曾经想到，我这个名字

竟然和我所要遇到的灾难一致得如此意味深长？

我喊了两三次啊呀啊呀，

这可是我所经受的灾难。

我这个人，父亲曾经在所有的军队中

赢得了至高无上的荣誉。他曾经得到了最美好的奖赏，

[435]还曾将各种的荣誉从伊达山带回了家乡。

我作为他的儿子，恰好也来到了

特洛伊这同样的地方。我所做的

并没有任何逊色之处，可现在却要

[440]在阿尔戈斯人中蒙受耻辱，任人宰割。

换作由阿喀琉斯来评判，毫无疑问，

假如他也曾需要对那个因为在战斗中表现出色

而有权利得到他的兵器的人做出评判，我想，
肯定没有哪个士兵能够在我之前得到那些兵器。
[445]阿特柔斯的后人将那些兵器密谋交给了
卑劣小人，对埃阿斯所有的辉煌却完全视而不见。

　　如果我的双眼以及我那扭曲的神经
还没有使我放弃我计划好的事情的话，那么，
他们就没有办法对别的人去做出这样的裁判。
[450]宙斯的女儿，眼露凶光而且毫不容情的女神——
雅典娜，在我就要动手对付他们的时候
她却让我把事情做不成，让一种疯癫的疾病
降临到我的头上，让我的手上沾满那些可怜的牲畜的鲜血；
而那些人这时却可以春风得意地离我而去了，
[455]这可不是我所想要的。不过，一旦神明降下什么
　　灾难，
他们就会像是避难一样躲开这个值得赞赏的人。

　　当我明显地感到神明对我的仇恨时，
当希腊人的部队对我不屑一顾时，
当特洛伊以及平原地带的所有人都在与我为敌时，我该怎
　　么办呢？
[460]难道要我放弃我在船上的责任，让阿特柔斯的儿子
凭自己的力量穿越爱琴海回到自己的营地去吗？
那末，以后我将如何面对我的父亲
忒拉蒙呢？当他看到我两手空空，没有能够
为他那荣耀的桂冠赢得应有的颁赏时，
[465]他的心里会是怎样的感受呢？
这种事情，我可做不来。

　　　　　　　　　而我现在是要

　　　　亲赴特洛伊的城垣之中,独自一个人
　　　　尽心竭力,一直坚持到最后吗?
　　　　这可不行! 否则,可就顺了
　　　　[470]阿特柔斯那些儿子的心意;这种情况绝对不能发生。
　　　　我必得成就一番丰功伟业,向我年迈的父亲证明
　　　　至少他所生的儿子绝对不会变成一个卑劣的小人。
　　　　一个人,如果遇到麻烦不去积极努力,只追求
　　　　安度漫长生命,那他一定是十分卑劣的。
　　　　[475]假如日复一日面对濒临死亡的状态,又日复一日地
　　　　逃脱,这样的生活又有什么快乐可言呢?
　　　　我不希望自己成为那种凡夫俗子,
　　　　那种人总是沉湎在轻浮的幻想中;
　　　　一个血统高贵的人就应该活得体面,
　　　　[480]死也总得要有尊严。这你可否明白?

歌队队长　你所说的话的确都是出自你的本心,
　　　　埃阿斯,没有人觉得你说的话有什么不合情理的。
　　　　可你还是不要去想了吧! 让你的亲朋好友
　　　　帮你把事情好好想一想,好吗?

苔柯梅萨　[485]埃阿斯,我的主人啊! 任凭命运的安排,
　　　　这可是再糟糕不过的事情了。
　　　　想一想我吧,我是一个自由民父亲的女儿,
　　　　在弗吕吉亚,我的父亲应该算是财富权势占尽了。
　　　　可现在,我却成了一个奴隶;而照我的猜想,
　　　　[490]这是神明借你那双手成就的。如今,
　　　　我已与你同床共寝,自然希望对你好。那末,
　　　　我要求你,凭着为我守护家人的宙斯,
　　　　凭着曾让你我欢愉的那张婚床,不要让我

[495]让我落入敌人手中,去忍受那恶毒的流言蜚语。

如果你死了,将我独自一人留下来,

到了那个时候,你也想象得到,

我和你的儿子会被那些阿尔戈斯人强掳去,

他们会逼迫我们像奴隶一样活着;

[500]他们会对我极尽贬损,用言语

将我羞辱;他会说,看看吧,这是他床上的人,

埃阿斯啊,在军队中曾经那样强悍!

当初那样光艳的一个人如今竟如此落魄!

人们都会这样议论,而我的命运会令我无地自容;

[505]那些侮辱性的言语将会玷污你和你的家人。

为你的父亲想一想,你将会把这个可怜的老人

独自留下;也为你的母亲想一想,

她要在与你的父亲一道度过的余生中

祈求神明,保佑你能平安地回到家中。

[510]可怜啊,我的主人,可怜可怜你的儿子吧——

你离开我们之后,他的日子还要过下去,

他将面对怎样的凄凉? 那么小的孩子无人抚养,

成为一个孤儿,没有任何的亲友关心他。

　　在我的眼里,除了你之外,别的任何东西

[515]我都不会在意;你曾用你的那把长剑

把我的家乡变成废墟,而宿命却另外

使我的父母把地狱变成了自己的归宿。

现在,除了你这里,我哪里还有家?

财富又算得了什么? 我的幸福全在你一个人身上。

[520]所以,一定要将我保存在记忆里;一个真正的男人

如果想要收获幸福,就不能把应该记住的东西忘记。

常言道,良善自从良善起;

让记忆随便轻易流走的人

绝不可能成为一个高贵、高尚的人。

歌队队长　[525]埃阿斯,我希望,怜悯之心能够打动你的心,

就像它也打动了我一样。这样,你就会赞同她所说的话了。

埃阿斯　赞同的想法在我这里从来没有缺少过,

只是无论我有了什么样的想法,她都要照着去做。

苔柯梅萨　好吧,亲爱的埃阿斯,我会事事服从你的。

埃阿斯　[530]那末,现在就把我的儿子带过来,我很想见到他。

苔柯梅萨　哦,现在不行。我一直感到很担心,所以没有把他

带来。

埃阿斯　担心什么? 我会让他受难吗? 你这是什么意思?

苔柯梅萨　是啊! 我的担心是,如果那个可怜的孩子劝你的话,

他可就会活不成了。

埃阿斯　真的呀,这可真是和命运之神对上啦!

苔柯梅萨　[535]至少我得做些什么,才能避免事情发生。

埃阿斯　这一点,我也赞同。你做的倒是十分明智。

苔柯梅萨　在现在这种情形下,我怎么做才能帮你呢?

埃阿斯　让我和他说说话,让我和他见一面。

苔柯梅萨　好吧,他现在就在跟前,一直和一些照顾他的下人在

一起。

埃阿斯　[540]那还拖什么? 他何不到这里来呢?

苔柯梅萨　(朝舞台一侧喊道)我的儿子啊,你父亲正在召唤你!

(然后对下人喊道)你们这些下人,把那个孩子带过来吧!

埃阿斯　来了吗? 他也许没有听到你在召唤他呢。

苔柯梅萨　有一个下人过来了,他正把他带到这里来呢。

(一位下人领着欧吕萨克斯,上场。

埃阿斯　[545]把他带上来,把那个孩子带到这里来;

　　　　即便看到如此血腥的场面,他也注定不会恐惧,

　　　　因为他毕竟是我这样的父亲传承下来的;

　　　　不过,现在,要像驯幼马一样让他学会举止狂放,

　　　　让自己的心性变得像他父亲的心性一样。

　　　　[550]我的孩子啊,但愿你能比你父亲幸运一些,

　　　　能够像他一样,却又不会沾染任何的卑劣。

　　　　我真的很是羡慕你,直到现在,

　　　　你都还从未感受过任何的痛苦。

　　　　只有真正体会了生活的苦乐之后,

　　　　(因为没有感觉才会在灾难面前完全感受不到痛苦,)

　　　　[555]人才有可能感觉到生活的美好;

　　　　而到了这种时候,你要像你的父亲一样,

　　　　面对你的敌人表现出你的胆略与你高贵的血统。

　　　　迄今,你一直是在清风和煦中成长,你那

　　　　欢快蹦跳的气息曾给你的母亲带来欢乐。

　　　　[560]我知道,即便我不再在你的身边,那些

　　　　阿开亚人也一定会恶语张狂地羞辱你。

　　　　而透克洛斯则会保护你,他会

　　　　继续照料养育你;现在,

　　　　他远在异乡追逐猎物,他正在赶过来。

　　　　　　[565]持盾的勇士们啊,海上同行的人们,

　　　　我要你们和他一道共同承担起责任,

　　　　把我的遗命转达到透克洛斯那里,

　　　　一定让他把这个孩子带给我的家人,

　　　　带他去见忒拉蒙以及我的母亲俄里珀亚,

　　　　[570]这个孩子会使他们在晚年安逸久远

（直到他们去了下界神明幽闭的领地）。

你们要告诉他，不要让那些在竞争时担任裁判的人

或者那个把我毁掉的人将我的武器奖励给阿开亚人。

拿好了它，我的儿子，你的名字就是从它而来；

[575]把这个重盾高高举起，将编织起来的盾柄攥紧！

这个包裹七层牛皮的重盾，任何兵器都无法刺穿。

再有，就是让他把其他的铠甲与兵器和我一道埋葬！

　　　（对苔柯梅萨）快点儿把那个孩子带到这里来！

快把大门关严，不要让营帐门前哭声不断。

[580]女人就是喜欢这样不停地哭泣！

快关上门！聪明的医生肯定不会

对着要动刀的地方絮絮叨叨念咒语。

歌队队长　　听你说话如此慌张，我真的有些担心！

而你的语调那么尖厉，也让我感觉不舒服。

苔柯梅萨　　[585]我的主人啊，埃阿斯！你想干什么？

埃阿斯　　别再问了，也别纠缠了！最好知道点儿分寸！

苔柯梅萨　　我真是绝望了！那可是你的孩子啊！

我以神的名义祈求你，不要抛弃我们！

埃阿斯　　你真让我心烦意乱。你难道不知道——

[590]我现在已经不再欠神明任何东西了？

苔柯梅萨　　说话吉利点吧……

埃阿斯　　　　　　　　去对那些愿意听的人说吧！

苔柯梅萨　　难道你不愿意吗？

埃阿斯　　　　　　　　你吵够了没有？

苔柯梅萨　　主人啊，我担心呐！

埃阿斯　　　　　　　（对下人）把门关上，马上！

苔柯梅萨　　就算我求你啦！

埃阿斯　　　　　　　　　**我看呐，你真是愚蠢，**

[595]你今天竟然要教给我怎样将习惯改变。

　　　（埃阿斯将自己关在营帐内，苔柯梅萨带着欧吕萨克斯，退场。）

第一肃立歌

　　　　　　　　　　　　　　　　　　　　　　首节
　　　　　　　　　　　　　　　　　　　　正向合唱歌

歌队　著名的萨拉弥斯啊，我知道，你一直

　　　处身于波浪，让那欢快冲刷你的海岸，

　　　让人们感到你永远的夺目异常。

　　　[600]我已枯守在此地时光久长，

　　　在那伊达牧场上，度过数不清的日子，

　　　在那里扎下自己的营帐，

　　　[605]任时光消磨；

　　　面对灾难般的前程

　　　步入那骏黑的，让人绝望的冥府。

　　　　　　　　　　　　　　　　　　　　转向合唱歌

　　　惨啊，埃阿斯染上这无法医治的恶症，

　　　[610]我啊，啊呀，还要与他相伴，

　　　那女神让他染上了疯癫！

　　　先前的那一天，你曾让他身强力壮地离开你，

　　　让他征战沙场；而现在，却让他在那里独自冥想，

　　　[615]使他的朋友们为他担心。

　　　他先前所做的所有

　　　出类拔萃的伟业

　　　[620]没有人关心，而冷酷的阿特柔斯的后辈更不会有所

在意。

岁月已将他的母亲改变,两鬓
[625]已经斑白;当她听说,
他已失心疯狂时,
却只能将她的悲痛哇哇地哭喊,
这哭声并不像是鸟儿歌手的
[630]那种忧郁的悲泣,那哭声让人撕心裂肺,
连串的尖声呼喊中,哀歌愈益高扬,
双手将胸膛拍打得嘭嘭作响,
斑斑白发也被撕扯得不成了模样。

[635]心智染上了沉疴,便躲到了冥界,
那深厚的家世血统,曾令他
成为阿开亚人中最出色的,骁勇善战;
可现在,他失去了原本的
[640]禀赋,陷入疯狂。

哦,可怜的父亲啊,你会听到,
你儿子是怎样地被毁灭;
在埃阿库斯的后代中,除了他,
[645]从没有人在这样的宿命下毁灭。

第二场

(埃阿斯从营帐中间大门处出来,上场,手持一把长剑。

苔柯梅萨则跟着出来,上场。

埃阿斯　岁月年复一年,一切的一切

都已不再模糊,接着便又渐渐变得幽暗。

再没有任何东西值得人们期待;庄重的誓言

已经被抛弃,如同倔强的心灵也已经不再。

[650]即便如我这般,曾经那样异常猖狂,

犹如淬火的玄铁利刃一样,可是她的那些话

却使我的嘴变得笨拙了! 真可怜,把她留下,

做了寡妇,那孩子也成了孤儿,而且还要面对敌人。

　　　不过,我现在要到海边草滩去,找一片沐浴之地,

[655]将我身上的污秽洗濯,使我得到净化,

这样,我就不会再被女神深深的憎恨所纠缠。

离开那里,我会去寻找一片人迹罕至的地方;

我会在那里将我这把充满了仇恨的长剑

掩埋在地下——那个地方,任何人都无法找到。

[660]就让夜神与冥神将我的剑保留在地下!

因为,自打我从我的强敌

赫克托耳那里将这个馈赠拿到手中,

我至今就再没有从阿尔戈斯人那里得到任何好处。

可是,常言说得好,敌人的礼物不会是

[665]礼物,不会给你带来任何的好处。

　　　因此,我知道往后应该如何顺从神明,

应该怎样对阿特柔斯的儿子表现出恭敬。

他们都是我们的主宰,我们必须服从他们,必须这样!

总是令人感到畏惧而又无法抗拒的法则拥有着

[670]毋庸置疑的权威。也因此,大雪纷飞的

冬季之后才会有结出各种果实的夏日;

黑夜永远地沿着阴森的轨迹化作白昼，

骑着白色的马，将光芒点燃；

狂放无羁的风神最终会让波涛汹涌的

[675]大海沉睡。而后，力大无穷的睡神也会

松懈下来，他的约束不会保持永远。

　　而我们难道不应当从中学会辨别这一道理？

至于我，至少我已经完全明白，

对于我而言，敌人的确可恨，可日后却可能

[680]成为朋友；而对于我的朋友，

我倒是希望能够为其效力，其实，

我很清楚，他不会始终是我的朋友——

对于凡人而言，把友谊当作是港湾，很不可靠。

无论怎么，我都不会出现麻烦。而你现在就

[685]进去，在那里去祈求神明；你这个女人啊，

就让神明成全我，让我心中的夙愿得到实现吧！

　　　　　　（苔柯梅萨从侧门进到营帐里，埃阿斯转身对歌队说道。

还有你们，我的伙伴们，我要让你们像她一样

为我感到骄傲；而透克洛斯如果来到这里，

他会来指挥部队，而且也会对你们很好。

[690]而我现在就要上路了，就要去那个地方了。

你们就照我说的去做吧，也许要不了多久，你们

就会看到，我虽然蒙难，但却得到了拯救。

　　　　　　（埃阿斯朝着海滩的方向走去，手中握着剑，退场。

第二肃立歌

合唱歌正行

歌队　喜悦令我战栗紧张，欢欣为我插上了翅膀。

　　哦，潘啊，山神潘——

　　[695]哦，潘啊，你越过大海，出现在我们面前，

　　你来自那岩石的山脊，来自那白雪皑皑的库勒尼山巅。

　　我的主人啊，你创造出祭奠神明的舞蹈，而我们也

　　[700]自然地合着你的脚步跳起尼撒舞，跳起科诺索斯舞；

　　而现在，我就要手舞足蹈，把这舞跳起来。

　　我的主人啊，太阳神阿波罗疾奔而来，穿过了伊卡尼亚海，

　　　　来到我的面前，

　　[705]让我去感受那欢悦。

　　　　　　　　　　　　　　　　　　　　合唱歌返行

毁灭之神阿瑞斯已将苦痛从眼前抹除。欢悦啊，真正的欢悦！

伟大的宙斯神啊，风和日丽的日子里，你的辉光照耀着

　　　　我们，

[710]送我们的舰船在海上飞驰；埃阿斯已忘记了那些

　　　　不快，

严格照规矩对神明祭祀膜拜。

伟大的时间会使一切都显得黯然凋谢，会将火焰燃起；

[715]除了好言相劝，我们也没说什么话；没想到埃阿斯此

　　　　时悔恨不已，

他不会再迁怒阿特柔斯的儿子，也不会与他们作对。

　　　　　　　　　　　　　　（一位来自希腊军营的信使，上场。

第三场

信使　朋友们，我得赶紧把消息告诉你们：

[720]透克洛斯从弥希亚山回来，

刚来到两路部队中间的阿伽门农大营，

那些聚集来的阿尔戈斯人就责骂起他来。

他们远远地看到他正在过来，当他走近时，

这些人便纷纷围拢上去，吵闹斥责；

[725]他们极尽斥责挞伐，争先恐后，谁也不肯落空，

他们咒骂，这就是那个疯子的兄弟，刚从敌营

跑到这里来；他们说，他绝对逃脱不了死神的手掌——

这时，乱石已然向他砸了过去，想要把他砸得粉碎。

事情发展到后来，长剑倏然从剑鞘中拔出，

[730]到了手上，眼看一场厮杀就要无法避免；

眼看冲突一触即发，只是那些年长者出面，

说了一些劝解的话，才算把事态平息下来。

可是，我到哪儿才能找到埃阿斯，把这些告诉他啊？

这件事情一定要让这件事的正主原原本本地知道。

歌队队长　[735]他不在里面。他刚刚离开这里，

他有了新的主意，拿准自己该怎么办了。

信使　啊，哎呀！

还是晚了，打发到我这里的人终究还是

晚了一步！要么是我耽搁了？

歌队队长　[740]难道会把什么要紧的事情耽误了吗？

信使　透克洛斯曾经声言，一定让埃阿斯在营帐这里

等着他；在他赶到之前，不要让他离开。

歌队队长　可我告诉过你，他已经离开了。而他现在的

当务之急是要改变他曾对神明表现出的不敬。

信使　[745]如果卡尔喀斯预言得没错的话，

你说的这些话可真够愚蠢的。

歌队队长　他怎么预言？你对此又知道多少呢？

信使　我当然知道很多了，因为我当时恰好就在现场。

先知卡尔喀斯让那些统帅在议事厅里围成圈坐下，

[750]自己却独自离开了阿特柔斯的儿子们。

他来到透克洛斯那里，关心地将右手放在他的手上，

认真地对他说，如果想要在他去的时候

他还能活着的话，那就一定要想尽一切办法

管住埃阿斯，将他留在营中，而且，千万

[755]不要让他独自一个人待着。

那位先知说，只要让他独自待上一天，

雅典娜的愤怒就会不断地纠缠着他。

而且，那些身材过于高大却一无所用的生灵，

那些终将面对天降噩运的人，

[760]那位先知又说，那种生而为人的人

一旦忘记了这一点，就会变得自视超过一般人。

刚说到的那个人在他离家出征时还什么都不懂，

那时，做父亲的便对他有过谆谆教诲。

父亲是这样对他说，我的孩子啊，拿起你的长矛

[765]去夺取胜利吧，而这胜利是需要神明帮助的。

可那孩子却愚蠢到了极点，想都不想就回答道，

父亲啊，凭借神明的帮助，那些完全没有本事的人

都能够获胜；而我相信，我根本不需要神明，

只凭我自己的能力，我也可以将荣誉争夺到手。

[770]从他嘴里说话就是这样狂妄。还有一次

是对女神雅典娜；那次是要他出手，

对敌人发起猛烈的进攻，但可怕的是

他却以不屑一顾的语气回答道，神界的女王啊，

你最好还是到其他阿尔戈斯人那里去吧，

[775]我这里绝不可能被攻破。

他不像一般人那样去考虑，所以才会

说出这样的话，这当然激怒了女神。

不过，如果到了这一天，他还在的话，那么，

我们或许就能与神明一道将他拯救出来。

　　　　[780]那位先知就说到这里。然后，

透克洛斯马上从座位上站起身来，命我

前来细心保护。卡尔喀斯确实每每灵验，

若有什么闪失，那个人就会性命不保。

歌队队长　（对着营帐内大声说道）备受煎熬的苔柯梅萨啊，真是
　　　　命中的灾难！

　　　　[785]快出来看看这个人，听听他都说了些什么吧！

剃刀近在喉咙边，哪里还有喜悦之感啊？

　　　　　　　　　　　　　　（苔柯梅萨从营帐的侧门出来，上场。

苔柯梅萨　你为何要再次让我离开我休息的地方？

我好不容易才从那无尽的麻烦中脱身啊！

歌队队长　听听这个人说什么吧！他听说了

　　　　[790]一些关于埃阿斯的事情，这些事情让我感到身心
　　　　俱痛。

苔柯梅萨　哎呀！你说了什么，你这个家伙?! 是说我们将会毁
　　　　灭吗？

信使　你会怎么样，我连影子都不知道。要是埃阿斯

已经离开了这里，那我不敢再抱什么希望。

苔柯梅萨　就是因为他已离开了，听到你说的话，我才感到剧烈
　　　　的阵痛。

信使　[795]透克洛斯严令你们一定管住那人，

让他留在营中，不要让他单独一个人离开。

苔柯梅萨　透克洛斯现在什么地方？他怎么说？

信使　他刚刚回去了。他担心，如果埃阿斯
　　从他的营帐出去，那他可就死定了。

苔柯梅萨　［800］哎呀，惨啦！这是什么人对他说的呀？

信使　是忒斯托耳的儿子说的，就是那个先知。他说，
　　埃阿斯是生是死，就在这一天了！

苔柯梅萨　哎呀，我的朋友啊，让我与那宿命里的厄运相隔绝吧！
　　你那就快点吧，去把透克洛斯找来。
　　［805］到晚星升起的那边海湾去一些人去找，再去一些人到
　　　　日出的那边，
　　把那个人找回来，否则他就要蒙受灾难了。
　　而现在，我知道我完全被他欺骗了，
　　失去了长久以来的那一份关爱。
　　啊呀，孩子，我该怎么办？总不能这样坐等吧？
　　［810］我一定得拼上我的力气，我得去找找。
　　走吧，咱们动作快一点儿吧！没时间耽误了，
　　我们得赶紧去救救那个急匆匆想要去死的人。

歌队队长　我已经准备好了，这可不是嘴上说说的，
　　动作要快，脚也会马上跟上来。

　　　　　　　　（场上人物依次从左右两个方向退场，舞台上空了下来。

　　　　　　　埃阿斯持剑上场，站在沙滩上，将手中的长剑向上伸出。

埃阿斯　［815］宰杀牺牲的东西已在地上插好，锋锐
　　无比，哪里还有工夫去做细心算计？
　　这把剑最初是赫克托耳所赠，他对我而言
　　算是个朋友，却又是我恨入骨的人。
　　这把剑后来曾深深地插入特洛伊的大地，杀人

[820]敌营之中,在那坚硬的石块上磨得锃亮。
最后,我终于将那把剑细心地倒栽在地下,
于是,它便可以倏然完美地让这个人死去。

　　我已经整装待发,现在,你来吧,
站到我的身前来。宙斯啊,庇护我,这才是你该做的啊!
[825]我从没有想过你会给我多大的奖励。
我只想让你派个送信人,把这坏的消息到
透克洛斯那里,这样,一旦我倒在这把剑下,
趁鲜血尚未干涸,他就能马上将我收敛;
千万不要让我的敌人先看到,他们会让我
[830]尸横荒野,让我成为野狗与鹰鹫捕食的腐肉。
这就是我对你的请求,宙斯神;同时,我还要
请求赫尔墨斯,让他在冥界为我的灵魂引路,我要请求他,
当那把剑从我的侧肋直插进去时,能让我
在一跃之间倒下,不要有任何的挣扎。

　　[835]我要请求那些永远圣洁的女子帮助我,
因为她们永远都在注视着人世间的苦难,
定会看到脚力快捷的尊敬的厄里诺斯,让她们说一说,
阿特柔斯的儿子们是怎样将苦难的我毁灭。
她们或许可以抓起那些邪恶之人,让他们
[840]像你们现在所看到的我一样在无比的悲惨中毁灭,
(像我自杀倒下一样,由自己的亲人
将他们杀死,被自己挚爱的后代毁灭。)
来吧,厄里诺斯,真正的复仇神,惩罚他们吧,
将他们的部队完全吞噬,一个人都不要放过。

　　[845]太阳神赫里奥斯啊,你驾驭着战车,驰骋
在陡峭的天路上,向下张望,你会看到我父辈

的家园;请你拉紧你手中金光灿灿的缰绳,

然后将我这宿命的厄运传信告诉

我年迈的父亲,告诉那个曾经哺育我的人。

[850]那个不幸的女人啊,如果听到了这样的消息,

她一定会把号啕的悲歌唱得全城都能听得到。

可是,那种大声哭泣其实已经毫无意义,

现在,该做的事情只需快些去做了。

　　　死亡之神塔纳托斯啊,来吧,看看我吧!

[855]我在那里还是会与你相遇,会把事情告诉你。

还有你,现在依然还在耀眼地闪烁的天光,

我在把你召唤,太阳神啊,我在召唤你的战车,

这可是最后一次了,从今往后再也不会出现。

阳光啊!那神秘的大地啊,我的

[860]萨拉弥斯,那里有我父辈祈神之位!

名声显赫的雅典人啊,你们有着与我相同的血脉,

你们这些泉水与溪涧,还有特洛伊的那一片平原,

我要欣慰地对你们说,我是你们养育长大——

埃阿斯对你们说出的是他最后诀别的语言。

[865]其余的话,我会到冥界对那里的鬼神说。

　　　　　(之后,埃阿斯扑倒在自己的剑刃上。此时,歌队分作两组,

　　　　　　从两个不同的方向上场。每组各有一位歌队队长。

　　　　　　　他们最初并没有看到埃阿斯的尸体,

　　　　　　　最后是苔柯梅萨发现了埃阿斯的尸体。

场间歌

第一分歌队　磨难啊,磨难,一个接一个的磨难!

哪里啊？要去哪里？

还有哪里，是我们没有走到？

再没有哪个地方，需要让我知道。

[870]嘘——

哪儿来的嘈杂声？

第二分歌队队长　是我们哦，是和你们一起乘船出海的人啊。

第一分歌队队长　可有什么发现吗？

第二分歌队队长　船队的这边，月亮升起的这一侧都找遍了。

第一分歌队队长　[875]找到什么了吗？

第二分歌队队长　费尽了全力，没有任何发现。

第一分歌队队长　而沿着太阳升起的这条路这一边，

那个人也是一点儿踪迹都看不到。

歌队　谁来帮帮我啊，谁来帮帮漂泊过海的那些

[880]已经千辛万苦的人？他们一直忙碌得不眠不休。

奥林匹斯山上，

帕斯珀罗湍流边的女神啊——

[885]那个心性暴烈的人

游荡去了哪里，有谁看到他，

能否据实让我知道？可怜我，

拼尽全力，找遍各地，

没有任何结果；

[890]现在，那个病弱之人依然杳无踪迹！

　　　　　　　　　　　　（莒柯梅萨跟在歌队后面，上场。当地走过树丛时，

　　　　　　　　　　　　　忽然绊倒在树丛中的埃阿斯的身体上。

莒柯梅萨　（大声喊道）呜啊啊，呜啊啊！

歌队队长　从树丛那边传来的是谁的哭声？

莒柯梅萨　惨啊！

歌队队长　我看到了,那个用长剑赢得的不幸的新娘,

　　[895]苔柯梅萨,那般凄惨,沉浸在悲苦之中……

苔柯梅萨　朋友们,我将逝去,我将会毁灭,我将化为灰烬!

歌队队长　何以如此啊?

苔柯梅萨　我们埃阿斯啊,他一定是刚刚死去,

　　横卧在这里,那剑刃还深深地插在他的身上。

歌队队长　[900]哎呀,我们已经回不去啦!

　　哎呀,王公啊,你索性连同和你一道出海的我

　　也一起杀死吧! 果真可怜的人啊!

　　那女人也已经痛苦得心碎。

苔柯梅萨　他现在的情况已令我们啊呀啊呀地悲痛哭叫!

歌队队长　[905]是什么人出手将那个命运多舛的人设计了啊?

苔柯梅萨　看得出,是他自己干的——在地上,

　　插着一把剑,他扑倒在上面,使自己完蛋了。

歌队队长　[910]啊呀,我真糊涂啊,竟让你独自倒在血泊中,没

　　　　有一个朋友把你守护!

　　我可真傻,真笨,竟然这样粗心! 在哪里呢? 在哪里?

　　那个桀骜不驯而命藏不祥的埃阿斯啊,他躺在何处?

苔柯梅萨　[915]千万不能让人看到! 就用

　　这件披风将他严严实实地盖好。

　　任何人,起码他的朋友,任何人都会无法忍受——

　　他们看到的是,他的鼻孔和他自戕

　　的伤口那里,暗红的血正在喷涌。

　　[920]啊呀,我该怎么办? 哪个朋友能够出手抬一下你啊?

　　透克洛斯现在哪里? 如果他想要将他这位倒下的

　　兄弟的尸身收殓,那他最好现在赶到这里。

　　命运多舛的埃阿斯啊,那样显赫的一个人啊,

就是你的敌人也会认为应该为你唱诵哀歌！

歌队　　[925]可怜的人啊，斗转星移，你一直

被你那紧绷的神经牢牢地控制，或许正是

这些，使你的厄运中充满了无尽的艰辛。

[930]我听到，经过长夜到天明，

你一直在呻吟，怀着狂躁的

仇恨面对阿特柔斯的后人，

胸中充满了可怕的心绪。

那个人的悲哀从一开始就无可

[935]避免——那时，强手在为了

（……）要得到兵器而比拼。

苔柯梅萨　　呜啊，呜呜啊！

歌队队长　　浸入你肝里的，我知道，是你高贵的痛楚。

苔柯梅萨　　呜啊，呜啊！

歌队队长　　[940]我明白，你这个女子啊，你这样不停地哭诉，

只因为你真心挚爱的那个人刚刚逝去。

苔柯梅萨　　你只是揣度，而我却是要去感受。

歌队队长　　确实没错。

苔柯梅萨　　我的孩子啊，那是怎样的枷锁呀，等着我们自己去

戴上?!

[945]而奴役我们的将是怎样的主子呀?!

歌队队长　　哎呀！阿特柔斯的那两个儿子啊，

你在悲恸中历数了他们的严酷

与无情，实在让人无法想象！

或许只有神明才能阻止这件事情。

苔柯梅萨　　[950]可没有神明参与，此事或许根本不会发生。

歌队队长　　是啊，他们的确让我们难以应付。

苔柯梅萨　　这灾难啊,就是宙斯的女儿,就是那个

　　　　狂躁的女神为了奥德修斯给我们带来的!

歌队队长　　[954]那人此时一定在他那阴暗的灵魂中耐着性子

　　　　　讪笑,

　　　　他那种笑啊! 对这近乎猖狂的悲恸,

　　　　他还能笑得出来?! 听到这样的消息,

　　　　[960]阿特柔斯那两个做王者的儿子会一起这样笑!

苔柯梅萨　　让他们去笑吧,任由他们对着那人遇到的灾难

　　　　尽情地去笑吧! 他活着的时候,他们不在意他,

　　　　但到了需要刀剑的时候,他们就会为他的死而悲恸不已了。

　　　　脑筋不好的人对他们手上所拥有的好的东西总是

　　　　[965]浑然不知,非要等到被他们抛弃之后才会知道。

　　　　他的死,在我是劫难,但对那些人来说

　　　　却是高兴的事;他也得到了欣慰,

　　　　因为他得到了他渴望得到的死亡。

　　　　而那些人又有什么道理嘲笑他?

　　　　[970]他的死只和神明相关,而与他们不相干,毫不相干!

　　　　奥德修斯尽管可以无聊到恣意猖狂。

　　　　埃阿斯在他们已经不再;可对于我,

　　　　他虽然离去,却留下了凄楚与悲伤与我相伴。

第四场

透克洛斯　　(在后台发出声音)呜啊,呜啊啊!

歌队队长　　[975]安静点儿,我感觉好像听到了透克洛斯在

　　　　　喊呢,

　　　　这个声音里带着蒙受灾难的痕迹!

　　　　　　　　　　　　　　　　　　　　　（透克洛斯上场。）

透克洛斯　（走到埃阿斯尸体跟前）我最亲爱的埃阿斯啊，我的亲兄弟，

　　　你怎么能容忍谣言这样四处传播？

歌队队长　他已经死了，透克洛斯，这件事你不用怀疑了。

透克洛斯　[980]啊呀，这样沉重的打击要把我压垮啦!?

歌队队长　事已至此……

透克洛斯　　　　　　　　　　惨啊，真惨啊！

歌队队长　惨得让人悲痛。

透克洛斯　　　　　　　　　一下子就这样了?!

歌队队长　的确如此，透克洛斯。

透克洛斯　　　　　　　　　真是灾难啊！那个孩子呢？

　　　我要到特洛伊的什么地方去将他找到？

歌队队长　[985]就在营帐那边，独自一个人。

透克洛斯　　　　　　　快点儿，

　　　赶紧把他从这儿带走！否则，他不就会像

　　　狮崽子一样被敌人掳走，让母狮空余叹息吗？

　　　（对苔柯梅萨）快点去，现在需要你一起来了，

　　　对于横尸于此的人，每个人都会表现出嘲笑的态度！

　　　　　　　　　　　　　　　　　　　　（苔柯梅萨退场。）

歌队队长　[990]他还活着的时候就说过，透克洛斯，

　　　他想让你来料理，而你现在就是这样做的。

透克洛斯　此情此景，出现在我面前，

　　　此番情景此时此刻，竟让我亲眼得见！

　　　在我走过的路当中，令我万分

　　　[995]痛苦难熬的莫过于现在这条路了。

　　　我最亲爱的埃阿斯啊，我一听说你的

　　　死讯，就循着你的足迹寻踪到这里。

关于你的流言仿佛借了神助一样四处传播,迅速
传遍了整个阿开亚大军,说你离开后就死了。
[1000]我听说这个不幸时,虽然没在这里,但
心里依然十分难过,现在看到了,更是心碎。

　　呜啊……

　　来吧,把这揭开,让我看一看这个蒙难的人。

　　哦,那张脸看上去多么痛苦啊,需要怎样的残酷,
[1005]你的死啊,给我带来了怎样的悲伤!
在你受难的时候,如果我帮不了你,那么,
我还能去什么地方?我还能去投奔什么人?
忒拉蒙啊,你我二人的父亲啊,照我的猜想,
如果我不是带着你,而是独自一人回家,他怎么可能会
[1010]面带微笑慈祥地接待我?他可是
那种即便遇到了好事也不会露出笑脸的人。
他有什么话没有说出来呢?再问一句,他难道不会
咒骂,我就是他与某个剑下赢来的女子
栽下的杂种,而我竟然胆怯地抛弃了你?!
[1015]我最亲爱的埃阿斯,他竟然惦记着在你死后,
把你的权力和你的家抢到手,活脱一个无赖。
那样一个人,脾气实在是糟糕;他那老迈的年纪,
我得说,使他变得冷酷,总是无缘无故地发脾气。
最后的结果是,我被从那个地方撵出去,流落异乡,
[1020]并且因为他的斥责从一个自由民沦为奴隶。

　　回到家里后的情形肯定就是这样。而在特洛伊
我又有很多敌人,能给我帮助的实在少得可怜。
你死了,可我收获的又是什么啊?
灾难啊,现在我该怎么办?我该怎么将你从

[1025]从你的那把利剑上搬下来？可怜的人啊，
那就是杀死你的凶手，是它使你最后咽气！看看吧——
那个赫克托耳，虽然自己死了，可最终依然将你毁灭！
凭着神明起誓，来看看这两个凡人的噩运吧！
先是赫克托耳，他被拖在战车的车板上，
[1030]用的却是那根馈赠得来的缰绳，
他的身体不停地撞到岩石上，最后终于一命呜呼；
而后是埃阿斯从那个人那里得到的这件馈赠，
结果，他一跤跌到那把剑上，便要了自己的性命。
这把剑不正是铜匠复仇之神锻造出来的吗？而
[1035]那个东西不也是那个冷酷的工匠哈得斯制造的吗？
就我自己而言，我敢断定，所有这一切
肯定都是神明针对人而设下的机关。
如果有什么人在心里对此不以为然，那么，
就请他像我这样把自己的想法想清楚。

歌队队长　　[1040]别扯远了，还是好好想一想我们该
如何将这个人埋葬，想一想你接着该说些什么话。
因为，我看到敌人急匆匆地朝这边走来，
想要害我们，而且还在嘲笑我们的悲伤。

透克洛斯　你看到的是军中的什么人吗？

歌队队长　　[1045]是墨涅拉厄斯，而我们就是为了他才出海远
征的。

透克洛斯　我看到了。离着不远，很容易辨认。

（墨涅拉厄斯带着一队随从，上场。

墨涅拉厄斯　你们都在！那好，我命令你们，
谁也不得去收殓那个尸体，就让它待在那里。

透克洛斯　那是怎样狂傲的命令，让你这样徒费口舌？

墨涅拉厄斯　[1050]是我认为应该这样,而且最高统帅也这样
　　　认为。

透克洛斯　那你可以说一说为什么要这样的理由吗?

墨涅拉厄斯　是这样的:我们曾希望他从家乡来到此地,
　　　通过和我们这些阿开亚人并肩作战,成为我们的朋友,
　　　可据我们观察,却发现他比弗吕吉亚人还要敌视我们;
　　　[1055]他曾想使我们这支部队毁灭,
　　　深更半夜,手执那把利剑朝我们而来。
　　　不知是哪个神明把他的这番努力阻止住了,
　　　否则,我们就要面对他所面对的那种厄运,
　　　我们就会死掉,我们注定就要蒙羞横卧在这里,
　　　[1060]而他却会活下来。现在,神明调转了
　　　狷狂的方向,令其落到了那些牛羊的身上。

　　　　　就是出于这个原因,任何人都没有权利
　　　将他那个人的尸体下葬,绝对不行;
　　　就应该让他曝尸在金色的沙滩上,任由
　　　[1065]海边的飞鸟果腹。你可一定要记住!
　　　千万不要将你心中那股恐怖的力量释放。
　　　如果说我们在他活着的时候不能将其制服的话,
　　　那么,我们至少要让他在死后服从我们的意愿;
　　　无论你们是否赞同,我们还是会动手调教他——
　　　[1070]因为,他活着的时候,从没有听从过我的命令。

　　　　　实际上,如果有臣民不肯服从统治者,
　　　那他就一定是品质恶劣的人。
　　　在城邦之中,法律如果离开了敬畏,
　　　就不可能给这个城邦带来繁荣;
　　　[1075]如果部队不用畏惧来保护自己,也没有了

敬畏之心的话,那么,这支部队就无法指挥了。

一个人即便是将自己的身体锻炼得十分强健,

也依然会觉得哪怕一场不大的灾难便可以将他打垮。

有一点,你完全可以肯定,只有心怀畏惧

[1080]而又明白何为可耻的人才能拥有某种安全感;

如果行止猖狂,而且为所欲为,那么,

不妨设想一下:这样的城邦,虽然可能

也有一帆风顺之时,但却随时都会倾覆海底。

　　　　不过,我想看到,在这个地方,人人都能感到畏惧。

[1085]不要让我们以为,我们可以为所欲为,

可以不为这样的行为付出痛苦的代价。

世事轮回。那个人也曾经那么

蛮横无理,现在轮到我威风了。

所以,我要警告你们,不得将他火化,

[1090]否则,你们就得为自己举行葬礼了。

歌队队长　　墨涅拉厄斯呀,你撂下的这些话实在充满了智慧,

只是千万不要在死者面前悖逆常情,表现猖狂。

透克洛斯　　(对歌队说)你们这些人啊!那种血统高贵的人,

如果他们都能够容忍自己犯下错误的话,那么,

[1095]对于那些这样出身的人说出的话,

再怎么恶劣,我也不会感到丝毫的惊讶了。

　　　　(接着,转身对墨涅拉厄斯说)来吧,从头再给我说一遍,你

　　　　真的认为

是你让埃阿斯在这里成为阿开亚人的盟友了吗?

他难道不是自己出海采取行动吗?

[1100]你到底在哪些事情上让这个人自己做主了呢?

你凭什么对跟着他从家乡到这里来的那些人指手画脚呢?

你可以去做你的斯巴达王,可来到这里,却不能做我们的主人。

在任何情况下,他都没有权力约束你的部队,

同样,你也没有权力这样指挥他的部队。

[1105]让你漂洋过海来到这里的是另外的人,而不是

一个随时也能指挥埃阿斯的至高无上的统帅。

你需要做的只是去指挥你所统领的那些人,

你可以禁止他们去做什么;而我现在要去

好好将这具尸体安葬,因为这才是正事——

[1110]不管你或者别的哪个统帅下了禁令,我都不会理会的。

那些人不辞劳苦地参加这次远征,

绝对不是为了成为你的嫔妃的那个女人——

他们只是为了他自己曾立下的那个誓约,

而不是为了你,他们从没把你这样无足轻重的人放在眼里。

[1115]你再回到这里时带来了传令官,

还带了远征指挥官;可你的那些大呼小叫

却像一阵风吹过,随你想怎么样就怎么样吧!

歌队队长　在形势不利的情形下,我无法接受这样的言论;

　　　　这种言论虽然正当,但却依然令人难以接受。

墨涅拉厄斯　[1120]那个弓箭手啊,他还真以为自己是什么

　　　　人呢?!

透克洛斯　没错,我的东西也不是一般的手艺。

墨涅拉厄斯　是啊,如果你拿到了那个盾牌,自然就敢说大

　　　　话了。

透克洛斯　即便没有,我也敢与你这种装备精良的人比试一下。

墨涅拉厄斯　你说出这样的话,得需要多么吓人的勇气啊!

透克洛斯　[1125]只要行得正,精神的力量就是无坚不摧的。

墨涅拉厄斯　难道要让杀了我的人春风得意吗?

透克洛斯　　谋杀？那可就怪了，你都被杀了，怎么还活蹦乱
　　　　跳呢？

墨涅拉厄斯　　那是因为神明祐我。不然，我早就死掉了。

透克洛斯　　既然有神明庇护着你，你就不要玷污神明了。

墨涅拉厄斯　　[1130]我怎么可能违背上天的礼法！？

透克洛斯　　可你现在站到这里，禁止为他下葬。

墨涅拉厄斯　　他可是我的敌人呀，所以，为他下葬就是犯罪！

透克洛斯　　难道埃阿斯曾经站出来，与你为敌吗？

墨涅拉厄斯　　我们确实相互仇恨，这你是知道的。

透克洛斯　　[1135]没错，但那是因为他发现你在投票时捣鬼了。

墨涅拉厄斯　　毕竟弄垮他的是做出裁决的那些人，而不是我啊。

透克洛斯　　你竟然能够将罪孽深重之事干得这么漂亮。

墨涅拉厄斯　　这些话会给某个人带来灾难。

透克洛斯　　好像不会有比我们所要蒙受的灾难更大了吧？

墨涅拉厄斯　　[1140]我再对你说一遍，不许为那个人举行葬礼。

透克洛斯　　那你听好了，这个葬礼一定要举行。

墨涅拉厄斯　　原来，我曾见过一个总是高谈阔论的
　　　　家伙，在风暴到来的时候，让水手们出海。
　　　　可当狂风刮起时，他的声音却完全听不到了，
　　　　[1145]因为他已把自己藏到了那件披风的下面，
　　　　任凭那些水手随意地踩着他，从那里跑过。
　　　　如此说来，你现在也像他一样口吐狂言——
　　　　那末，一阵飓风吹来，哪怕只是出自小小的一片云彩，
　　　　也足以将你的那种装模作样的喊叫声淹没！

透克洛斯　　[1150]让我来说说，我也曾经见过这样的人，愚蠢
　　　　透顶，
　　　　当自己的同类遭受灭顶之灾时，竟然行止猖狂。

而后,有一个脾气像我一样的人

会盯着他,并且对他说,你这个家伙啊,

千万不要去做伤害死者的事情!

[1155]否则,最后一定会伤害你自己。

这便是他当面对那个不幸的家伙提出的忠告。

现在,我又见到那种人;在我看来,

你就是那样的。我说的话不会像是谜语吧?

墨涅拉厄斯　我一定得离开了。因为,如果让人知道我这样一个

　　[1160]大权在握的人,竟然在这里发牢骚,那可真丢脸了!

透克洛斯　你走吧。在我看来,在这里听一个愚蠢的人

　　说这种无聊的话,那才是令人丢脸的呢!

　　　　　　　　　　　　　　(墨涅拉厄斯和他的随从循着来路,退场。

　　　　　　　　　　　　　　　　　　　　　　　　　颂歌

歌队　一场急风暴雨般的冲突就要到来!

　　可透克洛斯啊,你要尽可能地

　　[1165]快些为那个人挖出一个墓穴;

　　将他埋入到那阴冷潮湿的坟茔中,

　　让凡间的人们永久地将他记忆。

　　　　　　　　　　　　　　(忒柯梅萨带着欧吕萨克斯,上场。

透克洛斯　来了,此刻正好来了,那边,那个人的

　　妻子手领着他们的儿子正朝这边走来,

　　[1170]要为那不幸的尸体濯洗穿戴,举行葬礼。

　　孩子,到这里来,到他的身边来。把你的父亲

　　把牢了,为他祈求神助,他可是你的生身之父啊!

　　现在,跪坐到他跟前,将这几缕头发拿好,

　　这里已经有我和她的了,加上你的,就三缕了。

[1175]这是祈求神助所必需的。如果军中有人

想要将你从死者这里强行掳走的话，那么，

他就会因为他的邪恶失去自己葬身的地方，

人们会使他的家族遭受灭门之灾，

那时，他就会像我方才铰下的那缕头发一样。

[1180]把这个拿好，孩子，把它守护住。

不要让人把它从这里抢走，好好在这里跪着。

　　（对旁边的水手说）还有你们，不要像女人一样站在一边，

　　　你们是男人，

你们应该守在这里，将他保护起来，而我一定要

把那个坟墓建起来——所有人都在阻止我做这件事情。

　　　　　　　　　　　　　　　　　　　（透克洛斯退场。）

第三肃立歌

第三正向肃立歌首节

歌队　[1185]最后的岁月啊，它会怎样？这四处游荡的漫长的

　　　日子啊，何时，

何时能够走到头？我们又为何要手执长枪，千辛万苦，征战

[1190]在特洛伊这片辽阔的土地上，

竟然还要忍受那些希腊人这样令人感到耻辱的诅咒？

第三转向肃立歌首节

但愿啊，先把那个人拐到天边，或是送到许多人都会去的

　　　地狱，

[1196]他让希腊人和他一起领教了

阿瑞斯带来的灾难；

这灾难带来了无尽的痛苦——将人的身心彻底毁灭！

第三正向肃立歌次节

没有得到让人欣喜的花环，
[1200]也没有深深的杯盏
令我与欢乐相伴；
也没有优雅的笛声缭绕；
真是命运多舛啊，再没有了休憩的甜美，
哪怕已经夜深；
[1205]爱啊，那爱也被他从我这里夺走。
我在这里驻扎，却完全得不到任何人的关心，
任凭密匝的露水将我的头发打湿——
[1210]将特洛伊的忧郁留在记忆里。

第三转向肃立歌次节

在先前，那随着黑夜而来的
恐惧以及飞驰而来的箭都有
埃阿斯为我挡下；
而现在，他成为厄运的
[1215]牺牲品；给我的还有什么？哪里还会再有
任何的欢欣？
但愿我能够被这大海送回到
那林木茂盛，海浪冲刷的海角，回到
[1220]苏尼乌姆的高山之下，
我或许会在那里亲吻雅典的神圣！

（透克洛斯匆忙中，上场。）

退 场

透克洛斯　我刚刚看到统帅阿伽门农，他正急匆匆地

朝这边过来，于是，我也赶紧朝这里赶。

[1225]我知道，他想必要放开那张倒霉的嘴。

（阿伽门农带着一个随从，上场。

阿伽门农　说你呢，我听说，你竟然张开大嘴对我们

说出那样大胆的话！难道你还没有受到任何惩罚吗？

我说的就是你，你这个女战俘生出来的孩子，

如果养育你长大的母亲出身高贵的话，那么，

[1230]你咆哮的声音就会更高，人也会变得趾高气扬；

你这样一个完全没用的人，所有的努力都是虚无缥缈的！

你大言不惭地说，无论是指挥官，还是船长，

我们谁都没有权力向阿开亚人或是向你下达命令，

而埃阿斯，照你说的，他是自己做出出征决定的。

　　　[1235]听奴隶如此口吐狂言，这难道不是一种耻辱吗？

他是什么人，竟然让你这样对他赞不绝口？

他去过或是驻扎过的地方，哪里我没有去过呢？

在阿开亚人当中，难道除了他之外就再没有其他人了吗？

我们发布了命令，将阿尔戈斯人召集到一起，

[1240]做出裁判，决定阿喀琉斯兵器颁赏给谁——这已
　　经是

很糟糕的一件事情了；而无论结果怎样，我们又都无法

让你透克洛斯满意，尤其当你们在竞争中落败，那个结果

既会让你们感到不快，又要让你们接受，那情况就会更
　　糟糕；

你们在竞争落败之后，正在用污言秽语

[1245]对我们百般诋毁，刻意讽刺挖苦。

　　　如果在这种情况下，我们将

正当获胜的人弃之不顾，

而把落到后面的人提到前面来，

这就违背我们事先定好的规矩。

[1250]这样的事情绝对干不得！那种

膀大腰圆的人未必总是最为可靠的，

而多用心思的人却可以每每占得上风。

腰身宽厚的犍牛，也需要用小小的鞭子

抽打才能沿着那条路笔直地走下去。

[1255]我得说，如果你稍稍有一些常识，

你就一定能够找到一个做事的良方。

至于那个人，他现在已经不在了，已成了一个幻影，

而你竟然如此猖狂，像个自由民一样对我们言语攻击。

你怎么这样没有分寸？你要弄明白你的身份，

[1260]你最好另外找个人来，还得是自由民，

替你把你的事情在我们面前说一说。

当你说话的时候，我总是弄不清那些话是什么意思；

因为，你那种粗俗的语言，我完全听不懂。

歌队队长　你们两个最好尽量克制一下自己——

　　[1265]我能劝告你们的也就是这句话了。

透克洛斯　（对死去的埃阿斯说）呃呀，为死者祈福这么快就从人
　　　　们的心里

流失，人们这么快就抛弃了你，那人啊，

现在却不肯再为你说一句话，也全然

没有想起你埃阿斯；你为了他这样

[1270]千辛万苦，把命都搭在那把剑上了。

而你做的那一切全都白费了，都被扔到了一边。

　　　（转身对阿伽门农说道）你这个狂言蠢话说了一大堆的
　　　　人啊，

难道你一点儿都不记得了吗？你曾经
长时间困守在自己的营寨中，一筹莫展，
[1275]局势十分不利，持剑赶来搭救你的
只有埃阿斯。大火从船尾尾舷台的两侧
燃烧，一直烧到尾舷台上，而赫克托耳
则一跃跨过壕沟，直接朝着船队冲过去，
这时，又是什么人将他阻击回去？
[1280]不正是他吗？你且说说看，这个人
是不是再没有去过你的脚未曾落地的地方？

　　　以你的观点来看，该做的他是不是都做到了呢？
后来，他不是又独自与赫克托耳有过一次较量吗？
那次是通过抽签决定的，而不是因为什么人给他
[1285]下了命令；他并没有设计逃灾避难，
并没去弄一团烂泥来糊弄，而是让他的
那只骰子最先从镶着翎毛的头盔中掉出来。
没错，这些事情确实就是他做的，而我，
这个奴隶，这个蛮族女人的儿子，我就在他身边。

　　　[1290]倒霉的家伙，你怎么能假装不明真相，这样大喊
大叫呢？
你难道没有想到过你父亲的父亲，早年间的那个
珀罗普斯曾经是一个弗吕吉亚人，一个劣等的人吗？
还有，你的父亲阿特柔斯不是还曾设下的那样绝顶丑恶的
餐宴，把他兄弟的儿子当作是一餐美食供那个兄弟享用吗？
[1295]至于你自己，你也是一个克里特母亲生下的。
而她的亲生父亲不就是因为发现了她的那个情人，
才决定命人让她做那些不会透露消息的鱼的诱饵吗？
你这种人又凭什么来指责我的出身呢？

　　　从一个方面说,我是我父亲忒拉蒙的儿子,

[1300]而他因为作战表现特别出色得到奖励,而得到了
　　　我的

母亲,和她结了婚。至于她,她也血统

高贵,是拉俄墨冬的女儿;而且又是挑选出来,

由阿尔喀墨涅的儿子作为战利品奖给忒拉蒙的。

这样高贵的血统,出自这样两个高贵的双亲,

[1305]又怎么会给我自己的血肉带来羞辱呢?

现在,他遭遇了这样的横祸倒下,而你却大言不惭,

要将他弃尸在那里,不许埋葬,这难道不可耻吗?

好吧,假如你将他抛弃在这里的话,那么,

你就把我们三个人的尸体也一起抛弃吧。

[1310]如果我为了他去死,而不是为了你的

那个妻子,或者我该说,那是你兄弟的女人,

在一般人眼里,是不是好一些呢?

你大可不必在意我会怎么样,应该小心的倒是你自己;

因为,如果你为难我的话,那么,你面对我的时候,

[1315]就会发现自己在粗野发泄之前已经变成了一个
　　　懦夫。

　　　　　　　　　　　　　　　　　　（奥德修斯上场。

歌队队长　统帅奥德修斯,你来得正是时候! 只是

　　　不要把事情弄得更纠结,最好能将疙瘩解开。

奥德修斯　朋友们,出了什么事情吗? 我在老远就听到了,

　　　阿特柔斯的儿子对着那个勇士的尸体呼喝。

阿伽门农　[1320]统帅奥德修斯,我们只是因为总是听到

　　　这个人污言秽语才那样的,这难道不是理由吗?

奥德修斯　他说了些什么? 如果有谁被别人斥责,而他

　　　　　则以辱骂来回应,那么,我便可以原谅他。

阿伽门农　　是我在斥责他,那是因为他的行为冒犯了我。

奥德修斯　　[1325]他做了什么事情,伤害到你了?

阿伽门农　　他说,他不能容忍这个尸体无法得到它

　　　　　应该享有的葬礼,而对我的法令完全不理会。

奥德修斯　　如果一个朋友坦率地把实话告诉了你,

　　　　　你是否还会像先前一样与他同舟共济呢?

阿伽门农　　[1330]你说吧。我现在真的有些糊涂了,而我

　　　　　把你看做是希腊大军中最重要的朋友。

奥德修斯　　那末,好好听着。这个人,在神明面前,

　　　　　你不要那么冷酷地让他一直躺着在这里,不许下葬。

　　　　　你千万不应当让暴戾将你征服,心怀

　　　　　[1335]仇恨;千万不要将公正踩在脚下。

　　　　　　　自从我在争夺中击败他,得到了阿喀琉斯的

　　　　　那些武器,他就成了我在这支部队中最大的敌人。

　　　　　不过,虽然他对我怀有敌意,我却不会

　　　　　反过来侮辱他,我还不得不承认,

　　　　　[1340]在这次到特洛伊来的希腊人当中,他是

　　　　　我见到的除阿喀琉斯之外最为出色的勇士。

　　　　　他侮辱你,可能确实触犯法律,

　　　　　而你伤害的可能并不是他,而是神明的律法。

　　　　　一个出色的人死了,还要伤害他,

　　　　　[1345]那肯定是不公正的,哪怕你很厌恶他。

阿伽门农　　奥德修斯,你是在为了他与我相争吗?

奥德修斯　　我是这个意思。我也厌恶他,可对他的厌恶也是一

　　　　　种欣赏。

阿伽门农　　那末,现在他死了,你难道不更应该踩他几下吗?

奥德修斯　没什么可喜的,阿特柔斯的儿子,那样的礼遇并不
　　　　　恰当。

阿伽门农　[1350]权倾一时者要想维护自己的威望,并不容易。

奥德修斯　可如果朋友提出忠告,那就应该得到回馈。

阿伽门农　忠诚的人就应当听从发号施令者的命令。

奥德修斯　到此为止吧! 这样才能使你对你的朋友而言更为
　　　　　重要。

阿伽门农　你要想一想,你现在欣赏的是怎样一个人?

奥德修斯　[1355]他先前曾是我厌恶的人,但也是有尊严的。

阿伽门农　你要做什么? 你为什么要对你所厌恶的尸体表示尊
　　　　　重呢?

奥德修斯　因为,他的出类拔萃要胜出他的龌龊许多。

阿伽门农　不过,这种类型的人大多都是反复无常。

奥德修斯　相当多的人,现在可能还挺友好,过后就变成了
　　　　　仇敌。

阿伽门农　[1360]你是想让我们把这样的人当作是朋友了?

奥德修斯　我并不指望固执己见的人表现出友好的态度。

阿伽门农　你是要使我们在这个时候显示出懦弱。

奥德修斯　恰恰相反,每一个希腊人都会觉得我们做得很是
　　　　　公正。

阿伽门农　你不是想让我允许这个死者下葬吧?

奥德修斯　[1365]我是这样想的。将来有一天,我也会这样。

阿伽门农　果然,每个人都只为自己着想。

奥德修斯　除了我自己,我还应该为什么人着想呢?

阿伽门农　这件事情,你要做就去做吧,我是不会去做的。

奥德修斯　无论是你自己还是你允许别人去做,都对你会有
　　　　　好处。

阿伽门农　［1370］好吧，不过，你得想清楚，虽然除了这件事情，

　　　　　你做别的事，我可能会对你更满意一些，但是，

　　　　　对于这个人，无论到了那里，还是在这里，我都会

　　　　　同样地表示我的厌恶；而你可以照你想的去做吧。

　　　　　　　　　　　　　（说完，阿伽门农带着他的随从，退场。

歌队队长　奥德修斯，看你已经做到，如果有谁不承认

　　　　　［1375］你拥有智慧，那他就一定是一个愚蠢的人。

奥德修斯　对于透克洛斯，现在，我要郑重地声明，先前

　　　　　我曾十分讨厌他，但从此刻起，我是他的朋友了。

　　　　　我很愿意和大家一起将死者下葬，

　　　　　一道为他举行葬礼，不要出现丝毫的疏漏，

　　　　　［1380］让人们能够缅怀这个最高贵的人。

透克洛斯　最高贵的奥德修斯，听了这些话，我对你

　　　　　只有称赞的权利。你曾在我满怀希望时欺骗了我。

　　　　　在阿尔戈斯人当中，你曾对他怀有最大的敌意，

　　　　　可你也是唯一可以站在他身边，伸出援手的人。

　　　　　［1385］你也没有像那个疯了的统帅和他的兄弟那样，

　　　　　虽然人家都死了，你一个活人还要对他羞辱虐待——

　　　　　那兄弟俩竟然要让埃阿斯曝尸荒野，

　　　　　禁止将他埋葬，他们是想以此报复他。

　　　　　奥林匹斯山上的至高无上的天父，

　　　　　［1390］记忆超强的厄里诺女神，以及做出最后决定的公正

　　　　　　　女神，

　　　　　他们总是以厄运将丑恶的人毁灭，他们现在

　　　　　就是这样，将那人抛弃在这里，让他蒙受羞辱。

　　　　　　　但是，尊敬的拉厄耳忒斯的儿子啊，是否可以

　　　　　让你在葬礼上接触那个尸体，我一直在犹豫；

　　　　　［1395］我担心，那样的话，可能会冒犯死者；

不过,你还是可以参加进来,做些别的事,如果你愿意,
　也不妨带着军中的士兵来;他们在这里也会
　受到欢迎。剩下的事情,就让我来准备吧。至于你,
　一定要记住,在我们看来,你已经很高尚了。

奥德修斯　　[1400]我还是希望能够参与。但是,如果你不愿意
　我留在这里,那么,我会尊重你的意愿,离开这里。

　　　　　　　　　　　　　　　　　　　(奥德修斯退场。

透克洛斯　好了,中间已经耽搁很长时间了。
　你们去一些人尽快将墓坑掘好,
　另一些人将高大的鼎架起来,在周围
　[1405]将火燃起,为他做好
　神圣的净身沐浴。
　还要另外一队到他的营帐里去,
　将他挡在盾牌后面的那身华丽铠甲取来。

　　　还有你,孩子,他可是你的父亲,
　[1410]现在用力,用你的爱,和我一道将他
　抱起来。他的血管还带着丝缕的温暖,
　从那里,暗红色的血还在流淌。

　　　来吧,所有自称是朋友的人,
　请快点儿到这里来,都来
　[1415]为这个人真正的高贵做些什么;
　为了凡人,做什么都没有做这件事情值得。
　(我的意思是,哪怕他比埃阿斯更为高贵。)

歌队　许多事情,只要看上一眼就能
　心里透亮;可在亲眼见到之前,
　[1420]却没人能够预知未来。

　　　　(场上所有人伴随着埃阿斯的尸体,缓缓移动,退场。全剧终。

疏　　证

开　场

提要　雅典娜看到奥德修斯,告诉他埃阿斯正在营帐中(行1—行13);奥德修斯问起军中的传闻(行14—行35);雅典娜证实了传闻确有其事(行36—行70);奥德修斯第一次表现出懦弱和狡狯(行71—行88);埃阿斯与雅典娜对话,对其并无埋怨(行89—行117);雅典娜要奥德修斯看看神明的伟大(行118—行133)

　　索福克勒斯的《埃阿斯》围绕着兵器颁赏之后埃阿斯的命运展开,而兵器颁赏一事并不是索福克勒斯凭空杜撰出来的。在这一点上,索福克勒斯与品达相当一致——他们都设定,颁赏的最后决定是由那些阿开亚人投票作出的。
　　此剧故事发生在特洛伊埃阿斯营帐门外。埃阿斯的营帐应当位于希腊大军的东侧,靠近特洛伊北部海岸的赫洛厄图姆海角: ἔνϑα τάξιν ἐσχάτην ἔχει〔他可是把营帐扎在部队最顶端的边缘:行4〕。按照古希腊剧场的舞台规则,观众看到的舞台右侧表示家或家乡,而在本剧中则表示希腊军队的大营。从大的范围上说,那里应该是希腊的大营,而埃阿斯安营扎寨的地方要从这里远眺过去。现在没有确切的文献断定,在公元前五世纪,希腊舞台上就已经出现旋转的三角锥体,即所谓 περίακτοι〔布景柱〕;但是或可假定,这时布景柱已经出现,在这种布景柱的三面绘制出三个布景。这样,提供给观看者的就是不同空间同时出现的一种假定性:观众或许可以同时在布景柱右侧一面看到希腊大营;那末,开场时,奥德修斯就是在大营与埃阿斯营地之间的开阔地带搜寻。而埃阿斯的营地应当是在观众看到的布景柱的左侧一面。也可以猜测,这时并无布景柱,那末,在舞台上就有可能出现悬幕——这一点在本剧中极为必要;但是,从舞美技术上讲,就技术水平而言,悬幕显然要比布景柱的技术要求高,虽然布景柱也需要具有能够旋转的功能——而真正的背景转换,在本剧中,出现在行 815 以下。观众的左侧是一个开阔地带,在本剧中应当表示希腊大营的东南两个方向,即特洛伊的方向。剧中,当透克洛斯从弥希亚回来时,就是从这个方向上场的(行 720)。

1. (行 1—行 13)

雅典娜 [1]方才,拉厄耳忒斯的儿子,我看到你一直在追踪你极为反感的那个人,想尽了各种办法。现在,就在埃阿斯船队的营帐前,他的营帐扎在部队最顶端的边缘,[5]我见你睁大了眼睛,像猎犬一样搜寻他的踪迹,寻找他不久前留下的线索,希望知道他现在是否还在那里面? 你那嗅觉,真像拉科尼亚猎犬,使你的追踪显得有模有样。那人确实在里面,他刚从那杀戮中回来,内心正在经受煎熬,[10]脸上淌着汗水,手上沾满了带着杀气的血迹;你已经不必继续去探寻营帐大门之内的情况。或许,那位赐给你光明的神明能够给你答案;如果你想要知道些什么,不妨快点儿说出来。

　　1.1 传统上,希腊戏剧(主要是悲剧)在正剧开始前通常会对
这部戏情节的来龙去脉作一简略陈述,一般称作 πρόλογος〔字面意
思为前面的话,常译作开场〕。本剧也是出于这样的目的才设计了
一个开场。开场时,雅典娜身处舞台上方。她说话之前,舞台下
面的观众不会注意到这位女神所站的位置。为了达到这样的效
果,在希腊戏剧演出中,舞台上方可能会设置一个高台。而诗人
在写作剧本时,有时会让神明现身在舞台前景,有时则让神明于
冥冥中支配现世世界——在后一种情况下,神明会站在这个高
台上,希腊人将这种高台称作 θεολογεῖον〔这里译作神台,字面意思
为神说话时站着的高台〕。神明站在神台上时,通常的剧场假定性
便把神明想象为不能被凡间世人看到。亚里士多德曾经把这种
背景营造称作是 σκηνογραφία;他说,这样一种背景营造是索福克
勒斯独特的创新。换言之,亚里士多德认为,当诗人想要在剧中
为神明设计一个位置时,这种神台便出现了,而且,这也是在索
福克勒斯这部剧作中才第一次出现(《诗学》,1449a45)。这种神台
的出现颇具深意:首先,它改变了先前舞台的无透视效果,使舞
台真正成为一个立体的构成;由此,舞台的表演空间也就有了纵
向延伸的可能。其次,这种神台的设置也使希腊人认为无所不
在的神明的存在变成一种可表演的存在:借助这一神台,神明可
以不在现场,但却依然无处不在;可以不在表演者面前现身,但
却一直与观看者同在,一直可以引领观看者感受一个不在现场
的角色的表演。
　　全剧开始时,诗人以 ἀεί 一词让不在现场的雅典娜开始说
话,令观众将注意力集中。这种开篇在修辞上可以产生极具特
色的效果。开始的这两个小品词 ἀεί μέν,这里译作方才,以达到

强化语气的作用;而 *μέν* 一词本身就具有这样的作用,也可解作一直,或总是,这里把这一层含义放在后半句译出。同时也需注意,这两个小品词也在修辞技术上与第三行的 *καὶ νῦν* 〔(而)现在〕形成一种明显的时间对应效果。柏拉图也曾在短语 *ἀεὶ μέν* 〔一直,方才〕后面跟着用 *ἀτὰρ καὶ νῦν* 〔而现在:《普罗泰格拉》335d〕或 *ἀτὰρ οὖν καὶ τότε* 〔而此时:《王制》,367e〕来表达某种对应关系。这种对应关系在时间上通常都十分紧密。而在早期的悲剧创作中,这种对应也可能还不是那么严格: *ἀνωλόλυξα μὲν πάλαι ... καὶ νῦν τὰ μάσσω μὲν τί δεῖ σ᾽ ἐμοὶ λέγειν* 〔刚刚,我为胜利欢笑……可现在,你又何必把这样详细的消息报来:埃斯库罗斯,《阿伽门农》,行 587—行 598〕,这是(埃斯库罗斯笔下)克吕泰墨斯特拉听到信使带来特洛伊已被攻克的消息时所说的话。这两段话中,前一段是对歌队队长说的,而转折后则是对带信来的信使所说;但在希腊修辞技艺当中,相隔距离这样大的转折,怎么看都显得似乎有些生硬。到了索福克勒斯笔下,这种修辞手段的使用显然已经比较成熟了,这也反映了希腊悲剧创作的成熟。

雅典娜说她看到奥德修斯时,可能还隐含带有对奥德修斯关心的意味: *δέδορκά* 一词虽然确实表示看或看到(行 425),但其中还带有谛视的意味,甚至带有眷顾的隐喻: *λαγετάν γὰρ τοὶ τύραννον δερκέται* 〔命运之神谛视着那王者:品达,《皮托凯歌》,III. 行 85〕。在这里,雅典娜对奥德修斯说,她看(或看到)他,实际上带有和善赐福、庇护保佑的意味,一如品达说命运之神谛视王者。在全剧的第一行,诗人就为整个故事定下基调:奥德修斯始终都会得到神明雅典娜的保佑和庇护,无论他能否找到埃阿斯,无论埃阿斯想要对雅典军队做些什么。

雅典娜口中的 *παῖ Λαρτίων* (行 1;亦即 *παῖς ὁ τοῦ Λαερτίου*:行 101),照字面意思,可以直译作拉厄耳忒的孩子(儿子),这个称呼在雅典的观众听起来自然是指奥德修斯；在一般古希腊人的习惯里，这样称呼一个人其实并不罕见。不过，当今的观众听起来可能会摸不着头脑，不知此话从何说起。因此，也有译者将其直接转换成所指称的人的名字——在索福克勒斯另一部作品的英译中，就有译者(Sail)将 Ἀγαμέμνονος παῖ〔阿伽门农的儿子，《厄勒克特拉》，行 2〕直接译作俄瑞斯忒斯。但从古典文献的解读来讲，这样的转换忽略了一重身世关系。如果这种身世关系本身就是陈述内容的一个重要组成部分，甚至是某一叙事母题不可或缺的组成部分，那么，随意的转换就会导致叙事母题被遮盖。在本剧中，剧中人物的身世关系在叙事母题中具有至关重要的作用。

　　1.2 索福克勒斯现存的作品，除《特拉喀斯女孩》外，都以对话开场。这种开场方式并无特别意味，只是为了让观众尽快进入戏剧的情境。当奥德修斯上场在舞台上作四下搜寻状时，女神雅典娜在第一行便指明，这个正在搜寻的人是奥德修斯。虽然这时观众都看到了舞台上的奥德修斯，但在雅典娜开口说话之前却未必看到了站在高台上的这位女神——不管她是否说话，舞台场景中的奥德修斯都被假定看不到雅典娜。虽然雅典娜已经发出声音，而观众也能隐约看到舞台上方的神台上站着一位女神，但她是哪一位女神，在行 14 才由奥德修斯说出来的：ὦ φθέγμ' Ἀθάνας, φιλτάτης ἐμοὶ θεῶν〔哦，与我亲近的雅典娜啊，神明的话语听上去如此亲切〕。雅典娜的身份是为奥德修斯解除困惑的。她告诉奥德修斯，他在寻找的那个人，κάρα | στάζων ἱδρῶτι καὶ χέρας ξιφοκτόνους〔手上沾满了带着杀气的血迹：行 10〕；同时，她也告诉舞台下的观众，这部戏的主人公是埃阿斯。至此，索福克勒斯便将这部戏的核心人物埃阿斯和奥德修斯确定了。诗人还通过雅典娜之口告诉奥德修斯，埃阿斯前一天夜晚对阿开亚大营中的战利品牛羊大开杀戒；雅典娜此语，同时也将此

剧的前情交代清楚：雅典娜实际上已在告诉奥德修斯，埃阿斯此刻已经犯下了难以饶恕的罪孽；而此时，埃阿斯刚刚从那杀戮中回来(行 9)。雅典娜还告诉奥德修斯，埃阿斯原本是想杀死阿特柔斯的儿子们，ἐγὼ δὲ φοιτῶντ' ἄνδρα μανιάσιν νόσοις | ὤτρυνον〔他几乎做到了，幸亏我多了几分小心：行 54〕；当埃阿斯前往阿开亚大营时，κἀδόκει μὲν ἔσθ' ὅτε | δισσοὺς Ἀτρείδας αὐτόχειρ κτείνειν ἔχων, | ὅτ' ἄλλοτ' ἄλλον ἐμπίτνων στρατηλατῶν〔让他眼前|出现那种无药可医的心中狂喜所带来的幻象。|我令他那震怒转移到乱跑的牛羊身上，转移到另外一些战利品上：行 51—行 53〕。在雅典娜说这话的时候，埃阿斯正在把这些牲畜想象成了阿特柔斯的后代，他正在自己的营帐内对那些牲畜发泄他的怨气。接着，雅典娜为了让奥德修斯看到埃阿斯此时的状态，便大声招呼营帐内的埃阿斯，让他出来。想到埃阿斯一副疯癫的样子，奥德修斯表现得有些异常。于是，女神雅典娜向他保证，这个疯子看不到他。接着，埃阿斯走出营帐，手上拎着淌着鲜血的鞭子，大声夸耀着自己的胜利，笑声中带着狂野。现在，他要用鞭子鞭挞奥德修斯。雅典娜转向奥德修斯，对他说出自己对此事的评价，而这又是整个悲剧的基础——埃阿斯的所作所为，虽然看上去令人感到十分骄傲，却是一种犯罪，是对神明的背弃(行 131—行 133)。之后，雅典娜便消失了，奥德修斯则退下场去。

雅典娜与奥德修斯以及埃阿斯相互之间的关系，现在已经相当清楚了，这正是开场的主要作用。纵观索福克勒斯现存所有完整的作品，除了在《菲洛克忒特斯》中赫拉克勒斯曾经以主角的身份出现以外，唯一以神的身份出现的就是本剧中的雅典娜了。奥德修斯在这部戏的第一行就出现在了观众面前，这一点与荷马的《奥德赛》的开篇有些相像：虽然史诗与悲剧的叙事方式明显有所不同，但在出场时，两位诗人对主人公性格的判断却几乎相同——理智,同时也在搜寻目标的过程中表现出某种坚定性。而埃阿斯出场时是一个身强力壮的勇士,这几乎和《伊利亚特》当中的描述完全一致。从一开始,诗人就让我们看到理智与强健体魄之间的鲜明对比;只是这种对比却并没有贯穿始终,后面也将看到,埃阿斯并不是一个没有脑子的傻瓜:

τούτου τίς ἄν σοι τἀνδϱὸς ἢ πϱονούστεϱος | ἢ δϱᾶν ἀμείνων ηὑϱέϑη τὰ καίϱια

〔你还能够找到一个人比这个埃阿斯更加谨小慎微,| 而在做事情时又更能掌握好分寸吗:行 119—行 120〕。有一种观点认为,在这部戏的一开始,作者就提醒,这个勇士是值得钦佩的。这种说法有些牵强,但也不失为考虑问题的一个方向。因为,这种说法有可能诱导人们思考,如果埃阿斯一上场便表现出疯癫的样貌,那么,他将如何使自己的头脑清醒过来,怎样才能意识到自己行为的可耻,以及之后会作何反应。此剧开场有意思的是,剧场中的观众或许对埃阿斯在意识到自己疯狂行为之前的状态更感兴趣。在悲剧中,对自己的敌人,甚至对自己所厌恶的人发起进攻,这并不是可耻的事;但是,对那些无辜而又无助的牲畜挥舞武器却是一种莫大的耻辱。在古希腊人的观念中,埃阿斯对阿特柔斯的后人以及奥德修斯的报复是出于他们之间的相互厌恶,因此就是完全正常的事情。雅典娜在通常情况下都支持奥德修斯,所以,埃阿斯自然不会认为她可以成为帮助自己的神明;而后,雅典娜也接受了这一套价值体系。可拒绝这个价值体系,至少在某种程度上对这一价值体系表示不安的却是奥德修斯:当雅典娜要他嘲笑埃阿斯现在的情形时,奥德修斯觉得并不应该嘲笑埃阿斯(行 70—行 80),甚至还想到他们之间有着某种共通的人性,对埃阿斯产生出同情(行 121—行 126)。奥德修斯的这一表态很值得注意。

　　1.3　雅典娜为什么要说 *πεῖϱάν τιν' ἐχϑϱῶν ἁϱπάσαι ϑηϱώμενον*

(行2)这样一句话呢？这句话的字面含义是凭着警惕与细心追踪敌人；此句中，ἐχϑρῶν 一词是 ἐχϑρόν 的复数生格形式，作实体词的时候指所恨的、所厌恶的人或物，但这个实体词却与一般意义上的敌人有着细微的差别，后者带有在战场上迎战的意味，而 ἐχϑρόν 则未必带有这样的含义，通常表示个人的敌人，或某个人所厌恶的人。不过，在这句话中，更为值得注意的是 πεῖϱάν 一词，这里将它理解为对付。当然，πεῖϱάν 一词在个别情形下也可以用来表示和敌人作战 πεῖϱάν τῆς πόλεως〔对敌作战：希罗多德，《历史》，Ⅵ. 82〕，但在一般情况下却只表示尽力；不过，πεῖϱάν 一词，除了带有可能会发生冲突的意味之外，还有尊敬或为其感到可惜的含义，而这或许正是奥德修斯对埃阿斯的感情当中带有的某种模糊的成分。雅典娜的这句话似乎混淆了这两种不同敌意之间的差别：她把埃阿斯与奥德修斯之间的相互厌恶同阿开亚人与特洛伊人的敌对关系混在一起，或许她只是为了把埃阿斯将要犯下的罪提前告诉奥德修斯。

在特洛伊战争中，希腊军队的每一位将领都各自拥有自己军团的营地。他们从外海来到特洛伊，因此，他们的营地都位于港湾海滩处。这种安排可以使营地内的水手在遇到战事时迅速登船；然而，值得怀疑的是，在短语 σκηναῖς ... ναυτικαῖς（行3）中，为什么 σκήνη〔军营、营帐〕会以复数形式 σκηναῖς 出现？事实上，这并不表示那个营地里有许多顶营帐或许多座营房；虽然诗人在这里并没有用冠词，但这个称谓依然表示泛指的营地。在希腊语中，这种处理方法带有典型的诗的特征。在荷马那里，营帐通常是指木制的小屋，他称之为 κλισία（荷马，《伊利亚特》，卷ⅩⅩ-Ⅳ，行448以下）；在索福克勒斯时代，雅典人则一般把 σκήνη 理解为一种帐篷，通常以兽皮缝制，住在帐篷内的也多为士兵，这种 σκήνη 一般不会被用作表示民用的帐篷（色诺芬，《远征记》，卷 I, 10）。

　　奥德修斯的驻地在部队的中间,这个位置使他同时面临着
危险与荣誉:他的正面面对着特洛伊的敌军,而他的左侧便是埃
阿斯。这样的部署,在某种意义上意味着奥德修斯既要直接迎
战从正面来的敌军,同时也有可能受到来自自己侧翼的埃阿斯
的攻击;这一点,诗人荷马说得十分明白: τοί ῥ᾽ ἔσχατα νῆας ἐΐσας |
εἴρυσαν, ἠνορέῃ πίσυνοι καὶ κάρτεϊ χειρῶν〔将那船舰停下来,离得很远,一
边是力量,另一边则留下荣誉:荷马,《伊利亚特》,卷 XI,行 8 以下〕。而
诗人在这里说 τάξιν ἀσχάτην〔把营帐扎在最顶端的边缘上:行 4〕,从
而将 τάξιν 一词界定在安营扎寨的含义上;事实上, τάξιν 一词的
含义可能还要更复杂一些:它不仅表示安营扎寨,而且,在更多
的情况下表示调度部队,或可译作调兵遣将或排兵布阵:
τετρακόσιοι καὶ δυοῖν δέοντες πεντήκοντα ἄνδρες ἡ πρώτη τάξις ἦν〔排兵
布阵四百四十八人:修昔底德,《伯罗奔半岛战争志》,V. 68. 1〕;所以,此
处所说 τάξιν ἀσχάτην 也就不简单是安营扎寨,还带有埃阿斯在
部队的东侧有可能对大部队不利的含义。细想一下,就会发现,
甚至无法知道危险是来自正面的特洛伊敌军还是来自侧翼己方
的埃阿斯;荣誉应当是来自打败正面的特洛伊敌军,但如果说来
自对埃阿斯的胜利,也不能说完全没有道理。有学者认为,索福
克勒斯这样的描写在提醒雅典的观众注意,埃阿斯和他的部队
在特洛伊战争中始终处在"被边缘化"的处境;① 但这里更倾向
于认为,这种安排更突出埃阿斯在希腊大军中所享有的荣
誉——毕竟独当一面的将军应该是军中的上将。

　　1.4　在前面(行 2),雅典娜曾说,她看到奥德修斯正在
θηρώμενον〔追踪〕某个人的足迹。这个词在一般意义上并不是真

---

① A. M. Bowie, "The end of Sophocles' *Ajax*", *LCM*, 1983, p. 114.

正的狩猎的意味。但到了这里,雅典娜所说的 *κυνηγετοῦντα* 〔狩猎、追踪猎物;行 5〕则明显地带有了狩猎的意味,她隐约地将奥德修斯比作一只敏锐的猎犬,说他在寻找猎物的踪迹。在近代语文中,可以说猎犬追踪猎物的踪迹,但古希腊人却从不会说 *κύων κυνηγετεῖ* 〔猎犬追踪(猎物)〕,因为 *κυνηγετεῖ* 〔追踪(猎物)〕一词本身就已经有了 *κύων* 〔猎犬〕在搜寻的含义,如是反复,在古希腊人看来是一种啰嗦的修辞恶习。而 *μετρούμενον* (*μετρέω*)一词则出自名词 *μέτρον* 〔尺度、标准、分寸〕,通常表示对某样东西加以测量,或把某件事情的分寸把握好。这里则表示要用敏锐的眼睛去寻找,转译作睁大眼睛,但这样似乎没有对分寸、尺度加以把握的含义。此处的 *πάλαι* 一词字面含义是很长时间,不过,这也可能仅指一个相对长的时间;另一方面,从这个副词也能看出,诗人如何采用特定修辞技巧在戏剧一开场便将观众拉入到戏剧情节之中来。按照一般的理解,*μετρούμενον* 一词配合上文提到的搜寻猎物的说法,在这里,这个词也应当被当作是一个狩猎专用的术语。[1] 事实上,这个词是动词 *μετρέω* 的中动态分词形式,本义可理解为衡量、度量,在这里则应当表示用眼睛仔细观察,有些近似于四处张望。

原文中,*νεοχάρακτα* (行 6)一词本义作刚刚印记上的,这里可以直接表示埃阿斯刚刚留在沙滩上的脚印,因为埃阿斯的营帐距离海滩很近,而就在前一天晚上,埃阿斯曾经外出,并且趁夜返回。但此时已是黎明,天色熹微,前一晚留下的足迹应当已经变得不那么清晰,或许指路的意义已经不是十分明显;但为什么奥德修斯还要百般设计去寻找?可以设想,他所要找的,可能

---

① J. Jouanna,"La métaphore de la chasse dans le prologue de l'*Ajax* de Sophocle", *Bull. de l'Assoc. G. Budé*, 1977, p. 169.

已经不再单单是埃阿斯前一天晚上留在沙滩上的足迹,而且还想弄清楚埃阿斯身上到底发生了什么——这对奥德修斯来说或许才是最重要的。因此,这句话就有可能意味着奥德修斯想要探究埃阿斯疯癫真相——这一真相对奥德修斯这样心眼细密的人来说是至关重要的。马上就会知道,埃阿斯的疯癫是在雅典娜驱策下出现的,那么,当雅典娜问起这句话时,她的语气里或许就会有着某种诡谲。如此说来,这句话一方面确定了奥德修斯同埃阿斯之间的敌对关系——这种关系雅典娜在下面的话里还会进一步引申;另一方面,雅典娜至少通过她的语气也告诉观众,她可能十分清楚埃阿斯疯癫的真相,虽然这个真相要在稍后的剧情发展中才能揭晓。

　　1.5　接着,雅典娜说, εἴτ᾽ ἔδον εἴτ᾽ οὐκ εἶδον〔他现在是否还在那里面〕——这是一个由 εἴτ᾽ ... εἴτ᾽ οὐκ ... 构成的是怎样还是非怎样的间接疑问句,这半句话的间接疑问句直译则为他在那里还是不在那里。此行后半句的 ἐκφέρει 含义则较为特别:有钞本在此处作随文诂证称, εἰς τέλος ἐξάγει〔领出来,带到地方,使其完成(预想的)任务〕,亦即认为 ἐκφέρει 一词是指将某个人从某种混沌状态中带出来,使其按照某一预想的路线前进,或使其抵达某一预想的目标: κινδυνεύει τοι ὥσπερ ἀτραπός τις ἐκφέρειν ἡμᾶς〔(似乎)由某条捷径可以让我们得出结论:柏拉图,《斐多》,66b〕。这里根据下行的文字,将这个词译作嗅觉,而理解为凭借某种敏锐的感觉(行7)。

　　雅典娜将奥德修斯比作拉科尼亚猎犬(行8),并非偶然。在希腊人的眼里,拉科尼亚犬是一种极为机敏的猎犬,因而也是最为优秀的猎犬——亚里士多德称, ἐξ ἀλώπεκος καὶ κυνὸς Λακωνικοί〔拉科尼亚犬出自狐狸与一般猎犬的杂交:《动物志》,607a3〕,这种猎犬虽然个头不大,但是嗅觉灵敏(《动物的生成》,781b9)。品达则称这种猎犬为最出色的猎犬: ἀπὸ Ταϋγέτοιο μὲν Λάκαιναν ἐπὶ θηρσὶ κύνα τρέφειν πυκινώτατον ἑρπετόν〔从陶格图斯山以及拉科尼亚来的那种猎犬，真真是所有走兽中最出色的：品达，《残篇》，106〕。有文献认为，拉科尼亚猎犬可与墨洛希亚犬相媲美，但事实上，后者似乎并无特别的优点，相反倒在执拗与顽固方面更强一些；亚里士多德对墨洛希亚犬也曾有过一段相当清晰的描述：他认为，这种墨洛希亚犬在狩猎上并无特别突出的优点，毋宁说它是一种最出色的牧羊犬（《动物志》，608a31）。最后，亚里士多德把这两种犬的共同的特征概括为 ἀνδρία〔勇敢〕和 φιλοπονία〔顽强〕。或许就是因为拉科尼亚猎犬具有这样的优点，色诺芬在其《校猎》中才会让狩猎者在捕捉野猪时将它留下来守候猎人们布下的陷阱，等待野猪落入其中（色诺芬，《校猎》，X. 4）。雅典娜将奥德修斯比作拉科尼亚猎犬，则同样可能带有确认奥德修斯秉性的意味；而在雅典人的心目中，奥德修斯的狡猾是显而易见的，雅典娜的话这时也提醒他们回想起奥德修斯的这一秉性。

1.6 对于 κάρα στάζων ἱδρῶτι〔脸上淌着汗水：行10〕，杰布认为，其中的 ἱδρῶτι〔汗水〕应当不只与 κάρα〔头〕（这里可转译作脸）相关，而且也应当与下面的 χέρας〔手〕相关，表示有东西（或鲜血，或汗水）从脸上和手上 στάζων〔流下来，滴落下来〕。这句中的 ξιφοκτόνους〔以剑杀戮，因杀戮而留下的东西，如粘在双手上的鲜血〕一词，并不是说手上还提着杀戮那些牛羊时使用的剑，或者还在杀戮。ξιφοκτόνους 一词应当只表示与埃阿斯在前一个夜晚用他那把剑杀戮牛羊有关；在这里，甚至可以理解为埃阿斯因为砍杀无度而把自己的双手弄得鲜血淋淋；因此，几乎可以说，στάζων χέρας ξιφοκτόνους 改写成 στράζων αἵματι χέρας 之后，基本含义不会发生变化，都表示双手鲜血淋淋。但是，改写后的这半句话，却与原句在语词诗意上有了些许变化——关节点在于 αἵματι〔鲜血〕与 ξιφοκτόνους 显然并不等值。虽然 *στράξων αἵματι χέρας* 这样的用法,在埃斯库罗斯的作品中就曾出现过(《复仇之神》,行 41);但是,仅从这个词的选择就能见出,索福克勒斯的文字不仅仅十分讲究,都是经过深思熟虑精心推敲出来的,而且也确实诗意悠远。① 事实上, *ξίφος* 〔剑〕或者是它的同源词在这里是第一次出现,诗人或许对此有着特别的考虑——需知,当埃阿斯实施自戕行动时,这把剑便起着至关重要的作用。而按照一般研究者的想法,索福克勒斯之所以早早就将 *ξίφος* 提出来,其用意在于强调悲剧的残酷性。② 不过,从另一方面来理解,也不能说这种残酷在剧中处在核心位置。③所以,其实完全不必过分强调 *ξίφος* 一词出现的早晚对强化场面残酷性的作用。

　　这句话的上面还有一点需要注意,即 *τυγχάνει* 一词的使用(行 9):这里将 *τυγχάνει* 一词理解为杀戮之后心里不安,而这个词的本义是遭遇或际遇,这个词在阿提喀方言中还带有巧合、偶遇的含义。从这一层含义引申, *τυγχάνει* 一词也表示灾难、痛苦的处境: *θέλοιμ᾿ ἂν ὡς πλείστοισι πημονὰς τυχεῖν* 〔(我却)不想看到任何人和我一样蒙受这灾难:埃斯库罗斯,《被缚的普罗米修斯》,行 348〕。考虑到诗人应该意识到这部戏的主要观众是以说阿提喀方言为主的雅典人,因此,由 *τυγχάνει* 一词引申而来的关于埃阿斯处境的隐

---

①　我实在是自认笔力不逮,汉译只能将此处的暗喻转换成明喻,将这一层意思转译在带着杀气的血迹短语中。于此,我也有一犹豫:在这里,我并没有把 *ξιφοκτόνους* 一词中 *ξίφος* 〔剑〕的含义在译文中体现出来,或许应看作是语言上的无奈之举。

② 　D. Cohen, "The imagery of Sophocles: a study of Ajax's suicide", *G & R*, 1978, p. 24—26.

③ 　埃阿斯的悲剧并不在于他的强悍,也不在于他的那种强悍被失心疯癫所磨灭,他的悲剧在于他的伟大与他的出类拔萃,参见本书"索福克勒斯和他的《埃阿斯》"。

喻也就不再是模糊不清的了。

　　动词短语 εἴσω τῆσδε 可以理解为继续向前,或者也可理解为进到埃阿斯的营帐里面去(行 11)。而跟在这个短语后面的 παπταίνειν 一词原本表示提心吊胆地窥视,引申表示在某种担心或焦虑中四处搜寻：παπταίνων Αἴαντα μέγαν Τελαμώνιον υἱόν 〔四处小心搜寻忒拉蒙的儿子伟大的埃阿斯：荷马,《伊利亚特》,卷 XVII,行 115〕;进而表示几乎失去控制地不停寻找：παπταίνει τὰ πόρσω, μεταμώνια ϑηρεύων ἀκράντοις ἐλπίσιν 〔带着无法实现的希望不断地去探寻：品达,《皮托凯歌》,III. 行 22〕;雅典娜对奥德修斯说到埃阿斯已经在疯癫状态下做下了那般恶事,其一,埃阿斯的那种疯癫状态这时已经过去,因此不会再对奥德修斯做出什么疯狂举动;其二,现在他正处在无比的懊恼和沮丧之中,正在为他前一个晚上的疯狂举动感到极度的恐慌——这样一种焦灼已经使他完全失去了与奥德修斯相比拼的能力。

　　1.7 雅典娜提到的 ὅτου χάριν 字面意思为那个赐福的神明,这里将其理解为赐给你光明的神明。雅典娜应当是以此来表示雅典娜自己(行 12)。这句话预示着雅典娜的确已经知道奥德修斯在做什么,她已知道奥德修斯在寻找埃阿斯,希望问个究竟;但雅典娜却并没有现身于奥德修斯眼前,她也不愿意让奥德修斯完全明白是她在控制着整件事情的发展,所以,她才会用这样一个带些隐语色彩的称呼来称谓知道事情原委的神明——这个神明就是她自己! 此外, χάριν 一词也有解惑的意味,也意味着使黑暗中的搜寻能够得到答案。而对于这个奥德修斯搜寻到了什么,雅典娜最后对他说, σπουδὴν ἔϑου τήνδ', ὡς παρ' εἰδυίας μάϑῃς 〔如果你知道些什么,不妨快点儿说出来：行 13〕;这种说法,其实比简单地提出要求要来得婉转一些,显然带有建议的性质。

2. （行 14—行 21）

奥德修斯　哦，与我亲近的雅典娜啊，神明的话语听上去如此亲切；[15]虽然看不到你，但你的声音却依然那样清晰！我无法看到你，却能听到你的声音，我的心灵感到震撼，就好像第尔海尼亚军号传递出的青铜之声。你见到的是，我正在四下里找寻我的敌人寻找那位重盾在手的埃阿斯的踪迹。[20]这样长的时间里，我只是在追踪他，却并不理会其他。

2.1　雅典娜的一段话说过之后，奥德修斯开始陈述自己的想法。奥德修斯的这段独白，从舞台效果上看，似乎是一段内心的独白，因为到这一行为止，他的对话对象雅典娜一直未现身在他的面前；或者，毋宁说，奥德修斯的这段独白是在与他自己心里的——观众当然能够在高高的神台上看得到的——雅典娜对话。这段话分作三段：第一段，是他对雅典娜的问题的回答，他说他在追踪埃阿斯，想要确定埃阿斯现在在做什么；第二段，他告诉雅典娜，根据他的猜测，埃阿斯在前一天晚上把希腊大军的战利品（即那些牛羊）都杀了；第三段，他说，他的猜想并非空穴来风，因为他听说了许多关于此事的传言；最后，他又希望雅典娜能够帮助他把事情的真相搞清楚。

2.2　在希腊，φιλτάτης 与 φίλος 这两个词含义相同，都表示亲切、亲密，但前者更多地是在诗中使用，带有抒情的色彩；诗人说，φιλτάτης ἐμοὶ θοῶν〔那属于神明的东西（即雅典娜的声音）对我来说如此亲切：行 14〕，而在《菲洛克忒特斯》当中也曾说到过这种亲密：Νίκη τ' Ἀθάνα Πολιάς, ἥ σώζει μ' ἀεί〔胜利女神珀里阿斯的雅典娜啊，她总是在庇护着我：《菲洛克忒特斯》，行 134〕——这句说到雅典娜时没有使用 φιλτάτης〔亲切或亲密〕一词，却只说 σώζει〔庇护〕，体现出奥德修斯与雅典娜的关系的确超出一般凡人与雅典娜的关系。

接下来，便遇到一个很有意思的问题：奥德修斯说的 κἂν ἄποπτος ἧς ὅμως 到底是什么意思？这句话中，ἄποπτος 一词从字面上确实可以理解为出了（我的）视线。但是，这就产生了两个选择，或者说遭遇到一个特别的问题：奥德修斯到底看到还是没有看到雅典娜？或者，当时，雅典娜距离奥德修斯很远，所以，奥德修斯看不清，或者只能朦胧地、依稀地看到雅典娜——也可以说是几乎没有看到，却不是一点也看不到。或者，如在舞台布景介绍时所说，当时，雅典娜站在高高的 θεολογεῖον〔神台〕上，奥德修斯无法看到雅典娜，虽然台下观众可能能够依稀看到，但也看不真切。对这两种选择，杰布认为，后者可能更合理一些。因为，索福克勒斯充分强调的是（雅典娜的）声音以及由这种声音带来的思绪或思想。在这种情况下，奥德修斯完全可以不需要看到雅典娜的身形；其次，从剧场效果上看，观众毫无疑问是能够看到雅典娜的——这时，雅典娜只是身处高台之上，但距离奥德修斯并不远。这样的话，如果奥德修斯还是说因为离得太远而完全无法看到，观众马上就会感觉到其不合情理之处，因为他们的眼睛就可以目测到女神与奥德修斯的实际距离。所以，可以断定，这时奥德修斯所说的 κἂν ἄποπτος ἧς ὅμως 也就不可能是指因物理距离的远近而导致的看不清，而只能是因注重雅典娜的声音而完全看不到。不过，或许也不妨设想，奥德修斯只是现在看不到雅典娜，而这并不排除在他们后面的对话过程中（行 39 以下），奥德修斯看到了雅典娜——只是要使雅典娜能够被奥德修斯看到，舞台上还应该有一些动作设计。有意思的是，奥德修斯似乎是在和一个声音（而非一个看得到的女神）打招呼——朗格认为，这一行应当与埃阿斯只有凭借雅典娜的声音才能意识到这位女神的尊严相当;①这种说法虽有附会之嫌,但不妨引起注意。

不过,当埃阿斯上场时,他似乎真的看到了雅典娜: ὦ χαῖρ Ἀθάνα, κ.τ.λ. 〔噢,赐福给人的雅典娜(……):行 91 以下〕;但苔柯梅萨却完全看不到(行 301);而这样的说法与希腊人心里的想法并不冲突:在荷马笔下,雅典娜前去赫克托尔那里想要找回阿喀琉斯的兵器,赫克托耳也看不到她(《伊利亚特》,卷 XXII. 行 277);当阿喀琉斯能够看到她的时候,其他所有人又都完全看不到(《伊利亚特》,卷 I. 行 198)。换句话说,在古希腊人的眼里,至少神明雅典娜在不同的情况下可以被一些人看到,而不被另一部分人看到,这很正常。

2.3 在希腊,表示心灵震撼可以有多种方式;在这里,短语 ξυναρπάζω φρενί (行 16)的字面含义是把神经抓住,指由于意识到某件事情而感到心灵震撼;而诗人则借此表示雅典娜的那些话语声如响雷般清晰地砸到奥德修斯的耳朵里。

杰布称,这里所说的号角,在形制上与罗马式军号的形制相似:号管笔直,并逐渐变阔,至顶端形成喇叭口状,即形成所谓 κώδων 〔钟、钟状物;号角、军号〕。这里将 λώδωνος … Τυρσηνικῆς 译作第尔海尼亚式的军号,采用的是一种模糊的处理方法;其中, Τυρσηνικῆς 最初是伊特鲁里亚人的一个别称②,因此也可称作伊特鲁里亚人。这个别称的由来,按照传承下来的说法,似乎是出于那些伊特鲁里亚人乘着海盗船将军号这种作战工具带到了希腊。但迄今还没有相关的考古学发现能够对这一点加以证明。此外,值得注意的是,荷马曾经使用 σάλπινξ 一词来表示军号;而

---

① A. A. Long, *Language and thought in Sophocles: a study abstract nouns and poetic technique*, Oxford, 1968, pp. 123—124.
② 在希腊语中, Τυρσήνος 在阿提喀方言中写作 Τυρρήνος。

且甚至还听说过,在阿尔戈斯,还设有军号神萨尔克斯的祭坛: Ἀθηνᾶς δὲ ἱδρύσασθαι Σάλπιγγος ἱερόν φασιν Ἡγέλεων〔据说,雅典军号 神萨尔克斯的祭坛是赫格里奥所建:鲍桑尼亚斯,《希腊志》,II. 21. 3〕。

2.4 这里的 ἐπέγνως（行 18）是 ἐπιγιγνώσκω 的单数分词形式, 表示所看到的(东西)。令人感到疑惑的是,这个 ἐπέγνως 指的到 底是什么东西? 首先可以断定,这个词所指的应当是某种实实 在在的东西,因为 ἐπέγνως 蕴含的看和《安提戈涅》(行 960)以及 《厄勒克特拉》(行 1269)的 ἐπιγιγνώσκω 蕴含的看之间还是存在着 细微差别的:作为 ἐπέγνως 一词的派生词, ἐπιγιγνώσκω 所能够表 达的含义显然要比 ἐπέγνως 宽泛得多,而 ἐπέγνως 则仅仅表示具 体的实像;其次,这里的 ἐπέγνως 是第二人称单数形式,因此,从 一般修辞的意义上来说,其逻辑上的主词就应当是雅典娜,但似 乎也不能排除诗人在这里所说的是观众,即一个虚拟的主词,若 此,则看到的就应当是奥德修斯在舞台上的动作。与 ἐπέγνως 相 对应,原文中的 κυκλοῦντ 可以理解为四下里找寻;而 κυκλοῦντ 一 词的本义是转动、转圈、转悠: ὁδοῖς κυκλῶν ἐμαυτὸν εἰς ἀναστροφήν 〔让我前后来回转悠:《安提戈涅》,行 226〕,在这里则表示像猎犬一样 四处搜索,找寻〔βάσιν (足迹、踪迹)〕。

这里还有另一点疑点:奥德修斯说到敌人(或竞争对手)时, 使用的是 δυσμένης〔敌对的、作对的〕的双数形式 δυσμενεῖ,因此,奥 德修斯这里所说的敌人就应当是两个或两方面的,可他所寻找 的似乎只有埃阿斯一个人。那末,他为什么又要说两个呢? 是 不是他还想告诉雅典娜,除了寻找埃阿斯之外,他还在寻找特洛 伊的残兵败将? 或者他是因为对雅典娜的尊崇而在心里产生了 某种忌惮,所以才会在慌乱中这样说呢? 不过,如果把埃阿斯同 父异母的兄弟透克洛斯这么早就牵扯进来,认为奥德修斯是在 寻找埃阿斯兄弟二人,则显然是没有道理的。

2.5 这是埃阿斯那件著名的兵器在本剧中首次出现（行19），即他的这把 $τ\tilde{ω}$ $σακεσφόρ\wp$〔七层重盾〕。这是一件重型防护兵器，这种兵器是以七层牛皮缝制而成的盾牌，最外层覆盖以金属表面，边缘处镶以边框。埃阿斯能够手持这种七层重盾参加战斗，不仅表示他曾经有过特殊贡献，同时也是他的作战能力的一种象征——在进攻中既能显示出自身的强大，但却可以保护自己；而且，这样的盾牌，在《伊利亚特》里甚至被称作是一座塔，而拥有这样盾牌的人因此也就成为保护阿开亚人的一座坚不可摧的高塔：$φέρων$ $σάκος$ $ή\tilde{υ}τε$ $πύργον$〔一块像是高塔一样的盾牌：《伊利亚特》，卷 VII. 行 219〕；$τοῖος$ $γάρ$ $σφιν$ $πύργος$ $ἀπώλεο$〔失去了你（指埃阿斯）这样一座坚不可摧的铁塔：荷马，《奥德赛》，卷 XI. 行 556〕。当然，这块重盾也是埃阿斯勇士与英雄形象的象征。①

在希腊语中，短语 $κεῖνον$, $οὐδέν'$ $ἄλλον$ 非常常见，照字面含义可以直译作（就是）这个，不是别的（任何一个）。这是古希腊语特有的一种修辞手段，其目的在于将一个想法或说法从正反或肯定与否定的角度重复说两遍，从而使语气达到极致。此外，现在时的 $ἰχνεύω$ 表示奥德修斯的追踪还在继续，并没有结束。

2.6 杰布认为，$ἄσκοπον$ 一词应当理解为不可思议或无法想象地令人感到恐怖（行 21），而这个词的本义也的确带有这样的含义：$ἄσκοπος$ $ἀ$ $λώβα$〔那伤害简直无法想象：索福克勒斯，《厄勒克特拉》，行 864〕。但是，不妨从这个词的另外一层含义上去理解：$ἄσκοπον$ (sc. $ἄσκοπος$)。该词实际上可以看作是 $σκοπός$〔有目标的，能抓住目标的〕的反义词，因此带有抓不住目标、漫无目的、胡乱而为的含义；这层含义或许恰好与埃阿斯当时的精神状

---

① C. Segal, *Tragedy and civilization: an interpretation of Sophocles*, Cambridge, 1981, p. 116.

态相合,暗示埃阿斯彼时完全丧失了理智,找不到自己仇恨的
目标。但是,显而易见,奥德修斯此时并不知道埃阿斯何以至
此。在这种不知情的情况下,以奥德修斯猥琐的性格,他的语
气里自然会带有某种担心。奥德修斯的这种担心马上就由接
着的这句话所证实:接着,奥德修斯说了一句有两层重复含义
的话:ἔχει περάνας 和 εἴργασται (行 22)都带有可以肯定的意思。
前者,这里译作肯定是他做的;后一个,则译作最初还拿不准
(实际上也带有或许也可以肯定的意味);事实上,几乎可以认定,作
者在这里必是经过深思熟虑之后才写下这样的文字,他有意
避开了同一行中可能出现的重复,而又将后一个不能完全肯
定用另外一个词来表述。

3. (行 22—行 27)

> **奥德修斯** 昨天的夜晚,他对我们所做的简直是疯狂
> 的举动,那件事情肯定是他做的,只是我们最初还拿不
> 准。我想弄清事情的原委,四处彷徨游荡,寻找他在哪
> 里;这件事情成了我的一件心事![25]那天一早,我们
> 发现所有的战利品竟然一个也不剩,全都被杀了,一定
> 是让人杀了!一起被杀的还有羊群的守护人。

3.1 在希腊古典文献中,作形容词用的 τρανίς 是一个很少
见的说法;或许,与这个词同源近义的动词 τορόν〔识破,洞察〕可
以借来理解 τρανίς 一词的含义,这里将这个词理解为弄清事情
的原委,其中可能还带有刺探消息的意味(行 23)。而 ἁλώμεθα
一词虽然原本是指四处游荡,但这种游荡当中隐含着因为所要
寻找目标的不确定而产生的某种犹疑:πλανῶμαι μὲν καί

ἀπορῶ ἀεί〔我总是显得彷徨困惑：柏拉图，《大希庇阿斯》，304c〕。这里 *ἀλώμεϑα* 一词取其隐喻表示奥德修斯找不到自己的目标——埃阿斯。至于 *ὑπεζύγην* 一词(行 24)，是指为牲畜套上拉车的轭具，引申后带有不得不服从的意味，在这里则表示因为想知道这件事情到底是不是埃阿斯所为，结果，奥德修斯就像为自己套上了枷锁，而且还是奥德修斯自愿地或自觉不自觉地为自己套上的。这其中，或许还带有某种被某一件事情裹挟的意味：*κλοπῇ τε κἀνάγκῃ ζυγείς*〔被他们的那些伎俩所裹挟：索福克勒斯，《菲洛克忒特斯》，行 1025〕；这里倾向于认为，奥德修斯这时感觉到，整个这件事情使他产生了某种焦虑，成了他的一块心病，也或者可以直译作被这件事情拉到套上了。

3.2 这里将 *κατηναρισμένας* 一词理解为杀死(行 26)。事实上，这个词肯定和 *ἐναρίζω* 相关，甚至可以相互替代；而后者在一般情形下虽然也表示斩杀，但却带有抢掠的意味——索福克勒斯在写到安提戈涅的坚韧时，曾经用到过这个概念：*ἄγε με, καὶ τότ', ἐπενάριξον*〔把我带到那里，让我死在那里好了：《俄狄浦斯在克洛诺斯》，行 1733〕，安提戈涅这句话的意思是说，带她到那里，她也会照自己说的去做，没有人能够把她坚强的意志掠夺去。而在这里，奥德修斯这样的说法则是，在不能确定是什么人把他们的羊杀掉的前提下，他并不排除可能是特洛伊的残兵败将所为，那些丢盔卸甲的败兵自然走到哪里抢夺到哪里了。而 *ἐκ χειρός* (行 27)原本是一个军事用语，表示近距离肉搏，贴身作战；但在这里，这样的解释显然不合文意。这里倾向于将这个短语理解为(有人)动手斩杀。而下面的半句有一层隐含的意思更值得注意：奥德修斯说到的那位 *ἐπιστάταις*〔守护人〕，他的责任不仅是守护羊群，而且，如果他没有被杀的话，他还能够成为这场疯狂杀戮的目击见证人。但现在，他也被杀了，那么，就很难有人出来作证了；此即这句话所隐含的一层意思。它还有另一层含义，即下文所说的证人再怎么样也不能确实证明此事乃埃阿斯所为。这样两层意思综合起来，或许可以猜测，诗人在为后来奥德修斯向阿伽门农求情，对埃阿斯予以宽宥做好了准备，这一点颇值得回味。原文中的短语 ἐκ χειρὸς 照字面意思直译作用手，但在含义上却表示是有人将它们杀掉的，它们并不是自然死掉或者被别的动物弄死的；而这个短语则通常都被用来表示人为地。不过，对此也有不同看法：劳埃德—琼斯和威尔森就认为，这句话的意思应该是这番杀戮不会是敌人从远处投掷过来的什么东西造成的，而是有人贴身在近旁动手完成的。[1] 这种说法似乎有过度解释的嫌疑，而且，从文理上，这里也似乎并不涉及敌人远近的问题。

3.3 埃阿斯杀死那些被掠来的羊——有一个传说版本称一道被杀死的不是 ἐπιστάταις，而是牧羊犬——在古希腊时代这是否带有宗教意味，无法断定。但有一点，却可以确信无疑：这些羊作为战利品，在被分配之前肯定属于公共财产，于是，埃阿斯杀死那些羊的行为也就不再是简单的泄私愤的行为，而是侵犯公共财产的行为。这种行为在古希腊可能会被看作一种背叛的行为，至少是对军事盟约的背叛，是不赦的。这是本剧中第一次明确提到埃阿斯与他所在共同体之间的冲突。

4.　（行 28—行 35）

奥德修斯　大家都传言，把这一罪行算在他的身上。

---

[1] Cf. H. Lloyd-Jones & N. G. Wilson, *Sophoclea: studies on the text of Sophocles*, Oxford, 1990.

有一个专爱打探消息的家伙曾经见到他独自一人[30]
大刺刺穿过一片开阔地，手上的剑还滴着殷红的鲜血；
他说他亲眼看到了这一切，他说埃阿斯就是朝那个方
向去了。于是，我便马上循着踪迹追过去。他的脚印，
我能认得出来；可有些踪迹，我却被弄糊涂了，完全无
法分辨。你现在来得正是时候，赶快告诉我该去什么
地方找！[35]现在需要你像过去一样为我指路。

4.1　这里将短语 *πᾶς τις* 理解为所有人(行28)，实际上是指
大家的一个传言。但是，发现这件事情是在天亮之后，而且是直
到苔柯梅萨把她看到的情况告诉给歌队队长，也就是告诉给大
家之后(行296-行304)，人们才在这个戏中看到埃阿斯到底做了
什么。而在这之前，大家说的都是一个专爱打探消息的好事之
徒传递给大家的小道消息。对于这句话，还有一种说法认为，这
句话当中的 *νέμει*〔把责任归于〕应该读作 *πρέπει*〔可以清楚地让人看
到〕；若此，则这句话便应译作所有人都看得到他做了那件事
情——但这个说法显然与事实或剧情假设不符。
4.2　在希腊，*ὀπτήρ* 一词本义作侦探、密探：*σκοποὺς δὲ κἀγὼ
καὶ κατοπτῆρας στρατοῦ ἔπεμψα*〔我已派出密探，前去敌人的军营：埃斯
库罗斯，《七雄攻忒拜》，行36〕，有时也用在诉讼的过程中，可以理解
为一种目击证人；但是，在不同的文献中都看到，*ὀπτήρ* 一词事
实上是一个略带贬义的称呼，虽然这种人未必长舌，但他们总是
四处打探消息却让人觉得有些龌龊——这种龌龊恰恰是奥德修
斯所意欲表现出不屑的。因此，这里并未一般性地将这个词理
解为密探，而倾向于将其理解为专爱打探消息的家伙——毕竟
密探大多是带着任务去探听消息的，这里的这个人在奥德修斯
当时看来却可能是一个"听风就是雨"的传闲话的人。这个传言

说，埃阿斯是 μόνον〔独自一人〕去做那件事情的。这种说法有两种可能的含义：第一，它意味着埃阿斯并没有把自己的那些随从也拉入到此事当中来；第二，这种说法也意味着他与他所在的共同体之间存在着某种疏离，表明他的那种 ὕβϱις〔行止猖狂〕使他不能见容于共同体，而这种行止猖狂直到他学会 σωφϱοσύνη〔知所分寸〕后才会不再伤害他——然而，罪孽已然犯下，他的悲剧也就在所难免了。① 这一点，对于理解埃阿斯的悲剧具有极为重要的意义。②

　　原文中，πηδῶντα 一词带有大剌剌地从面前走过的意味，这个词的本义是跳跃或连蹦带跳。而 πεδία 一词则原本表示一个平面，或一块平地，但在这里则带有眼前可走的路十分宽阔的意味，在这种地方走过有些近似于茫然游荡：πᾶσαν πλανηθείς τήνδε βάϱβαϱον χϑόνα〔我在这片蛮夷之地四处游荡（终于把你找到）：欧里庇得斯，《海伦》，行 598〕。而索福克勒斯这样说的意思恐怕还是表明，埃阿斯杀掉了大部分的羊只之后，手上倒提着那把沾满血迹的剑，驱赶着还活着的羊，来到自己营帐的门前。与埃阿斯相关的接下来的情节则是他在帐内宰杀那些羊只。这句话似乎指，那个传言者其实也没有看到埃阿斯宰杀牛羊牲畜，因为他看到的只是从希腊大营回来的埃阿斯，手上倒提着的那把剑滴着鲜血。

　　4.3 由两个动词连用构成核心含义 φϱάζει τε κἀδήλωσεν（行31）——前者表示那个传言者的一个表白，他说自己亲眼看到了

---

① 在埃阿斯的性格中，ὕβϱις（行止猖狂）和 σωφϱοσύνη（知所分寸）是两个最重要的方面；对此，"索福克勒斯和他的《埃阿斯》"当中也有专门的说明。这两个词以下均不再标注译名，其同源词也只在第一次出现是译出。

② Cf. B. Knox, *The heroic temper: studies in Sophoclean tradegy*, Berkeley, 1964，pp. 32—33.

埃阿斯的那些举动；而后一个动词，其逻辑的主词应当是埃阿斯，亦即那个传言者看到的事情的细节是埃阿斯朝自己的营帐去了。

4.4　这里所说的能够认得出(行 32)，是指凭借某种标记或记号(譬如足印等)所提示的东西能够找到线索：*αἱ δ' ἐπαιδὰν λαμπρὰ ἦ τὰ ἴχνη ... ἐνσημαινόμεναι, ὅρους τιϑέμεναι ἑαυταῖς γνωρίμους, ταχὺ μεταϑεύσοντα* 〔一旦那气味变得浓重起来……(那些猎犬就会)相互提示线索，不会弄错的方向：色诺芬，《校猎术》，6. 22〕。从色诺芬的这个证据上看，索福克勒斯在这里所说的 *ἴχνος ἄσσω* 显然也是一个狩猎的专用术语，表示搜寻猎物的踪迹。

4.5　奥德修斯的这句话(行 32—行 33)表示，埃阿斯在陷入疯癫的状态下他曾把未来得及杀死的羊只驱赶到自己的营帐门前。他的意思是说，埃阿斯的足迹他能够看得出来，而那些羊只在地上留下的凌乱的脚印，他就不知道是怎么回事情了。不过，仅从文本上看，诗人很可能并没有想要提示说，奥德修斯已经知道埃阿斯将一些羊只赶回自己的营帐，所以，笔者认为也不便将羊只的印记在译文中直接提示出来——诗人在这里或许是有意不把事情的原委全部说清楚。因为，他现在要说的是，奥德修斯觉得有什么东西把自己弄糊涂了，诗人并没有直截了当地让奥德修斯说出把他弄糊涂的是什么，他只是用了一个 *ὅτου* 〔那个(人或物)〕来表示；但是，从上下文来推断，这里所说的应该是指那些凌乱的羊只的脚印，而不是指埃阿斯这个人。也有学者认为，这里所说的那种无法辨认的东西应该只是埃阿斯的足印。①毫无疑问，这种说法使我们怀疑其中是否会掺杂了过度解释的元素：因为这种说法可能隐含地意味着，当奥德修斯这样说时，

---

① 　Ch. Josserand, in *Mélanges Emile Boisacq*, II, Brussels, 1938, pp. 5—10.

他就已经判断那个踪迹是杀死牲畜的人的踪迹,而那个人就是埃阿斯。然而,不幸的是,至少从这一行的文字当中,并不能得出这样的结论,甚至也不能作出这样的猜测。

4.6 副词 καιρὸν (行 34)是由形容词 καιρός 变化而来的;这个形容词的本义是指适当的东西(人、物或时机)。至于这个副词,则通常表示在某个适当的时机做出某个动作: καιρὸν γὰρ οὐδέν᾽ ἦλϑες· ἢν δε δεσπόδης │ λάβῃ σε, ϑάνατος ξενία σοί γενησέται 〔你现在到这里来,真的还不合适;如果我的主人│把你抓住,那你就剩下把死当作给自己的礼物了;欧里庇得斯,《海伦》,行 479〕。这里将 καιρὸν δ᾽ἐφήκεις 照字面意思直译作你现在来得正是时候。奥德修斯接着说,希望雅典娜能够帮助他(行 35);对于这句话,有一种正读认为,与格的 χερί 〔手〕应当写作 φρενί 〔心〕。[①] 这并不是一个好的建议,因为在希腊语中,与 κυβερνῶμαι 〔指路,掌舵〕连用, χερί 一词肯定要比 φρενί 更为自然一些。

5. (行 36—行 43)

雅典娜　奥德修斯,你说的这些,我能够感觉得到。从你刚刚上路去寻找踪迹,我就一直跟在你身边,一直在守护着你。

奥德修斯　那末,可爱的女神哦,我做的这件事情能够有个好的结果吗?

雅典娜　我得对你说,正是那个人干了这样的事情。

奥德修斯　[40]可他为什么要这样做呢? 他那双手又

---

① R. D. Dawe, *Studies on the text of Sophocles I: the manuscripts and the text*, Oxford, 1973.

怎么能干下如此凶残之事呢?

雅典娜　正是因为阿喀琉斯的那件兵器,令他陷入了异常的愤怒。

奥德修斯　可是,那些羊群却何以成为他的屠戮对象?

雅典娜　他认为,粘在他手上的鲜血就是你们的。

5.1　前面,奥德修斯请求雅典娜为他引路(行35),帮助他寻找埃阿斯;实际上,他是想让雅典娜保护他,以防止埃阿斯伤害到他。因此,在回答他的时候,雅典娜首先便申明,她是奥德修斯的 φύλαξ πρόθυμος〔细心的守护者:行36〕,至少在寻找埃阿斯的过程中,她会一直保护奥德修斯。正因为如此,她才会对奥德修斯的举动格外关注。从奥德修斯刚开始搜寻埃阿斯踪迹的时候起,她就一直等在了埃阿斯回营时的必经之路上,而且,当奥德修斯对凌乱不堪的踪迹感到疑惑时,她又马上出现,为奥德修斯指路,为他解决困惑。

5.2　一般说来, δέσποινα〔字面的意思为女主人或主妇〕一词是用来称呼女主人的称谓,有时也被用来称呼王后: ἐλθὼν ἐς δέσποιναν ἐμὴν ἀπατήλια βάζει〔前去觐见女主人,带去成套的谎言:荷马,《奥德赛》,卷XIV. 行127〕;不过,在个别情形下,这个词也可以被用作称呼女神: ἀλλ' οὐ μὰ τὴν δέσποιναν Ἄρτεμιν θράσους | τοῦδ' οὐκ ἀλύξεις, εὖτ' ἂν Αἴγισθος μόλῃ〔以我们的女神阿耳忒弥起誓,等到埃基斯图斯回来,你一定会为你的这种鲁莽付出代价的:索福克勒斯,《厄勒克特拉》,行626以下〕。而笔者也认为,把这个词理解为女神比较妥当(行38)。此外,可以将短语 πρὸς καιρόν (行37)理解为与 καιρίως 同义,其字面上的含义为从恰如其分的角度来考虑。因此,这句话或可译作:我做的这件事情真的合适吗? 但细心观察可以发现,这个短语——特别是 καιρόν〔恰如其分〕一词——中

却隐含着 σωφροσύνη 的意味；这意味着，在奥德修斯看来，或从奥德修斯想要告诉雅典人的看法来看，雅典娜对埃阿斯所做的事情并不是 ὕβρις，而是 σωφροσύνη 的。与此相对应的是，当埃阿斯伤害其他人时，表现出的则是 ὕβρις；而当他学会 σωφροσύνη 之后，他所伤害的又是埃阿斯自己——于是，无论是神明还是凡人，σωφροσύνη 所带来的是对埃阿斯这样的人的伤害。至于 ὕβρις，对于埃阿斯而言，它所能带来的只是一个陷伟大者于不义的一种"性格圈套"。应当指出，这些说法并不是无端猜测，事实上，古典时代的雅典人稔熟于论辩演说之道，对这种修辞技巧所产生的细微差别十分敏感。

5.3　关系代词 ὡς 通常可理解为因为、由于，相当于不带调号的 ὅς；在回答问题时，这个词又可表示对自己所给出的答案的某种肯定。在本剧中（行 39），将这个词和 σοι〔第二人称单数代词，与格，表示对于你而言〕连在一起理解，将其转译作我得对你说，以显示雅典娜对自己所说的话不容置疑。

5.4　从句法上看，δυσλόγιστον 一词既可以作副词，也可以作形容词，而这里倾向于侧重其形容词的一面，表示难以估量、误入歧途；如果把这个词理解为副词，则这句话（行 40）也可译作他怎么能做事如此残暴。在所见到的古典文献中，δυσλόγιστον 一词并不常见，这个词一般与暴虐联系在一起；但究其本义，这个词却又以失去理智，或毫无道理为特征，通常用来表示某种冲动的状态——亚里士多德认为，这样一种状态与 οἱ πεπαιδευμένοι〔有教养的人（或状态）〕相反，亦即可以与 εὐλόγιστοι〔世故的人（或状态）〕成反义（参见亚里士多德，《修辞术》，1385b24－27）。所以，这句话也可译作他怎么能做下这样不合情理的事情；但是，这样的译法将会丢掉 δυσλόγιστον 一词本义中所隐含的暴虐的意味。

5.5　βαρυνθείς 一词是指一种因忧郁而导致的愤怒，这个词的本义作心情郁闷：*κἀγὼ βαρυνθεὶς τὴν μὲν οὖσαν ἡμέραν* ｜ *μόλις κατέσχον*〔我心情郁闷，强忍了一整天：索福克勒斯，《俄狄浦斯王》，行781〕；这个词在表示某种恼怒或愤怒的时候，通常会隐含这个词的本义——在这里，雅典娜这样说，实际上可能还想让奥德修斯知道，埃阿斯在那种疯癫状态下所做的事情，是因为他内心的某种忧郁所致。全剧中，这里是第一次提到阿喀琉斯的那件兵器，索福克勒斯假定，雅典人对阿喀琉斯兵器颁赏的前情已耳熟能详，所以，他提到这件事情作为悲剧的开场在雅典人那里显得十分自然。我们注意到，*ὅπλον* 一词在剧中首次出现（行41），其本义作工具解，在一般文献中常被用作武器的统称。埃阿斯和奥德修斯争夺的是阿喀琉斯甲胄披挂的归属，而这一争执的核心却并不在那身甲胄披挂本身，而在荣誉；因此，有理由相信，这个词在这里统指作战的装备。根据上述的理由，将这个词理解为兵器，并将作为埃阿斯悲剧的直接起因之一阿喀琉斯甲胄归属之争称作兵器颁赏更为恰当。

5.6　在疑问句中，*τί δῆτα* 一般用来强调语气，或是表示以不满的情绪提出反问：*καὶ δῆτ' ἐτόλμας*〔你真敢这样做吗：索福克勒斯，《安提戈涅》，行449〕；而在这里，*τί δῆτα* 一句（行42）的潜台词则是：他为什么要去杀那些羊，而不去进攻那些赢得兵器的人呢？所以，雅典娜才会在下一行直接回答奥德修斯的问题，而雅典娜也没有把奥德修斯的这句话当作是反问句——她这句问话当中的潜台词当作是奥德修斯直接问出来的话了。①

5.7　雅典娜告诉奥德修斯，埃阿斯以为，粘在他双手上的东西是 *ἐν ὑμῖν*（行43），她的意思是那些鲜血出自奥德修斯部队将

---

① Cf. H. Lloyd-Jones, *SIFC*, 1994, pp. 140—142.

士的身体;事实上,直到后来(行366),埃阿斯也一直认为沾在他手上的鲜血是那些阿开亚将士的。在希腊,Ἀργεῖος〔阿尔戈斯人〕原本指来自Ἄργος〔阿尔戈斯,或指伯罗奔半岛〕的人,后在荷马笔下泛指希腊人。

6. (行44一行50)

奥德修斯　你是说他做的这些事情难道都是针对阿尔戈斯人的?

雅典娜　[45]他几乎做到了,幸亏我多了几分小心。

奥德修斯　他怎么会这样草率行事? 是什么使他变得如此鲁莽?

雅典娜　他是想要趁夜悄悄靠近你们。

奥德修斯　他靠近了吗? 他是否到了想要到的地方?

雅典娜　他确实已经到了两位统帅的大营门前。

奥德修斯　[50]是什么使他那双跃跃欲试的手在这桩凶杀发生之前停止下来的呢?

6.1 根据短语 ὡς ὤπ' Ἀργείοις 中 ὡς 一词的意思,这个短语在这里转译作都是针对阿尔戈斯人的(行44);奥德修斯的问题是要确认,埃阿斯所要杀的并不是那些羊,而是以奥德修斯为首的阿开亚人,因为是这些人做出最后的裁决,把阿喀琉斯的兵器奖励给他的,他最后得到了阿喀琉斯的兵器——而这件事情使埃阿斯在心里产生极大的不满。

6.2 杰布称,在短语 κἄν ἐξεπράξατ'〔(他)几乎做成了,几乎完成了〕当中,ἐξεπράξατ' 一词的中动态形式(ἐκπράσσομαι)还带有复仇,报仇的意思。但从此处的文意上看(行45),索福克勒斯似乎并没有在行文中隐含这样的意味。而且,单就 $\dot{\varepsilon}\varkappa\pi\varrho\dot{a}\sigma\sigma\omega$ 一词而言,中动态的 $\dot{\varepsilon}\xi\varepsilon\pi\varrho a\xi a\tau\varepsilon$ 或许还不像主动态的 $\dot{\varepsilon}\xi\dot{\varepsilon}\pi\varrho a\xi\varepsilon\nu$ 更为合适一些,因此,大多数的钞本都将短语 $\varkappa\ddot{a}\nu\ \dot{\varepsilon}\xi\varepsilon\pi\varrho a\xi a\tau'$ 勘定作 $\varkappa\ddot{a}\nu\ \dot{\varepsilon}\xi\dot{\varepsilon}\pi\varrho a\xi\varepsilon\nu$ 也是可以理解的了。

6.3 雅典娜想要告诉奥德修斯埃阿斯是怎样靠近希腊军队的(行47):其一是趁夜,在原文中,$\nu\dot{\nu}\varkappa\tau\omega\varrho$ 一词从名词 $\nu\dot{\nu}\xi$〔夜晚〕变化而来,是 $\nu\dot{\nu}\xi$ 的副词形式;其二是想了计谋,即凭借计谋(或狡猾的伎俩,$\delta\dot{o}\lambda\iota o\varsigma$)而并不坦荡;其三,埃阿斯来到希腊人的军营前时是偷偷摸摸的,亦即是独自一人来的,他没有把这个秘密告诉任何人。事实上,这就是雅典娜为埃阿斯前个夜晚的举动的基本定性,或许也可看作是全剧对埃阿斯悲剧产生原因的一个描述。从他那种孤傲性格(行29)出发,自然会想到,他所要实施的隐秘行动也的确只适合于趁夜动手;但由此,似乎埃阿斯又陷入了一个两难的选择:他要想人们都能认可他的荣誉,就得让人们看到他的行动;但另一方面,他的行动又是以阿开亚人为敌的,所以,他的行动又必须秘密进行,只适合于半夜三更进行。对此,西格尔认为:"埃阿斯作为一个伟大的悲剧英雄,其地位在这一行文字中已被完全否定了。"[1]持同样观点的,其实不只西格尔一人。[2] 这种观点的核心在于,埃阿斯的悲剧并不是由于他的伟大和他的出类拔萃,而是由于他失心疯狂的杀戮;它的错误也在于,它没有看到雅典娜在这个悲剧中所起的作用——埃阿斯的失心疯狂并不是他的自然心态,而是雅典娜

[1] C. Segal, *Tragedy civilization: an interpretation of Sophocles*, Cambridge, 1981, p. 124.

[2] Cf. A. M. Bowie, "The end of Sophocles' *Ajax*", *LCM*, 1983, p. 114; Bradshaw, "The Ajax myth and polis: old values and new", in Pozzi and Wickersham (edd.), *Myth and polis*, London, 1991, p. 117.

愤怒的结果。

6.4 在希腊语中，*παρέστη* 一词的本义是使其站在身边，或位置在旁边，其被动态形式则引申作靠近：*ἀμφίπολος δ' ἄρα οἱ κεδνὴ ἑκάτερθε παρέστη*〔两边各有一位忠实的女官随侍：荷马，《奥德赛》，卷 I. 行 335〕；在这里，*ἡ καὶ παρέστη* (行 48) 则表明奥德修斯所问的问题是，埃阿斯是否靠近了他们的营地？所以，接下来，他才会问，是否到了想要到的地方？后半句中，*τέμα'* 也可照一般的理解译作目的，但这样的理解可能与上下文语境不合，因此还是应该以表示想要到的地方来理解。

6.5 原文中，诗人并未简单地使用 *στρατηγίς* 一词的双数形式，而是用一个短语 *δισσαῖς στρατηγίσιν*〔两位统帅〕来表示阿伽门农和墨涅拉厄斯。这种表达形式似乎是在说，这二位都是希腊派往特洛伊征战部队的统帅，而又各自有自己所统率的部队。但是，从这里所说 *δισσαῖς ... στρατηγίσιν πύλαις* (行 49) 的这个短语来判断，阿伽门农和墨涅拉厄斯应该是使用同一个大营；因为，*δισσαῖς*〔两个、双倍〕一词在这里不大可能修饰 *πύλαις*〔(有双扇的) 大门 (一般以复数形式出现)〕，只能是作 *στρατηγίσιν*〔统帅〕的修饰语。从这一分析中，可以认定，希腊人的两位统帅：阿伽门农和墨涅拉厄斯驻扎在一个大营里，这个大营只有一个出入口，只有一个双扇的大门。

6.6 对于此处的 *μαιμῶσαν* 一词 (行 50)，似乎可以有两种理解：比特曼把这个词和 *χεῖρα*〔手〕联系起来考虑，认为这是指那双准备杀戮的手正在跃跃欲试，他认为这个词可能是借用来的，表示 *supra modum cupio*〔极度的渴望〕；[①]另一种理解出自米切尔，这种理解将 *μαιμῶσαν* 一词和 *φόνου* 联系起来，并将后者理解

---

① J. R. Pitman, *The Ajax of Sophocles*, London, 1878.

为杀戮行为,这样联系起来的短语便表示完全失控的那场
灾难。①

6.7　在这一段对话(行 36—行 50)中,索福克勒斯采用了一种
στιχομέτρια〔其字面含义作单行成韵,转义作交互对白〕的方式使场上
气氛变得异常紧张,这种 στιχομέτρια 最重要的特征在于在两个
人的对话过程中每个人都只用一行来陈述。有研究者认为,这
种方法在此部作品中尚显稚嫩,其证据在于开始时雅典娜并没
有只用一行,而是使用了两行(36—37)。② 然而,以此来判定作
品创作时间也并不是完全可靠的。毕竟我们的诗人运用
στιχομέτρια 时的技巧已然相当娴熟了:事实上,这种创作技巧的
核心并不在于其单行的性质,它的单行成韵只是为了能够更好
地强化紧张气氛。这种创作技巧的核心在于对话的每一次交替
都以前一行的话题为开始;而在这方面,我们的诗人已经能够做
到使行与行之间的衔接达到严丝合缝的程度了。

7. (行 51—行 65)

雅典娜　　是我,是我让他停了下来。我让他承受了那
　　　　种无药可医的欣喜,让他眼前出现了幻象。我令他那
　　　　震怒转向乱跑的牛群,转移到另外一些战利品上;这些
　　　　都暂由牧人看守,还没有来得及分配。[55]他挥舞长
　　　　剑,杀向那些长着犄角的牲畜,将那些牲畜拦腰斩断。
　　　　就在此时,他想到的是,他要杀死的是阿特柔斯的两个

---

① 　T. Mitchell, *The Ajax of Sophocles, with notes critical and explanation*, Ox-
　　ford, 1864.

② 　W. Jens (*ed.*), *Die Bauformen der griechischen Tragödie*, München, 1971,
　　pp. 200—209.

儿子；而现在这二人都已经落到他的手中，他要一个个
地对付他们。当他的疯癫达到顶点的时候，我依然在
不断地[60]鼓动他，将他拉进致命的陷阱之中。俄顷，
他停下砍杀，略作歇息，将尚且活着的牛羊捆起来，将
它们带回到家里，就好像他带回来的不是牛羊，而是一
些战俘。他将其带了回来，像对待人一样[65]将它们
四肢捆起来，鞭打虐待。

7.1 杰布称，雅典娜反复说到 ἐγώ〔我〕，带有显示神明威严
与能力的意味；若此，则这里的 ἐγώ 也就近似于中国古代帝王以
朕自称了。不过，从行文中却不能完全认同这样的解读(行51)。
这里更倾向于让雅典娜在这里说话平和一些。而 δυσφόρους 一词
的本义则为沉重、难以承受，或引申作苦难、痛苦(索福克勒斯，《厄
勒克特拉》，行144)。但在这里，虽然有注疏者认为这个词应当意
近 κακῶς φερομένας, παραφόρους，即使其迷惑，带领其离开那里；但
杰布正确地指出，这里应该暗指一种内心的压力：雅典娜说，是
她给埃阿斯造成的压力使他不要去杀人，雅典娜这句话的意思
显然不是说她把埃阿斯从大营门前带走，带到羊群那里的。
　　无论怎样，诗人在这里埋下了十分重要的伏笔：伤害敌人，
甚至杀死敌人，这在古希腊人看来并不属于不可饶恕的罪行。
但雅典娜却没有让埃阿斯的罪孽仅止于此，她让埃阿斯转而去
对那些战利品大开杀戒；这样做的后果，虽然使奥德修斯以及阿
特柔斯的儿子逃脱了死亡的结果，但却使埃阿斯对其所在的共
同体犯下了不可饶恕的罪行，而这样的罪行正是埃阿斯自戕的
直接原因。此节，雅典娜的念白也正是围绕这一动机展开的。
　　7.2 由那种 τῆς ἀνηκέστου χαρᾶς〔无药可医的欣喜：行52〕生发
出来的 γνώμας〔幻象〕使埃阿斯的眼睛将畜栏内的羊只看作与

自己有着不共戴天之仇的敌人，这便使他对那些羊只大开杀戒。在这里，有一个特别的古希腊修辞手段，即所谓 ὀξύμωρος〔逆喻〕。所谓逆喻法，就是把两个意思几乎完全相反的词放到一起，从而达到对其中某个词有所强调的目的；譬如聪明伶俐的傻瓜作为逆喻所强调的是傻瓜，而残酷的善意则可能更强调残酷。ἀνήκεστος〔无药可医的〕这个形容词通常都是和诸如ἄλγος〔痛苦〕或 χόλος〔愤怒、怨恨〕这样的名词在一起连用的：τότε καί μιν ἀνήκεστον λάβεν ἄλγος〔令其承受无法忍受的痛苦：荷马，《伊利亚特》，卷 V. 行 394〕，ἴστω τοῦϑ' ὅτι νῶϊν ἀνήκεστος χόλος ἔσται〔我们之间有着无药可医的怨恨：荷马，《伊利亚特》，卷 XV. 行 217〕；而把ἀνήκεστος 这样的形容词和一个表示快乐的名词放到一起，也就形成一种逆喻——即快乐本不需治疗，一旦这快乐需要治疗又无法治疗，则这种快乐也就成为只能带来伤害却不能带来裨益的东西，由此也可以看出，诗人在这里通过逆喻所强调的并不是χαρᾶς〔快乐〕，而是因为 ἀνήκεστος 所可能带来的伤害。原文中，γνώμας 一词出自 γνώμη，本义表示想法、观点，但在这里则应当指人因陷入疯癫状态而在脑海里出现的某种虚幻的影像，这里将其译作幻象。

　　7.3 在上文(行 26)中，λείας〔战利品〕可以在一般意义上表示被斩杀的羊——羊在广义上都可以成为 λεία〔战利品〕，只要它们是从敌人手中夺过来的。但是，牛成为战利品，而被称作是λεία〔战利品，在这里或应理解为需要加以分配的战役收获〕，则是因为它是应当在部队的将领当中分配的。这里说到没有来得及分配(行 53－行 54)带有对埃阿斯另一种谴责的意味：埃阿斯杀掉的(或赶回自己营帐的)牛在未经分配之前是属于全体将士的，因为每一位将士都有可能获得自己的一份战利品，而埃阿斯的所作所为却剥夺了所有将士通过分配获得战利品的权利。至于作为战利品的羊只,则需留下来作为城邦的公共收入;埃阿斯将这些羊只杀死,因此,他也就是与城邦公众以及公共利益为敌了。所以,从这个角度来理解,埃阿斯所犯的也就包括两项罪名:一项是侵犯了作为公共财产的那些羊,另一项则是由于他砍杀那些四处奔跑的牛,因此破坏了希腊大军的盟约——做了侵犯其他将领利益的事情。

7.4 短语 ἔκειρε πολύκερων φόνον (行55)可意译作杀向那些长着犄角的牲畜,这种译法是将 ἔκειρε πολύκερων 和 φόνον〔杀手〕合在一起来理解;按照杰布的说法,也可以将 πολύκερων φόνον 理解为那些长犄角的牲畜的杀手,以此来表示砍杀牲畜无数的含义——这也是有一定道理的。此行尤其值得注意的是,按照雅典娜的描述,这里第一次提到了 πολύκερων〔那些长着犄角的〕,这时不再只是说羊只,这种长犄角的牲畜不仅包括羊,而且还包括(被俘获的)牛。

7.5 通过以上这四行(行55—行58),雅典娜是将埃阿斯作为一个陷入疯癫状态的人来看待这件事情的,因此才有了这二人都已经落到他的手中(行58)。但雅典娜马上就告诉奥德修斯,实际情况并非如此,当时落到埃阿斯手中的只是一些待宰杀的牛羊,而埃阿斯只是因为失去心智,脑子里才会生出这样的 γνώμας〔幻象〕。原文中的 ῥαχίζων (行56)一般意义上可理解为砍杀;不过,准确地说,这个词指的是从腰部横向一劈两半,有时也未必真的能够斩断:ἀγαῖσι κωπῶν θραύμασίν τ’ ἐρειπίων | ἔπαιον, ἐρράχιζον〔拿起破碎的船桨和海里沉船的碎片 | 朝着他们拦腰砍过去:埃斯库罗斯,《波斯人》,行425—行426〕。

7.6 在短语 εἰς ἕρκη κακά 中(行60),ἕρκη 一词的本义是墙、篱笆,在有些情形下,这种篱笆或围墙既可以作为城垣的防守工事,御敌于城外:ἕρκεσιν εἴργειν κῦμα θαλάσσας〔以那长堤工事抵御无

法战胜的波涛：埃斯库罗斯，《波斯人》，行 89〕；也可以成为捕获猎物的
圈套：*ἰδόντα τοῦτον τῆς δίκης ἐν ἕρκεσιν*〔看见那人陷入到公证之神的圈
套之中：埃斯库罗斯，《阿伽门农》，行 1611〕；由后者引申，也并未将这
个词译作圈套，而选择将其译作（能够使埃阿斯陷于万劫不复之地
的）陷阱。或许可以发现，埃阿斯打算要将他所仇视的人杀掉，
把那些人当作是自己的猎物；可现在，他并没有能够做到，而自
己却陷入到雅典娜设下的圈套中。这个圈套是雅典娜精心设计
的：这里，需要注意的是，当两个动词 *ὤτρυνον*〔鼓动〕和 *εἰσέβαλλον*
〔诱使、引导〕连用而中间并无并列连词时，语速就会相应加快，这
样的结果就是使原本紧张的气氛更加明显；不过，在汉译中却无
法将这一层意蕴转译出来。

　　7.7　杰布对 *κἄπειτ᾽ ἐπειδὴ*〔这里将其译作俄顷：行 61〕的音步进
行分析，认为这里的长长短长长音步相当刺耳，与希腊音韵规则
似乎不大相合；不过，这个时候，雅典娜在长篇叙述中偶或穿插
极个别尖锐之声，反倒有可能突出谈话时的紧张氛围。事实上，
在古希腊戏剧中，这种用法并不少见：*κἄπειτ᾽ ἐπειδὰν τῆσδ᾽*
ἀπαλλαγῶ〔俄顷，我便将她摆脱：阿里斯托芬，《妇女公民议事会》，行
1100〕。这一行最为值得注意的是 *ἐλώφησεν* 一词——就这个词
的本义而言，它是指舒缓、减缓，带有使其从某种状态中恢复过
来的意味：*ὁ λωφήσων γὰρ οὐ πέφυκέ πω*〔能够帮你恢复原状的或许还
未出生呢：埃斯库罗斯，《被缚的普罗米修斯》，行 27〕；但是在这里，
ἐλώφησεν 一词应当只表示雅典娜令埃阿斯稍事歇息，并不表示
使其从那种疯癫状态中恢复到正常心智的状态。

　　7.8　诗人采用了 *ἄνδρας* 一词，这个词可以看作是与 *ἀνθρώπους*
等值的，表示一般意义上的人。但在这里，这个 *ἄνδρας* 所指的却
是埃阿斯以为他带回自己营中的都是自己在这天晚上杀戮行动
中所俘获的俘虏——亦即是他自己的一些战利品。这一点出自

雅典娜之口,听上去十分刺耳:无论雅典娜是否在谴责埃阿斯侵犯共同体的共同利益,她的这句话(行63－行64)都注定会让雅典的观众马上意识到埃阿斯罪恶的无可宽恕。

7.9 在原文中, *αἰκίζεται* 并无抽打或鞭打的含义,此处译作鞭打虐待是根据上下文语境转译的。这里(行65),用他们来称呼那些牛羊,也是参照埃阿斯将这些牛羊看作是他的战俘,而并未看作是牲畜。

8. (行66－行73)

> **雅典娜**　我要让你也看看,我要让他的那种疯狂暴露在光天化日之下;看过之后,你一定要如实地去向阿尔戈斯人通报。胆子大一点,不要退缩,不必担心他的威胁。我会从他的视线里消失,[70]也会设法让他看不到你的脸。
>
> 　　(朝着埃阿斯的营帐大声喊道:)你就在这里,你把你那些战俘的双手反绑起来。而我一直在这里召唤你!我一直在喊埃阿斯,到这儿来,从那个营帐出来,到前面来吧!

8.1 从语义上, *δείξω δὲ καὶ σοὶ τήνδε περιφανῆ νόσον* (行66)一句可以分作两层意思:其一,短语 *καὶ σοὶ* 本义作你也,而笔者理解,雅典娜是说,埃阿斯的那些行为她一直都是亲眼见到的,现在,她要让奥德修斯也亲眼看一看。其二,原文中的 *δείξω ... περιφανῆ* 照字面直译作把某件事情或东西公开地向你展示,这层含义的言下之意是不要再让埃阿斯在营帐之内做他现在做的事情,而应该让他在奥德修斯面前光明正大地做他应该做的事情；不过，就笔者所见的文献看，古典希腊的戏剧当中鲜见将此类血腥的、带有刺激性的场面在舞台上展示，因此，这里所说或许只是一种以台词代替场面的形式。还有一个小的细节，或许可以对上述说明提供证明：*περιφανή* 一词的本义当中，原就带有提供象征、展示迹象的意味。

8.2 从字面意思上来理解，*μηδὲ συμφορὰν δέχου τὸν ἄνδρα*（行68—行69）是指不必将他当作是一大灾难，而其实际上的意思是说不必把他的出现当作是什么大不了的事情，不必把他的威胁当作是灾难；在这里，雅典娜显然是以讽喻的口吻在安抚奥德修斯，她想用告诉后者，埃阿斯的出现未必就是灾星降临——在古希腊传统中，这种带有讽喻意味的说法并不少见：*τῷ δ᾽ ἄρ᾽ ἀνώϊστον κακὸν κακὸν ἤλυθε δῖος Ἀχιλλεύς*〔阿喀琉斯像神一样带着灾难来到这里：荷马，《伊利亚特》，卷 XXI. 行 39〕。

8.3 曾有一种观点认为，雅典娜安抚奥德修斯的这两句话（行68—行70）很可能并非出自原本，原因有二：其一，如果雅典娜真的做出这样的承诺，那么，奥德修斯完全没有必要仍旧像原来一样毫无道理地表现出某种恐惧了（行74以下）；其二，如果雅典娜已经做出了承诺，那么，她为什么过后不久（行85）要把这个承诺重复一遍呢？ 不过，杰布以为，这三行应当属于原本，而索福克勒斯让雅典娜在这里说出这样一些话，可能带有两方面的用意：当奥德修斯得到雅典娜的保证之后，一方面，尽管他的确十分勇敢，但心里也还是有些忐忑和焦虑；另一方面，这样将雅典娜的承诺重复一遍，也更进一步提醒读者与观众注意雅典娜的承诺。

8.4 索福克勒斯在这里是用一个 *ἀπευθύνοντα（ἀπευθύνω）*来表示一种特别的含义：这个词的本义是使某个东西变得笔直。将人的手臂向后反绑会迫使两臂保持伸直的状态，因此，这个词也被用来表示将手臂反绑；这个词用来表示惩戒，则是从这一词义中引申出来：σὺν δὲ πόδας χεῖράς τε δέον θυμαλγέϊ δεσμῷ εὖ μάλ' ἀποστρέψαντε διαμπερές〔用一根令人难以忍受的绳索将其手脚向后反绑起来:荷马,《奥德赛》,卷 XXII. 行 189〕。但实际上，埃阿斯把那些牛羊当作是他的战俘了，所以，这里所说的双手向后反绑起来只是埃阿斯自己的想象，而事实是他将那些牛羊的四肢拢在一起捆绑起来(行 299)。

9. (行 74—行 80)

> 奥德修斯　你在做什么呀,雅典娜！不要叫他,不要让他到这里来！
> 雅典娜　[75]别喊了！不然,你非得变成胆小鬼不可。
> 奥德修斯　神明啊,随他去吧！就让他待在里面好了！
> 雅典娜　怎么了？先前,他不也是人吗？
> 奥德修斯　是的,可他是敌人,而且现在依然如此。
> 雅典娜　可嘲笑敌人难道不是也会让人很开心吗？
> 奥德修斯　[80]可我,我倒宁愿让他留在营帐里。

9.1 这一节是本剧中第二次使用 στιχομέτρια〔交互对白〕的方法。而这一次是为了强化悬念。使用这一手法的结果就是使人们等待埃阿斯从他的营帐里出来的感觉逐渐变得有些焦急。奥德修斯在这里似乎不大想让埃阿斯从他的营帐里出来。对此,不能简单地理解为奥德修斯懦弱,应当并且只能从他不愿意看到埃阿斯变得疯狂的样子的角度去理解。或许应当说,他的担心恰好从另一个侧面印证了埃阿斯的伟大,奥德修斯所担心的确实是埃阿斯的伟大。对此,佩罗塔有这样的结论:索福克勒斯至此已经告诉观众,兵器颁赏的裁决对于埃阿斯来说是不公平的,埃阿斯依然是一个伟大的勇士。①

　　9.2 雅典娜的大声呼喊(行 71—行 73)似乎使奥德修斯紧张的神经一下子绷了起来。于是,奥德修斯便高声反问 τί δρᾷς, Ἀθάνα;〔你在做什么呀,雅典娜?〕奥德修斯的一句反问便将他性格中那种谨小慎微的特质反映出来(行 74)。奥德修斯是一个心计与计谋多于直率的人,他的这句高声反问一反他的性格本色,却恰恰折射出他的心计之细密。当然,奥德修斯这样的反应并不表示他对埃阿斯心怀畏惧,只表明他此时还不知道如何面对埃阿斯,因此,他极为不想见到这个心智丧失、疯癫之极的人(行 1336)。

　　对于奥德修斯的反问,雅典娜似乎并没有打算替奥德修斯将他的心计隐藏起来。雅典娜的回答依然直截了当: οὐ σῖγ᾽ ἀνέξει μηδὲ δειλίαν ἀρεῖ (行 75);这句话照字面意思直译作安静点,不要给你自己落得一个胆小鬼的(坏)名声。这是一个通过 μηδὲ〔不要,没有〕一词使句子含义在肯定与否定两方面发生转折的句式: οὐκ εἶ σύ τ᾽ οἴκους σύ τε, Κρέων, κατὰ στέγας, | καὶ μὴ τὸ μηδὲν ἄλγος εἰς μέγ᾽ οἴσετε〔去吧,赶快回到屋里去! 还有你,克瑞翁,你也回家去吧! | 不要把这件只是有些不愉快的事变成多大的事情:索福克勒斯,《俄狄浦斯王》,行 637〕。因此,这里将 μηδὲ 一词当作是一个转折词来处理。而这一句中,特别值得注意的是短语 δειλίαν ἀρεῖ,这里将其理解为非得变成胆小鬼不可,其实是强调 ἀρεῖ〔提升,得到某种(好的或不好的)名声〕一词所隐含的被弄得不得已变成某种样子。有学者认为,这句话中,前一个 οὐ 是用来表示某种命令的语气词,而后一个 μηδὲ 则是用来表示她所说的这

————————

① 　G. Perrota, "L' *Ajace di Sofocle*", *Atene e Roma*, 1934, pp. 75—76.

句话是一个禁令,就是要让奥德修斯知道不要去做懦弱者。①
莫尔豪斯的这种理解忽视了希腊句法中另一重要法则:当两个
否定词相互分开一段出现时,它并不像近代语文中出现的前一
个否定词成为对后一个否定词的再否定,亦即达到肯定的效果;
在它们这样出现时,后一个否定词的否定意味被前一个否定词
加倍了,亦即不是再次的否定,而是加倍强调的否定。因此,虽
然莫尔豪斯的结论并没有十分离谱,但他的分析显然是不恰
当的。

9.3 雅典娜的话 τί μὴ γένηται 也可以照字面直译会发生什
么事情呢? 接下来,οὐκ ἀνὴρ ὅδ᾽ ἦν〔他不也是人吗:行 77)又是一个
反问句,用以强调埃阿斯在发病前神志很正常,不会以疯癫伤害
别人。马契说,ἄνδρες〔人〕其实隐含着英雄的意味;并且,他还引
述了希罗多德的话作证据(希罗多德,《历史》,Ⅷ. 210. 2),证明
ἄνδρες 一词与 ἄνθρωποι 一词虽然都表示人,但却有着相互对应的
意思。② 然而,从雅典娜这句话中却无法解读出英雄的意味,除
非将英雄的概念引申,令其带有神性,但这就更不可能让这样的
话出自雅典娜之口了。还有一种观点,认为这句话似乎还未说
完,后面应加省略号,表示奥德修斯抢着把雅典娜的话打断,替
雅典娜把没说完的话说完。③ 不过,按照对话体的体例,这种
στιχομέτρια 在中间被打断时,前一个说话者总会把下面接着要说
的话题确定下来;照此理解,雅典娜说埃阿斯也是人的意思就不
会是指他带有神性,而只能是指不应该把他看得多么伟大。

---

① A. C. Moorhouse, *The syntax of Sophocles*, Leiden, 1982, p. 338.
② J. R. March, "Sophocles' *Ajax*: the death and burial of a hero", *BICS*, 1991
　　—1993, p. 12.
③ Cf. R. D. Dawe, *Studies on the test of Sophocles I: the manuscripts and the
　　text*, Oxford, 1973.

9.4　在回答雅典娜的问题时,奥德修斯并没有说,原来埃阿斯神志清醒,而现在埃阿斯已经疯了;他只是回答说,原来他是敌人,而现在依然是(行 78)——这里隐含的意味是,原来他就与他们敌对,而现在这种敌对更甚。奥德修斯强调的是自己和埃阿斯之间关系的重要性。

于是,雅典娜便以粗俗的嘲笑来转移奥德修斯关于他与埃阿斯相互敌视关系的焦点。雅典娜所说的 $γέλως$〔大声地笑,嘲笑〕是一种低级粗俗的感情表达(行 79)。这不表示她希望奥德修斯对埃阿斯也采用这样的态度。奥德修斯先是稍作片刻停顿,然后继续坚持自己的想法,希望让埃阿斯继续待在营帐内,不要出来与他面对面(行 80);这之后,他便以自己的行为表达了对这种低俗的东西的不赞同。在古希腊,人们总是热衷于挑战对手,与敌人相抗争;而在索福克勒斯笔下,那些英雄们却只在乎会不会被敌人嘲笑。[1] 如果把人的观念和神的观念看作是相通的,那么,雅典娜这样说也就并不奇怪了,她只是不加疑问地接受了雅典人的这种观念。开始时,奥德修斯曾表现出不大愿意嘲笑自己的敌人。但就这一点来看,奥德修斯作为一个人的价值观似乎已经超越了那个女神的观念。这一点是否是索福克勒斯的本意,并不能完全肯定。这里倾向于认为这种猜测虽不无道理,但也仅止于猜测而已。

9.5　奥德修斯是在重复前面说过的话(行 67),不过他用了一个非人称动词 $ἀρχεῖ$ (行 80)来表示让埃阿斯留在他的营帐的必要性,这个非人称动词与代词 $ἐμοί$〔我,与格〕连用,表示把埃阿斯留在营帐内对奥德修斯也很重要。此处,原文中的 $ἐμοί μέν$ 是

---

[1]　B. Knox, *The heroic temper: studies in Sophoclean tragedy*, Berkeley, 1964, pp. 30—31.

在 ἐμοί 之后加虚词 μὲν，借以强调句中 ἐμοί 的语气；而这里将这层意味以我倒宁愿如何如何译出。概括起来，这里将这句话转译作我倒宁愿让他留在营帐里。

10. （行81—行90）

雅典娜　你是不是担心有一个胡言乱语的人出现在自己的面前？

奥德修斯　没错。如果他不这么疯癫，那我就没什么可担心了。

雅典娜　可现在，即便你站在他对面，他也完全看不到你。

奥德修斯　如果他的目力一如既往，那该怎么办呢？

雅典娜　[85]他的眼睛还是很不错的，只是我会让他对你视而不见。

奥德修斯　是啊，有了神明，那就没什么事情是不可能的了。

雅典娜　好了，不要再说话了，待在这里就可以了。

奥德修斯　我是得待在这里。我倒是想离这里远远的。

雅典娜　(对埃阿斯说道)怎么回事儿，埃阿斯！我喊你好几声了！[90]你为何要冒犯愿意帮你的同盟呢？

10.1 不同译本对于 φρονοῦντα γὰρ (行82)都有不同的处理方式，杰布索性将这个短语在译文中略去，只在注疏文字中做出说明。原文中的 φρονοῦντα 一词可以理解为(这样)认为，而 γὰρ 则可以说只是对语气的加强——因此，φρονοῦντα γὰρ 照字面意思直译,也可译作可以这么想,可以这样认为。

10.2　接下来,雅典娜所说的 *οὐδὲ νυν*〔现在不是(这样)〕则是专门针对奥德修斯说埃阿斯现在如果神志清醒,奥德修斯与他面对面就没有什么可担心了(行83)。在这里,雅典娜说 *οὐδὲ νυν* 的意思是说,现在埃阿斯不是神志清醒,但即便如此,奥德修斯也不必担心,因为埃阿斯会看不到奥德修斯。这或许也是诗人对观众的一种提示,接下来,自埃阿斯出场到退场,奥德修斯都一直被间离于剧情之外。

10.3　听了雅典娜的话,奥德修斯似乎忘记(或者忽略)了雅典娜曾经对他做出的承诺(69以下);他说的 *ὀφθαλμοῖς ... τοῖς αὐτοῖς* 这句话(行84),照字面直译作视力还像原来一样,但他却没有想到雅典娜刚刚对他说过不会让埃阿斯看到他,所以,雅典娜接着才会再次强调,埃阿斯在他面前是看不到他的。而且,这句话还有一层意思,在奥德修斯看来,即便埃阿斯现在神志不清,只要他的眼睛没有出问题,他也还是可以看到他的。

雅典娜似乎并不在意埃阿斯能够看到什么,她更在意的是埃阿斯的敏感是否能让他感受到神的存在(行85)。在原文中,*δεδορκότα* 一词本义为看得清楚,或能够清楚地看到,但这个词显然隐含带有目光敏锐的意味:*δεδορκὸς ὄμμα*〔需要敏锐的目光:埃斯库罗斯,《求祈者》,行499〕;藉此,雅典娜既承认了埃阿斯的敏感而不木讷,同时也说明了他对奥德修斯能够视而不见,而这一切完全是出于神明的意愿。

10.4　实际上,不知道索福克勒斯这句 *γένοιτο μέντἂν πᾶν θεοῦ τεχνωμένου*〔有了神明(的参与或干预),什么事情都会发生〕是否称得上是一句格言(行86)。但希罗多德的一句话却可以和索福克勒斯借奥德修斯之口说出来的话形成对照:*γένοιτο δ' ἂν πᾶν ἐν τῷ μακρῷ χρόνῳ*〔时间一长,什么事情都会发生:希罗多德,《历史》,V.

162

高贵的言辞

9.3〕。

　10.5 在这里，奥德修斯表现出一种无奈：在古希腊语中，祈愿语气有一种特别的形式，表示不得不去这样做的状态，但语气上却没有必须这样去做那么重；这种语气亦即在动词之后跟着一个小品词 ἄν，而在这里就是 μένοιμ ἄν〔在这里译作我是得（留在这里，待在这里）〕，表示奥德修斯可能会在语气中带着某种不得已，不情愿（行87）。这一行中的 ἐκτὸς ὢν τυχεῖν 照字面含义可以理解为离开那种（可能给我带来）伤害（的事情）。

　10.6 此处原文作 δεύτερόν σε προσκαλῶ（行89）可直译作我已经第二次喊你了，雅典娜前一次喊埃阿斯是在雅典娜对营帐里的埃阿斯说话（行71—行73）。前一次，她似乎并没有要求埃阿斯一定要从营帐里出来；而在这里，雅典娜是想要埃阿斯出场。接下来，雅典娜提到了一件重要的事情。在这件事情里，将给埃阿斯提供帮助的那个 τῆς συμμάχου（注意：这里出现的是单数生格）到底指谁，似乎有过争论。有学者认为，这里的 τῆς συμμάχου 应当指包括埃阿斯在内的整个同盟军团；按照荷马的说法，在特洛伊战争期间，埃阿斯的确与整个希腊军队结成了一个整体般的同盟。但问题在于，照常理，即便埃阿斯处在神志不清的状态之下，雅典娜所说的冒犯也不大可能是埃阿斯自己加给自己的。假如将 τῆς συμμάχου 解释为与希腊同盟有所不同的话，那么，很难理解，在这场战争中，埃阿斯真正冒犯的其实只有一个对象，那就是雅典娜，因为当雅典娜最初提出希望给他帮助的时候，他曾出于盲目的自大而粗暴地拒绝了，这激怒了这位女神（行774）。对于雅典娜的这句话，也许还可以有另外一种解读，即雅典娜指的是前一天晚上，雅典娜曾经站在埃阿斯的身边，表示想要帮助他。① 但雅典娜所说的结盟只有在讽喻的意义上才能成立,因为雅典娜帮助的一直就是奥德修斯,她并没有帮助埃阿斯。或许可以将雅典娜的这句话当作她对埃阿斯说瞎话,而这种欺骗是要诱使埃阿斯落入圈套,是诱使埃阿斯激怒雅典娜的先兆(行 774－行 775)。无论怎样理解,值得注意的是,整部《埃阿斯》都是从雅典娜被激怒而起,我们可以将雅典娜被激怒看作《埃阿斯》的动机之一。

11.　(行 91－行 102)

埃阿斯　噢,赐福给人的雅典娜! 欢迎你,宙斯的女儿! 一直以来,你都在帮助我。为了感谢你使我得到这样的收获,我要用这金光闪烁的战利品为你加冕。

雅典娜　话说得真好! 可是,你得和我说一说,[95]你剑上的血迹是否是在阿尔戈斯人的营地里染上?

埃阿斯　夸耀自己完全可以的,我对此并不否认。

雅典娜　你就这样手持武器去追杀阿特柔斯的那两个儿子?

埃阿斯　是的,他们现在已经不能再让埃阿斯的名誉受辱了。

雅典娜　我理解你刚刚说的话,那两个人都已经被处死了?

埃阿斯　[100]是的,这是他们应得的。谁让他们想要从我手中将兵器夺走呢!?

雅典娜　不错,那末,对拉厄耳忒的儿子又该怎么办

---

① Ed. Fraenkel, *Due seminari romani*, Roma, 1977, p. 6.

呢？难道真的要让他毫发无损？真要让他从你的手心里逃走吗？

11.1 这一节开始时，埃阿斯手拿带血的鞭子上场，鞭子还在不断地滴血，这一情景展示的是他刚刚还在营帐中鞭打那些牛羊(行 241 以下)。接下来便是埃阿斯与雅典娜之间你来我往的一段 στιχομέτρια〔交互对白〕；与前两轮 στιχομέτρια 不同的是，这一轮的 στιχομέτρια 中只有大多数对白采用了单行对白，埃阿斯开始时的话用了三行(行 91－行 93)，雅典娜开始时用了两行(行 94－行 95)，结束时，他们又用了三次两行(行 112－行 117)。

11.2 关于雅典娜的身世，希腊有多种传说。早期的传说称，雅典娜是公元前四千年前从利比亚来到克里特岛，而后又来到雅典，成为雅典人的崇拜对象。① 不过，希腊古典晚期的传说称，宙斯曾将身怀雅典娜的墨提斯生吞下去。身在宙斯体内的墨提斯临产时，宙斯感到头痛无比，于是，宙斯便找来火神赫法斯托斯，命其将自己的头劈开；宙斯的头颅被劈开的刹那，雅典娜从其头颅之中诞出。② 索福克勒斯采用了流传最广的这个传说版本。

11.3 对 στέψω 一词(行 93)，杰布认为，埃阿斯或许是指将他在战场上获得的战利品作为贡品祭献在雅典娜神殿之前；他这样说的依据可能出自埃斯库罗斯的一句话：λάφυρα δουρίπληχϑ᾽ ἁγνοῖς δόμοις ｜ στέψω〔将那战利品以长枪刺穿，在神殿前｜悬挂：埃斯库罗斯，《七雄攻忒拜》，行 278〕。虽有这样的证

① R. Graves, *The Greek Myths*, Penguin, 1960, 8. a ff.
② Cf. R. Buxton, *The Complete World of Greek Mythology*, Thames & Hudson, 2004.

据,依然不能完全肯定诗人是否确有此意。原因有三:其一,从古典语文学的角度来看,στέψω 一词与 στέφανος〔花冠〕有关,亦即是把花枝绕圈扎制,为某位对象扎制花环,又引申表示为某位对象戴上花环,这是一种荣誉的给予;而 στέψω 一词所表示的悬挂,也是从授予花冠引申而来——这里似乎并未谈及战利品。其二,στέψω 一词在一般意义上也可以表示对其荣誉的肯定:

ὅπως τὸ λοιπὸν αὐτὸν ἀφνεωτέραις ｜ χερσὶν στέφωμεν χερσὶν στέφωμεν

〔祭献的东西也要比现在重得多,｜以这些东西装点在他的坟墓前:索福克勒斯,《厄勒克特拉》,行457—行458〕。最后一点,或许也是最为重要的,埃阿斯先前曾经十分粗暴地拒绝了雅典娜的帮助,但这里,他却对雅典娜大加恭维,似乎在感谢雅典娜向他提供了帮助。但是,实际上,埃阿斯的这句话很可能还带有因雅典娜令众将领投票将他自认应得的阿喀琉斯兵器剥夺而产生的某种怨恨;因此,这里将以纯金打造与这个桂冠连用,也更进一步凸显了埃阿斯话语中带有的讥讽意味——埃阿斯的这句话或许可以看作是反话正说式的讽刺。相反,如果仅从 στέψω 一词的字面上将其与战利品相联系,则这句话就会显得有些别扭。事实上,埃阿斯这句话的意思是说,为了感谢雅典娜的帮助,或者哪怕为了感谢雅典娜的善意,他愿以自己辉煌的胜利作为对她的赞美——这话听上去也有些怪诞。

11.4 细读埃阿斯的这句话(行91—行93),发现埃阿斯开篇时和雅典娜说话的语言以及奥德修斯问候雅典娜时所使用的语言惊人地相似。如果有人这样问候雅典娜,那么,他一定以为自己是雅典娜所喜爱的人,但实际上,埃阿斯受骗了。不过,当他说 καί σε παγχρύσοις ἐγὼ ｜ στέψω λαφύροις τῆσδε τῆς ἄγρας χάριν

〔为了感谢你使我得到｜这样的收获,我要用这金光闪烁的战利品为你加冕:行92—行93〕的时候,他的语气里似乎带有些许的委

曲求全。① 这时，他的语气显然不如奥德修斯那么真诚。奥德修斯感激雅典娜是因为她在他困难的时候总是会帮助他：*κλῦθί μευ αἰγιόχοιο Διὸς τέκος, ἥ τέ μοι αἰεὶ | ἐν πάντεσσι πόνοισι παρίστασαι, οὐδέ σε λήθω | κινύμενος* 〔手持盾牌的宙斯的女儿啊，请听我的祈祷，| 在我遇到困难的时候，每每你都在我身旁，对我 | 有所照料：荷马，《伊利亚特》，卷 X. 行 278 以下〕。

　　11.5 索福克勒斯采用的 *ἔλεξας* 〔在这里译作你这话说得：行 94〕一词是一个可以使谈话情景发生变化的词：埃阿斯刚刚还在埋怨雅典娜使他失去了得到阿喀琉斯兵器的机会；到这里，雅典娜便将埃阿斯的反话当作正话来听，接着便去询问埃阿斯的那把剑是否曾经沾染了那些牛羊的血迹——这种情景转换，在希腊戏剧中是一种经常会用到的技巧；通过这一技巧，雅典娜迅速地将话题引向埃阿斯的那把剑。

　　11.6 短语 *κόμπος πάρεστι* 字面含义是发出乒乓磕碰之声，在这里应当是指埃阿斯的自我夸耀。*κόμπος πάρεστι κοὐκ ἀπαρνοῦμαι τὸ μή* (行 96)这句话似乎也可以理解为我完全可以就此夸下海口，我认为这很正常；尽管希腊语的语序看似随意性很强，但在它的这种看似不经意中，却可寻出某种特别的意味：在这里，当埃阿斯想要说这句话时，他最先说出口的是 *κόμπος* 〔夸赞〕，这意味着埃阿斯想要强调他的功绩没有在阿开亚人当中得到认可，所以，他完全有权利对自己的功绩加以陈述。而埃阿斯接着说的 *κοὐκ ἀπαρνοῦμαι τὸ μή* 在《安提戈涅》中也曾出现过：*καὶ φημὶ δρᾶσαι κοὐκ ἀπαρνοῦμαι τὸ μή* 〔我承认，这是我做的，我不会说不是：《安提戈涅》，行 443〕；这个短语也可直译作我不会说不(*τὸ μή*)。

──────────

① Cf. J. P. Poe, *Genre and meaning in Sophocles' Ajax*, Frankfurt am Main, 1987, p. 29.

在这里,埃阿斯这句话的意思则是他承认那把剑上的血是他染上去的。

　　11.7　短语 *ἤχμασας χέϱα* (行97)的字面含义为以手投长枪,但其确切的含义似乎是说(你对他们)动用了武器;其中, *ἤχμασας* 一词应当是动词 *αἰξμάζω* 的不定过去时陈述语气,而这个动词又源自名词 *αἰχμή* 〔剑刃、剑〕,在这里似乎带有用剑将手武装起来的含义。但也要注意,虽然 *ἤχμασας* 一词这里可能有误写,就像穆斯格拉夫钞本(Musgrave ms.)所说,应该写作 *ἤμαξας χέϱα* 〔字面含义作手上沾满血迹〕;但是,按照杰布的说法,这一钞本,虽然文字十分精致,但与文意却并不合拍,在修辞上显得十分粗糙;而可能误写的 *ἤχμασας χέϱα* 则隐含着莽撞,或某种骁勇的锐利——我们很难接受用一个更为不恰当的词置换一个可能误写的词。此外,我们也注意到,雅典娜的问话似乎有些多余,但这一问话却使埃阿斯接下来可以以他当时的精神状态把实际发生的事情重述一遍;这也可以为埃阿斯的那种疯癫状态作一注解。

　　11.8　对于雅典娜的问题,埃阿斯并没有直接回答,他并没有说不能再让我(*ἐμέ*)受辱,而称不能再让埃阿斯的名誉(*Αἴαντ'*)受辱(行98),语气以及遣词中就带着某种孤傲,显示出他想要显示或者正在显示自己的尊严与威风;几乎同样的修辞方式,阿喀琉斯在说到自己的时候,也曾经使用过: *ἦ ποτ' Ἀχιλλῆος ποϑὴ ἵξεται υἷας Ἀχαιῶν* 〔总有一天,阿卡俄的子孙会怀念阿喀琉斯的:荷马,《伊利亚特》,卷I. 行240〕。事实上,在这里,埃阿斯对自己的荣誉十分在意,也十分清楚;但他接着就被雅典娜欺骗了,稍后不久,他还将会受到阿特柔斯那两个儿子——阿伽门农和墨涅拉厄斯——的羞辱。尤其需要明白,无论阿特柔斯的两个儿子是否能够真的使埃阿斯名誉受损,他们试图羞辱埃阿斯这件事情都是这部悲剧后半部分的主要内容。

11.9　对埃阿斯语气颇重的说法,雅典娜的回答似乎并不带有特别明显的恶意,而 ὡς τὸ σὸν ξυῆκ' ἐγώ 一句也可理解为我理解你所说的话(行 99);其中, τὸ σόν 在这里的意思并不表示你所感兴趣的事情,而是指你刚刚说的话。接下来的话更是在欺骗埃阿斯。

埃阿斯显然受到雅典娜的欺骗,但他依然以特有的反讽来回答雅典娜(行 100)。事实上,这种反讽的语气,在索福克勒斯笔下,似乎是一种经常使用的手法: ἐν σκότῳ τὸ λοιπὸν οὓς μὲν οὐκ ἔδει | ὁψοίαϑ', οὓς δ' ἔχρῃζεν οὐ γνωσοίατο 〔不该见的,见了;该认识的,| 却还是没有认识;你们可真是愚昧至极:《俄狄浦斯王》,行 1273 — 行 1274〕;克瑞翁训斥了他的随从之后也说过: ἵν' εἰδότες τὸ κέρδος ἔνϑεν οἰστέον | τὸ λοιπὸν ἁρπάζητε 〔往后要让你们知道那些东西是你们应得的,| 可以去争取:《安提戈涅》,行 310〕。

11.10　可以认为, τί γὰρ δή 一句(行 101)当中隐含着如果上面说的话都没有什么疑问了,那么,接下来的事情或人又该怎么办或怎么样这样的意味;其中, γὰρ 只是作为提问的引导,如在一般位置出现可表示现在,而在这里出现则表示那末;而 δή 〔那时,然后〕在这个短语中则表示又该(又能)怎么样: τί δ' ἡμεῖς οἵ τ' ἐμοὶ γεννήτορες; ἆρ' εἰσίν 〔那末,我和我的父母又怎么了呢:欧里庇得斯,《伊菲戈涅亚在陶里斯人中》,行 576〕。这里,还有一点需要注意,虽然这一点并不十分重要:此行以一个小品词 εἶεν 开始(行 101),这是改变话题的一个口语表达方式,①这里解作不错、那末。雅典娜借此将话题从阿特柔斯的两个儿子那里转到了奥德修斯身上。后半句的问句 ποῦ σοι τύχης ἔστηκεν; ἢ πέφευγέ σε;

―――――――――

① Cf. P. T. Stevens, "Ajax in the *Trugrede*", *CQ*, 1986, pp. 327—336.

ἢ πέφευγέ σε (行 102)，表示难道真的要让他毫发无损？真要让他从你的手心里逃走吗？这是古希腊修辞中的一种连续问句形式，亦即将一个问题以两种不同的方式予以提出，颇具希腊古风。

12.　（行 102—行 117）

埃阿斯　那个诡计多端的狐狸！你是问我他现在在哪儿吗？

雅典娜　我是在问你。你的那个对手奥德修斯怎么样了？

埃阿斯　[105]那个最是得意的俘虏，我的女神啊，他现在正坐在里面，因为我现在还不想让他死。

雅典娜　那你要怎么做？你想得到些什么？

埃阿斯　我要把他绑到我家柱子上。

雅典娜　这个可怜的人啊，你到底要怎么整治他呀？

埃阿斯　[110]我要用皮鞭把他打得血肉模糊，然后再将他杀掉。

雅典娜　不要这样折磨那个可怜的人了。

埃阿斯　我可以让你，雅典娜，在别的事情上随心所欲；但对他的惩罚，却只能这样了。

雅典娜　随便你怎么样吧！只要你觉得[115]能让自己高兴，就照你的想法去做好了。

埃阿斯　那我可要回去做我的事情了。我要命你和我站在一起，就像至今为止你做的一样。

12.1 雅典娜的问题是埃阿斯是否在四处寻找奥德修斯，想

要将奥德修斯杀掉。而埃阿斯的回答也不回避，直接将奥德修斯称作是 *τοὐπίτριπτον κίναδος*〔那个诡计多端的狐狸：行103〕。照一般理解，*τοὐπίτριπτον* 一词虽然也可能带有厌恶与憎恨的意味，但在大多数情形下应当仅指玩弄计谋，尤其在提到 *κίναδος* 的时候情形更是如此；但是，按照杰布的说法，*τοὐπίτριπτον* 一词在这里可能更多地用来形容心地丑陋，而与 *ἐπιτριβείης*〔作诅咒语时，其含义为该死的，该杀的〕含义相近（对比阿里斯托芬，《鸟》，行1530）。按照泰奥克拉底（泰奥克拉底，《隽语录》，V. 25）的说法，*κίναδος* 一词在西西里人那里被用来表示狐狸，在阿提喀人这里则只被用来表示狡猾的人；当然，希腊人也像现代人一样看到了狐狸狡猾的一面，因此与 *κίναδος* 一词表示狡猾的含义相合：*πυκνότατον κίναδος，| σόφισμα，κύρμα，τρίμμα，παιπάλημ ὅλον*〔最为狡诈的狐狸，机灵活泼，善诱多变，诡计多端，而且精明异常：阿里斯托芬，《鸟》，行430以下〕。而当埃阿斯用这个词辱骂奥德修斯时，雅典人很可能会产生同感——在一般雅典人的观念里，奥德修斯是一个工于心计的人，而在希腊悲剧中，奥德修斯的确给人留下了聪明过头的印象（对比索福克勒斯《菲洛克忒特斯》和欧里庇得斯《赫卡柏》）。

12.2 雅典娜的一句简短回答（行104）是对埃阿斯的反问的否定：*ἔγωγ'*〔我〕的后面跟着的是一个半句符，写作 *ἔγωγ'*；在古希腊语中，半句符一般意味着一个意群的结束，而紧跟着的是一个和前者紧密相关的意群；有研究者认为，这句话中，前面的 *ἔγωγ'*〔我〕不能成为一个意群，应当与下半句话联结成为一个整体，因此，有勘本认为这个半句符应当删去。但是，如果这样的话，则意思可能就会有所变化，这一行于是就仅仅成为雅典娜在回答埃阿斯的提问了：我在说你的对手奥德修斯；而这与雅典娜当时所表现出来的状态似乎略有差异。

12.3 埃阿斯的回答证明，他这时依然处在疯癫状态下，因此,他才会认为奥德修斯就在他从阿开亚人军营中带回的那些牛羊当中。而且,他还告诉雅典娜,奥德修斯作为他的一件战利品 ἔσω ϑακεῖ 〔就坐在那里面:行106〕。在埃阿斯看来,奥德修斯把阿喀琉斯的兵器赢走之后一定心里很是 ἥδιστος 〔我将这个词译作最是得意〕,所以,他才成了埃阿斯所有俘获的敌人(实际上只是那些牛羊)中 ἥδιστος ... δεσμώτης 〔最是得意的俘房:行105〕;埃阿斯说到奥德修斯的状态时和雅典娜说到奥德修斯时所用的竟然是 ἥδιστος 这样同一个词: οὔκουν γέλως ἥδιστος εἰς ἐχϑροὺς γελᾶν 〔可嘲弄敌人难道不是也能最是让人开心吗:行79〕。于此应该看到,在兵器颁赏一事上,埃阿斯和雅典娜的观点竟然一致:将兵器颁赏给奥德修斯,这将给埃阿斯带来最大的羞辱,而这种羞辱带给奥德修斯的则是最大的愉快。

这两行诗句中值得注意的是一种所谓头韵,即 ἥδιστος, ὦ δέσποινα, δεσμώτης ἔσω (行105)中的 δέσποινα 〔女主人、女神〕和 δεσμώτης 〔俘房、战利品〕两个词的第一个音节 δεσ 成韵,而 ϑακεῖ· ϑανεῖν γὰρ αὐτὸν οὔ τί πω ϑέλω (行106)中的 ϑακεῖ 〔坐〕和 ϑανεῖν 〔令其死〕两个词第一个音节的 ϑα- 成韵。斯坦福认为,索福克勒斯不大可能为了形成这样的头韵让埃阿斯说出这样的话;由此,他断定,这里所采用的头韵十分值得怀疑。① 但是,如果把埃阿斯的这句话看作是带有反讽意味的一句话,那么,诗人的用意就可以理解了。因为,虽然埃阿斯说的那个最是得意的俘房坐在他的营帐里,但观众却可以明白,奥德修斯肯定不在那里面,在那里面的一定是那些牛羊。

12.4 词组 ἑρκείου στέγης (行108)中所说的那个 στέγης 〔屋顶〕

---

① Cf. W. B. Stanford, "Light in darkness in Sophocles' *Ajax*", *GRBS*, 1978, pp. 189—197.

并不是指某个房间的屋顶,而是指埃阿斯的营帐。但是,索福克勒斯这里并没有让埃阿斯说那是他的营帐,而用了 ἑρκείου 一词,这个词字面含义是指在 ἕρκος 〔围墙、栅栏〕之中,而引申为专门属于自己的意味。譬如, Ζεὺς ἑρκεῖος 并不表示围墙或栅栏中的宙斯,而表示所提到的宙斯是家族所崇拜的神明:Ζεὺς δ᾽ ἡμῖν πατρῷος μὲν οὐ καλεῖται, ἕρκειος δὲ καὶ φράτριος, καὶ Ἀθηναία φρατρία 〔我们并不把宙斯称作自己部落的神,而把他称作家族的神或部族的神;我们称雅典娜为部落神:柏拉图,《尤息得谟》,302d〕。在索福克勒斯这里, ἑρκείου στέρης 显然带有某种隐喻的意味,表示埃阿斯自己认为能够躲避众人视线独自相处的某个地方,既有私密性,也有自己可以随心所欲处理自己事情的意味。

　　而雅典娜在这里似乎有些刻意地要让自己显得有些慌张或惊异(行109): ἐργάσει 一词在这里不仅表示一般意义上施加或做某件事情,而且在语音上有短长短构成快节奏音步,因此更显得话语中带有某种不知所措的意味。这一层意味,以汉语表达似乎稍有困难,因此,只能以添加"到底要……呀"这样的文字作权宜处理。这样一来,我们就可以看到,雅典娜其实一直(行91—行109)通过欺骗之类的手段在步步紧逼埃阿斯,雅典娜的这种追问方式让人产生错觉,以为埃阿斯在这件事情上能够主导自己——不能不说,这是诗人的创作技巧的体现。

　　12.5 雅典娜刻意显示出的惊慌,再次使埃阿斯上当受骗,而埃阿斯回答时的语气亦显得愈加激烈(行110)。此处的 φοινιχθεὶς θάνῃ 〔抽打得血肉模糊之后,再将他杀掉〕在语气上针对刚刚说的 θανεῖν γὰρ αὐτὸν οὔ τί πω θέλω 〔我现在还不打算让他马上就死:行106〕而言,在结构上形成一种渐进的关系;而 φοινιχθεὶς 一词的本义是将血溅洒到四处,使鲜血流淌成河,其变形也多与 αἵματι 〔鲜血〕相关: φοινισσομένην αἵματι παρθένον ἐκ χρυσόφορου δείσης *νάσμῳ μελαναυγεῖ*〔那姑娘深红色的鲜血自带着金饰的脖颈流下,将全身浸染得暗红:欧里庇得斯,《赫卡柏》,行 153〕。因此, *φοινιχϑεὶς ϑάνῃ* 一句或可译作使其鲜血淋淋之后再令其死去。

对于 *μὴ δῆτα τὸν δύστηνον ὧδέ γ᾽ αἰκίσῃ*〔不要这样折磨那个可怜的人了:行 111〕一句是否带有暗示埃阿斯将那些牛羊当作是希腊军队中的首领加以鞭挞时神志已不清醒,不能完全肯定;但是,俄狄浦斯在拷问林中牧人时,牧人所说的虐待或折磨,则显然隐含了这样的意味: *μὴ δῆτα, πρὸς ϑεῶν, τὸν γέροντά μ᾽ αἰκίσῃ*〔不要这样啊,上天作证,不要这样折磨一个老人呀:索福克勒斯,《俄狄浦斯王》,行 1153〕。

接下来,埃阿斯所说的话(行 112－行 113)应该如何去理解?句中, *χαίρειν … τἄλλα* 照字面意思直译作在其他事情上(让你)感到高兴,但接下来的 *ἐφίεμαι*〔下达命令〕一词则表明 *χαίρειν*〔感到高兴〕是在雅典娜服从的前提下才能达到的(行 112－行 113)。于是,观众可能会感到:难道埃阿斯的傲慢会让他竟然允许雅典娜向他 *ἐφίεμαι*〔下达命令〕了吗? 事实并非如此。这个时候,埃阿斯的疯癫尚未过去,刚刚他还把从希腊大营中劫掠来的牛羊当作奥德修斯: *ἥδιστος … δεσμώτης ἔσω | ϑακεῖ*〔那个最是得意的俘虏……他现在正|坐在里面:行 105－行 106〕。实际上,诗人为埃阿斯设计的这句话一方面是要告诉观众,这个时候,埃阿斯的心智尚未恢复;另一方面,埃阿斯的这句话又在暗示他个性中某种无法改变的东西——他告诉雅典娜,在其他的事情上,雅典娜完全可以按照自己的意愿去做,但在与他有关的事情上却不需她来操心,既不需要雅典娜帮她去做他该做的事情,也不需要对他加以阻止,包括接下来会发生的自戕的事情,虽然现时埃阿斯并未想到(至少并未提到)他会自戕。

12.6　在古希腊戏剧中,当说话的人放弃自己的反对意见,

或者对某件已经做过的事情不再想接着争论下去时,这个人物
通常会用由两个小品词组成的短语说(σὺ) δ' οὖν〔随便你怎么样;行
114〕这样一个短语;按照丹尼斯顿的说法,这个短语的语调通常
带有某种蔑视的意味。① 而接下来,雅典娜所说的
τέρψις ἥδε σοι τὸ δρᾶν 一句(行 115),带有虚拟语气的成分,亦即雅
典娜并不真的想告诉埃阿斯那样做可能为他带来愉快,她这样
说或许带有否定的意味。她其实(在隐喻的意义上)是想让埃阿斯
知道,在她看来,埃阿斯的那些做法是一种罪孽。这句话照字面
直译作这样做若是能够给你带来愉快,这里的译文加上了能够
使你感到愉快的意味。

在埃阿斯回答的译文中,笔者将"我"字重复使用两次(行
116),意在通过汉语语气凸显埃阿斯对 τοῦτο〔这(件事情),这(种情
形)〕的特别强调;这样的手法,在希腊古典文献中是一种常见的
修辞技巧;δακρυσίστακτα δ' ἀπ' ὄσσων ῥαδινὰν〔我真的为你遭受这样
厄运的折磨感到悲伤;埃斯库罗斯,《被缚的普罗米修斯》,行 399〕。在退
场前的这句话中,埃阿斯的精神状态显然还没有恢复过来,他还
在给雅典娜下命令;而且,他下达的最后这一道命令竟然错误地
以为雅典娜在此之前一直是和他站在一起的。同时,这句话也
为埃阿斯与雅典娜相遇的这个过程做出了总结:从始至终,埃阿
斯都被欺骗,而他也一直错误地把雅典娜当作自己的朋友,以为
她在帮助他。

13. (行 118—行 126)

雅典娜   奥德修斯,你是否已经看到神明的力量有多

---

① J. D. Denniston, *Greek particles*, Oxford, 1954, p. 466.

么强大？你还能够找到一个人比这个埃阿斯更加谨小
慎微,[120]而在做事情时又更能掌握好分寸的吗?

奥德修斯　一个也找不出来！虽然他是我的敌人,
但我还是很可怜他遭受了那样的不幸,因为他已被
厄运纠缠着,陷入了痴迷,而我并不觉得,我自己遭
受了怎样的不幸。[125]因为,我知道,我们的生活
不过是一些幻象,不过只是一些转瞬即逝的幻影。

13.1　本剧的入场,以雅典娜与奥德修斯的一段对话结束。
雅典娜所说的 *ὁρᾷς ... τὴν ... ἰσχὺν ὅση*（行 118）,可以理解为对其
能力有所了解；而 *ἰσχὺν* 一般意义上是指力量,用在人身上则表
示身体的某种能力,或指在某种相对具体的功能上具有较强的
能力: *πρὸς ἰσχὺν τοὺς ὀφθαλμοὺς ἄριστα πεφυκότας*〔就其强韧（亦即以
ἰσχὺν 一词来表示螃蟹眼睛不易受伤）来说,它（指螃蟹的眼睛）的确最好:
色诺芬,《会饮》,V. 5〕；在这里, *ἰσχὺν* 一词虽然可能带有某种隐喻
的意味,但从现时埃阿斯的口中说出却未必真的表示神力,只表
明这一力量影响之大。

从荷马的叙述中看到的是,埃阿斯在言语上或者在考虑问
题时都未必显得十分细致入微,而他的强大源自神赐的身
体——用赫克托耳的话来说, *Αἶαν ἐπεί τοι δῶκε θεὸς μέγεθός τε βίην
τε | καὶ πινυτήν*〔埃阿斯,神明赐予你这样强壮的身体和强大的力量:荷
马,《伊利亚特》,卷 VII. 行 288〕。但在雅典娜这,短语 *ὁρᾶν ...
τὰ καίρια*（行 120）照字面意思来理解指在适当的地方（或时候）做某
件事情；其中, *τὰ καίρια* 一词本义作适当的地方,适当的时候:
εὑρίσκεται ταῦτα καιριώτατα εἶναι〔他在自己认为合适的时候便这样去做
了:希罗多德,《历史》,I. 125. 1〕。这里似乎形成一个成语,与中文

识时务相近,是一个褒奖语。这里倾向于将这个短语理解为能够把握好分寸,后世莎士比亚似乎也沿用了这一说法:He did look far | Into the service of the time, and was | Discipled of the brave〔他一定 | 能够拿捏好分寸,而 | 不会草率行事:《终成眷属》,I. ii. 26〕。

令人感到奇怪的是,雅典娜对奥德修斯说起埃阿斯时,最初并没有把埃阿斯说得过分糟糕龌龊。相反,她对他的品质大加赞赏。但雅典娜并不是在称赞和欣赏她的敌人,她所做的只是希腊悲剧中的一种程式。一个英雄倒下时,古希腊悲剧总要有一个环节对这个角色曾经的辉煌加以回顾(亚里士多德,《诗学》,XIII)。事实上,雅典娜所关心的甚至也不是埃阿斯的道德品质,她只是强调,即便像埃阿斯这样身强力壮的勇士在神的面前也会显得十分渺小。她所关心的是神明所拥有的可以随心所欲摧毁任何人的能力。

13.2 上一句,雅典娜说,埃阿斯本是一个知道分寸的人(行120)。而这一句,当奥德修斯说话的时候,他首先便表现出某种 σωφροσύνη。奥德修斯的这种状态,在下文中还会有所表述: καὶ γὰρ αὐτὸς ἐνθάδ' ἵξομαι〔我在某一天也会出现这样的需要:行136〕。杰布认为,奥德修斯说的 ἐγὼ μὲν (121)中,μὲν 只是为了强化 ἐγὼ〔我〕的语气,表示我一个也没能找出来。同样的用法,也曾出现在色诺芬的文献中: ἐγὼ μὲν οὐκ οἶδα〔这种事情,我可做不来:色诺芬,《居鲁士的教育》,I. iv. 12〕。在行文中,这个短语通常因为小品词 μὲν 的出现隐含着转折的意味;这里没有将这层含义译出;如果译出,这个小品词可以转译作一句话:无论别人怎么看,我都觉得如何。

13.3 奥德修斯接着使用了两个复合形容词: δύστηνον 表

示身处逆境、面对灾难,而 δυσμενή 则指敌人。两个词都以
δυσ〔表示坏、不好〕为前缀(行 122)。奥德修斯在雅典娜面前使
用这两个词,他的态度肯定是十分严肃的。这种严肃的态
度,不言而喻,似乎带有对雅典娜的责备之意。奥德修斯接
着又说 ἄτη συγκατέζευκται (行 123),而 συγκατέζευκται 一词又是
一个组合词,亦即是在 συνέζευκται〔套上轭具〕一词中间加上
κάτα,这个组合词指的是强行套上轭具,在这里则用来表示
摆脱不掉的命运,或难以承受的厄运。奥德修斯所说,埃阿斯
的命运实在太差,其中还隐含着他自己无法摆脱这一厄运之意。
συγκατέζευκται 一词在希腊古典文献当中还表示结成婚姻的含
义,表示男女之间建立起某种不能摆脱的关系: τοὺς ἀγάμους
λόγοις τε πείθοντα καὶ ζημίαις ἀπειλοῦντα συγκαταζεῦξαι συγκαταζεῦξαι
ταῖς χηρευούσαις γυναιξί〔对于那些单身未婚男子,或采用说服的方法,或
采用以罚款相威胁的方法,迫使其与守寡的女子结成婚姻:普鲁塔克,《评
传·卡米鲁斯篇》,2〕;但在索福克勒斯这里,奥德修斯显然并没有
暗示埃阿斯婚姻有任何不幸之意。从奥德修斯的话里,或许可
以判断,他认为,埃阿斯的厄运只是他现在陷入痴迷;从奥德修
斯的人格分析,奥德修斯甚至没有多大可能去想象埃阿斯会自
戕。在悲剧中,ἄτη 一词通常被理解为毁灭,但这里更愿意取其
本义,即痴迷。

　　13.4 奥德修斯的 οὐδὲν ὄντας ἄλλο πλὴν | εἴδωλ' ὅσοιπερ ζῶμεν
ἢ κούφην σκιάν〔我们的生活不过是 | 一些幻象,不过只是一些转瞬即逝
的幻影:行 125—行 126〕这句话,或许只是诗人关于生命的一种观
点,不独是奥德修斯的说法;因为,几乎同样的说法也曾见于这
位诗人的其他文字中: ἄνθρωπος ἐστι πνεῦμα καὶ σκιὰ μόνον, |
εἴδωλον ἄλλως〔那人还有魂灵,却已失去身形, | 徒留下一个幻影:索福

克勒斯,《残篇》,12〕;不过,却不能以为,这样地看待生命可以成为希腊古典时代的一种常识。

13.5 雅典娜并不诚恳,至少带着些许忌恨地夸奖埃阿斯之后,奥德修斯的表现却未能如雅典娜所愿。他把雅典娜的赞美当作是真诚的赞美,而他又曲折地表达了不打算与雅典娜一道为难埃阿斯的想法。其实,在先前(行74-行75),奥德修斯就已经表现出,他勉为其难大半是因为对埃阿斯有所畏惧。在这里,奥德修斯进一步表达出这样的意思:埃阿斯就是那样一个人,而对多舛的命运,奥德修斯也似乎想要表达同情。经过诗人这一番转折,人们又发现了一个奇特的现象:在评判情势时,雅典娜不喜欢的埃阿斯与她的观点相同,而雅典娜喜欢的奥德修斯却对那样的观点持不同的态度,并且同情这个女神的牺牲者,即便后者是他的敌人。

13.6 雅典娜说, τοιαῦτα τοίνυν εἰσορῶν ὑπέρκοπον | μηδέν ποτ᾽ εἴπῃς αὐτός〔你绝对不会再像他那样对神明|言语轻狂;行127-行128〕。这句话是否是威胁奥德修斯,无从判断;但可以明确的是雅典娜在谈论埃阿斯的境况,而后才以埃阿斯做示范。βρίθεις 一词本义作沉重、有分量,在这里可以理解为(手中)大权在握: συγγενεῖ δέ τις εὐδοξία μέγα βρίθει〔身世高贵荣耀者大权在握;品达,《涅湄凯歌》,III. 行40〕,这里将这半句译作权倾一时(行130)。

13.7 在古希腊人看来,这个世界是否是神明几天之内创造的,尚且不能断定。但是,索福克勒斯在这里说,人生可以是神明的一日之功(行131-行132);这种观点恐怕是希腊的普遍观点。不过,希腊人也可能认为,神明的一日之功虽然可以看作是十分伟大的,但也唯因只是一日促成,所以或许并不一定对其过于重视: ἐπάμεροι· τί δέ τις; τί δ᾽ οὔ τις; σκιᾶς ὄναρ | ἄνθρωπος〔不

过一日之功,有人又如何? 没有又怎样? 那幻影｜便是人:品达,《皮托凯歌》,VIII. 行 95〕。

　　关于人的性格以及整个人生的变幻不定,这在古希腊倒确实是一种被普遍接受的观念,这种观念很可能能够一直追溯到荷马那里:阿喀琉斯曾经告诉普里阿姆,在宙斯宫中的地上有两只罐子,两只罐子里装着的是准备给人类的礼物,一只里面装满了善或好的东西,另一只则装满了恶或坏的东西。有些人得到的都是不好的东西,但却没有一个人得到的东西都是好的东西——也就是说,虽然有人只有恶,但却没有人只有善。于是,人们便希望以恶换善,让坏的东西转变为好的东西(荷马,《伊利亚特》,卷 XXIV. 行 527 以下)。因此,受苦受难也就成为人生必不可少的一个组成部分。在这一点上,索福克勒斯也像荷马一样并不只是悲观,人不会总是厄运不断——只要一天,就可以让一个人倒下,也只要一天同样可以使他重新恢复。幸或不幸的转换并不一定能够成为悲剧的主题,但至少从理论上是可能的(品达,《奥林匹亚凯歌》,II. 行 15 以下)。古希腊人的这一观念在这部悲剧中又变得尤其重要。特别是当它强调转变可以在一天之内完成时,这种说法显然是在暗示,如果埃阿斯是另一个人的话,那么,他的命运就有可能发生逆转。对此,也有一种观点认为,埃阿斯在这部悲剧结束时也确实发生了命运的逆转。最后,他的荣誉终于得到了恢复。① 至于在索福克勒斯这里,这种变幻不定体现在雅典娜所说的两种态度上:此处的趾高气扬与卑躬屈膝形成一种对比:卑躬屈膝原文作 κλίνει,其本义为躺下,引

---

① J. R. March, "Sophocles' *Ajax*: the death and burial of a hero", *BICS*, 1991—1993, p p. 22—24.

申作倒下、溃败、(斗志)被打垮、沦落;而趾高气扬(*xάνάγει*)一词原文的本义作提升,使(斗志)高昂,使自信心得到强化。这看似两个方向上的活动(向下的沉沦与向上的高扬)在雅典娜这句话中实际上同样无足轻重的。

13.8 对于雅典娜最后说到的 *τούς κακούς* 〔丑恶、丑恶的东西,此处当指糟糕的人:行133〕,她在上文中已经有所解释(行127以下),这里又与 *τούς σώφρονας* 〔知道分寸何在的人:行132〕形成对照。一般认为,雅典娜这样说是针对埃阿斯的,亦即她把埃阿斯看成那种 *δυσσέβεια* 〔对神明表现出不屑一顾,亵渎神明〕的人。这句话(行132-行133)是一个典型的交错平衡结构:句子以 *σωφροσύνη* 开始,而以 *τούς κακούς* 结尾,使前者与后者形成相互对照的关系。在这两个词当中,*σωφροσύνη* 或许更难把握:就这个词的本义而言,它带有自我克制、耐心、忍耐、守规矩的含义。公元前五世纪,这个词常被君主用来表示政治道德。按照雅典娜的说法,这种政治道德的反义词应当是道德意义上的 *κακός* 〔丑恶〕。但是,雅典的观众们却没有理由一定要接受雅典娜的这种说法。雅典人很少考虑 *σωφροσύνη* 一词的道德意义,而更多地考虑这个词所包含的 *άγαθοί* 〔出色、高贵〕或 *έσθλοί* 〔英勇〕的含义;而对 *κακός* 一词,雅典人更多地想到的是出身卑贱和形象龌龊。事实上,当雅典娜以 *κακός* 一词来称呼埃阿斯时,雅典的观众应该马上就会想到,雅典娜的这个评价是错误的;而且,本剧最后也显示出,她在这里对埃阿斯形象的否定是没有根据的。不过,这个问题的提出也自然引导出歌队入场歌所要陈述的主题。

13.9 一般认为,雅典娜最后的这几句话(行127-行133)是对这部戏关于 *ΰβρις* 与 *σωφροσύνη* 母题的说明。埃阿斯的 *ΰβρις*

使他在与奥德修斯的竞争中落败。但雅典娜却并没有使用 ὕβϱις 一词；而且，整部戏都没有提到埃阿斯曾经用这种 ὕβϱις 的态度来对待神。雅典娜对奥德修斯说，不要用自负的语言对神明说话，不要对神明举止傲慢；神明喜欢的是那种 σώφϱων〔心智健全的，在这里应当理解为知道分寸的〕人。的确，口无遮拦、我行我素是埃阿斯的个性特征，他显然不能算是那种 σώφϱων〔知道分寸的〕人。权倾一时或者财力雄厚的人大多会变得 ὕβϱις，这的确是希腊人的普遍观念。[1] 但在这里，如果能够紧紧抓住文本所使用的语词，那么，就会注意到这样一些问题：雅典娜责备埃阿斯身上的那种性格特征正是索福克勒斯所赞扬的。[2] 索福克勒斯的人物从来就不是那种 σώφϱων 人，而是一种在他或她所要做的事情上相当执着的人。虽然许多人都知道分寸，但很少有人喜欢那个知道分寸却毫无魅力的墨涅拉厄斯；而且，如果把墨涅拉厄斯和雅典娜联系到一起，不会有人把他当作是索福克勒斯眼中的有智慧的人的代表。事实上，σώφϱων 一词也的确和 σοφός〔智慧〕不无关系，那么，一般人也不大会感到满意。雅典娜曾经要奥德修斯做出 ὕβϱις 举动（行 79）；而在这里，她又说，神明喜欢的是 σώφϱοντες〔知道分寸的人〕。在雅典娜那里，σωφϱοσύνη 一词所指的似乎并不只是服从她的意志（行 1071）。这样，虽然奥德修斯依然表现出 σωφϱοσύνη，但他的表现却和雅典娜所说的 σωφϱοσύνη 并不完全一致。从另外一个角度来理解，并不能从雅典娜的话中确定埃阿斯已经冒犯了她。言语的张扬与行止的狷狂都不足以解释雅典娜对他的愤怒为何在这种场合爆发。在这

① Cf. N. R. E. Fisher, *Hubris: a study in values of honour and shame in ancient Greece*, Warminster, 1992, pp. 111—113, p. 245.
② G. M. Kirkwood, *A study of Sophoclean drama*, Ithaca, 1958, p. 32

部戏里,找不到任何证据证明雅典娜的愤怒是因为埃阿斯对他不喜欢的人发起了攻击。雅典娜最后确实说了 *τοὺς κακούς* 这样的话,但这也很难和埃阿斯扯上直接的联系。

歌队入场歌

提要 跟随埃阿斯来到这里的水手们和他们的主人休戚与共（行 134—行 147）；歌队队长认定，关于埃阿斯的流言都是奥德修斯的计谋（行 148—行 171）；根据那流言，在歌队看来，埃阿斯实属违逆了正义（行 172—行 181）；违逆正义的行为出于神明的支使（行 182—行 191）；埃阿斯只有躲藏起来，才能逃过此劫（行 192—行 200）

14.（行 646—行 653）

歌队队长 忒拉蒙的儿子，萨拉弥斯岛的主人，[135]你在那波涛汹涌的海上坚固有如磐石，如果你的运气好，我心中也会油然感到喜悦；而当宙斯的打击落到你的头上，或者是那些达纳奥斯的子民对你恶语相向，我就会显得惊慌失措，我的眼睛就会[140]像惊飞的鸽子一样表现出战栗。

14.1 在本剧的歌队入场歌 〔πάϱοδος，即进入（παϱά）入口（ὁδός）

时吟唱的歌〕中,索福克勒斯采用了与早期悲剧入场歌较为接近的形式,将此剧的歌队入场歌分作两节:首节(行 134－行 171)以两个短音接一个长音的抑抑扬格为基本韵律,由歌队在进场行进时所唱,曲调舒缓,但带有进行曲的曲式——这一部分可以看作是歌队入场时的引子;次节(行 172－行 200)为抒情颂歌曲式,是在歌队各声部出场进入 ἡ ὀρχήστρα 〔歌队合唱席〕之后演唱的。埃斯库罗斯在《波斯人》、《求祈者》以及《阿伽门农》当中所写的入场歌都是采用这种入场歌形式的。而且,索福克勒斯在抒情合唱歌当中加入抑抑扬格音步体系,也与早期简单的入场歌形式最为接近。埃斯库罗斯的《被缚的普罗米修斯》以及索福克勒斯的《安提戈涅》与《菲洛克忒特斯》的歌队入场歌则是晚期的入场歌形式。在这部戏的歌队入场歌里,抑抑扬格进行曲已经不再像早期那样长,只有 38 行,与埃斯库罗斯的《求祈者》中有 40 行最为接近;早期的《波斯人》却有 64 行,《阿伽门农》也有 63 行,都比这里长得多。

这部戏的歌队由萨拉弥斯人组成,他们应该是跟随埃阿斯来到特洛伊的水手。他们也听说了有关埃阿斯的传言,知道埃阿斯正陷入极度的烦恼和痛苦中。但他们意识到,这件事情的背后可能有某个神明在起作用,不过,他们猜测,或者说他们更愿意相信,埃阿斯的那些传言都是阿特柔斯的后人——阿伽门农和墨涅拉厄斯——出于嫉妒而散布的对埃阿斯的诽谤。

歌队自观众的右侧上场。上场时,队伍分作三列(στοῖχοι),每列五人;队列入场后,歌队的抑抑扬格行进曲结束时,队伍再成三排(ζυγά),每排五人,面向舞台正面站好。据杰布的研究,有文献表明,这一段抑抑扬格行进曲是由整个歌队齐唱的,而不是

由歌队队长或某一位领唱独唱的。① 但这里认为,这一段或许
并不是整个歌队的齐唱,而是歌队队长的独唱,也或许在歌队队
长独唱时,可能还有三组歌队成员分别担任不同声部的伴唱。

14.2 在开场中,诗人展示的是敌人眼中的埃阿斯。而在歌
队入场歌中,看到了在朋友或追随者眼中的埃阿斯。这在剧情
上形成对比。歌队首先提到关于埃阿斯的传言,说是他对那些
作为战利品的牛羊大加宰杀。在开场中,雅典娜向奥德修斯证
实了这个传言;而在这里,向歌队证实这一传言的则是苔柯梅
萨。在开场中,奥德修斯尽管有些勉强地接受了这一传言,但对
埃阿斯还是产生了反感;而在歌队这里,虽然这一传言已被证
实,但他们想到的是,一定是在哪位神明的催使下,埃阿斯才做
出那些事情来的,因为那些事情其实违背了他的本心。

在开场的最后阶段,雅典娜对埃阿斯能否因其身强力壮而
成就伟大提出质疑。而歌队则对雅典娜的这一质疑表明了他们
所坚持的态度。歌队多次用到 μέγας 〔重大、伟大〕一词,② 而且
借助史诗语言的频繁使用形成了将埃阿斯看作是荷马史诗英雄
一样的人物的概念。值得注意的是,歌队在这里两次使用了鸟
的比喻:他们将一般人比作容易惊慌失措的小鸟,而将埃阿斯比
作雄鹰;这样,他们便使埃阿斯同一般人拉开了距离,使他超过
一般的凡人(行167—行171)。另外一点,在歌队入场歌中,ὕβρις
出现了两次,但都不是在说埃阿斯,而是说阿特柔斯的后人:
τοῖς ... ἄχεσιν καθυβρίζων 〔让听到的人带着猖狂:行153〕和
ἐχθρῶν δ᾽ ὕβρις 〔你的敌人猖狂:行196〕。不过,当歌队两次使用

———————————

① Cf. A. Müller, *Lehrbuch der griechischen Bühnenalterthümer*, Freiburg, 1886, p. 217.

② 在本剧中, μέγας 一词见于多处:行154,行158,行160—行161,行169;但我在译文中并未将它通通译作伟大。

ὕβϱις 时,这部戏的道德评判的意味反而减弱了:歌队对阿特柔斯后代行止猖狂的疑虑很快就得到了证实,只是奥德修斯的情况稍微复杂一些罢了。虽然奥德修斯很可能也参与了流言的传播(行 148—行 151,行 189),但他并不十分情愿 ὕβϱις〔以猖狂的方式〕去嘲笑陷入疯狂的埃阿斯(行 79)。

14.3 埃阿斯的追随者称呼埃阿斯为 Τελαμώνιε παῖ〔忒拉蒙的儿子〕,这种转折性的称谓在希腊人听上去并不陌生。在此前的几天时间里,埃阿斯始终独自一人躲在营帐中,闷闷不乐(行 194)。这时,他的追随者希望他能从营帐中出来,对那些谣言加以反驳。杀死那些牛羊的行径,毫无疑问罪大恶极;但是,埃阿斯能不能出来为自己的愤怒作出一些解释,让其他人能够给他一些原谅呢? 这是歌队的那些追随者希望证明的:那样的行径和埃阿斯的本性并不相符。

索福克勒斯说到萨拉弥斯岛时使用了 Σαλαμῖνος ... βάϑϱον (行 135)这样一个句式;根据这个句式,我们或许可以认为,在诗人的描述中,整个萨拉弥斯岛成了埃阿斯的王位——其中的那个 βάϑϱον〔本义作可以站立或坐下的地方〕可以被理解为一个座位,而这个座位就是萨拉弥斯岛。埃阿斯后来的一句独白则可以从另一个侧面证明对这段文字的猜想:ὦ φέγγος, ὦ γῆς ἱεϱὸν οἰκείας πέδον | Σαλαμῖνος, ὦ πατϱῷον ἑστίας βάϑϱον〔阳光啊! 那神圣的土地,| 我的萨拉弥斯啊! 我父辈的家园:行 859—行 860〕。此外,在《菲洛克忒特斯》当中,又有 ἕως ἂν ᾖ μοι γῆς τόδ᾽ αἰπεινὸν βάϑϱον〔我还是要把我的脚踩在我下面陡峭的岩壁之上:行 1000〕,也可作为旁证。而这里的 τῆς ἀμφιϱύτου (行 134),按照注疏者的研究,从雅典人的角度看,也可理解为指萨拉弥斯岛和大陆之间狭长的海峡,这一片海峡将萨拉弥斯岛与希腊大陆分割开来;然而,也可以将 ἀμφιϱύτου 一词看作是对萨拉弥斯的说明,即萨拉弥斯岛为波涛汹涌的大海环绕。

　　14.4　在古希腊人看来,临阵退缩或长时间躲避正面迎敌是猥琐的作风(行279),而将猥琐运用到敌对双方的作战中必会招致宙斯神的惩罚,这便是索福克勒斯所说的 *πληγή Διός*〔宙斯的打击:行137〕,也是荷马所说的 *Διὸς μάστιγι δαμέντες*〔宙斯无情的惩罚:《伊利亚特》,卷 XII. 行37〕。与 *πληγή Διός* 相比,阿开亚人的诅咒可能已经算不上什么了,尽管歌队队长把阿开亚人的诅咒说得十分 *ζαμενής*〔邪恶〕: *ἢ ζαμενὴς λόγος ἐκ Δαναῶν* (行138)这里理解为达纳奥斯人的恶语相向——这个短语中 *ζαμενὴς λόγος*〔恶语〕的说法在希腊古典文献中十分罕见,照字面也可理解为十分激烈的言辞。而其中的 *Δαναοί*〔达纳奥斯人〕是指 *Δάναος*〔达纳奥斯,阿尔戈斯王〕的子民,在雅典人听起来通常指一般意义上的希腊人,在这里则应当表示阿开亚部队的那些将领。因此,这句话的意思是,当阿开亚部队将领奚落和嘲笑埃阿斯的时候,跟随埃阿斯来到特洛伊作战的那些水手心里就会充满了恐惧,他们需要埃阿斯为他们鼓劲。为了一般读者能够较便捷地加以理解,也可以将 *Δαναοί* 一词直接转译作希腊人。

　　14.5　接着,歌队队长以惊恐的鸽子作明喻,来说明这会给埃阿斯的随从们带来怎样的灾难。这里将 *καὶ πεφόβημαι | πτηνῆς ὡς ὄμμα πελείας* (行139－行140)一句理解为眼睛就会像惊飞的鸽子一样表现出战栗,并未刻意追求其字面上的含义。其中,尤其值得注意的是 *πεφόβημαι* 一词,其本义作溃逃、败落,在这里也可以理解为惊恐地飞奔。因此,将短语 *πεφόβημαι πτηνῆς* 看作是 *πελείας*〔鸽子,尤指野鸽〕一词的修饰,认为它表示惊飞的鸽子。这样, *ὄμμα* 也就可以不仅是飞鸽的眼睛,而且也可以作为人(即歌队队长以及歌队成员)的眼睛,让鸽子的惊恐成为人的惊慌失措的映像。但是,皮特曼曾引用一个勘本的说法,将这句话当中的 *πτηνῆς*〔飞翔的〕一词诂作 *φηνῆς*,

后者可看作是名词 *φήνη*〔鹰〕的生格形式。如果认定这一诂证,则这句话就成了我惊慌的样子就像是鸽子看到秃鹰一样。① 但皮特曼引证的这一说法,问题在于它需要假定鹰与鸽子之间的敌对关系,并且把这种敌对关系引入到歌队队长对埃阿斯与阿开亚人以及奥德修斯的冲突之中。然而,从歌队队长此时的欲求以及对埃阿斯的担心而言,这个假定的基础似乎并不存在。

15.（行 141—行 147）

> 歌队队长　就这样。夜色这时慢慢褪去,伴随着沙沙的声响,在我们的耳边,冲击着我们的尊严,那流言告诉我们,你闯到了我们的马儿嬉戏的草原,在那里[145]达纳奥斯人捕获的那些牲畜,那可不是赏赐的战利品——你却用那锃光瓦亮的铁剑将它们杀戮。

15.1 歌队队长并不能确定埃阿斯到底做了什么,他的这段独白表明,他把听到的关于埃阿斯的传言仅仅当作是流言,因为他感到那些流言极大地伤害了埃阿斯和埃阿斯部队的尊严。

　　诗人以 *τῆς νῦν φθιμένης νυκτός*〔夜色这时慢慢褪去:行 141〕作为这个段落的转折,这预示着以下的叙事将会从另一个时间点上开始:如果流言被暴露在阳光之下,那么,那些流言中所说的事情就有可能会朝着另外的方向发展,从而最终会走向破灭。显而易见,到这时,歌队队长还在寄希望于那些流言只是阿开亚人

---

① 这一诂证的依据是,在希腊语的形成过程中,辅音 *φ* 本身就是某些早期的方言 *πχ* 或 *ππ* 辅音连写在古典时代阿提喀方言中的书写形式。J. R. Pitman, *The Ajax of Sophocles*, London, 1830, p. 16.

的恶语中伤。这也是诗人一种独特的创作手法,可以使剧情的发展在无形中发生方向上的转化。

　　原文中,短语 ἐπὶ δυσκλείᾳ 的字面意思是落下坏的名声——其中,ἐπὶ 一词原本作为一个介词表示在某物上,而在这里则带有使之会怎样的意味: τοὺς δὲ τινὰς χειρωσάμενος ὁ Ἀρκεσίλεως ἐς Κύπρον ἀπέστειλε ἐπὶ διαφθορῇ〔阿耳克西劳将另一些人抓到塞浦路斯去,在那里将他们处死:希罗多德,《历史》,IV. 164. 2〕。此行值得注意的另一点是,δυσκλεία 一词的本义作坏的(δυσ-)名声(κλέος),但这里将它处理作冲击着(我们的)尊严,而并未将结果(即声誉丧失)直接说出来。或许可以猜测,上文用鸽子所作的明喻在这里依然在继续,只是在这里似乎通过那些鸽子被惊吓之后发出喊喊喳喳的声音传递出某种幽默的意味。

　　15.2　接下来的一句几乎是完全照字面意思直译的: τὸν ἱππομανῆ ǀ λειμῶν᾽〔马儿嬉戏的草原:143—144〕这个短语。但这种直译也有可疑之处:杰布的疏证指明了两点应当注意的地方:其一,如荷马史诗所称,上古时代,达尔达诺的儿子厄里克托尼乌斯是牧场的守护神,他负责在伊达低地草原上守护放牧在那里的马匹(《伊利亚特》,卷 XX. 行 221)。这一点并无疑义。这一句中,存在疑义的地方在于对 ἱππομανῆ 一词本义的理解。严格意义上讲,这个词的本义仅仅表示有许多马匹;而这里,按照杰布的说法,可以将这个词理解为能够让马匹自由自在撒欢。然而,在提出上述词义解析的同时,杰布也注意到,在索福克勒斯的笔下,καρπομαντής 一词的含义与 ὑλομανής〔果实累累〕相同(索福克勒斯,《残篇》,691),而短语 λειμῶν ἱππομανής 所蕴含的意味则很可能只是 λειμῶν ὅς μαίνεται ἵπποις〔马匹撒欢的草原〕,而不大可能表示 ἐν ᾧ ἵπποι μαίνουται〔马撒开欢地嬉戏〕。不过,有一点也要注意,在这样的情形下,马如若撒开欢奔跑,一定会是在平坦的草原上跃进或急奔,却不大会顾及那里的草长得好或者不好。

15.3 当诗人让歌队队长说出 βοτὰ καὶ λείαν 这样的话时,他一定知道,自己所采用的是自古代希腊传承下来的一种独特的修辞方法,即所谓 ἑν διὰ δυοίν〔连缀重名法〕,也就是通过将两个名词连用使前一个名词词义及作用与连接前相同,而后一个名词则起形容词的作用。短语 βοτὰ καὶ λείαν 的实际含义与 βοτὰ δορίληπτα〔以长剑捕获的牲畜〕相同。也需注意,这种修辞方法在词义上大多并无改变,多数情形下只是为了借音步的变化能够达到诵读悦耳的目的。杰布说,应当充分注意,βοτὰ 一词可能仅仅表示成群的羊只(行53),而 λείαν 则表示作为战利品的牛。杰布的看法显然并不恰当。

15.4 原文中的 αἴϑωνι σιδήρῳ (行147)是荷马式的短语(《伊利亚特》,卷 IV. 行 485;卷 VII. 行 473;卷 XX. 行 372),照字面含义直译作燃烧的铁器;αἴϑωνι 一词有时也表示 αἴϑωνι λέβης〔锃光瓦亮的瓮:《伊利亚特》,卷 IX. 行 123〕或 αἴϑωνι τρίπους〔锃光瓦亮的鼎:《伊利亚特》,卷 XXIV. 行 233〕。这里根据上下文将这个短语理解为锃亮的铁剑。但是,诗人这时可能忘记了,特洛伊之战发生的迈锡尼时代是青铜时代,这时的武器都是以青铜打造的,以铁器作兵器的局面在那个时代尚未形成。

16. (行148—行161)

歌队队长　那些编造的流言就像悄悄细语一样,被那位奥德修斯一句句吹入每一个士兵的耳中;[150]许多人都相信他的话;因为他的花言巧语总是能够轻易地将人们打动,让听到的人带着猖狂欣赏你那悲伤,甚至已超越传话者的感受——就这样,如同一支箭总要对

那高贵的魂灵发射,你也绝不可能[155]不被击中;只
是假如有人像我这样谈论此事,也不会有人相信他能
够做到。妒忌之心悄然爬入那富有而又强悍之人的脑
海中。没有了那些强悍者,我们这等羸弱之人凭借自
己的能力建起的壁垒就会不堪一击。[160]如我等一
样的人,和强悍者结成同盟,总会给我们带来些许的
助益。

16.1　歌队队长将那些关于埃阿斯的传闻称作是
τοιούσδε λόγους ... πλάσσων〔那些编造的流言:行148〕,这样的流言
当然只能是 ψιθύρους〔在小声嘀咕中传播〕了。古希腊作家不只索
福克勒斯意识到,其他作家也十分敏锐地观察到,私底下悄悄地
传递一些流言,这可能出自人的一种自我满足的欲望,或可给人
带来愉悦:οἶα ψιθύρων παλάμαις ἔπετ' αἰεὶ βροτῶν〔悄声传递流言总能
使人那样欢欣:品达,《皮托凯歌》,II.行75〕;不过,这种自我满足在我
们的这位诗人这里却显得带有猥琐的意味。其实,在这句话中,
更为值得注意的或许是 πλάσσων 一词,这个词的本义是指编造
出来的一些欺骗性的语言。当然,在这里追问从开场结束后到
歌队入场歌开始前的这段时间里奥德修斯是否有时间传播流
言,已经无任何意义,因为流言在那天晚上就已经被传播开
了;①而歌队完全有理由相信,奥德修斯也一定参与了那些流言
的传播。所以,歌队队长也就有理由认为,他们所听到的那些传
言确实是阿开亚人和奥德修斯联合起来一道伤害埃阿斯。

16.2　简而言之,εὔπειστα(行151)一词本义当中带有两层含
义:它既可以表示能够很容易地将人说服,又可以表示很容易将

---

① R. W. B. Burton, *The chorus in Sophocles' tragedies*, Oxford, 1980, p. 10.

事情(的道理)摆到明处来。就前一层含义而言,它与 $\delta\acute{\upsilon}\sigma\pi\varepsilon\iota\sigma\tau\sigma\varsigma$
〔难以说服的、固执的〕相对称: $\varepsilon\breve{\upsilon}\pi\varepsilon\iota\sigma\tau\sigma\varsigma,\ \ddot{\sigma}\tau\alpha\nu\ \tau\acute{\upsilon}\chi\eta,\ \breve{\varepsilon}\sigma\tau\alpha\iota\ \acute{\sigma}\ \acute{\varepsilon}\gamma\varkappa\rho\alpha\tau\acute{\eta}\varsigma$
〔说来是很容易被说服的:亚里士多德,《尼各马克伦理学》,1151b10〕,这
里所说的很容易被说服就是固执的反义词。而在另外一个地
方,亚里士多德又用 $\varepsilon\breve{\upsilon}\pi\varepsilon\iota\sigma\tau\sigma\varsigma$ 一词来表示可以轻易加以揭示或
加以说明的: $\pi\varepsilon\rho\grave{\iota}\ \acute{\alpha}\tau\acute{\sigma}\mu\omega\nu\ \gamma\rho\alpha\mu\mu\tilde{\omega}\nu$〔(是一个)可以简单地予以证明的
事实:亚里士多德,《论不可分的线》,969b22〕。在索福克勒斯这里,可
以认为,上述两层含义都是有的:杰布说,如果简单地表示说服
或很容易说服,完全可以说 $\pi\varepsilon\acute{\iota}\vartheta\omega\ \tau\iota\nu\acute{\alpha}\ \tau\iota$ 这样的短语,但是,当
诗人使用了 $\varepsilon\breve{\upsilon}\pi\varepsilon\iota\sigma\tau\alpha$ 这样一个词的时候,显然同时就表示了一
种"让听者很容易接受的事实"。这也可以理解为索福克勒斯在
刻意地强调传话的那些人伎俩高明的一面。最后,这里将索福
克勒斯融入到 $\varepsilon\breve{\upsilon}\pi\varepsilon\iota\sigma\tau\alpha$ 一词当中的那种狡猾诡谲的意味通过以
花言巧语将其说服在译文中加以体现,用以说明歌队队长到目
前为止对那些流言的猜疑。

16.3 歌队队长将那个传话的人称作 $\tau\sigma\tilde{\upsilon}\ \lambda\acute{\varepsilon}\xi\alpha\nu\tau\sigma\varsigma$〔传言者:行
152〕,这个词的本义是表示与(所传)话语有关的(人)。如果复原
前一天晚上埃阿斯在阿开亚营地中的情景,那么,或许可以得出
这样的猜想:除了雅典娜之外,奥德修斯很可能也看到了当时的
情况,这样的话,把当时情况传到阿开亚军营中的也就应该包括
奥德修斯了。但在这里,歌队队长提到的这个人应该不是奥德
修斯,而是听到奥德修斯传言的那些人,所以,将这种人被称作
是 $\acute{\sigma}\ \varkappa\lambda\acute{\upsilon}\omega\nu$〔听到传言的人〕也不是没有道理的。不过,既是传言,
在传递过程中必会愈传愈背离事实真相;而每一个最新得到消
息的人都会比上一个传话的人更为兴奋,此情恰好应了维吉尔
的一句名言:*mobilitate viget, viresque adquirit eundo*〔(那个传
递谣言的女神法玛,喻示着谣言本身)越跑越兴奋,越跑越带劲:《埃涅阿

斯纪》,Ⅳ. 175〕。

16.4　此处所说 *τῶν ... μεγάλων ψυχῶν*（行 154），字面意思是
灵魂很大，这里译作高贵的魂灵，这样一种说法显然带有荷马的
色彩：像埃阿斯这样 *διοτρεφεῖς βασιλεῖς*〔受到神明庇护和保佑的统
帅〕，显然需要具备比一般人更为高贵的灵魂，亦即所谓
μεγάθυμοι〔禀性高尚〕或 *μεγαλόψυχοι*〔心灵高贵〕。虽然可以将这短
语在荷马的意义上加以这样引申移译，从而将其内在的意蕴加
以表现，但同时却也丢失了另一明喻的重要意味：灵魂大，招致
中伤的机会也就会更多——中伤埃阿斯的箭因为目标的
μεγάλων〔大〕而很容易中的，身体的伟岸使人容易在战场上受
伤，灵魂的伟大则使人易于被流言恶语伤害。靶子越大越容易
射中，这是不言自明的道理；所以，把埃阿斯这样伟大的人物当
作靶子，显然要比把由水手组成的歌队当作靶子要容易得多。
因此，从某种意义上讲，对于另一些人而言，被人妒嫉是渴望不
到的。从另一个方面来看，遭人妒嫉作为人生某种成就的伴生
物，却又很是令人羡慕：*φθονέεσθαι κρέσσον ἐστὶ ἢ οἰκτείρεσθαι*〔遭
人妒嫉总好过被人怜悯：希罗多德,《历史》,Ⅲ. 52. 5〕。歌队队长无意
间将埃阿斯悲剧的要害点破，这也是全剧第一次真正接触到这一
悲剧的核心。而 *τὸν ἔχοντα* 一词（行 156）的引申义作强者；至于这
个词的本义则是富有，强大，而且侧重于表示财富方面的富有：
οἱ δ' οὐκ ἔχοντας καὶ σπανίζοντες βίου ... | ἐς τοὺς ἔχοντας κέντρ' ἀφιᾶσιν
κακά〔那些富有的人亦无所用……|却总是想着得到更多的财富：埃斯库罗
斯,《求祈者》,行 240 以下〕。此处的 *φθόνος* 一词的本义表示妒忌之心
（行 156）。在说到 *φθόνος* 的时候，品达曾有一句名言，与这里所说的
情形相仿：*ἅπτεται δ' ἐσλῶν ἀεί, χειρόνεσσι δ' οὐκ ἐρίζει*〔（妒忌）总是会悄
然爬上富庶者心头，却难得与落魄者相干：品达,《涅湄凯歌》,Ⅷ. 行 22〕。

16.5　文中的 *πύργου ῥῦμα*（行 157）虽然照字面意思也可理解为

用于守护或保卫(*οἶμα*)的塔(*πύργου*),但在这里却很可能是一个泛
指,亦即表示一般意义的壁垒;因为,从一般意义上来理解,*πύργου*
本身也带有(能够对一个城市起到守卫作用的)城垣的意思:
ὡς οὐδέν ἐστιν οὔτε πύργος οὔτε ναῦς | *ἔρημος ἀνδρῶν μὴ ξυνοικούντων*
ἔσω〔无论是筑有城垣的城市还是渡海的船,|如果空无一人,或者无人居住,
那就什么也不是:索福克勒斯,《俄狄浦斯王》,行 56 以下〕。至于在这里,索
福克勒斯则希望以此来表示弱者为了保护自己而为自己建立起的
某种保护层——虽然歌队队长说,弱者的这种自我保护摆到强者面
前就会变得不堪一击。

16.6 从古典语文学的角度来看,对于如何理解 *ὀρθοῖ*′(行
161)一词,似乎颇多疑点:从词义上看,*ὀρθοῖ*′一词当然是指一个
有益并能使其对象得到繁荣的过程。但这里更倾向于杰布的说
法:杰布认为,虽然有人认为这个词可能暗示建立起某种机制,
毕竟这个词的本义是指以小石头在某个大石块周围支撑,起到
将大石块固定的作用,但是,这个词在这里却不带有这样的暗
示。因此,我倾向于将这个词以汉语中的语气词"总会"译出。
然而,也可以从另外一个方面来理解:索福克勒斯在这里以小石
子培在大石周围对其起到扶助作用的比喻来说明,小人物也可
以对大人物有所帮助,而大人物也需要依靠小人物来维持,他们
之间的帮助是相互的。这个说法也被柏拉图拿来用过(参见《礼
法》,902e)。然而,埃阿斯作为一个伟大的人却绝不会承认他也
需要依靠普通人的扶助,因此,下面那句话(行 162—行 163)不仅适
用于他们的敌人,同样也适用于埃阿斯。① 事实上,在这部戏中,
我们也看到,当埃阿斯作为一个英雄的形象需要得到重建时,有

---

① Cf. J. P. Euben (*ed.*), *Greek tragedy and political theory*, California, 1986,
p. 150.

两个人物对这一重建提供了必要的帮助：一个是相对于埃阿斯来说应当算是小人物的透克洛斯，另一个是奥德修斯，他虽不能说是一个小人物，但却不能和埃阿斯归为一类。

17.（行 162—行 171）

歌队队长　唯愚钝者，未能事先得此教诲，这样的人，或许对你会多有责难；而我们却没有足够的能力[165]反驳这样的责难，只能求助于你，我们的国王——而他们一旦逃出了你的视线，就会像一群小鸟一样喳喳不停；可你的意外现身又会使他们萎靡，[170]就像面对强悍的鹰，只能蜷缩在某个角落，一个个都变得噤声而不能言语。

17.1　短语 *τούτων γνώμας προδιδάσκειν*（行 163）既可以理解为潜移默化的教育或训练。其中，*γνώμας* 一词的本义原为某种知识，因此，这个短语连在一起使用时，也可引申作获得某种知识的过程。在柏拉图笔下，*προδιδάσκειν* 一词更多地是指一个逐渐的教育过程：*πραότερόν με προδίδασκε*〔你给我上这第一课时可得慢慢地来；柏拉图，《高尔吉亚》，489d〕。同时，这个短语也可以理解为时间上事先为其提供的教育或训练。在这个意义上，愚蠢的人只是事后才能得到教训，而优秀者则在事先就已学会，并在需要的时候马上就可以运用。就此处的情境而言，歌队或许更多地是在强调后一种含义。

17.2　歌队队长这一节后半段所说的话，既是一个转折，也是对未来的一种预测，只是这种预测与后面将要看到的实际情况相去甚远。为说明这一点，似乎有必要将原文抄录于此：

ἀλλ' ὅτε γὰρ δὴ τὸ σὸν ὄμμ' ἀπέδραν, | παταγοῦσιν ἄπερ πτηνῶν
ἀγέλαι· | μέγαν αἰγυπιὸν (δ') ὑποδείσαντες | τάχ' ἂν ἐξαίφνης,
εἰ σὺ φανείης, | σιγῇ πτήξειαν ἄφωνοι (行 167—行 171)。从校勘学上
说,这段文字多有争议;而这段话的寓意也需与文字的疏证相联
系。按照杰布的说法,这段话至少应当注意以下几个方面:

　　首先,这一段文字以 ἀλλὰ 开始,目的是要对刚刚提出的以
否定形式出现的判断进一步加以说明、强调。在这里,则是原文
出现在行 165,译文在行 164 的 οὐδὲν σθένομεν〔没有足够的能力〕;
因此,将 ἀλλὰ 一词按照一般译法译作但是就显得不恰当了,它
仅仅表示一个语气的转折。

　　其次,杰布认为,ἀλλὰ … γὰρ 在这里可以被看作是一种缩
略语短语,前面的那个 ἀλλὰ 实际上是将某种寓意隐含起来,这
层寓意便是对此,很可能完全无能为力;虽然杰布的这一说法确
实不无道理,但如果将这一层含义加到译文中,那么,难免会有
过度解释的嫌疑。不过,在有些情形下,这样的解释或许也是必
要的:笔者在这位诗人《厄勒克特拉》的译文中就将这样的形式
看作是一种省略形式,而且可以将其中省略的含义译出来了:
ἀλλ' ἐν γὰρ δεινοῖς οὐ σχήσω〔说什么也没用,我真的无法视而不见:行
223〕。

　　17.3 原文中的 μέγαν αἰγυπιὸν δ' ὑποδείσαντες (行 169)照字面
意思,也可以理解为蜷缩到巨大强悍的鹰的羽翼之下(我译作就
像面对强悍的鹰,只能蜷缩在某个角落),这是一个带有补充说明性
的从句。对这个从句,杰布看到一点很特别的含义:这个从句将
μέγαν αἰγυπιὸν〔强悍的鹰〕放在 ὑποδείσαντες〔只能蜷缩在某个角落〕之
前意在突出显示突然面对强敌时出现的那种惊慌失措的状态。
杰布注意到,如果像 L 钞本那样将 ὑποδείσαντες〔蜷缩、萎缩〕略去,
而直接以上一行的 ἀγέλαι〔这里译作一群小鸟〕作为一句话的结束

（而不是像现在的校勘本一样在上一行以半句符结束），然后再在 αἰγυπιὸν〔鹰〕的后面加上逗号，这个短语便成为 ἀπέδραν〔本义作逃避，我在行 167 处译作逃出了（你的视线）〕所要逃避的；在这样的调整下，这句话的大体意思虽然变化不大，但在语气上就会发生细微的变化——这时，那些人也就会变得十分温顺，而不会像现在的文字所显示的那样在畏缩之中还带有某种怨恨。

最后，杰布明确指出，这段话当中所说的 ὑποδείσαντες〔蜷缩，萎缩〕显然是指埃阿斯的敌人会出现的状况，而并不是真的指那些喳喳叫的鸟儿。因此，这里所说的话也就并非明喻，而是一种隐喻：αἰγυπιὸν〔鹰〕一词则显然暗示埃阿斯。这也是带有鲜明的索福克勒斯色彩的一种语言风格。这也正好与上一要点所表现的畏缩中的怨恨相合了。

18.（行 172—行 181）

歌队　那真是阿耳忒弥的女神，真的是
　　　牛群的守护神吗？宙斯的女儿，
　　　那最是要命的谣传，那是我们耻辱的来源！
　　　[175]是她为了你们驱赶，驱赶属于我们所有人的牛群？
　　　不管怎么样，这或许只是报复，只为了在那胜利之后她
　　　未得到的奉献，
　　　她是否就骗得了那些代表荣誉的兵器？也或者
　　　只因为在那祭奠中未能祭上他的牺牲？
　　　再说，那身穿青铜铠甲的战神厄尼亚力奥
　　　[180]对于那种看不上他的帮助的人感到异常愤怒，
　　　由此他是否也会在夜晚设下骗局？

18.1 歌队队长的长篇独白之后，歌队便已行进到 ἡ ὀρχήστρα〔歌队合唱席〕。这时，歌队开始合唱歌的吟唱。希腊戏剧中，歌队合唱歌通常采用抒情颂歌体吟唱，最常见的结构是由三部分组成：第一部分歌队自右向左（即正向）缓步行进，希腊人称这部分吟唱为 στροφή〔本义为转圈，在这里带有在歌队席上正向绕圆行进的意味〕，这里将之称作正向合唱歌。歌队合唱歌的第二部分中，歌队转向相反的方向，自左向右（即逆向）行进，吟唱合唱歌之下一节；希腊人称这部分为 ἀντιστροφή，这里将之称作转向合唱歌。第三部分则多为三音步抑扬格抒情颂歌体吟唱，希腊人称之为 ἐπῳδός，即抑扬抒情颂歌。①

原文中，Διός 一词本义作宙斯的，在这里当作宙斯的女儿，即阿耳忒弥。不过，在古希腊原文中，歌队提到 Ἄρτεμις〔阿耳忒弥〕的时候，加上了一个词 Ταυροπόλα〔sc. Ταυροπόλος，其字面含义作在陶洛斯受到崇拜的，或作为陶洛斯守护者为人所崇拜的：行173〕，因此不得不考虑，为什么歌队要在这首抒情颂歌的一开始就先提到了 Ταυροπόλος 呢？在希腊，表示 Ἄρτεμις 原本就有两种略有不同含义的方式：其一就是 Ταυροπόλα ... Ἄρτεμις，其中，Ταυροπόλος 一词在这里似乎可以理解为统御牛群，而保护牛群也正是阿耳忒弥的重要职责之一。安菲波利斯出土的一枚马其顿时期的银币，一面镌刻着驾驭着飞奔犍牛的阿耳忒弥图案，另一面显示她手持一把火炬；而另一枚银币显示两面的阿耳忒弥都是手持火炬，肩上则背着弯月形的牛角号角；Ἄρτεμις 的这种形象只在希腊出现，而且并不带有凶猛或残酷的意味。据说，俄瑞斯忒斯从阿提喀边远地区带到雅典来一尊神像，然后在哈莱为其建起一

① 本剧中，歌唱部分的文字，我在"译文"中均用仿体，在"疏证"中则采用仿体分行排列。关于所有歌唱部分音步音韵的说明，参见本书"索福克勒斯和他的《埃阿斯》"第五节。

座神殿。而后,人们在祭奠阿耳忒弥的时候就会唱颂 *ταυϱοπόλος*〔读作陶洛珀罗斯〕,照意译就是牛(*ταῦϱος*,读作陶洛斯)的守护神(欧里庇得斯,《伊菲戈涅亚在陶里斯人中》,行 1449 以下)。歌队最先猜想到,使埃阿斯变得疯狂的是这位狩猎女神;虽然歌队的猜想肯定是错的,但是,将埃阿斯的所作所为同这个女神联系起来却让我们想到埃阿斯当时的精神状态糟糕到了怎样的程度,因为阿耳忒弥也经常与疯狂相联系。[①] 歌队的猜测在这里并不显得突兀:埃阿斯曾猎杀那些牛羊,同时他此刻又在被奥德修斯所追猎。此外,表示 *Ἄϱτεμις* 还有另外一种方式,即所谓 *Ἄϱτεμις Ταυϱική* 〔照字面含义可译作陶里克的阿耳忒弥〕;这种表达方式带有某种原始图腾崇拜的性质,更接近于自然崇拜阶段的一种图腾;而它所表示的阿耳忒弥是一种带有血腥气的图腾;这后一种表达形式应当与这里的剧情无关,而且我们的诗人也从未使用过 *Ἄϱτεμις Ταυϱική* 这样的短语。事实上,在希腊,阿耳忒弥既是狩猎女神,同时对狩猎的男人也是一种威胁:在陶里斯,祭祀阿耳忒弥是要以人作牺牲的,只是到了阿提喀,这种祭祀中以人作牺牲的作法才被替换为以动物作牺牲。

　　18.2 即便只是从字面上将短语 *ὦ μεγάλα φάτις* (行 174)译作声音很大的话语,哪怕假定读者能够从中理解到 *φάτις* 一词的谶语或者分量很重的话语含义,也都不足以表达出这句话本身的含义。事实上,这个短语所要表达的是已在民众中广为流传的分量很重的传言。这些传言可能并不真实,可能与实际情况相左,但却形成了相当大的压力,或许还会令人感到恐惧与萎缩。为此,这里将这个短语转译作最是要命的谣言,以期能够体现流言在人们心中形成的压力。

---

① H. Lloyd-Jones, "Artemis and Iphigeneia", *JHS*, 1983, pp. 96—99.

18.3 歌队为什么在这里要说 *πανδάμους* ... *βοῦς*（行 175）呢？这些牛（*βοῦς*）在这个时候还是 *πανδάμους*，这意味着什么呢？这里特别强调了 *πανδάμους*（sc. *πανδήμιος*）一词当中属于我们所有人的含义。这意味着，这些牛作为此次战役的战利品，还没有在参加这次出征的部队中进行分配，那么，这些牛到目前为止也就还是公共财产。既然是公共财产，那么，任何人也就都没有权利擅自处置，哪怕这个人在这次战役中立下了最为必不可少的战功。这一观念在古希腊人的脑子里是根深蒂固的，是不言自明的；因此，当歌队在舞台上唱出这样的情况时，希腊的读者或者戏剧观众马上就会感情激愤起来，尽管这种激愤对于现代读者可能并不熟悉。不知现代的读者是否注意到，在索福克勒斯这里，牛与羊虽然都是战利品，但诗人似乎并不在意它们之间的区别。但在古希腊人看来，作为战利品的牛和羊之间的区别是显而易见的：作为战利品的牛将会被分配给参战的各个部落部队，而羊则真正属于共同体全体成员。

18.4 作为古希腊悲剧中常见的一句套语 *ἦ πού*（行 176），照字面含义可直译作我认为；但在诗句中出现时，须尽量弱化其中"我"的意味（对比行 382，行 622）。而由这个 *ἦ πού* 所引出的却是一个选择疑问句：歌队唱道，*νίκας τινος ἀκάρπωτον χάριν*〔只为了在那胜利之后（她）未得到的奉献〕是说雅典娜帮助埃阿斯得胜，但这之后雅典娜却没有因此而得到她应该得到的奉献。雅典娜将应该对她的奉献看作是对她帮助埃阿斯的 *καρπός*〔奖励、奉献〕。值得注意的是，这里，雅典娜对埃阿斯的埋怨似乎出自两个方面。其一是 *ἦ ῥα* ... *ψευσθεῖσα ἐνάρων*〔是否就骗得了〕，亦即他要在这支部队瓜分战利品之前得到自己想要的东西，特别是那件兵器；其二就是 *εἴτ' ἀδώροις ἐλαφαβολίας*〔在那祭奠中未能将牡鹿作为牺牲祭奠〕，或许可以理解为，雅典娜觉得，埃阿斯在杀死那些牛羊之后

并没有将那些牛羊作为牺牲 δῶρα〔祭奠〕给她。杰布认为，这里所说的 νίκας ... χάριν 可以区分为两种情况，即战斗的胜利和狩猎的胜利，原因可能是因为后面提到的捕获猎杀的牡鹿（ἐλαφαβολίας）；但这里更倾向于认为，歌队在这里其实只是一种譬喻而非明喻。在他们那里，雅典娜所埋怨的其实只是对她奉献的牺牲，而并非真的在说被捕获猎杀的牡鹿。事实上，在这里，诗人提到的使雅典娜感到愤怒的原因，也同样使她对俄纽斯感到愤怒：χωσαμένη ὅ οἱ οὔ τι θαλύσια γουνῷ ἀλωῆς | Οἰνεὺς ῥέξ᾽〔那俄纽斯却没有将葡萄园里最初的收获祭献：《伊利亚特》，卷 IX. 行 534〕。

18.5　这里原文中的 ἤ χαλκοθώραξ μή τιν᾽ Ἐνυάλιος（行 179）也有钞本写作 ἤ χαλκοθώραξ ἤ τιν᾽ Ἐνυάλιος。按照校勘学者的说法，这个短语中的 χαλκοθώραξ〔披挂青铜铠甲的〕是说战神阿瑞斯，而战神阿瑞斯和那位叫做 Ἐνυάλιος〔厄尼亚力奥〕的神并不是同一个神。所以可以猜测，这句话或许可译作并非厄尼亚力奥的披挂青铜铠甲的（战神）。但马上就会疑惑，这里为什么要没来由地提到一个叫做厄尼亚力奥的神呢？或者说，那个说不是厄尼亚力奥的单词 μή〔不，非〕到底是不是可以确定呢？对此，杰布介绍了五个钞本的不同处理。[①]　不过，也可以看到，在荷马笔下，厄尼亚力奥既可以被用来表示与阿瑞斯完全相同的一位战神，又可以被用来表示战神阿瑞斯的某个称谓：Ἄρης | δεινὸς ἐνυάλιος〔阿瑞斯，那战争之神：《伊利亚特》，卷 XIV. 行 211〕。这里更倾向于将这一段理解为只是在说一个可能是我们未知的叫做厄尼亚力奥的战神。另一说法以为这位厄尼亚力奥可能出自叙拉古的 Ἐνυώ〔厄尼厄〕，这里也不认同，因为那样理解太过牵强，尽管这

---

① 关于古典语文学诂证更为细节的论述，可见于书后相关参考文献，在这里不再赘述。

个厄尼厄在叙拉古也是战神。这一理解也进一步确定,在这里对埃阿斯给予最大帮助的是这位战神厄尼亚力奥,而阿瑞斯则是帮助特洛伊人的,这一点可以在荷马的《伊利亚特》中得到佐证(卷 XX. 行 38)。

18.6　按照杰布的说法,μομφὰν ἔχων (行 180) 相当于 μεμφόμενος,亦即责难,这里处理作感到异常愤怒,是将语气予以强化。事实上,接着这个短语的 ξυνοῦ δορὸς 可以理解为表示原因的生格,亦即 μεμφόμενος 〔责难,(对某件事情)感到异常愤怒〕的原因是有人不在乎他所提供的帮助。照字面含义理解,ξυνοῦ 表示的是和他一道努力去做某件事情。当然,ξυνοῦ 一词也确有一层含义表示公平、无私或不偏不倚(参见《伊利亚特》,卷 XIIIV. 行 309)。据此,这句话或许也可理解为战神对那种认为他不公的人感到异常愤怒。至于诗人在这里所说的 ἐννυχίοις μαχαναῖς 却是要让埃阿斯陷入绝境的一个计谋,这里则将其理解为在夜晚设下骗局。

歌队的第二个猜测是认为,也可能是战神阿瑞斯使埃阿斯变得疯狂。这个猜测也是错误的,但和前一个猜测一样却能在所猜测的神明与埃阿斯之间找到某种联系:战神阿瑞斯总是和作战勇士联系起来的,而在这里说到的埃阿斯不承认在战斗中得到了神的帮助,这也预示了先知卡尔喀斯对雅典娜之所以愤怒的解释(行 770—行 777)。

19. (行 182—行 191)

　　歌队　出自你的本心,你决不会自找迷途而行,
　　忒拉蒙的儿子哦,
　　前去杀戮牛群与牧人。

[185]却无人能够把神明种下的疯癫的根源去除,只有

宙斯和阿波罗才能够令阿尔戈斯人免受此番折磨。

假如那些传播流言的王者

将你毁谤,或者,

假如那人生来就带着西西弗的劣等血脉,

[190]那么,不要啊,我的主人,赶快将你的容颜

隐藏到海边的营帐中,否则啊,我就会名誉扫地。

19.1 上一节正向合唱歌结束时,从舞台表演上看,歌队自右向左行进,绕行一周完成;这意味着歌队已经完成了向神明祈祷的过程——在本剧中,由十五名水手(象征着跟随埃阿斯出征特洛伊的萨拉弥斯勇士)组成的歌队在正向合唱歌部分中祈求的是萨拉弥斯岛所崇拜的狩猎女神阿耳忒弥。祈祷结束后,歌队向相反方向行进,意味着转向凡间的英雄,在本剧中则表示向他们的主人和萨拉弥斯英雄埃阿斯祈求。

在开始向埃阿斯祈求时,歌队首先提到了埃阿斯的失心疯癫,埃阿斯的这种状态完全有可能给他们带来灾难。于是,他们首先要追问埃阿斯这精神状态的起因。显而易见,在歌队的第一句吟唱中便隐含着在追问一个前提:一定有哪个神明使埃阿斯变得如此疯狂;所以,原文中才会出现一个后置小品词 γάϱ,表示埃阿斯的疯狂一定另有原因。也因此,德奥提出的这句话很可能是一个不完全条件句,应当理解为埃阿斯不想这样去做。这种观点显然缺少依据。①

19.2 这一节中,φϱενόϑεν γ′(行183)应当理解为对出自(你的)

---

① R. D. Dawe, *Studies on the text of Sophocles I: the manuscripts and the text*, Oxford, 1973, pp. 133—134.

本心的强调；但尤其需要注意的是，正如有注疏者所说，这种本心应当尚未被神所搅扰，应当是指依照（你的）本性。但在这里，似乎也有某些细微之处需要加以说明：此处的 φρενόθεν 与短语 ἀπὸ φρενῶν 〔脱离正常心态〕当中 φρενῶν 所表示的心思有所不同，后者只是不受其他因素的影响，并不一定心境平静。短语 ἐπ' ἀριστερά ... ἔβας 的字面意思是转到左边。但在古希腊人看来，左边是一个不吉利或不恰当的方位，所有筮卜都会在左侧显示出凶相，在这里则表示迷途。在其他作家的作品中，这种迷途也可能以另外的形式出现：ἔξω δὲ δρόμου φέρομαι λύσσης ｜ πνεύματι μάργῳ 〔凶悍的狂风令我偏离，驶向迷途：埃斯库罗斯，《被缚的普罗米修斯》，行 883—884〕。不过，那只是一种明喻，亦即将 δρόμου 〔（正确的）航向〕说出来。

19.3 紧接着，歌队又回到刚刚曾经说过的流言（行 173）上来。当时，他们内心知道那些流言都是真实的。现在，他们就要期盼有神明出面阻止那些流言成真——尽管他们可能已经知道这种阻止完全是徒劳的。他们寄希望于神明能够使那些流言变得不真实。这种愿望很自然，但却是完全没道理的。从行 172 直到这里，歌队始终想要弄清楚那个传言是不是真的。而到了这里，他们已经不再在意那个传言是否真实。他们所关心的是，如果那个传言并不真实，那么，他们就有义务对其加以驳斥。接下来，他们便说到 Ζεὺς ... Φοῖβος （行 187），即宙斯与阿波罗（福玻斯）。这两位神明都是专为规避灾难与厄运的，而其中的阿波罗则更是特别针对流言的。这里将短语 ἥκοι γὰρ ἂν θεία νόσος （行 185）理解为但却无人能够把神明种下的疯癫的根源去除，但这样却无法将原文中带有表示原因意味的 γὰρ 一词译出来。不过，仔细阅读也还是会注意到，这句话是针对上一句说他所做的那些事情并非出自他的本心，是某个神明在他心里种下的病根。

所以,这一句才会说这病根没有任何人能够解除。这句话的真实含义在于,歌队要告诉埃阿斯,如果他不是被某位神明诱导疯癫的话,他就不会做出那种大逆不道的事情。事实上,如果埃阿斯像他说的那样已经做了什么的话,那么,神明既不能阻止流言的传播,也无法使那些流言变成不真实的,他们所能做的只是使其后果不那么严重。可歌队还是抱着原本的希望不放手,于是,他们便寄希望于宙斯,寄希望于太阳神阿波罗。因为阿波罗本来就可被视作医治之神,可以医治心智的污秽,可以使心智得到净化。

19.4　值得注意的是,*ὑποβαλλόμενοι*〔中动态 *ὑποβάλλεσθαι*（*παισίον*)〕一词,用到女人身上时表示这个女人要将别人的孩子揽入自己的怀中哺乳,或(无论孩子父母是否同意,都要)将别人的孩子收养。这里,*ὑποβαλλόμενοι* 一词应当被理解为一种譬喻义,表示把本来不属于真实的情况加以夸张和传播,是一种相当恶劣的行径(行187)。而这里所理解的这种传播,是指既失去了对真实情况的表述,也背离了道德的准则。

短语 *κλέπτουσι μύθους* 照字面意思理解作讲述中带着狡诈和鬼祟,其中的 *κλέπτουσι* 一词则意味某种鸡鸣狗盗之事。这里进而将这个短语发挥理解为毁谤(行188),并没有特别突出其中诡诈的意味。

19.5　在古希腊人的心目中,由西西弗血脉传承下来的是卑劣一族,而从歌队口中说出来,应当是指上面刚刚说到的那个借助传递流言毁谤埃阿斯的战将奥德修斯(行189)。杰布认为,这句话将奥德修斯称作是西西弗的儿子,可能是根据另外的某个传说,与在开场时雅典娜将其称作是伊塔卡王拉厄耳忒的儿子不同,这个传说称奥德修斯是西西弗的一个名声不好儿子。该传说很可能是奥德修斯的敌人或仇人栽赃奥德修斯。不过,索

福克勒斯在另一部作品中把奥德修斯称作是随着他的母亲一道被卖给拉耳忒斯的。他似乎为这个传说找到自圆其说的解释：*οὐδ' οὑμπολητὸς Σισύφου Λαερτίῳ*，|*οὐ μὴ θάνωσι* 〔还有西西弗的那个儿子(指奥德修斯)——据说他是在他母亲还怀着他时被卖给拉耳忒斯的：《菲洛克忒特斯》，行 417—行 418〕。然而，在本剧接下来的发展中，透克洛斯和奥德修斯成了朋友。于是，他便又将奥德修斯直接称作是拉耳忒斯的儿子。由此可见，在索福克勒斯这里，奥德修斯到底是谁的后人并不重要。甚至在同一部剧中，诗人也可以让同一个英雄有着不同的血统。历史的真实是否让步于悲剧的真实，这可能在同一部剧中会有不同的处理。

19.6 原文中，*κλισίαις ὄμμ' ἔχων*（行 190—行 191）可以理解为把你的身影(或整个人)藏到营帐里，亦即要埃阿斯赶快躲到营帐里去，不要让奥德修斯看到。对于如何理解这句话，杰布提出，这一行中最具关键意义的一个词是副词 *ὧδ'(ε)*〔由此、因此〕；他认为这个副词的作用在于表明这是要让埃阿斯把自己藏起来。对于这样的理解，也有不同的观点，即认为这句话是在说把你的眼睛紧紧盯着那边的营帐。其根据就是认为此行并未表达埃阿斯把自己隔离在自己营帐里的意思。但是，从上下文语境中却可以看出，歌队所唱的可能并不是实际已经发生的事情，而是一种祈愿，虽然诗人在这里并没有用到祈愿语气。

20. （行 192—行 200）

歌队　现在，你要振作起来，
　　　你已经把战事停下来，
　　　你已在那里长久隐避，
　　　[195]现在可以让死亡的火焰冲上云霄。

你的敌人会行止猖狂，四处游荡，

如狂风般在林间呼啸，

所有的人都在大声地说笑，

令你承受无尽的苦痛；

[200]而我心中的悲伤久久不能释怀。

20.1　本节是歌队入场歌中合唱歌部分的第三节。如前所述(参见"疏证"12.1)，歌队合唱歌多分作三节，而最后一节大多有采用抑扬格抒情颂歌体吟唱。在此节中，歌队继续求问埃阿斯，希望埃阿斯能够为他们带来欢乐，以消弭他们心中的畏惧。

此节抑扬抒情颂歌以 ἀλλ' ἄνα ἐξ ἑδράνων (行 193)开始。就语言本身而言，ἄνα 一词可有多种不同的解释方式，但这里将其看作动词 ἀνάστηθι 的短写形式似乎更合理，而后者的本义是指站起身来；这里将它理解为振作起来，而不是简单看作从他坐着的地方站起来：ἀλλ' ἄνα εἰ μέμονάς γε 〔照字面意思直译作满怀希望地起身，或意译作振奋起精神来：《伊利亚特》，卷 IX. 行 247〕。这样的理解也与接下来歌队所说的 ἀγωνίῳ σχολᾷ 有关：短语 ἀγωνίῳ σχολᾷ 应当是指停下战事，或将作战行动(ἀγωνίῳ)停顿下来(σχολᾷ)。有学者认为，这句话是指埃阿斯如果 σχολᾷ 〔停下来〕，就会像落入包围圈或陷阱的猎物一样遭受众人的围捕与追杀——因为当埃阿斯休息下来的时候，他的敌人就会对他发起反扑，所以，他即便没有直接在作战，也必须做一些必要的努力；因此，这些学者认为，这里的意思是指埃阿斯的休息也应当是一种 ἀγώνιος σχολή 〔可意译作不得安静的休息，直译作如临大敌的休息〕。然而，这显然与上面将 ἄνα 解释为振奋起精神来可能产生冲突。

20.2　歌队所说的 οὐρανίαν (行 195)本义为天的，在这里则应当意指 οὐρανομήκη，亦即与天同样高、冲到天上、冲上云霄；

ΐῦζε δ' ὀμφάν οὐρανίαν〔大声地呼喊吧！把那呼喊送入云霄：埃斯库罗斯，
《求祈者》，行808〕。特别值得注意的是，诗人在这里从语言上向
读者或观众传递出某种情绪的递进关系：上文，愤怒的情感是从
天神那里传递到大地的，神明将愤怒的种子种到了人的心里（行
186）；而在这里，一种真正的情感已经发芽，一种怒火在燃烧，而
且较前更为炽烈，这怒火将给尘世带来毁灭与死亡，这团火已经
燃烧得冲上了（天上神明住着的）云霄。

20.3 歌队说埃阿斯的敌人将会如何对待埃阿斯时用了
ἀτάρβητα（行196）一词，这个词可以看作是形容词 ἀτάρβητος〔没有
畏惧的〕的中性复数形式，而形容词的中性复数形式通常又可以
被理解为一个副词，在这里的语境下则可能表示以一种无所畏
惧的状态在营帐四周漫无边际地寻找埃阿斯。由此可见，前面
的比喻（行195）再次出现，而这时，埃阿斯敌人的那种 ὕβρις 像山
火一样恣意蔓延，完全没有了对埃阿斯的畏惧之心。这种比喻
对于希腊人来说或许并不陌生，它在荷马那里曾不止一次地出
现过（《伊利亚特》，卷 XIV. 行 396－行 397，卷 XV. 行 506－行 507，卷
XX. 行 490－行 492）。而且，这种 ὕβρις 还可以像烈火一样
ἐσβέσαντο〔被扑灭〕：δεσμῷ ἐν ἀχλυόεντι σιδηρέῳ ἔσβεσαν ὕβριν〔将他们
用铁链绑缚，将他们的猖傲之火扑灭：希罗多德，《历史》，V. 77. 4〕。歌
队这时为什么要提到埃阿斯敌人的 ὕβρις 呢？我们的诗人实际
上是想要说，即便是埃阿斯敌人的那种 ὕβρις，也会令埃阿斯
毁灭。

20.4 歌队这一节吟唱的原文中有一个十分特别的地方，似
乎很难解释。καγχαζόντων 一词（行198），确切地说是指大声地
笑；可在这个词之后却又跟着一个名词 γλώσσαις〔舌头〕，当然，
这个词也可以引申表示说话。于是，问题便在于，笑是不会使用
舌头的，如果说这里是指用舌头去笑，这样的说法就会相当奇

怪,只有嘲笑才会说话与笑同时进行。所以,有学者认为,此处的 καγχαζόντων 可能应当校勘作 βακχαζόντων〔嘲笑〕。① 但在这部戏里,似乎只有大笑才有可能和 ὕβϱις 联系在一起,而嘲笑却不大带有 ὕβϱις 的含义。

20.5 此剧歌队入场歌开始时,歌队吟唱的是自己的感受。经过向萨拉弥斯到所崇拜的狩猎女神忒拉弥斯祈祷,然后又向埃阿斯祈求,到这个歌队入场歌结束时,歌队又回到了吟唱自己感受的乐段;戴维森注意到了这一呼应关系,并认为这种呼应关系使我们看到歌队对他们的主人的忠诚以及对主人的同情;这种忠诚与同情又是通过歌队的恐惧与无能为力来体现的。② 但在这里,还有一点特别值得注意:由那些水手组成的歌队在这里所问的是:是不是阿耳忒弥或战神驱使埃阿斯这样去做的? 事实上,直到此时,他们都完全没有弄明白埃阿斯当时到底是在一种什么样的精神状态下,也完全没有想到埃阿斯的所作所为其实都是雅典娜暗中起作用的结果。

歌队最后的一段抒情长短歌是歌队入场歌的总结,也为歌队对埃阿斯的态度确定了基调。他们并没有像雅典娜那样嘲笑埃阿斯,而是希望他摆脱萎靡的精神状态,走出营帐。戏剧性在此突然得到加强:这时,出场的并不是埃阿斯,而是埃阿斯的妻子苔柯梅萨。

---

① Cf. H. Lloyd-Jones and N. G. Wilson, *Sophoclea: studies on the text of Sophocles*, Oxford, 1990.

② J. F. Davidson, "The parodos of Sophocles' *Ajax*", *BICS*, 1975, pp. 170–172.

第一场

提要 苔柯梅萨出场,对着埃阿斯的水手们大发感慨(行 201—行 207);歌队队长与苔柯梅萨就埃阿斯的荣耀产生争执(行 208—行 220);歌队继而说到了伟大的埃阿斯命中注定的悲剧(行 221—行 232);如此的罪孽,如何救赎(行 233—行 255);疯狂将会带来新的痛苦(行 256—行 281);那个新的痛苦对于埃阿斯所有的亲友都是难以承受的(行 282—行 332);埃阿斯想要找来自己的儿子和兄弟(行 333—行 347);埃阿斯希望保持自己的英雄形象(行 348—行 378);无论欢欣还是悲伤,英雄的伟大不可磨灭(行 379—行 429);埃阿斯的悲剧是他的宿命(行 430—行 484);苔柯梅萨想到自己的命运(行 485—行 524);埃阿斯急切地催促下人将他的儿子带来(行 525—行 544);埃阿斯对欧吕萨克斯嘱托(行 545—行 577);最后,埃阿斯命所有人离开(行 578—行 595)

21. (行 201—行 207)

苔柯梅萨 埃阿斯船上的水手伙伴,
那些大地之子,传承着厄勒克忒得的血脉,

我们的悲哀现在依然如故,怀恋
远在天边的忒拉蒙的家。现在,
[205]我的主人,伟大的,强悍的
埃阿斯,在那昏天黑地的风暴中,
魂灵正在蒙受着灾难。

21.1 在上古戏剧中,最主要的剧情内容大多以歌队吟唱的
形式来陈述;只是到了古典时代,由埃斯库罗斯开创的"新悲剧"
体系才开始突出了剧中人物的念白在剧情发展中的作用。这
样,就出现了在两段"唱腔"之间大段的念白,古希腊人称这样的
段落为 *ἐπεισόδιον*。最初的 *ἐπεισόδιον* 大致相当于歌队吟唱间歇时
由剧中人插话解说剧情发展,而后逐渐发展成为一个独立的环
节,与歌队的吟唱并列。近代戏剧由于缺少歌队的吟唱,因此也
就没有这样的环节,于是,原本作为插话的 *ἐπεισόδιον* 也就常为一
个独立的场次(但非单独的场景)。而此处(行 201—行 595)就是本
剧的第一个 *ἐπεισόδιον*,这里译作第一场。

　　本剧的第一场是以一种对唱与歌队合唱相结合的形式构成
的。其中,苔柯梅萨与歌队队长的对唱,古希腊人一般称之为
ἀμοιβαῖον〔对唱歌〕;但亚里士多德将这种 *ἀμοιβαῖον* 称作 *κομμός*〔共
同吟唱的歌〕:*κομμὸς δὲ θρῆνος κοινὸς χοροῦ καὶ ἀπὸ σκηνῆς*〔这一组共同
吟唱的歌由歌队与舞台上表演角色的演员轮流吟唱:亚里士多德,《诗
学》,1452b24〕。这种说法至少在这部戏里找不到证据:第一对唱
歌是饰演角色的演员和歌队队长的对唱,而歌队所有成员的合
唱是在每节对唱结束时插入的。与苔柯梅萨对唱的显然不是歌
队的全体,而只是歌队队长。

　　一般认为,此剧的第一场可以分作两节;但对如何划分这两
节,却没有统一的意见:一种观点认为,应当以埃阿斯出场(行

347)为界划分这两节;而杰布认为,虽然要参照埃阿斯的出场,但从剧情的角度考虑,还是应当以埃阿斯在营帐内大声喊叫(行332)为界。这里参考了前一种划分的方法——这种方法的依据在于,这两节都是以对唱(或有插话)的抒情颂歌体开始的(行201—行347,行348—行595)。

21.2 苔柯梅萨对埃阿斯船队的众多水手大发感慨:*ναός ἀρωγοὶ τῆς Αἴαντος*〔埃阿斯船上的水手伙伴:行201〕,但这一番感慨却并非没有来由:埃阿斯自己也对自己的水手赞誉有加:*γένος ναίας ἀρωγὸν τέχνας*〔伙计们啊,你们谙熟着大船航行的技艺:行365〕;按照荷马的说法,埃阿斯当时率领着12艘战船来到希腊军中:*Αἴας δ' ἐκ Σαλαμῖνος ἄγεν δυοκαίδεκα νῆας· | στῆσε δ' ἄγων ἵν' | Ἀθηναίων ἵσταντο φάλαγγες*〔埃阿斯离开萨拉弥斯,带领着十二艘战船,来到雅典人的军营旁边,停将下来:《伊利亚特》,卷II. 行557以下〕。

21.3 在这里(行202)苔柯梅萨为什么首先提到的是古时阿提喀地方的英雄 *Ἐρεχθεύς*〔厄勒克忒厄斯〕? 按照古希腊人的记忆,厄勒克忒厄斯是传说中的雅典王。史家希罗多德说,他是 *ὁ γενενής*〔在(雅典的)土地里生长(成长)起来的;希罗多德,《历史》,VIII. 55〕,是大地之神的儿子;他使雅典人能够在这片土地上生息繁衍。荷马在说到厄勒克忒厄斯时有这样一句话,*ὅν ποτ' Ἀθήνη | θρέψε Διὸς θυγάτηρ, τέκε δὲ ζείδωρος ἄρουρα*〔掌管谷物的大地之神将他生下,再由宙斯的女儿雅典娜将他养育:《伊利亚特》,卷II. 行547〕。还有一点特别值得注意,希罗多德说,雅典那个地方的人最初被称作是 *Κραναοί*〔克兰纳厄人〕,后来也曾被称作是 *Κεκροπίδαι*〔柯克罗匹达人〕,正是由于有了厄勒克忒厄斯在这个地方称王,那里的人才被称作是 *Ἀθηναῖοι*〔雅典人〕,而 *Ἀθηναῖοι* 一词本来就和 *Ἐρεχθεῖδαι*〔厄勒克忒厄斯的人〕在词义上完全相同(希罗多德,《历史》,VIII. 44)。荷马的《伊利亚特》当中,有一句曾将萨拉弥斯与雅

典联系到一起(《伊利亚特》,卷 II. 行 557—行 558);但这两行在古代就一直被认为是雅典人篡改上去的,并非最早的文本——这种观点一直延续到 20 世纪晚期。[①] 不过,到公元前六世纪,萨拉弥斯倒是已经和雅典城邦合为一体: κλειναῖς Ἐρεχθειδᾶν χαρίτεσσιν ἀραρὼς | ταῖς λιπαραῖς ἐν Ἀθάναις 〔从厄勒克忒厄斯那里得到无上的荣耀,光芒照耀在雅典大地:品达,《伊斯特米凯歌》,II. 行 19—行 20〕。索福克勒斯之所以提到厄勒克忒厄斯,也颇值得注意:他在这里似乎并没有顾忌埃阿斯时期萨拉弥斯岛是否和雅典合并,他显然是想让萨拉弥斯战船上的那些水手能够和雅典人联系在一起,从而让舞台下的那些观众(一般也是雅典人)产生戏剧亲近感。萨拉弥斯虽然是阿提喀外海的一个岛屿,而且它周围的地区都是属于雅典的领地,但在埃阿斯的那个时代中,萨拉弥斯似乎并不是雅典城邦的属地,而是一个独立的城邦;不过,即便如此,萨拉弥斯人也依然和雅典人同祖同宗;并且,照索福克勒斯的看法,萨拉弥斯人也曾将雅典看作是自己的圣地(行 1222)。

21.4 在希腊语中,远离当然可以用 τηλοῦ 一词来表示,但是,如果表示远离某个地方,则需要用 τηλόθεν (行 204)。在这里,τηλόθεν 表示所远离的是 τοῦ … οἴκου 〔家乡〕,而 τηλοῦ 却只能表示远离 κηδόμενοι 〔麻烦,痛苦〕;从这两个词所表达的不同语言韵味,也可见出希腊文献的细腻之处。埃阿斯和歌队水手们对自己家乡的怀恋显然在这里也成为这部戏的一个重要的母题。

21.5 苔柯梅萨说到埃阿斯时用了三个词来描述埃阿斯在她看来的样子(行 205),即 δεινός 〔主人〕, μέγας 〔伟大的〕和

---

① M. Finkelberg, "Ajax's entry in the Hesiodic catalogue of women ", *CQ*, 1988, pp. 31—41.

$ὠμοκρατής$〔强悍的〕。以 $δεινός$ 来称呼埃阿斯,对苔柯梅萨再自然不过了。但是,把他说成是 $μέγας$,却不是所有人对埃阿斯的必然称谓,更不可能被那些厌恶埃阿斯的人接受——埃阿斯的敌人对他的仇恨与厌恶都是出于他们不能承认他的 $μέγας$。至于 $ὠμοκρατής$ 一词,将其译作强悍,这个词似乎被用来专指埃阿斯那种彪悍狂放的性格。有意思的是,苔柯梅萨并不是在对埃阿斯的强悍加以称赞,而是要把他的强悍与她马上就要说到的埃阿斯当时那种沮丧与悲伤的状态形成对照。曾有学者以为, $ὠμοκρατής$ 一词或许是指手臂神力,①但这种解释放在这里显然解释不通——因为,在索福克勒斯笔下, $ὠμοκρατής$ 一词显然是被用来与埃阿斯现时情感相对应。

21.6 此处的 $μέγας \ldots χειμῶνι νοσήσας$(行 206—行 207)是指埃阿斯精神恍惚,就像遇到了昏天黑地的风暴。其中, $θολερῷ$ 一词是指埃阿斯趁夜对那些牛羊杀戮时,他的精神处在某种恍惚的状态——这时的埃阿斯就像是处在足以将那整个船队掀翻的风暴之中;古典语文学家(Liddell & Scott, Jones)称,这个词可以理解为陷入水害之中,这不是没有道理的。不过,这个词在这里与在其他许多地方一样,都是带有某种譬喻性的,而疯狂或癫狂在古典文献中也经常被比作暴风雨(参见埃斯库罗斯,《被缚的普罗米修斯》,行 885)。在这里,这场暴风雨则可以被看作是比喻埃阿斯的那种疯狂。但是,苔柯梅萨在说到表示陷入的分词时,用了一个不定过去时的分词,而这个时态却意味着埃阿斯的疯狂只是过去的事情,现在已经过去——显而易见,这不应该是苔柯梅萨现时的观点。对此,有一种显得有些牵强的解释,认为苔柯

---

① Cf. B. Knox, *The heroic temper: studies in Sophoclean tragedy*, Berkeley, 1964, pp. 23—24, pp. 42—43.

梅萨是在说埃阿斯的一贯状态，而不是在说埃阿斯一时疯癫的状态。① 至于 χειμῶνι 一词，其本义作冬季，在这里表示冬季里的寒风，这一寒风在这里因为埃阿斯心境的凌乱而变得尤其狂暴，这种狂暴因此也就会伴随着痛苦：ἁλύοντα χειμερίῳ | λύπᾳ καὶ παρὰ νοῦν θροεῖν〔人在痛苦的风暴中，|说出的话就会显得凌乱无情：索福克勒斯，《菲洛克忒特斯》，行 1194〕——而 νοσήσας 所表示的恰恰是痛苦的蒙受。

22.（行 208—行 213）

歌队队长　昨天暗夜里，能有多大的灾难
可以和我在那个白天遭受的痛苦相抵哦?!
[210]弗吕吉亚人泰洛坦托斯的女儿啊，
据说，那埃阿斯虽然性情暴躁，但他却能够凭着那把战剑
将你俘获到床边，——他对你可是真正的情深意笃；
所以，你最好还是把话说明白一些。

22.1　对于歌队队长在第一场开始时的这两行原文（τί δ' ἐνήλλακται τῆς ἡμερίας | τηλόθεν;；行 208—行 209），曾有相当多不同的校勘版本，但似乎没有哪个校勘能够得到普遍接受。其中，争议最大的是 ἐνήλλακται〔本义作交换、变换，这里转译作相抵〕一词的使用：我们注意到，ἐνήλλακται 一词在这里应当是中动态。而这句话的意味在于，歌队在这里看到埃阿斯所做的那些事情，虽然对于阿开亚人的部队来说可能是某种灾难，但所有这些事情

---

① T. G. Rosenmeyer, *The masks of tragedy: essays on six Greek dramas*, New York, 1971, pp. 176—177; cf. G. H. Gellie, *Sophocles: a reading*, Melbourne, 1972, pp. 7—8.

都起因于早前他所受到的不公正对待——就在这个夜晚之前的
那个白天,当他与奥德修斯竞争阿喀琉斯兵器时,那些雅典人判
定失利的是他——他对这一裁决心存深深的怨恨,他要为这一
怨恨寻找发泄的渠道;据此,这里将 ἐνήλλακται 一词理解为能够
使埃阿斯在前一天所遭受的不公有所抵消。这样,这句话的意
思便成了:歌队知道,刚刚过去的白天,情况已经十分糟糕;那
末,他们会想到,还能有怎样糟糕的情况出现? 这里有一个单词
十分可疑:一般钞本当中的 ἀμερίας 很可能是 ἡμέρα 一词的朵利
亚方言形式(Liddell & Scott, Jones),表示白天,要当作形容词来
理解,而不能理解为名词 ἥμερος 的阴性主格单数。不过,也有学
者认为,ἀμερίας 一词或可理解为 ὥρας〔时间〕,证据是希罗多德
曾经使用过 ὥρας 这一形式(希罗多德,《历史》,I. 202. 1)。① 但如
仅就希腊词法而言,形容词的阴性形式很少表示某个名词的抽
象概念;譬如,埃斯库罗斯在说到 προπαίαν κακῶν 时,他并不是在
说对丑恶的摆脱,而是在说想要摆脱厄运;这其中细微的差别是
需要注意的。

22.2 歌队队长第一次提到苔柯梅萨的父亲时,将其称作
τοῦ Φρυγίου Τελεύταντος (行 210)——这个短语的字面意思为弗吕
吉亚人泰洛坦托斯。在下文中,诗人也这样或几乎这样称呼苔
柯梅萨的父亲(行 331,行 348)。不过,不能由此断定这就是苔柯
梅萨父亲的名字:根据洛贝克的研究,学术界对苔柯梅萨父亲的
名字还有一些不同的看法。扮演苔柯梅萨的演员刚一出场,对
于我们来说,这个演员所扮演的角色是谁以及这个角色同埃阿
斯的关系就已经十分明确了。虽然我们只看到了歌队队长在和
她对话,但没有理由怀疑这个角色就是苔柯梅萨。只是为什么

---

① A. C. Moorhouse, *The syntax of Sophocles*, Leiden, 1982, p. 14.

索福克勒斯会让苔柯梅萨这样一个人物出场，却不把这个人物的名字告诉观众。① 事实上，在古希腊的传统中，没有神明血统的人通常并不需要以这样的方式介绍，在初次出现时一般会把父名与本名说清楚。也或许歌队队长是希望以此显示苔柯梅萨的身份并不一般。

22.3 歌队在埃阿斯对苔柯梅萨感情的理解上也有些含糊不清：σὲ ... στέρξας δουριάλωτον（行 212）似乎是想要表示埃阿斯对苔柯梅萨感情的真切；但是，在这个短语当中，歌队却又加上了对埃阿斯的感情给出界定的 λέχος 一词，而这个词就其本来含义而言只表示床边，或也可引申作枕边。在杰布的理解中，这种枕边人应当近似于情夫（或情妇），就在本剧中这个词也确实带有床上伙伴的意味（行 510）。据此，歌队这时是要说，埃阿斯对苔柯梅萨的感情（虽然会表现出）始终忠贞不渝，但他们还是不能真的能够理解埃阿斯的那种感情，至少对性情火暴的埃阿斯凭借自己的力气得到的爱情可能还是有些不明白。

23.（行 214—行 220）

苔柯梅萨　　如此不堪的事情怎能说得出？
[215]你听到后笃定感到如死神般恐怖。
那个夜晚，疯狂曾将我们伟大的埃阿斯控制，
直到现在，他还能够感受到屈辱！
营帐之内的一切都能够为此作证——
血迹斑斑的衣服依然披挂在身上

---

① Cf. C. P. Gardiner, *The Sophoclean chorus*, Iowa, 1987, pp. 57—58.

[220]证明着手刃时的牺牲。

23.1 歌队队长在他的话结束之前希望苔柯梅萨能够回答他,让他知道埃阿斯怎么会变成现在这个样子,因为他不知道苔柯梅萨为什么会出现刚刚说到的那种极端的恐怖。原文中的 οὐκ ἂν ἄϊδρις ὑπείποις (行 214)照字面含义,是指给还不那么清楚的情况再提供一些细节,因此,这里倾向于将其理解为你最好还是把话说清楚一些。

23.2 从句义上,可以将此处的 νύκτερος 一词作为副词来理解,表示在那个夜晚(行 216)。不过,就其在句中所处的位置而言,却又显示出一些问题:按照现在的的句式,苔柯梅萨似乎想告诉歌队,埃阿斯只是因为在夜里才会疯狂地对那些战利品牛羊大开杀戒。因此,戴维森认为,诗人之所以选用 νύκτερος 一词可能有两方面的用意:其一是指明那件事情是在那天晚上发生的,其二藉此使这句话隐含某种寓意,"将埃阿斯与黑暗更直接地联系起来"。①

23.3 古希腊人在祭祀牺牲时常会用到 χρηστήρια 一词。这个词是祭祀牺牲时常用的一个术语,专指在求问筮卜之前进行的 一 系 列 祭 祀 活 动: σφάγια καὶ χρηστήρια | θεοῖσιν ἔρδειν πολεμίων πειρωμένους〔在面对敌人之前,(我们)先要向神明祭祀求问:埃斯库罗斯,《七雄攻忒拜》,行 230〕。而在这里,这个词带有近似于汉语对天呼号时的语气(行 218)。此句强调那番恐怖的场景会很自然地使雅典的观众联想到埃斯库罗斯曾经描绘的阿伽门农宫中那番昏暗的场面。

23.4 在苔柯梅萨的这句话 χειροδάϊκτα σφάγι' αἱμοβαφῆ (行

---

① J. F. Davidson, "The parodos of Sophocles *Ajax*", *BICS*, 1975, p. 166.

219)中，σφάγια〔牺牲〕前面有一个复合词 χειροδάϊκτα〔以手杀戮〕，而后面又有一个复合形容词 αἱμοβαφῆ〔浸满血渍〕。后一个形容词带有浸染的意味——它会令人回想起开场时的一段（行 95 以下）。雅典娜询问埃阿斯时也曾使用过这个词，她问埃阿斯，手中剑上的血渍是不是在阿开亚人的营帐里染上的。埃阿斯承认是在那里染上的，这两处相同的用词可以在两件事情之间形成某种呼应。

24.（行 221—行 231）

歌队　你说的这些消息，说到我们那个

性情暴烈之人；我们如何能够承受，而又无处躲避？

[225]伟大的达纳奥斯将这消息传递到异乡，声音也变得嘈杂！

我实在担心接下来会发生什么。

真是悲惨啊！这担心并不多余！那人将会在众人面前死去——

[230]握着黯黑长剑的手已经疯狂，

曾对着牛羊恣意砍杀；而骑马的放牧者，遭遇也是同样。

24.1 原文中的短语 ἀνέρος αἴθονος（行 221）应当是一个生格宾词，亦即意味着将要说到的事情会涉及到那个性情暴烈的埃阿斯；其中，αἴθονος 一词的本义作燃烧、着火：ἐν ἅπαντι κράτει ｜ αἰῶνα κεραϋνὸν ἀραρότα〔(宙斯怒而)投下霹雳，投下无所不能的神明那燃烧的利刃：品达，《奥林匹亚凯歌》，X. 行 83〕，而在这里取其比喻的含义，表示性情的火暴或暴戾，表示苔柯梅萨对埃阿斯的情绪也根本无法驾驭。① 此外,还有一点也需要注意,$αἴθονος$ 有时也可表示性格的刚强:$αἴθων ... λῆμα, Πολυφόντου βία$〔那体魄健硕的波吕封忒斯,性格也是刚强:埃斯库罗斯,《七雄攻忒拜》,行 448〕。但这种 $αἴθονος$ 却与同根词 $αἴθοπος$ 含义不同,后者虽在词干上与前者差别不大,但它主要表示表面上的怒气,亦即流露在脸上的愤怒;而前者则更多的是性格或性情上的。② 然而,为何埃阿斯自己人也会称埃阿斯是一个 $ἀνέρος αἴθονος$〔性情暴烈之人〕呢? 事实上,这并不是歌队对埃阿斯的判断,倒像是阿开亚人(甚至雅典娜)对手持长剑四处冲撞的埃阿斯的描述。

24.2 从字面上看,歌队口中 $τῶν μεγάλων Δαναῶν$ (行 225)这个短语,虽然可以理解为伟大的达纳奥斯大军,但在这里却显然不能这样看。尽管歌队队长在称呼统帅时曾经使用过 $οἱ μεγάλοι βασιλῆς$ (行 189)这样的短语,但这里歌队显然并不认为希腊大军中每一个士兵(哪怕是每一个指挥人员)都是伟大的。而 $κληζομέναν$ 一词似乎也印证了这一点,这个词所表示的恰好是传言的嘈杂。冯特引述过这一行的一则随文诂证:$παραπλήκτῳ· τῇ μανικῇ. παραπλὴξ γὰρ ὁ μανικός$〔备受打击而崩溃;狂躁。备受打击崩溃到变得狂躁〕。由这则随文诂证,冯特认为,阿开亚人会因为那些牛羊被埃阿斯悉数杀死而对他感到愤怒,以至于疯狂报复。③ 但在这里,真正发怒而又打算报复埃阿斯的,至少就目前情况而言,只是阿特柔斯的那两个儿子——墨涅拉厄斯和阿伽门农。甚至得到阿喀琉斯兵器的奥德修斯,无论出于

---

① R. J. Edgeworth, "Terms for 'Brown' in Ancient Greek", *Glotta*, 1983, pp. 31—40.

② Cf. K. J. McKay, in *Mnem.*, 1959, pp. 198—203.

③ E. Wunder, *Sophocles, with annotations, introduction*, etc., London, 1864, vol. V.: *Ajax*, p. 43.

什么目的,事实上都没有想到要去疯狂地报复埃阿斯。

24.3　从字面上来理解,*τὰν ὁ μέγας μῦθος ἀέξει*(行 226)一句可表示有什么重大事情的发生会使这一情形变得尤为严重——这实际上是要突出 *ἀέξει*〔加重〕一词的含义:需要注意的是,*ἀέξει*一词并不带有夸张的意味,因此,歌队又回到了早前的传言上来。不过,此时他们更为担心这些与埃阿斯有关的传言真的不是空穴来风。

24.4　纵观全剧的文本,这里是第一次提到埃阿斯可能会死。歌队可能已经意识到,埃阿斯的死将是不可避免的。照古希腊的习惯,原文 *περίφαντος ἀνὴρ* | *θανεῖται*(行 227—行 228)中的 *ἀνὴρ*〔人、那人〕一词一般可以略去,而且,古希腊人也不习惯在主句的谓词上加上一个泛泛的主词,除非这个主词是一个实体名词。索福克勒斯在这里之所以要在 *θανεῖται*〔死去〕之上加上这个 *ἀνὴρ* 作为主词,除了韵格音步方面的考虑之外,可能还想到了要突出最后自戕的是现在反复谈到的埃阿斯。而分词 *συγκατακτάς*(行 228),这里将其转译作在众人面前死去,他藉此进一步让埃阿斯的死能够被所有的人都看得到(*περίφαντος*)。虽然,在实际演出的舞台中,埃阿斯自戕的过程可能未必真的由演员来表现。当然,歌队的预感也还是比较模糊的;他们想到的是他可能会被处死,而不是自戕。事实上,埃阿斯的死本身虽然只是埃阿斯一己私事,但在观众听来却有着不同的意味:埃阿斯借自己的死在家乡萨拉弥斯岛得到了荣誉,恢复了一个伟大勇士的形象。

24.5　原文中的 *παραπλάκτῳ χερὶ συγκατακτάς*(行 230)照字面意思也可以直译作(他用那只)疯狂的手恣意砍杀,其中 *παραπλάκτῳ* 一词是形容词的与格形式,修饰 *χερὶ*〔手(单数与格)〕。按照杰布的说法,*συγκατακτάς* 一词是指把人和牲畜混在一起

(συν-κατα-)砍杀(κτείνω)。但这种说法和前面看到的埃阿斯杀死的只是战利品牲畜不大一致，所以，συγκατακτὰς 一词中的συγκατα- 所指的只是把牛羊胡乱杀死。至于下文所说的κελαινοῖς〔暗黑：行230〕，不仅表示那把长剑本身泛出暗淡杀气之光，而且也意味着那把长剑上沾满了那些牛羊的血，而那些血渍已变成暗黑的红色——一股杀戮血腥便由此凸显出来。

25. (行232—行244)

苫柯梅萨　　呜呼！可他捕获的那些家伙啊，
都是从那个放牧场来！其中的一些被割断了咽喉；
[235]也有些却被拦腰斩断。他会一气
抓起两头白蹄的公羊，那可是个个机灵，结果——
一头羊的头颅被砍下，将舌尖割下，
提在手上，然后将其他的东西丢弃一旁；
而另外一头，则被他捆到
[240]一根木桩旁，
将缰绳折叠着拿在手上鞭挞
那头公羊，发出呼呼的响声；
他还大声叱骂，也不像平常人一样，
所说的话却都是神明教训他时曾经说过的。

25.1 小品词 ἄρα 作为转折词(行232)，旨在表示苫柯梅萨已深深地感到埃阿斯面临着严重的精神窘境，所以，才在这里借这一转折词，把歌队队长刚刚说的埃阿斯暴烈性情转变成一种神志不清。这个小品词，通常情形下很难在汉语中找到相应的对译，这里采用的是权宜之计，译作可是。

25.2　照字面意思来理解，$\tilde{\omega}\nu\ \tau\dot{\eta}\nu\ \mu\dot{\epsilon}\nu$（行234）应当指那一群当中的一部分，其中的 $\tau\dot{\eta}\nu\ \mu\dot{\epsilon}\nu$ 表示 $\pi o\acute{\iota}\mu\nu\eta\nu$〔牧群〕。后者是一个集合名词，作单数，因此，$\tilde{\omega}\nu$ 亦为单数形式。考虑到这一因素，这个短语可以简单地译作其中的一些，只想与下文的另外一些相对应。此外，这里将这一行拆分成两句话，将 $\check{\epsilon}\sigma\omega$ 单独拆出来，作为上一行的继续，表明所有这些事情都是发生在牧场中的。① 而此处的 $\dot{\epsilon}\pi\dot{\iota}\ \gamma a\acute{\iota}a\varsigma$ 只表示这些被刺穿喉咙的羊是在地上站着的，而不是（下一行说到的）被腰斩（$\pi\lambda\epsilon\upsilon\varrho o\kappa o\pi\tilde{\omega}\nu$）为两段。

25.3　此处的 $\dot{a}\varrho\gamma\acute{\iota}\pi o\delta a\varsigma$ 一词本义作腿脚灵便，或奔跑疾速，在这里则应当表示灵巧机敏。我们早前已经看到，埃阿斯曾经想要鞭打奥德修斯（行110）。因此，可以猜测，其中的一只公羊是指奥德修斯，而另一只被埃阿斯抓住后马上斩首的公羊应当指阿伽门农——阿特柔斯的另外一个儿子墨涅拉厄斯，很可能被诗人忽略了。不过，这样的理解和前面所说的情况却又相互矛盾：埃阿斯曾经提到，阿特柔斯的后人都被杀掉了，而奥德修斯也未能幸免于难（行97—行110）。但为什么只有一只公羊即阿伽门农被杀掉，而另一只公羊（即奥德修斯）只是被鞭打呢？可以假定，这两只公羊指阿特柔斯的两个儿子（即阿伽门农和墨涅拉厄斯），而奥德修斯被忽略了。这种假定可以和埃阿斯前面所说的话保持一致，和苔柯梅萨后来的解释也并不矛盾：$\delta\epsilon\sigma\mu\acute{\iota}o\upsilon\varsigma\ |\ \dot{\eta}\kappa\acute{\iota}\zeta\epsilon\vartheta$〔将其捆绑起来：行299〕。接着埃阿斯与雅典娜有一番对话（行301），然后在还没有攻击奥德修斯之前他便慢慢从激烈的情绪中恢复过来。把这两只公羊看作阿特柔斯的两支血脉，这一看法与埃斯库罗斯在《阿伽门农》中两只鹰的比喻（行115）十分相

---

① 此处的 $\check{\epsilon}\sigma\omega$ 一词的本义作在内部，杰布解为在屋子内，我更倾向于认为是指在牧场内。

像。然而,埃阿斯对第二只公羊特别凶残,这也表明,第二只公羊应当是奥德修斯,因为如果这里只是在说阿特柔斯的两个儿子,那么,也就没有必要显示出这样鲜明的差异了。因此,就整体而言,这里倾向于认为两只公羊分别指阿伽门农和奥德修斯。

25.4 苔柯梅萨详细描述了埃阿斯杀死那些牛羊时的血腥过程和场面:*κεφαλὴν καὶ γλῶσσαν ἄκραν* | *ῥιπτεῖ θερίσας* (行237—行238)依次说到埃阿斯杀死了他想象中敌人的公羊,他先是把那羊头砍下(*κεφαλὴν*),接着将羊的舌尖(*γλῶσσαν ἄκραν*)割下来,然后将这些东西拿在手上,将剩下的血肉丢到一旁(*ῥιπτεῖ*)。这里,值得注意的是,短语*γλῶσσαν ἄκραν*并不表示将整个舌头齐根割下来;事实上,舌根的表达另有一种方式:*ἀπὸ μὲν γλῶσσαν πρυμνὴν*〔从舌根处(凿去):《伊利亚特》,卷V.行292〕。诗人这样处理似乎还有更深的意味:埃阿斯不仅想要(我们假定这只公羊所指的是)奥德修斯的命,而且还急欲将奥德修斯的声音从这个世界抹除,让他无法表达自己的意愿;因为,在埃阿斯看来,他受到的所有不公正的评判都是奥德修斯的缘故。

对于原文*τὸν δ᾽ ὀρθὸν ἄνω κίονι δήσας*(行240)这个短语,有一点需要加以注意,*ὀρθὸν*表示直立,但却并非表示四蹄着地站在那里;按照杰布的理解,这里所说的*ὀρθὸν ἄνω ... δήσας*应当是指将其前蹄捆在一根木桩上,以此来表示这只公羊此时已经成为埃阿斯那个双手被缚的俘虏——这也合乎埃阿斯当时的想象。

25.5 在苔柯梅萨的这段描述中,还有两个短语值得注意。*ἱπποδέτην ῥυτῆρα*(行241)原本指将马笼头上的缰绳拉紧:*σπεύδειν ἀπὸ ῥυτῆρος*〔拉紧缰绳飞奔:索福克勒斯,《俄狄浦斯在克洛诺斯》,行900〕,或表示催动战马飞奔,如*ἐφίεσαν ὠκέας ἵππους* | *ῥυτὰ χαλαίνοντες*〔执缰催马飞奔:赫西俄德,《赫拉克勒斯之盾》,行306—行308〕;这里却特指鞭挞那头公羊,并不意味着在那头公羊头上

也套着可以让他拉紧的笼头。而短语 *μάστιγι διπλῇ* 应当表示将缰绳折叠着拿在手上；在这个短语中，*διπλῇ*〔两点，双倍〕一词在这里到底是什么意思：一种说法是认为这个词表示那根缰绳此时是呼啸声和鞭挞双双落在公羊身上——埃斯库罗斯在《阿伽门农》中说到阿瑞斯抽打人时所用的 *διπλῇ* 一词指的甚至是两件兵器（《阿伽门农》，行 641—行 643）；不过，对于索福克勒斯在这里所使用的这个词，应当是指有两个点着落在那头公羊身上；① 若此，则 *διπλῇ* 一词便表示埃阿斯是把那根缰绳折起来，让缰绳的两端落在公羊身上。这里倾向于采用后一种理解。

25.6 此处所说的 *κακὰ δεννάζων ῥήματα*（行 243）表示恶语相向，义近咒骂，但在有些情况下还有鄙视的意味，在这位诗人的另一剧作中我将它译作奚落：*χαίρων ἐπὶ ψόγοισι δεννάσεις*〔用那种低俗的语言奚落我：《安提戈涅》，行 759〕。

26. （行 245—行 256）

歌队　[245]让我们赶快用面纱将我们的脸遮挡，
让我们尽量轻手轻脚找个位子坐下，
尽力把船桨摇起，离开这里，快些到大海中去航行，
[250]否则啊，接下来的愤怒就会降临我们头上。
我担心，我们的两位统帅，阿特柔斯的两个儿子，
他们会让我们在乱石下暴毙，
[255]会让我们在他的愤怒之中落入万劫不复的深渊。

26.1 按照杰布的说法，诗人说 *κρᾶτα καλύμμασι κρυψάμενον*

---

① Cf. Ed. Fraenkel, *op. cit.*

〔用面纱将脸遮挡：行 245〕，意在表达某种悲痛或羞涩：
ὥστε ἐγκαλυψάμενος ἀπέκλαον ἐμαυτόν〔我用我的外衣将我的脸遮挡起
来(亦即免得我那副难过的样子被苏格拉底看到)：柏拉图,《斐多》,117c〕。
不过,从上下文分析,笔者更倾向于认为,这时歌队所说的话更
多地表示他们对疯狂中的埃阿斯的恐惧,当然也对奥德修斯的
复仇不无担忧。

26.2 原文的 ποδοῖν κλοπὰν ἀρέσθαι 应当指让我们轻手轻脚。
而 ἀρέσθαι 一词虽然也可以理解为得到、赢得,但这里应当理解
为抬起,亦即把(双)脚(ποδοῖν)抬起。而值得注意的是, κλοπὰν 一
词的本义是作名词用的偷盗、盗窃: ἁρπαγῆς τε καὶ κλοπῆς δίκην
〔(他)犯下的是偷盗罪：埃斯库罗斯,《阿伽门农》,行 534〕,在这里
却表示某种隐秘的行为方式。有些古典语文学家
(Liddell & Scott, Jones)也认为,此处的 ποδοῖν κλοπὰν ἀρέσθαι 应当
是指悄悄地,不动声色地离开,却并不带有偷窃的意味,甚至可
以说可能还带有一些羞愧的意味。①

26.3 此节中,有一句文字(行 250—行 251),译文与原文在语
序与诗行上有较大差别: ποντοπόρῳ ναῒ μεθεῖναι (行 250)即乘船动
身之意,这里将其译在之前的一行中,译作离开这里,快些到大
海中去航行。而 ἐρέσσουσιν (行 251)本义作奋起摇动船桨,将其前
移,译作尽力把船桨摇起;事实上, ἐρέσσουσιν 一词还有一层表示
迅速动起来的引申含义: ἐκ χιτώνων πῦρ πνέουσα καὶ φόνον |
πτεροῖς ἐρέσσει〔嘴里喷着愤怒的火焰,把翅膀扇动得异样快:欧里庇得
斯,《伊菲戈涅亚在陶里斯人中》,行 288—行 289)。

26.4 照原文字面理解,短语 δικρατεῖς Ἀτρεῖδαι (行 253)是指

---

① D. L. Cairns, *AIDOS: the psychology and ethics of honour and shame in ancient Greek literature*, Oxford, 1993, pp. 292—293.

阿特柔斯的两个 (*δι-*) 执掌权位的 (*-κρατεῖς*) 后人 (儿子)，诗人在这里用来指称阿特柔斯的两个儿子；本剧下面出现的类似情形我也做了同样的处理：*τούς δε δισσάρχας ... βασιλῆς* 〔那两个执掌王权的兄弟：行 390〕。

26.5　照歌队的意思来理解，短语 *λιθόλευστον Ἄρη* (行 254) 肯定是指在乱石下暴毙。其中，*λιθόλευστον* 一词的本义是乱石砸下，通常表示某种刑罚；而 *Ἄρη* 一词在这里却不能简单理解为战神阿瑞斯，而要作引申的理解，即由阿瑞斯带来的，亦即暴毙、横死：*θηλυκτόνῳ | Ἄρει, δαμέντων νυκτιφρουρήτῳ θράσει* 〔她们会在夜深人静时以女人的暴戾令他们横死：埃斯库罗斯，《被缚的普罗米修斯》，行 860〕。杰布还进一步提示，*πεφόβημαι* (*φοβοῦμαι*) 一词后面跟一个简单不定式，在一般情况下确实表示害怕做某件事：*φοβοῦ- | μαι δ' ἔπος τόδ' ἐκβαλεῖν* 〔我真害怕把她要我说的话说出来：埃斯库罗斯，《祭酒者》，行 46〕；但这一句式也可以用来表示担心会出现某种情况需要承受：*φοβούμενοι γὰρ ἑτέρων ἡδονῶν στερηθῆναι* 〔他们担心的是会失去他们所渴望的某种幸福：柏拉图，《斐多》，68e〕——在索福克勒斯这里显然属于后一种情况，只是未能明白地说出来而已。

26.6　歌队在这段对唱歌结束时强调，他们将要面对巨大的灾难。原文中 *τόν αἶσ' ἄπλατος ἴσχει* (行 256) 一句，字面含义为面对难以承受的、可怕的厄运，而这里则将其理解为 (就会) 落入万劫不复的深渊——事实上，*αἶσα* 本作命运女神 (*Αἶσα*)，这里则表示某种宿命。

27. (行 257—行 262)

苔柯梅萨　　不会的；那疯狂过后，
　　一阵偏南的微风已将电闪雷鸣吹散；

此时此刻,清醒已让他陷入到新的痛苦之中。

[260]这时,他内心的冲突正在胶着——

这深切的焦虑,却不是别的任何人

起了作用的结果。

27.1 从句法结构上,需要对 λαμπρᾶς γὰρ ἄτερ στεροπῆς ｜ ἄξας ὀξὺς νότος ὣς λήγει (行 257 — 行 258)进行细致的分析: ἄξας ὀξὺς νότος 应当被看作一个单独的结构,表示偏南的微风吹过;而 λαμπρᾶς ἄτερ στεροπῆς ... λήγει 表示电闪雷鸣被吹散。虽然从词义上,λαμπρᾶς ἄτερ στεροπῆς 似乎也可以与 ἄξας 组成一个独立的结构,但 ὀξὺς νότος 却不能和 λήγει 组成一个结构。根据这一句法结构分析,可以得出这样的结论:当埃阿斯的疯狂过后,从南面吹来一阵风,使他心中的疾风暴雨平息下来。这并不是比喻,而是指一阵真正从那面吹来的微风。这一点极为重要:在古希腊人的观念中,南面吹来的风,如果是疾风,那么,通常就会乌云密布;而如果是微风,则会是朗朗晴空:ὁ νότος, ὅταν μὲν ἐλάττων ᾖ, αἰθρίος ἐστιν, ὅταν δὲ μέγας, νεφώδης〔南风和煦时,天气就会好;可一旦风大了,就会有乌云出现:亚里士多德,《问题集》,942a34〕。埃阿斯在这个时候显然遇到了和煦的南风;因此心情大可疏朗(αἰθρίος);当然,过后不久,还是南面吹来的风,但由于已经变得狂暴,因此便会带着阴云,便会带上愤怒的乌云。

27.2 短语 νέον ἄλγος (259)中的 ἄλγος 既是身体上的疼痛(荷马,《伊利亚特》,卷 V. 行 394),同时更是心理上的痛苦: αἰσχύνας ἐμᾶς ὑπ' ἀλγέων〔为我的耻辱而感到痛苦:欧里庇得斯,《海伦》,行 201〕。这里我倾向于认为,在苔柯梅萨看来,埃阿斯早前身体上疯癫的痛苦或许并没有完全解除,而这时却又增加了内疚在他心理上造成的更大痛苦。

27.3　从字面上，可以将短语 *οἰκεῖα πάϑη*（行260）理解为一个人给自己带来的灾难（或事故）；其中，*οἰκεῖα* 的含义显然还有些模糊——照一般的理解，这个词可以译作家里的、自己城邦的，引申则表示某个东西本性上的，这里指此时的痛苦与灾难是他自己给自己带来的。因此，在这样的语境下这个短语侧重表示他的内心痛苦正在胶着，亦即他自己的内心正在因为挣扎而感到某种痛苦。

27.4　虽然可以把 *μεγάλας ὀδύνας ὑποτείνει*（行261）理解为深切的焦虑，但其字面的含义作发自底层的（*ὑποτείνει*）巨大的（*μεγάλας*）身体剧痛（*ὀδύνας*），这一点极为重要。联系上文所说的内心的冲突与痛苦，这里的 *ὀδύνας* 就应当表示那种内心的痛苦在身体上也带来某种撕痛——此中细微的含义确实值得特别注意。不过，更加值得注意的是，*ὑποτείνει* 一词的本义是在下面（或从下面）使某个东西（如绳索）紧绷，而这层含义暗合了汉语"深切的"一词的内涵和语词意象。

27.5　第一对唱歌开始时，歌队还在祈祷，祈求神明能够阻止灾难的发生，阻止埃阿斯做出骇人听闻的事情。紧接着，苔柯梅萨从营帐中出来，对大家说，埃阿斯已经精神崩溃，现在正独自一人在营帐里砍杀那些牲畜。大家意识到，骇人听闻而又糟糕透顶的事情终于发生了。苔柯梅萨的上场应该是从舞台中央象征营帐的那个门出来，而不会从别的地方（亦即从舞台两边的任何一侧）出来；这一情节与埃斯库罗斯《阿伽门农》中的一个情节颇为相似：当歌队等待消息，希望战争能够结束时，传令官带来的却是令人沮丧的消息：*πολλῶν ῥαγεισῶν ἐλπίδων*〔许多的希望都已渺茫：《阿伽门农》，行505〕。同时，需要注意的是，这位苔柯梅萨既是战俘奴隶（行212，行485—行491），同时也是埃阿斯爱着的忠实女人，所以，接下来，可以看到她和跟随埃阿斯远征的水手们一道为拯救埃阿斯而努力——这便是第一场的主题。

28. (行263—行270)

歌队队长　他那疯狂一旦退去,我们也就能够安静下来。那些凌乱的事情,一旦过去,也就自不待言了。

苔柯梅萨　[265]可是,假如让你来做选择的话,你会怎么做? 你是会让你的朋友难过,而自己快乐,还是会和他们一起去感受那些痛苦呢?

歌队队长　你这个女人啊,双倍的悲痛肯定要糟糕得多啊!

苔柯梅萨　可那瘟疫虽然已经离开,我们却还是要面临着灾难。

歌队队长　[270]此话怎讲? 我可真的弄不懂你在说什么了。

28.1 这里的 πέπαυται〔终结:行263〕是动词 παύω 的第三人称完成时中动态形式,这一中动态形式亦可引申表示退去。在这里,这个中动态形式显然是针对埃阿斯而言的,亦即是指 ὁ Αἴας τῆς νόσου〔疾患中的埃阿斯〕能够从他的疯癫疾患中恢复过来。而不定式 εὐτυχεῖν 一词的逻辑主词却不再是埃阿斯(在语句上可以 αὐτόν 来表示),而是 ἡμᾶς〔我们〕,即说话的人,亦即歌队队长。这个词的本义作成功完成某件事情,在这里则应当意味着使我们能够平静下来,而不大可能表示埃阿斯完成或成就了某项重大业绩。说到此处,歌队队长似乎觉得这些道理都不言自明,于是,他才说 μείων λόγος (行264)。照字面意思,这个短语可以直译作(能说的)话不多(这里转译作自不待言)。那么,是什么事情,让歌队队长觉得能说的话不多呢? 从语境上看,应当是那件事情过去之后(φρούδου)接着发生的事情——不过,当 φρούδου〔过去、消失〕和后面的 λόγος〔言说、话语〕形成对照时,那个 φρούδου 并不是完全销声匿迹,而是依然存在于人们的流言中。因此,不待言并不等于没有言,不能说也不等于没的说,而只是言的作用会在事情过去之后显得徒劳、苍白无力。

28.2 短语 κοινὸς ἐν κοινοῖσι (行 267)从字面意义上来理解,应当译作在共同的(κοινοῖσι, sc. κοινός 的与格复数)当中共同的(κοινός,主格单数)——在这个短语中,κοινός 一词可以理解为血缘上的共同,因此,这个短语也就可以理解为成为你的亲人(或引申为朋友)中的亲人(或朋友),亦即和你的亲人一样。在这里,κοινὸς ἐν κοινοῖσι 中 κοινός 一词的两次重复使用是要强调他们相互间有一种同样的、共同的感受。杰布将 κοινὸς ἐν κοινοῖσι λυπεῖσθαι ξυνών 译作 to share the grief of friends who grieve〔分担悲伤朋友的那份悲伤〕,而这里则把 ξυνών〔σύνειμι,一起,现在时分词〕和 λυπεῖσθαι〔悲伤,现在时中动态不定式〕联系在一起来理解,将这句话译作和他们一起去感受那些痛苦。在这段话里,苔柯梅萨似乎假定歌队队长并不明白一个道理;她试图想要让歌队队长相信,现在的情况要比原先更为糟糕:原来,还只是埃阿斯的朋友感到悲伤,而现在所有的人都感到难过了。这句话当中似乎有着某种隐含的意味,即在这样的情形下,或许对痛苦和悲伤感觉迟钝一些更好——在欧里庇得斯的一个作品中似乎看到过同样的隐喻:εἰ δὲ διὰ τέλους | ἐν τῷδ' ἀεὶ μενεῖτ' ἐν ᾧ καθέστατε, | οὐκ εὐτυχοῦσαι δόξετ' οὐχὶ δυστυχεῖν〔可你如果一直就是现在的这种状态,那么,即便很难有什么幸运,也不必想象会遇到什么不幸运了:欧里庇得斯,《酒神的伴侣》,行 1260—行 1262〕。

28.3 原文中的 τό τοι διπλάζον ... μεῖζον κακόν (行 268)直译作

两倍的东西(可是)更大的悲痛,根据上下文语境也可译作由两个人来承受的……那就是更大的悲痛了。这大概可以理解为把悲伤交给两个人来承受,只会让这悲伤更为深切;但这种理解中解释的意味似乎多了一些,所以,宁愿选择一个相对比较模糊的说法。在 τό … διπλάζον 这个结构中,虽然 διπλάζον 也可被当作动词来理解,但它与前面的冠词组合却只能是一个名词性质的词组,即表示成倍的某种东西。

28.4 苔柯梅萨的 ἡμεῖς ἄρ' οὐ νοσοῦντες ἀτώμεσθα νῦν (行269)这句话,在语义上似乎有些含糊不清:而这里倾向于将短语 ἄρ' οὐ νοσοῦντες 抽出来,作为一个单独的结构,译作(可)那瘟疫(虽然)已经离开;需注意的是,νοσοῦντες〔本义作为病瘴所持〕一词显然与接在它后面的 ἀτώμεσθα〔蒙受(灾难、痛苦)〕一词形成一种修辞上的并列关系,但是,蒙受灾难的应当是 ἡμεῖς〔我们〕,而被那个病魔所控制的却只有埃阿斯一人。索福克勒斯通过这种修辞并列关系,巧妙而又轻易地将埃阿斯的疯癫与其亲人的苦难统一起来。杰布称,ἀτώμεσθα 一词应当是指我们会陷入比先前更为糟糕的境地,但杰布的说法似乎忽视了因为前述的并列关系而暗示的某种灾难即将降临这一事实。

28.5 歌队队长接下来的回答中可能还带着些许的埋怨。οὐ κάτοιδ' ὅπως (行270)一句虽然在字面上可以理解为我搞不懂这种东西,但在语气上却可能带有以自嘲来表示埋怨的意味,亦即表示一种自认为头脑简单,无法对那件事情有所理解,但又以此来埋怨苔柯梅萨;其中尤为值得注意的是,ὅπως 特别强调了你说的那些话(ὅπως),似乎原本没有特别的必要,这里这样一说便将自嘲的意味流露出来。

29.（行271—行281）

苔柯梅萨　那个人在疯癫的时候,却在那样糟糕的状
态下找到了自己的愉悦,而令我们这些还清醒的人感
到沮丧;现在,他那阵疯癫停了下来,给了他些许的舒
缓,[275]于是,那个人便感受到了极度的沮丧,当然,
我们也同样不比先前好受多少。这确是两种痛苦,可
它们难道有什么不一样吗?!
歌队队长　真的是一样的。这种打击很可能是哪位神
明带来的。我担心,如果那个病魔过去之后,[280]他
的精神还是得不到恢复的话,那该怎么办啊?
苔柯梅萨　就是这样,你一定知道,这就是现在的
情况。

29.1　这一节,苔柯梅萨的第一句话,初读时可能会有些拗口,含
义上也难以把握。这句话的原文作ἀνὴρ ἐκεῖνος, ἡνίκ᾽ ἦν ἐν τῇ νόσῳ, |
αὐτὸς μὲν ἥδεϑ᾽ οἷσιν εἶχετ᾽ ἐν κακοῖς, |ἡμᾶς δὲ τοὺς φρονοῦντας ἠνία ξυνών
(行271—行273)。这里可以看到在两个层次上有着某种相互对
应的关系:其一是埃阿斯做出伤害希腊大军的事情时陷入的那
种疯癫状态(ἐν τῇ νόσῳ),苔柯梅萨说,这种状态使他的状况变得
异常糟糕(ἐν κακοῖς),而埃阿斯这种糟糕的精神状态却和一般人
(即我们)的清醒状态(φρονοῦντας)形成对比;其二,疯癫状态下的埃
阿斯虽然情况十分糟糕,但却找到了发泄的渠道,或许也获得了
某种愉悦(αὐτὸς μὲν ἥδεϑ᾽),而清醒状态下的人们则只能感受到无
比的沮丧(ἠνία)。
　29.2　照字面含义理解,νῦν δ᾽ ὡς ἔληξε κἀνέπνευσε τῆς νόσου

(行274)一句可直译作现在,(他的)疯狂停了下来,(使他)能够喘一口气;这里所说的 κἀνέπνευσε〔得以喘息,稍作缓解〕显然是指埃阿斯在他的疯狂状态短暂的停顿(ἐλήξε)时得到的,而这种短暂的停顿又是埃阿斯想要缓解一下自己所必需的。

29.3 需要提醒注意的是,苔柯梅萨在他开始提到埃阿斯时将他称作 κεῖνός〔那个人〕。而短语 πᾶς ἐλήλαται(行275)似乎可以理解为(被痛苦或沮丧所)深深打击——这种打击正是埃阿斯在深受疯癫之苦,心智恢复正常之后明白自己做下了怎样的事情,于是感到更深的痛苦。因此,这里将之理解为一种内心的沮丧。

29.4 在古希腊语中,经常会出现一个小品词,这种小品词的出现可能会使句子的表意产生细微的变化。这里(行277),诗人用一个用于引导问句的小品词 ἆρα 来表现苔柯梅萨语气的变化。从字义上来理解,ἆρα 可以看作与 ἆρ' οὐ 同义,后者表示难道不是怎样,亦即表示说话者希望得到对方赞同他心里的想法,或者想要告诉对方自己心里已经对这样的问题有了答案:ἆρ' ἔφυν κακός〔难道我(生来就)是个坏人;索福克勒斯,《俄狄浦斯王》,行822〕。而苔柯梅萨则反诘歌队(或许也包括在舞台下观看戏剧的雅典公民),当埃阿斯清醒过来之后,他心里所感受的痛苦(或沮丧)和我们所感受到的痛苦没有什么不一样(ἁπλῶν),虽然他的痛苦和我们的痛苦是两种痛苦(δὶς τόσ')。

29.5 歌队队长用了 ἥκω〔已达到、显得〕一词的虚拟语气形式 ἥκῃ,而没有采用这个词的陈述语气形式 ἥκει,这在言语中流露出对自己的判断也不能十分肯定:他并不能判断埃阿斯的那种疯癫是否确是神明所为(行278)。事实上,歌队队长紧接着(行279—行280)说到,如果那个病魔过去之后,|他的精神还是得不到恢复的话,那该怎么办啊;这句话也在暗示,埃阿斯由于绝望而变得疯狂可能就是因为某位被激怒的神明(即雅典娜)的咒语,除

非这一咒语解除，否则，他的精神不可能真正恢复——这也再次
证明歌队队长的话的含混。

　　29.6 诗人在原文中只用了一个短语，便让苔柯梅萨以曲
折的方式回答了歌队队长的问题(行281)：短语 ὡς ὧδ' 显然带
有古希腊语遣词的特征，照字面译作就是这样，并将其从下半
句中抽离出来，单独作为一个子句。在古希腊文献中，这种说
法特别突出地强调了对当时状况的判断，这也是一个经常被
采用的方法：ὡς τοίνυν ὄντων τῶνδέ σοι μαϑεῖν πάρα〔事情真的就是这
样，这你得相信：埃斯库罗斯，《被缚的普罗米修斯》，行760〕。这种处
理方法表明，苔柯梅萨对埃阿斯糟糕的状况已有了很清晰的
判断。

30.（行282—行291）

歌队队长　这灾难最初是怎么飞落到他的身上？我们
　的难过和你一样，请把情况告诉我们。
苔柯梅萨 你一直和我们的感受是一样的，[285]你也
　听说了那些事情。在夜已死寂的时候，火盆中的篝火
　已经熄灭，那个人手持一把双刃剑，决定要去进行一番
　厮杀。我会拦住他，对他说，你要去做什么，埃阿斯？
　这种时候，你为什么还要出去？要知道，[290]现在没
　有信使过来招呼，战斗的号角也还没有吹响。整个部
　队还在睡觉。

　　30.1 歌队队长继续了上面的话题——如果说灾难能够像
鸟一样飞到某人头顶，令此人罹患病痛，这话听上去似乎显得
有些不着边际；但在希腊古典作家的笔下，这样的描述却真实

存在：此处，最值得注意的是 προσέπτατο（行 283）一词。从字面上来理解，προσέπτατο 显然是指有羽翼的东西飞临某个地方，有羽翼的（πέτομαι）当然并不仅指鸟：ψυχὴ δ᾽ ἐκ ῥεθέων πταμένη Ἄιδος δὲ βεβήκει〔那魂灵离开身躯，飞向哈德斯的地方：荷马，《伊利亚特》，卷 XXII. 行 362〕，在有些情况下也表示灾难从天而降：ὅθεν μοι σχετλία προσέπτατο〔(那天定的灾难)飞降到我这不幸的人身上：埃斯库罗斯，《被缚的普罗米修斯》，行 644〕；事实上，诗人是借喻灾难由于有着神明(即雅典娜)的推动就像长上了翅膀，飞到了埃阿斯的头上，降临到埃阿斯的身边。

30.2 苔柯梅萨接过歌队队长的话，说明他与埃阿斯亲人的感受是一样的。ἄκρας νυκτός（行 285）字面的含义是指离得最远的夜晚，大致是指距离子夜时分最远但却依然属于这个夜晚的那段时间；因此，在大多数情形下，ἄκρα νύξ 被用来表示夜晚开始的时候，亦即黄昏时分，或者被用来表示夜晚将要结束，太阳即将升起的时候，亦即黎明的前夕；但在有些情形下，ἄκρα 一词又可表示某个时段当中最具这个时段特征的时间点，而这里根据上下文语境，短语 ἄκρας νυκτός 显然合乎这一选项，表示深夜。

30.3 译文将苔柯梅萨所说的 λαμπτῆρες οὐκέτ᾽ ᾖθον（行 286）转译作火盆中的篝火已经熄灭，而原句照字面含义可以理解为火盆这时也已不再发出火光。在希腊军中，这种火盆可能架在一个金属支架上，带有某种特别的意味，譬如作为信号标志，或者作为某种幸运的象征：

　　　篝火的火光啊（ὦ χαῖρε λαμπτήρ），你在暗夜里发出白昼的光，向那许许多多阿尔戈斯歌队发出你的信号，对这样的幸运表达出感恩之心（埃斯库罗斯，《阿伽门农》，行 22）。

如果这样理解正确,那么甚至可以猜测,埃阿斯军营前那盆篝火的熄灭,在索福克勒斯笔下,或许也成为夜神要埃阿斯开始行动的信号。当然,从表面上来理解,这种火盆在军中最重要的功能还是在夜晚为队伍提供照明和取暖。如果从这个角度来理解,也可看到另外有这样的事例证明:$\dot{o}\varrho\mu\acute{e}\alpha\tau o\ \delta\grave{e}\ \pi\epsilon\varrho\grave{\iota}\ \lambda\acute{\upsilon}\chi\nu\omega\nu\ \dot{\alpha}\varphi\grave{\alpha}\varsigma\ \dot{\epsilon}\varkappa\ \tauο\tilde{\upsilon}$ $\sigma\tau\varrho\alpha\tau o\pi\acute{e}\deltaο\upsilon$〔掌灯时分(原文字面意思为火盆燃起时)从军营中动身出发:希罗多德,《历史》,Ⅶ. 215〕。这一示例表明,火盆中的火焰燃起也未必会带有特别的隐喻。

30.4 按照杰布的说法,$\ddot{\alpha}\varkappa\lambda\eta\tauο\varsigma$ 一词(行289)应该平行支配 $ο\ddot{\upsilon}\delta'\ \dot{\upsilon}\pi'\ \dot{\alpha}\gamma\gamma\acute{e}\lambda\omega\nu\ |\ \varkappa\lambda\eta\vartheta\epsilon\grave{\iota}\varsigma\ \dot{\alpha}\varphi o\varrho\mu\tilde{\alpha}\varsigma\ \pi\epsilon\tilde{\iota}\varrho\alpha\nu$〔没有信使(或传令官)来打招呼:行289—行290〕和 $ο\ddot{\upsilon}\tau\epsilon\ \tauο\tilde{\upsilon}\ \varkappa\lambda\acute{\upsilon}\omega\nu\ |\ \sigma\acute{\alpha}\lambda\pi\iota\gamma\gammaο\varsigma$〔(进攻的)号角也没有人能听到:行290—行291〕这两个子句。照此理解,这句话从表面上看似乎是两个带否定词的子句被一个带否定意味的词所否定,可以理解为不是没有。但实际情形却并非如此。事实上,两个子句中的 $ο\ddot{\upsilon}\tau\epsilon$ 只是强调 $\ddot{\alpha}\varkappa\lambda\eta\tauο\varsigma$ 一词当中未经召唤,未能得到许可的否定意味。因此,这句话应当理解为既没有人来召唤埃阿斯,也没有人能听到应该向希腊大军(实际上是那些牛羊)发起进攻的号角。

31. (行292—行300)

苔柯梅萨　他的回答很简单,就是他常挂在嘴边的那
　　句话:女人啊,安静点儿吧,这才是女人得体的表现;于
　　是,我便就此打住,任由他去。[295]至于之后的情形,
　　我就说不好了;他回来时,将他的斩获四脚捆绑,带了
　　回来,有犍牛和牧羊犬,还有那些被俘获的羊只。他从
　　喉咙处生生将那些脑袋砍下;他会将其捆绑,然后将其

从中间劈成两半,[300]就好像对人的惩罚一样。

31.1 从这里的行文看,苔柯梅萨在说到自己所推崇备至的夫君时,说出了 *ὑμνούμενα* 〔当作歌唱出来,絮叨〕这样一个词;照理,这个词通常被用来表示人们的唠叨或絮叨。因此,这个词本身在古典作家笔下可能并不表示一种值得称道的做派:*καὶ ἄλλα δὴ ὅσα καὶ οἷα φιλοῦσιν αἱ γυναῖκες περὶ τῶν τοιούτων ὑμνεῖν* 〔还有那些女人,她们在这种时候也常会唠唠叨叨:柏拉图,《王制》,549d〕。但在这里(行 292),苔柯梅萨的语气里却不带有贬抑的味道,*ὑμνούμενα* 一词最好理解为指埃阿斯常把一些话挂在嘴边,而不是指埃阿斯的絮叨。[①] 事实上,无论是从其他古典文献中还是在本剧当中,都找不到任何迹象显示埃阿斯有过絮叨或唠叨的表现。

31.2 这里不认为由苔柯梅萨转述的埃阿斯常挂在嘴边的这句*γυναιξὶ κόσμον ἡ σιγὴ φέρει* 〔安静点儿吧,这才是女人得体的表现:行 293〕可以被看作是古希腊人的共通的观念,虽然在其他文献中也曾见到过这样的语句:*γυναικὶ γὰρ σιγή τε καὶ τὸ σωφρονεῖν | κάλλιστον* 〔女人保持沉默,那才是最好的端庄的举止:欧里庇得斯,《赫拉克勒斯的儿女们》,行 476〕。联系上行对 *ὑμνούμενα* 一词的理解,这一行出现的这句话,这里倒倾向于认为是指埃阿斯特有的想法可能更合乎文意。而且,这时的埃阿斯或许改变了他以往通常对苔柯梅萨所采取的粗暴的态度,开始顾忌他们之间的关系了。这时,埃阿斯语气中显示出来的缓和,或许可以认为是在为他稍后粗暴地拒绝接受苔柯梅萨做准备。[②]

31.3 至于 *μαϑοῦσε* 一词(行 294),字面的含义是曾经感受

---

① K. J. Dove, *Greek popular morality in the time of Plato and Aristotle*, Oxford, 1974, pp. 95—102.

② Cf. K. Synodinou, "Tecmessa in the *Ajax* of Sopjocles", *A&A*, 1987, p. 101.

到的或所理解的,而在这里则表示埃阿斯所说的那种得体的表现,亦即(女人)在大多数时候都应该保持安静,遇到重大问题的时候不得随意置喙。因此,这里将由这个词组成的短语 *κἀγὼ μαϑοῦς᾽ ἔληξ᾽*(行294)译作就此打住。

31.4　剧情发展到这里,按照我们所了解的情节,虽然可以说已经知道埃阿斯在希腊军营中做了什么,但是,并不能由此断定苔柯梅萨也很清楚埃阿斯在希腊军营中所做的事情。并且,苔柯梅萨说,有些情况她也说不清楚,而她所知道的只是营帐里发生的事情,而这些事情都是在埃阿斯从外面回来之后做的,所以,此处的 *τὰς ἐκεῖ ... πάϑας*〔之后的情形:行295〕只能是指在苔柯梅萨劝说埃阿斯而他又没有听从她的劝说离开营帐之后发生的事情。至于埃阿斯回到营帐之前发生的,苔柯梅萨却并不知道。

31.5　关于 *κύνας βοτῆρας*(行297)一说,多个刊本都曾引述过一则随文疏证: *τοὺς ποιμενικοὺς κύνας· οὐ γὰρ ἀναιρεῖ κατὰ τὴν σκηνὴν ἄνϑρωπον* 。这则随文诂证的意思是人们在外出狩猎的时候不会将牧羊犬留在营地里。但是,就这里的行文来看,那些牧羊犬也不应夹在犍牛与羊只中间,所以,即便有了这一疏证,诗人为什么要在这里专门提到牧羊犬? 想象一下当时的情景的话,或许可以猜测,在埃阿斯回来时,他的牧羊犬应该围在他的身前身后。当然,也有另外一种猜测,埃阿斯捕获回来的还有在战斗中缴获的敌人的牧羊犬。而此行中的 *εὔερόν*〔皮毛精美的(动物)〕就更为特别了:原钞本此处记作 *εὔκερων*〔长着犄角的(动物)〕,但在前面,诗人曾经提到过埃阿斯捆回来的只有犍牛和羊只(行64),因此,校勘者才在这里做这样的随文诂证;不过,也有学者(Bellermann, Campbell, *etc.*)认为,此处应保留记作 *εὔκερων*〔长着犄角的(动物)〕,因为这个词或可表示有犄角的牲畜,譬如公羊。

31.6 此节的最后,埃阿斯杀死那些牛羊的情形如何,或许是描述最详细的一处:诗人所使用的 *ηὐχένιζε* 一词(行298),在古典文献中并不多见,这个词的本义就是从喉咙处将其斩杀,荷马说到斩杀时曾使用了另外一个词: *τῆς δὲ δύω γενόμεσθα, σὺ δ᾽ ἄμφω δειροτομήσεις* 〔(她为他)生下两个女儿,却要被你斩杀:《伊利亚特》,卷XXI. 行89〕,而 *δειροτομήσεις* 〔斩杀〕却显然不如我们的诗人这里使用的 *ηὐχένιζε* 一词来得生动。接着,我们的诗人又对捆绑的方式做出更为生动的描述:这里将短语 *ἄνω τρέπων | ἔσφαζε κἀρράχιζε* (行298—行299)处理作将其四肢倒着捆绑起来,状似宰杀猪之前将其捆绑的方式。然后,一个转折发生在 *ὥστε φῶτας* 这个短语出现的地方。在这个短语中, *φῶτας* 可以看作是相对 *θῆρας* 〔被射中的(动物),猎物〕而言的,应当是指 *ἄνδρας* 〔人〕的,这里将这个短语理解为像对待人一样。按照杰布的说法,埃阿斯把这些斩杀都当作是他心目中的仇人(行64)。或许这样的理解也不无道理。

32. (行301—行310)

苔柯梅萨   然后,他从大门外猛冲进来,大声呵斥幻想中的影子,一会儿是阿特柔斯的儿子,一会儿又变成了奥德修斯;呵斥之中,竟然还掺杂进了带着倨傲的狂笑。[305]而后,他又朝着自己的营帐冲过去,然后经一番周折才使自己的心智恢复平静。见到这般浩劫的场面,他拍打着自己的脑袋,嚎叫起来。接着,便在成堆的死去羊只的残肢尸身中跌坐下来——如此的灾难皆因他而来;这时,[310]他拳头紧握,手指插入头发,用力将头发攥紧。

32.1　就埃阿斯怎样离开门前的空旷地,进到大门里,完全可以采用 L 钞本的记载,保留原有的记载 *ἀπάξας*。尽管如此,校勘者一般还是将该词勘作 *ὑπάξας*,因为如果采用 *ὑπάξας* 一词的校勘(杰布也采用这一校勘),那么,这句话就可以理解为埃阿斯的离开是突然朝着他想象中的某个目标飞奔而去。但是,L 钞本中的 *ἀπάξας* 却有所不同,这个词应该是指埃阿斯将斥责的话拔出来朝着那个目标射过去,不妨注意柏拉图的一个类似比喻。柏拉图曾把以话堵话比作抽箭射中:*ἄν τινά τι ἔρῃ, ὥσπερ ἐκ φαρέτρας ῥηματίσκια αἰνιγματώδη ἀνασπῶντες ἀποτοξεύουσι* 〔如果你提出什么问题,那么,他们就会马上从箭袋中抽出箭来,射将出去:柏拉图,《泰阿泰得》,180a〕。如此说来,*ἀπάξας* 的校勘,除了叱骂责难之外,同时还带有对任何劝告都不管不顾的意味。至于那个靶子或目标是什么,苔柯梅萨说那是 *σκιᾷ τινι*,亦即某个幻影。苔柯梅萨说到幻象,不可能是指她看不到的那位雅典娜,而应当是指埃阿斯想象中的敌人;事实上,*σκιᾷ* 虽然本义作影子,在有些情形下则表示某个死者的幽灵,不过,无论表示的是什么,也只是人们想象出来的某种东西:*ἀγωνίζεσθαι περὶ τῶν τοῦ δικαίου σκιῶν ἢ ἀγαλμάτων ὧν αἱ σκιαί* 〔争讼的只是幻想出来的正义的影子,以及产生那个影子的形象:柏拉图,《王制》,517d〕。在笔者看来,苔柯梅萨心目中的埃阿斯不会是说污言秽语的人,因此,这里只从字面意义上将短语 *λόγους ἀνέσπα* 理解为大声呵斥(行303),而并不像古典语文学家(Liddell & Scott, Jones)一样将其引申为谩骂。

32.2　*συντιθεὶς γέλων πολύν,│ ὅσην κατʼ αὐτῶν ὕβριν ἐκτίσαιτʼ ἰών*(行304—行305)一句,照字面意思也可直译作(在那呵斥中)还掺进许多笑声,显示着他全力想要表现出的倨傲。但是,由于古典希腊文简约的特征,很难弄清楚他的那种倨傲针对何人,针对何事的,抑或是埃阿斯自身一种情绪的表达。按照杰布的说法,埃阿斯在笑声中夹带的倨傲并不是他对自己想象中的仇人的惩罚，而是他所承受的某种情绪，这里也认可这一分析，因此，译文倾向于将这一层含义表达出来。① 不过，这里或许应该如杰布那样采用某种含混的说法来表达，因为此处的原文也可解作为别的人留下笑柄。那末，这句话就成了因为他的倨傲而使自己被别人嘲笑；而其他人对埃阿斯的嘲笑，当然与埃阿斯的 *ὕβρις* 有关。

32.3　苔柯梅萨刚刚（行 301）说，埃阿斯朝着他的营帐大门猛冲过来，实际上是把这个动作看作一种进攻；而这时（行 305），埃阿斯 *ἐπάξας αὖϑις*〔再次冲向〕自己的营帐，则是把那个营帐看作是敌军的营帐，并且认为自己是在向敌人发起他想象中的猛烈进攻——这也恰好说明，埃阿斯在回到自己营帐之前并未恢复理智，他的脑袋依然陷入雅典娜为他设计的窘境中。

32.4　短语 *μόλις πως*（行 306）很难以汉语准确移译，照字面意思来理解，这个短语或可理解为无所不用其极，或历经百般艰辛：*μόγις πως ἐμαυτὸν ὡσπερεὶ συναγείρας*〔我费了好大力气才回过神来：柏拉图，《普罗泰戈拉》，328d〕；而在这里似乎却没有这样简单——在苔柯梅萨看来，埃阿斯摆脱疯癫病魔的折磨应该是一个缓慢而又痛苦的过程。因此，这里将其意译作经一番周折，这也是考虑到这个短语毕竟没有将其中隐含的意味指明。

32.5　此时的埃阿斯已经恢复了心智。但清醒过来之后，埃阿斯进门就被他一手造成的可怕场景所惊呆。而原文中，*ἄτης* 一词虽然本义表示困惑、迷恋，但在这里应当是指一种令埃阿斯感到困惑的场景，而出现在他面前的正是这样一幅场景（行

---

① Cf. C. Segal, *Tragedy and civilization: an interpretation of Sopholces*, Cambrigde, 1981, p. 134.

307)。这个词，诗人在另一剧作中也曾有过同样的用法：
ἀλλ' αὐτὸς ἁμαρτών〔海蒙陈尸市井〕并非他人作孽:《安提戈涅》,行
1260〕。

32.6　原文中,*ἐρειπίοις* 一词的本义为残局、残破的场面;但
此处所说 *ἐν δ' ἐρειπίοις* 当然只是指被埃阿斯杀死的那些牛羊的
尸体(行308—行309),因为下一行马上说到 *νεκρῶν* 〔尸体〕一词。
这样,将这个短语同下一行的 *νεκρῶν* 连在一起,便构成了一层新
的意涵,这里将其理解为残肢尸身,以显示其被斩杀时的状态。
有意思的是,诗人接下来又用了一个 *ἐρειφθείς* 表示埃阿斯跌坐在
那些堆积着的尸体中间,这个词和前面所说的 *ἐρειπίοις* 〔残肢的堆
积〕是一组所谓同源词。这组同源词则绝不仅只偶然凑到一起,
而可能有某种深意:埃阿斯坐在那些牺牲当中,自己也成了一个
牺牲。在这里,诗人紧接着又说 *ἀρνείου φόνου*〔这里转译作如此的灾
难皆因他而来〕,意在强调前面的 *ἐρειπίοις* 确实指那些死去羊只的
尸骨,而并不单纯表示当时极为混乱的营帐内的情形。

32.7　描述痛苦的状态,古希腊人有不同的方法:*συλλαβών*
〔抓住〕和 *ἀπρίξ* 一道组成一个词组(行310),而后者的本义则是用
牙紧紧地将某个东西咬住(*πρίω*)。在这里,联系到 *ὄνυξι ... χερί*
的使用,则表示将手指并拢攥成拳头,当然也可引申表示伸手攥
住:*οὗ δύνωνται ἀππρὶξ τοῖν χεροῖν λαβέσθαι* 〔(他们)能够牢牢攥在手里
的东西:柏拉图,《泰阿泰得》,155e〕。其中,*συλλαβών* (*συλλαμβάνω*)一
词虽然带有个前缀 *συν-*,但这个前缀并不带有拢在一起的意思,
而是表示用力的意思。① 至于穿叉其中的短语 *ὄνυξι ... χερί* 则
不仅表示这是一个手(*χερί*)上的动作,而且还让十指的指甲
(*ὄνυξι*)也都深入到头发当中。这也恰恰说明埃阿斯在清醒之初

――――――――

① P. Ghron-Bistagne (*et al.*), *Les Perses d'Eschyle*, Montpellier, 1993, p. 95.

就陷入极度的恐惧与懊悔。

33. (行 311—行 322)

苔柯梅萨　最初的好长时间里,他一句话也说不出来;我可不敢将发生的事情告诉他,接着,他突然对我大吼大叫起来,拼命问我刚刚出了什么事情。[315]这种时候,我的朋友啊,我真不该把我所知道的事情一五一十地说出来。这样一来,那种悲伤的呻吟,表明他深陷痛苦,是我从未听到过的。早前,他曾言之凿凿,任何悲情的哭喊[320]都只属于卑劣龌龊者流;那时,他常常会暗暗地悲泣,从没有像牛一样哞哞哀嚎。

33.1 苔柯梅萨说埃阿斯冲着她大声吼叫,仅从字面上来理解,是指埃阿斯用某件能够威胁苔柯梅萨的事情要求苔柯梅萨告诉他事情的真相。然而,如果说埃阿斯这时用的是威胁口吻,甚至(按照杰布的说法)是用刚刚发生的事情威胁她,那么,这时的埃阿斯已经能够回忆起自己都做了什么事情。因此,他也就不需要苔柯梅萨再对他说什么了。然而,这句话的意思恰恰是由于埃阿斯不知道刚刚发生了什么事情,或者说,不知道自己都做了什么。所以才会想到从苔柯梅萨处知道真相,所以,这里所说的 πλεῖστον ἄφθογγος χρόνον 也就只是以一声大吼来要求苔柯梅萨告诉他事情的真相(行 313)。

33.2 接着出现的短语 ἐν τῷ πράγματος 可以理解为所做的事情是什么样子,或所做的那些事情(行 314);这种结构或许是诗人的语言习惯:ἐν τῷ συμφορᾶς διεφθάρης〔字面直译作整个人都毁掉了吗;在该剧当时剧情下当译作你的心智难道已经丧失殆尽了吗:《安

提戈涅》，行 1229〕；*ἀλύει δ' ἐπὶ παντί τῳ | χϱείας ἱσταμένῳ* 〔对自己所要做的事情感到手足无措：《菲洛克忒特斯》，行 174〕。

33.3　原文中有这样一句*κἀγώ, φίλοι δείσασα*，苔柯梅萨的这句话照字面意思是指朋友啊，我（真的很）担心（行 315）。但在这里，这个子句在语气上所表达的却是一种悔意，亦即她作为一个女人，由于遇到的事情太过惨烈，以致无法承受起所带来的痛苦，所以，一定要想办法将这种压力与紧张加以释放；在这样的情形下，她就将事情的真相告诉了埃阿斯，其用意是期冀埃阿斯与她一道承受这番痛苦。但她没有想到，这种做法却给埃阿斯带来更大的痛苦——据此，将这个子句转译作我真不该。

33.4　这里的三行文字，其每一行都包含一个以 ἐξ- 为前缀的复合词：*τοὐξειϱγασμένον* 〔sc. *τοῦ ἐξειϱγασμένον*，完成，完全：行 315〕，*ἐξηπιστάμην* 〔我知道得很清楚，我能一五一十说出来：行 316〕，*ἐξῴμωξεν* 〔哀悼，悲怆：行 317〕。有研究认为，当索福克勒斯连续在几行中使用带相同前缀 ἐξ- 的动词（或其衍生词）时，通常的用意在于使紧张的气氛得到加强。① 但是，对这种连续出现以 ἐξ- 为前缀的复合词，其实也不妨看作是某种形式的头韵，而头韵却未必一定由以 ἐξ- 为前缀的复合词来构成；同时，头韵最主要的目的就是强化紧张气氛。

33.5　原文中的*ἀεί ποτ' ἀνδϱὸς ἐξηγεῖτ' ἔχειν* （行 320）可以理解为以不容置疑的语气发表自己的观点，或将自己的意志当作是天经地义之事，因此，带有总是言之凿凿之意。这样的说法出自埃阿斯的妻子苔柯梅萨之口，也表明后者对自己夫君的

----

① E. Tsitsoni, *Untersuchungen der EK- Verbal-Komposita bei Sophokles*, Diss. München, 1963, pp. 69—70.

一种膜拜。而短语 πρὸς γὰρ κακοῦ τε（行 319），照杰布的说法，相当于一个前置词状语结构，若此，则这句话或可转述为 τοιούσδε γόους ἔχειν πρὸς ἀδρὸς κακοῦ〔那样的一种哭喊只是卑劣龌龊者才会有的〕。在苔柯梅萨看来，这是埃阿斯的信念，更何况那种悲悲戚戚还带有某种 βαρυψύχου〔悲情，悲痛欲绝〕的味道。在这里，苔柯梅萨所采用的 κακοῦ 一词和雅典娜在说到神明所厌恶的人时所使用的词语 (τοὺς κακούς) 一样（行 133）。苔柯梅萨在这里这样说表明了什么？或许她的这句话是指埃阿斯曾说哭哭啼啼的人一定是丢掉了出类拔萃的人，哭哭啼啼绝非英雄所为。于是，从苔柯梅萨的话里可能会判断，埃阿斯作为一个伟大的勇士，其形象似乎被动摇了。

33. 6 κωκυμάτων 一词（行 321）的本义是指哭嚷尖叫；在苔柯梅萨的记忆中，埃阿斯肯定从未有过这样失声号啕。所以，她才会说，在他的 κωκυμάτων 中是听不到噪声的——而 ἀψόφητος 一词虽然定型后的词义表示无声，但其来源却是没有 (ἀ-) 噪声 (ψόφητος)，在那里面听不到嘈杂。因此，ἀψόφητος … κωκυμάτων 只能理解为暗暗地悲泣，而不能看作是似乎不大合理的无声地哭嚷。类似的修辞手法，诗人也曾在自己其他的作品中使用：ἀνήνεμόν … χειμώνων〔冬季里，也不会有狂风；《俄狄浦斯在克洛诺斯》，行 677〕。此句中，最值得注意的是，ὑπεστέναζε 一词本义表示 (牲畜嘶鸣的) 低声，而这个词显然与 βρμιώμενος〔吼叫〕之间存在着某种矛盾，一个声音显然不可能既高且低。因此，有校勘者将 βρμιώμενος 勘正作 βρυχώμενος〔(牲畜) 打响鼻〕，惟这一勘正过多加入了校勘者的解释，而且，βρυχώμενος 还有一层含义，即牲畜 (如马牛等) 已经陷入到极端的愤怒中——这种理解显然不尽可取。

34.（行 323—行 332）

苔柯梅萨　　而当他看到自己所造成的灾难，他便显得
浑浑噩噩，只是跌坐在[325]被他用那把剑杀死的牲畜
中；很显然，他可能会做出一些傻事。他所说的话，还
有他所表现出的悲痛，在在都表明了这种可能。我的
朋友啊，我到这里来就是为了让你们进到里面去，尽你
们的能力帮一帮他——[330]因为，只有朋友的话才有
可能使他痊愈。

歌队队长　　苔柯梅萨，泰洛坦托斯的女儿啊，你说的这
些真的让人担心，我们的主人竟然变得如此疯狂！

　　34.1 当苔柯梅萨要开始陈述埃阿斯看到自己所做的事情
之后的反应时，她的语气中就要有一个转折，使话题有所转变，
于是，短语 νῦν δ'（行 323）就承担了这一转折任务；但需注意，这
里，埃阿斯已经完全安静下来了，不再发出任何的声音——这并
不是针对上一行 ἀψόφητος ... κωκυμάτων〔暗暗地悲泣〕而言的，而
是针对前面所说这样一来，他便深陷痛苦（行 317）。诗人凭借这
一短语令苔柯梅萨描绘出在悲伤与悔恨中的埃阿斯的无所适从
的状态，其写作手法值得称道。

　　34.2 短语 ἄσιτος ... ἄποτος（行 325）或为希腊习语，其字面
含义作不吃（ἄσιτος）不喝（ἄποτος），而根据这里的上下文语境则应
当是指一种浑浑噩噩的精神状态。也有文献证明，ἄσιτος〔不吃，
没有吃东西〕可能还表示因担心而表现出的忧虑：佩尼罗普对忒
勒马库斯的忧虑使他 κεῖτ' ἄρ' ἄσιτος, ἄπαστος ἐδητύος ἠδὲ ποτῆτος
〔忧心忡忡，吃不下也喝不下任何东西：荷马，《奥德赛》，卷 IV. 行 788〕。

这时的埃阿斯是 *ϑακεῖ πεσών* 〔跌坐：行 324〕到那些牛羊尸体中间的，而那些尸体则都是 *σιδηροκμῆσιν*（行 325），亦即(被他)用兵器砍杀的。

34.3 *ὥς τι δρασείων κακόν*（行 326）照字面意思来理解，或可被看作(他)想要去做某件不好的事情。有时，这样的结构也可表示密谋一件犯罪的事情：*ἄνϑρωπος οὗτος μέγα τι δρασείει κακόν* 〔那些人正在筹划一件惊天大案：阿里斯托芬，《蜂》，行 168〕。但在这里，在苔柯梅萨看来，埃阿斯肯定是在深深的懊悔与自责之中，这时的埃阿斯不可能还在谋划哪一个更加丑恶的行径，而是在想着对自己的惩罚；或许在苔柯梅萨心里，埃阿斯所要做出的任何对自己的惩罚都是不好的(糟糕的、丑恶的，*κακόν*)、愚蠢的。

接下来，如果说 *πως* 〔无论怎样〕是对 *τοιαῦτα* 〔这样的（可能）〕加以修饰（行 327）的话，那么，这句话照字面意思来理解就可以理解为无论如何都会出现这样的情况。这表明，苔柯梅萨对埃阿斯当时所说的情况并不能完全肯定。唯一可以肯定的是，如果埃阿斯的那些话真实可靠，而且，如果他由此而产生的、她能够看得到的悲伤真实可靠，那么，按照苔柯梅萨的判断，埃阿斯做出傻事的可能也就完全存在。附带说一句，这里将短语 *καὶ λέγει κωδύρεται* 拆做两个意群来理解——这个短语字面上的本义为那些带着悲伤的话语，但这里提到的埃阿斯所说的话却只是他表示自己悲伤心情的那种呼喊，即 *ἰώ μοί μοι* 〔哎呀，哎呀呀！：行 333〕，而这样的呼喊则意味着他会做出某种傻事。这一行，有学者认为，似乎可以略去。① 但这种处理方法也未必能够解决此行中提到的说了话与前面的说不出话（行 325）之间的不协调。

---

① Cf. August Nauck, *Sophoclis tragoediae*, Berlin, 1867.

34.4 从语义上来理解，$\dot{a}\varrho\dot{\eta}\xi\alpha\tau'\,\epsilon\dot{\iota}\sigma\epsilon\lambda\vartheta\acute{o}\nu\tau\epsilon\varsigma,\,\epsilon\dot{\iota}\,\delta\acute{\upsilon}\nu\alpha\sigma\vartheta\acute{\epsilon}\,\tau\iota$（行 329）可以看作是 $\dot{\epsilon}\sigma\tau\acute{a}\lambda\eta\nu$〔做好准备：行328〕一词的补语；而 $\dot{\epsilon}\sigma\tau\acute{a}\lambda\eta\nu$ 一词在这里表示苔柯梅萨上面发表的那不短的一段陈述都是为了使这些朋友能够帮助埃阿斯从病魔中走出来。所以，在这里，$\dot{\epsilon}\sigma\tau\acute{a}\lambda\eta\nu$ 一词也就应当理解为就是为了，这也隐含着这是苔柯梅萨为自己提出的任务。苔柯梅萨的这句话是要歌队进到营帐里去劝一劝埃阿斯。于是便有学者认为，接下来，歌队可能从舞台右侧退场，意味着进入埃阿斯的营帐；① 但是这种说法显然忽略了歌队队长在舞台上与营帐内的埃阿斯对话这一情节，因此，几乎是不能成立的。

34.5 古希腊语的简洁可能会使人们对苔柯梅萨最后这句话的文字（行 330）产生歧义：照杰布和斯托尔的理解，此处的 $o\dot{\iota}\,\tau o\iota o\acute{\iota}\delta\epsilon$ 应当是指像埃阿斯那样的人们或处在像埃阿斯一样状况下的人们。因此，这句话便应当译作这样的人可以通过朋友的话赢得，或译作通过朋友们的语言可以对这样的人取胜。但是，根据上文始终在谈论埃阿斯的病情以及在病魔支配下所做出的疯狂举动来看，这里更倾向于认为，$o\dot{\iota}\,\tau o\iota o\acute{\iota}\delta\epsilon$ 应当是指埃阿斯所得那个病——苔柯梅萨认为，埃阿斯并不知道他都做了什么，也对自己将要做的事情完全不明就里，这是因为他现时被病魔所支配，而朋友的劝慰却可以帮助他征服病魔，摆脱病魔的控制，使他痊愈。

34.6 关于苔柯梅萨的父亲，在前面曾有说明。而此处的 $\delta\epsilon\iota\nu\acute{a}$〔本义作可怕的〕一词，似乎并不像其本义所说的那样重，这里将这个词理解为（让我们）担心。从语句结构上看，支配这种担心的恐怕应该是 $\lambda\acute{\epsilon}\gamma\epsilon\iota\varsigma$〔（你所说的）话〕，但是，如果 $\dot{\eta}\mu\tilde{\iota}\nu\,...\,\lambda\acute{\epsilon}\gamma\epsilon\iota\varsigma\,|$

---

① D. Seals, *Vision and stagecraft in Sophocles*, London, 1982, p. 152.

ἡμῖν 之后紧跟着的子句 τὸν ἄνδρα διαπεφοιβάσθαι κακοῖς 可以被看作是 λέγεις 〔(你所说的)话〕的补语，那么，我将这个子句转译作汉语中 δεινά 〔担心〕的一个宾语结构也就不无道理了。值得注意的是，διαπεφοιβάσθαι (διαφοιβάζω) 一词显然是一个不大常见的复合词。这个词的词根 φοιβάζω 出自阿波罗的别称 Φοῖβος 〔福玻斯〕，亦即受到阿波罗神的驱使，为福玻斯所支配，而阿波罗则会使祭司或使人得到某种来自神明的冲动；从上文的描述看，苔柯梅萨既描绘了埃阿斯刚刚摆脱的令其大加杀戮的疯癫，也表达了自己对埃阿斯当下绝望的担忧。在歌队队长这里，διαπεφοιβάσθαι 便表示对埃阿斯的担心：他的心里始终存在一种邪恶的力量，而且这种力量还在不断地发酵——正是这一力量驱使埃阿斯犯下难以饶恕的罪恶，也是这一力量使他走向谵妄。

34.7 第一场的第一节到此结束。这一节的主要作用有两个方面：第一，它将埃阿斯变得疯狂这一主题全面展开，对前述剧情曾经提到的那些埃阿斯已经疯了的零散片断重新加以整合或重组；只是，这一重组所依据的是苔柯梅萨的观点，而不是前述情节的原样复述。这一重组中，行 230 至行 232 对应的内容是行 26 至行 27，行 233 至行 242 对应的则是行 64 至行 65，同时与早前的片断相比也更为详细；在重组的过程中，索福克勒斯进一步将埃阿斯做那些事情的用意加以描述。第二，这一节同时也在为下一步的剧情发展做好了必要的准备。在这一节，我们知道，埃阿斯已经恢复了正常的心性：καὶ νῦν φρόνιμος νέον ἄλγος ἔχει 〔此时此刻，清醒的头脑已让他陷入到新的苦闷之中：行 257 以下〕，也已知道自己做了一些什么事情，并且预见到那些事情可能带来的后果：καὶ πλῆρες ἄτης ὡς διοπτεύει στέγος，| παίσας κάρα 'θώϋξεν 〔见到这般浩劫的场面，他拍打着自己的脑袋，| 嚎叫起来：行 370 以下〕；于是，人们对埃阿斯在第一场第二

节的出场便已有所期待。在这一节里,苔柯梅萨说了一句话(行
326);她告诉我们,埃阿斯将要面临的是一场更大的灾难;而她
对自己与埃阿斯之间相爱关系的强调则暗示着她在这场更大的
灾难当中将会受到更大的伤害。

35. (行 333—行 347)

埃阿斯　哎呀,哎呀呀!

苔柯梅萨　看来他的情形越发糟糕了。你们听一听,
[335]你们听到埃阿斯那声嘶力竭的喊叫了吗?

埃阿斯　哎呀,哎呀呀!

歌队队长　这个人啊,要么正在发病,要么就是沉疴未
愈,反正他现在已经被那病魔所左右。

埃阿斯　孩子啊,我的孩子啊!

苔柯梅萨　[340]我受不了了! 欧吕萨克斯,他在叫你呢!
这是怎么一回事情啊? 你在哪里啊? 我真受不了了!

埃阿斯　透克洛斯啊,我在喊你! 透克洛斯,你在哪
里? 你还在追逐你的那些猎物吗? 可我就要不行了!

歌队队长　这个人的理智应该已经恢复。快把门打
开,[345]快点儿! 那样的话,也许他就会感到羞耻了。

苔柯梅萨　好吧,门打开了。你看见他做了什么吧?
他就在那儿,你都看到了吧?

35.1 埃阿斯与苔柯梅萨以及歌队队长的这一段对话(行
333—行 347)是第一场两节之间的衔接部分。这一衔接部分对于
埃阿斯出场气氛的营造极为重要。埃阿斯尚未出场,他的喊叫

声就已传来,这使他的出场显得更为急迫。同时,他在喊叫中提到了他的儿子欧吕萨克斯,还提到了他的同父异母兄弟透克洛斯,这在某种程度上暗示着,在接下来的剧情发展中,这两个人将是十分重要的人物。

35.2 当埃阿斯感到无助时,他的呼喊有不同的表现形式, *ἰώ μοί μοι*(行333)是希腊通常表示感慨时所采用的方式,照字面意思直译作我啊,我呀。在古希腊悲剧中,这种呼喊大多出现在(女性的)人物出场前,这时,演员会站在台口内喊叫:*ἰώ μοί μοι δύστηνος*〔哎呀,哎呀呀,我为何如此不幸:索福克勒斯,《厄勒克特拉》,行77〕。而埃阿斯的另一种有些特点的喊叫,则是 *αἰαῖ αἰαῖ*〔啊呀,啊呀:行370〕。

35.3 这里的 *ὡς ἔοικε* 可理解为他的情况,而 *μᾶλλον* 一词单独使用时可以表示某种情况已经相当严重。在这里,考虑到诗人一直围绕着埃阿斯的病情展开剧情,所以,这里也倾向于认为,这种更加糟糕的情况是指埃阿斯的病症。当苔柯梅萨听到埃阿斯嘶喊的时候,她便从那喊声哎呀,哎呀呀中听出了埃阿斯的精神状态(行334)。这时,她问歌队(可能也是在问台下的观众),*ἢ οὐκ ἠκούσατε | Αἴαντος οἵαν τήνδε θωΰσσει βοήν*〔你们听到埃阿斯那声嘶力竭的喊叫了吗:行335〕。这应当是一句反问,因为埃阿斯的喊叫是声嘶力竭的,所以,歌队或者舞台下面的观众不可能听不到。但是,苔柯梅萨这样反问一句,也有她的用意:她现在是要强调埃阿斯的病急切地需要朋友的帮助,否则,埃阿斯不知会做出什么事情来。当然,不能从这里就判断,苔柯梅萨这时已经意识到埃阿斯自戕的可能性。

35.4 按照杰布的理解,*τοῖς πάλαι | νοσήμασιν ξυνοῦσι*(行337)解作 *τοῖς νοσήμασιν ἃ πάλαι ξυνῆν*〔早前发作的病〕。但如果注意到 *ξυνοῦσι* 隐含着回忆的意味,这里所译的陈疴未愈或许还包含一层

更深层的隐喻:苔柯梅萨看到并且提醒这些朋友注意,埃阿斯现在的痛苦、埃阿斯接下来所做的或所要做的事情既可能是那病魔所致,也可能是他对自己的那种 τοῖς πάλαι | νοσήμασιν 〔陈病〕所导致的后果的回忆在起作用,亦即是埃阿斯内心懊悔所致。

35.5　原文中的 ἰὼ παῖ παῖ (行 339)并无歧义,当译作孩子啊,我的孩子啊。但其中的两方面含义值得注意:其一,此时,埃阿斯已经下决心要去赴死了,在赴死之前,他首先想到的就是他的儿子(即欧吕萨克斯),想要见一见他的儿子,只有见到了自己的儿子,他才会平静地自戕(行 530－行 544);其二,更为重要的是,在埃阿斯的心里,只有欧吕萨克斯才能成为他的名誉与声望的继承者,同时也才能为他的名誉与声望而战。在他看来,自己的儿子是可以为了恢复自己的名誉,高扬自己的声望而活着的。坎贝尔认为,这里所说的 παῖ〔孩子〕也许是指埃阿斯的兄弟透克洛斯。① 虽然在希腊兄长也可以用 παῖ 来称呼比自己年轻的兄弟,但苔柯梅萨却不可能这样来理解,因此,在苔柯梅萨面前,埃阿斯也不大可能这样来称呼自己的兄弟。

35.6　一般说来,ὤμοι τάλαιν’(行 340)与 τάλαιν’ἐγώ (行 341)在含义上是相同的,都表示我受不了了,或够我受的了,但在不同的语境下语气却略有差异,后者语气更强一些,因此,这两行念白带有渐进性,是一步步深入的。苔柯梅萨接下来的话更有意思,她大声地对着空旷的地方问 ποῦ ποτ’εἶ〔你在哪里呀〕,但是,欧吕萨克斯是被她打发走,离开埃阿斯的营帐,和那些侍从在一起的(行 531－行 539)。那末,她现在这样喊,其实并不是在寻找欧吕萨克斯,而是担心欧吕萨克斯是否从这灾难的发生地

① Lewis Campbell, *The Seven Plays in English Verse*, London, Oxford University Press, 1933.

逃走了,是否已经安全。按照坎贝尔的观点,如果埃阿斯呼喊的是他的兄弟透克洛斯,那么,当苔柯梅萨替埃阿斯呼喊欧吕萨克斯时,她显然就误会了埃阿斯的意思,而埃阿斯过后才把自己的意思说明白(行 342)。然而,也可以这样设想,或许埃阿斯上面刚刚呼喊的那个 παῖ 指的确是透克洛斯,苔柯梅萨依然可以把透克洛斯忽略,只关心自己的儿子,或许苔柯梅萨是有意在这里把事情搞混的。[①] 实际上,还有一个细节需要注意,看到欧吕萨克斯是在看到透克洛斯之前,这是否意味着在这件事情上苔柯梅萨的影响力(亦即他人的影响力)在埃阿斯之上? 这也值得思考,至少有可能证明苔柯梅萨这时已经有些紧张得糊涂了。

35.7 接着,埃阿斯开始喊叫透克洛斯(行 342—行 343)。透克洛斯是埃阿斯的同父异母兄弟。他们都是忒拉蒙的儿子,而埃阿斯的母亲是俄里珀亚(行 569),而透克洛斯的母亲则是赫西厄涅(行 1302)。此时,埃阿斯判断,透克洛斯已经到了弥希亚高地(行 720),正在那里与敌人作战(行 564)。按照修昔底德的记载,希腊人来到特洛伊之后所做的事情就是 φαίνονται ... πρὸς γεωργίαν τῆς Ξερσονήσου τραπόμενοι καὶ λῃστείαν τῆς τροφῆς ἀπορίᾳ〔前往塞耳索尼厄垦荒开地,为自己提供给养:修昔底德,《伯罗奔半岛战争志》,I. 11. 1〕,荷马也曾提到过这一情节(《伊利亚特》,卷 I. 行 366;卷 IX. 行 328)。不过,这里值得注意的是,假定此时的埃阿斯已经考虑要去自戕,那么,他提到自己的儿子,希望自己的儿子能够使自己的名誉得到恢复,这似乎是合情合理的;但是,在这种时候,他为什么要提到自己同父异母的兄弟透克洛斯呢? 至少在埃阿斯的潜意识中,他很可能想到只有透克洛斯才能够前来阻止他自戕。这是否表明此时埃阿斯自戕的决心还没有达到

---

① R. Renehan, "Review of Lloyd-Jones and Wilson", *CPh*, 1992, p. 344.

最为坚定的程度？有一个动词十分值得注意，$\lambda \varepsilon \eta \lambda \alpha \tau \acute{\eta} \sigma \varepsilon \iota$〔追逐（$\dot{\varepsilon} \lambda \alpha \acute{\iota} \nu \omega$）战利品（$\lambda \varepsilon \acute{\iota} \alpha$）或猎物〕一词，这里刻意照其字面含义译作追逐(你的那些)战利品。其实，这个词就隐含有得意或酣畅地冲锋陷阵的意义。埃阿斯知道，透克洛斯现在正春风得意，而这种状态与自己现在陷入的困境更形成鲜明的对比。这也从一个侧面揭示了为什么透克洛斯当时不能给埃阿斯以帮助，使他免于自戕——透克洛斯一直在追逐猎物，而埃阿斯则一直在杀戮战利品。

35.8 短语 $\dot{\alpha} \lambda \lambda$' $\dot{\alpha} \nu o \acute{\iota} \gamma \varepsilon \tau \varepsilon$〔把门打开，快点打开门：行 344〕是一句呼语，针对的并非一般人，主要是指关在某个房间里的人。在这里，则应当是指房间里的埃阿斯的随从（$\pi \rho \acute{o} \sigma \pi o \lambda o \iota$）：虽然此时那些随从可能并不在房间内，但埃阿斯还是曾经有一些随从的。因为，这句话带有自上而下的祈使的意味，而歌队队长是不可能以这样的语气对埃阿斯说话的。至于接下来的话，可以看作是对苔柯梅萨说的。此处所说的 $a \iota \delta \tilde{\omega}$ 指的是在他人面前的一种感觉，在这里则表示埃阿斯见到歌队之后的一种感觉，这种感觉会阻止他做伤害他们的事情。① 歌队队长希望，如果他的朋友在场，他就会顾忌朋友的感受，也就不会做出自戕的事情了——朋友对他的尊重要远比使他名誉受辱更为重要。

36.（行 348—行 355）

埃阿斯　哎呀！
那些可爱的家伙啊，在我的朋友当中，

---

① D. L. Cairns, *AIDOS: the psychology and ethics of honour and shame in ancient Greek literaure*, Oxford, 1993, p. 230.

[350]只有他们依然恪守着真正的约定。

你们可知道,我曾经受了怎样的鲜血铸就的惊涛骇浪?

那海浪啊,此起彼伏,将我紧紧环抱。

歌队队长　　（对苔柯梅萨)果真是这样,看来你说的话

没有错,[355]他现在的确显得有些不着调。

36.1　第二节从第二对唱(行 348－行 427)开始,直到最后以埃阿斯对苔柯梅萨的恳求无动于衷(行 595)结束。第二对唱从埃阿斯高声吟唱开始,先是他与歌队的对唱,而后是他与苔柯梅萨的对唱,第二对唱至行 427 结束;对唱结束后,是埃阿斯与歌队及苔柯梅萨之间的三音步抑扬格对白(行 428－行 595)。第二对唱中,埃阿斯有三组带有抒情色彩的抑扬格或抑扬格变格 στροφή〔正向(即向左)吟唱〕,而苔柯梅萨和歌队队长则以相对较为克制,感情色彩较轻的抑扬格与其对唱。①

依照古希腊的舞台技术,当需要在舞台上展示一个室内(或营帐内)的场景时,人们会将一个适当大小的平台从后景(即舞台正面背景后,在这里就是营帐的帐门)推出来,这个平台的形制应当近似于我们现在的平车,古希腊人称之为 ἐκκύκλημα〔平台〕。在本剧中,这个 ἐκκύκλημα 上应当能够坐下埃阿斯,同时要能够容得下一些被杀的牛羊尸体,而埃阿斯则被这些尸体所围绕。这一舞台器械在索福克勒斯的其他戏剧中也应当被使用过(《安提戈涅》,行 1294;《厄勒克特拉》,行 1464)。拜占庭时期,希腊画家第蒙马库斯(Τιμομάχυς)曾作画表现埃阿斯坐在自己杀害的牛羊中间,冥想着,思考着将要到来的自戕。按照西塞罗的说法,这幅画应

―――――――――

① 笔者在"译文"部分将埃阿斯的吟唱以仿体字排印,而将以一般抑扬格较少感情色彩的对唱部分以宋体字排印;在"疏证"部分,则将埃阿斯的吟唱楷体分行排印,而对一般抑扬格对唱部分以仿体不做分行。

该是在公元前 72 年画于库泽克（Κύζιχύς：西塞罗，《反随心所欲》，
II. iv. 60）。而后，此画为凯撒购得，并装饰于罗马的维纳斯神殿
（普林尼，《自然史》，VII. 126）。

　　埃阿斯在舞台上甫一出现便大声喊叫，让他的那些朋友
将他杀死，因为他感到自己已丧失了尊严和荣誉，已成为厌恶
他的人的笑柄，他昨晚的所作所为已将他过往的丰功伟绩玷
污殆尽。

　　36.2 原文中的 φίλοι ναυβάται（行 349）当然可以理解为可爱
的水手，但这个 ναυβάται〔水手〕一词却带着某种粗俗的语气，有些
近似于通常的家伙或伙计：χύρσαντες οὐκ εὐτυχῶς | Ἰάνων ναυβατᾶν
〔在海上遇上伊奥尼亚那些家伙，真是倒霉：埃斯库罗斯，《波斯人》，行
1011－行 1012〕。埃阿斯在这里说的 ἰὼ φίλοι ναυβάται 在语气中
就带有狂放不羁的意味——需知，此时的埃阿斯正在对自己行
为感到懊悔与懊恼，因此不可能语气平和。而 ἐμμένοντες 一词
（行 350）的本义就是遵守某项约定，在这里则是恪守先前的约
定，埃阿斯将这种约定称作是 ὀρθῷ νόμῳ〔真正的约定〕。那末，这
一约定是什么？显而易见，这便是关于阿喀琉斯兵器归属的约
定。而阿开亚将领们则显然放弃了原则，将阿喀琉斯的兵器判
给了奥德修斯，而埃阿斯所犯的所有的罪恶都是因为这一裁判
给埃阿斯带来的不公正的感觉产生的。埃阿斯在喊叫了那些水
手之后，马上便想到了自己所说的不公正的待遇。这一点表明，
埃阿斯在逐渐地恢复理智。

　　36.3 一旦埃阿斯说到某个 κῦμα〔波涛〕由 φοινίας〔鲜血铸
就〕，自然会想到他曾经挥舞长剑砍杀那些牲畜（行 351－行 352）。
这里，特别值得注意的是 κῦμα 一词：κῦμα 一词出自 κύω〔本义作
怀孕，妊娠〕，因此表示肿胀或膨胀的东西，进而引申表示像洪水
一样喷薄涌出，亦即波涛。这种波涛一旦 φοινίας〔鲜血铸就〕，又

成为一种疯狂的 ζάλης〔潮涌〕,于是,那天夜晚的杀戮也就变得
如同惊涛骇浪一般。

36.4 从句法上说,ἀφροντίστως 一词的译名与它在句中的地
位以及它的主词都紧密相关:一种可能是它前面的 τοὔργον〔战
事,业绩〕做它的主词,再一种则是埃阿斯做它的主词。如果是前
者,则这句话或可译作那些事情做得确实欠考虑;但我更倾向于
后者,即歌队队长这时是在说,埃阿斯虽然也说了一些看似头脑
清醒的话,但他实际上还是有些不着调(行 355)。

37. (行 356—行 363)

埃阿斯　　哎呀!
伙计们啊,你们谙熟着大船航行的技艺,
　　你们穿过海洋,在海面的碧波中摇动船桨,
[360]有你们这些照顾我的人在,我就知道,
　　那灾难定能过去,请在这样的时刻让我去死!
歌队队长　　快别说啦!不要再这样以恶治恶啦!不要
用糟糕来医治糟糕,那会带来更大的痛苦!

37.1 埃阿斯在转向对唱歌首节①开始时两次涉及到船的
意象:ἐπέβας 一词在这里当然是指上船出发,但 ἑλίσσων 却并不
表示来回旋转,而表示摇动船桨(行 359);如此说来,这句话从字
面上就可译作(你们)上船出发,行驶海上,摇动船桨在碧波海面
上——但这样,问题就出来了:同一句话里两次出现同一个意

---

① 对唱歌的正向与转向是在音韵结构上与合唱歌的正向与转向相对而言,对唱歌
　　的正向与转向并不必然意味着吟唱者面对方向的转变,而主要是由不同音韵形
　　成相互对照。

象,这在任何情况下都会让人感到不那么舒服,更何况译作汉语后,甚至海的意象也出现了两次! 不过,这只是汉译中的问题。在原文中,特别值得注意的是,$ἐπέβας$ 在这里已经引申表示动身出发,去到海上。

37.2 对于 $πημονάν$ 一词(行 360),有钞本将其勘作 $ποιμένων$〔本义作牧者,引申作提供关心与帮助的人〕;在这个钞本(L 钞本)下仍有注疏称,$τῶν ἐμὲ ποιμαινόντων καὶ θαλπόντων$〔意为我知道,你们,我的牧者(即对我关心的人)会来帮助我的〕。但杰布指出,这样的校勘在此处的上下文语境中会带出统领或统治的意味,而这一意味显然背离了埃阿斯的本义,当然也不会被我们的诗人所采纳。对杰布的这一观点,我也认同——毕竟将这些人看作是自己的统帅,在埃阿斯看来肯定会有怪异的感觉。而且,这一校勘也似乎难以解释接下来的 $ἐπαρκέσοντ᾽$〔本义作抵御,也可引申作避开〕:埃阿斯不会去想避开统帅者,也不会想到自己的死是一种抵抗。

37.3 埃阿斯的话里有一个 $ἀλλὰ$ (行 361),这个词并不像通常那样表示但是,它表示的是一种请求:$ὦ Φίντις, ἀλλὰ ζεῦξον ἤδη μοι σθένος ἡμιόνων$〔芬提斯,请你快点儿为那强健的骡儿套上驾驭的辕:品达,《奥林匹亚凯歌》,VI. 行 22〕;在这里,$ἀλλὰ$ 一词也同样表示埃阿斯对歌队队长的一种请求,联系上一行所说的提供帮助,埃阿斯在这里就是在要求歌队队长(以及其他相干的和不相干的人)都不要来劝阻他,让他 $συνδαίξον$〔本义作一道杀死,这里转译作去死〕。

37.4 在古希腊,$εὔφημα φώνει$ (行 362)通常在祭祀仪式上常说的一句话,表示不要再说了,一般用来招呼参加祭祀的人安静下来,所以有时不如索性理解为安静,保持肃静(参见索福克勒斯,《厄勒克特拉》,行 1211)。在行 591,苔柯梅萨对埃阿斯说出了同样的话——这里译作说话吉利点儿。但在此处的语境下,这里更倾向于认为,歌队队长此时可能已经预感到埃阿斯即将面临的灾难的某种征兆,所以,这句话不应该是一句劝诫不要亵渎神明的话,而应当是指灾难马上就会降临,大概这句话译作快别说啦更贴切一些。至于本行下段 μὴ κακὸν κακῷ διδούς,为了汉语语句上的连贯,将其同下行区分开,转译作不要再这样以恶对待恶。其中,κακὸν κακῷ διδούς〔可理解为以恶对待恶〕很可能是一个成语,因为这样的想法在许多文献以及纸纱草经卷中都曾出现(参见希罗多德,《历史》,III. 53. 4;修昔底德,《伯罗奔半岛战争志》,V. 65. 2;柏拉图,《普罗泰戈拉》,340e)。

　　37.5　值得注意的是, ἄκος〔医治:行 363〕与上一行的 μὴ κακὸν κακῷ διδούς 是连贯一气的,可译作不要用恶来医治恶(恶疾)。事实上,这样的说法在希腊文献中并不少见: μὴ τῷ κακῷ τὸ κακὸν ἰῶ〔不要做那种以恶疾治恶疾的事情:希罗多德,《历史》,III. 53〕。而柏拉图则也曾有过类似的说法: ἰώμενος μεῖζον τὸ νόσημα ποιῶ〔(让不合格的医生来)治病只能使病情愈加严重:柏拉图,《普罗泰戈拉》340e〕。当然,也不能仅靠这样一些史料便断定,这句话(或这句话所包含的意思)在古典时代曾经成为一个广为流传的格言。

38. (行 364—行 378)

埃阿斯　你是否已经看到了这种强悍,那种坚韧?
[365]是否看到了我在战斗中的那种骁勇无畏?
可当我将手伸向那些可怜的家伙时,你看到了我的畏惧吗?
于是,便有人那样猖狂地嘲笑我!
莒柯梅萨　我求求你,我的主人埃阿斯,请你不要这样说话!

埃阿斯　快些退下! 你就不能找个别的地方去吃草
吗?!

[370]啊呀! 啊呀!

歌队队长　以神明的名义,你且退让一步,冷静一点
儿吧!

埃阿斯　怎么这样的不幸啊!? 让那些祸害
从我的手中溜走,却让我将那些

[375]长着犄角的牛与漂亮的羊砍倒,
任凭它们那黑色的血溅洒当场。

歌队队长　为何总要为已经做过的那些事情感到痛苦
呢? 那些事情是不应该,可毕竟已经成了现在这个
样子。

38.1　歌队与苔柯梅萨对阿埃斯百般劝慰,但却毫无成效。
这些劝慰,在他看来,都只不过是一个又一个的托辞。

在谈论过那些随他出征的勇士之后,埃阿斯转而说到了自
己,这也是他在本剧中唯一一次关于自己作战表现的陈述。索
福克勒斯用三个修饰词来说明埃阿斯在战斗中的表现,即
τὸν θρασύν〔勇猛强悍〕,τὸν εὐκάρδιον〔坚韧〕以及 τὸν ἄτρεστον〔无所
畏惧〕。应当指出,埃阿斯对自己的评价并不是刻意的,甚至他
采用的修饰语都不是精心挑选的。一般情况下,θρασύν 确实是
一个带有褒义的修饰语:ἡ ἐλπὶς θρασεῖα τοῦ μέλλοντος〔对未来充
满坚定的信心:修昔底德,《伯罗奔半岛战争志》,VII. 77〕,但在阿提喀
方言中则可能会带有贬义:μὴ τοῖ τὸ γε ἦθός θρασύν〔这样的人一定
不能性情莽撞:亚里士多德,《政治学》,1315a11〕,而且这一贬义的
θρασύν 也在本剧的下面使用过(行 1142)。

38.2 古希腊语中,有相当多的文句是现代语文难以移译的, ἀφόβοις ... θηϱσὶ (行 366)就是典型的一例。照字面含义,这个短语中,如将 ἀφόβοις 〔不怕来自人的伤害的,引申作驯养的,捕获的〕一词看作是 θηϱσὶ 〔野兽〕的修饰语,那么,这个短语便成为一个前后矛盾的短语,就好像是在说不是野兽的野兽一样,似乎不合文理。但是,这种显得自相矛盾的修辞方法(即逆喻,参见疏证7.2)却有真实的使用价值:这里将其理解为一种特性的描述,进而将这个短语转译作那些可怜的家伙。值得注意的是,这里的这个 θηϱσὶ 〔转译作家伙〕只能指野兽,却从不表示人,也或许在埃阿斯的潜台词中包含了我只伤害了那些牛羊,并没有伤害那些人的意味;是否确实如此,也只能凭借猜测了。

38.3 埃阿斯先是描述了自己在作战时的英勇(行 364—行 365),然后接着提起他曾经蒙受的耻辱(行 366),最后还说到那些曾经厌恶他的人是怎样对待蒙受羞辱的他(行 367)。从这些文字中,可以看到,埃阿斯认为他的耻辱并不在于他曾经试图攻击他的敌人,因为那些人曾经对他有所羞辱,他的耻辱只在于他曾经对那些无辜而又无助的牲畜下手。原文中, ἀφόβοις 一词本义作没有畏惧,或可引申为不会让我感到畏惧;同时,这个词也可能带有表示不会给我带来伤害的含义。最后一行(行 367),埃阿斯说到那种猖狂的嘲笑,他最初是要把自己的 ὕβϱις 加诸到敌人身上,但这时,这种 ὕβϱις 却反过来被人施加到他自己身上。此外,还有一个更深层的反讽:埃阿斯并没有意识到,奥德修斯并未嘲笑他;埃阿斯居然承认,他的敌人也像他一样行止猖狂,而他自己竟然也是其中的一员。但是,奥德修斯却不在其中。

38.4 苔柯梅萨将埃阿斯称作是 δέσποτ᾽ Αἴας 〔我的主人埃阿斯:行 368〕似乎并不表示埃阿斯做了城邦之王,而是专指埃阿斯是她的主人;不久之后(行 489),苔柯梅萨又自称是一个奴隶,当然这并不表示她真的是一个奴隶,而只是说她是神明的一个奴仆。苔柯梅萨的这种言语婉转可能和她的身份有关,至少和她的女性性别有关。

38.5　埃阿斯对苔柯梅萨的回答(行369)可以分作两个部分:先说一句近似于主人向下人下达命令的话,命苔柯梅萨退下:οὐκ ἐκτός〔快些退下,字面直译作不能到别处去吗〕;然后,他接着说的一句话,带些叱骂的语气:οὐκ ἄψορρον ἐκνεμεῖ πόδα〔你就不能找个别的地方去吃草吗〕。事实上,埃阿斯对苔柯梅萨所说的话还带着一些索福克勒斯特点:他笔下的埃阿斯在这里把苔柯梅萨当作家中养着的牲畜(羊)之一,命其离开自己,另外找地方去谋生计,而直言之意则是要其远离这里,也有译文将这句话译作你就不能滚远一些吗。

38.6　值得注意的是,在这一节当中,歌队始终夹在尚未完全恢复清醒状态的埃阿斯与对自己夫君唯唯诺诺的苔柯梅萨中间。经过埃阿斯的大声叱喝,苔柯梅萨大概已经不再贸然说一些让她的主人头脑冷静的话了,这时歌队所能发挥的作用也就显而易见了。而这里的 φρόνησον εὖ〔冷静一点儿吧:行371〕应当是指希望埃阿斯能够恢复理智,保持头脑清醒,能够做一个有分寸而不猖狂的人。歌队队长对埃阿斯有这样的说法,应该与他在见到埃阿斯之前所说的 ἁνὴρ φρονεῖν ἔοικεν〔这个人的理智应该已经恢复:行344〕并不矛盾:先前,在要求苔柯梅萨把营帐大门打开放他们进去之前,他对埃阿斯精神状态的说法只是一个猜测,或者只是他在苔柯梅萨面前的一个策略。而现在,当看到埃阿斯的真实状态后,他认为,埃阿斯的精神状态还没有得到恢复,所以才有 φρόνησον εὖ 的说法。

38.7　怎么这样不幸(行373)在原文中写作 ὦ δύσμορος,而 δύσμορος〔不幸的〕一词可以看作是阳性第一人称单数形式,因此,

如果以汉语习惯完整翻译,也可译作我真是不幸,但却丢了希腊
原味的意蕴。跟在 ὅς 一词后面所说的话(行374)则是在陈述这
种不幸的前因。亦即,埃阿斯的不幸不是来自别的什么原因,而
是因为有复仇女神令那些应当受到惩罚的人从他的手边溜走,
所以,他复仇的举动才会落在那些牛羊身上,让那些牛羊血染营
帐。原文中, τοὺς ἀλάστορας 本义是指复仇之人(对比索福克勒斯,
《俄狄浦斯王》,行877;《特拉喀斯女孩》,行1235),但这里它却表示应
该 受 到 惩 罚 的 卑 劣 小 人: ἄνθρωποι μιαροὶ καὶ κόλακες καὶ
ἀλάστορες, ἠκρωτηριασμένοι τὰς ἑαυτῶν ἕκαστοι πατρίδας 〔这些人挥霍
无度,阿谀奉承,径丑恶,他们已将自己的国家毁坏殆尽:德墨斯忒尼,《演
说集》,XVIII. 296〕;这种卑劣小人似乎不再简单只是复仇的对
象,而变成为对自己城邦或祖国(家乡)会造成伤害的人。

38.8 就 ἐξειργασμένοις 一词的本义而言,这个词既可以表
示某些已经完成的事情,也可以表示在某种境况下所要遇到
的某些事情,因此,原文中的 ἐξειργασμένοις 既可以理解为(自
己)已经做的事情,或许也可理解为自己已经落入的境况;如
果按照后者来理解,则这句话也可译作何必总要为自己现在
的境况自怨自艾呢(行377—行378)。歌队似乎是在安慰埃阿
斯,但这句话相对来说较轻,不如汉语中"世上没有后悔药"
严肃。

39. (行379—行393)

埃阿斯 (似乎想象自己现在就面对着奥德修斯)你呀,一
直在四处打探,

[380]用尽了各种各样卑劣的手段,拉厄耳忒的儿
子啊,

在这大军之中，就数你最是鬼祟，

现在的你，一直笑个不停，开心之极。

歌队队长　那些欢欣也好，悲怆也好，都是注定的。

埃阿斯　我已经遭此劫难，可我还是想要看到他的

劫难，

[385]哎呀！哎呀呀！

歌队队长　不要大喊大叫，难道你面对的是怎样的厄

运吗？

埃阿斯　神明宙斯，我先人父辈的血脉啊！

我要将装模作样，将那个让人恨之入骨的无赖杀死，

[390]要将那两个执掌王权的兄弟杀死；或许，

到最后，我还会将我自己也杀掉吗?!

苔柯梅萨　当你提出这样的要求时，也请将我一道请

求被处死吧！你想想，如果你死了，让我如何独活在这

个世界上？

39.1　在古希腊，在这种情形下说 τέκνον Λαρτίου〔拉厄耳忒斯的儿子〕，舞台下的观众自然会知道这是指奥德修斯（行380）。关于对奥德修斯的评价，这位诗人在另一部剧作中也有很有意思的表述：菲洛克忒特斯提到奥德修斯时曾说 ἀλλ’ ἡ κακὴ σὴ διὰ μυχῶν βλέπουσ’ ἀεὶ | ψυχή〔你那种卑劣的心地，被你悄悄地藏到了一个隐秘的地方：《菲洛克忒特斯》，行1013〕。至于短语 κακῶν ὄργανον，则是指埃阿斯想象中的各种卑劣伎俩，并非真的在指奥德修斯所做的哪些错事。

39.2　这里所说的最是鬼祟，在原文中写作一个名词词组：κακοπινέστατόν τ’ ἄλημα（行381）；其中，十分有意思的是，ἄλημα 一词的本义为一顿美餐，能摸准主人的口味并为其准备一顿美餐

的应当是一个心思十分细密的仆人,于是,在古希腊这个词就已经演变为表示精明的杂役或心细的仆人。而这个词从埃阿斯的嘴里说出来,就带有无赖、鬼鬼祟祟的意味,这里将其转译为一个形容词,而下文(行389)处则照名词译作无赖。

39.3 短语 $\mathit{ἄγεις}$ $\mathit{γέλωτα}$ 应当是指一直笑个不停(行382)——在埃阿斯的感觉中,这种 $\mathit{γέλωτα}$〔笑〕也许确如杰布所说是对埃阿斯的一种嘲笑,但似乎找不到确实的依据。不过,这个短语中,$\mathit{ἄγεις}$ 一词倒是值得注意:就其本义而言,$\mathit{ἄγεις}$ 一词是指从事、实施,而在与一个表连续动作的名词连用时,则可以表示那个动作的不间断,如 $\mathit{ἄγεις}$ $\mathit{κτύπον}$〔不停地发出噪音〕:$\mathit{κτύπον}$ $\mathit{ἠγάγετ·}$ $\mathit{οὐχὶ}$ $\mathit{σῖγα}$ | $\mathit{σῖγα}$ $\mathit{φυλασσομένα}$ $\mathit{στόματος}$〔又吵又吵!就不能让你的嘴安静下来吗:欧里庇得斯,《俄瑞斯忒斯》,行182〕。埃阿斯与奥德修斯的不合从这部戏的一开始就出现了,但在这里,埃阿斯把奥德修斯单独抽出来,说他是一个不停嘲笑自己的人,这几乎可以肯定是他的一种想象。

39.4 当一个名词前面有一个冠词时,通常情形下会将这个名词看作或理解作带有全称的性质。在这里,如果脱离开上下文语境单独来理解 $\mathit{τοὶ}$ $\mathit{θεῷ}$,就会将其看作是泛指神明。但是,如果将短语 $\mathit{σύν}$ $\mathit{τοὶ}$ $\mathit{θεῷ}$ 放在现时的语境之下,我们就只能理解,这是专门特指神明的力量了。诗人之所以没有将 $\mathit{σύν}$ $\mathit{τοὶ}$ $\mathit{θεῷ}$ 写作 $\mathit{σύν}$ $\mathit{θεῷ}$(行383),并不能看作是作者的疏忽,因为后者作为一个习语,通常表示凭借神明的帮助。在这里,欢欣或者悲伤并未和神明的帮助发生联系,而是由神明的力量决定的,甚至这里所说的神明的力量都可能只是一种暗喻,即某种超出人的能力的力量。鉴于此,这里将这个短语转译作都是注定的。

39.5 按照古希腊语常见的修辞方式,$\mathit{ἴδοιμι}$ $\mathit{μήν}$ $\mathit{νιν}$〔我也想看到他〕以下应该是略去了半句(多余的或重复的)话,而这种省略通常需要从上下文语境中来理解：下半句说 *καίπερ ὧδ' ἀτώμενος*，照字面直译作虽然我遭此大难，那末，对应上半句的省略就应当是指他想要看到奥德修斯也遭到同样的劫难，因此，在 *ἴδοιμι μήν νιν* 的译文中将笔者所理解的省略部分加进去，将其译作我还是想要看到他的劫难(行384)。

39.6　原文中的 *μηδὲν μέγ' εἴπῃς*（行386)应当是指不要大声说话，其中 *μέγα* 则作为副词使用，表示说话时的无所顾忌。在面临灾难或厄运的时候，保持安静或许是古希腊人的一种明智选择：当厄勒克特拉痛哭不止时，迈锡尼城中女子组成的歌队也以同样的话来劝慰厄勒克特拉：*μηδὲν μέγ' αὔσῃς*〔不要这样号啕大哭：索福克勒斯，《厄勒克特拉》，行830〕。

39.7　接着歌队队长的话，埃阿斯说到了自己的血统(行388)。埃阿斯是忒拉蒙的儿子，而忒拉蒙又是宙斯之子埃阿库斯的儿子。所以，埃阿斯声称自己的身上带着宙斯的血统。不过，这里并不能断定索福克勒斯一定想到了希腊传说中的另一细节：按照柏拉图的说法，埃阿库斯并非宙斯正宗血脉所传，而是女仙爱琴纳为宙斯所生(柏拉图，《高尔吉亚》，526e)；照此，埃阿斯也就不能成为神的嫡传之后，至多只能是一个英雄。①

39.8　埃阿斯最后这句话是一个反诘问句(行389—行391)，表示一种愿望——按照弗兰克尔对埃斯库罗斯《阿伽门农》所作的解读②，埃阿斯报复的欲望一直是难以消解的，而报复的对象既包括这里所说的 *ἐχθρὸν ἅλημα*〔这个词字面意思为可恨的一顿美食，引申比喻为那个让人恨之入骨的无赖〕奥德修斯，也包括 *τούς δισσάρχας ὀλέσσας βασιλῆς*〔那两个执掌王权的兄弟〕阿伽门农和

①　关于埃阿斯的身世，参见本书"索福克勒斯和他的《埃阿斯》"部分。
②　Flaenkel on A., Ag., v. 622.

墨涅拉厄斯。剧情发展到此时，抛开后两位不谈，对于埃阿斯首先提到的奥德修斯，雅典的观众可能都还认为，埃阿斯在这里或许误解了他对自己的态度，而这种态度显然在人们对埃阿斯能否有尊严地下葬争论不休时起了极为重要的作用。换言之，人们这时还觉得，奥德修斯对埃阿斯并无偏见。事实上，这种并无偏见只是奥德修斯知道分寸所在（σωφροσύνη）。这时的埃阿斯虽然已经恢复了清醒，但其 ὕβρις 却并未去除。

39.9 在苔柯梅萨的话（行 392－行 393）里，κατεύχη 为 κατεύχομαι 一词现在时第二人称单数中动被动态形式，表示一种对恶加以惩罚的祈祷，亦即希望将惩罚加诸恶的身上。这表明苔柯梅萨其实很清楚，埃阿斯这时是清醒的，他的全部努力都是要使曾经羞辱他的人受到惩罚；只是她同时也很清楚，这个惩罚最终会将埃阿斯带向死亡。

39.10 在开场中，埃阿斯在敌人面前精神陷入癫狂；而在这里，在自己的亲朋中间，他的头脑又变得清醒异常。然而，令人在感情上无法接受的是，对于这样一个伟大的勇士而言，那个陷入癫狂状态的埃阿斯似乎显得更为真实一些。埃阿斯意识到自己的无能为力，这让他因嫉妒而沮丧——首先是他没有能力向他的敌人复仇（行 367），而且他还会被敌人嘲笑（行 382）。但他复仇的渴望却愈益强烈，这种强烈的欲望使他根本无法头脑清醒（行 387－行 390）。这时，他看到的是，复仇的失败使自己的伟大形象发生动摇。于是，他想到唯一的解决办法就是死（行 391）。似乎从行 330 开始，至少从行 345 开始，一直期待着看到苔柯梅萨和歌队能够劝说埃阿斯放弃在他脑子里萦绕不断的那个可怕计划，可埃阿斯对这些劝告却充耳不闻。开始时，他尚能与歌队相呼应，但到了行 369，他却粗暴地呵斥苔柯梅萨退下（尽管后者并没有遵照他的命令马上退下），并且此后他便对任何劝说的话都不予理睬了。

40. （行394—行411）

埃阿斯　啊！
那一片的幽暗，竟是我的光明！
[395]在暗黑之神的领地，我却感受到比艳阳更加
明亮，
将我带上，带上我与你住在一起，
带上我；我不配再到神明那里去寻找帮助，
[400]而其他的人们也不再屑于对我善待。
宙斯的女儿啊，
那力大无边的女神，
她现在急欲要将我拷问折磨——
却让我能够去到何处逃逸？
我又能够在哪里得到安宁？
[405]如果以往的声名已经尽丧，我的朋友们哦，那些
家伙
一个个倒在我的身旁，如果我依然钟情在这些愚蠢的
猎物身上，
那就让这些将士们挥舞起他们双手，
用利刃将我杀死。
苔柯梅萨　[410]我真是感到难过，曾经那样无所不能
的人，竟然说出这样的话?！而早先他是不可能这样委
屈自己的！

40.1　在埃阿斯的话语中，幽暗如何成为他的光明（行394）?

这看上去似乎自相矛盾。但在古希腊,这种自相矛盾的比喻确
实是一种特殊的修辞方法,亦即逆喻法(疏证 7.2)。这种逆喻,如
聪明的愚笨、残酷的和善等,在古希腊语中有时也表现为一种肯
定的句意,即 *οὐχ ὁμιλεῖ* 〔不会陪伴(存在)〕。在这里,这种逆喻表
示埃阿斯此时只能接受冥神哈得斯那里的光明,而真正太阳的
光芒对于埃阿斯来说只是一种羞辱或耻辱。这句逆喻肯定的
是:地狱的黑暗成为拯救埃阿斯的唯一希望,所以,埃阿斯最后
只能选择死。这可能是我们的这位诗人独创的一种写法或理
解。① 在荷马的《伊利亚特》中,埃阿斯祈求宙斯的是让他在阳
光下死去,而不要让他死在黑暗中:

> 天父宙斯啊,请把阿开亚人带离那幽暗,让晴朗出现,
> 让我们用眼睛作证;让我们在阳光下死去,那也会令你欣喜
> (《伊利亚特》,卷 XVII. 行 645—行 647)。

虽然荷马笔下的埃阿斯在祈神的时候并未把阳光和哈得斯的幽
暗并举,但埃阿斯在那里似乎并不愿意独自安然死去。

40.2 埃阿斯的这两句话(行 394—行 395),显而易见,是在说同
一件事情:在阴间下界,埃阿斯感受到的只是他的光明。前一行,
埃阿斯说那幽暗在他是一片光明,说的是他的希望就在那幽暗之
中,而原文中的 *σκότος* 〔幽暗〕也暗示着死神哈德斯领地的意味:
ἥκω νέκρων κευθμῶνα καὶ σκότου πύλας λιπών, ἵν' Ἀΐδης χωρὶς ᾤκισται
θεῶν 〔从那死魂的洞中走出来,我离开了哈得斯远离诸神居住着的幽暗
之地的大门:欧里庇得斯,《赫卡柏》,行 1〕。而行 395 这里,诗人又以

---

① Cf. W. B. Stanford, "Light and darkness in Sophocles' *Ajax*", *GRBS*, 1978,
pp. 189—197.

另一种方式描述了阴间下界的黑暗：原本，*ἔρεβος* 一词只表示阴间的黑暗（ *ἐξ ἐρέβευς ἄξοντα* ），但这里则应当表示某个幽暗的地方，在古希腊传说中，司职夜晚暗黑的神明也被称作是 *Ἔρεβος* 〔厄勒珀〕。不知道索福克勒斯在写这句话时是否想到了厄勒珀，但至少可以认为这里的 *ἔρεβος* 隐含地带有暗黑之神的意味。因此，译文中将死神领地与暗黑之神这双重意味都在行 395 译出，也避免了上下两句在中文中出现重复。

40.3　紧接着，埃阿斯似乎表现出某种自责（行 399—行 400）。他这时或已隐约地意识到，他所承受的那些磨难并非都出自神明的惩罚，而他自己的行为已使他失去了得到神明帮助的资格，而且也被明智的人所抛弃。这里将 *ἄξιος* 看作是支配 *θεῶν γένος* 和 *τιν' εἰς ὄνασιν ἀνθρώπων* 这两个短语的，而 *ἄξιος* 一词则从其本义，即值得、配得上。

40.4　自责之后，埃阿斯便开始急切地向苔柯梅萨倾诉自己的顾虑：他知道，雅典娜将要置他于死地（行 401—行 402）。这里的短语 *ὀλέθρι' αἰκίζει* 应当理解为以伤害的手段进行拷问；其中，以希腊文节略的语言习惯，这里隐去的应当是我。至少在埃阿斯自己的描述中，雅典娜和他都对各自的牺牲加以拷问折磨。

40.5　从古希腊文句法上看，*ποῖ*〔这里将其理解为何处、哪里〕作为一个疑问词，已将这句话的含义基本表达清楚了，而接着的这个 *τις* 却带有十分重要的意义：它表明，这句话因此而成为一句反诘问句，亦即不需要听者作出回答，而答案已在问题之中（行 403）。索福克勒斯在另一作品中几乎使用过同样的句法结构：*θύγατερ, ποῖ τις φροντίδος ἔλθη*〔女儿啊，难道我们不该听从他们的意见吗：《俄狄浦斯在克洛诺斯》，行 170〕。

40.6　此处 *προσκείμεθα*（行 407）一词既可以作贬义词理解，也可作褒义理解，而我在译文中则试图在这两种相反的语气之间找到一个折中的方法,将其译作钟情于。从贬义词上来理解,这个词可以表示沉溺于,即沉迷在某些东西或某种状态中(此剧的近代译本也大多采用这样的理解方式)。但是,也应看到这个词当中所隐含的褒扬意味：ταῖς γὰρ ναυσὶ μάλιστα προσέκειτο〔他(即忒弥斯托克勒斯)还是十分牵挂海军的船队：修昔底德,《伯罗奔半岛战争志》,I. 93. 7〕。这里们需要注意,埃阿斯在说出 προσκείμεϑα 一词的时候,是在说自己对自己所厌恶的那些人曾经拥有的某种热情,而且这种热情一直在左右着他,使他为了这些人的利益而远道出征。当然,与此同时,也得看到,在埃阿斯这种并不情愿的褒扬语气当中确实还带有愤愤不平的成分。

40.7 原文中的 δίπαλτος 一词(行 408)当然可以理解为用双手挥舞起;其中,作为前缀的 δι- 表明了就是双手,但是,这里却没有说明挥舞起的是什么东西。事实上,在古希腊人看来,δίπαλτος 一词应当是指双手齐上,其中也蕴含着凶猛或勇猛：ὡς δ' εἴδομεν δίπαλτα πολεμίων ξίφη〔我们看到敌人勇猛地挥舞着手中的剑冲上来：欧里庇得斯,《伊菲戈涅亚在陶里斯人中》,行 323〕。特别要注意的是,在悲剧作家笔下,δίπαλτος 决不会意味着双手拿着剑挥舞。如果一定要在汉语中找到一个近似的含义的话,那么,这个词或许对应张牙舞爪更接近文义。

这句话(行 405—行 409)意味着,埃阿斯所期待的复仇不只是针对那些他认为和他有仇,给他带来耻辱的人,而是包括了整个阿开亚大军所有的将士;在埃阿斯的眼里,这些将士们曾经十分排斥他,而他也同样排斥这些将士——埃阿斯与他所在的那个共同体一直是若即若离的。

40.8 在苔柯梅萨看来,埃阿斯确实始终是一个可以解决各种难题的、能够效力城邦与家庭的男子汉,所以,她才会说埃阿

斯是 *τοιάδ' ἄνδρα χρήσιμον* (行 410)。这表明她心目中的埃阿斯能
够 *χράομαι*〔在字面上,这个词有两层含义,即适用和承受〕,而由这个
词衍生的 *χρήσιμον* 一词在苔柯梅萨看来也就应当表示埃阿斯在
城邦与家庭有难时或者在自己遇到灾难时可以有所担当。因
此,这里将这个词译作无所不能,亦即在苔柯梅萨眼里无所不
能。这样一个曾经无所不能,有所担当的人,在正常情形下,或
者说在神志清醒的状态下当然不可能对自己委曲求全;恰好,此
处的 *ἔτλη (τλάω)* 一词(行 411)虽然在本义上确实带有承受某种心
灵煎熬的意味,但也有出于自己的原因不得不承受的意味,亦即
委屈自己。

41.（行 412—行 429）

埃阿斯　啊!
你们这波涛汹涌的海峡,
你们海边的悬崖,还有那茂密的树林,
很久,很久以来,你们挡住了我的去路,
[415]令我无法去到特洛伊;你们现在不再这样做,
可我的生命也已不再;看明白事情的人没有不知道!
斯卡曼德洛斯掀起的波涛啊,
近在我们身旁,
[420]对阿尔戈斯来的人们如此友善;
有了这条河,你们就不再需要
顾及这个人了。我敢说,
这个人确是一个真正的勇士——
[425]那些特洛伊人啊,他们可从未看到过
这样的希腊人;可现在,却要在屈辱中

就这样一败涂地。

歌队队长　我实在无法阻止你,也不知道如何让你说

下去。你现在遇到的是难以克服的灾难。

41.1 在第二转向对唱歌(行 412—行 427)当中,埃阿斯与外
界在情感上的隔绝不再只是对他的朋友的话充耳不闻,而且对
周围的一切也都视而不见了。

从古典语文学的角度考虑,πόϱοι (行 412)一词有两种可能的
含义:其一指道路,尤指小路:εὐθὺς γενέσθω ποϱφυϱόστϱωτος πόϱος
〔快用那绛紫色地毯铺出一条路来:埃斯库罗斯,《阿伽门农》,行 910〕;按
照这一解法,苔柯梅萨在这里先提到的就应该是波涛汹涌的海
滩边的那些小路,但它放在此处的语境中显然不合情理。而
πόϱοι 一词的另一层含义则表示海峡——按照杰布的说法,苔柯
梅萨在这里首先想到了希腊濒临的大海,然后由这一片大海联
想到大海的岸边,想到 πάϱαλά ... ἄντϱα〔译作海边的悬崖,但其字
面含义为海边的岩洞〕,最后一直延伸到距离大海稍远的地方的树
林。这样,此处的这两行(行 412—行 413)便成为逐渐将想象加以
延伸的一个过程。关于这个地方的林木情况,杰布在为《不列颠
百科全书》撰写的特洛伊一条中曾有详细说明:“在平原与丘陵,
都或多或少生长着很不错的林木。除了鳞栎橡树外、榆树、柳
树、柏树以及低矮荆棘都十分丰富。荷马时代,特洛伊平原溪水
山涧旁有着很丰富多样的莲花、纸莎草和芦苇。”①不管怎么说,
这两行其实对埃阿斯当时的环境做出了基本的界定:面对的是
一道海峡,背后却是高耸的山崖,其间是茂密的树林,这决定了
埃阿斯定会找到这里,最后独自黯然自戕。

---

① *Encyc. Brit.*, vol. XXIII, p. 578.

41.2 埃阿斯说 *οὐκ ἔτ᾽ ἀμπνοὰς ἔχοντα* (行 416)，可有两解：其一，按照 *ἀμπνοὰς* 一词的本义，这句话可以解作我的气力已再不能得到恢复，因为 *ἀμπνοὰς* 一词的本义是指重新能够(*ἀνα-*)呼吸(*πνοή*)，但是，埃阿斯在这里似乎并没有意识到自己曾经神志恍惚，而且也不认为自己的力气再也得不到恢复。其二，*ἀμπνοὰς* 一词在有些情形下也仅仅表示能够呼吸(*πνοή*)。因此，单就 *ἀμπνοὰς* 一词而言，埃阿斯这里所说的应当仅仅是指自己不能再呼吸了——这个说法则暗示着他知道自己距离死期已经不远。上述两种说法，其实在含义上是有着细微差别的，这里更倾向于后者。

41.3 斯卡曼德洛斯(*Σκαμάνδριος*)是穿越特洛伊城的一条河(行 418)。斯卡曼德洛斯河发源于伊达山，流经拜达弥赫镇附近的平原，又从北方流入特洛伊平原；在拜达弥赫平原与特洛伊平原之间，这条河遭遇一个折弯，河的两侧有陡峭的悬崖绝壁，其景致蔚为壮观。从特洛伊平原的南侧流到希腊港入海口，行程约有四公里。按照荷马的说法，在阿喀琉斯进军特洛伊时，斯卡曼德洛斯河似乎起到了阻止其行进或减缓其速度的作用。因此，荷马怀疑这是一条对希腊大军不利的河，甚至认为这条河或许是特洛伊的守护者(荷马，《伊利亚特》，卷 VI. 行 399—行 403)。但是，不明白的是，索福克勒斯笔下的埃阿斯为什么认为这条河或这位河神会对他有所帮助。这或许是本剧诸多不解之谜中最重要的一个，而提供饮用水只是一种猜测。

41.4 接着，埃阿斯似乎是想回应自己在上一句对斯卡曼德洛斯河以及这条河人格化之后化身的河神斯卡曼德洛斯的祈祷。他说到河神斯卡曼德洛斯 *εὔφρονες Ἀργείοις* 〔对那些阿尔戈斯人的友善：行 420〕。按照上面的猜测，这或许是指当希腊人准备进攻特洛伊城时，他为希腊人提供了足够的饮用水。不过，这里需要注意的是，埃阿斯在说到河神斯卡曼德洛斯对希腊人友好时,并没有说这位河神对他有过任何的敌意或恶意;这里也没有暗示,这位河神在埃阿斯争夺阿喀琉斯兵器落败中起到过任何不利于埃阿斯的作用。所以,如果假定他对阿尔戈斯人的友好只是他为他们提供了足够的饮用水的话,那么,认为这里所说的阿尔戈斯人不包括埃阿斯和他的朋友,显然就缺乏确实的证据了。不过,也有学者认为,这条河并不是对所有的希腊人都十分友好,它对阿喀琉斯就绝无善意。①

41.5 把自己称作是这个人($\check{\alpha}\nu\delta\varrho\alpha$),这是希腊人在陈述一个事实时的一种说话方式(行 423)。而 $o\dot{v}\mu\acute{\eta}$ 连用接一个虚拟语气的 $\check{\iota}\delta\eta\tau\varepsilon$ 则是为了强调那些人再也不会考虑埃阿斯在这场战役中的作用。② 这样说,或许表明,埃阿斯感到自己在希腊军中的地位被贬低是因为各部队的统帅这时觉得埃阿斯已经不再起作用了。因此,他的心智迷乱或许也有内心失落方面的原因。

41.6 杰布认为,诗人在这里采用的是抒情诗的语调,而这一段话开始时的 $\check{\varepsilon}\pi o\varsigma$ $\dot{\varepsilon}\xi\varepsilon\varrho\tilde{\omega}$ $\mu\acute{\varepsilon}\gamma\alpha$ (行 424)虽然从语气上看带有以谦卑态度说出的意思,但接下来,埃阿斯所说的话实际上是一种自夸或自我炫耀;他的依据在于,当阿喀琉斯在评价自己时也曾说 $\tau o\tilde{\iota}o\varsigma$ $\dot{\varepsilon}\dot{\omega}\nu$ $o\tilde{\iota}o\varsigma$ $o\ddot{v}$ $\tau\iota\varsigma$ $\dot{A}\chi\alpha\iota\tilde{\omega}\nu$ $\chi\alpha\lambda\varkappa o\chi\iota\tau\dot{\omega}\nu\omega\nu$ 〔没有哪个身披青铜铠甲的阿开亚人比我更强:荷马,《伊利亚特》,卷 XIIIV. 行 105〕,而奥德修斯则说自己 $\ddot{o}\varsigma$ $\pi\tilde{\alpha}\sigma\iota$ $\delta\acute{o}\lambda o\iota\sigma\iota\nu$ | $\dot{\alpha}\nu\delta\varrho\dot{\omega}\pi o\iota\sigma\iota$ $\mu\acute{\varepsilon}\lambda\omega,$ $\varkappa\alpha\acute{\iota}$ $\mu\varepsilon\nu$ $\varkappa\lambda\acute{\varepsilon}o\varsigma$ $o\dot{v}\varrho\alpha\nu\grave{o}\nu$ $\ddot{\iota}\varkappa\varepsilon\iota$ 〔以足智多谋著称,声名直抵天庭:荷马,《奥德赛》,卷 IX. 行 19〕。但在我看来,埃阿斯在这里只是认为,他对自己的评价是可以放心大胆说出来的,完全不必带有任何谦卑之意——而 $\dot{\varepsilon}\xi\varepsilon\varrho\tilde{\omega}$ 一词则恰好在本义上就是指大声说出来或毫无顾忌地说出来,这样的

---

① Cf. R. Renehan, "Review on Lloyd-Jones and Wilson", *CPh*, 1992, p. 345.
② 此处的 $\check{\iota}\delta\eta\tau\varepsilon$ 是动词 $\varepsilon\check{\iota}\delta o\nu$ 第二人称复数不定过去时虚拟语气形式,本义作看到,在这里可表示顾及。

理解或许也恰好与埃阿斯的自信以及埃阿斯对于那些阿开亚将领们没有将阿喀琉斯的兵器颁赠于他感到不平的心态是相符的。可以说,埃阿斯在这里过分自信;却不能说,埃阿斯想藉此给他的对象过分夸张的印象。

41.7　在原文中,πρόκειμαι（行 427）一词的本义是被放置（κεῖμαι）到某个东西之前（προ-）或在某个东西前躺倒,而这里将其理解为进退失据,亦即在需要自己的理智发挥作用时已经是一败涂地。虽然这个词在形容词名词化当中也有 ὁ προκείμενος〔本义作躺倒的人,亦即尸体〕的用法,但将这一引申放到此处的语境当中显然是解释过度的。倘若如此,则这里的文本就成了（我却成为）那样一具蒙受羞辱的尸体,或（我却）在屈辱中死去。这显然都不是埃阿斯的本意,因为埃阿斯此时毕竟还没有真正开始他的自戕行动。

41.8　这段咏叹调对唱颂歌（行 348－行 429）,旨在使剧情的悲怆得到表现,这种格式与早前的对唱歌（行 201－行 262）有些相像。但从另一方面看,这两段又有所不同:在这里,埃阿斯采用的抒情咏叹调,这样处理的目的在于能够较充分地使埃阿斯悲痛的心情得到缓解;而歌队和苔柯梅萨则没有这样考虑的必要,因此,他们所采用的便只是三音步对话独白体。

42.（行 4310－行 440）

埃阿斯　　[430]啊呀！有谁曾经想到,我这个名字竟然和我所要遇到的灾难一致得如此意味深长？我喊了两三次啊呀啊呀,这可是我所经受的灾难。我这个人,父亲曾经在所有的军队中赢得了至高无上的荣誉。他曾经得到了最美好的奖赏,[435]还曾将各种的荣誉从伊达山带回了家乡。我作为他的儿子,恰好也来到了特

洛伊这同样的地方。我所做的并没有任何逊色之处，
可现在却要[440]在阿尔戈斯人中蒙受耻辱，任人
宰割。

42.1 从这里开始(行430以下)，埃阿斯逐渐变得冷静了许
多。这时，他开始使用三音步抑扬格来念白，而且是长长的大段
念白。在这一段念白中，埃阿斯头脑冷静地细心思考自己所蒙
受的耻辱，同时缜密地分析了自己可能采取的应对方法，甚至想
到自己可能接受的死亡的结果。

在希腊文当中，埃阿斯的这个名字($A\H{\iota}\alpha\varsigma$)和表示极度惊讶
或痛苦时喊叫的那个语气词啊呀($a\H{\iota}a\H{\iota}$)，无论在读音还是在字形
上都极为接近。① 我更倾向于认同杰布的说法：此处(行430—行
431)，索福克勒斯在修辞上以 $\epsilon\pi\acute{\omega}\nu\upsilon\mu o\nu$ 和 $\xi\upsilon\nu o\acute{\iota}\sigma\epsilon\iota\nu$ 两个词的连用
来表示这种相互一致实在是意味深长。事实上，在古希腊，这样
名与实的相配并不少见，即便在人名上也是如此。杰布在这方
面为我们提供了相当丰富的参考文献：他引述品达的诗，说品达
在提到 $A\H{\iota}\alpha\varsigma$ 这个名字时就曾说这个名字出自 $a\iota\epsilon\tau\acute{o}\varsigma$〔鹰鸷〕：
$\H{\epsilon}\sigma\sigma\epsilon\tau a\acute{\iota}\ \tau o\iota\ \pi a\H{\iota}\varsigma,\ \H{o}\nu\ a\iota\tau\epsilon\H{\iota}\varsigma,\ \H{\omega}\ T\epsilon\lambda a\mu\acute{\omega}\nu$〔忒拉蒙，让你那孩子的名字从
鹰鸷一词吧：品达，《伊斯特米凯歌》，vi. 行53〕；而且，大多数作家都认
可这一语源学诂证。② 不过，当诗人在这里将 $A\H{\iota}\alpha\varsigma$〔埃阿斯〕和
$a\H{\iota}\ a\H{\iota}$〔哎呀〕联系起来时，这似乎暗示着另一个传说：埃阿斯死
后，在洒满死者鲜血的地方长出一片风信子，而在风信子的花瓣
上依稀可辨地有着 AI 的字样(奥维德，《变形记》，卷 XIII. 行
397)——对这一传说，我持相反的看法，即这个传说很有可能出

① 按照这一关系，我们或许可以将埃阿斯译作啊呀斯，但这样的译法一则与已经
  约定俗成的埃阿斯的译名不合，同时也超出了中文对人称谓的习惯。
② Schol. Apoll., *Rh.*, I. 1289; schol. Theocr., XIII. 37; Apollod., III. 12. 7.

自这部戏之后,亦即出自索福克勒斯身后。虽然杰布为这个名字的语源学诂证做了大量有益的工作,但他也认为,在如此严肃的文字中,以此种的方式对某个名字的语源加以演绎,在希腊人看来并不恰当,因为在古希腊人看来,预示性的语言——如 ὀμφαί〔神谕〕或 κληδόνες〔谶语〕——应当是极为严肃的。据此(以及其他相关文献),他认为,埃阿斯名字的语源出处是不能确定的。不过,无论结论如何,在这里都能够理解埃阿斯确实认定自己的宿命是与生俱来的,因为这在他的名字里就已经体现出来。当然,近代以来,对埃阿斯名字出处的考证一直没有中断,有学者依然采用类似的比附。①

　　此处,诗人使用的 καὶ δὶς ... καὶ τρὶς 很可能是一个带有作者特色的语言表达方式,因为很难在其他古典文献中找到这样的用法,而这个用法也只见于这位诗人的另一作品中: δὶς ταὐτὰ βούλει καὶ τρὶς ἀναπολεῖν μ' ἔπη〔同样的话,一定要我说上两遍三遍吗:《菲洛克忒特斯》,行 1238〕。不过,需要特别注意的却是 αἰάζειν 一词的使用:从一般意义上讲,αἰάζειν 一词当然表示发自肺腑的悲恸: γᾶ δ' αἰάζει τὰν ἐγγαίν〔大地之神为自己亲生的孩子感到无比的悲痛:埃斯库罗斯,《波斯人》,行 922〕;但是,另一方面,这个词本身又出自啊呀的呼语。笔者不认为埃阿斯是在说自己恸哭了两三遍,而是(如前文所显示的)说他喊叫了几次 ai aî。

　　42.2　关于埃阿斯父亲出征一事,按照品达的说法(《伊斯特米凯歌》,V. 行 27 以下),埃阿斯的父亲忒拉蒙曾与赫拉克勒斯一道出征,征讨特洛伊王拉俄墨冬。后者的女儿赫西俄涅于是便作为奖品做了忒拉蒙的妻子,埃阿斯同父异母兄弟透

_____
① A. F. Garvie, *Aeschylus' Supplices: play and trilogy*, Cambrigde, 1969, pp. 71—72.

克洛斯就是赫西俄涅与忒拉蒙所生。在这里，我们的诗人称
τὰ πρῶτα καλλιστεῖ ἀριστεύσας (行 435)，就是明言忒拉蒙因在特
洛伊作战功勋显赫而得到奖励，而 καλλιστεῖα 一词字面上的含
义是指因出色而得到的奖励。忒拉蒙得到奖励的原因应当是他
在战时表现出的出类拔萃。文中提到伊达山则是特洛伊附近的
一座山。

　　42.3 照荷马的习惯，Τροιά 不仅包括特洛伊城，还包括特洛伊
城外的乡村地区。但这里，诗人却采用了另外的说法，文中的
τόπον Τροίας (行 437)同样应当是指特洛伊及其周边地区。为此，将
这个短语中的 τόπον〔(这同样的)地方〕在译文中标注出来，希望能
够引起注意。此处另一值得注意的地方是 ἐπελθών 一词的使用：
从本义上说，ἐπελθών 一词只是表示突然闯入某个地方，而其中带
有某种出其不意的意味，带有相当的偶然性。当然，这个词其实
还带有强行闯入的含义：εῖλον ἐπελθόντες καὶ ὁμόκλησαν ἐπέεσσιν〔(那
些女佣)生生闯到我这里，对我大加呵斥：《奥德赛》，卷 XIX. 行 155〕。如
果考虑到这一点，埃阿斯此处所说的自己来到特洛伊，或许还带
有不那么情愿的意味。

　　42.4 原文中的 ἀρκέσας 一词照通常的理解表示做出成就或
效力，所以，这句话也可以译作我也亲手做出了并不差的贡献
(行 439)。但这样的译法，似乎并未表达出埃阿斯当时的心境。
而根据此处 Ἀργείοισιν 一词的与格性质，这里的 ἄτιμος Ἀργείοισιν
可以理解为再在希腊人那里蒙受耻辱(行 440)，并不认为这个短
语中 ἄτιμος 表示埃阿斯在希腊人中最可耻。这样，在接下来对
ἀπόλλυμαι 理解时，也就不能把它再看作是一般意义上的杀死或
杀害，而应当将其看作是使蒙受耻辱的一种结果，亦即形象地描
述为宰割。

43.（行 441—行 446）

埃阿斯　换作由阿喀琉斯来评判，毫无疑问，假如他也
曾需要对那个因为在战斗中表现出色而有权利得到他
的兵器的人做出评判，我想，肯定没有哪个士兵能够在
我之前得到那些兵器。[445]阿特柔斯的后人将那些
兵器密谋交给了卑劣小人，对埃阿斯所有的辉煌却完
全视而不见。

43.1 原文中，τοσοῦτόν γ᾽ ἐξεπίστασθαι〔或可译作真是这么回事：
行 441〕之后肯定应该还有某些含义按照希腊人的习惯被省略去
了，问题在于 τοσοῦτόν γ᾽ ἐξεπίστασθαι 指的到底是什么事情；而被省
略的部分应当是一个由 ὅτι 引导的子句，亦即诸如 εἰ ζῶν κ.τ.λ.
〔如果他还活在世上……〕。事实上，在其他的经典文献中也见到过
同样的情况，只是没有出现这样的省略：ἐπίσταμαι δὲ τοσοῦτο
ὅτι εἰ πάντες ἄνθρωποι τὰ οἰκήια κακὰ ἐς μέσον συνενείκαιεν κ.τ.λ.〔这
一点毫无疑问：如果所有人都想带着自己的麻烦去参加议事会……：希罗
多德，《历史》，VII. 152. 2〕。古希腊语的简约由此可见一斑。这里
为使上下文语气连贯，将这一层省略的含义转译作换作由阿喀
琉斯来评判，也避免了与下文的假如出现重复。

43.2 埃阿斯显然并不认为阿喀琉斯真的能为他的兵器归
属作出判断。所以，他在这里使用的是一个过去不大可能实现
的前件（即由 εἰ 引导并以祈愿语气构成的条件句），而在主句中则采
用了 μάρπτω 的不定过去时形式 ἔμαρψεν（行 444）。这种句法结
构在原文中其实还显示出埃阿斯对这次阿喀琉斯兵器的分
配存在着很大的幽怨，而这正是他对雅典娜曾经不敬的最重

要的原因。译文中加上肯定二字，也是对应上面所说的
τοσοῦτόν γ᾽ ἐξεπίστασθαι〔真是这么回事，毫无疑问：行441〕刻意突出其
实现的不可能性而做出的处理。

43.3　埃阿斯埋怨和他一起出征的阿开亚将领在把阿喀琉斯
的兵器颁给奥德修斯时说到的 ἔπραξαν〔交给〕一词，其实还带有某
种隐含的意味，表明这些阿开亚将领所做的并不是十分光明正大
的，甚至带有着某种卑劣的成分：καί τι αὐτῷ καὶ ἐπράσσετο ἐς τὰς
πόλεις ταύτας προδοσίας πέρι〔他还和其他的城邦密谋，把这些城邦也弄
到自己手中：修昔底德，《伯罗奔半岛战争志》，IV.121〕；因此，ἔπραξαν 一
词虽然表示交给，但这种交给带有经过密谋的意思，也一般都是
用来描述某种见不得人的勾当的（行445〕。同时，他们对埃阿斯
的伟大也就不再简单地拒绝承认，而且更是一种视而不见。出
于这样的理由，也可以把这句话理解为那些阿开亚人竟然卑劣
地将那些兵器弄到了奥德修斯那个卑劣小人的手上。

43.4　埃阿斯接着说 ἀνδρὸς τοῦδ᾽ ἀπώσαντες κράτη〔对那人（即
埃阿斯）所有的辉煌完全视而不见：行446〕；其中，ἀπώσαντε 一词的中
动态形式可以表示那些阿开亚将领拒绝接受埃阿斯的胜利（所
带来的好处），而这里所使用的主动态形式则表示虽然接受了好
处，但却对那个胜利视而不见，不予奖励。

44.（行447—行456）

埃阿斯　如果我的双眼以及我那扭曲的神经还没有
　　　　使我放弃我计划好的事情的话，那么，他们就没有办
　　　　法对别的人去做出这样的裁判。[450]宙斯的女儿，
　　　　眼露凶光而且毫不容情的女神—雅典娜，在我就要
　　　　动手对付他们的时候她却让我把事情做不成，让一

种疯癫的疾病降临到我的头上，让我的手上沾满那
些可怜的牲畜的鲜血；而那些人这时却可以春风得
意地离我而去了，[455]这可不是我所想要的。不
过，一旦神明降下什么灾难，他们就会像是避难一样
躲开这个值得赞赏的人。

44.1 照一般猜想，埃阿斯这里的意思是说，他想找另一个
人来做裁判：如果他头脑还清醒的话，那么，他就会把所有的阿
开亚人都杀掉，然后另外找人来做裁判。因为他觉得，阿开亚人
并不公正，他们将阿喀琉斯的兵器判给了奥德修斯。但是，这只
是众多关于这段文字猜测中的一种，并非这段文字本身的含义。
事实上，从字面上的含义来理解，这段文字应当是指埃阿斯现在
的神经已经不能让他容忍这样的事情继续下去了，因为他的神
经已经被扭曲(διάστροφοι)，而这种扭曲的神经是会做出失心的事
情的：εὐθὺς δὲ μορφὴ καὶ φρένες διάστροφοι ἦσαν〔那身型与神经迅即也
被扭曲：埃斯库罗斯，《被缚的普罗米修斯》，行673〕。而且，在他的思
想里，他也知道这种扭曲是女神雅典娜带给她的。因此，他才会
说，如果他的心智得不到恢复，对他的这种不公的裁判也就还会
继续。值得一提的是，杰布特别注意到，短语 δίκην ἐψήφισαν 和通
常使用的习语 δίκην ἐψηφίσαντο 有所不同，可能是一个新造的短
语；他进一步猜测，这个新造的短语，从严格意义上来理解，是指
通过一些卑劣的手段借助 ψῆφοι〔投票、选票〕做出决定——这也
意味着，埃阿斯是说，他被剥夺了得到兵器颁赏的权利，这是一
个阴谋(行447—行449)。
44.2 埃阿斯对雅典娜的评价是 γοργῶπις ἀδάματος〔眼露凶光
而且毫不容情：行450〕：前者说她的眼睛里流露出的是凶悍的怒
火—— Γοργώ〔戈耳格〕一词甚至可以表示可怖女妖；而比较特别

的是 *ἀδάματος* 一词,这个词通常表示未被驯服或未被征服,有古典语文学家(Liddell & Scott, Jones)认为,在这里应当指尚未婚配。事实上,我更倾向于认为,它表示不近情理,而这种不近情理其实更可引申出难以驾驭、难以控制的意味。

44.3 在这里所采用的文本中,*ἐπεντύνοντ'* 一词,有钞本(如 L 钞本)写作 *ἐπευθύνοντ'*。按照杰布的说法,前一个钞本的写法可能有误:虽然这两种写法都表示就要动手,但后者相对于前者而言应当更具实现的可能,而前者因为其不大具有实现的可能,所以与这里的情景更合拍(行 451)。再早些时候(行 50),雅典娜曾说埃阿斯只是到了他心中仇人的营帐门前,并没有真的见到他想象出来的仇人。由此看来,虽然不同钞本之间在这里只有一词之差,但语词的表现力却有明显的不同,这也是值得注意的。

44.4 参考所能见到的其他作家的文献,或许可以断定,当埃阿斯说到这种疯癫的疾病时(行 452),他肯定应该想到这是雅典娜作为一个女神给他带来的,是他无法摆脱的宿命:*ἀνοιστρήσατέ νιν | ἐπὶ τὸν ἐν γυναικομίμῳ στολᾷ | λυσσώδη κατάσκοπον μαινάδων* 〔让女仙们疯狂,全力去应对那些身着女人服饰的疯狂者:欧里庇得斯,《酒神的伴侣》,行 979—行 981〕。

44.5 原文中的 *βλάπτοι* 一词,其本义表示阻止、妨碍:*μή τιν' ἑταίρων | βλάπτοι ἐλαυνόντων* 〔免得令同船的人划动船桨受到妨碍:荷马,《奥德赛》,卷 XIII. 行 21—行 22〕;从这个含义上引申,*βλάπτοι* 一词也表示神为了阻止人去做某件事情时而会以降临灾难作为报复的手段:*ὅταν δέ τις θεῶν | βλάπτῃ, δύναιτ' ἂν οὐδ' ἂν ἰσχύων φυγεῖν* 〔如果神明要想加害于人,那么,即便是身强力壮者也不能幸免:索福克勒斯,《厄勒克特拉》,行 695—行 696〕。在这里,埃阿斯说神明降临灾难到他的头上,虽然未必表明他已明确意识到自己

失心是由于雅典娜的报复,但至少有一点他是明白的:如果他失去了神明的帮助,那些原本围在他身边,对他大加赞赏的人就会因为自己心地龌龊而离开他,他们会毫不犹豫地将他抛弃——投票其实只是一个表现方式而已(行456)。

希腊悲剧英雄最常说的话是我该怎么办。这是否意味着希腊的悲剧英雄都会在神明或命运面前感到束手无策,尚无从得知。不过,可以看到的是,在埃阿斯这里,他的思绪此时已经转向了未来,亦即他已在考虑如何向世人证明自己不是那种卑贱下流之辈。从上文已经知道,埃阿斯为雅典娜和希腊大军的将士们所厌恶(行401—行409),而他也感到他周围的环境都对他不利(行420)。他在孤立无援的时候并没有想到他还有苔柯梅萨,也没有想到随他一起来到这里的那些水手。

45.（行457—行466）

埃阿斯　　当我明显地感到神明对我的仇恨时,当希腊人的部队对我不屑一顾时,当特洛伊以及平原地带的所有人都在与我为敌时,我该怎么办呢?［460］难道要我放弃我在船上的责任,让阿特柔斯的儿子凭自己的力量穿越爱琴海回到自己的营地去吗?那末,以后我将如何面对我的父亲忒拉蒙呢?当他看到我两手空空,没有能够为他那荣耀的桂冠赢得应有的颁赏时,［465］他的心里会是怎样的感受呢?这种事情,我可做不来。

45.1 这里将短语 μόνους τ' Ἀτρείδας 理解为将阿特柔斯的儿子留下,让他们独力去做某件事情(行461)。埃阿斯的这句话隐

含的意味是说:因为在返回家乡的路上他们不再需要埃阿斯的
帮助了,所以,他们才会在投票的时候对他那样不公平。在古希
腊人看来,在出征的路上将人留下,或者将人留在了作战的战场
上,这些做法都会让他们觉得不那么公平:福尼克斯在阿喀琉斯
回家之后曾想象自己还和大队人马留在特洛伊,于是,他说
πῶς ἂν ἔπειτ' ἀπὸ σεῖο φίλον τέκος αὖθι λιποίμην οἶος 〔可爱的孩子啊,我怎
么可能让你离开,却独自留下来:荷马,《伊利亚特》,卷 IX. 行 437〕。而
埃阿斯被抛弃之后,在埃阿斯的想象中,阿特柔斯的后代会率领
部队回到 ναυλόχους ἕδρας 。这个短语照字面意思可以理解为落
锚之地,而这里则认为是指回到自己的营地。事实上,在古希
腊,船队靠岸后的营地都是有着 τεῖχος 〔营地大墙〕的:
αἴδ' Ἀχαιῶν ναύλοχοι περιπτυξαί 〔这可是阿开亚人建造起的水军围城啊:
欧里庇得斯,《赫卡柏》,行 1015〕。

　　45.2 值得注意的是,埃阿斯觉得,如果他受到了这样的不公
正对待,他将来就没有办法面对他父亲的注视。原文中,他说到
自己在父亲的眼睛(ὄμμα)里会是什么样子(行 462),而类似的说法,
也曾在诗人其他作品中出现过:ἐγὼ γὰρ οὐκ οἶδ' ὄμμασιν ποίοις
βλέπων | πατέρα ποτ' ἂν προσεῖδον 〔如果我要是还能看得到,我真不知
道怎么去用我的眼睛看我父亲:《俄狄浦斯王》,行 1371〕。①

　　45.3 原文的 γυμνόν (行 463)是指两手空空,按照杰布的说
法,这里的两手空空应该是针对 τῶν ἀριστείων ἄτερ 〔没有得到(因为
骁勇善战而应当得到)奖励〕而言的,后者可以看作是 γυμνόν 〔两手空
空〕的补语;不过,也不排除 τῶν ἀριστείων ἄτερ 〔没有得到奖励〕同样
也可以被看作是 φανέντα 〔出现,显现〕的状语。倘若这样来理解,

---

① 在《俄狄浦斯王》中,这句话是俄狄浦斯得知自己就是杀死自己父亲的凶手之
　后,说到了自己死后将无法 ὄμμασιν (用那双眼睛)去面对自己已经死去的父亲。

也可将这句话理解为我因为没有得到应得的奖励而两手空空。至于这里的译文,则对没有得到奖励作了模糊的处理,没有特别强调是不是两手空空。

45.4　在行 434 至行 440,埃阿斯隐含地提出这样一个问题:如果他就这样带着耻辱回家,他的父亲会怎样看? 而到了这里,他就这一问题以疑问句的形式作出回答(行 463—行 465)。他的眼睛曾经令那些厌恶他的人胆战心惊,而现在他却要带着耻辱回去见自己的父亲,他的父亲当然会看不起他;或者更直接地说,他将无颜面对自己的父亲。①

45.5　原文中,*οὐκ ἔστι τοὔργον τλητόν* 一句照字面理解是指做这种事可不是(我所)能承受的;其中,*τλητόν* 一词的本义表示承受,而且通常被用来表示所承受的某种痛苦(行 466);此外,这个词通常还会与否定词 *οὐ* ∣ 连在一起使用,表示这时所承受的痛苦无法忍受:*οὐ γὰρ δή που* ∣ *τοῦτό γε τλητὸν … ἔπος.* ∣ *πῶς με κελεύεις κακότητ᾽ ἀσκεῖν* 〔这些……话可真让我无法承受,难道要让我去做那样被掠的事情吗:埃斯库罗斯,《被缚的普罗米修斯》,行 1064—行 1066〕。不过,这里并不认为埃阿斯的话语中带有想要强调某种痛苦的意味,倒倾向于认为只是表示埃阿斯觉得自己很难做到。

46.（行 467—行 480）

埃阿斯　而我现在是要亲赴特洛伊的城垣之中,独自一个人尽心竭力,一直坚持到最后吗? 这可不行! 否则,可就顺了[470]阿特柔斯那些儿子的心意;这种情

---

① D. L. Cairns, *AIDOS: the psychology and ethics of honour and shame in ancient Greek literature*, Oxford, 1993, p. 231.

况绝对不能发生。我必得成就一番丰功伟业,向我年
迈的父亲证明至少他所生的儿子绝对不会变成一个卑
劣的小人。一个人,如果遇到麻烦不去积极努力,只追
求安度漫长生命,那他一定是十分卑劣的。[475]假如
日复一日面对濒临死亡的状态,又日复一日地逃脱,这
样的生活又有什么快乐可言呢? 我不希望自己成为那
种凡夫俗子,那种人总是沉湎在轻浮的幻想中;一个血
统高贵的人就应该活得体面,[480]死也总得要有尊
严。这你可否明白?

46.1 古典语文学家(Liddell & Scott, Jones)一般认为,诗人
这里所说的 ἕρμα Τρώων 应当是指特洛伊城的城墙(行 467)。
如果仅从语言上来理解,这种解法或许并无不妥。然而,如
果深究字面含义下的文意,那么,也不能排除这里所说的
ἕρμα Τρώων 或许是指特洛伊人所建造的某个要塞。倘若如此,
则这句话又可以理解为埃阿斯是想说,如果让他独自去攻打特
洛伊人的要塞,他当然会尽心竭力。杰布虽然将这个词译作
stronghold〔要塞、据点〕,但在注文中也还是将其解释为城墙。
从此处的下半句话看,埃阿斯并没有说自己在攻城时会怎么
样,而是说自己在围城时会一直坚持下去,直到最后将特洛伊
城攻克。因此,这个 ἕρμα 还是被看作特洛伊高大的城墙比较
妥当。

46.2 οὐκ ἔστι ταῦτα 一句(行 470)照字面理解表示这样是不
行的(这里译作这可不行);和这种说法同样含义的还有一种节略
的说法(οὐκ ἔστι),将其中的 ταῦτα〔这,这样的〕一词略去。后者因
为有了节略,所以在语气上也就可能会显得更重,对前面所说的
话的否定也就更绝对:οὐκ ἔστιν. ἀλλὰ ταῦτα μὲν μέϑες〔不行,绝对不

行！赶紧把这些东西拿开！：索福克勒斯，《厄勒克特拉》，行 448〕。而接下来所说的那些做儿子的人则是指阿特柔斯的儿子，而不是指忒拉蒙的儿子（埃阿斯和透克洛斯）。

46.3　短语 μή τοι φύσιν γε 中，除了 μή τοι ... γε 可能在句法学上的一些不同理解之外，诗人在这里特别用来表示他所生的儿子的 φύσιν 这个词。φύσιν 通常意义上可以理解为（被）生身者，而当它被用来表示儿子时，则可能带有强调血亲生身关系的意味。诗人让埃阿斯在这里用这个词表示自己是忒拉蒙的生身儿子，也隐含有他从父辈那里承继了高贵血统中的某种出类拔萃（ἀρετή），这个词明显是在强调埃阿斯继承他的父辈的高贵（行472）。至于 ἄσπλαγχνος 一词，则出自没有（ἀ-）内脏（σπλάγχνα），似乎可以理解为没有心肺，但这个词和汉语中的没心没肺或缺心少肺含义不同，它表示的是一种缺少公正意识和仁慈同情之心，似乎与汉语中的狼心狗肺有些接近，但语气又不像狼心狗肺那么重，意近卑劣小人。

46.4　原文中的 τοῦ μακροῦ χρῄζειν βίου 当然可以表示只追求安度漫长人生（行 474）。不过，τοῦ μακροῦ ... βίου 在字面上却只是指漫长人生，并无安度的含义；但这里所说的漫长人生，其原文本身就带有平淡无奇（甚至略显索然无味）人生的意味：οὔτοι βίου μοι τοῦ μακραίωνος πόθος 〔我可不想就这样混过我的一生：索福克勒斯，《俄狄浦斯王》，行 518〕。埃阿斯在这里说，那些只想追求安度余生的人，他们一定会生活得十分龌龊而卑贱。其含义在于他不能忍受让自己生活变得碌碌无为：ὅστις γὰρ ἐν πολλοῖσιν ἐς ἐγὼ κακοῖς | ζῇ, πῶς ὅδ᾽ Οὐχὶ κατθανὼν κέρδος φέρει 〔如果有什么人像我现在这样活着，让这么多丑恶的东西包围着，那么，｜即便到了死神那里，他不会有什么更不好的了吧：索福克勒斯，《安提戈涅》，行 463－行 464〕。

46.5 译文中将短语 *παρ᾽ ἦμαρ ἡμέρα* (行 475)译作日复一日,并将其重复了两次。其中,有两点需要注意:其一,*παρ᾽ ἦμαρ ἡμέρα* 〔日复一日〕是指一天接着又一天,虽然在实际的情形中每天都是不一样的,但这个短语却没有并没有每天不同的意味,而是强调在所说的事情上每天都是相同的——杰布还举出另一个短语作证:*ἀνὴρ παρ᾽ ἄνδρα* 〔一个个人,指排成队列的人〕;其二,这里所说的 *τέρπειν* 〔快乐〕也是日复一日的:*τί τέρπειν ἔχει παρ᾽ ἦμαρ* 〔字面含义是日复一日(被迫得到的)快乐〕。无法判断埃阿斯在这句话中融入了多少自己的痛苦,但是,这句话中却带有某种深意,而杰布则看到了这一层深意:死是生的一个分界,正如欧里庇得斯所说:*πρὶν ἂν πέλας | γραμμῆς ἵκηται καὶ τέλος κάμψῃ βίου* 〔(这时,)他终于走过了那个转折点,终于完成了最后的转折:欧里庇得斯,《厄勒克特拉》,行 55〕。在埃阿斯看来,生的持续可能未必能够增强它的品质。而在古希腊人看来,厄运缠身的人就像是命运棋盘上的棋子,忽而被移动到界河边,忽而又被移动回来——他一下子会濒临死亡的边缘,一下子又被拉回来,但等待他的只有死亡。杰布十分精明地指出,此中的这一含义不同于人们常说的人必有一死;其中唯一的问题是忽而似乎马上就要死去,忽而又好像得到短暂的缓期——这才是埃阿斯此刻全部痛苦的所在。

46.6 如果说希腊语中确有诸多语词含义复杂的话,那么,*λόγου* 一词无疑是最具代表性的一个:从本义上说,*λόγου* 一词当然是指说出来的话,而后引申表示神谕,进而又具有表示宇宙规律的意味。但在这里,*λόγου* 一词从说出来的话一义引申,表示能够说出的最恰当言语;而此义项下的 *λόγου* 与 *πριαίμην* 〔给予,给出,做出〕连用便表示有话可说,或有可说的话,亦即值得认真对待,值得尊重。于是,将 *οὐκ ἂν πριαίμην οὐδενὸς λόγου βροτόν* 连成一句话也就可以理解为我对(做那种)凡夫俗子实在是不能给予评价,而这番话的言下之意就是至少我自己不能像那些凡夫俗子一样在浑浑噩噩中苟活(行 477)。

46.7 原文中, *ἤ καλῶς ζῆν ἤ καλῶς τεθνηκέναι* 是指要么好生地活着,要么像样地死去(行 480)——索福克勒斯在他的另外一部戏中让自己笔下的人物几乎表达过完全一样的想法: *οὐκ ἂν δυοῖν ἥμαρτον· ἤ γὰρ ἂν καλῶς | ἔσωσ’ ἐμαυτήν* 〔转译作要么苟且地活着,要么就带着荣耀死去:索福克勒斯,《厄勒克特拉》,行 1320〕。不过,值得注意的倒是最后的 *πάντ’ ἀκήκοας λόγον* 这句话——索福克勒斯似乎常用这样的话作为一段陈述的结束语: *πάντ’ ἀκήκοας* 〔照字面直译作都听到了吧,也可意译作这就是我要说的:索福克勒斯,《特拉喀斯女孩》,行 876〕, *οἶσθα δή τὸ πᾶν* 〔照字面直译作这些你都知道了,也可意译作就这些了:索福克勒斯,《菲洛克忒特斯》,行 241〕;同样的用法,也见于另一位悲剧作家的笔下: *πάντ’ ἔχεις λόγον* 〔这些事情,你都知道了:埃斯库罗斯,《阿伽门农》,行 582〕。

46.8 在埃阿斯这一段长篇念白(行 430—行 480)之中,经过一段带着感情的祈祷之后,埃阿斯已经开始理智地考虑到自己的境况。他首先提到了他的父亲,说道,他曾经把手伸向那些无辜且无助的牲畜,曾经对自己所厌恶的人极尽诅咒。接着(行 457 以下),埃阿斯又对自己下一步该怎么做进行了分析,他想到了三种可能的做法:或者逃避,就这样颜面全无地回到他的那个萨拉弥斯岛,但他却可能无颜面对自己的父亲忒拉蒙;或者凭着自己独力闯入特洛伊城中,他并不认为这样会遇到任何麻烦,但却可能正好满足了阿伽门农与墨涅拉厄斯的心愿——后两位正好可以让他去拼个鱼死网破。这两种可能的做法都被埃阿斯排除了。于是,留给埃阿斯选择的只有一种可能,就是自戕而死: *ἤ καλῶς ζῆν ἤ καλῶς τεθνηκέναι | τὸν εὐγενῆ χρή* 〔一个血统高贵的人就应该活得体面,|死也总得要有尊严:行 479—行 480〕。其实,照先知

卡尔喀斯的说法,埃阿斯还有一种可能的选择,那就是待在自己的营帐里,等待自己的命运出现转机。这段话在结构上相对简单,但却效果明显:行 434 的 μὲν 和行 437 的 δ'(sc. δὲ)表明埃阿斯和他的父亲忒拉蒙的不同。对于他回到家中后可能发生的情况经过一番思考之后,埃阿斯又将我们带回到令人不快的现实之中(行 445,行 450)。第二部分从一个问题(行 475)说起,最后,埃阿斯做出自己的选择:值得注意的是,将两个 χρή〔总得要:行 479,行 480〕放在一起使用,使这句话成为一个对偶句,这也是埃阿斯对子所提出的问题(行 475)的回答——这种回答使一般观众也都认为,埃阿斯最后的选择一定正确。

47. (行 481—行 495)

歌队队长　你所说的话的确都是出自你的本心,埃阿斯,没有人觉得你说的话有什么不合情理的。可你还是不要去想了吧! 让你的亲朋好友帮你把事情好好想一想,好吗?

苔柯梅萨　[485]埃阿斯,我的主人啊! 任凭命运的安排,这可是再糟糕不过的事情了。想一想我吧,我是一个自由民父亲的女儿,在弗吕吉亚,我的父亲应该算是财富权势占尽了。可现在,我却成了一个奴隶;而照我的猜想,[490]这是神明借你那双手成就的。如今,我已与你同床共寝,自然希望对你好。那末,我要求你,凭着为我守护家人的宙斯,凭着曾让你我欢愉的那张婚床,不要让我[495]让我落入敌人手中,去忍受那恶毒的流言蜚语。

47.1 虽然索福克勒斯在这里使用的 *ὑπόβλητον* 一词可以表示(说)瞎话,但歌队队长这里却并没有笼统地说埃阿斯是不是在说瞎话,而是在谈论埃阿斯是在说真心话还是在说违心的想法。原文中, *οὐδεὶς ἐρεῖ ποϑ᾽ ὡς ὑπόβλητον λόγον* 一句从字面上理解是指没有人会说你说的话都是瞎话,但其含义则是说在歌队队长看来埃阿斯所说的话显然都是出自他的本心,亦即都是他的真实想法(行 481)。

47.2 短语 *παῦσαί γε μέντοι* 带有劝诫的意味,表示先把正在做的事情停下来,照字面含义可理解为先停下这个。但希腊语的这类节略在近代语文中总会显得语焉不详,这里倾向于将这种节略的内容也一并译出(行 483)。而 *κρατῆσαι*(*κρατέω*)一词本义带有变得强大的意味,在这里则表示当他们为埃阿斯所忧虑的事情考虑时可以比埃阿斯自己想得更清楚;将这层含义转译作帮你把事情好好想一想。而苔柯梅萨接下来所说的话,恰好也应了歌队队长的说法。

歌队队长适时插入埃阿斯与苔柯梅萨的对话,有一个目的就是想要缓解后两位之间的紧张气氛。从行 481 开始,歌队队长似乎一直在说服埃阿斯一事上敷衍。对于能否说服埃阿斯改变态度,他似乎已经不抱任何希望了。同时,加迪纳也注意到,在荷马笔下(《伊利亚特》,卷 IX. 行 630－行 632)当中,埃阿斯曾说,阿喀琉斯对朋友的劝告充耳不闻,现在,具有讽刺意味的是他们的位置调过来了。现在轮到埃阿斯对他朋友的劝告充耳不闻了。① 不过,歌队队长的话还是让人想到苔柯梅萨还会做最后的努力,不会这样敷衍过去。

47.3 短语 *τῆς ἀναγκαίας τύχης* 根据上下文语境可以理解为

---

① C. P. Gardiner, *The Sophoclean chorus*, Iowa, 1987, p. 63.

任凭命运的安排；其中，我通过任凭二字来处理 ἀναγκαίας 一词
所说的必然性的含义，亦即当人们无法躲开或回避命运的时候，
命运对他而言也就是必然的(行 485)。假如这一命运又是厄运
的话，那么，对于人而言自然再糟糕不过。杰布注意到，苔柯梅
萨在这里所说的命运是指苔柯梅萨意识到她会成为一个奴隶，
虽然这时她并没有把这种预感说出来。苔柯梅萨并没有在形而
上的意义上来考虑宿命或命运。当希腊人说到 ἀνάγκη〔必然，宿
命〕时，很自然地就会想到某种环境或某些人的影响。而在苔柯
梅萨看来，这种影响就来自于可能会成为奴隶。在行 489 至行
490，她便明确地说，这可能会由神明与埃阿斯一道促成。

   47.4 照字面意思来理解，短语 σϑένοντος ἐν πλούτῳ 是指
在富人中当属有权势的(行 488)，杰布的英译将这个短语处
理作有权而且富有。他可能参照了埃斯库罗斯的一句话：
χαίρετ' ἐν αἰσιμίαισι πλούτου〔照字面直译作能带来快乐的财富之中有幸
福，或可理解为多财多福：埃斯库罗斯，《复仇之神》，行 996〕。在埃斯库
罗斯笔下，歌队队长的那句话是一句讨吉利的话，表示一种祝
福，在该剧中则引申表示告别，大致相当于汉语中的祈福。而在
这里，它却并没有祈福的含义：苔柯梅萨这句话的意思是说，自
己的父亲原本也是煊赫一族；所以，这里倾向于将这句话理解为
财富权势尽占。

   47.5 τοιγαροῦν 一词译作如今，而原文中的 τοιγαροῦν 一词显
然只是一个转折词，表示苔柯梅萨在这里要和过去作别，亦即不
再哀伤不已(行 490)。这个词的本义中虽然并不带有明确的时
间概念，但因为这一转折而告别了过去的那个悲伤的苔柯梅萨。
苔柯梅萨这里用一句话：τὸ σὸν λέχος ξυνῆλθον〔我已与你同床共寝：
行 491〕，而没有像平常人说话时那样只用一个词来表示她和埃
阿斯的关系，在于强调 λέχος ξυνῆλθον〔同床共寝〕所显示的亲昵

意味。

47.6 ἐφεστίου Διός (行 492)应当是指为我守护家人的宙斯,而诗人的这一说法可能和当时雅典人家中设立的宙斯神龛有关:这个短语原文字面上的意思是说家中炉灶那里的(那个)宙斯,而这个 ἐφεστίου 〔其字面含义为(家里)炉灶边的〕又显然和 ἑστία 〔住房内的炉灶,可引申解作神龛〕相关。这或许因为,在雅典,住家炉灶的上方都会有神龛,而这一神龛则供奉着守护家庭成员的神明。苔柯梅萨这里的意思是宙斯是她的家人(即埃阿斯)的守护神。史家希罗多德曾列举过宙斯的三个称谓,其中第二个称谓就是 Ἐπίστιος Ζεύς 〔火灶神宙斯:希罗多德,《历史》,I. 44. 2〕;不过,这个称谓似乎并不涉及对家人的庇护,因此在希罗多德那里,这个词译作火灶神更合适一些。

47.7 短语 συνηλλάχθης ἐμοί 的字面意思是与我交欢(行 494);其中,对于 συνηλλάχθης 一词,我坚持至少以较贴近原义的方式来理解。也有一种理解(如杰布)认为,这里的这个 συνηλλάχθης 应该主要被用来表示一种正式成婚,所依据的便是欧里庇得斯的一个用法: Ἐλέῳ συναλλαχθεῖσαν εὐναίοις γάμοις 〔你还要让她(指安德洛玛克)与那位赫勒诺斯成婚:欧里庇得斯,《安德洛玛克》,行 1245〕。在确认这两处用法含义相同之后,杰布更进一步认为,此处所说的这番婚姻其实是这场战争给苔柯梅萨带来的好处或幸福。然而,从此处上下文语境中却并不能得出这样的结论,可以猜测的是:苔柯梅萨在这里只是在尽力告诉埃阿斯,他们是亲人,不要让她承受任何的灾难。

47.8 在歌队入场歌中,歌队是以阿开亚人对埃阿斯的流言开始的。而在这里,值得注意的是,苔柯梅萨却以人们将对她恶语相向为诉求。虽然两处的诉求方式一样,但所诉求的东西的变化却反映出苔柯梅萨在这样的情形下考虑的是自己将会面对的处境,而歌队却在考虑埃阿斯的处境。

48. （行 496－行 513）

苫柯梅萨   如果你死了,将我独自一人留下来,到了那
个时候,你也想象得到,我和你的儿子会被那些阿尔戈
斯人强掳去,他们会逼迫我们像奴隶一样活着;[500]
他们会对我极尽贬损,用言语将我羞辱;他会说,看看
吧,这是他床上的人,埃阿斯啊,在军队中曾经那样强
悍! 当初那样光艳的一个人如今竟如此落魄! 人们都
会这样议论,而我的命运会令我无地自容;[505]那些
侮辱性的言语将会玷污你和你的家人。为你的父亲想
一想,你将会把这个可怜的老人独自留下;也为你的母
亲想一想,她要在与你的父亲一道度过的余生中祈求
神明,保佑你能平安地回到家中。[510]可怜啊,我的
主人,可怜可怜你的儿子吧——你离开我们之后,他的
日子还要过下去,他将面对怎样的凄凉? 那么小的孩
子无人抚养,成为一个孤儿,没有任何的亲友关心他。

48.1 苫柯梅萨回答埃阿斯的问题时注重强调他应该对自
己的亲人承担责任,而她确表现得却似乎十分在乎埃阿斯的荣
誉和尊严(行 485－行 524)。最值得注意的是:苫柯梅萨说
ἢ γὰρ θάνῃς σύ〔如果你死了:行 496〕,这是一句她认为在未来不大可
能(或不应该)的情况,她采用的是虚拟语气。所以,在这一行接
下来的陈述中,当她说到 τῷ σῷ δουλίαν ἕξειν τροφήν〔照字面直译作(将
我)打发在这里,据上下文语境也可转译作将我独自留下来〕时,她同样
使用了虚拟语气。而这时虚拟语气的用法并不表明她对这种结

果的出现表示怀疑,只是表明她仿佛看到了埃阿斯的死会是她的灾难的开始。

48.2 在苔柯梅萨看来,埃阿斯做了大逆不道的事情,因此便成为阿开亚将领的敌人;在这样的情况下,她看到的是,埃阿斯的嫔妃和儿子——这之中当然还包括那些曾经是埃阿斯家奴的女性(即所谓δούλη)——都会被抓走,她称这种行径为强行的抢夺(βίᾳ ξυναρπασθεῖσαν)。而苔柯梅萨自己,则只能像奴隶那样过着凄惨的生活(τῷ σῷ δουλίαν ἕξειν τροφήν)。其中,τροφήν 一词的本义是养育,而引申义则表示生活方式。对此,赫克托耳曾有一段十分详细的描述,讲述了他死后特洛伊沦陷,安德洛玛克的生活将会怎样,她将会被怎样奴役(荷马,《伊利亚特》,卷 VI. 行 454-行 465)。但苔柯梅萨已不再说那是一种预示,而知道自己肯定会沦为奴隶(行 489)。

48.3 想到战败之后安德洛玛克可能得到的待遇,赫克托耳也曾有过一段与苔柯梅萨似乎相同的预测;他说:

那时,就会有人看着你在那里哭泣着对别人说道,看看吧,这就是那个把战马训练得那样娴熟的赫克托耳的妻子,在特洛伊被困的时候,他曾经那样地英勇(荷马,《伊利亚特》,卷 VI. 行 459 以下)。

这表明战败者的妻子定会受到难以忍受的羞辱。而这种羞辱,苔柯梅萨说,是一种 πικρὸν πρόσφθεγμα ... ἐρεῖ〔极尽贬损〕——而这个短语照字面含义来理解只是表示极为轻蔑地招呼(或招待)他们。其中,πρόσφθεγμα 一词的本义虽然在有些情况下表示问候、致意,但却源自直呼其名,或称呼他(或她,它)的名字——ἀγγεῖον ὃ δὴ μιᾷ κλήσει προσφθεγγόμεθα〔将其统称作容器:柏拉图,《政治家》,287e〕。这种说法表明,在苔柯梅萨看来,那些希腊的将领在直呼她们名字的时候,语气中会带有轻蔑的意味,这对她或许就是一种羞辱。而这种羞辱,从根本上说,就是把那些话语当作投石或者利箭射向她们(λόγοις ἰάπτων)。这里所理解的投石或利箭,也并非猜测:πόξοις ἰάπτων μηκέτ' εἰς ἡμᾶς βέλη〔他或许不会再把那些利箭射向我们;埃斯库罗斯,《阿伽门农》,行 510〕。

48.4 原文中的 ἴσχυσεν 一词在时态上采用了不定过去时,表示埃阿斯曾经如何(行 502)。这个词可能有两层含义:其一,它表示强悍有力,亦即表示埃阿斯曾在部队中显得出类拔萃;同时,它也可以表示大权在握,而这个词很有可能还表示埃阿斯曾经在自己的部队以及整个希腊大军中举足轻重,地位恍若王者——杰布倾向于从后一种含义上来理解这个词,但我觉得这样的理解似乎有些牵强:毕竟这里的阿开亚将领们所说的或许只是埃阿斯不该得到阿喀琉斯留下的兵器,而埃阿斯的精神迷离也是由于他对自己的英勇强悍没有得到世人的承认心有不甘。

说自己落魄(行 503),也是苔柯梅萨对于阿开亚将领将会如何对待她的猜测;这句话,既可以被看作是苔柯梅萨引用阿开亚将领奚落她时可能说的话,也有可能是她对这件事情后果的预测。

48.5 将索福克勒斯与荷马(参见《伊利亚特》,卷 VI. 行 459 以下)对比可以发现,他们都使用直接引语的形式来陈述人物的转述,即有人会说。但在荷马笔下,这种转述是由丈夫说出来的,而且带有同情的成分;但在索福克勒斯笔下,当这种转述由妻子苔柯梅萨说出来时,它就不再带有同情的色彩了。在这里,苔柯梅萨也关心埃阿斯是否会被羞辱,但她却借厌恶埃阿斯的人之口说出带有讽刺挖苦意味的词,让那个人将苔柯梅萨称作他床上的人：ἴδετε τήν ὁμευνέτιν〔看看吧，这是他床上的人：行 501〕。而在赫克托耳那里，人们只是说那个女人是赫克托耳的 γυνή。这个词的本义是女人，在一般语境下，希腊人说到一个女人是一个男人的女人，也就是指她是那个男人的妻子。苔柯梅萨在这种情形下依然十分 σωφρῶν 之后，人们却发现，即便这样，这个女人的命运也还是悲剧性的。显而易见，至少就苔柯梅萨而言雅典娜最初所作的宣示是不真实的。

48.6　此前，埃阿斯说在这样的状态下继续苟活下去会使他变成一个卑劣小人(行 473)；而苔柯梅萨所说的却是，如果他死了，就会玷污他和他的妻儿家眷。这看似没有多大不同，但到后面，可以却发现，埃阿斯其实并不担心他死后苔柯梅萨以及家眷是否会被羞辱。因为，在他看来，他死后，透克洛斯的保护会使她免除所担心的厄运的烦扰(行 562)。行 504 至行 505 表明，苔柯梅萨已经准备接受命运的安排，这种安排也许是神明作出的。她只想不让埃阿斯再给他们带来任何的耻辱。① 赫克托耳的情形就完全不同了：他并没有提到一句涉及蒙受耻辱的话，他所担心的是安德洛玛克的痛苦，他希望能够在听到她的哭泣之前死去。因此，两处类似的陈述，表达的却是两种完全不同的情感。

48.7　有一点特别值得注意，诗人两次使用 αἴδεσαι〔自感羞惭〕一词(行 506，行 507)，但却很难以汉语通常的方式表达出其确切的含义。这个词是 αἰδέομαι 一词的不定过去时中动态形式，在以分词作补语时，它表示在做某件事情之后会给某人(通常以这个词直接宾语的形式来表示)带来某种不幸，从而使自己感到羞愧。

---

① Cf. A. W. H. Adkins, *Merit and responsibility: a study in Greek values*, Oxford, 1960, p. 167.

事实上,此处苔柯梅萨是要提醒埃阿斯想一想,如果他只顾自己去死,就会置他的父母(以及苔柯梅萨)于不顾,这会给他们带来灾难,而他也应该为这灾难而感到羞愧。在中译文,只表达了替他们想一想的含义,却没能把接下来将会遇到灾难的意味上表达出来。

48.8 短语 πολλῶν ἐτῶν κληροῦχον (行508)中,κληροῦχον 一词的本义是指在抽签(κλῆρος)中获得(ἔχω)自己的那一份,亦即得到分配给自己的一片土地。但 κληροῦχον 一词和 πολλῶν ἐτῶν〔很大的年岁,好多岁月〕连用便引申出一层新的含义,表示"或许从神明那里,或许因为自己的命运,而能够或者需要活下去,而且岁月漫长"。将这一层引申的含义进一步推衍,这句话意味着苔柯梅萨想要告诉埃阿斯,年迈的父亲和母亲在他死后还要度过漫长孤苦的岁月,而他的母亲则要在这漫长的岁月中不断地为他祈祷,祈求神明保佑他平安。下文原文作 ζῶντα,其本义为活着,因此,这后半句也可理解为祈求他能活着回到家中。

48.9 仅从文本看,这段话(行510-行513)很容易出现歧义:原文描述埃阿斯儿子沦落为孤儿之后的境况时用了 διοίσεται 这个词。这个词的本义当然表示过日子,而这里也采用了这一含义,将它为他的日子还要过下去。但是,这种理解其实是基于认为 διοίσεται 一词仍然是 διαφλέω〔经过,过去〕的第三人称单数未来时陈述语气中动态形式;而在校勘中,杰布引述别的学者的观点认为,这个词也可能是一个被动态的形式,表示 diripietur〔剥去〕,表示苔柯梅萨担心埃阿斯儿子的权力和财富在埃阿斯死后会被剥夺。不过,这种解释至多只是文本的某种隐喻而已,并不是诗人笔下的苔柯梅萨所说的本义。

48.10 原文中的 μόνος | ὑπ᾽ ὀρφανιστῶν μὴ φίλων (行511-行512)可以看作是状语短语,修饰 διοίσεται〔活着、活下去〕,照字面

意思来理解,表示成为孤儿之后,在没有亲友做他的保护者的情况下凄凉地把自己的生活过完。其中, ὀρφανιστῶν 〔孤儿的保护人〕出自 ὀρφανος 〔孤儿的、没有父母的〕,最初表示失去父亲;但是,确如杰布所说, ὀρφανιστῶν 在这里已经带有引申义,表示孤儿的保护人或监护人(ἐπίτροπος ,亦即接受托孤的人)。然而,如果细心考察,或许可以发现,苔柯梅萨说到 ἐπίτροπος 时还有另一层疑虑:即埃阿斯死后,他的财产就会被剥夺,这样,任何人也就都不可能接受埃阿斯的托孤。这不由得使人们想到另外一个托孤的说法(荷马,《伊利亚特》,卷 XXII. 行490—行498):安德洛玛克想到赫克托耳死后她的孩子的境况时曾这样描述: ἧμαρ δ' ὀρφανικὸν παναφήλικα παῖδα τίθησι 〔做了孤儿也使这孩子失去了儿时的陪伴〕,他只能整日垂头丧气,以泪洗面,万般无奈之下,这可怜的孩子只好向父亲的旧友去求助,显示出一副可怜兮兮的样子。由此推想,埃阿斯的妻子苔柯梅萨当然不能想象他们的儿子也将落到如此的境地,因此,她才会拿这样的话来劝导埃阿斯一定谨慎。

49. (行514—行524)

苔柯梅萨　在我的眼里,除了你之外,别的任何东西
[515]我都不会在意;你曾用你的那把长剑把我的家乡
变成废墟,而宿命却另外使我的父母把地狱变成了自
己的归宿。现在,除了你这里,我哪里还有家? 财富又
算得了什么? 我的幸福全在你一个人身上。[520]所
以,一定要将我保存在记忆里;一个真正的男人如果想
要收获幸福,就不能把应该记住的东西忘记。常言道,
良善自从良善起;让记忆随便轻易流走的人绝不可能

成为一个高贵、高尚的人。

49.1　按照杰布的说法，此处的 *εἰς τι βλέπω* 可以看作是虚拟的假设，而下文所说的情况则是这一假设的具体情况。但是，并不能找到这样理解这个短语的证据；从词义和句法上看，短语 *εἰς τι βλέπω* 表示以我看到的情况这件事情会怎么样，这里所说的看到（或如译文中在我的眼里）并不表示这个情况不真实（514 行）。

49.2　在荷马笔下，安德洛玛克曾说，她也是一个孤苦伶仃的人：她的父亲和四个兄弟都被阿喀琉斯杀掉了，而母亲也死了（《伊利亚特》，卷 VI. 行 411－行 430）。因此，对她来说，赫克托耳既是她的丈夫，也是她的兄弟，又是她的父亲，还是她的母亲（对比色诺芬，《远征记》，VI. iii. 6）。苔柯梅萨的情况就不一样：摧毁她的国家的是埃阿斯，可索福克勒斯却没有让她把杀父之仇的情感发泄到埃阿斯身上（行 515－行 517）。看上去，她的父亲就像她的母亲以及安德洛玛克的母亲一样是自然死亡的。在说完埃阿斯曾将她的家乡变成废墟之后，我们的诗人又用了一个 *ἄλλη*〔另外〕来转换语气（行 516），暗示埃阿斯在她父母的死这件事情上并未做任何事情。此前，苔柯梅萨说过，埃阿斯亲手杀了她的全家，尽管他的行为是在神明的驱使下做出的（行 485－行 490）。可现在，她却又说有另外的原因使她的父母被杀害。这些话听上去似乎前后颠倒、言语混乱，显得十分古怪。但似乎有一点可以肯定：在苔柯梅萨看来，命运之神驱使埃阿斯把苔柯梅萨的家毁掉。同时，苔柯梅萨用了 *ἄλλη μοῖρα*〔另外的宿命〕来表示她父母的元凶。杰布说，诗人让苔柯梅萨这样措辞不想让苔柯梅萨埋怨埃阿斯，他不想表现出苔柯梅萨可能不愿意与杀死自己父母的埃阿斯一道生活。所以，他才会另外编造了一个故事，让她父母死于另外的原因。

49.3 将 *ἀνδρί* 〔本义泛指人,亦作男人〕放在句首,意在强调。
苔柯梅萨的意思是想要说一个真正的男人应该如何行事(行
520)。雅典娜也说过埃阿斯是一个 *ἀνδρί* (行77),;但她所指的却
是一个凡人,一个可能犯错误的、身上有着 *ὕβρις* 毛病的人。而
苔柯梅萨所说的却是对她所理解的一个真正的男人应该如何去
做(行473)的补充。

49.4 苔柯梅萨虽然对埃阿斯说不要将她忘记,而且所用的
ἐμοῦ 也的确是第一人称阴性单数生格形式;但是,照杰布的说
法,这个 *ἐμοῦ* 应当也包括了埃阿斯的父母和儿子(行521)。而短
语 *τερπνὸν εἴ τί που πάθοι* 则可以理解为假设的条件,即如果埃阿
斯想要得到快乐,他就得把应该记住的东西——原文作
τοι χρεών,其字面含义为那些东西,而暗指前面所说的
ἴσχε κἀμοῦ μνῆστιν 〔把我保存在(你的)记忆里,亦即把我记住,或可转译
作不要把我忘记〕——始终铭记,甚至可以并不考虑是非对错:
*ἀλλ᾽ ὃν πόλις στήσειε τοῦδε χρὴ κλύειν ∣ καὶ σμικρὰ καὶ δίκαια καὶ
τἀναντία* 〔无论是谁,一旦国家对他有所要求,他就应当无条件地服从,不
管事情大小,也不管是否公正:索福克勒斯,《安提戈涅》,行666〕。

49.5 无法确切判断索福克勒斯笔下苔柯梅萨所说的
χάρις χάριν γάρ ἐστιν ἡ τίκτουσ᾽ ἀεί (行522)这句格言出自何处。[1]
不过,按照杰布提供的证据,与这句话相近的另外一句格言在公
元二世纪被泽诺庇乌斯收录在他的三卷本格言集中:
δίκη δίκην ἔτικτε καὶ βλάβη βλάβν 〔公正生公正,凶残得凶残:泽诺庇乌
斯,《格言集》,Ⅲ. 328〕;或许还有一个出处,就是较索福克勒斯稍

---

[1] 这里将其生硬地译作良善自从良善起;从词义本身来说,这句话似乎与汉语中
的好心得好报有些相近,不过希腊的这句格言却不带因果报应的意味。

晚的欧里庇得斯的作品中: χάρις γὰρ ἀντὶ χάριτος ἐλθέτω 〔为了好心回报一份好意: 欧里庇得斯,《海伦》, 行 1234〕。泽诺庇乌斯收录的格言和他的前人所说的话相比, 少了 γὰρ 〔为了、因为〕一词, 似乎带有别样的意味。事实上, 原文中的 χάρις 一词的词义极为广泛。有一种解释认为, 此处苔柯梅萨说出来的 χάρις 一词可能还带有婚姻关系中的性和谐①——不过, 这种解释似乎是强行加到索福克勒斯身上去的, 并不是诗人的本义。

49.6 事实上, 很难想象希腊古典作家之间相互借鉴可能深入到何种程度。在《伊利亚特》中, 安德洛玛克曾经劝说赫克托耳站到特洛伊一边, 然后, 赫克托耳又对安德洛玛克的劝说作出回答。现在再回过头来细读苔柯梅萨的这一大段话, 以及这段话中转述的埃阿斯给她的回答, 就会发现, 我们的这位诗人笔下苔柯梅萨的这段话竟然与荷马笔下人物的对诘如此相像。应当说, 不止一位研究者发现了这一点, 甚至还有学者以埃阿斯与赫克托耳之间的对比为题进行过一番研究。② 大多数研究者都认为, 在这样两处十分相像的描写之间, 异与同是一样重要。伊斯特林甚至说, 他们俩当时所面临的"整个情形都被重新地加以考虑过, 既保证了相互之间可以辨认的联系, 同时也作了相应的转换"。③ 事实上, 埃阿斯排斥的正是赫克托耳努力争取的与阿开亚人的联系。

苔柯梅萨对埃阿斯既流露出真挚的伤感之情, 也在话语中夹带着劝说之辞。不过, 无论是感伤之情还是劝说之辞都并未

---

① M. W. Blundell, *Helping friends and harming enemies: a study in Sophocles and Greek ethics*, Cambridge, 1989, pp. 33—34.

② Cf. W. E. Brown, "Sophocles' Ajax and Homer's Hector", *CJ*, 1965/1966, pp. 118—121.

③ P. E. Easterling, "The tragic Homer", *BICS*, 1984, p. 2.

在道德层面展开。她要埃阿斯考虑的是她的声誉,不要让她任
由敌人羞辱(行 492—行 495)。她要埃阿斯知道,如果他就这样落
败,那么,她就会成为他某个敌人的奴隶(行 496—行 504)。并且,
他的儿子也会成为奴隶(行 499),不过,欧吕萨克斯已经在埃阿
斯的考虑当中(行 339)。而所有这些,苔柯梅萨认为,都与埃阿
斯的名誉有关的(行 505),因为她知道埃阿斯最容不得的是自己
的名誉受辱(行 473)。苔柯梅萨接着说,他应当为他的父亲着想
(行 506—行 507),同时也应当怜惜他的母亲和马上将沦为孤儿的
儿子(行 507—行 513)。最后,苔柯梅萨又回到她开始时所说的话
题上来,要埃阿斯回想一下她曾经带给他的愉快。在最后两行,
苔柯梅萨陈述了自己对一个人履行其职责的想法,这种想法显
然与埃阿斯自己所陈述的(行 479—行 480)形成鲜明的对照。对
此,霍尔特说:"埃阿斯从死的角度来理解 εὐγένεια〔出身高贵〕,而
苔柯梅萨则从生的角度来理解。"①

　　49.7　一般认为,苔柯梅萨强调耻辱与高贵是为了唤起埃阿
斯的同感。② 对英雄来说,让自己所庇护的人受辱或受难是十
分可耻的事情。从他人那里获得 αἰδώς〔尊重〕是英雄所期待与
渴望的。这一观念超越了求胜与结成共同体的观念,"因此,实
际上苔柯梅萨要求自己和他人都从这方面考虑也就无法避
免"。③ 不过,对于埃阿斯而言,他同床者未来会受到的侮辱以
及他的家人的悲伤却不及他现时的失败以及敌人对他的嘲笑,
这些都更让他感到耻辱。从另一方面说,苔柯梅萨似乎并未关

① P. Holt, "The debate-scenes in the *Ajax*", *AJPh*, 1981, p. 279.
② Cf. R. P. Winnington-Ingram, *Sophocles: an interpretation*, Cambridge, 1980,
　p. 19, pp. 29—30.
③ D. L. Cairns, *AIDOS: the psychology and ethics of honour and shame in
　ancient Greek literature*, Oxford, 1993, p. 233.

心埃阿斯的荣誉,她的所有的悲伤似乎都以她自己为中心。即
便是对他们儿子前景的担忧,也不过是为了让埃阿斯能够考虑
她的感受。因此,不得不承认,埃阿斯不接受她的劝慰也是必
然的。①

50. (行 525—行 535)

歌队队长　[525]埃阿斯,我希望,怜悯之心能够打动
你的心,就像它也打动了我一样。这样,你就会赞同她
所说的话了。

埃阿斯　赞同的想法在我这里从来没有缺少过,只是
无论我有了什么样的想法,她都要照着去做。

苔柯梅萨　好吧,亲爱的埃阿斯,我会事事服从你的。

埃阿斯　[530]那末,现在就把我的儿子带过来,我很
想见到他。

苔柯梅萨　哦,现在不行。我一直感到很担心,所以没
有把他带来。

埃阿斯　担心什么? 我会让他受难吗? 你这是什么
意思?

苔柯梅萨　是啊! 我的担心是,如果那个可怜的孩子
劝你的话,他可就会活不成了。

埃阿斯　真的呀,这可真是和命运之神对上啦!

苔柯梅萨　[535]至少我得做些什么,才能避免事情
发生。

---

① Cf. M. Heath, *The poetics of Greek Tragedy*, Stanford, 1987, p. 181 ff.

50.1　在接下来的短句对白(行525－行544)中,埃阿斯执意要苔柯梅萨将他们的儿子带到跟前。而后的大段念白(行545－行582)则表明,埃阿斯已经接受了苔柯梅萨关于他应该对自己的亲人承担责任的劝说。不过,他想到的解决办法却和苔柯梅萨的想法大相径庭:直到这时,他依然打定主意去死。苔柯梅萨的劝说没有奏效,埃阿斯也并未因众人的劝说而动摇。接下来,他与苔柯梅萨和他们的儿子一道回到营帐中。埃阿斯退场后,剧情变得异常紧张,人们都担心那场灾难可能无法避免。

最后,埃阿斯说道,他将当时的情形重新考虑了一番,得出的结论就是惟有一死才能得到真正的解脱。苔柯梅萨接着向他恳求。她说,如果他死了,她和他们的孩子将会受到羞辱。而埃阿斯则只是命令下人将孩子带到他的跟前来。孩子带来之后,埃阿斯将自己的临别遗言告诉了孩子,其间也表达了他对苔柯梅萨的感情。接着,他又命令歌队带话到透克洛斯那里,让透克洛斯确保他的兵器能够和自己一起下葬。他说,他只留下来那面盾牌给他的儿子。然后,他让透克洛斯把他的儿子带回家,带到萨拉弥斯岛的忒拉蒙和俄里珀亚那里。最后,他十分严肃地命苔柯梅萨退下,同时把那个孩子也带下去。她依然锲而不舍,言语中带着绝望。他粗暴地让她安静下来,兀自转身回到自己的营帐中。

50.2　原文中,ἔχειν σ' ἂν οἶκτον ὡς κἀγὼ φρενὶ | θέλοιμ' ἄν (行525－行526)这句话照字面意思可理解为我希望(在你那里)看到我身上(所拥有的)怜悯之心,或者也可理解为我觉得人应该是心同此心的。事实上,歌队队长是想要告诉埃阿斯,哪怕他不愿意照苔柯梅萨的说法去做,为了对她(以及他的那些亲人)负责任,他也应该保护自己不受伤害。这或许是预示着,埃阿斯接下来的行为将是一种不获同情的行为,这种行为不仅对埃阿斯自己是

伤害，对他的亲人以及朋友也是伤害。

50.3 短语 *καὶ κάρτ'*（行527）可看作一个习惯用语。这个习惯用语很难在汉语中找到相应的译法，它通常用于在回答问题时强调答案的肯定性：当随从问希波吕托斯能否听一听他的忠告时，希波吕托斯的回答就是 *καὶ κάρτα γ'· ἦ γὰρ οὐ σοφοὶ φαινοίμεϑ' ἄν*〔当然（愿意）啦！不然，那我不是太傻了吗：欧里庇得斯，《希波吕托斯》，行89—行90〕；这里将这个短语放到"从来没有"这一加重语气短语中。

50.4 当埃阿斯说 *τὸ ταχϑέν* 时，这里面其实隐含了虚拟的意味，亦即 *τὸ ταχϑέν* 意味着 *ὃ ἂν ταχϑῇ*（行528）；这两个词中，前者为 *τάσσω*〔下达命令、安排〕的不定过去时分词被动态陈述语气形式，而它所意味的 *ταχϑῇ* 则是这个动词的虚拟语气形式。这样一来，句义便可以确定了：事实上，埃阿斯直到这时都还没有向苔柯梅萨下达过任何命令。但是，他实际上已经确定，如果他要求苔柯梅萨做什么，或者无论他要求苔柯梅萨做什么，后者都会义无反顾地完成，苔柯梅萨会无条件地服从。

50.5 一般认为，短语 *ὡς ἴδω*〔（我现在）真想见一见〕在这里略去了埃阿斯要见的人或物（行530）。而研究表明，他显然是想要在临死之前再见自己儿子一面，这句话的含义确定则是依照埃阿斯在行583对这一渴望的再次强调。

50.6 原文中，短语 *καὶ μήν*（行531）的字面含义是*而且、尤其如何*；在悲剧中，当一个新的人物出现时，通常会用到这个短语，用以强调先前的话题。然而，由于新上场的人物未必对舞台上刚发生的事情十分清楚，而说话的人又不便把方才的话题再说一遍，所以，这个短语便带有语句转折的意味，也可以理解为*不行，应该如何*。这里转译作*哦，现在不行*。这个短语后面跟着的 *φόβοισί γε* 当中的 *γε* 则表示对 *φόβοισί* 一词的语气的加强。在荷马那里，*φόβοισί* 一词所表示的是因为恐惧而仓皇逃跑：*οὐδ' ἕτεροι μνώοντ' ὀλοοῖο φόβοιο* 〔没有人动过心思，想要逃跑：《伊利亚特》，卷 XI. 行 71；卷 XV. 行 396；卷 XVII. 行 597；卷 XV. 行 310，行 666；卷 VIII. 行 139；卷 V. 行 252；卷 XVII. 行 579；《奥德赛》，卷 XX-IV. 行 57）。这一含义在后来的阿提咯方言中逐渐演化为仅仅表示恐惧或恐慌。在索福克勒斯的笔下也不带有逃跑的意味，只表示苔柯梅萨有某种担心。作为 *φοβός* 的与格，*φόβοισί* 一词表示的是某件事情的原因，因此，这个词也就可以理解为因为担心。苔柯梅萨似乎有些闪烁其辞：她并没有说明所担心的是什么。因此，在接着的 *αὐτὸν ἐξελυσάμην* 这个短语中，也没有表明她和埃阿斯的儿子这个时候到底怎么样了，她只是说把他打发了（*ἐξελυσάμην*）。那末，自然就有理由想到，她或许认为把自己的儿子交给那些下人照看要比带在自己身边更安全一些。直到埃阿斯不厌其烦地再次问到时，她才不得不做出回答。由此可见，苔柯梅萨对埃阿斯的服从确是不得已而为之的。

50.7 需要说明的是，*μή σοί γέ που δύστηνος ἀντήσας θάνοι*（行 533）这句话，照字面意思可以理解为不行啊，(当然担心)你呀！那可怜的人假如(也违你的心意)面对你，(恐怕)就活不成了。此句中，*γέ* 一词既是对问题作答，同时也是强调提到 *σοί* 〔你，即埃阿斯〕时的语气；而 *ἀντήσας* 一词则以不定过去时分词主动态形式表示某种条件，亦即如果埃阿斯的儿子欧吕萨克斯违背埃阿斯意愿，像苔柯梅萨一样也对埃阿斯加以劝说，那么，他可能就会没命了。

50.8 埃阿斯此时的语气十分尖刻。此句 *πρέπον γέ τἂν ἦν δαίμονος τοὐμοῦ τόδε*（行 534）原文字面含义可理解为这(样的情况)几乎完全符合(我的)命运。这里将这句话理解为一种不满的呼

喊:埃阿斯想要告诉苔柯梅萨,她将他的儿子留下,不带到他的
面前,是会使他临死时依然存有遗憾。因为他几乎已经明白无
误地告诉苔柯梅萨,自己还有最后的话要和儿子说。而对于自
己的宿命,埃阿斯在早一些时候就曾说到,τίς ἄν ποτ᾽ ᾤεδ᾽ ὧδ᾽
ἐπώνυμον | τοὐμὸν ξυνοίσειν ὄνομα τοῖς ἐμοῖς κακοῖς〔谁曾想到,我这个名
字|竟然和我所要遇到的灾难这样意味深长地相互一致:行 430—行 431〕。
此前,埃阿斯说自己的名字里就带有了他的宿命;而到这里,则看
到了他命运的又一种体现。在这里,特别需要注意的是,当 πρέπον
〔本义作相符〕一词引导着一个生格形式① 时,这个生格就有可能表
示某种属性关系:τίνες τε ἀνελευθερίας καὶ ὕβρεως ἢ μανίας καὶ ἄλλης
κακίας ποέπουσαι βάσεις〔带有悭吝,卑劣,疯狂以及其他恶劣属性的(韵
律):柏拉图,《王制》,400b〕。亦即,这句话中所说的命运或许还表
示是我(即埃阿斯)所拥有的。

　　50.9　这里有一句话,在希腊原文中写作 ἀλλ᾽ οὖν ἐγὼ
᾽φύλαξα τοῦτό γ᾽ ἀρκέσαι (行 535),若照字面含义译出的话,则可能
会显得有些语焉不详:为了避免(灾难),我得做些避免所要做的
事情。但在希腊原文中,却没有这种造成语义含混不清的危险:
前一个避免(᾽φύλαξα)是以不定式的形式表示后一个避免(ἀρκέσαι)
的目的,所以,这里将后一个避免(ἀρκέσαι)转译作我得做些什么,
并将这半句提前,而将可能的结果后置。

51. (行 536—行 544)

埃阿斯　　这一点,我也赞同。你做的倒是十分明智。
苔柯梅萨　　在现在这种情形下,我怎么做才能帮你呢?

---

①　在这里,可以将 δαίμονος〔命运、宿命〕看作是这个生格形式。

埃阿斯　让我和他说说话,让我和他见一面。

苔柯梅萨　好吧,他现在就在跟前,一直和一些照顾他的下人在一起。

埃阿斯　[540]那还拖什么? 他何不到这里来呢?

苔柯梅萨(朝舞台一侧喊道)　我的儿子啊,你父亲正在召唤你! (然后对下人喊道)你们这些下人,把那个孩子带过来吧!

埃阿斯　来了吗? 他也许没有听到你在召唤他呢。

苔柯梅萨　有一个下人过来了,他正把他带到这里来呢。

51.1　在希腊句法中,诗人(特别是戏剧诗人)有时偏好以不定过去时表示突然的举动,这种举动一般在距此处文字不远的地方刚刚提到过;他们似乎觉得,这样的时态调度或许可以制造出某种现场的感觉。此处的 *ἐπήνεσα* 一词就属于这样一种用法的不定过去时(行536),因此,这个词也就表示对你做出的那种行为(即苔柯梅萨把孩子留下的行为)的赞同,而并不表示在过去的时间里对她的行为都有所赞同。至于埃阿斯这样说以及接下来所说的明智,显然是一种反话,并不表示他认为苔柯梅萨真的十分明智。

51.2　此时,苔柯梅萨知道,她的儿子欧吕萨克斯已被带走,她希望埃阿斯能够打消想要见一见儿子的念头;所以,她刻意将埃阿斯刚刚说的话当做正话来听——或许,她心中也明白埃阿斯所说的赞赏不过是一句反话,但她依然宁愿相信埃阿斯是真心地赞同她所采取的那种预防措施:*ὡς ἐκ τῶνδε* 〔照字面意思直译作在这之下,亦即表示在这种情况下〕可能还带有反正情况已然如此的意味(行537)。

51.3 短语 καὶ μήν 一般用来表示"对前一个说话的人所说的话表示同意，赞同，或单纯满意的反应"。① 在这里，这个短语表示苔柯梅萨对埃阿斯请求的赞同(行539)；这里的赞同和她方才所表示的反对(行531)并不矛盾，这里的赞同只是说埃阿斯可以见得到她的儿子欧吕萨克斯，而并不表示她对埃阿斯的担心已经消失了。

51.4 这里有一个短语：ἦ λελειμμένῳ λόγων，照字面意思，可理解为或许把那些话略了去，但实际上似乎更应该理解为(你说的)那句话没有(让他)听到(行543)——以至于有钞本(L钞本)在这里的随文诂证处索性写道 οὐκ ἀκούοντι〔没有被听到〕。事实上，在希腊语中，以完成时分词的形式出现的此类动词，这种情况并不鲜见：ἦ πολὺ λέλειψαι τῶν ἐμῶν βουλευμάτων〔此句的字面含义为(你)离我的那些话(筹划)差很远，而实际意思则是你完全没听懂我的打算：欧里庇得斯，《俄瑞斯忒斯》，行1085〕。

51.5 苔柯梅萨此处的一句话(行544)带出两个小品词(或小品词词组)，一般情况下 καὶ δή 和 ὅδ'〔指示小品词, sc. ὅδε〕在戏剧或对话体文字中都表示有一个新的人物即将出场。而接着这句话结束，欧吕萨克斯便在一个下人的陪伴下从他上次退场的歌队入场口上场。他并没有从埃阿斯的那个营帐的门口出来。这样一来，便出现了两种可能：欧吕萨克斯出场前可能正在埃阿斯营帐旁边的一个屋子里，②也可能是在一个完全独立(或许相距还有一段距离的)的另一个营帐。③

---

① J. D. Denniston, *The Greek particles*, Oxford, 1954, pp. 352—353.

② J. C. Kamerbeek, *The Plays of Sophocles: Commentaries*, Part 1: the *Ajax*, E. J. Brill, 1963.

③ D. J. Mastronarde, "Actors on high: the skene roof, the crane, and the gods in Attic drama", *Classical. Antiquity*, 1990, p. 278.

52. （行545—行551）

埃阿斯 [545]把他带上来,把那个孩子带到这里来;
即便看到如此血腥的场面,他也注定不会恐惧,因为他
毕竟是我这样的父亲传承下来的;不过,现在,要像驯
幼马一样让他学会举止狂放,让自己的心性变得像他
父亲的心性一样。[550]我的孩子啊,但愿你能比你父
亲幸运一些,能够像他一样,却又不会沾染任何的
卑劣。

52.1 原文 αἶϱ᾽ αὐτόν, αἶϱε δεῦϱο 中的 αὐτόν〔他〕指的是什么
人,似乎无疑都被指向埃阿斯的儿子欧吕萨克斯(行545)。杰布
也这样认为,因为他将前后两个 αἶϱ(ε)〔提高、抬高〕看作是同样的
含义,指埃阿斯想让人将他的儿子抱起来,放到他的怀里。这种
理解也许不无道理。但是,如果看一下埃阿斯和谁说话,可能就
会有所疑惑:埃阿斯此时在对苔柯梅萨说话,而不是在对带着欧
吕萨克斯的下人说话。因此,这个 αὐτόν 也就可能被用来表示
那个下人,而在这样的情景下,埃阿斯让苔柯梅萨 αἶϱ᾽ αὐτόν 也
就可以表示让她把那个下人带上来,而这时的这个 αἶϱε 也就表
示从下面的某个方位将某个人带到上面的某个方位,埃阿斯又
是一个自视极高的人,这话听上去也就更合情理一些了。说到
那个孩子会不会害怕,杰布的提示也似乎值得玩味——他将这
里说到的 ταϱβήσει ... οὔ〔不害怕〕和《伊利亚特》中的一段情节相
对比:当奶娘将赫克托耳的儿子带到他的父亲面前时,那个孩子
被赫克托耳的铠甲吓得浑身颤抖,一下子转过身去(《伊利亚特》,
卷 VI. 行466—行470)。

52.2 从文本上看,νεοσφαγῆ … φόνον (行 546)照字面可以理解为(充满)流淌着新鲜的血(的场面)。但在这个短语中间,诗人为什么加上一个 που 这样的小品词呢? 从一般意义上讲,可以将这个词理解为我猜想、我认为、我感觉,用以强化这句话的语气。L 钞本的随文诂证也说这个小品词相当于一个短语 τοῦτόν γε,亦即就是这样之意。但杰布也提出,这个词或许还带有某种反讽的意味;因为,他认为,埃阿斯在这里是在刻意地回避直言自己想要强调这句话的分量。附带说一句,虽然有学者认为,που 一词用在这里(或别的地方)都可能隐含 μου〔我〕的意味,并且据此将这个词改写作 του;但完全可以通过修辞手段将这一层隐含之意遁去。这里只是采用插在后一句中的注定二字来显示 που,而并未将 που 直接写作我相信。

52.3 照一般的道理,前面刚刚说过 ἐμὸς〔我的〕,接着再说 τὰ πατρόθεν〔这个做父亲的〕,这种处理方法似乎显得有些累赘(行547);但杰布说,这也并非毫无道理——他认为,埃阿斯是要强调他作为父亲至高无上的地位,并且希望藉此凸显他的地位比 μητρόθεν〔做母亲的〕的地位高。

这里也许还会想到荷马《伊利亚特》当中的一个情节:赫克托耳的儿子 Ἀστυάναξ〔阿斯提雅纳克斯〕看到自己父亲头盔上的马鬃时被吓得惊恐万分,而赫克托耳为了平息他的恐惧才将自己的头盔摘下。[①] 不过,此处也与阿斯提雅纳克的那段情节有所区别:埃阿斯希望他的儿子能够像他一样勇敢。

52.4 埃阿斯要求他的儿子在面对血腥场面时能够 ὠμοῖς ἐν νόμοις (行548)。杰布根据相关注疏认为,诗人在这里是在刻意回避同样能够表达举止做派的 τρόποις,而使用 νόμοις 一

---

① S. Goldhill, *Reading Greek tragedy*, Cambridge, 1986, p. 187.

词；他认为，这种用法（可能）带有特别的意味，或许诗人想要让埃阿斯在语气上表现出某种 μεγαλοφϱονῶν〔英雄气概〕。不过，在文字上没有作出这样的处理。而 πωλοδαμνεῖν 一词字面上的含义为驯化幼马；这是一个由名词词干加动词词干组合而成的复合动词，照这个复合动词也可直译作必须像驯化幼马一样驯化他。在古希腊人看来，年轻的男女（主要是女孩）常被认为是未经驯化的幼马。索福克勒斯选用这个词来表达，很自然地会使人产生某种困惑：一方面，驯化一匹幼马的目的是使其驯化，亦即使其能够服从或顺从；另一方面，对欧吕萨克斯的锻炼却是要使其野性得到发掘。不过，也可以回想一下，这种狂放不羁恰好是埃阿斯的个性，而埃阿斯也为自己的这种个性感到骄傲（205 以下）。这样看来，我们的诗人留下的这个困惑也许就可以解开了：埃阿斯只是想让自己的孩子经过驯化之后能够长成像他一样的个性或人格，而他所取幼马也只是取其懦弱、未成熟的含义，并未取幼马的无羁的意味。

52.5 原文中，πατϱὸς | δεῖ πωλοδαμνεῖν κἀξομοιοῦσϑαι φύσιν 一句照字面意思可以理解为将（你的）心性训练得（与你父亲的）心性一样（行 548—行 549）。其中，πωλοδαμνεῖν 一词的本义是将马驹训练成熟；不过，这里所说的 πωλοδαμνεῖν 却不是让自己的心性变得妥贴顺当，而是要与自己父亲（在血脉中传承下来的）狂放相近（κἀξομοιοῦσϑαι）。

52.6 在《伊利亚特》（卷 VI. 行 479—行 480）中，赫克托耳曾经真诚地希望儿子能够比他更为出色。而埃阿斯则显然并不像赫克托耳那样。[1] 事实上，在索福柯勒斯笔下，埃阿斯对自己儿子

---

[1]　J. R. March, "Sophocles' *Ajax*: the death and burial of a hero", *BICS*, 1991
　　—1993, pp. 15—16.

欧吕萨克斯的期待,照阿提乌斯(Publius Attius Varus)的解释就是
Virtuti sis par, dispar fortunis patris〔德性与其父相仿,命数却
有不同:阿提乌斯,《残篇》,10〕。当维吉尔写到赫克托耳对自己的
儿子阿斯提雅纳克斯的要求时,他或许也是摹仿埃阿斯这句话
的:*Disce, puer, virtutem ex me verumque laborem,* | *fortu-
nam ex aliis*〔我的孩子啊,你要从我这里得到英勇之气,却不要遇到这
样的运气:维吉尔,《埃涅阿斯纪》,XII. 435〕。

53. (行552—行564)

埃阿斯　我真的很是羡慕你,直到现在,你都还从未感
受过任何的痛苦。只有真正体会了生活的苦乐之后,
(因为没有感觉才会在灾难面前完全感受不到痛苦,)
[555]人才有可能感觉到生活的美好;而到了这种时
候,你要像你的父亲一样,面对你的敌人表现出你的胆
略与你高贵的血统。迄今,你一直是在清风和煦中成
长,你那欢快蹦跳的气息曾给你的母亲带来欢乐。
[560]我知道,即便我不再在你的身边,那些阿开亚人
也一定会恶语张狂地羞辱你。而透克洛斯则会保护
你,他会继续照料养育你;现在,他远在异乡追逐猎物,
他正在赶过来。

53.1 短语 *καὶ νῦν* 所说的直到现在,到底是指埃阿斯对那
个孩子的羡慕之心,还是指那个孩子还未经受过任何的苦难。
按照杰布的说法,*καὶ νῦν* 是指在埃阿斯上句所说的祈祷还没有
实现的时候,亦即他希望自己的孩子能够比父亲幸运,不被卑劣
的行径所沾染玷污。因此,*καὶ νῦν* 应当是埃阿斯对他儿子的羡

慕(行 552—行 553)；但从希腊句法上看，*καὶ νῦν* 却可能是下面子句的一个状语，亦即埃阿斯只是判断欧吕萨克斯到这个时候还没有沾染上卑劣的东西，并不表明他对这个孩子以后抱有很大的希望。从这个角度来理解，几乎可以判定，*καὶ νῦν* 是指那个孩子没有被卑劣的东西所沾染的时间界限，并不涉及他对这种情形的羡慕的时限，亦即在埃阿斯看，到这个时候为止，欧吕萨克斯还没有被卑劣的东西所沾染，这已经让他很羡慕了。但是，只有了解了卑劣与痛苦的人才能称得上是一个成熟的人——而这正是下句话所要说的问题了。

53.2　在这一段中，有一行文字 *τὸ μὴ φρονεῖν γὰρ κάρτ' ἀνώδυνον κακόν*〔因为没有感觉才会在灾难中完全感受不到痛苦〕在 L 钞本中是保留下来的，此行在 L 钞本之前的多个引述版本中也曾经反复出现。不过，有校勘学者(Valckenär)认定，此行或出自诗人另外的某一个剧作；因此，这一行文字在以后的版本中多作省略或附带特别说明。如果不考虑文本传钞的问题，仅从文本的意涵来理解，那么，可以说，这句话似乎与上行有些冲突。不过，这句话也可能成为上半句的一个解释，并且因为中间有一个后置小品词 *γὰρ* 又可以使它成为下半句的原因。其实，已经在前面知道了一个同样的观点，就是与其对自己所遭受的痛苦十分敏感，不如完全不去感觉它(行 256)。按照这个思路去考虑，这句话也就并非多余了。实际上，这句话的意思甚至可以理解为无知即是福。在另一篇作品中，诗人借歌队之口也说过这样的想法：*ὡς εὖτ' ἂν τὸ νέον παρῇ κούφας ἀφροσύνας φέρον,│τίς πλαγὰ πολύμοχθος ἔξω*〔年轻时代带着轻慢的愉悦已然过去，│现在还有怎样的痛苦不能承受：索福克勒斯，《特拉喀斯女孩》，行 1229—行 1230〕。

53.3　原文中的 *ὅταν δ' ἵκη πρὸς τοῦτο* 是指在这来到之时(行 556)，杰布解作在有了这样的感受之时 (*πρὸς τὸ μαθεῖν*)；这里则采

用较模糊的说法,将它理解为到了这种时候,以此承接上句所说
的对生活苦乐的感受,但又不明言句中隐含的意味。而此句隐
含的意思是,欧吕萨克斯应当继承他父亲的复仇事业,因为他父
亲在复仇一事上已经无能为力。显而易见,埃阿斯关于养育儿
子的观念不同于苔柯梅萨的观念,倒与《安提戈涅》(行 641－行
644)中克瑞翁的那种观念颇有些相近:克瑞翁认为,儿子的责任
就是对敌人报复,给朋友带来荣誉。

53.4 $\tau \acute{\epsilon} \omega \varsigma$ 一词的本义是表示两件事情的发生中间间隔了
一段时间,而说话的时候是第二件事情将要发生的时候(行
558)——在这里,埃阿斯所指的当然是行 556。这两件事情之间
的实际间隔或许很长,但在说话的过程中,前一件事情或许是刚
刚说到的;同样的用法,也见于荷马笔下:$\tau \hat{\eta} o \varsigma$ $\delta \grave{\epsilon}$ $\varphi \iota \lambda \eta$ $\pi a \rho \grave{a}$ $\mu \eta \tau \rho \grave{\iota}$ |
$\kappa \epsilon \acute{\iota} \sigma \theta \omega$ $\grave{\epsilon} \nu \grave{\iota}$ $\mu \epsilon \gamma \acute{a} \rho \omega$ 〔先前,你还曾让你亲爱的母亲收藏:《奥德赛》,卷 XV.
行 127〕。此句中的 $\tau \hat{\eta} o \varsigma$ 〔转译作先前〕是指他刚刚提到的那个
$\grave{\epsilon} \varsigma$ $\gamma \acute{a} \mu o \upsilon$ $\check{\omega} \rho \eta \nu$ 〔婚期,婚礼举行的时间:同上,行 126〕[1]之前。因此,将
这个词理解为截至此时或迄今,也不无道理。

而此处的短语 $\kappa o \acute{\upsilon} \varphi o \iota \varsigma$ $\pi \nu \epsilon \acute{\upsilon} \mu a \sigma \iota \nu$ 则可以理解为清风和煦(行
558);对于这个短语,这里也赞同杰布的观点:在索福克勒斯之
后,这个短语确实成为一个屡见于文献的成语。[2] 但对 $\mu \eta \tau \rho \grave{\iota}$
$\tau \hat{\eta} \delta \epsilon$ $\chi a \rho \mu o \nu \acute{\eta} \nu$ 〔给(你的)母亲带来快乐〕,这个子句只能是从上半句
延伸下来的,而名词 $\chi a \rho \mu o \nu \acute{\eta} \nu$ 〔快乐〕的受格形式从句法上看带有
结果意味。因此,这个名词应当与全句同位,而不是和前半句的
名词 $\psi \upsilon \chi \acute{\eta} \nu$ 〔灵魂、气息〕同位。

53.5 在荷马笔下,$\grave{A} \chi a \iota \acute{o} \varsigma$ 〔阿开亚人〕一词泛指一般意义上

---

① 　在荷马这段引文的原文中,虽然就在先前的一行曾提到这个婚礼,但实际上,这
个婚礼和收到那些聘礼之间还是有一段时间的。

② 　Cf. Pliny, *H. N.*, XVIII. 34; Lucian, *Bix accus.*, I; Catull., 62. 39.

的希腊人,特别用于出征特洛伊的希腊人;但在索福克勒斯的这部悲剧中,Ἀχαιός 专指阿特柔斯的后代,亦即专指阿伽门农和墨涅拉厄斯以及他们所统领的部队,并不包括作为希腊大军左路军的埃阿斯,甚至可能也不包括奥德修斯的部队;当然,希腊大军中公认的最为骁勇善战的阿喀琉斯,几乎可以肯定不被包含在所谓的 Ἀχαιός 当中。因此,在《埃阿斯》的语境下,Ἀχαιός 不便统称为希腊人。在行 558 至行 559,埃阿斯说到欧昌萨克斯时,语中带着和缓,这时,他想到的是欧昌萨克斯的天真;而在行 560 至行 561,当埃阿斯说到阿开亚人时,他的语气明显有了变化。这时,他想到的是,在离开人世之后,阿开亚人一定会对他的儿子极尽羞辱,会 ὑβρίζω 〔用行止猖狂的态度对待〕他的儿子。

53.6　此处所说 τροφῇ ἄοκνον (行 563)可能带有两层含义,既表示透克洛斯即会对那个孩子照顾到无微不至,同时也可能会使那个孩子感到十分严苛;因为,照杰布的说法,ἄοκνον 一词显然隐含着 ἀφειδής 〔严酷〕的概念。从这个角度说,上行说到透克洛斯的保护 ἀμφί 〔在两个方面,只是我将这一层含义隐含起来〕也就不是凭空而来了。

53.7　θήραν ἔχων 〔追逐猎物、狩猎〕应当是一种婉转的说法(行 564),指透克洛斯正在弥希亚高地与敌军周旋,或对敌作战;在这里,θήραν 〔狩猎〕显然与作战同义,只是语气上略带婉转(行 343,行 720)。从行 342 开始,观众就一直期待透克洛斯出场。但在早前,埃阿斯呼唤透克洛斯是希望透克洛斯能帮助他走出困境;而这里(行 561-行 564),埃阿斯说到透克洛斯却是为了消除苔柯梅萨对于敌人可能会伤害欧昌萨克斯的担心,希望透克洛斯能够来替他保护他的儿子。另一方面,索福克勒斯在这里似乎也在为透克洛斯与墨涅拉厄斯以及阿伽门农在他死后的争论埋下了伏笔；在后来的争论中，虽然不能认为透克洛斯就完全代表了埃阿斯本人，但是，如果想要将埃阿斯死前死后两部分连在一起，那么，这句话不能不说是一个最好的纽带。

54.（行565—行577）

埃阿斯　持盾的勇士们啊，海上同行的人们，我要你们和他一道共同承担起责任，把我的遗命转达到透克洛斯那里，一定让他把这个孩子带给我的家人，带他去见忒拉蒙以及我的母亲俄里珀亚，[570]这个孩子会使他们在晚年安逸久远（直到他们去了下界神明幽闭的领地）。你们要告诉他，不要让那些在竞争时担任裁判的人或者那个把我毁掉的人将我的武器奖励给阿开亚人。拿好了它，我的儿子，你的名字就是从它而来；[575]把这个重盾高高举起，将编织起来的盾柄攥紧！这个包裹七层牛皮的重盾，任何兵器都无法刺穿。再有，就是让他把其他的铠甲与兵器和我一道埋葬！

54.1 埃阿斯说到那些跟随他来到特洛伊的水手时用的是 ἐνάλιος λεώς〔海上同行的人们〕，但是，他为什么又要提到 ἄνδρες ἀσπιστῆρες〔持盾的人〕呢（行565—行566）？显然，这些 ἄνδρες ἀσπιστῆρες 应当是指跟随他从萨拉弥斯漂洋过海而来的那些将士。这时，当他知道自己将要离世时，他所能够想到可以托孤的自然就是这些人。这样，埃阿斯便会说，希望这些人能够 κοινήν〔共同，引申作齐心协力〕完成他交代的最后的任务。杰布认为,这里所说的 *κοινήν* 可能并不只是指跟随埃阿斯来到这里的那些水手,而且还包括那个孩子。他的依据就是认为埃阿斯在这里提到了他将要传给欧吕萨克斯的那个 *ἀσπίς*〔盾〕。但是,此时的埃阿斯是在向他的下属下达命令。而他在措辞上提到 *ἀσπίς* 字可能只是暗示,埃阿斯希望他的亲友在他死后能够照顾将来会接受他的 *ἀσπίς* 的欧吕萨克斯。

54.2　如果说这里的 *δόμους* 专指埃阿斯的王宫,那也是说得过去的。但是,这里更倾向于认为这个时候埃阿斯想到的是他的父母可能能为他的孩子带来的安逸以及他的孩子会在他父母晚年时给他们带来的欢乐——所以,这里将 *δόμους* 理解为埃阿斯在指他的家人(行 568)。事实上,在其他悲剧作家那里也可以看到 *δόμους* 一词这样的用法：*ἔξω δόμων τε καὶ πάτρας ὠθεῖν ἐμέ*〔(他)使我离开我的家人,将我撵出家园：埃斯库罗斯,《波斯人》,行 665〕。接下来,在说到自己的父亲忒拉蒙之后,埃阿斯先说了一个 *μητρί*〔母亲〕,然后又加上一句 *Ἐριβοίᾳ λέγω*〔我所说的俄里珀亚〕。中译文中将这个短语中的 *λέγω*〔我说〕和前面的那个 *μητρί*〔母亲〕合到了起来(行 569)。特别值得注意的是,埃阿斯特别强调要把他的儿子欧吕萨克斯交给他自己的母亲,他嘱咐他的下属切忌搞错,不要误将欧吕萨克斯交给透克洛斯的母亲赫西厄涅。[①]

54.2　从字面上看,*γηροβοσκός* 一词无疑是指老来(*γηρός*)得到赡养(*βοσκός*)；但在这里,完全有理由认为这个词有一个引申含义,亦即表示因为老来无忧而使生活变得安逸(行 570)。事实上,这样引申的含义在古典文献中也不独此处所见：

---

① 　品达《伊斯特米凯歌》,V. 行 45)称埃阿斯的母亲是麦加拉王阿尔卡托乌斯的女儿俄里珀亚,而后世的阿波罗多洛斯《希腊神话》,III. xii. 7)与鲍桑尼亚斯《希腊志》,I. 42. 1)则称她为佩里珀亚。不过,这或许是名字在传钞过程中的错讹罢了。

γλυκεῖά οἱ καρδίαν | ἀτάλλοισα γηροτρόφος συναορεῖ 〔有恬静相伴,尽享晚年安适〕。① 一般认为,接下来的一行(行 571)可能出自传抄过程中的改篡;而认定此处为改篡的原因,除音步不合外,最重要的是 μέχρις 〔直到〕一词并不是索福克勒斯所使用的阿提喀方言,而这个词阿提喀方言的正确写法应当是 μέχρις。这行文字的改篡者之所以加上这样一行,显然是希望使上行结束时所说的 εἰσαεί 〔永远,久远〕变成一个有时限的永远。这种做法在古典文献的整理中似乎并不高明。

　54.3 埃阿斯在这里说,不要让他所看不起的那些阿开亚人再通过让他不屑的狡猾伎俩将他的武器弄到阿开亚人的手里去(行 572—行 573)。这句话到底是针对欧吕萨克斯来说的,还是针对透克洛斯来说的? 如果针对透克洛斯说的,那么,埃阿斯就是在继续他在前面(行 546)提到的命令,亦即要跟随他的那些将领将他受到的不公正的待遇告诉透克洛斯,让他不要遵从阿开亚将领的裁判,不要接受把应该奖励给他的兵器奖励给奥德修斯。但是,从这段文字以及下面的文字看,这里所针对的显然应该是埃阿斯自己的儿子欧吕萨克斯,而那个兵器也只是埃阿斯自己的那个重盾。在这句话里,有意思的是,埃阿斯似乎是在想象,当他死后,他的兵器也会像阿喀琉斯死后兵器颁赏一样让欧吕萨克斯和别的人去竞争。他用了 ἀγωνάρχης 这样一个词,这个词的意思是指在争夺兵器所属权的竞争中充当裁判的人,而不是简单地直接用表示竞争裁判的 ἀγωνοθέτης 一词,似乎颇有深意。

　54.4 埃阿斯儿子的名字叫做 Εὐρύσακες 〔欧吕萨克斯〕;按照埃阿斯的说法(行 574),他的儿子取这样一个名字,就是想寓意

---

① 此句为品达诗句断片,出自柏拉图的记载(柏拉图,《王制》,331a)。

他的那个 σάκος〔重盾,读作撒考斯〕。事实上,埃阿斯始终以能够拥有这样一柄重盾感到自豪——这在荷马笔下也曾多次提到。

54.5 仅凭这里的文字(行 575),只能判断埃阿斯在这里所说的 πολυρράφου … πόρπακος 是指那个重盾有一个缠绕或缝制精良的(πολυρράφου)盾柄(πόρπακος),却无法断定这个盾柄是用何种材质以何种方式制作的。虽然有陶罐图案或可提供一些佐证,①但依然只能猜测,这个盾柄可能是一个从盾牌内缘延伸出来,留下一定余量,形成的一个皮套。值得注意的是,盾柄(πόρπαξ)一词正是从固定这个皮套的金属的 πόρπαι〔钉〕而来的;在没有战事的时候或在需要将这些重盾收藏起来的时候,希腊人或许还会将这些 πόρπαι 取下,摘下盾柄后将盾牌收藏。这意味着这些盾柄可能是活动的,可随时摘下或安装。若此,则这句话中的 ἴσχε〔这里译作攥紧,本义作拿住〕也就可能意味着埃阿斯要那些手下告诉欧吕萨克斯不要放弃为他报仇的努力——不要把盾柄摘下。原文中,ἑπτάβοιον 一词是指有七层牛皮(裹制而成)的(行 576)。照荷马的说法(《伊利亚特》,卷 VII. 行 220),埃阿斯的这个七层重盾就像一堵城墙一样结实,这个盾牌是 Τυχίος〔图西奥斯〕的作品,σκυτοτόμων ὄχ᾽ ἄριστος〔出自最优秀的皮匠之手〕。但有一点需要注意,埃阿斯的这柄重盾并不是希腊重盾的统一制作规制,因为荷马就曾记载过透克洛斯所使用的就是 σάκος τετραθέλυμνον〔四层重盾:《伊利亚特》,卷 XV. 行 479〕。而文中的 αὐτό 一词并不是一般地表示这个(重盾),而是针对上面提到的欧吕萨克斯的名字的出处而言的——埃阿斯的意思是说,欧吕萨克斯这个名字虽然出自 σάκος,但当初之所以给他起这个名字,只是为了埃阿斯所拥

---

① William Smith, *Dictionary of Greek and Roman Antiquities*, London, 1890, 3rd ed., vol. I. p. 459.

有的这个重盾。当埃阿斯决定把这个重盾传给欧吕萨克斯时，他就已经十分清楚地表示，他已决定去死了，而欧吕萨克斯将无疑地成为他的继承者。然而，从文本中却奇怪地发现，埃阿斯从始至终都没有把他的那个重盾拿出来。何以如此？ 有研究者认为，可能是因为那个重盾太大了，而那个孩子在舞台上根本无法把它拿起来。①

54.6 埃阿斯再次明确表示，他已经决意要去死(行565－行577)；按照荷马的记载(《伊利亚特》,卷 VI. 行 618),在希腊,战士死后是要把他的武器和他一道下葬的。句中, *τὰ ἄλλα τεύχη* 〔其他的(那些)兵器〕应该是中性受格复数形式,而 *τεϑάψεται* 则是 *ϑάπτω* 〔埋葬〕的未来完成时陈述语气中动态第三人称单数形式,其主语就应当是一个第三人称单数代词,应该指埃阿斯的儿子欧吕萨克斯。埃阿斯想要他的下属安排他的儿子在安葬他时将他的铠甲与兵器和他的尸体一道下葬。有一点似乎有些可疑——按照杰布的提示,原始的雅利安人曾有一个传统,就是在武士死后将那些兵器和死者一道下葬,其遗迹也见于迈锡尼墓葬的发掘;但在荷马的笔下,火化阵亡勇士的时候,很少将死者留下的铠甲和兵器与死者一道火化。不知道索福克勒斯为什么要在这里让埃阿斯的葬礼采用迈锡尼雅利安人的习俗。还有一个词值得注意: *τεϑάψεται* 一词的本义当然是埋葬,但是这个词还有一层含义是指举行一定的仪式把死者厚葬: *Κύκνον δ' αὖ Κῆυξ ϑάπτεν* 〔而后,凯韦克斯将那库科诺斯厚葬:赫西俄德,《赫拉克勒斯之盾》,行472〕。据此,或许可以猜测,埃阿斯这时可能已经知道自己不能像英雄时代那些战死的勇士一样被火葬,这在埃阿斯心里无疑是一个巨大的打击,虽然他并未在言语中直接说出来,但

---

① D. Seale, *Vision and stagecraft in Sophocles*, London, 1982, p. 157.

在遣词时却无意中流露出这种情绪，他宁愿自己的葬礼采用
迈锡尼利安人（而不是雅典人）的礼仪，这或许能够为他减轻
一些心理负担。

55.（行 578—行 582）

埃阿斯　（对苔柯梅萨）快点儿把那个孩子带到这里来！
快把大门关严，不要让营帐门前哭声不断。[580]女人
就是喜欢这样不停地哭泣！快关上门！聪明的医生肯
定不会对着要动刀的地方絮絮叨叨念咒语。

55.1 原文中，πάκτου 一词在古典文献中可有多种含义：希罗
多德曾经用这个词表示充填：ἔσωθεν δὲ τὰς ἁρμονίας ἐν ὧν
ἐπάκτωσαν τῇ βύβλῳ〔他们又用莎草纸将缝制的接缝处填实；希罗多德，
《历史》，II. 96〕；但这个词的最一般含义还是表示加快、快速。从这
个词前一层含义来理解，则短语 καὶ δῶμα πάκτου 似乎只是指将
δῶμα〔房间、营帐〕封闭起来。但如果从 πάκτου 一词带有赶快、快速
的含义来理解，则这个短语又可表示快些将这个营帐的问题加以
解决。如此看来，当埃阿斯说到 πύκαζε〔覆盖、遮挡〕时，则进一步表
明了 πάκτου 一词与此相对应，都是针对 δῶμα 而言的。因此，这句
话或可理解为赶快将营帐大门关紧(行 579)。事实上，这句话的核
心是说 μηδ' ἐπισκήνους γόους | δάκρυε〔不要让营帐门前哭声不断〕，因
此，关上大门就是十分必要的了。需要注意的是，ἐπισκήνους 一词
是一个复合词，表示 ἐπὶ τῇ σκηνῇ〔在营帐前〕。当埃阿斯说到女人
的哭泣可能带来的麻烦时，他说，那些女人都是 φιλοίκιστον，而这
个词是索福克勒斯从另外一个词引申出来的：古希腊人在描
述女性情感表达时总会说女性是 φιλοικτίρμων〔喜欢怜悯的，富有

怜悯之心的]：*ἀεὶ λίαν φιλοικτίρμων ἐστὶ καὶ τοῦ ἥττονος θεραπίς* 〔她总是极富同情心，总是十分在意底层的人：柏拉图，《墨涅塞科诺斯》，244e〕。但 *φιλοίκτιστον* 一词从埃阿斯口中说出来，显然带有不满。

55.2 一般说来，短语 *τομῶντι πήματι* 可以理解为要动刀的地方，那么，这句话便表示聪明的医生(*ἰατροῦ σοφοῦ*)不会鲁莽行事，贸然动手术(行 582)。因为，短语 *θρηνεῖν ἐπῳδὰς* 在一般人看来当然是指不停地哭丧，而这种哭丧哀悼同时又带有祭奠死者典仪的含义，亦即要以咒语魔法使死者的灵魂得到超度；因此，*θρηνεῖν ἐπῳδὰς* 中的 *ἐπῳδὰς* 一词也就带有在哀悼过程中施展魔法的含义。然而，另一方面，如杰布所说，当 *ἐπῳδὰς* 一词作为医学语言① 出现时，却引申带有某种治疗手法的含义；这层含义可见于索福克勒斯另外的作品：*τίς γὰρ ἀοιδός, τίς ὁ χειροτέχνης | ἰατορίας, ὃς τήνδ᾽ ἄτην | χωρὶς Ζηνὸς κατακηλήσει* 〔哪里有施展魔法者？|哪里有医治伤痛者？|除了宙斯啊，如何祛除这灾难：《特拉喀斯女孩》，行 1000－行 1002〕。所以，埃阿斯说，聪明的医生不会放弃动刀，只求助于兀自悲悲戚戚，也不会求助于施展魔法。

55.3 接下来的一段(行 580－行 582)是埃阿斯向他的儿子欧吕萨克斯告别。这段告别看似与荷马写到赫克托耳的临终遗言(《伊利亚特》，卷 VI. 行 466－行 484)十分相似，但却没有了荷马笔下赫克托耳面带微笑向父母告别的情形(《伊利亚特》，卷 VI. 行 471，行 484)。一般的观众或读者都很想看到埃阿斯如何回应苔柯梅萨的劝告，但埃阿斯却没有做出任何的

---

① 特别是作为外科医学的专用术语出现——事实上，*ἰατροῦ* 一词也的确多指外科医生，亦即治疗战场上刀枪之伤的医生。

反应。有学者认为,埃阿斯对苔柯梅萨的话,一个字都没有听进去。① 但完全可以断定,他一定十分清楚,苔柯梅萨要求他对自己的儿子与父母应该承担起责任来。他的回答既包括了对透克洛斯和歌队的嘱托,要求他们照料他的儿子;也包含对自己儿子的嘱托,要他在祖父和祖母年迈时能够照顾他们的生活。埃阿斯的这段话显然带有两个相互矛盾的方面:一方面,他对身后之事的安排使父母和儿子都得到了保障,这可以让人感到宽慰;另一方面,他这样简单地将不能去死的唯一的理由消解掉了,又令人感到极为担心。他完全没有顾及到苔柯梅萨要他为她带来安全感。及至此刻,观众或者读者唯一希望的就是透克洛斯能够及时赶到,阻止埃阿斯自杀。但是,一般人在这时却会出现感情上的矛盾,一方面希望埃阿斯能够知道他所做的事情并非他的本意,而是在雅典娜令其神志不清时做出来的;另一方面,人们也会感到,自杀可能也的确是唯一的解决办法。值得注意的一个情节是埃阿斯临终前的最后一件事情是对自己的兵器在他死后如何处理做出了安排。有理由相信,这一情节可以和作为他的死因之一的阿喀琉斯兵器颁赏相互对应。而最后一句话又以医生作明喻,更让观众和读者的担心变得尤为强烈。

56.（行 583—行 595）

歌队队长　听你说话如此慌张,我真的有些担心! 而
　　　　　你的语调那么尖厉,也让我感觉不舒服。

---

① K. Reinhardt, *Sophocles*, tr. H. & D. Harvey, Oxford, 1979, pp. 21—22.

苔柯梅萨[585] 我的主人啊,埃阿斯! 你想干什么?

埃阿斯 别再问了,也别纠缠了! 最好知道点儿分寸!

苔柯梅萨 我真是绝望了! 那可是你的孩子啊! 我以神的名义祈求你,不要抛弃我们!

埃阿斯 你真让我心烦意乱。你难道不知道——[590]我现在已经不再欠神明任何东西了?

苔柯梅萨 说话吉利点吧……

埃阿斯 去对那些愿意听的人说吧!

苔柯梅萨 难道你不愿意吗?

埃阿斯 你吵够了没有?

苔柯梅萨 主人啊,我担心呐!

埃阿斯 (对下人) 把门关上,马上!

苔柯梅萨 就算我求你啦!

埃阿斯 我看呐,你真是愚蠢,[595]你今天竟然要教给我怎样将习惯改变。

56.1 实际上,这里的 *τὴν προθυμίαν* 也可能是针对埃阿斯刚刚说的 *πύκαζε θᾶσσον*〔快点儿吧:行 581〕而言的,那么,*τὴν προθυμίαν*（*προθυμία*）一词也就应当被理解为因心中不安而导致的举止失措(行 583)。但这个词的本义却是想要去做某件事情的急切的欲望或渴望,笔者曾将其他作家使用的 *προθυμία* 一词转译作有激情(的人),而与 *ἀθυμία*〔无精打采〕相对应:*ὅτι τὸ πᾶν διαφέρει ἐν παντὶ ἔργῳ προθυμία ἀθυμίας*〔无论做什么事情,有激情的人和无精打采的人是完全不一样的:色诺芬,《居鲁士的教育》,I. vi. 13〕。事实上,在大多数情况下,*προθυμία* 一词也确实带有一定程度的褒义。但是,如果简单将 *τὴν προθυμίαν* 一词与那个 *πύκαζε θᾶσσον*〔快点儿吧〕相联系,亦即只是与担心女人的哭声扰乱他的心思相联系,那就显得似乎有些牵强了。歌队队长在说这些话时,应该已经预想到了埃阿斯将要自戕。而且,他或许认为,这时的埃阿斯,心中已经对此充满了激情。当然,这一层意思如果存在,那么也一定是隐含的。

56.2 照字面的意思,*οὐ γάρ μ' ἀρέσκει γλῶσσά σου τεθηγμένη* 一句也可以理解为你打磨尖利的舌头把我弄得很不愉快(行 584);原文中的 *μ' ἀρέσκει* 是指使我感到不愉快,亦即 *ἀρέσκει* 是一个简单及物动词,笔者将其理解为使动词,或者将这个词的主语和宾语相互调换,但得到的就会在含义上略有区别。在埃阿斯一长段台词之后,最先做出回应的是歌队队长;需要注意的是,在这段台词里,埃阿斯采用不规则的散文体,表明他死意已决,表明他将会断然拒绝苔柯梅萨的劝说。这时,苔柯梅萨或许未及做出迅速的反应,她这时正带着欧吕萨克斯朝这里走来。所以,有学者认为,此处的 *θᾶσσων* 应该是 *ταχύς* 〔快速的〕比较级形式,至少也是 *θᾶσσων* 〔快速的〕比较级形式;这种解读在于强调要赶在苔柯梅萨与欧吕萨克斯到达之前把营帐大门关上。[1] 不过,这一层含义在译文中却很难找到恰如其分的表达。当然,也有学者认为,这里的比较级其实并无对比的意义,只带有催促的意味。[2]

56.3 出现在这里的 *φρενί* 〔本义作心胸、神志,在这里是与格〕应当是表示与 *δρασείεις* 〔想要做〕相关的某个方面,亦即表示在理智和情感上想要做。与格的这种用法也见于:*ἀσθενής τῷ σώματι* 〔身体上的孱弱:德墨斯忒尼,《演说集》,21.165〕。从上下文语境上来分析,此处的这句问话(行 585)所针对的不会是埃阿

---

① Cf. W. B. Stanford, "Light in darkness in Sophocles", in *GRBS*, 1978, pp. 99—107.

② Cf. MacDowell on Ar. *Warps*, v. 187.

斯将要自戕这件事情,而应当是埃阿斯命人将营帐大门关上,把营帐内发生的事情与外界相隔绝。当然,歌队队长的担心也不无道理,因为他知道,埃阿斯关上大门会有特别的安排,所以,事实上,加入 φρενί 一词的效果也在于使这时的语气能够稍稍加强一些。虽然埃阿斯已经很清楚地表明了他想要怎么做,但到目前为止,他却还没有明确地说自己将要自戕。因此,尽管苔柯梅萨心里十分担心灾难会随时降临,但她却依然并不是那么确定。

56.4 诗人先说 μὴ κρῖνε 这样一句话,然后又说 μὴ 'ξέταζε 〔别再纠缠了,照字面意思可理解为不必检验了:行 586〕;按照杰布的说法,κρῖνε 相当于 ἀνάκρινε 〔诘问〕的意思,而且,他还举出诗人另一作品中这个词的使用情况作证:καὶ νῦν, ἄναξ, τήνδ' αὐτός, ὡς θέλεις, λαβών | καὶ κρῖνε κἀξέλεγχ' 〔现在,我的主公啊,您可以想怎么做就怎么做,|您现在就问一问她,让她认罪吧:《安提戈涅》,行 399 以下〕。然而,值得注意的是,在《安提戈涅》那两行诗句中,κρῖνε 一词除了表示诘问之外,还有一层表示讲道理的含义。而在本剧中,更倾向于采用这个词的本义,即区分、梳理之意:ὅτε τε ξανθὴ Δημήτηρ | κρίνῃ ... καρπόν τε καὶ ἄχνας 〔金色头发的得墨忒耳女神……将谷粒与谷壳分开:《伊利亚特》,卷 V. 行 500—行 501〕。只是这样一层含义在这里略带贬义而已。在埃阿斯的这句话中,具有讽刺意味的是,他也同意雅典娜在前面开场时提出的观点:神明所眷爱的是知道分寸的(σωφρονεῖν)人,对卑鄙的人只会厌恶(行 132—行 133)。但是,我们需要注意,在埃阿斯看来,将 σωφρονεῖν 用在一个女人身上和用到他自己身上,是完全不同的两件事情,不能混为一谈。即便是特别小心,所注意的也只能是埃阿斯对 σωφρονεῖν 理解上的矛盾。而到了下面,埃阿斯才真正明白了 σωφρονεῖν 的含义。

56.5　从词法上说，$τέκνου$ 一词出自动词 $τίκτω$〔生产、生育〕，在表示后代时隐含某种血亲子嗣的意味。这里考虑到苔柯梅萨说这句话(行 587－行 588)时的情绪认为，她是要让埃阿斯明白，他的自戕意味着他将自己在尘世间的血脉传承也一并放弃了。有意思的是，苔柯梅萨上半句刚刚说到希望埃阿斯能够为自己的儿子想一想，不要轻易放弃、抛弃他；到了下半句，苔柯梅萨的话就变成了不要把 $ἡμᾶς$〔我们〕抛弃。这个转换(亦即把苔柯梅萨自己增加进去)有些唐突，似乎是诗人刻意要苔柯梅萨这样表达。

56.6　在 $ἐγὼ\ θεοῖς \mid ὡς\ οὐδὲν\ ἀρκεῖν\ εἴμ'\ ὀφειλέτης\ ἔτι$〔我现在已经不再欠神明任何东西了：行 589－行 590〕这句话中，埃阿斯显然又想到了神明对他的不公正(行 475)，他也已经不再对神明抱任何希望了，因为神明实在令他难以忍受(行 399－行 403)。因此，当苔柯梅萨以神明的名义起誓，对他提出要求时，埃阿斯自然也就想到他已不必再对神明承担任何责任了，也就是说，他不再是 $ὀφειλέτης$〔欠债的人〕了。这句话其实还包含一层含义：埃阿斯的狷狂使他认为，神的需要可以由他来满足，而他的需要却无需神明来帮助实现。当神明拒绝了他之后，他也就不再对神明承担任何义务。于是，他便陷入到某种孤独的状态——这就使他的自戕有了理由。

56.7　就像在现代中国的某些地方，当人们(或自己或听到他人)说了亵渎神明的话之后，常会说一些大吉大利的话，这里照 $εὔφημα\ φώνει$ 的字面意思直译作说话吉利点(行 591)。杰布曾将这句话转译作 Hush, hush〔嘘，嘘〕。但杰布的这种译法似乎忽略了苔柯梅萨作为埃阿斯嫔妃总在自己丈夫面前絮叨的意味，而埃阿斯这时最关心的，也最反感的正是苔柯梅萨的这种絮叨。

　　行 591 至行 594 都是两个说话者(ἀντιλαβή),亦即每个说话者只用半行文字——这种方法体现了一种紧张感,有些近似于一个人还没把话说完,另一个人就把话头抢过去。

　　56.8 从原文的语气上看,πόλλ' ἄγαν ἤδη θροεῖς 一句表示埃阿斯对苔柯梅萨的絮叨已经十分厌烦(行 592);照字面含义,这句话可以理解为你这样又哭又闹已经太多了。但考虑到埃阿斯此处以短促的语速想要打断苔柯梅萨的哭闹,这里转而将这句话理解为一个反问句:你吵够了没有?

　　56.9 埃阿斯最后一句话里的 ἄρτι〔迄今、现在;这里译作今天〕是针对先前而言的(行 595)。这句话意味着,埃阿斯在提醒苔柯梅萨,不要忘记一直以来对她的教诲,而其潜台词则是早前埃阿斯对苔柯梅萨的那些教育已经被忘到脑后了,以至于她现在竟然想要来教训他。

　　这一节是埃阿斯与苔柯梅萨最后的对话。显而易见,苔柯梅萨的努力失败了。而索福克勒斯笔下的埃阿斯则拒绝了苔柯梅萨的训导。埃阿斯说,把门关上,这句话意味着这时可能有某个随从或下人来到营帐。有学者认为,埃阿斯和苔柯梅萨以及他们的儿子欧吕萨克斯接下来一直留在舞台上。① 而实际上,一般的观点则认为,这时,苔柯梅萨和欧吕萨克斯离开了这里,而舞台上只剩下埃阿斯一人。这种一般的观点虽然仍然一直饱受争议,却不无道理。埃阿斯此时已明确拒绝了苔柯梅萨的请求,那么,当他的心智得到恢复(行 646)时,让他一个人突然从营帐里出来可能可以加强剧情的悲怆的效果。而这时,如果苔柯梅萨跟着他重新出现,那么,他在后面再出场时的效果就会大大

---

① Cf. F. G. Welcker, "Über den *Aias* des Sophokles", *RhM*, 1829, pp. 87-92, in *Kleine Schriften*, Bonn, 1845, p. 277 ff.

减弱。① 事实上,这涉及到对前面一句话(行 578－行 579)的两种不同解读:如果从那句话之后他们一直在营帐里面说话的话,那么,那句话就应该理解为快点儿把那个孩子带到这里来(带到营帐里面来)!(进来后随手)快把大门关严,不要让营帐门前哭声不断;但是,如果他们并不是在营帐里面,而是在营帐门外说了后面的这些话的话,那么,上面的那句话就要理解为把那个孩子带来!(你就待在门外)把门(给我)关上,不要再在营帐门外哭哭啼啼了。按照泰普林的说法,观众似乎可以肯定埃阿斯会当着苔柯梅萨和他们的儿子的面自戕;②这种解读显然与后面的剧情不能相符。杰布认为,在这里,当这段对话结束时,埃阿斯 εἰσκυλεῖται 〔站在转台(ἐκκύκλημα)上被转到台后〕;而这个场景中的转台(ἐκκύκλημα)则可以理解为就是埃阿斯的营帐,因此,他将这里的场景转换理解为埃阿斯从前景退入到自己的营帐中,并将营帐大门关上。按照埃阿斯的要求 〔μηδ' ἐπισκήνους γόους δάκρυε (不要让营帐门前哭声不断:行 579)〕,这个时候,苔柯梅萨也带着孩子从舞台一侧的一个大门处退场,应该是退回到大营的 γυναικών 〔后宫,妇孺驻扎的营帐〕中。按照杰布的理解,当埃阿斯(行 593)对歌队说快点儿把大门关上时,就已经表明至少在接下来歌队合唱时他会退到营帐内。因此,当歌队合唱歌唱起时,埃阿斯被转到后景,而苔柯梅萨和欧吕萨克斯则从舞台侧面(尽管我们无法断定那个侧门是否存在)退下;当歌队的颂歌唱罢时,他们又都回到了舞台的前台。

　　第一场以埃阿斯对苔柯梅萨的恳求无动于衷结束,此时舞台上出现了片刻的无声状态:事实上,舞台上下的人都在担心着

————————

① R. P. Winnington-Ingram, *Sophocles: an interpretation*, Cambrigde, 1980, p. 32.

② O. Taplin, *Greek tragedy in action*, 1978, p. 64.

埃阿斯的自戕或许马上就会发生。这时,诗人十分巧妙地使众人的思绪转移到萨拉弥斯岛上来的歌队的这些人身上来。歌队要让观众知道,因为萨拉弥斯岛的主人埃阿斯蒙受了如此灭顶之灾,他们在特洛伊的日子将会更加艰难。他们为他多舛的命运感到难过,想象着他那年迈的父母将会怎样地悲痛欲绝。他的悲惨命运似乎证明,死亡或许并非十恶不赦。

第一肃立歌

提要 歌队回忆起在萨拉弥斯岛的日子(行 596—行 608);提到埃阿斯的失心疯癫是神的旨意(行 609—行 623);埃阿斯的悲剧将给他的家人带来痛苦(行 624—行 645)

57. (行 596—行 608)

歌队　著名的萨拉弥斯啊,我知道,你一直
处身于波浪,让那欢快冲刷你的海岸,
让人们感到你永远的夺目异常。
[600]我已枯守在此地时光久长,
在那伊达牧场上,度过数不清的日子,
在那里扎下自己的营帐,
[605]任时光消磨;
带着苦难的预感
走过这段行程,步入那黢黑的,让人绝望的冥府。

57.1 在古希腊悲剧中, $\tau \grave{o} \ \sigma \tau \acute{a} \sigma \iota \mu o \nu$ 〔肃立歌〕是歌队肃立

(ἴστημι)在舞台上以合唱的形式吟唱的,通常采用颂歌体。本剧的第一肃立歌分作四节,即正向合唱歌首节(行 596—行 608)、转向合唱歌首节(行 609—行 621)、正向合唱歌次节(行 622—行 634)、以及转向合唱歌次节(行 635—行 645)。在吟唱肃立歌时,歌队通常先是保持面朝一个方向(很可能是一个出场时的方向)吟唱一段,这一段即所谓的正向合唱歌;然后,歌队会整队转身,面朝另一方向,以不同的韵律和音步吟唱另一段,这种转身后吟唱的部分即转向合唱歌。在有些情形(如本剧的第二肃立歌)下,这种面朝不同方向的合唱歌在一个肃立歌中各自出现一次,但在多数情况下,这种面朝不同方向的合唱歌却可以依次出现两次或多次——每一次出现为一节;同向合唱歌各节之间的音步韵律并不发生变化,而正向合唱歌与转向合唱歌之间的音步韵律则有所不同。

57.2 原文中的 πᾶσιν περίφαντος ἀεί 应当是指萨拉弥斯岛在人们心目中占有极为崇高的地位(行 599);照杰布的说法,这句话本身或许并不意味着希腊在萨拉弥斯岛曾经取得的胜利;但是,几乎可以肯定,在当时的那个年代,歌队的这句诗却极有可能令雅典人想到他们在不久前的一场战斗中取得的一次伟大的胜利:公元前 480 年夏天,波斯战舰驶近靠近雅典的萨洛尼亚湾,停泊在萨拉弥斯岛与庇拉坞之间狭长的海面上。未几,雅典军队在地米斯托克利的指挥下与波斯展开了一场激战,薛西斯一世的船队战败后便撤出这片海域。这场战役史称萨拉弥斯海战(Ναυμαχία τῆς Σαλαμῖνος)或萨拉弥斯之战。萨拉弥斯之战胜利时,我们的诗人时值豆蔻,到了写作此剧时可能对当时迎接凯旋的场面依然记忆犹新;当然,雅典鼎盛时期的那场胜利毕竟是伯罗奔半岛战争的一个重要的转折点——波斯军队自此开始走向最终的战败;这对雅典人来说尤其记忆犹新。

57.3　行 601 处的钞本原为 *ἰδαῖα … λειμώνια ποία*〔伊达的
(嫩)草〕,而杰布根据自己的校勘研究认为,这句话的正确写
法应当是 *Ἰδαῖα … λειμών᾽ ἔπαυλα*〔伊达的牧场〕。由这一校勘便
可以厘清为什么在传抄过程中会有人将 *μηνῶν*〔月、岁月〕错
写成 *μήλων*〔羊群〕,因为,*ἔπαυλα* 一词本来就带有为羊群准备
的草场的含义。不过,杰布也说,*ἔπαυλα* 一词的本义中还带
有住处的含义(这里理解为驻扎,对比《俄狄浦斯在克洛诺斯》,行
669)。根据以上所述,这句话也就可以理解为我在伊达牧场
安下营寨更是(*εὐνῶμαι Ἰδαῖα λειμώνια ἔπαυλα*),已经数不清过去
几个月了更是(*μηνῶν ἀνήριθμος*)。

57.4　杰布注意到,诗人在这里重复使用了同一个词 *χρόνος*
〔时间,时光〕:*ἐγὼ δ᾽ ὁ τλάμων παλαιὸς ἀφ᾽ οὗ χρόνος*〔我已枯守在此地
时光久长:行 600〕,*χρόνῳ τρυχόμενος*〔任时光消磨:行 605〕。杰布特别
引述丁尼生的诗句作为对比:

> "Courage!" he said, and pointed toward the land,
> "This mounting wave will roll us shoreward soon."
> In the afternoon they came unto a land
> In which it seemed always afternoon.
> "鼓起勇气来",他说着,指向陆地,
> "这汹涌的海浪会很快将我们席卷到岸边。"
> 午后,他们便抵达了陆地,
> 那里仿佛永远是午后(丁尼生,《食莲者》)。

杰布并且指明,丁尼生在重复使用 land〔陆地〕和 afternoon〔午
后〕时应该是刻意想要表达一种慵懒。但在索福克勒斯这里,杰
布认为,至少在诗人自己心目中并没有刻意想要表达这样一种

感觉,虽然在实际上可能带有这样的效果。对杰布最后一步所留下的余地,倒也未必一定如此:毕竟从文本当中很难判断,诗人重复使用 χρόνος 一词是想要表达一种疲惫倦怠的心情。毋宁说,歌队在这里这样说,更像是在强调时光在他这里几乎已经耗尽(τρυχόμενος)。

歌队的这段话(行 601－行 605)显然旨在表明,他们来到特洛伊后一直露宿风餐,十分艰苦。这里有一个词,曾经引起过争议:诂前钞本中,短语 μηνῶν ἀνήριϑμος 中的 μηνῶν〔月亮、日月〕一词,有校勘者(Hamann)认为,应当写作 μήλων〔羊〕;然而,虽然此处的二者均为生格,如果将 μηνῶν 改成了 μήλων 的话,这个短语后面的 ἀνήριϑμος〔数不清、无数,名词主格〕这个词就变成了孤零零的一个词,无处交待了。而且,这一诂证也似乎与索福克勒斯的基本观点有所不同:这一诂证的核心是希望把伊达牧场和 ἀνήριϑμος〔数不清、无数〕联系起来,但这并不是索福克勒斯所要说的。在索福克勒斯看来,世事的变动不居可以被看作是生活或生命中的某种无常的东西。[①] 事实上,埃阿斯自己也曾说到过时间可能会改变一切,而在这里,歌队则突出强调的是无尽的艰辛岁月消耗着他们的生命。

57.5 歌队在这里说他们 κακὰν ἐλπίδ᾽ ἔχων〔面对灾难般的前程:行 606〕。走向地狱的旅途肯定是充满焦虑的,肯定会在心里预感这地狱中的苦难。事实上,即便没有进一步说明这时的预感是 κακὰν〔恶的、坏的〕,ἐλπίδε 一词单独使用就足以表达对凶恶前景的预感了,而这里这样遣词似乎表明歌队在刻意地强调这一预感给他们带来的压力。因为,ἐλπίδε 一词虽然本义作前景、

---

① Cf. Jacqueline de Romilly, *Time in Greek tragedy*, Ithaca, 1968, pp. 87－111.

希望,但如果一个希望最终带来的是灾难,那么,这个 ἐλπίδε 也就不会是所希望的,而是将会面临的了。

57.6 行 608 的 ἔτι〔作表示转折的副词〕一词应当是指在那场战斗结束之前,然后,歌队才会提到,他们〔这里用 μέ (我)来指代〕已经走过了很长一段路。而接下来,在说到 ἀνύσειν ... Ἅιδαν〔字面含义作完成(走到哈得斯领地)地狱(的路程)〕时,这里将 ἀνύσειν〔完成〕一词的含义在前面的 ἔτι μέ ποτ’ 一段译文中重复使用了一遍,从而使前半句话成为先是要走那段行程。而下半句的 ἀνύσειν τὸν ἀπότροπον ... Ἅιδαν 则表明,那个冥间地府实在令人感到绝望。一般说来,Ἅιδαν〔(冥神)哈得斯〕一词在语源上显然是从 ϝιδεῖν〔看见〕一词加前缀 a-〔否定义前缀〕而来,而另外一个词 ἀΐδηλον〔sc. ἀΐδηλος (ἀΐδης)〕则是这个语源的形容词形式,表示暗黑、黢黑。这样一来,当诗人写下 ἀΐδηλον Ἅιδαν 时,字面含义上也就成了暗黑的暗黑之神,而这种说法即便在当时的人听起来都明显是一种同义反复,肯定算不上是好的修辞。不过,杰布倒是为此找到另外一种解释:他猜测,或许可以判断 Ἅιδαν 一词在雅典人听起来或许已经让他们忘记了它的语源学来源。这里也倾向于接受杰布的这一说法,虽然他同样也指出 ἀΐδηλος 一词在荷马那里义近 ἀφανίζων〔毁灭、摧毁〕。

58. (行 609—行 620)

歌队　惨啊,埃阿斯染上这无法医治的
[610]恶症,这神明让他染上的疯癫,
我啊,啊呀,还要与他相伴!
先前的那一天,你曾让他身强力壮地离开你,
让他征战沙场;而现在,却让他在那里独自冥想,

[615]使他的朋友们为他担心。

他先前所做的所有

出类拔萃的伟业

[620]没有人关心,而冷酷的阿特柔斯的后辈更不会有

所在意。

58.1　原文中的 ἔφεδρος 一词的本义是指坐在一边的人(行
610)。对于这个词,我们可以有两解——其一,坎贝尔认为,这
时,那些歌队成员还留在原位上,并没有到埃阿斯的身边去,因
为埃阿斯在他的营帐中几乎已经完全陷入到神志不清的状态
中,而在一边陪伴他当然就是一件十分痛苦的事情。① 按照这
样的理解,这个词就应当是指他们和那个已经疯掉的埃阿斯有
着某种千丝万缕的关系,而这关系又会给他们带来灾难。不过,
这个词还有一解,即从这个词在当时经常使用的场合来看,可以
将这个词理解为:在两方竞技时,有一个人坐在竞技场的一侧旁
观,待这个人所帮助的一方获胜时,他就会保留在原位上;如果
他所支持的一方落败,他就会上场,与获胜者再次竞争,这个词
的这一层含义或可理解为 suppositicius〔替换者、替补〕。阿里斯
托芬曾虚构了古希腊三位悲剧作家的同场竞技。索福克勒斯与
老一辈的埃斯库罗斯以及晚辈欧里庇得斯比赛悲剧技艺:

　　　宙斯作证,他(指索福克勒斯)竟然没能获胜! 不过,他到
　　了那里,过去亲吻埃斯库罗斯,握住他的手,心甘情愿地把
　　位子让给了他。据克莱得弥得斯说,这时,他便同意坐到一

---

① Lewis Campbell, *The Seven Plays in English Verse*, London, Oxford University
ty Press, 1933.

边,等待替换(ἔφεδρος καθεδεῖσθαι)。如果埃斯库罗斯赢了,他就可以再等。否则的话,他说,他就要为了自己的技艺而与欧里庇得斯拼争一番(阿里斯托芬,《蛙》,行788—行794)。

这段情节的意思是:如果埃斯库罗斯获胜,他就会留在座位上;如果欧里庇得斯获胜,他便替换上场与后者再进行下一轮竞技——照此理解,歌队在这里用这个词可能还有一层含义表示,他们的不幸还在于如果埃阿斯有难,接下来,他们同样也要面对那样的灾难。综合这两方面的含义,这里将它转译作与他相伴,却并不特别强调其中的特别含义,虽然杰布为后一层含义找到了一些佐证。

58.2 值得注意的是,歌队在这里一直是在对萨拉弥斯岛说话。事实上,或许还不能简单地将这种言说(λόγος)当作对一个被拟人化的岛屿的言说;或许更应该认为,在希腊人的心目中,这个萨拉弥斯岛本身就是一位神明,至少是一个神的化身。因此,歌队此处的言说中也就是带着对萨拉弥斯岛这位神明的怨怼:他们说,你这个神明硬生生把埃阿斯派出去(ἐξεπέμψω ... θουρίῳ)时,他是身强力壮的(κρατοῦντ᾽);现在他虽然打了胜仗,但他的疯癫却把他毁了,最后还要他独自去面对自己,独自冥想(sc. φρενὸς οἰοβώτας),在这冥想中,他会因自责而惩罚自己,而他的朋友(就是和他一起出海作战的他的部队,亦即歌队所代表的那些水手)就会为他感到担心(行612—行615)。在古典文献中,似乎还有另一处记载可以和这种带着怨怼的言说形成对比:在波斯,每一个女人都会 τὸν αἰχμάεντα θοῦρον εὐνατῆρα προπεμψαμένα〔把自己性情火爆的丈夫手持枪矛送上战场:埃斯库罗斯,《波斯人》,行137〕,而送丈夫去战场便是那些作妻子的对战争与好战性情的怨怼。特别值得注意的还有 φρενὸς οἰοβώτας 这个短语:它的字面意思是自己喂养照料(οἰοβώτας)自己的思想(φρενός),或者可以理解为牧养自己的心思。照这样的理解,歌队似乎是在说,埃阿斯把自己当作是牧人,而把自己各种各样的心思当作是他的牧群;正是因为埃阿斯对牧群失去了控制,所以,他们才担心他会一直无法控制自己。

58.3 形容词后面加 παρα 再跟同一形容词的与格 ἄφιλα παρ' ἀφίλοις (行620),这种表达方式在希腊语中表示对某件事情做出的评价,在这里,ἄφιλα παρ' ἀφίλοις 表示人们对埃阿斯先前的伟业因为他后来的行为也觉得不再伟大了:他们对他的功绩已经不再关心。原文中的 ἄφιλα 表示不喜爱的含义。而 ἄφιλα … ἔπεσε 则表示更不会得到他人的关心,更不会让人有所在意。照杰布的说法,此处的 ἔπεσε〔本义作落下〕一词应当带有譬喻的含义。据此,ἔπεσε 一词或可理解为变得。

59. (行623—行634)

歌队   岁月已将他的母亲改变,两鬓
         [625]已经斑白;当她听说,
         他已失心疯狂时,
         却只能将她的悲痛哇哇地哭喊,
         这哭声并不像是鸟儿歌手的
         [630]那种忧郁的悲泣,那哭声让人撕心裂肺,
         连串的尖声呼喊中,哀歌愈益高扬,
         双手将胸膛拍打得嘭嘭作响,
         斑斑白发也被撕扯得不成了模样。

59.1 小品词 μὲν 并无相应中文译文,但却有两方面的作

用,其一是更好地配合起这里所要求的音步韵律,其二是使这里的叙述能够很顺畅地从叙述埃阿斯的情形转入对他母亲状态的描述,藉此也进一步对埃阿斯的精神状态加以深入的描写(行623)。而 σύντροφος 一词的使用只是表明岁月将埃阿斯的母亲带入到老迈的年纪之中。照字面含义,短语 παλαιᾷ … ἀμέρα 可以理解为过往的年代,而这里将它理解为岁月,是为了与下行的斑白有所照应。

59.2 短语 λευκῷ … γήρᾳ 中,ἀνύσειν〔白、灰白,按照句义可理解为苍白,进而在有些情形下也可直接表示年迈〕一词可以看作是 γήρας〔老迈的年纪〕的修饰语,虽然我们并不能判断这个词所处的位置一定是所谓的述语位置,据此,或可将这个短语理解为鬓发灰白的老年(行624—行625)。然而,有一点十分值得注意:单独使用的 λευκὰ 一词本身也可表示历经岁月的年纪,只是短语 λευκῷ γήρᾳ 读上去似乎应当比单独使用 λευκὰ 来得更带一些诗意。在古希腊人的概念中,人格化的岁月不大会和某个普遍的概念相联系,大多需要与某个人的某个行为的绵延连续相联系。① 而这里,岁月的含义又应该与埃阿斯母亲的年龄增长联系在一起。

59.3 丁多尔夫在这里将 φρενομόρως〔从字面上或可理解为心魄的灾难〕一词写作 φρενοβόρως〔从字面上或可理解为把心吃掉的,也可引申作使其失心〕,这可能有一些道理,因为 -μορως〔这个后缀带有灾难的意味〕这一后缀形式往往和死联系在一起,而写作 φρενοβόρως〔后缀 -βορος 带有吃掉的意味〕,就不存在这样的问题了(行626)。同时,在古典文献的传钞中,β 也时常与 μ 搞混,譬如在埃斯库罗斯的《祭酒者》那里,就有钞本曾出现将 παιδοβόροι〔吃孩子的〕被误

---

① Cf. Garvie on A. *Cho.* 965—966.

钞作 *παιδόμοροι*〔这个词在古典文献中未有所见,仅从组合字面来解释,可理解为杀死儿童的〕的情况(埃斯库罗斯,《祭酒者》,行 1068)。尽管有以上这样的情况,这里依然采纳了杰布本 *φρενομόρως* 的写法,只是把其中可能和死亡有联系的意味转换到身陷当中。歌队说到埃阿斯亲人会有怎样的表现时使用了 *νοσοῦντα φρενομόρως*〔译作身陷在失心疯狂之中〕这样一个短语,是指埃阿斯这时被心魂上的(*φρενο-, φρήν*)极大的灾难(*μόρος*)纠缠,身染重疴(*νοσοῦντα*);其中,特别值得注意的是 *φρενομόρως* 这个复合词,这个词是由 *μόρος*〔灾难〕加前缀 *φρενο* 组合而成的,而这个前缀出自 *φρήν*,表示带着机体意味的心的含义——(用一个很不准确的对比来说)可能近似于汉语中的心肠。因此,采用汉语中带些生理学或医学味道的失心来表示这层意味。但在索福克勒斯笔下,无论带有怎样隐含或明喻的意味,这种 *φρενομόρως* 毕竟还是表示埃阿斯当时的某种疯癫状态。

59.4 原文 *αἴλινον αἴλινον* 中的 *αἴλινον* 一词的本义可以理解为因悲痛而恸哭,也可引申表示唱诵悼歌(行 627);诗人让歌队将 *αἴλινον* 一词连说两遍,似乎带有感叹的意味。这里将其理解为哇哇地哭喊。至于 *αἴλινον* 一词的词源学出处,则有不同的猜测。有古典语文学家(Liddell & Scott, Jones)认为,这个词很可能出自 *αἴ Λίνον*〔啊呀,利诺斯〕。利诺斯,照阿波罗多洛斯的说法,是执掌论辩术与叙事诗的缪斯女神卡利厄佩(*Καλλιόπης*)的儿子,是希腊传说中掌握精湛吟游技艺的一个歌唱者,他的技艺与他兄弟俄耳甫斯的技艺不相上下。据说,这兄弟俩的吟唱,足以 *ἐκίνει λίθους τε καὶ δένδρα*〔使山石和大树都动起来:阿波罗多洛斯,《希腊神话》,I. iii. 2〕。如果阿波罗多洛斯的记载尚可信,那么,*αἴλινον αἴλινον* 这句话或许也可以理解为她的悲痛甚至感动了山石树木。另一个佐证是欧里庇得斯在《阿瑞斯忒斯》中曾经用到

过 *αἴλινον* 一词：*αἴλινον αἴλινον ἀρχὰν θανάτου | βάρϐαροι λέγουσιν, αἰαῖ, | Ἀσιάδι φωνᾷ*〔啊呀呀，啊呀呀！就像|那些蛮族祭奠死人前开始唱到的那样，啊呀！|发出的声音就像来自亚细亚：欧里庇得斯，《俄瑞斯忒斯》，行 1395—行 1397〕。如果认可这一材料，似乎可以推测，歌队是想说，埃阿斯的母亲在得知自己儿子的境况后，一定会痛不欲生，撕心裂肺地大哭。

59.5　近代以来，西文译者一般都将 *ὄρνιθος ἀηδοῦς*（行 629）译作夜莺，这或许和西方人以为夜莺的啼鸣表达的是一种幽怨有关。但在中文语境下，夜莺的啼鸣或许并不隐含幽怨的意味，因此，将其理解为两个汉语词的并列，即鸟儿歌手，可能更恰当一些。其中，*ὄρνιθος*〔鸟〕一词只是泛指各种鸟类，并未特指某一特别的类型；而 *ἀηδοῦς*〔歌唱者〕则并未对 *ὄρνιθος*〔鸟〕一词形成界定或描述关系，不能看作是歌唱的或作为歌唱者的鸟儿。不过，在索福克勒斯笔下，这种哭泣之声也的确 *ὀξύφωνος*〔令人撕心裂肺〕。

59.6　原文中的 *χερόπλακτοι δ' | ἐν στέρνοισι πεσοῦνται πεσοῦνται | δοῦποι* 应当理解为双手将胸膛拍打得嘭嘭作响（行 630—行 632）。照杰布的说法，短语 *χερόπλακτοι ... δοῦποι* 应当是双手拍打出来的沉重的声音；据此，可以将这句话理解为双手拍打出来的沉重的声音落在了胸膛那里，但这样的中文却显得有些怪异。

59.7　照字面意思来理解，*καὶ πολιᾶς ἄμυγμα χαίτας* 应当是指灰白色的长发也被抓乱了（行 634）；其中，较难处理的是 *ἄμυγμα* 一词，这个词的本义是抓痕：*πρέπει παρηὶς φοινίοις ἀμυγμοῖς*〔面颊处，血淋淋的抓痕清晰可见：埃斯库罗斯，《祭酒者》，行 24〕，但在这里应当是指（作名词形式的）撕扯。杰布提出，如果就撕扯一义而言，似乎 *σπάραγμα* 一词更合用一些：*σπάραγμα κόμας ὀνύχων τε δάἰ ἀμύγματα θήσομαι*〔我要撕扯我的头发，用我的指甲把脸抓伤：欧里庇得

斯,《安德洛玛克》,行 826〕;不过,*ἄμυγμα* 一词可能还有一层凌乱的
含义,所以,不把它换作 *σπάραγμα* 也有一定的道理。

60.　(行 635—行 645)

　　歌队　　[635]心智染上了沉疴,便躲到了冥界,
　　　　　　那深厚的家世血统,曾令他
　　　　　　成为阿开亚人中最出色的,骁勇善战;
　　　　　　可现在,他失去了原本的
　　　　　　[640]禀赋,陷入疯狂。

　　　　　　哦,可怜的父亲啊,你会听到,
　　　　　　你儿子是怎样地被毁灭;
　　　　　　在埃阿库斯的后代中,除了他,
　　　　　　[645]从没有人在这样的宿命下毁灭。

　　60.1 原文中的 *κρείσσων παρ' Ἀιδα κεύϑων ὁ νοσῶν μάταν* 这句
话,照字面意思来理解是指染上愚蠢病的人最好还是躲到哈得
斯那个地方去(行 635)。而杰布说,句中的短语 *κρείσσων ...*
κεύϑων 〔(他)藏起来比较好〕照一般写法应当是 *κρείσσων ἐστι κεύϑων*
αὐτόν 〔他躲起来是比较好的〕,亦即加上一个人称代词(*αὐτόν*)和一个
系动词(*ἐστι*),变成一个完整的句子;因此,杰布也就只能将短语
ὁ νοσῶν μάταν 看作是一个带有副词性质的短语,修饰 *κρείσσων ...*
κεύϑων 〔他躲起来比较好〕。但是,也不妨将短语 *ὁ νοσῶν μάταν* 看作
是一个名词词组:(直译作)得了愚蠢病的人,以这个短语作为这
句话的主词。只是在考虑汉译语气顺畅时,对这句话进行了适
当的调整:将短语 *νοσῶν μάταν* 转换成汉语中的状态修饰语:心

智染上了沉疴,并省略这句话的主词。

　　不过,这句话似乎依然有些含糊:虽然歌队对埃阿斯想要自戕的暗示并不能表示赞赏或赞同,但在古希腊人的观念中,似乎有一个普遍的价值观,即与其疯掉,不如死掉:κρατεῖ | μὴ γιγνώσκοντ' ἀπολέσθαι 〔与其神志不清,不如死了好:欧里庇得斯,《希波吕托斯》,行248—行249〕。从这样的观念出发,似乎可以说,埃阿斯的母亲为埃阿斯感到悲哀似乎并不是由于埃阿斯的死,因为,在古希腊人看来,埃阿斯的那种失心疯癫要远比死更为糟糕,更让人感到悲哀。①

　　60. 2　从字面上,ἐκ πατρῴας ἥκων γενεᾶς ἄριστος | … Ἀχαιῶν (行636—行637)可以理解为表示从父辈一脉的家世血统上是阿开亚人当中最为出色的,亦即表示他的家世血统要比其他希腊人的血统更值得自豪。不过,按照杰布的解释,此句中的 ἥκων 〔得到,达到,在这里表示由家族中得到血脉〕和 ἄριστος 放在一起,则 ἄριστος 一词也可表示对那个 ἥκων 一词的强调。由此,杰布甚至以为,ἄριστος 一词可能只是起到了一种连接的作用;然而,尽管杰布在英译中还是将 ἄριστος 一词译作了最为高贵的,但他在注疏中所作的解释却似乎显得牵强了一些。在这句话中,特别值得注意的,应该是 πολυπόνων 一词的使用:这个词在这里是形容词 πολύπονος 的生格形式,而这个形容词则表示承受诸多(πολύς)艰难困苦(πολύς),或异常辛苦;但当这个词与战争或作战有关时却可以表示能够在战斗中保持常胜不败。因此,杰布将这个词理解为对Ἀχαιῶν 〔阿开亚人〕的修饰,可能多少有些牵强,。在中译文中将这个词看作这句话的补语,表示埃阿斯继承了家族传

---

① R. P. Winnington-Ingram, *Sophocles: an interpretation*, Cambridge, 1980, p. 35; M. Heath, *The peotics of Greek tragedy*, Stanford, 1987, p. 85.

承给他的优秀血统,就在于他能够承受万般艰难困苦,而引申义则表示他在战场上的骁勇善战。事实上,这句话显然是歌队从自己的观察中对埃阿斯做出的评价,而他们的评价与埃阿斯自己的评价(行 423—行 426)又完全一致。

60.3 中译文中将短语 *συντρόφοις ὀργαῖς* 译作原本的禀赋(行640),对应的是上一句中所说的他曾经从家族血脉中继承的那种出类拔萃;另一种说法是,这样的禀赋是随着埃阿斯成长的过程逐渐成长起来的(*συντρόφοις*)一种品格。后一种说法是要表明,埃阿斯的成长史和他的性格或人格的形成相伴的;然而,现在,情况发生了变化,他原本的脾气禀性已不再是他性格中一个组成部分,不再和他相伴了。至于这一行的后半句所说*ἐκτὸς ὁμιλεῖ*,这里倒更倾向于认为是针对上面所说 *συντρόφοις ὀργαῖς* 而言的:虽然在这里可以比较放心地将这句译作陷入迷茫,但确切地说,这句话的含义是出离(*ἐκτὸς*)了他原来的禀性(*ὁμιλεῖ*, sc. *συντρόφοις ὀργαῖς*)。照字面直译作出离(*ἐκτὸς*)陪伴着的(*ὁμιλεῖ*),而按一般修辞的规则,这种说法采用的显然又是一种逆喻的方法。

60.4 无论诗人是否写出忒拉蒙的名字,雅典人都会很自然地想到埃阿斯的父亲。这一句中,最为值得注意的是短语*δύσφορον ἄταν* (行 642)。就其本义而言,*ἄταν* 一词是指因为神明的诅咒而染上的失心重症,所以,有研究者也认为,这里所说的应该是神明对埃阿斯的诅咒。但是,从上下文语境和字面本身的含义来说,神明诅咒或许只是一种隐喻,而疯癫恶症才是这个短语显在的明喻。

60.5 原文中,*ἔθρεψεν* (*τρέφω*)一词的本义是指使某种流动的东西凝固:*πολλὴ δὲ περὶ χροῒ τέτροφεν ἅλμη* 〔海盐大量地在他们身上凝结:荷马,《奥德赛》,卷 XXIII. 行 237〕。其隐含义则表示使某种东西包含在其中,而进一步引申更表示使之环绕在周围挥之不去,因为在这里说到了某种 *aiών*,而这种 *aiών* 之中也有一种由神确定的意味。① 从这个角度来理解,*aiών* 一词也就不仅表示人的生命或人的一生,而且还表示人的宿命或神定的运道(行645)。据此,可以看到,这句话的意思就是说,在埃阿斯的后人中,没有一个人能够承受埃阿斯所承受的灾难。作为埃阿斯的随从,歌队队长把这一灾难看作是埃阿斯的宿命。歌队最后这一段话(行641—行645)说的是埃阿斯父亲在听到埃阿斯的情况后会怎样的悲伤。不必提醒,这些话马上就会使人想到埃阿斯曾经说到过忒拉蒙的担心(行434以下)。这两处在剧情发展中形成了一定的对照;不过,另一处的悲哀(行462—行465)和这里所说的忒拉蒙的悲伤形成的却是另一种对照。在那里,埃阿斯说,他的父亲之所以悲哀是因为他没能建功立业,哪怕他没有死,也会丧失他的伟大。

　　60.6　细心观察,可以注意到,第一肃立歌虽然说的都是埃阿斯的死会带来怎样的灾难,但显而易见,索福克勒斯在这首颂歌中将人们的注意力从埃阿斯的死转移开去,并没有直接说到埃阿斯的死,只在行635委婉地提到: *παρ' Ἀιδα κείθων* 〔躲到了冥界〕。或许可以猜测,歌队之所以没有暗示埃阿斯的自戕,是因为他们并没有去考虑埃阿斯应当怎么做,他们只是沉浸在过去发生的事情当中;他们的这种不理解又使还在独自思考的埃阿斯变得更加孤独。尤为重要的是,当诗人把观众的注意力从自戕一事上转移到别处时,他同时使下一场的情节又变得有些扑朔迷离,亦即使人们对下一场埃阿斯宣布将要改变主意感到有些意外。

---

① L钞本作 *δίων*,这个词的本义表示神的;不过,我更倾向于写作 *aiών*,而它的本义是指生命。

第二场

提要 埃阿斯第一次明确说,要用他手中的长剑去除他的罪孽(行 646—行 665);埃阿斯对神明的顺从(行 666—行 676);对他的朋友的劝导(行 677—行 686);埃阿斯将部队的指挥权通过歌队转交给了透克洛斯(行 687—行 692)

61. (行 646—行 653)

埃阿斯 岁月年复一年,一切的一切都已不再模糊,接着便又渐渐变得幽暗。再没有任何东西值得人们期待;庄重的誓言已经被抛弃,如同倔强的心灵也已经不再。[650]即便如我这般,曾经那样异常猖狂,犹如淬火的玄铁利刃一样,可是她的那些话却使我的嘴变得笨拙了!真可怜,把她留下,做了寡妇,那孩子也成了孤儿,而且还要面对敌人。

61.1 行 646 至行 692 是本剧的第二个 ἐπεισόδιον(即第二场)。但这个 ἐπεισόδιον 和第一个 ἐπεισόδιον 却有着明显的不同:

第一个 ἐπεισόδιον 是一段较长的对话,而且有着情节的发展,更像是后来戏剧中的场;而这一段却不一样,明显要比第一场短得多,只有一段念白。这种情况,在索福克勒斯的作品中并不多见,只有埃阿斯最后那一段念白(行815—行865)可以与这一段念白相比。在这个 ἐπεισόδιον 中,从始至终只是埃阿斯一人在独白,接下去就是第二肃立歌。这种形式的 ἐπεισόδιον 更接近于早期希腊悲剧在剧情发展过程中的插入部分,不过,很难找到与这种插入环节相对应的译名,因此选择"场"作权宜之用。这一场是《埃阿斯》一剧中最具争议的段落。曾经有人猜测,埃阿斯此时此刻一定有所遮掩;多德尔莱因在其论述《埃阿斯》的文章中概括他对这段独白的评价时说过这样的话:*tota simulatio est*〔这些话全都带有掩饰性〕。① 多德尔莱因的观点转引自施莱格尔,而施莱格尔自己也持与此相近的观点。② 也有学者以为,埃阿斯此时所说的话其实是他的真实意思的表达,虽然有些模糊,但并无欺骗的意图。对此一点争议,下文还将有所涉及。

　　在这一场中,埃阿斯从他的营帐里走出来,对他所信赖的朋友——也是跟随他出征的水手——表达了他当时的心态:他的话表明,他原本不可动摇的目的随着心态的改变也在发生动摇;面对自己最要好的朋友,埃阿斯这时说话已不再有任何的顾忌。行595时,苔柯梅萨带着她和埃阿斯的儿子离开了现场。待他们回到舞台上(行646),埃阿斯的话已发生了变化。而后(行684),埃阿斯又要求苔柯梅萨离开。

　　61.2　关于时间对所发生的事情的影响,诗人曾在行86说

---

① J. Döderlein, in *Abhandl. der Philosophisch-Philolog. Classe der k. Bayer. Akad.*, vol. 2, 1837, p. 120.

② Cf. Schlegel, *Lectures on Dramatic Art and Literature*, Book Jungle, 2008, p. 107.

过一句话：*γένοιτο μέντἂν πᾶν ϑεοῦ τεχνωμένου*；①可以将这句话和希罗多德所说的一句话联系起来：*γένοιτο δ᾽ ἂν πᾶν ἐν τῷ μακρῷ χρόνῳ*〔时间一长，什么事情都会发生：希罗多德，《历史》，V. 9. 3〕。但当埃阿斯说到自己曾经做过的事情时，他也说到了时间的作用，而所说的话与前面的那句(行86)有不一样的含义：当埃阿斯在这里说出 *ἅπανϑ᾽ ὁ μακρὸς κἀναρίϑμητος χρόνος | φύει τ᾽ ἄδηλα καὶ φανέντα κρύπτεται*〔岁月年复一年，一切的一切|都已不再模糊，接着便又渐渐变得幽暗：行646—行647〕这样的话时，他似乎想要强调，时间的力量并不在于它能够造就(或揭示出，*φύει*)什么，而在于它开始时虽然似乎可以使事情变得清晰，但最终会把所有的一切搞乱，使事情隐匿到它的内里，使其变得幽暗不明。时间的力量能够把隐藏在幽暗之处的东西揭露出来，能够将毁灭的东西展示出来，能够控制世间的一切——这种观念是索福克勒斯式的，涉及到自然与人世的无常和轮回。② 事实上，前面已经看到，雅典娜曾经简单地陈述了这样的观念(行131—行132)；而埃阿斯进一步将这一观念展开。

61.3 *ἁλίσκεται | χὠ δεινὸς ὅρκος χαὶ περισκελεῖς φρένες* (行648—行649)一句照字面意思也可以直译作(先前的)誓言(现在)已被倾覆，已变得猥琐，就像那颗倔强的心一样。这显然是针对埃阿斯下面所说的自己曾经坚如利剑的意志因为女人的絮叨而变得锋芒不再。但奇怪的是，至少到目前为止——当然，本剧的以下部分也同样如此——埃阿斯那种倔强的性格(*περισκελεῖς φρένες*)似乎并没有任何的变化；或许只能说，埃阿斯这样说话实际上是在

---

① 这句话，照字面意思直译作有了神明的参与或干预，任何事情都有可能发生；我在译文中将这句话转译作有了神明，那就没什么事情不可能了。

② T. G. Rosenmeyer, *The masks of tragedy: essays on six Greek dramas*, New York, 1971, pp. 155—198.

为自己接下来的行为作铺垫。

61.4 原文中的 βαφῆ σίδηρος ὥς (行 651)是针对埃阿斯上一行说自己也曾经意志坚定而言,表示使之更加坚定,这个短语原文的字面含义是将铁(制的刀剑烧红后)在冷水中淬火: ὥς δ᾽ ὅτ᾽ ἀνὴρ χαλκεὺς πέλεκυν μέγαν ἠὲ σκέπαρνον │ εἰν ὕδατι ψυχρῷ βάπτῃ μεγάλα ἰάχοντα │ φαρμάσσων· τὸ γὰρ αὖτε σιδήρου γε κράτος ἐστίν 〔(就像)铁匠将斧头或者凿子│放到冷水中淬火,令其发出嗞嗞啦啦之声,│使那铁器变得更加坚硬:荷马,《奥德赛》,卷 IX. 行 391〕;杰布转述了古希腊医学家加仑(《医治的机制》,X. 10. 717)的一段话。他特别注意到,在古希腊人的观念中,让人的身体在冷水中洗濯和将烧红的铁器放在冷水中淬火所能产生的效果是一样的,都具有使其强健的作用。此外,据杰布提供的线索,在希腊文献中, βαφή 一词时常也带有某种象征意味: τὴν γὰρ βαφὴν ἀφιᾶσιν, ὥσπερ ὁ σίδηρος, εἰρήνην ἄγοντες 〔就像是铁剑,世道太平时就会失去淬火的锋利:亚里士多德,《政治学》,1334a5〕; τῆς μὲν ἀνδρείας οἷον βαφή τις ὁ θυμός ἐστι καὶ στόμωμα 〔愤怒如同为勇气淬火,使其变得锋利无比:普鲁塔克,《评传·马略》,988D〕。而遇到苔柯梅萨的那张喋喋不休的嘴,埃阿斯所说的 ἐθηλύνθην στόμα 是指自己在这种情况下竟然变得口拙起来,亦即自己的那张嘴也变得像女人那样软弱无力(ἐθηλύνθην, θηλύνω)了。让人感到诧异的是,当埃阿斯讲到苔柯梅萨的那种说话方式时是说她的话语太过锋利,但在说到这种锋利对埃阿斯的影响时却将他自己的话语变得像女人一样。几乎可以肯定,这后一个像女人一样(θῆλυς)和苔柯梅萨的话所起的作用完全相反。埃阿斯在前面已经表达过鄙视女人的想法(行 292-行 293,行 525-行 544),而他自己也拒绝了把自己的性格变得随和一些(行 594-行 595);这里,他却说道,在某种情形下,他也可能变得像女人一样。那末,我们是否应该将他这些话看作他真实意思的表达呢?

如果他是严肃的,那么,他所想要说的意思就是他说出来的这些话了,而且仅仅是现在所说的话,并不涉及他马上就要做的事情。① 但是,如果这里所说的话并不像他表现出来的样子那样严肃,那么,照另外一些学者的观点来看,埃阿斯说他也变得像女人一样这句话本身就给观众一个印象,即他并没有说实话,至少他只是在言语上变得随和了,而他在自己所要做的事情上还依然保持着自己的秉性。② 实际上,无论是从常理还是从剧情发展上,都应该倾向于接受这些学者的说法。早前(行584),歌队曾埋怨过埃阿斯的言语过于尖刻犀利,这或许也能成为这样考虑的一个证据。但是,也有古典语文学家(Liddle & Scott)提醒注意,στόμα〔这里从其字面意思译作嘴〕一词的词义有些含混:按照他们的观点,这个词在这里似乎更倾向于比喻作武器的边缘,譬如剑刃、刀锋等;若此,则这句话便转喻为他的作战能力的削弱,由这一转喻便使人想到他那把曾经被牺牲的鲜血浸染、不久之后将夺去他生命的剑。

61.5 从句法上,当然可以说,οἰκτίρω δέ νιν ... λιπεῖν (行653)是指怜悯之心(οἰκτίρω)让我无法把她(νιν)留下(λιπεῖν)。而且,也有另外的证据可以证明这一句法结构的真实性(参见荷马,《奥德赛》,卷XX. 行202);但是,如杰布所言,这句话也可以理解为想到要把她留下,我就感到自己很可怜。这两种含义之间的区别在于:前者是为苔柯梅萨感到可怜,而后者则是为自己的无能为力感到可怜,因为这后一种含义中有一层意思隐含着表示埃阿斯这时虽然很痛苦,但却已经决定离开苔柯梅萨(和他的儿子),任由他们自己去面对仇恨。

① P. E. Easterling, "The tragic Homer", *BICS*, 1984, p. 6.
② A. M. Dale, *Collected papers*, Cambridge, 1969, p. 223.

62. （行654—行665）

埃阿斯　不过,我现在要到海边草滩去,找一片沐浴之
地,[655]将我身上的污秽洗濯,使我得到净化,这样,
我就不会再被女神深深的憎恨所纠缠。离开那里,我
会去寻找一片人迹罕至的地方;我会在那里将我这把
充满了仇恨的长剑掩埋在地下——那个地方,任何人
都无法找到。[660]就让夜神与冥神将我的剑保留在
地下! 因为,自打我从我的强敌赫克托耳那里将这个
馈赠拿到手中,我至今就再没有从阿尔戈斯人那里得
到任何好处。可是,常言说得好,敌人的礼物不会是
[665]礼物,不会给你带来任何的好处。

62.1 埃阿斯杀死那些牲畜之后,他的身上和手上沾满了动
物的鲜血,于是,他很自然便想到要找一个清静之地将自己身上
的污秽洗干净(行654—行656)。此处沐浴净身所使用的应当
是海水: λαοὺς δ' Ἀτρείδης ἀπολυμαίνεσθαι ἄνωγεν· | οἳ δ' ἀπελυμαίνοντο
καὶ εἰς ἅλα λύματα βάλλον 〔阿特柔斯的儿子命自己的士兵们沐浴, | 于
是,那些士兵便使用海水洗刷身上的污秽:荷马,《伊利亚特》,卷 I. 行313—
行314〕;但他接着却说,如果他能够把自己洗濯干净的话,他便
逃出了(ἐξαλύξωμαι)女神雅典娜对他仇恨的阴影。这样一来,他在
海边水泽之地洗刷自己的行为也就不再单纯只是其字面的含义
(将身上的血污洗去),而肯定带有某种隐喻的意味:他这时所要做
的其实也是要救赎自己,洗刷自己的罪孽。这一隐喻在埃阿斯
的脑海里则表现为用自己的死使他的救赎最终能够得以完成。
事实上,索福克勒斯在这里所使用的 λουτρὰ 一词在悲剧诗人们

的笔下通常被用来表示葬礼前洗涤尸身的地方(索福克勒斯,《厄
勒克特拉》,行 84,行 434;欧里庇得斯,《腓尼基的女人》,行 1667),大致
相当于 σπονδαί〔祭酒〕。于是,我们便可能会好奇,埃阿斯这句
话字面上看似乎是说他要到海滩去找一片干净、清静的地方把
自己身上那些牺牲的污血洗净;但他说出来这话之后,让雅典的
观众马上想到祭悼仪式,可埃阿斯自己是否想到了自己的死呢?
或者,他在这里再次婉转地流露出自己将要自戕? 我们实在不
能不这样去猜测。① 从另外一个角度来思考,埃阿斯确实是说
他想要洗去身上的污秽,这些污秽当然是指牺牲的血渍。但是,
可以想到的是,埃阿斯这时最想做的事情是洗刷失败带给他的
耻辱;因此,他在接下来才会说,逃脱或者终结女神雅典娜对他
的憎恨,而要达到这样的目的,唯一的方法就是死。不过,也有
一种观点认为,雅典娜并不在埃阿斯自戕前所祈祷的神明之
列;②据此,或许也可以说,埃阿斯的自戕并不表示他与这个同
他不能相容的世界达成了和解,而只是表明他离开了这个
世界。③

62.2 文中,ἀστιβῆ 一词照字面含义可以理解为未曾(ἀ-)被
踩踏(στείβω)过的(行 657),这个词原本是 στείβω〔踩踏〕一词的否
定形式:στείβοντες νέκυάς τε καὶ ἀσπίδας〔(那些战马)从横卧的尸体与
丢弃的盾牌之间踩踏而过:荷马,《伊利亚特》,卷 II. 行 534)。不过,需
要注意的是,στείβω〔踩踏〕一词除了一般意义上的用脚踩踏之

---

① Cf. B. Knox, *Word and action: essays on the ancient theater*, London, 1979,
p. 134—135.

② R. Ebeling, "Missvertändnisse in den *Aias* des Sophokles", *Hermes*, 1941,
p. 300.

③ B. Seidensticker, "Die Wahl des Todes bei Sophokles", in *Entreitiens Fonda-
tion Hardt*, Vandoeuvres-Geneva, 1982, p. 139.

外,也隐含着经过踩踏使某个地方变为自己的属地的意思;因此,由它衍生出来的 $\mathring{a}\sigma\tau\iota\beta\widetilde{\eta}$ 一词也就带有未被人类纳入自己辖地的意味,或尚未进入人的活动范围的意味,有时也表示尚未被神明收服的领地:

　　　　就在那沉浸了悲伤的风中航行,我的朋友们啊,手疾速地拍打在额头上,传递着死神的诉说;在阿开戎河道上,那船桨声将帷帐隐蔽,将黑帆的大船送到阿波罗未曾收服之地($\tau\mathring{a}\nu\ \mathring{a}\sigma\tau\iota\beta\widetilde{\eta}\ A\pi\acute{o}\lambda\lambda\omega\nu\iota$),送到昏暗冥土,那里从未接待过任何的客人(埃斯库罗斯,《七雄攻忒拜》,行854—行860)。

这里几乎可以断定,埃阿斯肯定是指他要到一个人类从未到过的海角沙滩,而他到那里要做什么,显然是他已经设想好的。那个地方或许在他心里将会是一个他自己的领地,将会是他最后一个栖息地(sc. $\chi\widetilde{\omega}\varrho o\nu\ ...\ \mathring{a}\sigma\tau\iota\beta\widetilde{\eta}$)。

　　62.3 希腊人说到隐秘的或找不到的地方时,时常会在 $\mathring{\epsilon}\nu\vartheta a$〔那里,展开解释为那个地方〕之后加一补语,有时 $\mathring{\epsilon}\nu\vartheta a$ 一词也可以引导一个关系从句: $\mathring{\epsilon}\kappa\varrho\acute{\iota}\psi a\tau$', $\mathring{\epsilon}\nu\vartheta a\ \mu\acute{\eta}\pi o\tau$' $\epsilon\mathring{\iota}\sigma\acute{o}\psi\epsilon\sigma\vartheta$' $\mathring{\epsilon}\tau\iota$ 〔(把我)扔到一个你们完全找不到的地方:索福克勒斯,《俄狄浦斯王》,行1412〕。西格尔曾就希腊埋葬牺牲或被玷污的东西的礼仪有过一段说明。① 而埃阿斯的这把剑在本剧中首次被提到是指给他带来耻辱的东西(行10),现在则成为他自戕的工具,他想让人们将这把剑深埋地下的目的则是想让他的耻辱就此结束。不过,也不妨这样来理解,因为 $\kappa\varrho\acute{\upsilon}\pi\tau\omega$ 〔本义作隐藏〕一词通常是与尸体下葬联

---

① C. Segal, *Tragedy and civilization: an interpretation of Sophocles*, Cambridge, 1981, p. 139.

系在一起的,所以,埃阿斯的这句话(行659)中也就有可能包含着两层含义:第一,当他后来将那把剑倒插在海滩上,自己扑身倒在剑上时,他的身体便成了那把剑的坟墓;第二,他曾经用他臆想中的敌人的血浸染那把剑(行95),现在他要把自己的血染到那把剑上。

62.4 当埃阿斯说到死后要将他的剑埋到地下时,会使人想到诗人在另外一个地方也有过类似的说法:在《厄勒克特拉》中,当阿伽门农的妻子克吕忒墨涅斯特拉要到阿伽门农坟前为他祭拜时,他们的女儿却极力劝阻她这样做,她说,*κειμήλι' αὐτῇ ταῦτα σῳζέσθω κάτω* 〔(还是)让他自己在下界去享受那些东西的宝贵吧;《厄勒克特拉》,行438〕。据杰布说,有研究者认为,这一行似乎完全有理由删去,因为这句话似乎是一句反话,意味着埃阿斯自己不会把他的剑插到地底下去。[①] 但不妨回忆一下,在行577,埃阿斯曾经说过,他的盾牌要留下来,传给他的儿子,但其他的兵器却要随他一起下葬——所以,吉尔的那个说法似乎也有可质疑之处;不过,下文中,埃阿斯自戕时将剑深深插入地下确实与这里所述有些矛盾。

62.5 埃阿斯在这里提到的他从赫克托耳手中拿到过的武器(行661-行663),根据荷马在《伊利亚特》(卷 VII. 行303 以下)中的说法,在两军对阵间歇之时,埃阿斯曾经和赫克托耳交换过各自的兵器,赫克托耳将自己带银扣的长剑和剑鞘给了埃阿斯,而埃阿斯则把自己的亮紫色腰带给了赫克托耳。现在,埃阿斯所持的长剑就是赫克托耳的长剑。不过,索福克勒斯关于埃阿斯给赫克托耳东西的叙述可能出自某个不为所知的文献。

---

① Cf. J. Geel, *Mnemosyne*, 1853, II., pp. 200—208;这个词出自*Μνημοσύνη* 一词的拉丁拼写,原义为记忆,后作为记忆女神的名字,也可音译作梅墨希涅;在这里作古典语文学一著名期刊的刊名。

62.6　从现有的文献中很难判断，*ἐχϑϱῶν ἄδωϱα δῶϱα κοὐκ ὀνήσιμα*（行 664—行 665）一句话在当时的希腊是否真的像诗人所说那样流传广泛而久远。但在另一位诗人的作品中，却可以见到意思相同但表述不一样的说法：*κακοῦ γὰϱ ἀνδϱὸς δῶϱ' ὄνησιν οὐκ ἔχει*〔坏人送礼没好处：欧里庇得斯，《美狄亚》，行 618〕，这或许可以成为索福克勒斯这里所说的民谚常言的一个佐证。此外，在稍晚的一位喜剧作家那里看到类似的说法：*ἐχϑϱπῦ παϱ' ἀνδϱὸς οὐδέν ἐστι χϱήσιμον*〔敌人是那种不会带来任何好处的人：米南得（342 B.C. —291 B.C.），《萨默斯女人》，行 166〕；当然，也不能排除这位喜剧作家的说法出自索福克勒斯。无论怎样，埃阿斯这句话都清楚地表明，用赫克托耳的剑自戕是埃阿斯已经考虑成熟的。悉心思考会发现，埃阿斯死于赫克托耳之剑，或者说埃阿斯死于一个已经死去的英雄，哪怕最直接的原因只是这个英雄留下来的某个物件，这似乎成了一个十分重要的环节。①

63.（行 666—行 676）

埃阿斯　因此，我知道往后应该如何顺从神明，应该怎样对阿特柔斯的儿子表现出恭敬。他们都是我们的主宰，我们必须服从他们，必须这样！总是吓唬人却又令人无法抗拒的法则拥有着[670]毋庸置疑的权威。也因此，大雪纷飞的冬季之后才会有结出各种果实的夏日；黑夜永远地沿着阴森的轨迹化作白昼，骑着白色的马，将光芒点燃；狂放无羁的风神最终会让波涛汹涌的

---

① Cf. H. D. F. Kitto, *Poiesis: structure and thought*, Berkeley, 1966, pp. 179—188.

[675]大海沉睡。而后,力大无穷的睡神也会松懈下
来,他的约束不会保持永远。

63. 1 原文中 *τοιγὰρ τὸ λοιπὸν εἰσόμεσθα μὲν θεοῖς | εἴκειν,
μαθησόμεσθα δ᾽ Ἀτρείδας σέβειν* (行 666—行 667)一句有两处需特别
注意:首先,当埃阿斯说到 *τὸ λοιπὸν* 〔一般译作从此、今后,但在这里
却带有强调稍晚或在以后不长的时间里的意思〕一词时,在一般理解
中,给人的印象似乎是他已经放弃自戕的念头,他会在以后的日
子里改变先前的想法;但是,在埃阿斯自己的观念中,这个短语
却表示现在这个时候总之已经距离他的死不远了,所以,对神
明,对那些阿开亚将领,他完全能够做到改变自己的作法。另外
的一点更为重要,这句话当中包含了双重的 *ἀντίθεσις* 〔对语关
系〕。其一是 *εἰσόμεσθα* 〔顺从〕和 *μαθησόμεσθα* 〔尊重、恭敬〕之间的
对语关系,前者表示埃阿斯自己的经历要求他服从神明意志,而
后者则表示埃阿斯从先前的经历中得出的某种结论;第二个对
语关系是 *θεοῖς* 〔神明〕和 *Ἀτρείδας* 〔阿特柔斯的儿子〕之间的对语关
系;或许后一种对语关系更带重要意义:杰布特别注意到,在希腊
古典作家那里,具有相近含义的动词之间的对语时常会被用到,
但在这种情况下,作者真正关注的通常是另外的一层对语关系:
*ἡγούμενοι διὰ τὴν τῶν τριάκοντα πονηρίαν πολὺ μᾶλλον σωθήσεσθαι ἢ
διὰ τὴν τῶν φευγόντων* 〔有件事情要弄明白,三十僭主的丑恶使你们得
到解救,这远比允许你们从流放中回来重要得多:吕西亚斯,《演说集》,
25. 22〕。① 不过,在索福克勒斯这里的双重对语关系可能同样
值得注意。

---

① 这句引文中的对语关系是两个动词 *σωθήσεσθαι* (解救)和 *κατιέναι* (允许回来)之间
的相对应。

63.2　短语 *τί μήν* (行 668)从字面上看确实是一个问句(怎么不呢),但在不同场合和语境下使用中却都隐含有某种肯定的意味: *λέγουσιν ἡμᾶς ὡς ὀλωλότας, τί μήν* 〔他们会说我们已经沉没了,肯定会的:埃斯库罗斯,《阿伽门农》,行 672〕,而在这里则带有必须服从的含义。在柏拉图笔下, *τί μήν*; 则通常被用作肯定的回答:

斐德诺:你看到那边那棵高大的梧桐树了吗?
苏格拉底:当然看到了(*τί μήν*; 字面意思作那又怎么样?)。

(《斐德诺》,229a)

这里则将这个句子转译作一个肯定句:必须这样。至于短语 *τί μήν*,有诂前钞本也记作 *τί μή*。后者字面意思为还有(*μή*)什么或还会(*μή*)怎样;而现在的刊本一般记作 *τί μήν* 则显然是正当的。① 此句中,更为值得注意的倒应该是 *ὑπεικτέον* 〔这里转译作主宰〕一词:按照福古森的说法,这个词肯定出自 *εἴκτειν*,而后者则是动词 *εἴκω* 〔相像,向其靠近〕现在时主动态不定式形式,本身就表示一种服从,加 *ὑπ-* 前缀变形后则对这一服从有所强调。② 同时,需注意把神当作是主宰的不仅是阿特柔斯的两个儿子,这句话还明确告诉观众,即便像埃阿斯这样自视甚高的人也同样把神看作是必须服从的主宰。

63.3　此处,埃阿斯可能感受到某种真正的力不从心:他说的 *τὰ δεινὰ καὶ τὰ καρτερώτατα* 〔总是令人感到畏惧而又无法抗拒的东西:行 669〕是指这个世界的自然法则。这里,依然值得注意的是,诗人在遣词上将自然法则加以人格化,称其 *τὰ δεινὰ* 〔总是吓唬人的(人或言论)〕。这种力不从心是一个强悍之人面对自然的无

---

① William Linwood, *Sophocles*, with brief Latin notes, 2 vols., 1846—1852.
② J. Ferguson, "Ambiguity in *Ajax*", *Diomiso*, 1970, pp. 18—19.

奈。这里说到自然的法则,与前面说到年复一年的岁月更迭(行 646－行 648)时相比,埃阿斯的心境显然亦有了明显的不同。而 特别值得注意的是,前半句话延续到行 670,剑桥版依照梅克尔 钞本(Mekler,以下简称 M 本)写作 ἕτοιμ᾽ ὑπείκει,而杰布根据 L 本 则写作 τιμαῖς ὑπείκει。在这里,M 本的说法可理解为(可怕而又令 人无法抗拒的自然法则自然要)顺从于既定的东西,而 L 本则可理 解为(得到)至高无上的权威需得顺从。两相比较,后一种写法可 能更合理一些,因为埃阿斯这里强调的是自然法则的至高无上, 同时,也可在另外的文献中找到相关的佐证: ἕν τε ταῖς ἀρχαῖς καὶ ταῖς ἄλλαις τιμαῖς〔我们这些完全没有威望的人:柏拉图,《辩诉》,35b〕。 至于说到 νιφοστιβεῖς χειμῶνες 这个短语,则不能理解为大雪铺路 的冬季,虽然在 νιφοστιβεῖς 一词当中,确实可以看到 στρίβος〔道 路〕或 στείβω〔走路〕影子,但这样的组合词却并不意味着这里所 说的 νιφᾶς〔降雪,大雪〕就一定和 στρίβος〔道路〕或 στείβω〔走路〕有 关联,即便有关联,也还是一种并不鲜明的比喻。也有学者将这 个短语理解为当冬季在大雪中漫步(即走路)的时候,但杰布认为 这种将 χειμῶνες〔冬季〕人格化的说法肯定相当牵强。

63.4 一般说来,认为 αἰανής 一词出自 αἰεί〔总是〕并无不妥 (行 672)。但从此处的语境来看,对这个词,却可以有两种不同 的理解:其一,它表示无数个夜会无尽地一直延续,与白昼交替 出现;其二,我们也可以认为,这里所说的 αἰανής 应当是指夜的 漫长,以致让人感到恍若无尽。αἰανής 一词应该是作为一个副词 来使用,但又要比 αἰεί 语气更重一些。对它的两种可能的理解, 古典语文学家或许倾向于采纳后一种理解。于是,有学者提出, αἰανής 一词和 αἰαῖ 一词在词义上有着密切的联系;①从这个意

---

① E. Degani, *Helikon*, 1962, pp. 37－56; cf. H. Hommel (*ed.*), *Wege zu Ais-chylos*, Darmstadt, 1974, p. 407.

义上说，*αἰανής* 一词似乎还隐含着倦怠、悲哀的意味。欧里庇得斯曾经写下过这样的句子：

> 黑夜暗淡无光的眼与光芒照耀的太阳公平地年复一年轮替，该到服从之时，哪一个都不会流露半点怨言。太阳与暗夜既然都已顺从于凡人，你与他一道分担自家的事情，又有何不满？这里哪还谈得上什么公正不公正（欧里庇得斯，《腓尼基的女人》，行 543—行 548）？

这句话是伊厄喀斯忒在教训儿子厄忒俄克勒斯时说的话。对比欧里庇得斯与索福克勒斯的两段话发现，欧里庇得斯和索福克勒斯在说到昼夜轮替时有着明显的指向上的不同：欧里庇得斯说的是昼夜公平轮替，而索福克勒斯说的则是昼夜轮替的必然与自然。至于此处的 *τῇ λευκοπώλῳ* 〔骑着白马〕，则将其看作是诗人用一个与格来表示太阳点燃光芒所采用的手段，这一用法也见于其他作家：*ἐζημίωσαν χρήμασιν* 〔他们以罚款来惩罚他：德墨斯忒尼，《演说集》，21.165〕；为了稍加形象化，这里将 *φλέγειν* 〔点燃〕一词作了比喻性的转化。对于一般认为的这种世事轮替，学术界也有不同观点：狄勒认为，索福克勒斯在这里所谈论的与其说是轮替的问题，不如说是两个相互对立的东西之间的互不相容关系，亦即夏日或白昼里不会有冬寒或幽暗；[①]狄勒将这一比喻引申到埃阿斯身上，他提出，索福克勒斯在这里所说的是，对于埃阿斯而言，他的生活中不会有光明或温暖存在。不过，如果看一看埃阿斯在另外几处所说的话，或许会对狄勒的观点有所保留：埃

[①]　H. Diller, *Gottheit'und Mensch in der Tragödie des Sophokles*, Darmstadt, 1963, pp. 5—6.

阿斯似乎也承认,他的境况有可能会有所改善,他所遭遇的严酷的冬日有可能为阳光和煦的夏日所替代(行 207,行 257-行 258),而他所面对的暗无天日也有可能有云开雾散的一天(行 394-行 395)。

63.5 同前面(行 669)一样,诗人再次在遣词上将自然力量人格化(行 674),他称肆虐的狂风(δεινῶν τ᾽ ἄημα)会使咆哮的大海沉睡(πνευμάτων)。在希腊人看来,无法抗拒的自然力量既可以使大海波涛汹涌,使其发怒(ὀρνύμεν),也可以使其归为平静(παυέμεναι);事实上,在古希腊人的观念中,作为风的守护神(ταμίης ἀνέμων)的阿厄奥鲁斯就拥有这样的不可撼动的力量:Ἠμὲν παυέμεναι ἠδ᾽ ὀρνύμεν, ὅν κ᾽ ἐθέλῃσι〔风神既可以使其平静,也可以使其愤怒,一切看他的意愿:荷马,《奥德赛》,卷 X. 行 22〕。杰布注意到,维吉尔在写到 placataque venti Dant maria〔风暴摒弃了大海:《埃涅阿斯纪》,III. 69〕的时候,很可能想到了索福克勒斯所说的风神对大海的或在大海上的统治。

63.6 埃阿斯所说的 Ὕπνος〔睡神〕虽然和说到风神会在大海中 πνευμάτων〔沉睡〕时所用的词不一样(行 675-行 676),但两者之间或许存在某种关联;因此,当诗人说到 Ὕπνος 力大无比的时候,就会想到两层含义:其一可能与上面刚刚说过的风神的沉睡有关,亦即睡神到一定的时候就会放弃对风神的约束;其二可能只是在说睡神自己的法力其实也只在某一段时间起作用,过后就会松懈下来,令其约束的对象醒来。当然,从字面上,也不能排除诗人在这里同时带有这两层含义的可能,只是各自明暗喻的关系可能不尽相同。此外,还要注意,在希腊人看来,Ὕπνος 是 Θάνατος〔死神〕的兄弟:ἔνθ᾽ Ὕπνῳ ξύμβλητο κασιγνήτῳ Θανάτοιο〔在那里,她遇到了死神的兄弟睡神:荷马,《伊利亚特》,卷 XIV. 行 231〕。因此,当埃阿斯说到 Ὕπνος 会是大海平静时,其实也在隐喻着自已在惊心动魄的变故之后就会(自戕)死去。

64. (行 677—行 686)

埃阿斯　　而我们难道不应当从中学会辨别这一道理？
至于我,至少我已经完全明白,对于我而言,敌人的确
可恨,可日后却可能[680]成为朋友;而对于我的朋友,
我倒是希望能够为其效力,其实,我很清楚,他不会始
终是我的朋友——对于凡人而言,把友谊当作是港湾,
很不可靠。无论怎么,我都不会出现麻烦。而你现在
就[685]进去,在那里去祈求神明;你这个女人啊,就让
神明成全我,让我心中的夙愿得到实现吧!

64.1 从这一节开始,埃阿斯在借用取自自然的一些比喻之
后,转而陈述自己目前的状况。此句 ἡμεῖς δὲ πῶς οὐ γνωσόμεσθα
σωφρονεῖν〔而我们难道不应当从中学会辨别这一道理:行 677〕当中,最
后一个 σωφρονεῖν 一词以现在时不定式表示在心里已经能够坚
信不疑的道理,是希腊语一个特别的句法形式;需要给予特别注
意的则是 γνωσόμεσθα 一词,这个词不简单表示得到某种知识,而
且还带有需要通过自己的一番亲身经历才能将这种知识了然于
心的暗示,同样的情形也见于索福克勒斯的其他文献。在《安提
戈涅》中,当克瑞翁历数安提戈涅将要遇到的灾难之后,他说了
这样一句话: ἢ γνώσεται γοῦν ἀλλὰ τηνικαῦθ᾽ ὅτι | πόνος περισσός
ἐστι τὰν Ἅιδου σέβειν〔这时,她或许能够免于一死,但她也会由此明白,|
为死者带去尊严简直是毫无意义——虽然此时可能已经太晚了:《安提戈
涅》,行 779—行 780〕。这句话当中的 γνώσεται 也同样是说,安提戈
涅经过一番磨难才能明白,为死者的尊严所做的任何努力,对于

死者(以及她自己)而言,都是毫无意义的。而在这里,埃阿斯也是想要告诉大家,他所说的话都是他在经历了疯癫狂燥之症的煎熬之后,经过了无比痛苦的过程才明白的。

64.2 行 678 有两个小问题需要注意:其一是在这里出现的一种所谓主词转换。在上一行中,埃阿斯说的是 ἡμεῖς δέ〔我们〕应该已经认识到某个道理,而到了这一行则说到 ἔγωγ'〔我,这里将这个转译作至少我(明白)〕;其二,在说到 ἔγωγ' 的时候,与上一行的 ἡμεῖς δέ 相对应地,当然会想到应该写作 ἐγὼ δ',因此,这句话似乎应该写作 ἐγὼ δ', ἐπίσταμαι γὰρ ἀρτίως τόν τ' ἐχθρὸς ἐχθαρτέος,现在这种写法则显然有些别扭。

64.3 我们完全可以将 ὅ τ' ἐχθρὸς ἡμῖν ἐς τοσόνδ' ἐχθαρτέος,|ὡς καὶ φιλήσων αὖϑις〔对于我而言,敌人的确可恨,可日后却可能|成为朋友:行679—行680〕看作一句格言。这句格言在埃阿斯那里显然意味着 φιλεῖν ὡς μισήσοντα〔友或为敌〕,因为,在剧情接下来的发展中,埃阿斯表明,他临死时对那些朋友只有仇恨,而先前他也的确曾经十分真诚地为这些朋友效力过(行839—行844)。埃阿斯说这句格言时,显然也想到了 μισεῖν ὡς φιλήσοντα〔敌或为友〕,亦即他希望当时在场的人能够理解他的心情和心境。这种格言形式在古希腊是一种并不少见的双向体格言。事实上,这种"敌或为友"、"友或为敌"的观念最初很可能是所谓希腊七贤(οἱ ἑπτὰ σοφοί)之一的比亚斯(Βίας ὁ Πριηνεύς)提出来的,而后则成为希腊通行的一种观念。① 一般的道德认为,人不应该陷入友谊当中,因为朋友都是靠不住的,人应该关心怎样去选择朋友。由此,或许可以断定,希腊人可能早已形成了一种超出简单情感的关系:

———————

① M. L. West, "Tragica II", *BICS*, 1978, p. 678.

　　在我看来,理智健全的人既不应该在想象什么人可能
友善时就将此人当作自己的朋友,而放弃防范他的可能侵
犯,也不应该将什么人看作是自己的敌人,对其恨之入骨,
哪怕他想要有所改变,也不容他这样去做。相反,在我看
来,无论在哪一种情形下,我们都应该控制着,不要让友谊
或者仇恨超过其自身的限度(德墨斯忒尼,《演说集》,23.122)。

不过,有一种观点认为,德墨斯忒尼提出的这种观点似乎带有犬
儒学派的色彩,至少表明对敌友关系需要采取克制的态度,而这
样的理解显然已经和索福克勒斯的说法所表达的思想产生了
距离。

　　64.4　当埃阿斯说到 *ἄπιστός ἐσθ᾽ ἑταιρείας λιμήν*〔把友谊当作
是港湾,很不可靠:行 683〕这句格言时,如果他想到了
φιλεῖν ὡς μισήσοντα〔友或为敌〕与 *μισεῖν ὡς φιλήσοντα*〔敌或为友〕,那
么,他更为重视的显然是 *μισεῖν ὡς φιλήσοντα*,而不大在意
φιλεῖν ὡς μισήσοντα,亦即他想要说明的是,对那些厌恶(甚至仇恨)
他的人,他也总是希望能够为其效力。他这次出海征战,在他看
来,也正是在这种想法的支配下做出的决定;而敌视他或厌恶他
的人之所以对他表现出友好,只是因为他们要为自己的背叛寻
找可以避开风浪的港湾或避难所(*λιμήν*)。埃阿斯此时这样说,
还带有一层隐含的悲哀:这句话意味着他唯一能够找到的避难
的地方就是哈得斯的地狱,亦即只有死,他才能最后得到宁静。

　　64.5　接下来的一句 *ἀλλ᾽ ἀμφὶ μὲν τούτοισιν εὖ σχήσει* (行684),
照字面意思可以理解为而方方面面的情况都会很好。这里有所
暗指的是埃阿斯说,自己在所有的事情上都不会再遇到麻烦了,
因此也可以理解为无论怎样,我都不会遇到任何麻烦。

　　64.6　此处所采用的文本 *διὰ τέλους* (行686)是根据杰布勘正

的版本确定的；在 L 钞本中，此处写作 *διὰ τάχους*〔急切地〕，按照
这一写法，这句话就有可能被理解为你赶紧去向神明祈求；不
过，杰布认为，这一钞本虽然已广为接受，但在这里的上下文语
境中却显得很不自然，这里显然是一处 *varia lectio*〔传抄异文〕，
亦即传抄过程中出现的错误。因为，很难在这里找到埃阿斯要
苔柯梅萨 *διὰ τάχους*〔急切地〕去做什么事情的意思。按照现在原
文中所写的 *διὰ τάχους ... τελεῖσθαι*，需要特别注意 *τέλους* 一词的
含义：首先，*τέλους（τέλος）* 一词在本义上表示达到某种既定的目
标，亦即使某个被给定的或前定的目的得到实现：
τέλος εἶναι ἁπασῶν τῶν πράξεων τὸ ἀγαθόν〔善是我们所有行为最终所
要实现的目标：柏拉图，《高尔吉亚》，499e〕；然而，当读到埃阿斯的这
句话时，却会发现，埃阿斯当时或许隐含着想要告诉苔柯梅萨，
他的宿命已经前定，所以，当他请求苔柯梅萨为他祈祷，祈求神
明帮助他去实现这个前定的目标(这里将神明一词重复使用，将这句
话转译作就让神明成全我)时，自然会想到，这可能并不是真的在
请苔柯梅萨帮忙，这句话下面一定隐含着某些未明言的意
味，即他的死将使他的生命最终得到完全的实现(*διὰ τέλους ...*
τελεῖσθαι)。

65. (行 687—行 692)

埃阿斯　(苔柯梅萨从侧门进到营帐里，埃阿斯转身对
歌队说道)还有你们，我的伙伴们，我要让你们像她一
样为我感到骄傲；而透克洛斯如果来到这里，他会来指
挥部队，而且也会对你们很好。[690]而我现在就要上
路了，就要去那个地方了。你们就照我说的去做吧，也
许要不了多久，你们就会看到，我虽然蒙难，但却得到

了拯救。

65.1 一般说来，*τιμάω* 一词完全可以理解为赞赏，索福克勒斯在其他的剧作中也确实曾经在此本义上使用过这个词：*πῶς δῆτ' ἐκείνῳ δυσσεβῆ τιμᾶς χάριν*〔那你为什么还要执着于这种在他看来十分恶劣的仪式呢：《安提戈涅》，行 514〕。但是，在这里（行 688），这种赞赏中似乎还包含那个被他赞赏或喜欢的东西并没有自己的参与的含义：*τί τὴν τυραννίδα, ἀδικίαν εὐδαίμονα, τιμᾶς ὑπέρφευ*；〔你为何对这样一种暴君统治，这样一种龌龊的幸福那么在意：欧里庇得斯，《腓尼基的女人》，行 550〕——亦即，埃阿斯的话里并不包含会使跟随他前来征战的朋友蒙受灾难的含义，他认为所要做的那件事情（即自戕）不会伤害他人。可以看到，这句话的核心在于呼唤歌队的信心；然而，刚刚听到埃阿斯提起友谊不可靠（行 683），于是，当埃阿斯再来提出这样的要求时，就会觉得，他似乎显得有些幼稚了。

65.2 行 690 这句话，听上去可能会让一般观众想到埃阿斯在这里所说的那个地方是指他为自己选择自戕的地方，就是海滩上的那片灌木丛。但是，读下来就会意识到，事实上，埃阿斯是在说他将去死神哈得斯的地狱。文中的 *πορευτέον* 一词本身就意味着赴死的一段行程，或直言之就是人生最后的一段旅程。[1] 索福克勒斯在另外一个地方曾让在做临终前安排的俄狄浦斯王说过含义相近的话：*ἀλλ' ἡ μὲν ἡμῶν μοῖρ', ὅποιπερ εἶσ', ἴτω*〔就让我的宿命去它该去的地方吧：《俄狄浦斯王》，行 1458〕；[2] 不过，关于自己命运的这两处说法虽然含义上并没有大的差别，但在具体细

---

[1] Cf. M. Sicherl, "The tragic issue in Sophocles' *Ajax*", *YCIS*, 1977, p. 84.

[2] 在引用此句时采用的是基本上照字面含义移译，根据该剧在此处的上下文语境，此句或可转译作而我自该随我的命运的安排。

节上却显示埃阿斯与俄狄浦斯性格上的不同。埃阿斯所说的"谁也不能阻挡(πορευτέον)"显然要比俄狄浦斯平淡甚至平静地说出的"自己命运的安排"刚烈得多,而俄狄浦斯作为王者的浩然之气也显然有别于埃阿斯。

65.3 对照修昔底德的用法,杰布认为,原文中的 καὶ τάχ' ἄν ... ἴσως〔很快、马上〕应当表示对某种或然性结果的强调。据此,短语 καὶ τάχ' ἄν μ' ἴσως | πύθοισθε (行691—行692)也就可以理解为很快你们就会知道。不过,此处更值得注意的是 πύθοισθε 一词的使用:从本义上说,πύθοισθε 一词是指"或借助于道听途说,或借助于亲自探究对某件事情有所了解":δύο δ' οὔ πω πεπύσθην ... Πατρόκλοιο θανόντος〔他们还不知道帕特罗克洛斯已经死去(亦即还没有得到关于他的死讯):荷马,《伊利亚特》,卷 XIV. 行377〕。当埃阿斯说到 σεσωσμένον 一词时,并没有想到他有可能逃脱死神之手,他想到的应该是另外一种获救;但从文字字面上看,埃阿斯确实说他已经获救,这话在剧中所有人听来都像、而且也确实是一句谎言。因为在一般希腊人听来,σεσωσμένον 一词肯定与逃脱死神之手相联系。但是,从埃阿斯素以特立独行的方式行事来看,他的尺度标准就有可能与一般人的尺度标准不一样:死本身就是他的拯救,也是他使自己的 ἀρετή〔出类拔萃〕得到最后保护的唯一手段。[1] 从剧情发展的角度来看,埃阿斯告诉他的朋友,他们马上就会得到他的死讯是要表明两层意思:其一,埃阿斯想要告诉他的朋友,他的死讯会以传闻的形式在他的国家传播;其二,诗人也借埃阿斯之口告诉观众,埃阿斯自戕的过程并不会在舞台上表演出来,而这句话也为那个情节做好了铺垫,可以使观

---

① Cf. M. M. Wigosky, "The 'salvation' of Ajax", *Hermes*, 1962, pp. 154—158.

众自然联想到那个情节。

65.4　在这一场中,有一点可以肯定,埃阿斯的念白与他本来该有的反应确实形成了极为鲜明的对比,让人们对他的言行很难做出合理的解释:从埃阿斯出场开始,他就一直拒绝做出任何让步,一直拒绝倾听朋友的劝告;而现在他却居然说,他听了苔柯梅萨的话,已经决定接受一般人所遵守的原则,准备向神明妥协。这时候的埃阿斯显然变成了一个 $\sigma\acute{\omega}\varphi\varrho\omega\nu$〔知所分寸的〕人。由此,不由地会产生两个疑问:第一,他到底是真的放弃了自戕的打算,还是想要隐瞒什么? 第二,他真的学会了用 $\sigma\omega\varphi\varrho\sigma\acute{\upsilon}\nu\eta$ 去考虑接下来将要做什么,还是仅仅在找托辞? 有学者认为,埃阿斯这时还是想要以自戕来结束自己的生命,而他也并没有隐瞒什么;如果歌队能够更理智地去分析的话,他们就能够明白他的言下之意。① 这种观点其实是不能被接受的,因为它并没有考虑到那一段念白中有许多话都是模棱两可的。事实上,模棱两可的语言通常意味着说话的人想要隐瞒某种东西。但这些学者却认为,埃阿斯这些模棱两可的语言并不是想要隐瞒什么,他们认为这是因为埃阿斯此时已经放弃了自戕而死的打算,他已学会用 $\sigma\omega\varphi\varrho\sigma\acute{\upsilon}\nu\eta$ 去思考问题。对于埃阿斯后来确实自戕而死这一事实,他们找到的理由则是由于雅典娜的愤怒以及"近乎疯狂的怒火"后来又回来了,② 而这些原因的出现是因为他没能像先知卡尔喀斯预卜的那样,那一整天都留在营帐内。然而,这种解释实际上说不通,因为在后面的情节发展中没有任何地方说到埃阿斯再次陷入疯癫狂躁。不过,有一点似乎可以肯定,那就是此处语言的模棱两可未必真的就是想要迷惑观众,因为这样的

① Cf. Friedrich Gottlieb Welcker, "Über den *Aias* des Sophokles", in *Rhein. Mus.* for 1829.

② C. M. Bowra, *Sophoclean tragedy*, Oxford, 1944, p. 43—44.

语言至少给人们残留下一线希望：也许埃阿斯真的可以改变主
意。

其实，这种观点的要害在于，欺骗是出类拔萃的反题。阿喀
琉斯说，他最反感的是那种心里想一套，嘴上却说着另外一套的
人：ἐχθρὸς γάρ μοι κεῖνος ὁμῶς Ἀΐδαο πύλῃσιν | ὅς χ' ἕτερον μὲν κεύθῃ
ἐνὶ φρεσίν〔对我来说，可恨的是把一件东西藏到心里，而在嘴上说另一件
事，这就像哈得斯冥府的大门一样：荷马，《伊利亚特》，卷 IX. 行 312—行
313〕。荷马笔下的奥德修斯确实和索福克勒斯笔下的英雄在品
格性情上不大一样。在这个悲剧中，埃阿斯不止一次需要靠着
和自己所厌恶的人结盟才能使自己成为伟大的勇士。埃阿斯说
的是实话，这也可以从另一个角度来理解：埃阿斯希望凭借自己
做出的妥协而使敌人对他亲朋的伤害不那么残酷。对此，或许
也可以从戏剧本身的角度来解释：索福克勒斯悲剧中的主人公
总是时常独自相处，而索福克勒斯想让埃阿斯在舞台上死去，于
是便要想办法将苔柯梅萨以及歌队支开。

65.5 大多数学者都认为，埃阿斯此时已经拥有了或学会了
σωφροσύνη；但是，对于埃阿斯心智上的这一变化，人们给出的解
释却不尽相同。斯坦福认为，从理论分析的角度来看，埃阿斯此
时在心智上转变到 σωφροσύνη 上来，在心理上表现出具有了某种
怜悯之心，但在性格上却没有任何的变化，因此，他才会依然一
意孤行地想要自戕而死。[①] 斯坦福没有解决的问题在于，很难
理解，如果一个人的性格丝毫没有变化，他怎么会在心智上从
ὕβρις 转变到 σωφροσύνη 上来。因此，多数的学者都认为，埃阿斯
此时的转变是全面、完整的，是整个人的改变。林福特认为，转

---

① W. B. Stanford, "Light in darkness in Sophocles' *Ajax*", in *GRBS*, 1978, pp.
282—283.

变之后的埃阿斯已不再带有叛逆性,他现在要做的是控制自己的感情,履行他对家人和朋友的责任①。辛普森则把埃阿斯的转变看作是使他从一个脾气急躁的人变成了一个遇事谨慎并能把想说的话说出来的正常人。② 而博拉也认为,埃阿斯在这里并没有隐瞒了什么,"如果他在这里有所欺骗,那么,他的死就不会使他与神,与人达到一种和平的状态"。③ 不过,塔普林却并不这样认为,他倒觉得,埃阿斯与神和谐相处应该只在观众原有的记忆中才存在,而在这个戏中却并未见到这样的情节;埃阿斯说到他的身后之事时,实际上是已经恢复了正常状态。④ 这一观点的症结在于,如果说这时的埃阿斯的确已经改变了心智,哪怕只是暂时不再那么强悍,那么,他和索福克勒斯悲剧中其他的主人公也就不是一个类型的人物了,而这种人物不会令雅典的观众感到满意,因为埃阿斯这时变成了一个在敌人面前卑躬屈膝的人。而在这段念白中,埃阿斯并没有承认他对那些牲畜大开杀戒有任何不对的地方,并在接下来的话语(行 815－行 865)中依然充满着仇恨,依然表明他渴望报仇。从行 666 至行 667 的几近讨好的夸张语言来看,恰恰可以得出结论,认定他所说的话与他所想的并不完全一致。

　　当然,也不能认为,埃阿斯的这段念白全都是瞎话,都是刻薄的冷嘲热讽。因为,从古典语文学的角度考察,这段念白堪称希腊悲剧语言的经典,是十分漂亮的文体。⑤ 无论人物性格的

---

① I. M. Linforth, "Three scenes in Sophocles *Ajax*", *Uni. of California Pubs. In Class. Philol.*, 1954, pp. 10—20.

② M. Simpson, "Sophocles' *Ajax*: his madness and transformation", *Arethusa*, 1969, pp. 88—103.

③ Bowra, *ib.*, p. 40.

④ O. Taplin, *Greek Tragedy in action*, London, 1978, pp. 128—131.

⑤ 这样的文字在以后能够成为古典语文学教学的经典阅读,则是题外话。

变换还是情节的跌宕起伏都是古希腊悲剧真正的魅力所在，至少是其主要文学成就所在。显而易见，无论是对埃阿斯来说，还是对雅典的观众而言，他们的心中都有着这样的观念，认为一切都必会为其反题让路，所有的事情在某个阶段都会转变为它的反面——这一点，在人的生活和自然中都是同样的。如此说来，很难想象，这样一种观念的表述怎么可以以一种说谎的方式来完成。而至少可以判断，埃阿斯对他同父异母兄弟透克洛斯以及对他儿子欧吕萨克斯所表达出的怜悯之意（行652—行653）是真诚的。值得注意的是，直到行684之前，埃阿斯的念白都还不是对观众说的，几乎可以看作是一种独白，至少可以看作是他在对自己述说。当然，也有学者认为①，埃阿斯这时可能意识到有人在听他的独白，所以，语言中的模棱两可才会贯穿始终。或许可以说，他既是在对自己说话，也是在对那些能够听得到他独白的人说：这段"独白可能会被听到，因而隐瞒了某些东西"。② 这里所能做的只是将埃阿斯的理智反应和情感反应区分开：在心智上，他显然已经不再像他宰杀牲畜时那样恍惚，已经看清了周围的一切，已经从 μανιάς〔疯狂〕转为 φϱόνιμος〔清醒〕；并且在这种 φϱόνιμος 中找到了 σωφϱοσύνη。但是，索福克勒斯的人物通常只是对自己表现出这种 φϱόνιμος，因此，尽管埃阿斯也承认这种 φϱόνιμος 十分美好而且很是重要，但在情感上却依然无法接受。所以，并不能据此认为这种 φϱόνιμος 在埃阿斯心里占据着怎样高的位置。

① M. Heath, *The poetics of Greek tragedy*, Stanford, 1987, p. 188.
② P. T. Stevens, "Ajax in the *Trugrede*", *CQ*, 1986, p. 329.

第二肃立歌

提要 歌队误解了埃阿斯的嘱托,以为他的痛苦已经解除(行693—行705);毁灭之神的离开给他们带来愉悦(行706—行713);时间会把人的希望之火重新燃起(行714—行718)

66.(行693—行705)

歌队 喜悦令我战栗紧张,欢欣为我插上了翅膀。
哦,潘啊,山神潘——
[695]哦,潘啊,你越过大海,出现在我们面前,
你来自那岩石的山脊,来自那白雪皑皑的库勒尼山巅。
我的主人啊,你创造出祭奠神明的舞蹈,而我们也
[700]自然地合着你的脚步跳起尼撒舞,跳起科诺索斯舞;
而现在,我就要手舞足蹈,把这舞跳起来。
我的主人啊,太阳神阿波罗疾奔而来,穿过了伊卡尼亚
海,来到我的面前,
[705]让我去感受那欢悦。

66.1 本剧的第二肃立歌只在音步韵律形式上与 *στάσιμον*〔肃立歌〕的颂歌体相同，而在表演形式上与肃立歌并不一样：这时的歌队却并不是肃立在舞台上的，歌队这时采用一种所谓 *ὑπόρχημα*〔和歌起舞，或译作舞歌〕的演唱形式。这种演唱形式通常带有欢快的调式，因此，在这首肃立歌的开首，歌队便会表明，虽然在埃阿斯的决定中显示出一种悲怆，但内中却蕴含着埃阿斯人格的高贵，这种高贵的人格令追随他的人感到无比的欢欣，而这一段至行 705，为整首肃立歌确定了基调。行 706 至行 718，这种欢欣达到了一种特别的狂欢程度。这种狂欢性质的肃立歌在一定意义上也与这部戏 *καταστροφή*〔最后结局〕形成另外一层对应关系。这一肃立歌，调式虽然是肃立歌的调式，但却与第一及第三肃立歌不同，采用希腊戏剧中另外一种常见的表演形式，即被称作 *ὑπορχέομαι*——亦舞亦歌。在这种 *ὑπορχέομαι* 中，舞并不是歌的陪伴，因此不同于平常所说的歌舞。毋宁说，这种舞歌的舞与歌是平行的，共同承担为剧情发展服务的职能。这段肃立歌中，歌队先是像希腊人祈祷那样请山神潘和太阳神阿波罗带领他们起舞，而后，在转向段落中，他们说到埃阿斯已经恢复，改变了主意，他们的灾难已然成为过去。

根据对第一场埃阿斯的大段独白与念白的了解，几乎可以断定，此时的歌队确被埃阿斯的话所诓骗。这一肃立歌之所以以舞歌形式出现，也是出于使舞台能够表现出欢快的考虑。而歌队这时以欢乐调式吟唱祈祷歌——也可称作是格吕孔调，这个词当出自希腊字 *γλυκύς*〔欢乐、喜悦〕一词，故而也可意译作欢乐调式；关于这一调式，格律分析时还会有所接触。此时的欢快与歌队入场歌以及第一肃立歌的忧郁形成鲜明的对比，而且和索福克勒斯在其他一些地方（《安提戈涅》，行 1115－行 1154；《俄狄浦斯王》，行 1089－行 1109；《特拉喀斯女孩》，行 633－行 663）使用这一调

式相比,这里也要更为欢快一些。这种欢快的表现也在一定程
度上影响到观众,使他们似乎看到了一线希望。但是,观众并没
有和歌队一样被埃阿斯的言语所欺骗,所以,就剧场效果而言,
希腊悲剧时常采用的反语效果才是这段肃立歌最主要的作用。

66.2　行 693 前后两个半句各有一个动词,这两个动词都采
用不定过去时的形式;这种不定过去时带有瞬间感受的性质,故
而也称作瞬时不定过去时,通常用来表示瞬间的感觉。前半句
的 ἔφριξε 一词本义表示在一个平面或在某种平静的状态下出现
了一些皱褶,但表示感觉时则侧重于表示原本平和的肉体因某
种情感的刺激而骤起波澜,而这种情感大半都和恐惧相联系,因
此,这个词时常被理解为身体的战栗。只是在索福克勒斯这里,
身体的这种战栗却因 ἔρωτι (ἔρως) 而起。在本义上,ἔρως 一词表
示爱、喜爱,在这里以与格形式出现,表示在这种爱或喜爱出现
的时候心中带着一样的喜悦,而身体的战栗又是这种喜悦的正
常生理反应;至于此处的喜悦,则并不意味着他们对自己所梦想
的未来此时充满信心,而只意味着他们为埃阿斯的高贵感到骄
傲。ἔφριξε 是身体的战栗,而 ἀνεπτόμαν 则是心的飘飞。ἀνεπτόμαν
(ἀναπέτομαι)一词本义作飘忽(πέτομαι)在上面(ἀνα-),这里则比喻作
在某种情感作用下,心如插上翅膀,飞扬起来。

66.3　从语源学的角度来考虑,Πάν 〔山神潘〕的名字很可能
出自 πάντες 〔所有的、全部的〕：Πᾶνα δέ μιν καλέεσκον, ὅτι φρένα πᾶσιν
ἔτερψεν〔他们称这个孩子作潘,因为他使他们所有人都能够心中感到愉
快:荷马,《诗篇》,第 XIX 首. 行 47〕。按照埃斯库罗斯的说法,山神
潘应该是萨拉弥斯人信奉的一位神明,他经常出没的地方应当
在萨拉弥斯以东与庇拉坞之间海湾的一个叫做 Κυνόσουρα 〔库诺
索拉〕的小岛：βαιὰ, δύσορμος ναυσίν, ἣν ὁ φιλόχορος Πὰν ἐμβατεύει,
ποντίας ἀκτῆς ἔπι〔那是一个不大但却十分危险的泊地,山神潘时常在那

里出没欢舞：埃斯库罗斯，《波斯人》，行 448-行 449〕。因此，诗人让埃
阿斯的那些来自萨拉弥斯的水手说起他们那个地方所供奉的
神，这在雅典人听来再正常不过。

66.4 对于 ἀλίπλαγκτε（行 695）一词，仅从句法意义上，可以作出
两种解释，既可以将这个词理解为 Πάν 的述语，也可以将这个词理解
为与 Πάν 并列的成分，亦即表示山神潘是 ἀλίπλαγκτε〔海上游荡者〕。
按照后一种理解，ὦ Πὰν Πὰν ἀλίπλαγκτε 这个短语的意思就应当是
潘啊，海上游荡者山神潘。但这里却认为，ἀλίπλαγκτε 一词还是应当
被当作一个带有谓语动词性质的词，表示 Πὰν〔山神潘〕经过海上游荡
来到雅典，虽然他经常出没的库诺索拉岛距离雅典并不遥远。

66.4 Κυλλήνη〔库勒尼山〕位于伯罗奔半岛的阿尔卡蒂亚山
脉（Ἀρκαδία）东北，海拔约在 2500 米左右。有传说认为，这座山是
山神潘的父亲赫尔墨斯的出生地，因此，山神潘的出生也与这座
山有关，尽管他出生在 Μαενάλος〔麦那洛斯山〕。歌队说到库勒尼
山时提到了 χιονοκτύπου 一词（行 696），意即大雪覆盖。这个词有
一个很特别的词源：它的本义是指山间不停传来终年积雪（χιών）
的轰鸣声（κτυπέω），或许指雪山上不时发生的雪崩，也或指这座
库勒尼山不时会有下雪的声音传下来；但这里更倾向于前一种
含义，亦即歌队在埃阿斯说话的时候就已想到潘神之山的雪崩
声给他们带来的震撼。

66.5 原文的 ὦ θεῶν χοροποί' ἄναξ 一句当中，特别值得注意
的是作为复数生格的 θεῶν（行 698）。这个词可以有两种理解：
一种是将其看作表示所属关系，即表示这种舞蹈的创造是神明
所为并为神明而为之事；另一种理解则可以把这个生格 θεῶν 看
作是神明中的部分，亦即主人啊，你是神明中把舞蹈创造出来的
那一位。杰布倾向于采纳前一种理解。他认为，诗人这里的意
思似乎是说，山神潘代表神明创造了那些舞蹈。而仅从文本上，

似乎并不能必然地得出这样的结论：这里恰恰倾向于后一种
理解。

66.6 *αὐτοδαῆ* 一词的意思是指自然地、事实上，这个词的本
义是指无师自通、不需教授(行 699)：L 钞本对这个词的随文诂
证：*αὐτομαθῆ, ἃ σὺ σαυτὸν ἐδίδαξας*〔即自己教会自己，亦即自己就能够
学会〕，其含义也大致相当于无师自通，在这里表示我们(歌队)不
需要学习就会跳那种舞蹈。潘在这些舞蹈中只是 *χοροποιός*〔领
舞者〕。这种 *χοροποιός* 的灵感从别的地方得来的，而他又把这种
灵感传递给歌队。关于 *Νύσια*〔尼萨舞〕和 *Κνώσια*〔科诺索斯舞〕：
尼萨是一个多山地区，在那里流行着一种近似于祭献酒神狄俄
尼索的舞蹈，据说这种舞蹈是山神潘与众羊人萨杜耳一起创造
的；而科诺索斯是位于克里特岛北部伊达山脚下平原上的一个
城镇，在那里早期带巫术性质的舞蹈以祭献宙斯与太阳神阿波
罗为主。据荷马(《伊利亚特》，卷 XVIII. 行 590 以下)说，科诺索斯
是代达罗斯为阿丽亚娜开辟出的 *χορός*〔歌舞之地〕。尼萨舞与科
诺索斯舞的共同特征在于这两种舞蹈都十分豪放。至于 *ἰάψης*
一词，其本义是(用脚或手)作出(向前的)动作。当它与 *ὀρχήματα*
〔舞蹈，跳舞〕一词连用时，它就差不多相当于跳舞中的跳。不过，
ἰάψειν ὀρχήματα 这样一个短语也可以理解为使其快速跳舞，亦即
ἰάπτω 也可以表示某种疾速的运动：*ἰάπτει δ' Ἀσίδος δι' αἴας*〔她在
亚细亚大地上疾驰而过：埃斯库罗斯，《求祈者》，行 547〕；若此，当说到
山神潘 *ἰάψειν ὀρχήματα* 时，也不能排除表示诗人是想山神潘促使
大家跳起尼撒舞和科诺索斯舞。但这样的解释似乎和这里歌队
所要说的话不合。

66.7 歌队在这里说 *νῦν γὰρ ἐμοὶ ... χορεῦσαι*(行 701)用的
χορεῦσαι 是 *χορεύω*〔(歌队成员)起舞〕的不定过去时，表示这个动作
是在特定场合或场景下进行的，虽然这个动作当时就在舞台上

表演出来;而一般意义上使用的现在时则表示这个动作未必表现在舞台上:τί δεῖ με χορεύειν〔那神圣的舞又为何要舞起:索福克勒斯,《俄狄浦斯王》,行 896〕。这一点,或可提醒读者注意。

66.8 阿波罗的出生地是德洛斯,他和山神潘一样都是主司舞蹈的神(行 703—行 704)。不过,阿波罗同时也可以洗刷污秽、负责净化,尤其是承担着使心灵中的污秽得到净化的任务。上一行,歌队刚刚说到而现在,我就要手舞足蹈,把这舞跳起来。当他们接着又提到这位太阳神时,想到的当然是他能为他们带来舞蹈(的灵感)。在前面,歌队曾说 ἀλλ' ἀπερύκοι | καὶ Ζεὺς κακὰν καὶ Φοῖβος Ἀργείων φάτιν〔只有|宙斯和阿波罗才能够令希腊人免受此番折磨:行 186〕。那时,人们想到太阳神阿波罗是因为他可以以一个 ἀποτρόπαιος〔祛邪者〕的身份出现,为埃阿斯治疗失心疯癫的病痛;但当人们找到埃阿斯,见到埃阿斯的英武之气依然时,当他们看到又有了欢乐的希望时,他们呼唤太阳神阿波罗就是为了让他带给他们实现欢乐的可能。至于此处所说的 Ἰκαρίων δ' ὑπὲρ πελαγέων〔穿过伊卡尼亚的大海〕,其中的 Ἰκαρίων 是指伊卡尼亚的一个岛,位于萨默斯以西、米科诺斯以东。这片大海由这个小岛得名,被称作是伊卡尼亚海。而 εὔγνωστος 一词的本义是(变得)易于辨认,这个词源自 γιγνώσκω〔辨认〕加上表示容易的前缀 εὐ-,指(其样貌)可以看得到的;这里将下一行的 ἐμοὶ〔我〕联系在一起,将这句话理解为在我面前出现。

67. (行 706—行 718)

歌队 毁灭之神阿瑞斯已将苦痛从眼前抹除。欢悦啊,真正的欢悦!
伟大的宙斯神啊,风和日丽的日子里,你的辉光照耀着

我们，

[710]送我们的舰船在海上飞驰；埃阿斯已忘记了那些
不快，严格照规矩对神明祭祀膜拜。

伟大的时间会使一切都显得黯然凋谢，会将火焰燃起；
[715]除了好言相劝，我们也没说什么话；没想到埃阿
斯此时悔恨不已，

他不会再迁怒阿特柔斯的儿子，也不会与他们作对。

67.1　在古希腊，Ἄρης〔阿瑞斯〕是一个毁灭之神，但在这里，
他所毁灭的，或者说他使之消失的却是人们对血腥场面与杀戮
情景的记忆，而这些场面或情景曾经出现在埃阿斯的那些水手
眼前；他之所以能做到这一点，又正是因为埃阿斯说出了自己将
要自戕。这是不是在用另外一个血腥场面抹去眼前的血腥呢？

67.2　在 πάρα λευκὸν εὐάμερον πελάσαι φάος|Θοᾶν ὠκυάλων νεῶν
〔风和日丽的日子里，你的辉光照耀着我们，|送我们的舰船在海上飞驰；
行 709—行 710〕一句中，λευκὸν ... μαραίνει〔字面上可理解为风和日丽
的日子里的阳光灿烂，这里理解为风和日丽的日子里太阳的辉光〕可以
看作是表示 πελάσαι〔字面含义作接近解〕这个动作发生时其周围
环境的情形，亦即表示埃阿斯所部的舰队在海上航行时天气十
分适宜。事实上，更值得注意的是 Θοᾶν (Θοός) 一词的使用。这个
词的本义虽然指快速的，但其多用在人或动物身上：
ἴτε Θοαὶ Λύσσας κύνες ἴτ' εἰς ὄρος〔疯狂之神那脚力迅捷的猎犬啊，快些
吧，快跑到山上去：欧里庇得斯，《酒神的伴侣》，行 977〕。因此，当歌队
唱道他们的船队也这样脚力超凡的时候，他们实际上赋予了他
们的船某种生命，就好像船队是他们的亲随或伴侣一样。另一
方面，在这个 Θοᾶν 之后，诗人接着又用了一个表示船舰航行速

度快的词,即 ὠκυάλων〔海上航行快速〕。于是,在修辞上,索福克勒斯便采用了一种所谓倍增描述的方法,这种方法在希腊古典文献中并不少见,甚至可能还影响到某些句法结构的形成,譬如当另外一个否定词与一个简单的否定词 οὐ 同时出现,并且在它们中间相隔一些句子成分,则表示对第一个否定词有某种强调的意味:θυμὸν ἔδων, βρώμης δ᾽ οὐχ ἅπτεαι οὐδὲ ποτῆτος〔只拿心思当饭吃,完全不去碰酒食:荷马,《奥德赛》,卷 VII. 行 34〕。在这个例证中,当 οὐχ 与 οὐδὲ 一起出现并且中间间隔 ἅπτεαι〔触摸、碰〕一词时,οὐδὲ 并不表示要将否定词 οὐχ 否定的含义加以否定,而是要强调否定词 οὐχ 的否定含义。

67.3 在歌队看来,由于埃阿斯曾经到海边将自己身上的污血洗濯(将我身上的污秽洗涤,使我得到净化:行 655),然后又将自己交给神明(因此,我知道往后应该如何顺从神明:行 666),所以,歌队认为,这时的埃阿斯已经能够完全合乎规矩地,恪守礼法地完成 καθαρμός〔净身、净化〕和 ἱλασμός〔净心、赎罪〕。而这正是神明祭祀中的两项最为重要的内容。因此,当歌队说 θεῶν … πάνθυτα θέσμια〔对神明照规矩祭祀:行 712〕时,他们的意思就是埃阿斯这时正在遵守礼法按神明所要求的 θυσίαι〔祭祀品〕祭祀神明。因为在他们的想象中,埃阿斯在他沐浴净身之后一定会去向他曾经怠慢的神明(即雅典娜和阿耳忒弥)祭献牺牲。

67.4 一般的钞本在这里均写作 πάνθ᾽ ὁ μέγας χρόνος μαραίνει τε καὶ φλέγει(行 713 以下),而 L 钞本略有不同地将 τε 写作 γε,并在 φλέγει 一词的上面有 ζωπυρεῖ〔激怒〕作疏证,这则随文诂证对于解读这段文字十分重要。但到后世,又有校勘者将后半句的 τε καὶ φλέγει 略去,① 则这句话就变成伟大的时间可以使一切变

---

① Joannes Stobaeus, *Eclogarum physicarum et ethicarum libri duo*, I. 9. 24, recens. A. Meineke, 1860, p. 73.

得黯然无光,因为原文中的 μαραίνει 一词的本义就是将火焰熄灭。校勘者可能认为,将火焰熄灭显然与 φλέγει〔本义作点起火焰〕不能相合。后来的诸多刊本都采用了这样的勘正。然而,如果从 μαραίνει 一词的引申义来看的话,就会发现,将 τε καὶ φλέγει 删去未必是最好的选择;事实上,在实际的使用过程中,μαραίνει 一词的词义也确实在其本义的基础上发生了很大的变化:κάλλος ἢ χρόνος ἀνάλωσεν ἢ νόσος ἐμάρανε〔美会随着时间的流逝已然消逝,因为疾病也已凋谢:伊索克拉底,《演说集》,I. 6〕。而 τε καὶ φλέγει 又更多地意味着,由于时间将过往的一切都打磨得毫无生气,埃阿斯心里的困苦便再次被燃起,愤恨则变得像是燃烧的火焰一样在埃阿斯的心中燃烧。①

　　67.5 对于 ἀναύδατον 一词(行 715)的不同理解可能影响到对整句话的解释:这个词常见的含义是指说不得的,或说不清楚的:ἄφατον ἀναύδητον λόγον ἐμοὶ θροεῖς〔你把我吵得头都晕了,你连话都说不清楚:欧里庇得斯,《伊安》,行 783〕。按照对词义的理解,κοὐδὲν ἀναύδατον φατίσαιμ᾽ ἄν 这句话也就成了我们有些话说不出口;而杰布却认为,在这里,这个词应该是指没有说出来的,亦即表示没有尽可能肯定地说出来的。他说,这样的解释是因为要与后半句所说的 ἀέλπτων〔出乎意料〕所表达的意思相对应。而 μετανεγνώσθη〔后悔〕一词,按照古典语文学家(Liddell & Scott, Jones)的理解,应当与下一行的 θυμοῦ … μεγάλων τε νεικέων(行 716)连作一体来理解;若此,则这句话应当表示埃阿斯在向神明祭祀时,心中已对自己所做的事情感到后悔,不会再去那样做了。这种理解或许更接近诗人的原意,只是与一般研究者(如杰布)的概念有些距离。

———————

① Cf. R. P. Winnington-Ingram, *Sophocles: an interpretation*, Cambridge, 1980, p. 43.

第三场

提要　信使带来了可怕的消息(行 719—行 734);对卡尔喀斯的预卜,众人感到十分恐惧(行 735—行 746);卡尔喀斯的预卜是将埃阿斯留在营帐内(行 747—行 779);只派信使到这里来的,是透克洛斯(行 780—行 786);卡尔喀斯将不幸的预卜告诉了苔柯梅萨(行 787—行 802);苔柯梅萨急忙命众人到各地去找寻埃阿斯(行 803—行 814);埃阿斯作最后的遗言:他首先对 $\sigma\omega\varphi\varrho\sigma\acute{\upsilon}\nu\eta$ [知所分寸]表现出不屑(行 815—行 822);他愿以自己的自戕拯救一个英雄的名誉(行 823—行 834);埃阿斯表达了诸神的最后的祈望之后,扑身倒在剑上,自戕而亡(行 835—行 865)

68. (行 719—行 732)

信使　朋友们,我得赶紧把消息告诉你们:[720]透克洛斯从弥希亚山回来,刚来到两路部队中间的阿伽门农大营,那些聚集来的阿尔戈斯人就责骂起他来。他们远远地看到他正在过来,当他走近时,这些人便纷纷围拢上去,吵闹斥责;[725]他们极尽斥责挞伐,争先恐后,谁也不肯落空,他们咒骂,这就是那个疯子的兄弟,刚从敌营跑到这里来;他们说,他绝对逃脱不了死神的手掌——这时,乱石已然向他砸了过去,想要把他砸得粉碎。事情发展到后来,长剑倏然从剑鞘中拔出,[730]到了手上,眼看一场厮杀就要无法避免;眼看冲突一触即发,只是那些年长者出面,说了一些劝解的话,才算把事态平息下来。

68.1　第二场结束时,或许可以肯定,埃阿斯自戕的心意并未发生任何改变。因此,当信使从阿开亚人军营中送信来时,首先想到的就是这个时埃阿斯或许已经自杀。如果这样设计情节,那么,它更能显示出与刚刚还在欢乐中的歌队舞歌的氛围形成的鲜明对比,从而加强了埃阿斯自戕而死的悲剧效果。但是,我们的诗人却没有这样做,他好像并不在意观众的期待,对营造悲剧的效果也表现得并不感兴趣。当然,他也没有顾及歌队的期待,并没有让埃阿斯像歌队一样也快乐起来。这位信使带来的消息是先知卡尔喀斯的预言:如果埃阿斯能够在那一整天都待在自己的营帐里,那么,他就能逃过自戕而死这一劫。但埃阿斯这时已离开了营帐。因此,信使带来的既不是埃阿斯的死讯,也不是什么好消息。事实上,歌队刚刚还沉浸在某种原因不详的欢乐之中,信使的到来却使他们再次陷入到忐忑与焦虑之中。

这场戏开始时,信使传来先知卡尔喀斯的预卜,接着,他就听到歌队告诉他,埃阿斯刚刚离开营帐。于是,他们便将苔柯梅萨唤到跟前。听了卡尔喀斯的话,苔柯梅萨心急如焚,请求歌队和她一起分头去把埃阿斯找回来。歌队分作两组离开舞台。一组从观众的左侧离开,到军营东边的海岸线上去寻找;另一组则从右侧退场,到营地的西边去寻找。苔柯梅萨也朝前面走去,而那位信使这时退场,离开了这里。接着进入这场戏的下半场。这时需作场景转换,场景从营帐前的一片空地转换为营帐外的一片海滩。

在古希腊悲剧中,这种合唱队在演出过程中离开舞台,被后世称为 $μετάστασις$〔换场〕,① 在古典悲剧中并不常见,仅见于欧里庇得斯的三部作品中:《阿耳喀斯提斯》(行 764),《海伦》(行 385),以及《瑞索斯》(行 564)。至于场景的改换,更是十分少见的手法:除了这部《埃阿斯》之外,只在埃斯库罗斯的《复仇之神》(行 234—行 235)中见到过。那里是场景从德尔斐阿波罗神殿转到雅典。这场戏的上半场结束时,舞台与合唱席上都已空无一人。这样,当埃阿斯再从一个 $εἴσοδος$〔(侧面的)台口〕上场时,便可以使舞台上只有埃阿斯一人,从而营造出埃阿斯独自一人的孤独氛围,也使他自戕而死能够在独自一人的情况下完成。这一场戏的下半场更是全部被当作埃阿斯的独角戏,让他能够独自完成最后那一段悲怆的独白。这段悲怆的独白与上半场结束时苔柯梅萨与歌队的慌乱匆忙恰恰又形成相互间的呼应。当埃阿斯准备结束最后的独白时,他提到了自己的家乡,说到了当下他所在的特洛伊。这些地方曾经塑造了他的品格,而他现在提到这些时悲怆的语调中似乎又带着对命运的无奈。为了证明真正具有 $ἀρετή$〔出类拔萃〕,埃阿斯这时已经能够坦然地面对死亡。

68.2 信使一出场就流露出急切的样子: $πρῶτον$ 一词的使用就表明信使急切地想要把他所知道的消息告诉埃阿斯的随

---

① Cf. Taplin, *The stagecraft of Aeschylus: the dramatic use of exits and entrances in Greek tragedy*, Oxford, 1977, p. 375.

从。而 πρῶτον 本义是在前面,但用作副词时却通常表示某件事情摆在面前急切地需要加以处理: λόγους ἀγαθοὺς φέρων | εὐαγγελίσασθαι πρῶτον ὑμῖν βούλομαι 〔我带来了好消息,想赶紧告诉你们这些大好人:阿里斯托芬,《骑士》,行 642〕;这个词有时与 ἔπειτα 〔接着,接着要做的〕并列出现 (πρῶτον μὲν ... ἔπειτα),这时则可以理解为首先怎样然后又怎样,(柏拉图,《斐多》,89a)。

68.3　弥希亚山(Μυσίων ... κρημνῶν)位于奥林匹亚山区,是弥希亚城邦与庇提尼亚和弗吕吉亚的交界。在这里,κρημνῶν 并不表示岩石,而表示奥林匹亚山位于伊达的一个较低的峰峦。诗人在前面曾提到过(行 343 以下),透克洛斯出征前往一片高山地带攻打敌人的村镇;只是那个时候,他并没有说明透克洛斯攻打的是什么地方。在历史上,弥希亚人曾居住在特洛伊的东南,在荷马笔下曾与特洛伊人结为盟友,与后者一道抵抗希腊大军: Μυσῶν δὲ Χρόμις ἦρχε καὶ Ἔννομος οἰωνιστής 〔在那些弥希亚人当中,担任统帅的是克洛弥斯,而恩莫诺斯则担任占卜师:荷马,《伊利亚特》,卷 II. 行 858〕;因此,透克洛斯和特洛伊盟军作战或许并不突兀。

68.4　信使在这里(行 720－行 722)并没有说这个 στρατήγιον 是谁的营地,但是,信使在说 στρατήγιον 时加上了 μέσον 这一描述语。而后者本义为在中间的,在这里则指在左右两路大军中间的中路大军,这个是阿伽门农的 κλισία 〔驻地〕。荷马曾对统帅大营有过这样一段描述,说到奥德修斯船舰位置时,曾说 ἥ ῥ᾽ ἐν μεσσάτῳ ἔσκε γεγωνέμεν ἀμφοτέρωσε, | ἠμὲν ἐπ᾽ Αἴαντος κλισίας Τελαμωνιάδαο ἠδ᾽ ἐπ᾽ Ἀχιλλῆος 〔那条船就停在中间,喊声两头都能听得到,一边是忒拉蒙的儿子埃阿斯的船舰,另一边则是阿喀琉斯的船:荷马,《伊利亚特》,卷 II. 行 858〕。当然,在索福克勒斯的这部悲剧作品中,依据可能有所不同,但对中军大营的描述却很可能和荷马

所说的一样。由此,此处的 στρατήγιον 就应当是指全军统帅阿伽门农的大营。按照杰布的解释,στρατήγιον 应该是各个部队的将领聚集在一起接受命令或议事的地方。问题在于,从这句话当中,我们却能够读出隐含的意味:由于埃阿斯在前面的夜晚曾经闯入阿开亚人的营地杀了那些战利品,于是,希腊的那些将领便来到中军大营(这里应该是一片空地)共同商议,要对埃阿斯所做的事情做出 βουλή 〔裁断〕。就在他们商议裁断的时候,λαοί 〔众人〕聚集到参加议事的这些人的周围,好像在召开一个评判大会(ἀγορά)。恰在此时,埃阿斯同父异母的兄弟透克洛斯出现了,于是,聚集在那里的希腊人便纷纷对透克洛斯历数埃阿斯的"恶行"。紧接着,人们的议论便纷纷演化成对透克洛斯的斥责(κυδάζεται)。最初,与埃阿斯发生争执的可能只是阿伽门农和墨涅拉厄斯。但这个争论其实是在埃阿斯与全体希腊人之间展开的。这或许也就意味着埃阿斯所面对的并不是阿特柔斯的两个儿子,而是一个共同体。

68.5 此处,στείχοντα γὰρ πρόσωθεν αὐτὸν ἐν κύκλῳ | μαθόντες ἀμφέστησαν, εἶτ' ὀνείδεσιν 〔他们远远地看到他正在过来,当他走近时,| 这些人便纷纷围拢上去,吵闹斥责:行723—行724〕一句的语序尽管有些怪异,但依然可以看出作者的原意。这句话的意思是说,最初,在透克洛斯离中军大营召集众将领商议的地方还很远(πρόσωθεν)的时候,那些人就已经看到他走过来了;而透克洛斯刚刚到中军大营,人们早已经准备好了斥责、责骂他们兄弟二人的话。

68.6 行726的冠词 τόν 应当作为代词使用,表示受格的他(即透克洛斯)。按照杰布的解释,应当表示那些希腊人将透克洛斯看作或称作和 τοῦ μανέντος 〔那个疯子〕有着血亲关系的人

(ξύναιμον)，亦即是指透克洛斯是埃阿斯的兄弟。① 而这正是他们要对他极尽斥斥挞伐的原因；相似的用法，也可以在其他文献中见到：οἱ δ' ἄλλοι οἱ παρόντες τῶν στρατιωτῶν ἐπιχειροῦσι βάλλειν τὸν Δέξιππον, ἀνακαλοῦντες τὸν προδότην 〔于是，其他的士兵则纷纷把石块投向克利安得耳，把他称作是奸贼：色诺芬，《远征记》，VI. vi. 7〕。而 ἀποκαλοῦντες 〔本义为称作〕则明显带有贬义，表示那些希腊人这时已将对埃阿斯的愤恨转移到透克洛斯身上，因此，他们可能并不考虑透克洛斯是否也像埃阿斯一样变得疯狂。所以，他们这时或许已经不是简单地把透克洛斯看作或称作怎样，而是在咒骂透克洛斯了。

　　68.7　一般认为，ὡς οὐκ ἀρκέσοι ∣ τὸ μὴ οὐ ... θανεῖν（行 727—行 728）是一个典型的否定倍增结构，亦即特别强调埃阿斯这时几乎真的难逃一死(οὐκ ἀρκέσοι ... θανεῖν)了，而中间插入的 τὸ μὴ οὐ 只是对否定词 οὐκ 的强调：οὐδὲν γὰρ αὐτῷ ταῦτ' ἐπαρκέσει τὸ μὴ οὐ ∣ πεσεῖν ἀτίμως 〔因为，他一定难逃可耻的下场；埃斯库罗斯，《被缚的普罗米修斯》，行 918〕。所不同的是，在索福克勒斯前辈埃斯库罗斯这里，普罗米修斯的这句话明显带有贬义，而在这句话（行 726）里显然带有(对透克洛斯遭遇的)同情的意味。有注疏文字认为，这句话意味着 ὡς οὐκ ἀρκέσοι ἑαυτῷ τὸ μὴ λιθόλευστος γενέσθαι 〔他逃脱不了会受到乱石的刑罚〕。②

---

① 我将这个词理解为兄弟，实际上是指同父异母，因而专指那种有着父系血缘关系的兄弟。不过，我不知道那些阿开亚人在诅咒谩骂透克洛斯的时候是不是刻意提到埃阿斯兄弟二人的父系血缘。从一般道理上说，在这里，阿开亚人应该看不上透克洛斯母系一支的血缘传承，因此，如果他们骂透克洛斯，就应该只提透克洛斯的母系，没有必要把忒拉蒙的血缘牵扯进来。事实上，他们提及忒拉蒙并不能使他们的谩骂变得更有分量。在希腊，他们如果想要提及这位透克洛斯和埃阿斯是兄弟关系的话，其实完全可以用 ὁ ἀδελφός 这一个词。

② 这则随文诂证的字面含义仅表示他逃脱不了被乱石砸。

68.8 当乱石朝透克洛斯砸过去时,结果会是怎样的? 诗人在这里选择了 καταξανθείς 一词(行 728),它的本义是将布料或兽皮撕成碎片,转义表示使某人死得很惨: τί φειδόμεσα τῶν λίθων, ὦ δημόται, | μὴ οὐ καταξαίνειν τὸν ἄνδρα τοῦτον εἰς φοινικίδα〔乡亲们,我们何不把石块投过去,|让他们一个个都变成绛紫色的碎布:阿里斯托芬,《阿卡奈人》,行 319〕。这句话还有一层隐喻,对透克洛斯的处罚预示着埃阿斯将会被希腊大军怎样处置,而要让他恢复到原样又会是怎样地不可能。

68.9 原文中的 ὥστ᾽ εἰς τοσοῦτον ἦλθον ὥστε καὶ χεροῖν | κολεῶν ἐρυστὰ διεπεραιώθη ξίφη (行 729－行 730)照字面意思或可理解为接下来,事情就变得无法避免,人们愤然将长剑拔出剑鞘,握在手上。这种理解,虽然守住了原文,但却没有说明接下来的厮杀将会十分惨烈,此其一;而且,在说到长剑出鞘时,诗人用了 ἐρυστὰ 一词,这个词除了表示拔出的意味之外,还带有某种感情色彩,表示带着愤怒的含义。不过,或许会注意到,信使这时所说的拔出长剑的人指的是谁? 是专指那些阿开亚将领,还是也包括透克洛斯? 杰布认为,这里应当指透克洛斯拔出他的长剑。这可能出于对下文陈述的考虑,但这里倒倾向于认为,这时,不仅透克洛斯拔出了自己的长剑,而那些阿开亚将领只是准备着、意欲拔剑厮杀。

68.10 行 732,钞本的语序为 γερόντων ἐν ξυναλλαγῇ λόγου。杰布在理解这句话时将语序调整为 ἐν ξυναλλαγῇ λόγου ἀνδρῶν γερόντων;这样一来,这句话也就出现了两种可能的理解。因为这里出现了两个生格形式(即 λόγου 和 γερόντων),所以,这句话既可以理解为凭借年长者的那些劝解的话,亦即将 ἀνδρῶν γερόντων〔年长者〕看作是 ξυναλλαγῇ λόγου〔劝解的话〕的描述语;或也可以将 ἀνδρῶν γερόντων 看作是由 ἐν ξυναλλαγῇ 所支配的一个生格词组,

于是也可以将这个短语理解为由于有了那些年长者,也由于那
些劝解的话。杰布倾向于后一种理解。

69. (733行-746行)

　　信使　可是,我到哪儿才能找到埃阿斯,把这些告诉他
啊? 这件事情一定要让这件事的正主原原本本地知道。
　　歌队队长　[735]他不在里面。他刚刚离开这里,他有
了新的主意,拿准自己该怎么办了。
　　信使　啊,哎呀! 还是晚了,打发到我这里的人终究
还是晚了一步! 要么是我耽搁了?
　　歌队队长　[740]难道会把什么要紧的事情耽误了吗?
　　信使　透克洛斯曾经声言,一定让埃阿斯在营帐这里
等着他;在他赶到之前,不要让他离开。
　　歌队队长　可我告诉过你,他已经离开了。而他现在
的当务之急是要改变他曾对神明表现出的不敬。
　　信使　[745]如果卡尔喀斯预言得没错的话,你说的这
些话可真够愚蠢的。

　　69.1 一般说来,τοῖς κυρίοις (sc. ὁ κύριος)一词可以直译作主
人(或主公),毕竟相对于埃阿斯而言,送消息来的信使理当称埃
阿斯为主人。但 ὁ κύριος 一词是形容词 κύριος〔权威的,有决定权
的〕的名词形式,而后者却出自著名的波斯王族的名氏 Κύρος〔居
鲁士〕。不排除雅典人(即荷马之后作为希腊人代表的雅典城邦的那些
人)借用这个名氏表示对事情有决定权或有发言权的人:
τὴν σὴν ὁμολογίαν καὶ ξυνθήκην κῦρος ἔχειν τῶν ὀνομάτων ὀρθότητος πέρι
〔你们一致的设定对确定一个名称的确切含义具有毋庸置疑的权威性;柏

拉图，《克拉底鲁》，435c）。在这一含义的基础上，雅典人甚至用这个词表示某件事情的主角：*εἰ δὲ τυγχάνω ｜ τοῖς κυρίοισι καὶ προσήκουσιν λέγων ｜ οὐκ οἶδα*〔（阿瑞斯忒斯对克吕忒墨涅斯特拉说）不管怎么说，我不知道我是不是把这件事情对最该知道、对此事最为关注的人说了：埃斯库罗斯，《祭酒者》，行688以下〕。这里也采用这样的理解，将*τοῖς κυρίοις*一词译作正主，即真正与此事有关的人（行734）；但简单将*τοῖς κυρίοις*当作与信使所传递消息相关的收信人，显然就有些离谱了。

69.2 歌队告诉透克洛斯，埃阿斯现在已经有了*νέας βουλὰς*〔新的主意〕，这个主意既是针对人的，也是针对神的（行736）。因此，这是*νέοισιν … τρόποις*〔新的决定〕。之所以这样说，是因为重新做出的决定带有*ἐγκαταζεύξας*的性质，即他的做法将不像前一个夜晚那样暴烈。对于*ἐγκαταζεύξας*一词，有两种不同的理解：它是*ἐγκαταζεύγνυμι*一词的不定过去时分词主动式形式，其本义与将马的缰具套上（*ζεύγνυμι*）有关，因此，它可以表示加诸之上：*ἅρμα δ' ὀτρύνει Χρομίου Νεμέα ｜ τ' ἔργμασιν νικαφόροις ἐγκώμιον ζεῦξαι μέλος*〔霍诺弥斯与耐弥亚的战车｜催促我为那胜利以赞歌架上车辕：品达，《涅湄凯歌》，I. 行7〕，用在这里表示埃阿斯为新想出来的做法添加的一些新的性质（如比较温和）；但是，另一方面，大多数古典语文学家都认为，*ἐγκαταζεύγνυμι*一词（特别是用在这里）应当取加上缰具时需与马背及马的身体其他部位相互配合之意，表示恰当或合适，甚至还会更进一步引申，超出合适或恰当的含义，意味着把握住或战胜自己——无论怎样，这两层含义在含义中似乎都很难完全得到体现。其实最需要注意的是，先前（行640），歌队看到埃阿斯失去了自己本来的性情，曾经感到悲哀；然而当歌队队长发现，埃阿斯其实并没有任何变化，他却完全无法理解了。那末，这种新的东西意味着什么呢？在雅典人听上去，

νέας βουλὰς 的确是一个预示着某种危险的短语，因为在希腊文中，*νέας*〔新的〕一词本身就隐含不祥的意味，这里预示着埃阿斯的自戕。

　　69.3　下令派信使来这里的人应当是指透克洛斯（行738—行739），而信使所说的 *βραδεῖαν*〔本义作缓慢〕既表示透克洛斯下达命令，让信使赶快过来时慢了，而且也表示这位信使在送消息的路上耽搁了时间，结果没有赶上见到埃阿斯一面。

　　69.4　原文中的 *τί δ᾿ ἐστὶ χρείας τῆσδ᾿ ὑπεσπανισμένον* 一句（行740），可理解为那件要紧的事情是什么，是不是耽误了。但这种理解显然是把这句话最后一个单词单独抽出来，作为一个独立的问句；而原文显然只是一个完整的问句。至于句子中的 *ὑπεσπανισμένον* 一词显然是 *χρείας τῆσδε*〔那件要紧的事情〕的述语，而歌队在这里暗指的那件事情，在他们看来则是对信使来说（从而也就是对指派信使来这里的透克洛斯来说）极为要紧。这样一来，*ὑπεσπανισμένον* 一词的含义也就可以理解为事情没做好，因此，这句话也可以理解为"难道有什么要紧的事情办砸了？"

　　69.5　照字面含义来理解，*τὸν ἄνδρ᾿ ἀπηύδα Τεῦκρος ἔνδοθεν στέγης | μὴ ᾿ξω παρήκειν* 一句（行741—行742）的意思是透克洛斯 *ἀπηύδα*〔照字面译作拒绝〕那个人——即埃阿斯——在他赶到之前离开营帐。按照杰布的理解，透克洛斯担心的是埃阿斯可能会去参加希腊人的议事大会，在议事大会上与那些阿开亚将领发生冲突。但事实上，透克洛斯并不知道，那个议事会已经召开过了，而埃阿斯也已经在那个议事会之后寅夜出动，将那些战利品当作希腊军队斩杀。所以，这里只能说，他有这样担心的可能，但却没有任何实际意义；而真正值得透克洛斯担心的倒是埃阿斯自身的安全：按照索福克勒斯剧作的风格，埃阿斯的决定虽然到现在还未明白说出，但透克洛斯作为他同父异母的兄弟一定

很清楚他这个哥哥会怎样做。因此,他让信使保证埃阿斯在他
到了之后再有所行动,这显然是指他要对埃阿斯加以劝慰。

69.6 οἴχεταί (行 743)是动词 οἴχομαι 现在时陈述语气中动态
形式,表示去了。在古希腊语,以及包括现代汉语在内的近代以
降的各种语文中,"去了"之类的同类概念显然带有不祥的意味,
甚至可以直接表示人的死亡。但是,在这句话当中,歌队(队长)
显然并没有想到曾经告诉过信使,埃阿斯已经(决计要去)死了;
他只是说,埃阿斯现在已经离开了自己的营帐。这句话也并不
隐含埃阿斯已经死了的意思。

69.7 原文中, τὸ κέρδιστον 一词是形容词 κέρδος〔有益的〕比
较级 κέρδιων 的名词形式,表示比较有益的事情(或人),在这里应
当是指这时候阿斯所能做的、对自己比较有利的事情(行 744)。
不过,这一层含义,有时也可以有另外的表达方式: δέδοικα γὰρ μὴ
τοὺς καθεστῶτας νόμους | ἄριστον ᾖ σώζοντα τὸν βίον τελεῖν〔现在,我
有些害怕了:一个人最好还是遵守|我们已经建立起来的法律,直到他最
后死去:索福克勒斯,《安提戈涅》,行 1113—行 1114〕。

69.8 卡尔喀斯(Κάλχας)是希腊传说中的一位预言家,照荷
马的说法曾随希腊大军出征特洛伊;这里所说他的预言
εὖ φρονῶν 和荷马所说他前去参加希腊人议事会时的 ἐϋ φρονέων
ἀγορήσατο 含义并不相同。后者表示他去参加议事会(ἀγορήσατο)
时带足了自己的智慧(ἐϋ φρονέων),因此也意味着他去的时候带着
好心,希望对希腊大军有帮助;此处的 εὖ φρονῶν 却只是表明他
的预言中带着智慧,亦即预言说得没错。事实上,在希腊人的普
遍观念里,卡尔喀斯的预言的确十分准确,他的死也仅只是因为
一次意外的失算:

莫普索斯指着一头怀孕的母猪问卡尔喀斯:"那个肚子

里有几只小猪？分娩会在什么时候？"

"有八只。"卡尔喀斯回答道。

莫普索斯笑了，说道："这一次，卡尔喀斯的预言终于失算了。而我作为阿波罗与曼妥之子在预言一事上却准确到了极点——我预言，肚子里猪仔的数目不像卡尔喀斯说的那样有八只，而应该是九只；而且它们都是公的，它们明天早上六点钟一定能好好生下来。"

后来，情况果然如此。卡尔喀斯一气之下，心痛而死，并被埋在了莫提乌姆(阿波罗多洛斯,《希腊神话》, VI. 4)。

70. (行 747—行 757)

歌队队长　他怎么预言？你对此又知道多少呢？

信使　我当然知道很多了，因为我当时恰好就在现场。先知卡尔喀斯让那些统帅在议事厅里围成圈坐下，[750]自己却独自离开了阿特柔斯的儿子们。他来到透克洛斯那里，关心地将右手放在他的手上，认真地对他说，如果想要在他去的时候他还能活着的话，那就一定要想尽一切办法管住埃阿斯，将他留在营中，而且，千万[755]不要让他独自一个人待着。那位先知说，只要让他独自待上一天，雅典娜的愤怒就会不断地纠缠着他。

70.1 原文中的 τοσοῦτον οἶδα καὶ παρὼν ἐτύγχανον (行 748)可以有两种解释：照佚名注疏者的理解，这里的 τοσοῦτον 〔很多、很是〕既可以和 οἶδα 〔看、了解、知道〕有关联，表示知道的很多，同时也可以理解为 παρὼν ἐτύγχανον 〔我当时就在现场〕的状语，表示当时确实在先知卡尔喀斯的身边。这样一来,照杰布的理解,连词 *καὶ* 之前和之后就成了两个并列的句子。但是,细心观察之后会发现,*καὶ παρὼν ἐτύγχανον* 也可以看作是一个起状语作用的分词作副词的独立成分,并不受制于 *τοσοῦτον*,这个独立成分可以做 *τοσοῦτον οἶδα*〔我当然知道的很多〕的原因。因此,这里将这个短语理解为因为我当时就在现场。信使说他当时就在现场意味着他说的话值得相信。其实,在这句话中比较有意思的是 *εἴδω (οἶδα)* 一词,它的本义是指看到外在形态样貌 (*εἶδος*),而引申义则表示对某件事情有所了解,但这种了解当仅止于看到,所以也带有某种见证的隐喻。而放在此处,信使或许还想委婉地告诉歌队(即跟随埃阿斯出征的水手们),他可以为先知卡尔喀斯的预言作证。

70.2　杰布认为,此处的 *συνέδρου καὶ τυραννικοῦ κύκλου*(行 749)相当于 *κύκλου τῶν συνεδρευόντων βασιλέως*〔一群围成圈坐在一起议事的将领〕。杰布使用的是荷马的语汇,而在荷马笔下,*βουλή*〔议事会〕并不是所有的首脑都能参加的,只有几个经过选择的首脑,经过召集才能参加:*Ἀργείων βασιλῆες ὅσοι κεκλήατο βουλήν*〔阿耳戈夫的那些将领则经挑选被召来议事:荷马,《伊利亚特》,卷 X. 行 195〕;这种战时议事,照荷马的说法(《伊利亚特》,卷 X. 行 108),人数应该是九人。按照这种说法,在透克洛斯那里,当卡尔喀斯做占卜预示时,在座的还有另外几个将领,而卡尔喀斯避开这些人,则只是为了不想让他的占卜预言成为公共事务,尽管当时在场的人数可能(如荷马所说)并不多。

70.3　卡尔喀斯可能参加了那次议事,因为根据荷马的记载,在那次议事会上,当众将领围坐在一起时,*τοῖσι δ᾽ ἀνέστη | Κάλχας Θεστορίδης οἰωνοπόλων ὄχ᾽ ἄριστος*〔忒斯托耳的儿子,先知卡尔喀斯从众将领的圈子里站起身来:荷马,《伊利亚特》,卷 I. 行 69〕。这

时,他得到了先知的灵感,预知到,如果埃阿斯一整天能够一直待在自己的营帐内,那么,就会一切安然无恙。于是,他离开了那些将领,独自来到在隔壁等待议事结果的透克洛斯的身边。他们在另外的地方坐了下来,而这时,那位信使却就在他们附近,所以,信使也就能够清楚地听到卡尔喀斯对透克洛斯所说的话。此处,将 $οἷος Ἀτρειδῶν δίχα$ 理解为离开阿特柔斯的儿子们,其原文的字面意思是说他和阿特柔斯的儿子两下各自分开(行750)。

　　70.4　从本义上说,$τέχνη$ 一词作名词,表示某种技巧或技艺,而它和 $παντοίᾳ$〔各种各样的〕连用,则更多的是被用来表示处理的方法。因此,短语 $παντοίᾳ τέχνη$ 也就表示采用各种各样的方法,这里则表示尽一切方法(行753);而 $τέχνη$ 的这种用法也见于其他文献:$δακρύσασα καὶ λαβομένη τῶν γουνάτων τοῦ ἀνδρὸς ἐχρήιζε μηδεμιῇ τέχνῃ ἐκθεῖναί μιν$〔她抱着丈夫的双膝哭泣着,恳求丈夫千万不要把那个孩子交出去:希罗多德,《历史》,I. 112. 1〕。

　　70.5　值得注意的是,$εἶρξαι$ ($εἴργω$)一词的词根是 $ϝεργ$,而这个词根的本义为挤压、推动;按照本义,这个词也就应当有可能带有关在里面和关到外面两层含义;不过,也有学者(Eustathius)认为,$εἴργω$ 的这两层含义是在很晚的时候才被区分出来的。在阿提喀方言时期,表示关在外面的是 $εἴργω$,相当于带有阻止意味的 $κωλύω$ 一词;而表示关到里面的则是 $εἴργω$,这个词相当于带有拘禁意味的 $ἐγκλείω$ 一词,也有钞本索性记作 $εἱρκτή$〔监禁〕。① 这一争议在近代以降则不大明显,大多数学者都认为这个词应当仅仅表示阻止(离开),并不带有拘禁的意味。这里将这

────────────

①　参见 12 世纪君士坦丁堡忒萨洛尼奥枢机主教尤斯塔忒奥斯($Εὐστάθιος$, 1110c. —1198) 所著《荷马〈伊利亚特〉与〈奥德赛〉疏证》($Παρεκβολαὶ εἰς τὴν Ὁμήρου Ἰλιάδα καὶ Ὀδυσσείαν$, p. 1387. 3)。

个词理解为管住(埃阿斯)。特别要注意,这里所译的管住只意味着不让埃阿斯离开,并不意味着不让埃阿斯自戕(754)。

70.6 短语 ὡς ἔφη λέγων 的字面含义为正像他在说话(ἔφη,告知)过程中说到(λέγων,谈论)的,这句话意思是说正像他继续说到的那样(行 756)。这种表达方式,从字面上看显得累赘,但却是古希腊语常见的表达方式:καὶ νῦν εἶπέ που λέγων, ὁ τὴν Ἀλεξάνδρου ξενίαν ὀνειδίζων ἐμοί〔这时,他接着(即他在说别的事情之后)又提到了和亚历山德拉关系亲近的那个羞辱他的人:德墨斯忒尼,《讲演集》,XIIIV. 51〕。αὐτὸν 〔他〕应当是指埃阿斯。这样,接着出现的版本差异也就可以解决了:L 钞本写作 τῇδεδ᾽ ἡμέρα μόνη,但杰布认为,洛贝克(Lobeck)第二版的写法更合理一些,即 τῇδε δ᾽ ἡμέρα μόνη;这样,这个短语也就可以成为一个独立的子句,而 αὐτὸν 也就可以成为这句话当中的受格宾词,亦即将埃阿斯留在一个地方,让他单独呆上一天。

71. (行 758—行 770)

信使　而且,那些身材过于高大却一无所用的生灵,那些终将面对天降厄运的人,[760]那位先知又说,那种生而为人的人一旦忘记了这一点,就会变得自视超过一般人。刚说到的那个人在他离家出征时还什么都不懂,那时,做父亲的便对他有过谆谆教诲。父亲是这样对他说,我的孩子啊,拿起你的长矛[765]去夺取胜利吧,而这胜利是需要神明帮助的。可那孩子却愚蠢到了极点,想都不想就回答道,父亲啊,凭借神明的帮助,那些完全没有本事的人都能够获胜;而我相信,我根本不需要神明,只凭我自己的能力,我也可以将荣誉争夺到手。[770]从他嘴里说话就是这样狂妄。

　　71.1　这里，先知在说到埃阿斯的时候用了 *τὰ περισσὰ κἀνόνητα σώματα*〔那些身材特别高大却一无所用的家伙〕,①它可能是占卜师常用的一个术语(行758)；或者，也可以从他对周围人警示的语境中读出其中威吓的成分: *ὁρᾶς τὰ ὑπερέχοντα ζῷα ὡς κεραυνοῖ ὁ θεὸς οὐδὲ ἐᾷ φαντάζεσθαι … φιλέει γὰρ ὁ θεὸς τὰ ὑπερέχοντα πάντα κολούειν*〔你应该已经看到，神是怎样以雷霆击打那些身量大(即身材过于高大)一些的家伙，不能让他们为所欲为……神以妒忌之心让他们惶恐不安，以雷霆给他们致命一击: 希罗多德,《历史》,VII. 10E〕。在那些以神明的名义对人的命运加以预卜的 *μάντις*〔先知、占卜师〕口中，身材特别高大(索福克勒斯的 *περισσά*,以及希罗多德的 *ὑπερέχοντα*)或许只能带来厄运，并不表示能力的强大。因为，这样的人由于其身高马大，从而自信心很容易膨胀，不再介意神的旨意，不再对神明表现出应有的虔敬，这样他们也就自然变得 *κἀνόνητα*〔一无所用〕。关于 *κἀνόνητα* 一词的勘正，没有理由认为近代有些校勘学家的勘正能够成立:部分校勘者认为，此处的 *κἀνόνητα* 应当记作 *κἀνόητα*〔不加思考〕。若此，则这个短语当译作那些身高马大而头脑简单的人。其原因在于埃阿斯的愚蠢或刚愎自用乃是众所周知之事。但这却只是而且只能是后人自行解读的结果，与希腊文献本身毫不相干;在古希腊人的观念中，亦即在希腊人心目中的神明的眼睛里，如果不能成为 *κατ' ἄνδρωπον φρονεῖν*〔有智慧，有理智的人，在本剧中将其转译作能够从神明那里得到心智的人;行761〕，那么，哪怕最伟大的勇士也是 *κἀνόνητα*〔毫无用处的〕。在这一关系中，存在某种逻辑关系:

---

①　这句引文最后一个单词 *σώματα*，照字面意思来理解，也可直译作有肉身的人。

有肉身的,有死的,有朽的 *σώματα* 不会因为超凡的身体方面的能力,亦即 *περισσά*〔本义上表示超强,亦即人高马大〕变得伟大,反而会因为他的这种 *περισσά* 变得一无所用(*κἀνόνητα*),因为这样一种 *περισσά*〔人高马大〕并不能保证人得到真正的、超出人的局限的伟大,而真正的伟大只能来源于神明赐予的力量。此外,还有一点需要注意:虽然 *περισσά*〔身材特别高大〕是索福克勒斯笔下几乎所有英雄都共有的特征,① 但是,就埃阿斯而言,即便雅典娜也不认为埃阿斯是 *κἀνόνητα*〔一无所用的:行 119—行 120〕。

71.2 短语 *ἀνθρώπου φύσιν | βλαστών* 应当是指生而为人的人(行 760),但并不专指 *ἀνθρώπου*〔人,男人〕一词的性别。在诗人其他作品中,曾经见到过诗人在说到性别时是如何表达的:*γυνὴ δέ, θῆλυς φῦσα κοὐκ ἀνδρὸς φύσιν, | μόνη με δὴ καθεῖλε φασγάνου δίχα*〔一个女人,一个没有生成男人的女人,|无需一刀一剑就将我杀死:《特拉喀斯女孩》,行 1062—行 1063〕;这种表达方式显然与此处的表达不尽相同。

71.3 信使所转达的卡尔喀斯的这段话(行 758—行 761)反映了公元前五世纪希腊人的一种普遍观念:希腊人认为,对超出常人的人所取得的成就以及他们的那些业绩,神明会感到愤怒(行 1077—行 1078;《安提戈涅》,行 613—行 614)。不过,这一观念在一定程度上又不同于另一个道德上的判断,即认为神明会为人的行止猖狂而对其有所惩罚,② 因为,神明虽然会因为人的行止猖狂而对其加以惩罚,而心志不坚强者如果获得大的成功,也的确会变得行止猖狂,但那些伟大的成功并不必然导致行止猖狂。

71.4 原文中,*κεῖνος* 一词作指示代词,有两种用法:通常被

---

① B. Knox, *The heroic temper: studies in Sophoclean tragedy*, Berkeley, 1964, pp. 24—25.

② Cf. D. L. Cairns, "Hybris, dishonour, and thinking big", *JHS*, 1996, pp. 17—22.

用来表示刚刚出现过的人或物:在柏拉图《尤息得谟》开场时,克
里托向苏格拉底问起前一天和苏格拉底谈话的尤息得谟时,先
说到这个人曾将苏格拉底与阿克希厄斯的儿子隔开,他说,这个
人看上去与克里托布鲁年纪相仿;接着,他便说, *ἀλλ' ἐκεῖνος μὲν
σκληφρός, οὗτος δὲ προφερὴς καὶ καλὸς καὶ ἀγαθὸς τὴν ὄψιν* 〔只是这一位
稍瘦一些,而那一位长得英俊且相貌高贵:柏拉图,《尤息得谟》,271b〕。
这里, *ἐκεῖνος* 显然是指刚刚说到的克里托布鲁,而 *οὗτος* 则表示
克里托之前问到的尤息得谟。这是 *κεῖνος* 一词的一种用法,而
它还有另外一种用法,也可用来表示某个话题所涉及的主要人
物,这里便是其典型例证。先知卡尔喀斯这里所说的 *κεῖνος* 是
指这段话所涉及的人,亦即埃阿斯(行 762),而非他刚刚说到的
κατ' ἄνθρωπον φρονεῖν 〔能够从神明那里得到心智的人〕。所以,杰布据
此将埃阿斯的名字在译文中直接写出来,也不是完全没有道
理的。

71.5　此处,诗人在一行中接连两次使用 *κρατεῖν* 一词(行
765)。而 *κρατεῖν* 一词的本义是占据统治地位,执掌大权。埃斯
库罗斯笔下的赫菲斯托斯在说到宙斯刚刚弑父夺取天神王权时
曾经有一句名言: *ἅπας δὲ τραχὺς ὅστις ἂν νέον κρατῇ* 〔大凡刚刚掌权
的神明都会十分严厉:埃斯库罗斯,《被缚的普罗米修斯》,行 35〕,此言在
后世传为一句格言。当诗人写到 *δόρει | βούλου κρατεῖν μέν* 〔拿起
你的长矛|去夺取胜利吧〕时,显然是指忒拉蒙要他的儿子埃阿斯去
勇敢征战,在战斗中取得他的统治地位。不过,接下来,忒拉蒙
又说到了夺取胜利的条件: *σὺν θεῷ δ' ἀεὶ κρατεῖν* 照字面意思可以
理解为如果(*ἀεί*)想要取得胜利,就得借助神明的帮助——而这
才是忒拉蒙对埃阿斯教训的核心。

71.6　原文中的 *κἀφρόνως* 一词作副词表示失去理智,这一层
含义当然意味着愚蠢或笨拙: *ἄφρων δ', ὅς κ' ἐθέλῃ πρὸς κρείσσονας*

ἀντιφερίζειν〔他可真是愚蠢，竟然想去跟强者对抗：赫西俄德，《劳作与时日》，行210〕；但其在这里更准确的含义，毋宁说，是指失心、疯狂。在相关的文献中也可以找到这一意味的证明：πίπτων δ᾽ οὐκ οἶδεν τόδ᾽ ὑπ᾽ ἄφρονι λύμα〔他竟已经疯癫到连自己跌倒都浑然不知：埃斯库罗斯，《复仇之神》，行377〕。埃阿斯此时近乎疯狂的状态虽然并非出自雅典娜的惩罚，但却和后来他的精神崩溃形成鲜明的对照，即没经过脑子去想，但也并不特别强调其中疯癫的意味（行766）。

71.7 确切地说，ὁ μηδέν（行767）只能理解为什么也不是的人，亦即无足轻重的小人物（行1231）。不过，这里也有一个隐含的问题值得注意：当埃阿斯说到这种无足轻重的小人物只要有神明的帮助也能取得成功时，后世诗人维吉尔的一处写法也就显得有些特别了。在《埃涅阿斯》中，当拉丁王在鏖战间隙中希望和埃涅阿斯实现短暂停战时，他派了一批使者前去说项，埃涅阿斯这时说了一句这样的话：vixet, cui vitam deus aut sua dextra dedisset〔那就让他活着吧，凭了神明要他活下去，或者凭了他的独力：《埃涅阿斯纪》，XI. 118〕。① 注疏学家可能并不认为维吉尔笔下的埃涅埃斯和索福克勒斯笔下的埃阿斯有可比之处：柯宁顿在维吉尔的注疏本中说，埃涅阿斯所说的可能是让拉丁王活下去这样一件事情的两方面的缘由，② 而埃阿斯的话当中却流露出对神明的亵渎。当然，也很难在这个语句中找到直接的亵渎之意，而这时的埃阿斯其实只是为他马上就要再次陷入的疯癫之状做铺垫。

71.8 仅从文本（行767－行769）方面看，埃阿斯很可能像《伊

---

① 我将维吉尔这句话中的 vixet 一词理解为类祈使语气，即（那就）让他活下去吧。

② Cp. P. Vergili Maronis opera, with a commentary by John Conington, 1876.

利亚特》(行629以下)当中所描写的那样，认为宙斯始终站在特
洛伊人一边，虽然 ἀλλ' ἄγετ' αὐτοί περ φραζώμεθα μῆτιν ἀρίστην
〔可那些箭矢却还是一一落地(亦即宙斯并没有给那些特洛伊人真正的帮
助)：《伊利亚特》，卷 XVII. 行634〕。不过，从两位诗人行文的对比
中，却可以看出索福克勒斯与荷马在看待埃阿斯这一传说中的
英雄时各自的不同观点：在索福克勒斯笔下，埃阿斯的确带有自
以为是的性格特征。在索福克勒斯这里，埃阿斯甚至可能拒绝
神明的帮助，而他之所以冒犯雅典娜或许也是出于这样的理由；
但是在荷马笔下，却完全不是这个样子：当他打算远征和赫克托
耳去作战时，他曾希望雅典人为他祈祷，请求神明能够给予帮助
《伊利亚特》，卷 II. 行193以下)；在海上征战中，当他感觉到神明
对他不利(亦即出现不祥征兆)时，他就变得不那么神勇了：γνῶ
δ' Αἴας κατὰ θυμὸν ἀμύμονα ῥίγησέν τε | ἔργα θεῶν 〔埃阿斯这时已经心
若寒蝉，想到|那一切尽皆神明所为：《伊利亚特》，卷 XVI. 行119〕。而在
和帕特洛克鲁斯的部队作战时，天降浓雾，为了祈求好天气，他
也曾对神明宙斯表现出由衷的虔诚(《伊利亚特》，卷 XVII. 行645
ff)。同时，在《伊利亚特》当中，埃阿斯是一个臂力神奇的英勇斗
士，一个思想和感情都很正常，说起话来虽然可能闪烁其词但却
能够做到句句言之有理的人，他对自己的朋友坦率真诚，很少自
私之心，他也知道自己巨大的能力，但却还是会去求助于神明的
帮助，并且在最为激烈的战斗中也不会放弃对神明的虔诚。
　　此外，将 ἐπισπάσειν κλέος (行769)理解为将荣誉争夺到手，也
是基于对 ἐπισπάσειν 一词词义的理解。这个词的词义大多带有强
力的或强迫的意味；同时，索福克勒斯在这里使用主动态形式虽
然显得有些异样，但也还是可以说得通的，而这个词在表示此义
项时大多采用中动态形式：οὐκ ἐπισπᾶσθαι τὴν ἀπὸ τῶν θεῶν
ὀργὴν τοὺς γινομένους 〔爱情的海誓山盟不会激起神明的愤怒：阿波罗多洛

斯,《希腊神话余篇》,Ⅱ. i. 3]。

72. (行 771—行 779)

信使　还有一次是对女神雅典娜;那次是要他出手,对
敌人发起猛烈的进攻,但可怕的是他却以不屑一顾的语
气回答道,神界的女王啊,你最好还是到其他阿尔戈斯
人那里去吧,[775]我这里绝不可能被攻破。他不像一
般人那样去考虑,所以才会说出这样的话,这当然激怒
了女神。不过,如果到了这一天,他还在的话,那么,我
们或许就能与神明一道将他拯救出来。

72.1 从句法上看,原文中的 *δίας Ἀθάνας* 〔女神雅典娜〕是阴性
单数生格形式(行 771),虽然在这个短语上有着不同的钞本可以参
考,但从句法上,这里的生格应该是最合情理的,因为可以把它看
作是针对上行的 *δεύτερον* 〔第二次、又有一次〕而言,即表示还有一次
是针对女神雅典娜的。杰布认为,这个词或许应该针对下文的
ἀντιφωνεῖ 〔字面含义作当面说,也可引申作当面回答,马上回答〕而言。
他的这种理解是从 *ἀντιφωνεῖ* 一词的词源想到的,亦即 *ἀντιφωνεῖ*
一词出自 *ἀντίον* 〔当面〕和 *φωνέω* 〔出声、把话说出来〕,而 *ἀντίον* 单独
使用时也确实要求表示所当面人(或物)的名词采用生格。但从希
腊语言习惯和此处的句法结构中,却不能得出这样的结论;而当
δίας Ἀθάνας 〔女神雅典娜〕是与 *δεύτερον* 〔第二次、又有一次〕联系起来
时,它所关联的也就不再只是某个词,而是指这件事情所涉及的
人了。

72.2 原文中的 (*ἡ*) *ἄνασσα* 一词,本义作女主人,引申可作女
王或王后,在这里则表示神界的女王(行 773),与这个词相对应的

阳性名词是(ὁ) ἄναξ〔通常表示主人，或城邦之王，表示神明时常表示宙斯〕。需注意的是，在这个称谓当中，并不包含褒贬的意味，只是表示一个在自己之上者的身份。

72.3　这里将 καθ' ἡμᾶς 简化，理解为我这里(行 775)。而 καθ' 一词和 ἡμᾶς〔我，此处即指埃阿斯〕连在一起使用，其本义表示在埃阿斯驻守的防线地方，因此，这句话也可转译或理解为我这里的防线固若金汤，十分坚固：τὰ μὲν καθ' ἡμᾶς ἔμοιγε δοκεῖ ... καλῶς ἔχειν· ἀλλὰ τὰ πλάγια λυπεῖ με〔我知道，我们这里一切都很顺利。但是，我们侧翼的情况却让我有些担忧：色诺芬，《居鲁士的教育》，VII. i. 16〕。① ——在埃阿斯这里，οὔποτ' ἐκρήξει μάχη 从字面含义上，可以简单地理解为战役决不会爆发，亦即敌人绝不可能冲破(我的防线)，照杰布的说法，这句话就好像是在说洪水绝不可能冲毁堤坝；从这个方向上继续进一步解释，这句话或许还带有敌人不可能将我的队伍冲垮的意味：事实上，ἐκρήξει (ἐκρήγνυμι)一词也确实还表示 ἐκρήξας ἄνεμος〔狂风夹带着乌云：亚里士多德，《天象学》，366b32〕。所以，几乎可以将这个短语转义理解为敌人不可能在我这里像疾风一样狂掠而过。从这句话中，可以看到，埃阿斯已经将自和其他的阿开亚将领分开了，只不过在他看来，他与其他人的区别在于他更善战。

72.4　短语 τοιοῖσδέ τοι (行 777)中，τοι 可以理解为对(说出)这样的话的强调，或许也可看作是一个插入的独立成分，表示让我告诉你，或容我来向你解释；若此，则这个短语就可转译作要我说，他就是这样说了这些话。接下来，这位信使说，埃阿斯的这些话 θεᾶς | ἐκτήσατ' ὀργήν〔使那位女神变得愤怒起来〕却是一件 ἀστεργῆ

---

① 这句引文是阿布拉达塔想要告诉居鲁士，他这里的防线十分坚固，让他担心的或居鲁士所应该担心的是侧翼部队的防线。

事情——而 *ἀστεργῆ* 则是指这件事情是雅典娜完全无法接受的：
πείσεται γὰρ ἄλλο μὲν | ἀστεργὲς οὐδέν 〔他完全不必接受任何的惩罚；索
福克勒斯，《安提戈涅》，行 228—行 229〕；据此，完全有理由可以将这层
含义理解为大大地激怒了那位女神。这是在说埃阿斯第二次又
冒犯雅典娜。①

72.5　在 *ἔστι τῆδε ϑἡμέρᾳ* 〔到了这一天他还在：行 778〕中，杰布认
为，*ἔστι* 同义于 *ζῇ* 〔活着〕；对此，当然也认为杰布所说的含义确有道
理，但也需注意，诗人在这里没有直言 *ζῇ*，而是用一个很普通的是动
词，表示如果到了那天埃阿斯还活着，而似乎保留原文字样要比将
其近似于隐语的东西转译出来好得多。事实上，这样的用法在这位
诗人笔下可能并不少见：*οὐ παλαιὸς κἀγαϑὸς φίλος τ᾽ ἐμός, |
Νέστωρ ὁ Πύλιος, ἔστιν* 〔我那位勇敢的老朋友庇洛斯的涅斯托耳呢？他还
在吗；《菲洛克忒特斯》，行 422〕。至于短语 *σὺν ϑεῷ*，照字面含义将其理
解为与神明一道，虽然从神和人的身份不同上几乎可以猜测出这里
所说的意思确实是需要借神明的帮助，但原文字面上却没有这样的
含义。而这种表达方式可能是借神明帮助的一种委婉的说法：*οὐκ
ἀφροντίστως πατὴρ | πολλὴν ἔϑηκε σὺν ϑεοῖς σωτηρίαν* 〔与神明一道使你们
的生活得到保障；欧里庇得斯，《梅狄亚》，行 915〕。

73. (行 780—行 790)

信使　[780]那位先知就说到这里。然后，透克洛斯马
　　　上从座位上站起身来，命我前来细心保护。卡尔喀斯
　　　确实每每灵验，若有什么闪失，那个人就会性命不保。
歌队队长　（对着营帐内大声说道）备受煎熬的苔柯梅萨啊，

---

① J. Ferguson, "Ambiguity in *Ajax*", *Diomiso*, 1970 p. 20.

真是命中的灾难！［785］快出来看看这个人，听听他都说
了些什么吧！剃刀近在喉咙边，哪里还有喜悦之感啊？

　　　　　　（苔柯梅萨从营帐的侧门出来，上场。

苔柯梅萨　你为何要再次让我离开我休息的地方？我
好不容易才从那无尽的麻烦中脱身啊！

歌队队长　听听这个人说什么吧！他听说了［790］一
些关于埃阿斯的事情，这些事情让我感到身心俱痛。

73.1　按照合理的设想，当时，透克洛斯应该坐在卡尔喀斯
的旁边，而如果将 εὐθύς 和 ἐξ ἕδρας〔从座位那里〕连起来理解，则
εὐθύς ἐξ ἕδρας 这个短语的意思就成了从对面的座位上（或在那个
座位的对面）站起来。但如果将 εὐθύς 理解为是对这句话的修饰，
则这个词可以表示透克洛斯站起来的动作与卡尔喀斯说完话的
时间十分接近，甚至可能在后者还没有说完话，透克洛斯就站起
身来（行780—行781）。这一点似乎十分重要：照杰布的说法，有
相当多的学者认为，εὐθύς ἐξ ἕδρας 应当是指透克洛斯这时从他的
座位那里急忙招呼这位信使过去，因为这里并没有表示透克洛
斯站起身的相关表述。相反，倒是有一些其他的佐证（荷马，《伊
利亚特》，卷 XIX. 行 77；《奥德赛》，卷 XIII. 行 56）；但 εὐθύς ἐξ ἕδρας 当
中的 ἐξ ἕδρας 又可以有另外的解释，这里的 ἕδρας 也有可能是指
我的座位（即信使所坐的那个座位，甚至是指议事会成员所坐的座位）。
这样，这个短语也就成了表示透克洛斯等不及议事会对事情作
出决定，急忙下达命令要信使抓紧时间动身。从文本上看，以上
说法似乎都有一定的道理，但值得注意的是，透克洛斯最初似乎
并没有表明自己也将随同前往，他只是想让信使马上动身。杰
布猜测，这可能是因为透克洛斯希望自己还能够和那些参加投
票的阿开亚将领商议，而他担心的只是埃阿斯有可能在他商议

的时候又做了什么难以接受的事情,他只是希望信使到了埃阿斯那里能够阻止后者有什么举动。所以,他说千万不要再让埃阿斯离开他的军营。在这个时间点上,透克洛斯没有理由怀疑埃阿斯此刻正在思考自戕的事情。杰布的提示或许确有道理。

73.2 原文中的 φυλάσσειν 〔保护、守护〕一词作为不定式,其主词不应当是透克洛斯(行 782),因为主格的 ὁ Τεῦκρος 〔透克洛斯〕作不定式的主词,显然不合句法。从上下文语境中,也不能认定受格的 Αἴαντος 〔埃阿斯〕就是不定式 φυλάσσειν 的主词,亦即不能说让埃阿斯去守护或保护什么。这样一来,只能得出结论,透克洛斯是要信使在这件事情上 ἐπιστολὰς … φυλάσσειν 〔细心保护,这里转译作细心从事〕。而此行后半的 εἰ Κάλχας σοφός 〔字面直译作如果卡尔喀斯聪明〕则是对后面的一个 εἰ 〔如果〕以及跟在这后一个 εἰ 之后的条件句后件的整体而言的。至于 σοφός 一词,在一般意义上可以说是指聪明或有智慧,但当这个被用来描述一个先知或占卜师时,在古希腊人听来,σοφός 一词指的便是这位先知或占卜师对他所预卜的事情了如指掌。① 这样一来,几乎可以断定,至少在古希腊人的一般观念中,先知或占卜师的 σοφός 其实与真正意义上的 ὁ σοφός 〔智慧〕无关,只与他们能否对自己所预卜的事情有透彻的了解有关。接着,信使说 εἰ δ᾽ ἀπεστερήμεθα (行783),在这个条件句中,ἀπεστερήμεθα 照字面是指没有达到目的,在这里则意味着阻止埃阿斯离开营帐的目的没有达到,因此可以将其理解为有什么闪失。

73.3 原文中说 ὦ δαΐα Τέκμησσα 显然不是说苔柯梅萨被放到实实在在火上灼烧,虽然 δαΐα 一词确为 δαίω 〔火烧〕的被动态

① Cf. M. Coray, *Wissen und Erkennen bei Sophokles*, Berlin, 1993, pp. 112—118.

形式(行784)。杰布将其理解为备受折磨、备受煎熬,也是有道理的;而斯托尔将这个词转译作命运多舛,似乎就显得略为牵强了一些。事实上,这个词显然属于一种明喻,大致相当于汉语中的受到煎熬。也有古典语文学家将 δαῖα 一词解作形容词 δάιος〔敌人的,敌对的〕的阴性主格单数形式(Liddell & Scott, Jones),而将这个称谓看作是指苔柯梅萨是埃阿斯婚姻之战中的敌人(Stanford);这样的解读显然超出了此处文本所要传递的内涵。而下半句 δύσμορον γένος 是指苔柯梅萨命中该当受此灾难,其中 γένος 一词的本义则表示类型,进而表示一代代传下来的家族,在这里却表示苔柯梅萨在家族传承下注定要面对这样的灾难,也是一种命运。

73.4 歌队队长说的又是一句近似格言的话(行786),意思是说当剃须刀贴近脖子将要剃去那里的胡须时,人总会担心自己会不会一下被割断喉咙,因此不可能有喜悦的感觉。照字面含义,这句话可以理解为贴近肌肤剃须(的结果)会使让人感到高兴的东西不再存在。而这个隐喻暗示着一个危急时刻的到来,由此才会在下半句中以一个不定式形式来表示这种状况所导致的结果: μὴ χαίρειν τινά,其字面含为没有喜悦之感。

73.5 行684以下,埃阿斯曾经要求苔柯梅萨离开,于是,她便退回到营帐之内。这时,苔柯梅萨再次出现在舞台上,则是因为歌队队长把她又呼唤回来。而苔柯梅萨回到这里时还带着她和埃阿斯的儿子欧吕萨克斯(行809)。只是,在这一段剧情中,欧吕萨克斯既没有说话,也没有任何动作。①

73.6 在这里,κακῶν ἀτρύτων 应当理解为无尽的麻烦(行788)。其中,ἀτρύτων 一词从词源上看,可能带有两层几乎相反的

---

① M. Heath, *Poetics of Greek tragedy*, Stanford, 1987, p. 191.

含义,其一表示不会 (a-) 累垮(τρύω),这是这个词最初的原义。其二,这个词又表示把人(或动物)累得动不了了(τρύω),而前缀 a- 在这个义项中则只是为了使这个词在诵读时音色更清脆:ταῦτα βουλευσάμενοι κείνην μὲν τὴν ἡμέρην πᾶσαν προσκειμένης ... πόνον ἄτρυτον〔筹划完毕,他们那一整天也就都在承受着……无尽的艰苦:希罗多德,《历史》,IX. 52〕。虽有学者认为这里的 κακῶν ἀτρύτων 可能表示灾难或麻烦(κακῶν)拖不垮(ἀτρύτων),但研究者则普遍认为,这里应当是指苔柯梅萨受不尽的灾难。

73.7 原文中的πρᾶξιν(sc. πρᾶξις)一词出自 πράσσω〔做,做事,完成〕,而近代术语中的实践显然与这个词相关;但 πρᾶξις 一词却又有另外一层含义,这个词的单数形式在索福克勒斯笔下也被用来表示一个人不可避免将要遇到的事情,可以理解为运道或命运:εὐτυχῆ | ... πρᾶξιν〔运道顺遂:《特拉喀斯女孩》,行 293—行 294〕。或许可以猜测,πρᾶξις 一词的这一层含义可能和 πρᾶξις 一词本义中所带有的做了某件对某个人加以惩罚的事情这一引申义有关。然而,在这里,却可以发现,πρᾶξις 一词的使用却有些特别:事实上,并没有听到那位信使带来有关埃阿斯的任何实际的说法,只是听到了信使转述那个先知所说的话,现在的情况似乎预示着埃阿斯已经到了最为危急的时刻(行 790)。

74. (行 791—行 802)

苔柯梅萨　哎呀! 你说了什么,你这个家伙?! 是说我们将会毁灭吗?

信使　你会怎么样,我连影子都不知道。要是埃阿斯已经离开了这里,那我不敢再抱什么希望。

苔柯梅萨　就是因为他已离开了,听到你说的话,我才感到剧烈的阵痛。

信使　［795］　透克洛斯严令你们一定管住那人，让他留在营中，不要让他单独一个人离开。

苔柯梅萨　透克洛斯现在什么地方？他怎么说？

信使　他刚刚回去了。他担心，如果埃阿斯从他的营帐出去，那他可就死定了。

苔柯梅萨　［800］　哎呀，惨啦！这是什么人对他说的呀？

信使　是忒斯托耳的儿子说的，就是那个先知。他说，埃阿斯是生是死，就在这一天了！

74.1　接着，苔柯梅萨便与信使有了一番对话。对话开始时，苔柯梅萨就在语气上显示出居高临下的感觉(行 791)：呼格的 ἄνϑρωπε〔人〕一词在索福克勒斯笔下是一个粗鲁的称呼，而且只用于下人或随从；①这种称谓表明，苔柯梅萨想要强调即便是信使，也同样要比自己低下，必得服从。她现在想的只是赶快将埃阿斯找回来，所以才会在语气中夹带了咄咄逼人的气势。而此处值得注意的点却在于，在这一行的下半句中，苔柯梅萨这里所说的 μῶν ὀλώλαμεν 虽然照字面含义可理解为我们不会毁灭吗，但同时也要注意 ὀλώλαμεν 一词有一层引申的含义：在有些文 本 当 中，ὀλώλαμεν 一 词 也 被 用 来 表 示 生 命 不 再：ϑανεῖται καὶ ϑανοῦσ' ὀλεῖ τινα〔那她一定要去死，并在死后还要害死另外一个人：索福克勒斯，《安提戈涅》，行 751〕——就这一层含义而言，这句话或许还隐含一层寓意，表示苔柯梅萨此刻已明确地意识到死神的来临。

────────────

① Ed. Fraenkel, *Due seminari romani*, Rome, 1977, p. 27—28.

74.2 信使所说的 *σὴν πρᾶξιν*〔你的状况，你（命中注定）会怎么样〕是针对苔柯梅萨上一句所问的自己会不会被毁灭，或者会不会被杀死而言的（行 792—行 793）。但在苔柯梅萨那里，她问的是我们会不会毁灭；而在信使回答时却只是回答他对苔柯梅萨会怎么样并不知道。这里中译文在 *οὐκ οἶδα*〔不知道〕之前加了"连影子都"，是考虑到 *οἶδα*〔知道〕一词出自动词 *εἴδω*〔看、看到〕，它原本是后者的完成时形式，而当它成为一个独立的动词之后，它的含义就有了变化，表示看得到，进而才表示知道。虽然有了这样的变化，但在这种知道当中，却保留着可以看到这样的词源含义，亦即表示在看到了某种东西影像之后对其有所了解。

74.3 在这里，*ὠδίνειν* 一词可以理解为剧烈的阵痛，事实上，*ὠδίνειν* 一词的本义正是指感到分娩时的阵痛，这样的说法从苔柯梅萨口中说出来，似乎与其身份十分相符（行 794）。类似的用法也见于其他的悲剧作家：在欧里庇得斯笔下，当赫拉克勒斯的朋友呼喊，寻找赫拉克勒斯的母亲时，他喊道，

πάλαι γὰρ ὠδίνουσα τῶν ἀφιγμένων ｜ ψυχὴν ἐτήκου νόστος εἰ γενήσεται

〔你可一直像是分娩时阵痛一样惦记着｜现在到了的人是否回得来：欧里庇得斯，《赫拉克勒斯的儿女们》，行 644—行 645〕。

74.4 在这句话中，不定式短语 *ἐκεῖνον εἴργειν ... ｜ σκηνῆς ὕπαυλον*〔把那个人管束在军营院子中〕可以视作是 *Τεῦκρος ἐξεφίεται*〔透克洛斯命令〕的宾语，而 *μηδ' ἀφιέναι μόνον*〔不要让他独自离开〕则是这个不定式宾语的补语（行 795 — 行 796）。此句当中，名词生格短语 *σκηνῆς ὕπαυλον*〔在军营院子里〕则可以看作是所要 *εἴργειν*〔管束〕的内容，表示要将埃阿斯在营中院子加以管束。

74.5 短语 *κἀπὶ τῷ λέγει τάδε* 中，*τῷ* 一词是 *τίς*〔什么〕的不规则变化形式（行 797）。而苔柯梅萨这样急切地询问透克洛斯方面的消息，实际的效果是在提醒观众注意透克洛斯马上就要

上场了。

74.6　原文中的 $\delta'\check{\epsilon}\xi o\delta o\nu$（行 799）应当理解为埃阿斯从他的营帐出去。需注意的是，$\check{\epsilon}\xi o\delta o\nu$（$\check{\epsilon}\xi o\delta o\varsigma$）一词本义中也带有从离开引申出来的生命结束的含义，亦即死亡的含义，只是在这里这一层引申义并非明喻。或者可以判断，信使所转述的透克洛斯的想法只是不希望埃阿斯离开营帐。而说到离开的后果会是导致死去，则是下面的 $\grave{o}\lambda\epsilon\vartheta\varrho\acute{\iota}a\nu$ 一词所要表达的意思：$\grave{o}\lambda\epsilon\vartheta\varrho\acute{\iota}a\nu$ 一词表示走到了死亡的点上：$\psi\tilde{\eta}\varphi o\varsigma\ \varkappa a\tau'\ a\mathring{v}\tau\tilde{\omega}\nu\ \grave{o}\lambda\epsilon\vartheta\varrho\acute{\iota}a\ \beta o\upsilon\lambda\epsilon\acute{v}\sigma\epsilon\tau a\iota$〔他们投票将此人处死：埃斯库罗斯，《七雄攻忒拜》，行 198〕；而这个词在这里应当作名词受格来理解，表示 $A\check{\iota}a\nu\tau o\varsigma$〔埃阿斯的〕必死无疑的宿命。据此，这句话照字面意思直译作那个人担心这样的离去（可能会）导致埃阿斯必死无疑。

74.7　按照荷马的说法，此处所说的忒斯托耳的儿子应当是指信使一直在谈论的卡尔喀斯（行 801）。而对忒斯托耳，则有传说（阿波罗多洛斯，《希腊神话余篇》，I. 139）称，他的父亲是一位叫做伊得蒙（$\H{I}\delta\mu\omega\nu$）的先知，后者曾随从亚尔古人乘舟出海，在寻找金羊毛的过程中充当船队的占卜师，而他又是阿波罗的儿子。至于 $\Theta\acute{\epsilon}\sigma\tau\omega\varrho$〔忒斯托耳〕这个名字的词根 $\vartheta\epsilon\varsigma$ 本义就表示欲求、祈求，因此，$\Theta\acute{\epsilon}\sigma\tau\omega\varrho$ 这个名字的含义就是向神明祈求者。

74.8　在听到信使说埃阿斯生死就在这一天之间前，苔柯梅萨就已经知道，如果埃阿斯独自离开营地，他将会遇到很大的危险（行 802）；但是，她并不知道，埃阿斯的生死就在这一天（$\varkappa a\vartheta'\ \mathring{\eta}\mu\acute{\epsilon}\varrho a\nu\ \tau\mathring{\eta}\nu\ \nu\tilde{v}\nu$）。事实上，接下来说的 $\vartheta\acute{a}\nu a\tau o\nu\ \mathring{\eta}\ \beta\acute{\iota}o\nu\ \varphi\acute{\epsilon}\varrho\epsilon\iota$ 也的确表明这是一个或生或死（$\vartheta\acute{a}\nu a\tau o\nu\ \mathring{\eta}\ \beta\acute{\iota}o\nu$）的关键时刻，而这样的话在此时说出来，显然要比刚刚（行 799）提到的埃阿斯必死无疑要严肃得多，也会让苔柯梅萨更加紧张。这也是索福克勒斯戏剧张力的一个体现。

75.（行 803—行 814）

苔柯梅萨　　哎呀，我的朋友啊，让我与那宿命里的厄运
相隔绝吧！你那就快点吧，去把透克洛斯找来。[805]
到晚星升起的那边海湾去一些人去找，再去一些人到
日出的那边，把那个人找回来，否则他就要蒙受灾难
了。而现在，我知道我完全被他欺骗了，失去了长久以
来的那一份关爱。啊呀，孩子，我该怎么办？总不能这
样坐等吧？[810]我一定得拼上我的力气，我得去找
找。走吧，咱们动作快一点儿吧！没时间耽误了，我们
得赶紧去救救那个急匆匆想要去死的人。
歌队队长　　我已经准备好了，这可不是嘴上说说的，动
作要快，脚也会马上跟上来。

　　75.1 短语 *πρόστητ' ἀναγκαίας τύχης*（行 803）照字面意思可以
理解为站到那强悍的厄运之前。其中，有两点需要提示：其一，
πρόστητε 一词本义是身处在前面或站到前面，在这里，苔柯梅萨
的意思是说，她想让他的那些朋友——包括她的随从和从透克
洛斯那里来的信使——站到那个厄运之前，亦即站到她和那个
厄运之间，这意味着她可以不再承受那个厄运带来的灾难；其
二，短语 *ἀναγκαίας τύχης* 之所以 *ἀναγκαίας* 〔强悍〕，又意味着她所
将要面临的 *τύχης* 〔厄运〕恰是卡尔喀斯所预言的 *ἀνάγκη* 〔宿命〕。
而这个厄运带来的灾难却并非埃阿斯所要承受的死亡，而是指
苔柯梅萨自己在埃阿斯死后无法回避的灾难。
　　在这一节的开始，苔柯梅萨不再是那个胆怯的、唯唯诺诺的
女人；她似乎能够自己拿主意，她开始向歌队下命令，好像变成

了埃阿斯的守护者。① 随后,歌队可能会被分作三组:一组与信
使一道去请透克洛斯,另外两组则去寻找埃阿斯。

　　75.2 苔柯梅萨此处所说 οἱ μέν (行 806)既包括从透克洛斯那
里来的信使,也包括埃阿斯的那些 πρόσπολοι〔随从〕——亦即由跟
随埃阿斯出征的那些水手组成的歌队,而接着所说的 οἱ δ'…
οἱ δ' 则专指左右两侧的歌队;这样一来,苔柯梅萨在这里所作的
便有三项内容:她要信使赶快把透克洛斯找来,而要组成左右两
侧各队的水手们把 ἀνδρός〔那个人〕找来,其中的 ἀνδρός 似乎就应当
是指埃阿斯了。的确如此,因为,苔柯梅萨接下来的台词是
ἔξοδον κακήν〔(找一找他)那条(即将蒙受)灾难的路〕。这里值得注意的
是,近代译文(包括杰布的译文)一般都将 οἱ δ' ἑσπέρους ἀγκῶνας,
οἱ δ' ἀντηλίους 中的 ἑσπέρους 和 ἀντηλίους 分别译作东西两边。然
而,从这两个词的本义而言,前者表示晚星升起(ἀστήρ)的地方,而
后者则表示太阳升起(ἕως)的地方;这便意味着东西两个方向,而
这也是两侧歌队所在的方位——欧里庇得斯也曾这样调度过舞
台上的歌队:

　　歌队一　要快点了,我们得快些行动起来了! 我来看
　　守住这条路,就是朝着太阳升起的地方的这一条。
　　歌队二　那末,我就来看守住晚星升起的这个方向。
　　　　　　　(欧里庇得斯,《俄瑞斯忒斯》,行 1258—行 1260)

在欧里庇得斯那里,歌队也同样分为两支 ἡμιχόρα〔分歌队〕,这两
支歌队各自负责守护迈锡尼王宫的东西两侧——东边的一侧,
相对于舞台下面的人来说,在舞台的左侧,而西边一侧则在右

---

① W. C. Scott, *Musical design in Sophoclean theatre*, Hanover, 1996, p. 283.

侧。在索福克勒斯这里，虽然将歌队分作两支 *ἡμιχόρα* 要在后面的文本中才能看到（行 866 以下），但从苔柯梅萨在这里分派任务的情况看，也可以作出同样的判断。

75.3 对于原文中 *φωτός ἠπατημένη*（行 807）这个短语，单从字面来理解，完全可以有两种不同的解释：一种是被那个人所骗，再一个是在那个人的事情上受到了欺骗；不过，按照杰布的说法，*φωτός*〔那个人〕一词以生格形式出现，不大可能将某个动词界定在某件事情范围内。从句法学上说，生格形式可以表示动作作用的方面。对于 *φωτός* 一词的这个生格形式，在句法上存在着可疑的成分，不能判断这个生格的名词是作 *ἠπατημένη*〔被欺骗〕的逻辑主词，还是作这个被动态动词的状语；从后一个角度来考虑，这句话的那后一个解释也是成立的。苔柯梅萨最后终于意识到，自己所有的恳求，无论怎样真切，都于事无补。

75.4 苔柯梅萨说 *οἴμοι, τί δράσω, τέκνον*〔啊呀，孩子，我该怎么办：行 809〕这句话时，表现出在她的心里有着矛盾：一方面，她不愿意把她的儿子欧吕萨克斯留下，可能出于不舍，也可能出于某种担心；另一方面，同时也是她在这个时候真正想要表达的，那就是她也想和埃阿斯的那些随从一道出去寻找埃阿斯，因为她也为埃阿斯的生死担忧。而当她接着说出 *ὅποιπερ ἂν σθένω*〔拼尽全力〕这样的话时，却隐含着某种更深的含义：这句话的言下之意是说她自己的气力有限，可能走不远，不过，事实是，她可能不需要走很远的路，而且她确实并没有走得很远，只在营帐的近旁就找到了埃阿斯的尸体；相对比，两支歌队倒是找了很远的地方，却都无功而返。这或许是诗人在为苔柯梅萨与歌队寻找埃阿斯的结果埋下的伏笔，也或许还有表明苔柯梅萨对埃阿斯感情的成分。

75.5 苔柯梅萨在说到最后的时候，语气已变得相当急促

〔行 811—行 812〕，诗人让她接连三次表达出此时的急切心情：先是说 ἐγκονῶμεν〔咱们动作快一点儿〕，然后又说 οὐχ ἕδρας ἀκμή〔字面意思作没有坐下来的任何一个犄角了，这里将其转译作没时间耽搁了〕，最后则说埃阿斯是一个 ἄνδρα γ' ὃς σπεύδῃ ϑανεῖν〔急匆匆想要去死的人〕。杰布认为，当埃阿斯的心智恢复正常时，苔柯梅萨对埃阿斯的担心曾经平复下来（行 326），但这时，卡尔喀斯的预言传到这里。于是，苔柯梅萨再次感到担心——这一次，她的担心不再是慌乱了，因为她已经知道，埃阿斯 σπεύδῃ ϑανεῖν〔急匆匆地想要去死〕，仅此一点就为接下来的情节作好了铺垫。

75.6　本剧第三场（ἐπεισόδιον）有两个场景：行 719 至行 814 是从透克洛斯那里来的信使让歌队和苔柯梅萨感到了担心；行 815 至行 865 是埃阿斯死前的一大段独白，最后是埃阿斯的自戕。这一场的上下两个半场都将埃阿斯同父异母兄弟透克洛斯带入到戏剧情节中，而观众早已在期待这位高贵的女奴之子的出场。但当需要把卡尔喀斯的预卜传到埃阿斯这里来时，当时也在希腊军营中的透克洛斯却没有选择亲自送信，而是派了一位信使来；杰布对此的解释是："这或许是因为他希望自己居间调停可能会有好处。"不过，索福克勒斯的真正用意也许是想让透克洛斯在埃阿斯死后首次出场。而信使一出场就提到阿伽门农对透克洛斯的敌意（行 719—行 733），则为透克洛斯出场后对阿伽门农表现出敌意做好了铺垫。这一场戏中，苔柯梅萨还是没有放弃，希望能够挽救埃阿斯。但埃阿斯却执意要去自戕，他这样做只是为了他自己，只是为了使他自己能够得到拯救，使他在死后的葬礼上能够保持其最出色的勇士的形象：καὶ μὴ πρὸς ἐχθρῶν του κατοπτευϑεὶς πάρος | ῥιφϑῶ κυσὶν πρόβλητος οἰωνοῖς ϑ' ἕλωρ〔千万不要让我的敌人先看到，他们会让我｜尸横荒野，让我成为野狗与鹰鹫捕食的腐肉：行 829—行 830〕。但在这一场结束时，我们的诗

人却留下一个未解之题：埃阿斯死后，透克洛斯能否为他的这个
同父异母兄弟保持尊严？ 如果他做不到，那么，情况会是怎样？
在这一场之后，这样的问题便由浮出水面，成为最重要的问题。
索福克勒斯的剧情安排再次使人感到意外：最后使埃阿斯得到
救赎，使埃阿斯在他的葬礼上保持尊严的并不是透克洛斯，虽然
他曾拼力相争；而是曾经赢得阿喀琉斯兵器的奥德修斯。

　　信使在提到雅典娜的愤怒时说这位女神的愤怒会只持续一
天，而且又说到埃阿斯两次因为拒绝神的帮助而激怒了这位女
神(行748－行783)。将这两次拒绝当作是激怒雅典娜的原因，这
可能是索福克勒斯的设计；也有研究者对这样的剧情设计表示
异议。开场时，雅典娜为何愤怒尚不清楚。因此，许多研究者认
为，到这里，原因终于查明：埃阿斯是因为他的 *ὕβρις* 而被抛弃，
而这种 *ὕβρις* 使他看不到自己的能力有限，甚至认为自己可以不
需要神明的帮助。① 斯坦福更是认为，这才是全剧最为重要的
一点。② 这种观点需要以某个假定为前提，即卡尔喀斯所说的
话带有神祇的权威。然而，这种权威并未得到普遍的认可，有学
者认为，卡尔喀斯的判断十分值得怀疑，或者意义不大。③ 而施
莱辛格还想到，由神明启示雅典娜的愤怒将持续一整天的预卜
应当与透克洛斯或信使加进去的评论性语言有所区别，甚至和
卡尔喀斯作为一个人(而非先知)所说的话也不一样④。对此，无
论怎样来理解，至少有一点是可以明确的，那就是简单的解释肯

---

① Bowra, *ibid.*, p. 30；R. P. Winnington-Ingram, *Sophocles: a interpretation*,
　　Cambridge, 1980, p. 40, p. 61, p, 318.

② W. B. Stanford, *ibid.*, p. 760－761.

③ Linforth, *ibid.*, pp. 20－28；T. G. Rosenmeyer, *The masks og tragedy: es-
　　says on six Greek dramas*, New York, 1971, pp. 182－184.

④ E. Schlesinger, "Erhaltung im Untergang: Sophokles' *Aias* als pathetische
　　Tragödie", *Poetica*, 1970, pp. 375－384.

定不可信。一般而言,埃阿斯拒绝神的帮助确是一种愚蠢的举动,而且,这种举动从荷马那里开始就一直是一种几乎注定会引起神的愤怒的举动。但是,索福克勒斯并没有把这种举动看作是一种 ὕβϱις。在埃阿斯那里,我们听到他说过这样的话,μαϑεῖν ἐμὲ | πϱὸς τῶν Ἀτϱειδῶν ὡς διόλλυμαι τάλας〔阿特柔斯的儿子们是怎样将苦难的我毁灭:行 838〕,那末,对于他的死,他所抱怨的对象并不是雅典娜,而是阿伽门农与墨涅拉厄斯。从任何意义上来说,索福克勒斯都没有必要把自己悲剧作品的核心放在之前发生而后没有再次出现的前情上。毫无疑问,以上那些学者们的解释立足于雅典娜对埃阿斯的敌意上,埃阿斯又因为兵器颁赏而与她所偏向的奥德修斯产生不和;他们这样解释的用意是希望藉此重新塑造埃阿斯勇士的形象。同时,他们认为,正是这样的原因,埃阿斯才会说出那些临终遗言。但是,到这里我们却发现一个悖论:只有当埃阿斯疯癫时,他才接受雅典娜的帮助(行 91—行 93)。事实上,完全不必过于严肃地对待雅典娜的愤怒,毕竟这一愤怒只能持续一天时间。雅典娜对埃阿斯的愤怒在这部戏中出现的目的或许只是为了强化剧情的紧张感或紧迫性。如果他是一个不一样的人,那么,他就应该期待神的愤怒一天都不要持续,他就应该希望他的灾难马上过去。但是,即便在最后的时刻,他一点儿也不曾改变,他并没有学会 σωφϱοσύνη,他并没有因为进攻对自己有敌意的人而感到有任何的悔意。他复仇的欲望一如既往。虽然雅典娜的愤怒过了那一天就会消失,但那是因为——照先知卡尔喀斯预知未来的情形而言——在那一天,他注定会死去。

75.7　此时,苔柯梅萨的退场是从观众左侧的台口退下,而信使则与跟随埃阿斯出征的水手从左右两侧走下所谓 ἡ ὀϱχήστϱα〔歌队合唱席〕,沿 πάϱοδος〔即侧道〕退场——这个过程被称作是 μετάστασις〔或可译作歌队退场〕。接下来就会知道,最后找到埃阿斯尸体的是苔柯梅萨,而苔柯梅萨这时退下的那个地方应该是一片开阔地。至于信使和左右两翼的分歌队则应当分三个方向退场,他们寻找的方向则是希腊人的营地附近。

　　如何在舞台上表现埃阿斯自戕的情节,这是诗人在这一段当中遇到的最大的问题。在现存的文献中,看不到任何一部戏剧文本将死亡的过程展现在观众面前。在这部戏里,也无法确定埃阿斯自戕的情节如何来表现。而我们的诗人在这里却要解决一些他必须面对的问题:首先,戏剧的场景需要有所变换——而在古典希腊戏剧中,变换场景极为罕见。[1] 剧中的场景变换或许可以认为是从埃阿斯的营帐前空地变为距离这个营地不远的一片孤零零的海滩,按照诗人自己的描述,海滩边还遍布着小树和灌木丛(行892)。其次,是否可以让观众亲眼目睹埃阿斯自戕的实景? 是让埃阿斯当着观众自戕,还是让他躲避到草丛中去演绎这一惨剧? 按照塞尔的说法,只是到了埃阿斯这段念白结束时才将那把剑藏起来,或至少让那把剑离开观众的视线,这表明诗人显然很难找到合乎情理的办法来解决这个问题。第三,在实际的舞台演出过程中,很可能会由同一个演员来扮演埃阿斯和透克洛斯;那末,如果埃阿斯的自戕发生在舞台上的话,尸体就会留在舞台上,这样一来,是否就要由一个人体模型来替代舞台上的那个尸体呢? 在古希腊时代,第四人物出现在舞台上,这无论如何会被观众嘲笑的。有学者曾经猜测,直到这部戏结束时,扮演埃阿斯的演员都一直待在舞台上[2]——这种说法显然毫无道理的。因此,在某个阶段将一个代表尸体的布偶放到舞台上,让它来代替那个尸体也就成了顺理成章的事情。

---

[1]　唯一的另外一处出现在埃斯库罗斯《尤曼尼得斯》行 234 处。
[2]　R. Sri Pathmanathan, "Death in Greek Tragedy", *G&R*, 1965, p. 14.

　　75.8　关于采用什么方式改变场景,有两种说法,一种说法
是认为,在场间由另外的人将表示埃阿斯营帐的背景幕布撤下
去;再一种则猜测,这时,代表营帐围墙的幕布向左右两侧撤去,
接着露出新的布景幕布。但是,至少到目前为止,从能够看到的
文献判断,还不能说,这时,那种改变舞台布景幕布的机械装置
已经出现。当然,最简单的方法就是用某种场景移动装置将那
个表示营帐大门的道具隐藏起来,而让这个大门后面代表灌木
丛的布景展现在观众眼前。这样,埃阿斯就可以在这道布景后
面,扑倒到那把剑上。但有一点令人很好奇:埃阿斯曾说过一句
πεπτῶτα τῷδε … ξίφει〔一旦我倒在这把剑下:行 828〕,在这句话中
τῷδε〔这把〕应当是指他的那把剑当时就立在他的面前,这似乎意
味着观众也能够看得见那把剑,而埃阿斯详细陈述的自戕过程
也似乎意味着观众看到了这个过程。不过,也有学者提出,我们
的诗人之所以让埃阿斯对自己自戕的过程详细地加以描述,恰
恰是因为观众看不到这个过程。① 如果那个过程没有人看到,
那么,歌队看不到尸体(行 912—行 914)也就很容易解释了。但这
在后面却又会产生另外的问题:为什么苔柯梅萨看到尸体后会
有尖声惊叫(行 894),可歌队却没有能够发现尸体呢? 如果她当
时身在布景后面,那么,当她重新出场时,那个尸体就不可能跟
着她出现在舞台上,而后面的剧情就无法向下发展了。苔柯梅
萨说,她要把尸体盖起来(行 915),而这件事情也几乎可以肯定
是在观众的眼前做的。覆盖尸体的情节恰恰证明,直到这个时
候,那个尸体一直就在舞台上,而埃阿斯自戕的全过程都是在观
众眼前发生的。当苔柯梅萨准备将埃阿斯的尸体覆盖上时,布

① 　M. Heath, *The poetics of Greek Tragedy*, Stanford, 1987, pp. 192—193; R.
Camerer, "Zu Sophokles' *Ajax*", *Gymnasium*, 1953, p. 321.

景可能会有转换,借此机会,扮演埃阿斯的演员便可以离开舞台,而那个代表尸体的布偶这时就被替换上去了。关于此处如何借布景转换和布偶来完成这一剧情发展,韦伯斯特有专著论及。①

根据对剧作文本的判断,此时,埃阿斯站在舞台右侧布景边上,近旁有一些低矮的小树或灌木;当埃阿斯扑到那把倒插在树丛中间的长剑自戕时,这些低矮的小树应该能够暂时将埃阿斯的尸体遮掩起来,所以,歌队从这里走过时,由于太过匆忙,便没有看到被低矮小树或灌木遮掩的埃阿斯——他们径直回到了歌队合唱席;但是,当苔柯梅萨从舞台左侧上场时,她的犹豫与恍惚可能会使她行走起来有些蹒跚,于是,她也就有可能在无意中发现埃阿斯的尸体。按照杰布的说法,此时,台下的观众或许能够恍惚地看到插在海滩上的这把剑——那末,在舞台上,埃阿斯自戕的场面是否会得到表现,也就不得而知了;不过,杰布所提供的证据却是公元五世纪希腊化时代古典语文学家西斯赫奥斯 (Ἡσύχιος ὁ Ἀλεξανδρεύς)引述公元前三世纪思想家珀勒蒙(Πολέμων)的话,称 ἐν Αἴαντος ὑποκρίσει〔在埃阿斯的演出中所使用的〕是一种 συσπαστόν,亦即是一种短小的舞台剑。但对于杰布的这些考证,却不能最后断定。

76. (行 815—行 822)

埃阿斯[815]　宰杀牺牲的东西已在地上插好,锋锐无比,哪里还有工夫去做细心算计? 这把剑最初是赫克托耳所赠,他对我而言算是个朋友,却又是我恨之入骨

---

① Cf. T. B. L. Webster, *Greek theater production*, London, 1956.

的人。这把剑后来曾深深地插入特洛伊的大地,杀入
[820]敌营之中,在那坚硬的石块上磨得锃亮。最后,
我终于将那把剑细心地倒栽在地下,于是,它便可以倏
然完美地让这个人死去。

76.1　索福克勒斯让此剧中的英雄埃阿斯以 ὁ σφαγεύς 开始
他的最后独白(行 815),有着特别的用意。这个词(即埃阿斯的那
把剑)虽然本义只表示杀戮者或杀手,但却有着两层含义:一般
而言, σφαγεύς 一词是指杀手,但这里却是将埃阿斯的剑人格化,
这种人格化的剑同时又带有祭祀牺牲的意味: τίς ἱερεύς,
τίς σφαγεύς τῶν δυσπότμων 〔由谁来祭祀? 谁会将那些可怜的孩子杀死:
欧里庇得斯,《疯狂的赫拉克勒斯》,行 451〕。埃阿斯开口说话时先说
到了他那把剑,这为苔柯梅萨的话(行 812)提供了最为直接的证
据:他已决定去死,无论他的朋友怎样劝说,他都不会改变主意。
埃阿斯的这把剑最初出现(行 10)和此时的出现完全不同,在这
里,这把剑将扮演它的最后的角色——成为埃阿斯拯救自己荣
誉的最后保证。

76.2　一般认为,这里所说的 λογίζομαι〔算计〕与数无关,只与
做些什么有关,只与行动有关。不过,也有古典语文学家(Liddell
& Scott)认为, λογίζομαι 一词虽然与数无关,但所表示的可能并
不是要做什么,而是指精心思考或审慎对待。事实上,这句话的
意思是说,埃阿斯在他自戕之前的这段话中语气会比先前更冷
静一些,甚至可能会更多一些对自己所面对局面的逻辑的分析
(行 816)。

76.3　按照荷马的说法,每当一次厮杀搏斗过后,赫克托耳
总是会和埃阿斯交换兵器,以显示他们之间还存在某种特别的
友谊,至少显示其各自都具有高贵的品格;而赫克托耳同时又是

特洛伊部队的统帅,因此也是埃阿斯最主要的敌人:

> (经过与埃阿斯一番激战之后,赫克托耳对埃阿斯说:)让我们
> 来将那光荣的礼物互赠,让那些阿开亚人和特洛伊人一
> 个个都说,这两人刚刚还在拼着魂灵鏖战,接着便让激
> 战的开始变成以友谊结束(《伊利亚特》,卷 VII. 行 299—行
> 302)。

所以几乎可以肯定,这里所说的 ξένων〔朋友〕所指的是赫克托耳(行818)。这句话,听上去似乎有些难解;但据杰布的解释,这句话的意思应该是说,人们没有理由对埃阿斯和赫克托耳的关系表示怀疑。这把剑的确曾经是一个朋友善意的表示,但这个朋友又是他在那次战斗中的敌人,于是,他对这个善意的表示也怀揣着仇恨,因为这个善意的表示最后将会把他杀死。

76.4 此处,有两个要点值得注意:其一,埃阿斯说,他的剑曾经插入特洛伊 γῇ〔大地〕,而在说到 γῇ 之后,埃阿斯又紧接着就说到 πολεμίᾳ〔这个词通常可以理解为敌人〕。这两个与格名词句法地位相同,都被当作是前置词 ἐν 的宾词,亦即在埃阿斯看来,敌人的土地就是他的敌人,而他对敌人作战就是在征服敌人的土地;其二,原文中的 σιδηροβρῶτι 是诗人在这里使用了一个独一无二,再没有别人使用过的词。这个词出自 βιβρώσκω〔吃、啃〕,表示能够让在它上面蹭过的铁器变薄或变细,而这个词义本身也带有比喻的含义。可以说,当它在这里和 θηγάνη〔磨石〕连用时,几乎就可以看作是强调在这个特洛伊大地上,埃阿斯从赫克托耳那里接过来的剑已经变得比原本的情形更加锋利。

76.5 按照古典语文学家(Liddell & Scott, Jones)的说法, εὖ περιστείλας (行820)应当不仅表示将那把长剑倒插在地上,而且

还在剑的四周培上海滩上的沙土，能够使其稳稳地立在那里。不过，值得注意的倒是 εὐνούστατον 一词：这个词的本义是好心、善意；对此，或可怀疑，为什么令那个人 θανεῖν〔死去〕这件事情可以做得 εὐνούστατον？在这里，一方面对埃阿斯而言，死是一种荣誉；另一方面，战场上的敌人的馈赠则成为他的朋友。事实上，这种说法传递的是这样的观念：好的死是痛苦较少的，倏然逝去的死去，因此，可以将这个词理解为完美地，以喻 εὐνούστατον 之意。这句话里，埃阿斯并未泛泛指让人死掉，他用了 τῷδ᾽ ἀνδρὶ〔这个人〕来表示死去的人，而这个人显然是指埃阿斯自己。在古希腊语中，这种表达方式常被用来表示说话者把自己当作是一个自身之外的人物，埃阿斯采用这种方式显然是要确立自己的英雄地位。

77. （行 823—行 834）

埃阿斯　我已经整装待发，现在，你来吧，站到我的身前来。宙斯啊，庇护我，这才是你该做的啊！［825］我从没有想过你会给我多大的奖励。我只想让你派个送信人，把这坏的消息到透克洛斯那里，这样，一旦我倒在这把剑下，趁鲜血尚未干涸，他就能马上将我收敛；千万不要让我的敌人先看到，他们会让我［830］尸横荒野，让我成为野狗与鹰鸷捕食的腐肉。这就是我对你的请求，宙斯神；同时，我还要请求赫尔墨斯，让他在冥界为我的灵魂引路，我要请求他，当那把剑从我的侧肋直插进去时，能让我在一跃之间倒下，不要有任何的挣扎。

77.1 $εὐσκενοῦμεν$ 一词的本义是装备齐整，这个词的未完成时表示埃阿斯已经做好准备，就要踏上前往冥界的路，所以，古典语文学家和一般研究者(Liddell & Scott, Jebb, *etc.*)都把这个词转意理解为做好准备，这里则照原意来理解，因为其中的原意似乎更带生动韵味(行823)。在这里，诗人所使用的另外一个词也颇具深意，即 $ἄρκεσον$〔守护、庇护〕一词(行824)。当埃阿斯即将赴死时，他希望宙斯神来到他的身边，站在他的身前，为他在赴死(亦即在前往冥界的道路上)提供帮助或守护、庇护他；后半句的这句话，接前半句明喻此时他就等着宙斯神庇护他去赴死了，同时或许也已经为下文他是否能够得到体面的，有尊严的下葬埋下了伏笔。

77.2 这里，$αἰτήσομαι δέ σ' οὐ μακρὸν γέρας λαχεῖν$ 一句(行825)将成为这部作品的后半部分的一个核心主题。对于这句话，似可从两个方面来理解：其一，此句接着上一句话的意思进一步表明，埃阿斯希望宙斯神能够在他死时给予他以庇护，使他能够敬神地(因此也是有尊严地)死去；其二，这句话又可以成为下一句话的引导，可以看作是埃阿斯希望宙斯能够在现世世界庇护他的儿子欧吕萨克斯。对于索福克勒斯来说，这种不着痕迹地在两个不同情节之间加以转换，似乎是轻而易举的事。

77.3 作为人称代词，$ἡμῖν$(行826)同时又是一个习惯用法，它原本是第一人称单数与格形式的人称代词，在这里却表示我想要或我请求(你)。值得注意的是，诗人在这里并没有用通常为神传谕的 $κῆρυξ$〔信使〕来表示，而采用了 $στάσιμον$〔送信的人〕，在下文(行974—行998)，向透克洛斯讲述埃阿斯之死的也不是送出消息的 $κῆρυξ$，而是跟随埃阿斯出征的水手，亦即歌队。这其中，或许有着某种暗喻，表示宙斯或对埃阿斯的所作所为以及埃阿斯的死的另外一种态度。而 $κακὴν φάτιν$〔坏消息〕在前面出现时是指埃阿斯蒙受羞辱(行173)，在这里则表示他的状态会很糟糕。

77.4　原文中，πεπτῶτα τῷδε περὶ νεοϱϱάντῳ ξίφει 照字面意思理解表示(一旦)我倒在那把新鲜血液浸染的剑上(行826)；其中，νεοϱϱάντῳ〔刚刚浸染〕一词也可以看作是一个短语，表示趁鲜血尚未干涸，进而表示埃阿斯希望能让透克洛斯尽快将自己收殓。按照杰布的说法，埃阿斯之所以要说 νεοϱϱάντῳ，是因为他可能预感到，自己πεπτῶτα περὶ ξίφει〔倒在剑上〕的时候，可能会形容丑陋，失去体面；杰布还为他的说法找到了一系列的旁证，譬如荷马在《伊利亚特》中写到战马被带倒钩的铜箭头刺中之后其状就是 κυλινδόμενος περὶ χαλκῷ〔带着铜箭头上下翻滚：《伊利亚特》，卷 VIII. 行 86〕；甚至可以断定，台下那些雅典观众应该对荷马的描写并不陌生，因此，杰布或许所言不虚。但接下来一句，埃阿斯马上说到了自己死后，若未能及时被收殓，他的尸身就会被玷污。因此，埃阿斯所担心很可能并不是他死时的样子，他担心的是他死后的尊严。

77.5　希腊人对敌军将领的尸体未必会加以羞辱，但是对亵渎神明的或因仇恨而认定罪恶的人，似乎习惯于将其尸体曝尸，而野狗与鹰鹫在古希腊人看来一直是与被弃荒野的尸体相联系的，这在古典文献中所见颇多：οὐδ᾽ ὥς σέ γε πότνια μήτηϱ | ἐνθεμένη λεχέεσσι γοήσεται ὃν τέκεν αὐτή, | ἀλλὰ κύνες τε καὶ οἰωνοὶ κατὰ πάντα δάσονται〔(阿喀琉斯怒然对赫克托耳回答说)你的王后母亲|不会将你的尸身放在床上哀悼，|只会让野狗与飞鸟将你的尸身吞噬：荷马，《伊利亚特》，卷 XXII. 行 352-行 354〕；ἐᾶν δ᾽ ἄθαπτον καὶ πϱὸς οἰωνῶν δέμας | καὶ πϱὸς κυνῶν ἐδεστὸν αἰκισθέν τ᾽ ἰδεῖν〔任何人都不得为他下葬，不得为他哀悼。他的尸体就该当让飞鸟和野犬去享用，这会让人们记住他那可耻的一生宿命：索福克勒斯，《安提戈涅》，行 205；对比索福克勒斯，《厄勒克特拉》，行 1487〕。而且，在这个戏后面的剧情发展中，那些阿开亚人也确实想要这样做(行1064以下)。这些都证明了我们在以上疏证中的猜测：埃阿斯所

担心的应该是他死后自己尸身的尊严(行 829 以下),进而还有自己身体(由此又迁衍到灵魂)能否得到安息方面的担忧。

77.6 这句 *τοσαῦτά σε ... προστρέπω* (行 832)或可看作是在对神明祈祷时所采用的一句套话: *μή μ᾽ ἀτιμάσῃς ... ὧν σε προστρέπω φράσαι* 〔对我这样一个备受羞辱的人……我就这样向你祈求啦;索福克勒斯,《俄狄浦斯在克洛诺斯》,行 50〕。对 *πομπαῖον* 一词,根据其出现时的上下文语境,亦即当它与表示冥界或下界的词(如 *χθόνιον, νερτέρα*)同时出现时,则可以将它理解为与 *ψυχοπομπόν* 同义,表示灵魂(*ψυχή*)的接引(*πομπή*)。在古希腊人的观念中,人死后,灵魂如要进入冥界就需要有一位神明引路,而赫尔墨斯所承担的就是这样的任务,负责将死者的灵魂引领到冥界去,由此,他还获得了 *ὁ πομπός* 〔灵魂引领者〕这样的称号: *Ἑρμῆς ὁ πομπὸς ἥ τε νερτέρα θεός* 〔灵魂引领者赫尔墨斯与下界的女神;索福克勒斯,《俄狄浦斯在克洛诺斯》,行 1548〕。

77.7 宙斯是埃阿斯祈求的第一位神明(行 824—行 834)。有学者认为,当埃阿斯向神明祈求帮助时,他就已经学会 *σωφροσύνη*;①而且,还有巴塞尔博物馆收藏的希腊陶土瓶图案作证,证明埃阿斯跪地向宙斯祈求。但他所祈求的神明是宙斯,他对雅典娜的敌意却似乎尚未消失。

77.8 这是全剧描述埃阿斯死时的情形最具体的一处,而且是由埃阿斯自己说出来的:②埃阿斯将他快速扑向那把剑的动作(*ταχεῖ πηδήματι*)和 *ἀσφαδάστῳ* 连在一起(*ξύν*),表示他希望赫尔墨斯能够让他平和地躺下来,不要在自己死时失去体面;而 *ἀσφαδάστῳ* 一词本义为没有(*ἀ-*)冲撞或扭动身体(*σφαδάζω*)。后者出自 *σφαδ-*,带有猝然、猛然之意,这个词用来表示死时通常带有临死前拼命

---

① J. R. March, "Sophocles' *Ajax*: the death and burial of a hero", *BICS*, 1991—1993, p. 20.

② 我根据汉语习惯对此处原文的语序所作了相应调整。

挣扎之意,而它的反义用在这里也就表示埃阿斯不希望他死时在
那把剑刃上滚来滚去地挣扎: ἐπεύχομαι δὲ καιρίας πληγῆς τυχεῖν, |
ὡς ἀσφάδαστος, αἱμάτων εὐθνησίμων | ἀπορρυέντων, ὄμμα συμβάλω
τόδε〔我祈求,面对我命中的打击,|不做任何的挣扎,让我鲜血伴着|猝然
的死去流淌,让我将双眼阖上:埃斯库罗斯,《阿伽门农》,行 1292－行
1295〕。这句话在写到剑刺埃阿斯时说 πλευρὰν διαρρήξαντα〔从我的
侧肋直插进去〕。据传说,埃阿斯除了肋部,其他地方是刀枪不入
的。埃斯库罗斯的一个散佚剧作(Θεῆσσαι)曾提到过埃阿斯的这
处命门,而这种英雄刀枪不入和总有一处命门的特征似乎出自
阿喀琉斯的传说。特别值得注意的是,品达还将赫拉克勒斯和
萨拉弥斯岛上的主人联系起来,他写到,忒拉蒙在萨拉弥斯岛接
待了赫拉克勒斯,这位曾为阿喀琉斯沐浴的赫拉克勒斯祈祷主
人的儿子能够因为包裹在他身上的那张狮皮而显赫名声(品达,
《伊斯特米凯歌》,V)。从品达的说法中,可以了解到,在传说里,埃
阿斯应该出生在赫拉克勒斯前往萨拉弥斯岛之前,而当时包裹
埃阿斯的狮皮(在这一点上,和阿喀琉斯在传说中一样)也留下了一个
命门,即他的肋部。这种传说在荷马时代尚未流行——荷马写
他能够御敌是因为那个七层重盾,所以,希腊人才会担心埃阿斯
可能因为与狄俄墨得斯激战而负伤(对比荷马,《伊利亚特》,卷 XXI-
II.行 822)。但到柏拉图的时代,这个传说可能已经很流行了:
(χρήμασι) πολὺ μᾶλλον ἄτρωτος ἦν πανταχῇ (sc.ὁ Σωκράτης)
ἢ σιδήρῳ ὁ Αἴας〔(钱财)无论怎样都和他(指苏格拉底)不沾边,就像埃阿
斯浑身都不能被箭矢所伤一样:柏拉图,《会饮》,219e〕。

78. (行 835－行 844)

埃阿斯 [835]我要请求那些永远圣洁的女子帮助我,

因为她们永远都在注视着人世间的苦难,定会看到脚
力快捷的尊敬的厄里诺斯,让她们说一说,阿特柔斯的
儿子们是怎样将苦难的我毁灭。她们或许可以抓起那
些邪恶之人,让他们[840]像你们现在所看到的我一样
在无比的悲惨中毁灭(像我自杀倒下一样,由自己的亲
人将他们杀死,被自己挚爱的后代毁灭)。来吧,厄里
诺斯,真正的复仇神,惩罚他们吧,将他们的部队完全
吞噬,一个人都不要放过。

78.1 杰布认为, τὰς ἀεί τε παρθένους (行835)应当是指 the
eternal maidens〔永远的处女〕;因为,他认为, τὰς ἀεί 应当相当于
这里略去了一个动词不定式 οὔσας〔是、存在〕,这样一来, τὰς ἀεί
就应该相当于 ὁ ἀεὶ ὤν 了——杰布的证据在于 τὸν ἀεὶ κατὰ |
γᾶς σκότον εἱμένος〔你会永远地裹尸在冥界的暗黑中:索福克勒斯,《俄狄
浦斯在克洛诺斯》,行 1700 以下〕一句中的 τὸν ἀεὶ κατὰ 中间也被省
去了一个 ὤν〔是、存在〕。但这里更倾向于认为 τὰς ἀεί 是在表明
παρθένους 身份的永远,而不是在说她的 παρθένους 状态〔存在〕的永
远,而 παρθένους 一词除了表示一般意义的女子之外还有一层含
义,表示和一般已婚妇人(γυνή)相对称的未婚少女或纯洁女子:
οὐ φεύγεις τὸν Ἔρωτα, τὸν οὐ φύγε παρθένος ἄλλη〔爱欲之神并未走开,
圣洁女仙也没有逃走:泰奥克拉底,《演说集》,XXIIV. 65〕。当 τὰς ἀεί
出现在 παρθένους 一词之前时,有理由认为,诗人在这里是要说
埃阿斯所祈求的是圣洁的女仙,而 ἀεί〔永远〕则又在下行再次出
现,更进一步有了相互强调的意味。这里则将 παρθένους 一词的
这一层隐含意味转变为一种明喻,直言永远圣洁的女子。
　　78.2 在雅典,一般人说到复仇女神厄里诺斯时通常都会加
上 σεμνάς〔尊敬的〕这样的称呼,有时甚至直接这样称呼复仇女

神,而并不把厄里诺斯这样的名字说出来: ἵλαοι δὲ καὶ
σύμφρονες γᾷ | δεῦρ' ἴτε, Σεμναί〔慈爱的神明,挚爱这大地的|神明,来
吧,尊敬的女神:埃斯库罗斯,《复仇之神》,行 1040〕;至于其 τανύποδας
〔脚力迅捷〕,这种描述是否相对固定,诗人在另外的地方还有另
一种说法,在说到复仇女神厄里诺斯时,称其行动很快:
χαλκόπους Ἐρινύς〔有着一双青铜双脚的复仇之神:索福克勒斯,《厄勒克
特拉》,行 491〕——这似乎亦有意味:厄里诺斯复仇的到来时常快
得令人惊异。

　　78.3　这里有一段文字(行839—行842),各钞本都记作:

> καί σφας κακοὺς κάκιστα καὶ πανωλέθρους
> ξυναρπάσειαν, ὥσπερ εἰσορῶσ' ἐμὲ
> αὐτοσφαγῆ πίπτοντα, τὼς αὐτοσφαγεῖς
> πρὸς τῶν φιλίστων ἐκγόνων ὀλοίατο.

这几行文字按照原文字面(及语序)可直译作:

> 她们可以将那些不幸的人抓住,让这些人
> 最为悲惨地被毁灭掉,看到他们像我
> 自戕倒下一样,由自己的亲人将他们杀死,
> 被自己挚爱的后代亲手毁灭。

但自 19 世纪初的赫尔曼刊本(七卷集,刊印于 1823 年—1825 年)认
定,至少后两行应该予以删除以来,而近代的各个刊本大都认定
这四行均系伪书。综合各方面的意见,可以找到以下三点理由:
第一,将死的埃阿斯不可能祈求神明,让阿特柔斯的儿子们被自
己挚爱的后代亲手毁灭,而且也没有这样的记载。根据现今所

看到的希腊传说,阿伽门农死在他的妻子和那个妻子的奸夫手上,而墨涅拉厄斯和海伦去到厄琉西乌姆时也并没死(参见《奥德赛》,卷 IV. 行 561)。至于墨涅拉厄斯与海伦在陶里斯被伊菲戈涅亚作为牺牲祭祀的那个故事,也只是后来才出现的,①而那个故事很可能是参照了这里所讹传的文字写下来的。奥德修斯倒的确是被忒勒格努斯杀死的,但在埃阿斯的这句话里却又没有提到奥德修斯。显然,索福克勒斯似乎没有必要让埃阿斯这样去诅咒,因为至少当时在场的观众都知道埃阿斯的这个请求并没有实现。第二,从古典语文学意义上考证,杰布认为,此处的 $\omega\sigma\pi\varepsilon\rho\ \varepsilon\iota\sigma\rho\rho\omega\sigma'\ \dot{\varepsilon}\mu\dot{\varepsilon}$〔像所看到的我〕是针对前一个词 $\xi\upsilon\nu\alpha\rho\pi\dot{\alpha}\sigma\varepsilon\iota\alpha\nu$〔抓住〕而言的;如果后面再有那些话,这句话在句法上就会出现混乱。埃阿斯在这里(行 841)使用了 $\alpha\dot{\upsilon}\tau\sigma\sigma\varphi\alpha\gamma\varepsilon\tilde{\iota}\varsigma$ 一词,这个词既可以表示自杀,也可以表示由一个与死者有血缘关系的人将死者杀死,但却不会同时表示这样两层含义。第三,从词法上看, $\varphi\iota\lambda\dot{\iota}\sigma\tau\omega\nu$〔$\varphi\iota\lambda\dot{\iota}\sigma\tau\sigma\varsigma$, 挚爱〕一词在索福克勒斯和欧里庇得斯笔下都不曾出现过。

　　杰布对索福克勒斯词句研究的贡献在于指出了此处更大的难题,即:行 839 与行 840 是否也系伪托。而 L 钞本在行 841 有一则随文诂证: $\tau\dot{\omega}\varsigma\ \alpha\dot{\upsilon}\tau\sigma\sigma\varphi\alpha\gamma\varepsilon\tilde{\iota}\varsigma\cdot\ \tau\alpha\tilde{\upsilon}\tau\alpha\ \nu\sigma\vartheta\varepsilon\dot{\upsilon}\varepsilon\sigma\vartheta\alpha\dot{\iota}\ \varphi\alpha\sigma\iota\nu\ \dot{\upsilon}\pi\sigma\beta\lambda\eta\vartheta\dot{\varepsilon}\nu\tau\alpha\ \pi\rho\dot{\sigma}\varsigma\ \sigma\alpha\varphi\dot{\eta}\nu\varepsilon\iota\alpha\nu\ \tau\tilde{\omega}\nu\ \lambda\varepsilon\gamma\sigma\mu\dot{\varepsilon}\nu\omega\nu$〔自戕倒下:此处隐含表示在把话说清之前就会倒下〕,似乎为前两行可能为伪书提供了证据;确如杰布所说,这是一个解词的笺注,它所解的是 $\tau\dot{\omega}\varsigma\ \alpha\dot{\upsilon}\tau\sigma\sigma\varphi\alpha\gamma\varepsilon\tilde{\iota}\varsigma$〔自戕倒下〕,所以, $\tau\alpha\tilde{\upsilon}\tau\alpha$〔此、此处〕就应当仅针对行 841 和行 842 两行,并未明确是就这四行而言。也有校勘者称,有人推测,行

---

841 和行 842 两行是"为了使含义更为清晰"，亦即是对 *ὥσπερ εἰσορῶσ' ἐμέ*〔像所看到的我〕在作进一步的解释；但是，这种猜测本身就意味着前两行要比这两行出现得早，由此，显而易见，这四行不会出自同一个作者之手。据此，杰布倾向于认可行839 和行 840 的真实性。而在译文中将可能属于伪托的行 841 和行 842 也同样以括号括起来，但译文中的汉语却很难保持顺畅。

78.4　此句原文中的 *φείδεσθε（φείδομαι）*一词（行 844）本义是把东西放到嘴里咀嚼，也有曾经用作描述战斗激烈的情况：*γευσόμεθ' ἀλλήλων χαλκήρεσιν ἐγχείῃσιν*〔好好品尝一下各自长枪的味道；荷马，《伊利亚特》，卷 XX. 行 258〕；但用作诅咒的语言，却应当属于一种十分刻毒的语言，同时，诗人接着又说了 *μὴ φείδεσθε*〔（一个人都）不要放过〕。埃阿斯的这一大段临终独白中与早前的表现似乎有些矛盾。早前，他因为看到自己曾经做下了那些亵渎神明的事而懊恼不已；但到了临终前，他却把所有的怨怼一下子都倾泻到那阿开亚将领的身上，对他们表露出恨之入骨的仇恨。不过，这样的临终独白在当时的雅典人听起来可能恰恰反映出埃阿斯那种变幻不定的性格——或许我们的诗人就是想要凸显这个高大英猛的人物这种性格上的弱点。到了这时，埃阿斯已经服从了神明，也对神明表现出敬畏与虔诚；但是，对于他认为的错误，他却依然无法宽恕。虽然希腊的普遍观念承认应该善待朋友，而对敌人毫不留情；但是，希腊人其实已经意识到，简单接受这样的道德准则并不是至高无上的美德。而索福克勒斯在这里让埃阿斯这样一说，便使得他成为一个活灵活现地展现在人们面前的英雄。俄狄浦斯在克洛诺斯的表现也是这样的：那时的俄狄浦斯在欧曼尼得斯的龛位上找到了平和，已获得了某种神性；他也希望自己能够成为一个真正的英雄。然而，正是在这样的情形下，他却像埃阿斯对待这些阿开亚将领一样对他的两个儿子发出了极为刻毒的诅咒。另一方面,也注意到,从某种角度上讲,埃阿斯的这种复仇情绪显得有些像是魔鬼上身:他所要毁灭的不仅是那些统帅,而且还想要让 *πανδήμου στρατοῦ* 〔所有的部队〕全都被摧毁。很难说 *πανδήμου στρατοῦ* 在决定阿喀琉斯兵器的归属时都对埃阿斯表现不公;尽管从制度上说,参与此事投票的人代表了 *πανδήμου στρατοῦ*,但毕竟 *πανδήμου στρατοῦ* 在这件事情上并没有做什么,既没有对事态的发展起到推波助澜的作用,当然也没有能够阻止事情的发生。对于此事,似乎可以采用荷马式的理解方式:埃阿斯想要复仇神厄里诺斯对这个部队加以惩罚,只是为了使他对那些统帅的惩罚能够更加严厉;阿波罗曾经为了替他的那位先知而向阿伽门农报仇,便让阿伽门农的整个部队全都感染上瘟疫。

在向宙斯和赫尔墨斯祈祷之后,埃阿斯接着才想到复仇女神祈祷(行835—行844)。他的祈祷则表现为对他所厌恶的人的诅咒。复仇女神在本义上并不一定就是使诅咒实现的女神,只是在某种意义上和诅咒相关,可以使诅咒得到某种强化。

79. (行845—行854)

埃阿斯[845]　太阳神赫里奥斯啊,你驾驭着战车,驰骋在陡峭的天路上,向下张望,你会看到我父辈的家园;请你拉紧你手中金光灿灿的缰绳,然后将我这宿命的厄运传信告诉我年迈的父亲,告诉那个曾经哺育我的人。[850]那个不幸的女人啊,如果听到了这样的消息,她一定会把号啕的悲歌唱得全城都能听得到。可是,那种大声哭泣其实已经毫无意义,现在,该做的事情只需快些去做了。

79.1 当诗人写下 *αἰπὺν οὐρανὸν διφρηλατῶν* (行 846)时，*οὐρανὸν* 〔天穹〕可能被描述成一座高耸的山峰，高高的天穹之山上，道路 *αἰπὺν* 〔陡峭〕，而太阳神 *διφρηλατῶν* 〔驾驭着战车〕在这陡峭的天穹之间驰骋，于是，埃阿斯便祈求 *῾Ήλιος* 〔太阳神赫里奥斯〕在他死后将消息传递到他的家人和朋友当中。值得注意的是 *διφρηλατῶν* 〔驾驭着战车〕一词，以现在分词的形式作 *῾Ήλιε* (*sc. ῾Ήλιος*) 的述词，因此，这句话若按字面语序和意思也可理解为你，在陡峭的天穹上驾驭着战车的赫里奥斯啊，看吧。

79.2 从文本上看，这里只是提到了 *ἡνίαν* 〔缰具，包括缰、辔、口衔等〕，但 *χρυσόνωτον* 〔金光灿灿的〕似乎并不仅是缰具，而且还应当包括赫里奥斯的战服，战靴，还包括马背上的披具，荷马就曾提到过赫尔墨斯穿着的一种 *πέδιλα* ... *χρύσεια* 〔金套鞋，《伊利亚特》，卷 XXIV. 行 340〕。也有学者认为，希腊人说神明金光灿灿，可能是出自传说中神明身上有着羽翼，这些羽翼或本身金光灿灿，或在光芒的照射下熠熠生辉；① 有文献认为，金光灿灿的应该是指整套的马具(阿喀琉斯·泰提乌斯，《文集》，I. 14)，或者说，不可能指缰绳，而应该是指战马的口衔或笼头。以上所述的情况，无论哪一种说法都无法解释，为什么埃阿斯在这里让太阳神赫里奥斯 *ἐπισχών* 〔用手)拉(紧)〕的缰绳是金色的。那末，唯一可以提供的解释就是，太阳神赫里奥斯在天穹之上驾驭马车时，凡间的埃阿斯望上去眼前出现的是太阳神的金光灿灿。有意思的是，早期另一位诗人曾写爱神阿芙洛蒂忒的御座色彩斑斓：*ποικιλόθρον᾽ ἀθανάτ᾽ Ἀφρόδιτα* 〔多彩御座上不朽的阿芙洛蒂忒；萨福，《诗篇》，第 23 首〕；亦可作为参照。

79.3 短语 *ἥσει μέγαν κωκυτὸν* (行 851)可理解为把号啕的哭丧喊出来，而这种将哭丧的声音喊到全城上下无人不知，无人不

---

① W. Helbig, *Das homerische Epos, aus den Denkmälern erläutert*, Leipzig, 1884, 2nd ed. 1887.

晓,却似乎并不是索福克勒斯作品的风格,更带了些许荷马的遗风。写卡桑德拉为赫克托耳哭丧时,荷马曾写过这样的话:*κώκυσέν τ' ἄρ' ἔπειτα γέγωνέ τε πᾶν κατὰ ἄστυ* 〔于是,她将呼嚎的声音喊得全城都能听得到:《伊利亚特》,卷 XXIV. 行 703〕;不过,杰布认为,假定《安提戈涅》的创作时间比这部作品早,那么,当索福克勒斯这样写出来时,雅典人或许更容易想到这位诗人的早前的那部作品。因为,在那里,当欧律狄刻听说自己的家遭受到灭顶之灾时,她曾 *ἐς πόλιν γόους | οὐκ ἀξιώσειν* 〔她却认为,将她的哭泣传遍全城毫无意义:索福克勒斯,《安提戈涅》,行 1247〕。埃阿斯的这段话(行848-行 851)使人马上回想起早前他对苔柯梅萨的请求充耳不闻。为什么苔柯梅萨要他顾及自己父母的请求得不到回应,而他自己又会在这里想到自己的父母? 有学者认为,埃阿斯在这里忽然提到母亲,是因为他的母亲会想到迷恋着什么,[①] 或者是因为这时他在情感上变得疯狂。[②] 但是,这里更倾向于认为,*ἄτας* 一词是指埃阿斯的灾难,或极而言之是指埃阿斯的毁灭,这个毁灭又是命中注定的。如果埃阿斯所指的确实如此,那么,他的这句话中也就隐含着对自己的宿命感到不平。还有一个环节需要加以注意:埃阿斯说到自己母亲的时候,并没有直接用 *μήτηρ* 一词,而是用了 *τροφός* 一词。这个词虽然也可理解为养育的人,但却与一般所说的 *τρέφω* 〔养育〕不同,仅指母亲的哺育和照料。这段话或许意味着,当埃阿斯想到了自己养育欧吕萨克斯的责任(行 499,行 511)以及要在母亲年迈时抚养母亲的责任(行 621-行 625)之后,又忽然想到自己小的时候,母亲曾经哺育自己。

---

① C. Segal, *Tragedy and civilization*, London, 1981, p. 123.
② R. P. Winnington-Ingram, *Sophocles: an interpretation*, Cambridge, 1980, p. 45.

79.4　经过短暂的伤感之后埃阿斯迅速从中走出来,很快想到了自己还有重要的事情要做(行852—行853)。此句原文中,两行都是以 ἀλλά 开始,而这前后两个 ἀλλ’… ἀλλ’ 却有不同的指向:前一个 ἀλλά 针对上面所说的话而言,表示语气转折;而后一个 ἀλλά 则针对前一个 ἀλλά 所说的话而言,是另外一层转折。为此,我将前一个 ἀλλά 理解为但是,而将后一个 ἀλλά 译作现在(意为稍稍有所弱化的但是)。

在向太阳神祈祷(行845—行853)时,他想到的是太阳神赫里奥斯在高高的天穹之上,能够俯瞰到凡世间的一切罪恶与不公。埃阿斯认为,太阳神可以将他所看到的一切如实地转告他的父母双亲。这种观念其实是古希腊人的普遍观念: ἄφαρ δέ οἱ ἄγγελος ἦλθεν | Ἥλιος, ὅ σφ’ ἐνόησε μιγαζομένους φιλότητι 〔(当战神与赫菲斯托斯的妻子偷情时,太阳神)赫里奥斯看到了他们的偷情,向那个人(指赫菲斯托斯)传递了消息:荷马,《奥德赛》,卷 VIII. 行270—行271〕。

80. (行855—行865)

埃阿斯　死亡之神塔纳托斯啊,来吧,看看我吧![855]我在那里还是会与你相遇,会把事情告诉你。还有你,现在依然还在耀眼地闪烁的天光,我在把你召唤,太阳神啊,我在召唤你的战车,这可是最后一次了,从今往后再也不会出现。阳光啊!那神秘的大地啊,我的[860]萨拉弥斯,那里有我父辈祈神之位!名声显赫的雅典人啊,你们有着与我相同的血脉,你们这些泉水与溪涧,还有特洛伊的那一片平原,我要欣慰地对你们说,我是你们养育长大——埃阿斯对你们说出的是他最后诀别的语言。[865]其余的话,我会到冥界对那里的鬼神说。

80.1 照一般的理解,这里所说的 κἀκεῖ 〔而在那里〕应当是指在哈得斯的冥界,亦即阴间(854—855)。在古希腊,提到冥界,人们当然会想到冥界之王 Ἀΐδης 〔哈得斯〕,但冥界却如天界一样也有着诸多的神明。按照赫西俄德的说法,死亡之神 Θάνατος 〔塔纳托斯〕和睡眠之神 Ὕπνος 〔伊波诺斯〕便是哈得斯与 Περσεφόνη 〔珀耳塞弗涅〕的儿子(赫西俄德,《神的族系》,行758以下)。照以弗所出土的文物显示,死亡之神塔纳托斯长有羽翼,手持长剑。而这里,当索福克勒斯说到 κἀκεῖ 〔而在那里〕时,当然是指哈得斯的领地。不过,在上一行,他却要埃阿斯呼唤死亡之神塔纳托斯,这也算是诗人风格的一种体现:ὦ Θάνατε Θάνατε, πῶς ἀεὶ καλούμενος | οὕτω κατ᾽ ἦμαρ οὐ δύνᾳ μολεῖν ποτέ 〔死亡之神啊,死亡之神,我在这里无时无刻地|召唤你! 可你为什么就不能到这里来:《菲洛克忒忒斯》,行797〕。

80.2 短语 τὸ νῦν σέλας (行856)指现在依然还在耀眼的,是对 φαεννῆς 〔天光〕的修饰。这个短语在世俗的或现世的层面上意味着埃阿斯知道自己即将死去,而在死去之后,他就再也不会见到阳光灿烂的天了;但在隐喻的或神秘的层面上,这个短语又意味着埃阿斯知道,太阳神赫里奥斯不会帮助他,并且他也因为意识到这一点而感到懊恼和无助。在这个短语中,σέλας 一词虽然带有一般意义上的燃烧的意味,但同时也隐含着一闪而过的含义。

80.3 一般认为,πανύστατον δὴ κοὔποτ᾽ αὖθις ὕστερον (行857)是对上一行结束时的动词 προσεννέπω 〔我召唤〕的修饰或描述;若此,则这句话在译文中便只能前移,而整句话便会意译作我现在要把太阳神赫里奥斯最后一次呼唤,以后恐怕再也不会有这呼唤了。但是,因为上一行已经以一个逗号表明了一个意群,这样一来,行 857 也就最大可能地成为对上两行(亦即整句话)的一个补充说明,或曰修饰或述语。于是,这里倾向于将这个短语看作是一个相对独立的成分——看上去,它像是一个独立的句子。从古典语文学上看,这个短语后半段的 κοὔποτ᾽ αὖϑις ὕστερον 在字面上带有往后再不会重现或出现的意味(对比索福克勒斯,《安提戈涅》,行 808)。

80.4　对于短语 πατρῷον ἑστίας βάϑρον (行 860),不同的学者有不同的解释。古典语文学家(Liddell & Scott, Jones)认为,这个短语中,πατρῷον〔父辈〕一词应该是侧重在 βάϑρον〔驻足的地方〕一词上,因此,这个短语最有可能表示我父辈曾经的家园或根基。而注疏学者(杰布等)则倾向于将 πατρῷον 一词所指谓的重心放在 ἑστίας〔祈神〕上,这样,这个短语便意谓埃阿斯说萨拉米斯岛上有他父辈祭祀神明的龛台—— βάϑρον 一词本身也有转义表示龛台的文献例证。这里采纳了注疏学家的这一说法,但却以模糊的方式予以处理。

80.5　埃阿斯在这里将雅典人称作 κλειναί (行 861)。对此,杰布引品达的诗句为证: ὦ ταὶ λιπαραὶ καὶ ἰοστέφανοι καὶ ἀοίδιμοι,|Ἑλλάδος ἔρεισμα, κλειναὶ Ἀϑᾶναι, δαιμόνιον πτολίεϑρον〔油光水滑,头戴花冠,歌喉清亮,|维持着整个的希腊,是那名声显赫的雅典城:品达,《残篇》,76〕。但埃阿斯的语气中也带着反讽的意味;这种反讽的意味,同样能够在古典文献中见到: ὁ κλεινὸς αὐτῇ ταὐτὰ νυμφίος παρών〔而她那个名声显赫的新嫁郎君就站在她的身边:埃斯库罗斯,《被缚的普罗米修斯》,行 871－行 873〕;在埃阿斯的语气中似乎也可以体会到些许反讽的意味。

80.6　在另外一部作品中,索福克勒斯曾经写到,菲洛克忒忒斯在离开吕西亚的时候,也曾对那里的溪流与泉水告别:

现在啊，溪流啊，吕西亚的河水，我要离开你们了，我终
于要离开这里，我曾经那样坚持着我的希望（《菲洛克忒特
斯》，行 1461－行 1463）。

在埃阿斯这里，当他在向特洛伊平原告别时，他所说的
ὦ τροφῆς ἐμοί 只是一个呼格短语，照字面直译作养育我的父亲
啊。实际上，这个呼格紧接着前半句的两个呼格，与前半句的两
个呼格在句法学上地位相同，不过，从语义上看，这又是对上两
个呼格的进一步说明，亦即他是说，那些溪涧与泉水在战争中曾
经为他（亦即他的部队）提供了帮助。因此，在临终之际，他要表达
他的欣慰（χαίρετ'）或感激之情。杰布认为，这里所说的溪流与泉
水应该意味着埃阿斯在感激他的命运之水。他还提到，在古希
腊，年轻男性成人之后都会为自己选择一条或给他带来好运，或
为他提供滋养的河。诚然，在希腊，这种礼俗的确曾经存在，不
过，这里却不能断定埃阿斯这时所呼唤的那条命运之河在特洛
伊，而更倾向于认为，埃阿斯的这句话是在对战争中使他能够大
败敌军的溪涧与泉水表现出欣悦。

一般说来，φέγγος 一词的本义是指阳光，亦即白日里的光
线——光亦可以象征生命。但是，当剧情发展到现在，埃阿斯所
能够为自己设想的光却只能是他刚刚还在呼喊的死神之光。对
埃阿斯产生影响的有两个环境：萨拉弥斯岛和那个使他早年的
生活充满了欢乐的、著名的雅典（行 134－行 135）；而特洛伊平原
却使整个世界对他充满了敌意（行 420，行 819），是他最后孤单死
去的地方。

80.7　埃阿斯自戕之前向各位神明祈祷（行 826－行 858），作
为临终留言。他祈求宙斯把他的死讯带给他的兄弟透克洛斯，
祈求冥界引路者赫尔墨斯带领他去往冥界，祈求复仇女神厄里

诺斯在他死后为他报仇,祈求太阳神赫里奥斯把消息送到萨拉弥斯岛,最后还祈求死亡之神塔纳托斯在阴间冥界和他在一起。

最后,当埃阿斯把要说的话都说完之后,埃阿斯最后的两行话,人称有了变化。说到自己在凡间的时候,他把自己变成了另外一个以第三人称形式出现的人(行864);当说到自己到了冥界时,他又变成了第一人称(行865)。这里人称形式的转变使人不能不想到:在凡间,埃阿斯的行止狷狂令他无法见容于希腊大军,无法与自己所在的共同体相容;到了冥界,埃阿斯便可以随心所欲地去做自己愿意做的事情了,可以以自己所喜欢的方式去做任何事情——或许埃阿斯的伟大只有在冥界才能得到最大的展示,也只有在哈得斯的领地,他的 ἀρετή 〔出类拔萃〕也才能得到真正的实现。这便是埃阿斯全部的悲剧所在。

80.8　在古希腊,戏剧舞台上出现杀人(或自戕)的场景十分罕见,这里出现的埃阿斯自戕的场景尤其值得怀疑。从舞美的角度看,至少有一点还不清楚,即埃阿斯扑向那把剑的场景是否真的让观众完整地看到。也许,这个场景当时被场景中某个道具(譬如一片灌木丛)所遮挡。不过,似乎可以认为,埃阿斯的尸体显然是舞台上那些匆忙走过的歌队看不到的。而杰布却提供一个证据:据一个注疏版本的说法,确曾有一个叫做居尼图斯的提摩修斯的演员曾在雅典舞台上表演过这一情节。在说到那位演员的时候,此处有随文诂证说,ἦγε τοὺς θεατὰς καὶ ἐψυχαγώγει, ὡς Σφαγέα αὐτὸν κληθῆναι〔仿佛有杀戮之神的召唤,他将观众带到了冥界〕;不过,这一证据现在已不可考。

场间歌

提要 歌队分作两组,分头外出寻找埃阿斯的踪迹(行866—行878);未能寻找到埃阿斯,歌队陷入恐慌(行879—行890);苔柯梅萨跌倒在埃阿斯身边,大家看到埃阿斯已经自戕(行891—行914);苔柯梅萨将披风盖在埃阿斯的尸体上,保护死者的尊严(行915—行924);众人陷入对埃阿斯的哀悼之中(行925—行960);苔柯梅萨将悲恸转向对阿特柔斯儿子的仇恨(行961—行973)

81. (行866—行878)

第一分歌队 磨难啊,磨难,一个接一个的磨难!
哪里啊? 要去哪里?
还有哪里,是我们没有走到?
再没有哪个地方,需要让我知道。
[870]嘘——
哪儿来的嘈杂声?
第二分歌队队长 是我们哦,是和你们一起乘船出海的人啊。

第一分歌队队长　可有什么发现吗？

第二分歌队队长　船队的这边,月亮升起的这一侧都找遍了。

第一分歌队队长　[875]找到什么了吗？

第二分歌队队长　费尽了全力,没有任何发现。

第一分歌队队长　而沿着太阳升起的这条路这一边,那个人也是一点儿踪迹都看不到。

81.1　在古希腊戏剧中,情节的同一性是最为重要的创作准则之一。然而,索福克勒斯的这部悲剧却在埃阿斯死后使剧中的事件发生了转换。诗人采用了将歌队分作两队的形式,希腊人称这两支歌队为 *ἡμιχόριον* 〔分歌队〕。其中的一队从西侧海岸寻找埃阿斯归来,另一队则从另一侧归来。而这时, *ἡμιχόριον* 分别又各有一位队长作领唱。于是,两队也就在对唱过程中形成一番对话;两支分歌队队长则被称作是 *παραστάται* 〔站在一侧者〕,他们各自站在自己那支分歌队的旁边。不妨猜测,诗人正是借这样的处理方法才会使事件(情节)在无形中完成了转换。

　　照公元二世纪希腊修辞学家伯勒丢克斯(*Ἰούλιος Πολυδεύκης*)的说法,雅典人将这种在歌队第二次上场过程中吟唱的歌称作是 *ἐπιπάροδος* 〔字面含义作歌队上场歌之前,或上场前歌〕;据此,杰布和卡梅尔贝克的刊本都将行 866 至行 874 称作是 *ἐπιπάροδος*,而将行 879 至行 973 看作是一组独立的 *κομμός* 〔本义为捶胸顿足,一般译作哀歌〕。但也有学者认为,行 891 是第四场的开始,[①]不过这种说法并不成立。因为,第一,从行 879 直到行 973,除中间

---

①　Cf. K. Aichele, "Das Epeisodion", in *Jens*, 1971, pp. 47—83.

的三音步插话外,在韵律上都没有明显的形式改变;第二,从行
866 到行 973,所有吟唱部分不仅韵律一以贯之,而且在结构上
也是完整的。据此,我倾向于将行 866 至行 973 看作一个独立
且具有完整结构的整体,亦即将上述所谓 ἐπιπάροδος 和 κομμός 看
作是第三场和第四场之间的一个独立结构;在这个结构中,不同
乐段之间的差别只是吟唱形式的不同。因此,可以将这一结构
称作是场间歌。

场间歌开始时,歌队从当初各自退场时的方向再次上场。上场
时,他们并未看到已经死去的埃阿斯,可能是由于他的尸身被伏倒
在他身上的那些灌木挡住了。当他们四处寻找埃阿斯而又一直找
不到时,忽然听到从他们附近的地方传来一声惊恐的尖叫。那是苔
柯梅萨的声音,她终于发现了他们所要找的人。她不忍心让大家看
到她所看到的,于是用一件长袍将埃阿斯的尸体盖起来。

81.2 场间歌首先是由第一分歌队大声以节奏十分鲜明的四
个抑扬格形成一个二音步音律将歌队对埃阿斯所遭遇磨难的感慨
唱出来: πόνος πόνῳ πόνον φέρει (行 866),①这句话照字面含义直译作
痛苦(πόνος)痛苦地(πόνῳ)(再)生出(φέρει)痛苦(πόνον)。歌队在舞台上
这样喊叫,在观众听来极具震撼效果;但是,在译文中,原文中的音
韵效果却不见了。事实上,以这样的方法在舞台上追求达到
这样的效果,在希腊悲剧中或许并不少见: δόσιν κακὰν κακῶν κακοῖς
〔厄运啊,厄运,又带来了厄运:埃斯库罗斯,《波斯人》,行 1041〕。这句话表
示歌队深为埃阿斯命运多舛所感慨的原因,因此我将它理解为他们
对埃阿斯所遭遇的磨难的感慨,并将其转译作磨难啊,磨难,一个接
一个的磨难。毫无疑问,这一变故在埃阿斯肯定是大的灾难,而在

①　此行音步音韵结构为抑扬格二音步 ⌣ ⌣ ⌣ ⌣,因其独特的音韵特征和语文学
特征而成为希腊语教学经典例句。

他们（这些歌队成员，亦即跟随埃阿斯出征的水手）也注定是大的灾难。此处，有一疑惑，不知道歌队此时如何能如此确定地意识到埃阿斯定然难逃厄运，也或许他们只是猜测埃阿斯此时一定已经死了。

与开始时的呼喊相呼应，接下来两行的 $π\tilde{α}$ $π\tilde{α}$ | $π\tilde{α}$ $γὰρ$ $οὐκ$ $ἔβαν$ $ἐγώ$〔哪里啊？要去哪里？|还有哪里，是我们没有走到：行 867—行 868〕以三个 $π\tilde{α}$ 开始，与上一行三次重复出现的 $πον$- 在这三行中由行首的三个 $π$ 形成行首韵或头韵。而这两行开始时的 $π\tilde{α}$ 又都是呼应上一行的 $πόνος$ 的，这就确定了歌队的这一段场间歌将会把埃阿斯所遭遇的灾难作为其核心，而 $πόνος$ 将成为这段场间歌的主题。

81.3 按照古典语文学家的说法，几乎可以肯定，行 869 的原文在传抄过程中出现了重大错讹。原文中的 $κοὐδεὶς$ $ἐπίσταταί$ $με$ $συμμαθεῖν$ $τόπος$ 照字面意思直译作而且也有任何地方能够明白我和它一起知道，但却几乎完全无法理解这句原文的含义。从句法上理解，$με$ $συμμαθεῖν$ 应该是谓语动词 $ἐπίσταταί$〔明白〕的补语，而 $οὐδεὶς$ ... $τόπος$〔没有任何的地方〕则显然是这句话的主词；其中，$συμμαθεῖν$ 一词也曾被其他古典作家使用过：$ἐμὲ$ $μὲν$ $παρακάλει$, $ὅταν$ $μέλλῃς$, $μανθάνειν$ $ὀρχεῖσθαι$, $ἵνα$ $σοι$ ... $συμμανθάνω$〔我也想跟着你一起跳舞，跟着你好好学学：色诺芬，《会饮》，II. 20〕，但是，杰布说，或许（他肯定地认为）$με$ $συμμαθεῖν$ 有错，因为不能说让他和我一起知道 $με$〔我〕，接着上面所说的 $π\tilde{α}$ $γὰρ$ $οὐκ$ $ἔβαν$ $ἐγώ$〔我们还有哪里没有走到〕的意思往下延伸，应当是让他和我一起 $σφε$ $συμμαθεῖν$〔一起知道它们（即那些地方）〕，也就是说，埃阿斯不会找到大家都不知道的地方自戕。杰布的这种说法，应当承认，是有一定道理的。

81.4 $ἡμῶν$ $γε$ $ναὸς$ $κοινόπλουν$ $ὁμιλίαν$（行 872）的字面意思是"是我们的（的声音），是（和你们）一道驾船（出征的我们）的声音"。

446 高贵的言辞

在这句话中,诗人让第二分歌队的领唱队长连用两次生格:
ἡμῶν〔我们的〕和 *ναός*〔船的〕。这种用法也是希腊常用的一种表
达方式:*ὀπισϑόπους* | *φίλων ἅμ' ἔστειχ' ἡλίκων ὁμήγυρις*〔跟着的有朋
友……原本辈分也相同:欧里庇得斯,《希波吕托斯》,行 1179〕。这里则
将其理解为是我们哦,是和你们一起乘船出海的水手。这句话
中,*ναός κοινόπλουν* 是索福克勒斯专用的一个迂回转折的说法,
在这里表示跟随埃阿斯出海作战。

81.5 关于 *ναός κοινόπλουν*(行 873)一句,有古典语文学家考
证认为,在索福克勒斯笔下,将 *οὖν* 和 *δή* 这样两个小品词放在一
起连用,这并不常见,除了在这里之外仅在《特拉喀斯女孩》(行
153)中有一处这样的用法。① 实际上,这个短语可能是希罗多德
与柏拉图的惯用语。

81.6 原文中,*κοὐδὲν εἰς ὄψιν πλέον*(行 876)一句照字面意思
理解是指在看到的东西当中,什么都没有,亦即是说他们在那里
遍寻埃阿斯的踪迹,但什么都没有发现。这里采取转译的方式,
译作没有任何发现。

81.7 *ἀλλ' οὐδὲ μὲν δή ... οὐδαμοῦ δηλοῖ φανείς* 可以理解为能看
到的东西一点儿都没有显现出来;其中,短语 *ἀλλ' οὐδὲ μὲν δή* 只
是对这句话否定语气的特别强调。这种语气强调显然是接着第
二分歌队上一句所说的没有任何发现而言的,目的是使气氛得
到进一步的加强(行 878)。

82.(行 879—行 890)

第一分歌队 谁来帮帮我啊,谁来帮帮漂泊过海的那些

---

① Cf. J. D. Denniston, *Greek particles*, Oxford, 1954, pp. 468—469.

[880]已经千辛万苦的人？他们一直忙碌得不眠不休。

奥林匹斯山上，

帕斯珀罗湍流边的女神啊——

[885]那个心性暴烈的人

游荡去了哪里，有谁看到他，

能否据实让我知道？可怜我，

拼尽全力，找遍各地，

没有任何结果；

[890]现在，那个病弱之人依然杳无踪迹！

82.1　此处的 ἁλιαδᾶν 一词本义作大海(ἅλιοι)的儿子，后引申表示和大海打交道的人，可理解为一般意义上的渔民，但和通常所说的水手(ναύτης)并不完全相同，虽然苔柯梅萨在这里显然指一直在帮助她寻找埃阿斯的那些水手(行880)。据此，将这个词转译作漂泊过海的人。实际上，这个词也可能专指渔民。如果是这样的话，那么，在这里就出现了两组需要帮助的人：歌队四处寻找埃阿斯无果后当然需要帮助，但是，歌队可能也意识到自己的能力有限，因此需要那些日夜漂泊在海上打鱼的人也参加到寻找埃阿斯的队伍中来，毕竟在海上这些人可能要比以作战为业的歌队成员的能力强一些。

82.2　帕斯珀罗湍流是指希勒斯波特(即希腊海)的湍流。据希罗多德记载，薛西斯曾命人在这段湍流上用船建造起浮桥(希罗多德，《历史》，VII. 35)。而据诗人在这里所述，这一段湍流显然也住着一位水神，承担着保护希腊人的职责，所以，埃阿斯在需要帮助的时候除了祈求奥林匹斯山上的女神之外，很自然地也会想到保佑海上船队的帕斯珀罗湍流边的女神。

82.3　原文中，ὠμόθυμον 一词(行885)是一个复合词，本义是心性(θυμός)粗暴(ὠμός)。此处，苔柯梅萨称埃阿斯为 τὸν ὠμόθυμον〔心性暴

烈的人〕在雅典人听来似乎并不顺耳。因为,据荷马的描述,当埃阿斯取得正义的胜利时,他是会 μειδίων βλοσυροῖσι προσώπασι 〔在坚毅的脸上绽露出微笑:《伊利亚特》,卷Ⅶ. 行212〕的,而索福克勒斯笔下的雅典娜在评价埃阿斯时也指明了其小心谨慎的一面: τούτου τίς ἄν σοι τἀνδρὸς ἢ προνούστερος,| ἢ δρᾶν ἀμείνων ηὑρέθη τὰ καίρια 〔你还能够找到一个人比这个埃阿斯更加谨小慎微,而在做这种事情时更为固执的吗:行119—行120〕。由此可见,苔柯梅萨所说的 τὸν ὠμόθυμον 〔心性暴烈的人〕似乎和观众心目中的埃阿斯并不相符,也或许诗人这样写作恰恰是要凸显苔柯梅萨当时糟糕的心情。

　　82.4 短语 τὸν μακρῶν ἀλάταν πόνων (行889)的字面含义是(经历了)漫长游荡的艰辛,是一个生格短语;这里将这个短语转化成两个子句,即拼尽了全力,找遍了各地,这也与下半句所说 οὐρίῳ μὴ πελάσαι δρόμῳ 〔本义作不能顺利地靠近(他)〕相对应。

　　82.5 苔柯梅萨刚刚说埃阿斯是个 τὸν ὠμόθυμον,可到了歌队这里,埃阿斯却变成了一个 ἀμενηνὸν ἄνδρα 〔这里译作病弱之人〕。ἀμενηνὸν 一词的本义是 μένος 〔气血〕或气势上有了亏欠,用在身体上则表示体力不支。一般注疏者认为,这个说法表示歌队此时又提起埃阿斯神志不清,或会伤及生命;但照 ἀμενηνὸν 一词本义而言,歌队此时关心的是埃阿斯因身染 νόσος 〔重病〕而身体乏力,而这种身体乏力与上文所说的心性暴烈相互转换也并不显得突兀。事实上,荷马通常都是将 ἀμενηνός 一词用在死人或将死之人身上: γουνοῦσθαι νεκύων ἀμενηνὰ κάρηνα 〔你要向亡故者丧失了血气的头颅祈祷:《奥德赛》,卷Ⅹ. 521〕;从荷马这个角度去理解,歌队转而选用这个词来称呼埃阿斯,除了上面所说的那层含义之外(那也的确是其字面上的含义),更深一层的意味或许还在于诗人要通过这个词为稍后将要找到埃阿斯的尸体做语境上的铺垫。

83.(行 891—行 903)

苔柯梅萨　　(大声喊道)呜啊啊,呜啊啊!

歌队队长　　从树丛那边传来的是谁的哭声?

苔柯梅萨　　惨啊!

歌队队长　　我看到了,那个用长剑赢得的不幸的新娘,

[895]苔柯梅萨,那般凄惨,沉浸在悲苦之中⋯⋯

苔柯梅萨　　朋友们,我将逝去,我将会毁灭,我将化为灰烬!

歌队队长　　何以如此啊?

苔柯梅萨　　我们埃阿斯啊,他一定是刚刚死去,

横卧在这里,那剑刃还深深地插在他的身上。

歌队队长　　[900]哎呀,我们已经回不去啦!

哎呀,王公啊,你索性连同和你一道出海的我

也一起杀死吧! 果真可怜的人啊!

那女人也已经痛苦得心碎。

83.1 此时,前台的歌队以及台下的观众都还看不到苔柯梅萨的身影(行 891)。直到行 894,苔柯梅萨才从左侧的入口上场,但在这之前,她的声音却已经出现在舞台前。因此,可以断定,埃阿斯的尸体现在躺在树丛的后面,而树丛也将歌队水手的视线挡住了。所以,当歌队从前台走过时,他们既没有看到埃阿斯的尸体,也没有看到走过来并在埃阿斯尸体上绊倒的苔柯梅萨。当然,因为树丛或许并不十分浓密,所以,当歌队走近看时,他们也隐约中看到了埃阿斯。

83.2 埃阿斯死后躺着的地方被一片 $νάπους$ ($νάπος$) 覆盖(行 892)。这个词在荷马之前从未出现,它最初是指林木茂密的山坳:

$ἄγων \mid Κρισαῖον λόφον \mid ἄμειψεν ἐν κοιλόπεδον νάπος \mid Ͽεοῦ$ 他(指阿波

罗)将那些东西带到(奥林匹斯山下)神明那林木茂密的深谷:品达,《皮托凯歌》,V. 行37—行40〕;而这里,*νάπος* 一词则由诗人借用来表示低矮的树丛,亦即舞台左侧的灌木丛,这里也是唯一一次提到埃阿斯倒在海滩边的灌木丛中。① 而 *πάραυλος ἐξέβη* 表示传出那个声音的灌木丛就在歌队所在很近的地方,汉语中用那边来表示这个很近的距离。有一种说法认为,*πάραυλος* 一词应该出自 *αὐλός* 〔芦笛〕,意思是指那个 *βοή* 〔哭泣〕的声音撕心裂肺,但至少到这时,歌队还没有看到苔柯梅萨;这表明他们或者正朝着与苔柯梅萨相反的方向张望,或者四下张望但却没看到俯身在埃阿斯尸体上的苔柯梅萨。等他们转身循着发出声音的方向细看过去时,自然也就发现了苔柯梅萨,当然也发现了和苔柯梅萨在一起的埃阿斯的尸体。

83.3 按照杰布的说法,苔柯梅萨这里所说的 *ἰὼ τλήμων* 〔惨啊〕是指自己,而不是指埃阿斯(行893);他还提供了一词在另外一处使用的情况作为佐证: *ὦ τλάμων τλάμων ἄρ' ἐγώ* 〔惨啊,实在是我的凄惨:《菲洛克忒特斯》,行1102〕。但这只是一个猜测,因为从句法上,尚不能确定苔柯梅萨在这里是喟叹自己的悲惨,还是伤心于埃阿斯死得悲惨,也或许,在苔柯梅萨心里,两种感慨都是有的。

83.4 照一般句法来理解, *τῷδε συγκεκραμένην* 〔和那个融合〕是完成时中动态分词短语,亦即是 *οἴκτῳ* 〔可怜、凄惨〕的补语,因此,它便表示(苔柯梅萨)沉浸在悲苦之中(行895)。这是一种比喻性的用法,意思近似于表示将两样东西放到一个钵子中搅拌,使其融为一体。在索福克勒斯笔下, *συγκεράννυμι* 一词的这种用法通

---

① 苔柯梅萨所描述的是她凭着自己看到的情况猜测埃阿斯自戕时的情形,虽然这一猜测可能未必属实(对比行906以下)。

常都是指将一个人的心境同不幸或痛苦搅拌在一起：*δειλαία δὲ συγκέκραμαι δύα*〔不幸啊，让我完全陷入其中：《安提戈涅》，行1311〕。

83.5 原文中，*διαπεπόρϑημαι* 一词（行896）的本义作完全被毁灭（*πέρϑω*），表示令人想起时比想到死去更为悲恸的一种逝去，或表示彻底的消失：*διαπεπόρϑηται τὰ Περσῶν πράγμαϑ*〔波斯人的能力已是荡然无存：埃斯库罗斯，《波斯人》，行714〕；这里将它理解为化为灰烬。这句话中，诗人采用了一个近似于排比句的句式。苔柯梅萨所说的 *ᾤχωκ'、ὄλωλα* 以及 *διαπεπόρϑημαι* 这三个动词几乎可以说是同义的，都表示毁灭或失去；但诗人选用这三个词依次排开，却刻意突出这三个词音节逐一加长的特征，从而形成一种紧凑同时又带有絮叨色彩的语言风格，特别凸现了苔柯梅萨刚看到埃阿斯尸体时的无措，这种无措从另一个侧面强化了苔柯梅萨的悲痛。句中的 *φίλοι* 是 *φίλος*〔朋友〕的复数呼格形式，在原文中位于句尾，这里按照中文习惯提到居首。

83.6 在 *τί δ' ἔστιν*（行897）一句中，*δε* 在句法上表示说话的人注意力转移到另外一件事或另一个人身上：*σὺ δὲ τίς εἶ；σοὶ δὲ τί προσήκει ϑάπτειν*〔你又是什么人？你有什么权利操办这一葬礼：伊修厄斯，《演说集》，VIII. 24〕。然而，在中译文中，这个小品词很难完全译出，或许可在语气上有些许的补偿。

文中，*Αἴας ὅδ' ἡμῖν ... κεῖται*（行898-行899）照字面意思来理解是指我们的埃阿斯啊……就躺在这里。如果将这句话当中的另外两个短语单独抽出来，短语 *ἀρτίως νεοσφαγὴς* 借助 *ἀρτίως* 一词就可以表示对 *νεοσφαγής*〔刚刚死去，其字面本义作新近死亡〕的一种强调：*ἄρτι νεοτόμοισι πλήγμασιν*〔那伤口真的还十分新鲜：索福克勒斯，《安提戈涅》，行1283〕；而另一个短语 *φασγάνῳ περιπτυχής* 则表示剑刃被包裹（在身体里），亦即剑刃深深插入埃阿斯的身体。这位诗人在这里对埃阿斯自戕一事的描写，显然不同于另外一位诗人：*Τελαμῶνος δάψεν υἱὸν φασγάνῳ ἀμφικυλίσαις*〔忒拉蒙的儿子羞恨难当，愤然扑向自己的长剑：品达，《涅湄凯歌》，VIII. 行 23〕，由此也显示出各自的诗风。

83.7　在这些跟随埃阿斯来到特洛伊的萨拉弥斯人看来，按照荷马的记载，他们最初想到的是他们再也不能和埃阿斯一起回到家乡萨拉弥斯岛了：*ὤλετο μέν μοι νόστος*〔我们回家的路已然阻断：《伊利亚特》，卷 IX. 行 413〕；那末，他们所说的 *ὤμοι ἐμῶν νόστων*（行 900），从语气上说，也就成为他们在向已经倒地的埃阿斯祈祷，并祭奠他，因为他们完全清楚，埃阿斯一死，接下来他们就只能承受灾难，而不会再有任何赢得荣光的希望。

83.8　早前，歌队就曾经流露出想要赶紧逃脱这里纷繁的战乱，逃脱阿特柔斯两个儿子的报复：*ὥρα τιν᾽ ἤδη τοι κρᾶτα καλύμμασι | κρυψάμενον ποδοῖν κλοπὰν ἀρέσθαι*〔让我们赶快用面纱将我们的脸遮挡，|让我们尽量轻手轻脚找个位子坐下：行 245—行 246〕；但是，如果说早前歌队还只是略带伤感地流露出急切的回家向往的话，当歌队看到埃阿斯的尸体之后，他们首先想到的便是，现在埃阿斯死了，他们回家的希望已经变得渺茫；埃阿斯自己倒是从那些麻烦中得到了解脱，但他的朋友却为此付出了极大的代价（行 901—行 902）。在索福克勒斯笔下，一个人通过自己的死而使另外的人受难，这样的例子可能不只这一处：*οὐκοῦν κλεινὴ καὶ ἔπαινον ἔχουσ᾽ | ἐς τόδ᾽ ἀπέρχει κεῦθος νεκύων*〔你的灿烂与辉煌，对你的赞扬，都会|和你一道，一直走到死神那幽远的地方：《安提戈涅》，行 817〕。歌队这种最初的反应想必是他们最直接的想法。

83.9　刚刚想过了自己处境之后，歌队接着又想到了苔柯梅萨。她和大家会一起受难在以后的情节中还将进一步展开（行 966—行 973）。关于短语 *ὦ ταλαίφρων γύναι*（行 903），虽然从词法上，*ταλαίφρων*〔痛苦而致心碎〕一词既可以被看作是呼格，也可以被看作是主格,但是,跟着的 γύναι 一词却只是 γυνή〔女人〕的呼格。据此,杰布虽然承认这个钞本可能是最权威的,但却依然认为,这句话写作 ὦ ταλαίφρων γύναι(这两个词均都只是呼格)或许要比 ὦ ταλαίφρων γυνή(均为主格)更为贴切。这一区分虽然只是将词法的问题衍伸到句法当中,但其中的异同却影响到句义:若均采用主格,则句义更倾向于描述,亦即对苔柯梅萨所处的糟糕处境的陈述;若均采用呼格,则似乎依然是在接上句,向埃阿斯祈求或祈祷,并未真的涉及苔柯梅萨的处境。蹊跷的是,现在所见到的文本恰好在 ταλαίφρων〔痛苦而致心碎〕一词的格位上存在模糊之处,这也为文本的解读制造了难处。

84.(行 904—行 914)

苔柯梅萨　他现在的情况已令我们啊呀啊呀地悲痛哭叫!

歌队队长　[905]是什么人出手将那个命运多舛的人设计了啊?

苔柯梅萨　看得出,是他自己干的——在地上,插着一把剑,他扑倒在上面,使自己完蛋了。

歌队队长　[910]啊呀,我真糊涂啊,竟让你独自倒在血泊中,没有一个朋友把你守护!
我可真傻,真笨,竟然这样粗心!在哪里呢?在哪里?
那个桀骜不驯而命藏不祥的埃阿斯啊,他躺在何处?

84.1　前面,当苔柯梅萨得知埃阿斯失心疯癫之后,她已经表现出极大的焦虑(行 281);而当她看到埃阿斯扑倒在那把倒竖的剑上时,她的喊声便成为痛苦的声腔:此句中,αἰάζειν 一词正是从 αἰαῖ 而来,表示悲恸得哭泣,属于语气词(对比行 430);这里

将这个词转换成中文短语啊呀啊呀地悲痛哭叫(行904)。索福
克勒斯选用这个词来表示苔柯梅萨为埃阿斯感到的悲痛欲绝,
恰恰是为了显示那种悲痛欲绝与给埃阿斯带来厄运的那个名字
之间的紧密联系。

84.2 ἔπραξε (πράσω)〔做〕一词本义表示做事,处理事情,但杰
布却注意到,这个词所带有的一层引申的含义可能也在这里有
所体现,亦即 πράσω 一词还表示设计、图谋;事实上, πράσω 一词
甚至从这层含义中还引申出图谋杀害的意味:
καὶ τὰ περὶ τὸν φόνον ἀγριωτέρως ἂν πράξειεν〔而这位则可能被判定犯
下残暴的谋杀罪:柏拉图,《礼法》,867d〕。据此,尽可猜测,歌队这时
隐约间还在假设,埃阿斯或许是被某个人密谋杀害的,亦即
χειρὶ δύσμορος〔出手对付(那个)命运多舛的人(即埃阿斯)〕,这个出手
(χειρὶ)显然是他人出手,而此时,歌队并不知道埃阿斯是扑到自
己的长剑上自戕的(行905)。

84.3 从简单意义上说, περιπετές 一词应当是指他扑倒(行
907);但从原文的句法来判断, περιπετές 一词却是一个被动态形
式,作 ἔγχος〔那把剑〕的述词,表示地上插着的是埃阿斯扑上去的
那把剑,而将这个述词单独分离出来,在译文中也并非完全没有
道理。值得注意的是,据杰布的转引,公元前四世纪新柏拉图主
义论辩家卡帕多希亚的游斯塔提厄斯(Εὐστάθιος Καππάδοκος)曾对索
福克勒斯此句中 περιπετές 有过一句评价。他说, Σοφοκλῆς ἔγχος
περιπετές εἰπεῖν ἐτόλμησεν, ᾧ περιπέπτωκεν Αἴας〔索福克勒斯说到埃阿斯
倒下时,说他是滚倒在剑上的,这个说法实在是粗俗〕。这或许是最早对
这句话的语言风格作出评价的文献,之后,许多注疏学家又为这
句话的粗俗风格提供了各种各样的证据,诸如 τὰ ἄγκιστρα ...
περιπαγέντα τοῖς ἰχθύσι〔鱼在钩上翻滚:埃里亚的克劳蒂,《心灵志》,卷
XV. 10〕。杰布由此认为,这时,那把剑应当像是插在埃阿斯身上

的一根钢钎,所以,埃阿斯的自戕也就是用他自己的长剑将自己的身体刺穿。而从 *περιπετὲς* 一词的粗俗的意味当中又可以看出,至少按照苔柯梅萨的描述,埃阿斯死时肯定有过可能已经毁掉其尊严的挣扎,其形状应该很是惨烈;同时,藉此或许也可以看到,苔柯梅萨在看到自己丈夫惨死之状时可能把自己身份的象征也已全然丢弃。

84.4　当歌队队长喊出 *ὤμοι* 〔啊呀〕时(行 909),他想到的并不仅只是埃阿斯,而且还包括他自己。他说 *ἐμᾶς ἄτας* 是指他自己 *ἄτας* 〔这里译作糊涂〕。对于 *ἄτας* 一词,当然可以简单地从字面上将这个词其理解为无可救药,但需知, *ἄτας* 一词所表示的无可救药却是由愚蠢或莽撞的举动所导致的: *Ζεῦ πάτερ, ἦ ῥά τιν᾽ ὑπερμενέων βασιλήων | τῇδ᾽ ἄτῃ ἄασας* 〔我的父亲宙斯啊,你将那个鼎盛的国王一下子就给毁掉了:《伊利亚特》,卷 VIII. 行 237〕。细考 *ἄτας* 一词,还会发现,这个词也可以成为毁灭女神阿忒厄(*ἡ Ἄτη*)的名字,而毁灭女神阿忒厄也是通过使人做出莽撞或愚蠢之事而令其毁灭(荷马,《伊利亚特》,卷 XIX. 行 91 ,卷 IX. 行 504;赫西俄德,《神的族系》,行 230;柏拉图,《会饮》,195d)。

84.5　*δυστράπελος* 一词(行 914)表示桀骜不驯,这个词是与 *εὐτράπελος* 〔诡谲机敏〕相对而言的;而当这个词与 *εὐτράπελος* 对举时, *δυστράπελος* 一词又带有郁闷愁苦的意味: *καὶ ὁ εὐτράπελος μέσος τοῦ ἀγροίκου καὶ δυστραπέλου καὶ τοῦ βωμολόχου* 〔诡谲机敏者则居间于乖僻郁闷与刁钻油滑之中:亚里士多德,《尤昔墨伦理学》,1234 a5〕。也或许在中译文中,桀骜不驯本义也带有怀才不遇的意味,至少表明此人因受不公平待遇性格变得倨傲冷峻。而 *δυσώνυμος* 一词显然不止于不幸,而显示着埃阿斯这个名字中的悲哀。

85. (行 915—行 924)

苔柯梅萨　　[915]千万不能让人看到！就用这件披风将
他严严实实地盖好。任何人，起码他的朋友，任何人都
会无法忍受——他们看到的是，他的鼻孔和他自戕的伤
口那里，暗红的血正在喷涌。[920]啊呀，我该怎么办？
哪个朋友能够出手抬一下你啊？透克洛斯现在哪里？
如果他想要将他这位倒下的兄弟的尸身收殓，那他最好
现在赶到这里。命运多舛的埃阿斯啊，那样显赫的一个
人啊，就是你的敌人也会认为应该为你唱诵哀歌！

85.1　在这一节里，苔柯梅萨突然又恢复以平实的语气用三
音步抑扬格的音韵独白。她提到了 περιπτυχεῖ φάρει，这个短语本来
是指用一大块布(φάρει)裹着(περιπτυχεῖ)，但此处的 φάρει 却并不是泛
指大块布料，而专指苔柯梅萨自己身上的那件披风(行 916)。对于
这个词，古典语文学界或许会有不同的理解：一般说来，φάρος 的
本义指大块布料：τόφρα δὲ φάρε' ἔνεικε Καλυψώ〔来自克吕普索那里
的大块布匹：荷马，《奥德赛》，卷 V. 行 258〕；然而，这个词的引申义却可
以表示没有袖子的长披风或斗篷：περὶ δὲ μέγα βάλλετο φᾶρος〔穿
上(他的)那件厚厚的披风：荷马，《伊利亚特》，卷 II. 行 43〕。但又有古典
语文学家(Liddell & Scott, Jones)认为，φάρος 一词应当是指死者在
其下葬时所穿着的寿衣，其证据在于 καθύπερθε δὲ φάρεϊ λευκῷ〔通身
洁白的寿衣：荷马，《伊利亚特》，卷 XIIIV. 行 353；也对比卷 XXIV. 行 580〕；
但那些古典语文学家或许没有注意到，苔柯梅萨是在慌乱中撞到
埃阿斯尸身上的，在这种误打误撞的情形下，她不大可能提前为
埃阿斯准备好一件下葬的寿衣。在她风尘仆仆寻找埃阿斯回来

时，当她到达营帐之外的海滩边时，她身上穿着一件披风，这是很自然的事情，而这时用这件披风将埃阿斯尸身盖上，这也是使埃阿斯不丧失尊严的最重要举动。从剧作的角度考虑，这一举动也为接下来透克洛斯下葬埃阿斯埋下伏笔，或许可以看作是这种罕见的戏剧情节转换的一个关键。①

85.2　当苔柯梅萨说任何人都无法接受，无法忍受埃阿斯自戕而死的惨状时，她的心境应该还没有平静下来。因为，从句法上看，既然在前面说了 οὐδείς ... τλαίη〔任谁都不能承受〕，自然就不需要再说 ὅστις καί φίλος〔朋友中的任何人〕了，οὐδείς〔任谁都不〕一词已经把所有能够承受这一惨烈场面的人都以否定了，而接下来用一个小品词 καί 再来强调一次他的朋友也就显得有些多余了。为了表明这一语气上的混乱，我刻意地将这个任何人在 ὅστις καί φίλος 之间重复了一遍，而将后者转译作起码他的朋友（行917）。不过，也有学者认为，索福克勒斯笔下的苔柯梅萨这样说话是想她眼中算得上是埃阿斯朋友的人强调一番；② 这种理解也不失为一种尚且能够言之成理的理解。

85.3　除了苔柯梅萨将埃阿斯已经以极为悲惨的方式死去告诉了他的随从之外，值得注意的是她说 φυσῶντ' ἄνω πρός ῥῖνας ... αἷμα〔血从他的鼻孔中喷射而出：行918—行919〕。这个说法十分特别：按照一般的说法，当埃阿斯把他的长剑倒埋在沙滩上，然后自己扑上去自戕的时候，他受伤的位置应该在胸部或腹部，可苔柯梅萨为什么会看到从他的鼻孔有鲜血喷射出来呢？或许在希腊人看来，人体内脏的任何伤害都会导致鼻孔喷血：当奥德修斯一箭射中安提诺厄斯的喉咙，使后者立时毙命时，这位安提诺厄斯的

---

① Cf. C. Segal, *Tragedy and civilization: an interpretation of Sophocles*, London, 1981, p. 117.

② J. D. Denniston, *The Greek particles*, Oxford, 1954, p. 295.

血也是从鼻孔中流淌而出的：αὐτίκα δ' αἰλὸς ἀνὰ ῥῖνας παχὺς ἦλϑεν | αἵματος ἀνδρομέοιο〔他手中酒杯滑落掉下，从那鼻孔中，|滚滚鲜血便流淌而出：荷马，《奥德赛》，卷 XXII. 行 18〕。当然，也可以看到，索福克勒斯的 φυσῶντ' ἄνω〔字面含义表示向上喷射〕或许比另一位诗人简单说 ἦλϑεν〔字面含义表示出来，我将其转意理解为流淌而出〕要来得生动许多。但是，一如杰布所说，当这位诗人写下 μελανϑὲν 一词时，他肯定想到，这个词和 μέλαν〔暗黑的〕在表现力度上有所不同。前者应当是动词 μελαῖνω〔使其变黑，使其暗淡〕的不定过去时被动态分词作形容词，表示埃阿斯的鲜血在喷射出来之后迅速变得色泽暗淡下来。这有两层含义：其一，杰布说，可能是因为诗人有个误解，以为鲜血遇到空气之后会迅速变得暗淡；其二，也许是更重要的一点，这里的 μελανϑὲν 一词可能并不在侧重于黑，而侧重于暗，因此更贴近暗红的意思。在这段话中，苔柯梅萨将尸体盖上，这并不是索福克勒斯刻意虚构出来的，至少在某种程度上是当时的一种习俗。[①] 苔柯梅萨有可能是用自己的面纱将埃阿斯的尸体盖上——把自己的面纱盖到尸体上，似乎有些怪异。苔柯梅萨用来盖上尸体的也有可能是自己穿着的披风。这里更倾向于这样的理解。而如果将 φάρει (φάρος) 一词（像杰布那样）直接理解为裹尸布，则可能就会牵强了一些：因为，首先，她不大可能提前为埃阿斯准备好裹尸布，尽管她原本可能已经预感到埃阿斯会遭遇莫大的灾难，但当她看到扑倒在剑上的埃阿斯的尸体的时候，她手边是不会有现成的裹尸布的；其次，从苔柯梅萨为埃阿斯将尸体覆盖的目的来看，尽管从某个角度上看可能表示她想要与埃阿斯的随从一道祭奠亡者，但更重要的是，如她所说，她是要避免埃阿斯的尸体被他生前所厌恶的敌人嘲笑，亦即要趁祭奠仪式开始前保

---

① Cf. M. Heath, *The poetics of Greek tragedy*, Stanford, 1987, p. 199.

护埃阿斯的尸体。

85.4　*βαστάσει* 一词的字面含义为抬起。但在苔柯梅萨那里，*βαστάσει* 或许还带有收殓的意味(行 920)，亦即这时的苔柯梅萨关心的是谁能来把埃阿斯的尸体收殓，谁能为埃阿斯安排下葬的礼仪。这也是本剧下半部的主题。

85.5　索福克勒斯在这里采用的 *συγκαθαρμόσαι* 一词应当可以被看作 *καθαρμόζειν* 的另一种表达形式(行 922)，而后者的本义表示包裹，欧里庇得斯曾用这个词表示包扎伤口：*κάλυπτε μέλεα ματέρος | πέπλοις, καθάρμοσον σφαγάς*〔用那件衣服将母亲的尸身 | 盖上，将那伤口包扎停当：欧里庇得斯，《厄勒克特拉》，行 1227〕。这里当 *καθαρμόζειν* 添加前缀 *συν-* 后，诗人所要说的便是将死者的尸身包裹收殓，带有下葬的意味：*θανόντας αὐτόχειρ ὑμᾶς ἐγὼ | ἔλουσα κἀκόσμησα*〔在你们死去的时候，我曾亲手洁净你们，我曾安置你们的尸身：索福克勒斯，《安提戈涅》，行 900〕。苔柯梅萨其实是想让透克洛斯尽快赶到这里，让埃阿斯能够有尊严地下葬。在前面(行 827)，苔柯梅萨已经提到过透克洛斯了。这里，当苔柯梅萨再次询问透克洛斯何在时，她仿佛从一个侧面告诉观众，在接下来的剧情发展中，埃阿斯的葬礼将是一个严峻的问题，在这个问题面前，透克洛斯将承担重要的责任，他在后面的剧情中将成为一个主角。

85.6　短语 *ὧν οἵως ἔχεις* (行 923)实际上指那样显赫，其字面含义为在那样高高的地位上。这应当是指埃阿斯在希腊大军的军中享有极高的声望。经过这样的解读，她接下来所说的 *ὡς καὶ παρ᾽ ἐχθροῖς ἄξιος θρήνων τυχεῖν*〔就是敌人也会觉得为你唱诵哀歌是应该的〕也就完全可以理解。

苔柯梅萨以为，像埃阿斯这样伟大的英雄，即便是一直厌恶和讨厌他的人都会为他的死感到悲伤，都会认为悼念他，为他举

行庄重的、有尊严的葬礼是必须做的事情。但是,马上就会看到,
她的这些想法和墨涅拉厄斯以及阿伽门农的想法相去甚远,完全
是她自己一厢情愿的幻想。事实上,如果让苔柯梅萨冷静下来,
她也会完全清楚这一点,当歌队说那些人会嘲笑埃阿斯时,她也
曾表示赞同(行 616-行 620)。不过,倒是奥德修斯,虽然他将阿喀
琉斯的兵器从埃阿斯手中赢去,但却没有像歌队和苔柯梅萨想象
的那样嘲笑埃阿斯,反而像苔柯梅萨所幻想的那样让埃阿斯能够
有尊严地下葬。

86. (行 925-行 936)

歌队　[925]可怜的人啊,斗转星移,你一直
被你那紧绷的神经牢牢地控制,或许正是
这些,使你的厄运中充满了无尽的艰辛。
[930]我听到,经过长夜到天明,
你一直在呻吟,怀着狂躁的
仇恨面对阿特柔斯的后人,
胸中充满了可怕的心绪。
那个人的悲哀从一开始就无可
[935]避免——那时,强手在为了
(……)要得到兵器而比拼。

86.1 对于 στερεόφρων〔紧绷的(性情);行 926〕一词,或许可以将
这样一种描述分解成 τὸ στερεὸν ἦϑος〔带着戾气的禀性〕这样一个短
语;而对于那种带着戾气的人,柏拉图则将他们称作是
τὰς ἐπὶ τὴν ἀνδρίαν μᾶλλον ξυντεινούσας (φύσεις)〔(心里)绷得很紧的那种
人;柏拉图,《政治家》,309b〕。在埃阿斯的随从看来,苔柯梅萨敏感而

又炽热的性格特质在平日里可能未表现出来，只是当埃阿斯自戕身亡之后，她才变得不再像平时那样温良了。

86.2　歌队说埃阿斯的悲剧是他的命数使然（行 927－行 928）。这句话可以有两种不同的理解：其一，如果从歌队提到埃阿斯性格的角度出发，可以认为，歌队的意思是埃阿斯暴烈的性格使埃阿斯走上了那条不归路；①但我们也可以从宿命的角度去理解：如果把埃阿斯自戕看作是一个偶然事件，那么，或许也可以说，这就是埃阿斯命数当中注定的。

86.3　首先需要明确，歌队这一段话是针对死去的埃阿斯说的，他们对埃阿斯的自戕感到极度的悲哀。值得注意的是，在现存的钞本中，短语 πάννυχα καὶ φαέθοντ᾿（行 930）有一则随文诂证：κατὰ νύκτα καὶ ἡμέραν〔夜晚与白天〕；按照杰布的说法，诗人在这里用 φαέθοντα〔字面意思作能见到阳光的时候〕来表述，而没有采用 ἡμερινά〔白天〕或 πανημέρια〔天亮的时候〕，是为了和 πάννυχα〔字面意思作整夜〕相对应。但是，也有学者认为，如果采用 πανημέρια 一词，那么，这个词或许就可以和下一行的 ἀνεστέναζες〔你不停地呻吟〕联系在一起来理解，这样，这句话或许就可译作经过长夜，在天亮的时候，你一直就在呻吟。这种理解虽然在句法上不是没有道理，但显然与埃阿斯痛苦的呻吟是在夜晚这一情形不符，因此也不能被绝大多数研究者接受。

86.4　苔柯梅萨先前曾将埃阿斯称作 τὸν ὠμόθυμον〔心性暴烈的人；行 885〕；而在这里，歌队（亦即跟随埃阿斯的那些水手）则把这个心性暴烈的特征表述为一种 ὠμόφρων ἐχθοδόπ᾿〔狂躁的仇恨；行 933〕。照杰布的说法，接下来的 οὐλίῳ σὺν πάθει 是指埃阿斯这种禀

① R. P. Winnington-Ingram, *Sophocles: an interpretation*, Cambridge, 1980, p. 163.

性所导致的结果,若此,则 $\pi\acute{a}\vartheta\varepsilon\iota$ 一词就应当理解为一种心绪,而这个短语就可以理解为胸中充满了可怕的心绪。但是,虽然杰布并不赞同,却也还是将这个短语的另外一种理解陈述出来:也有学者(如坎贝尔)将这种 $o\grave{\upsilon}\lambda\acute{\iota}\omega\ \sigma\grave{\upsilon}\nu\ \pi\acute{a}\vartheta\varepsilon\iota$ 看作是埃阿斯 $\grave{\omega}\mu\acute{o}\varphi\varrho\omega\nu\ \grave{\varepsilon}\chi\vartheta o\delta\acute{o}\pi'\ \text{'}A\tau\varrho\varepsilon\acute{\iota}\delta a\iota\varsigma$〔怀着狂躁的仇恨面对阿特柔斯的后人〕的原因,照此理解,则这个短语又可转译作可怕的灾难或变故。这样两种不同的理解都涉及到 $\pi\acute{a}\vartheta o\varsigma$ ($\pi\acute{a}\vartheta\varepsilon\iota$)一词的双重含义,即灾难与情绪。不过,适如杰布所看到的,由于这个短语中前置词 $\sigma\grave{\upsilon}\nu$ 的出现,便使这个短语上面的 $\grave{\omega}\mu\acute{o}\varphi\varrho\omega\nu\ \grave{\varepsilon}\chi\vartheta o\delta\acute{o}\pi'\ \text{'}A\tau\varrho\varepsilon\acute{\iota}\delta a\iota\varsigma$ 连在一起,而不大可能和引起这种仇恨的遭遇或变故相关。

86.5 在 $\mu\acute{\varepsilon}\gamma a\varsigma\ \check{a}\varrho'\ \check{\eta}\nu\ \grave{\varepsilon}\kappa\varepsilon\tilde{\iota}\nu o\varsigma\ \check{a}\varrho\chi\omega\nu\ \chi\varrho\acute{o}\nu o\varsigma\ \pi\eta\mu\acute{a}\tau\omega\nu$(行 934 以下)一句中,$\mu\acute{\varepsilon}\gamma a\varsigma$〔大、强悍〕一词可以看作是 $\chi\varrho\acute{o}\nu o\varsigma\ \pi\eta\mu\acute{a}\tau\omega\nu$〔艰难时刻,不幸的时日〕的述语,因此,这句话照字面意思就可以理解为在那人身上,从开始时,他的不幸的时刻就十分巨大(亦即无法抵抗)。而这里更倾向于对这句话加以调整,将主词 $\chi\varrho\acute{o}\nu o\varsigma$〔时间、时日〕隐去,而将这个主词的另一个述语 $\pi\eta\mu\acute{a}\tau\omega\nu$〔艰难、不幸〕作为此句的名词主语。

86.6 在原文行 936 的 $\check{o}\pi\lambda\omega\nu$〔工具、家伙,在这里专指阿喀琉斯的兵器〕一词之前,按照此处的音律,还应当有一组长短短长的音律,所以,一般研究者认为这里可能在传抄过程中有脱字。杰布说,有学者(George Musgrave)认为,在 $\check{o}\pi\lambda\omega\nu$ 一词的前面可能还有一个 $\chi\varrho\upsilon\sigma o\delta\acute{\varepsilon}\tau\omega\nu$〔金的、金光闪闪的〕,其理由在于:第一,这个词的音律恰好为长短短长;第二,根据荷马的描述,阿喀琉斯的盾牌是用金子制成的(或以金箔包裹):$\chi\varrho\upsilon\sigma\grave{o}\varsigma\ \gamma\grave{a}\varrho\ \grave{\varepsilon}\varrho\acute{\upsilon}\kappa a\kappa\varepsilon,\ \delta\tilde{\omega}\varrho a\ \vartheta\varepsilon o\tilde{\iota}o$〔阿喀琉斯的盾〕以纯金打造,完全是神的惠赐:《伊利亚特》,卷 XX. 行 268〕。如果这个补充能够成立,则这句话就应译作争相想要得到金光闪亮的兵器。但是,杰布指明,因为这个词前面 $\grave{a}\varrho\iota\sigma\tau\acute{o}\chi\varepsilon\iota\varrho$〔强手〕一词的最

后一个音素是 -ǫ,所以,跟在它后面的 χǫυσοδέτων 一词当中,其头一个音素 χε- 就应当略去,而一旦这个音素被略去,它的音律也就不存在了。这样看来,想要在 ὅπλων 一词之前加上一个 χǫυσοδέτων 似乎并不容易。

87.（行 937—行 945）

苔柯梅萨　　呜啊,呜呜啊!

歌队队长　　浸入你肝里的,我知道,是你高贵的痛楚。

苔柯梅萨　　呜啊,呜啊!

歌队队长　　[940]我明白,你这个女子啊,你这样不停地哭诉,只因为你真心挚爱的那个人刚刚逝去。

苔柯梅萨　　你只是揣度,而我却是要去感受。

歌队队长　　确实没错。

苔柯梅萨　　我的孩子啊,那是怎样的枷锁呀,等着我们自己去戴上?

[945]而奴役我们的将是怎样的主子呀?!

87.1　在古希腊人的观念中,人不同的情绪是存放在不同的内脏器官中的, ἧπαǫ〔肝脏〕正是存放愤怒与痛苦的器官: ἄλγησον ἧπαǫ ἐνδίκοις ὀνείδεσιν〔那些叱骂如芒刺在肝脏之中:埃斯库罗斯,《复仇之神》,行 135〕。有意思的是,古希腊人这种将各种不同心境与情绪分派到不同脏器的观念,与中国春秋战国时期的《黄帝内经·素问》有着奇特的相似之处:"怒伤肝、喜伤心、思伤脾、忧伤肺、恐伤肾。"至于短语 γενναία δύη〔高贵的痛楚〕,或许也可理解为真正的痛楚,因为 γενναία 一词当中确实带有身世正当或出处正当的意思(行 939)。既然这悲痛藏于肝脏之中,在希腊人看来自然也就是正当的了,这种正当的悲痛显然和无名邪火或莫名伤感是有区别的。

87.2 关于 *οἰμῶξαι* 一词(行 940),其本义表示哭泣、悲悼,在这里也确实是指苔柯梅萨在埃阿斯的尸身旁哀悼哭泣。但是,有意思的是, *οἰμῶξαι* 一词在表示哭泣的同时还带有一层隐含的意味,表示在哭泣过程中哀悼者与被哀悼者之间的一种"对话": *οἴμοι τάλαινα. νῦν γὰρ οἰμῶξαι πάρα Ὀρέστα*〔阿瑞斯忒斯啊,我要为你悲惨的遭遇哀悼:索福克勒斯,《厄勒克特拉》,行 788〕。或许因为这种"对话"的一方可能已经死了,所以,在有些文本中, *οἰμῶξαι* 一词在被用来对活着的人说话时还被当作是一种诅咒语: *οἰμώξαρα σύ*〔你这该死的家伙:阿里斯托芬,《蛙》,行 257〕。

87.3 分词 *ἀποβλαφθεῖσαν* (行 941)和后面的名词 *φίλου*〔挚爱的人〕组合成一个短语,虽然一般地表示她所爱的人死去了,但这个被动态分词却隐含一层含义,暗指这人的逝去是某种难以驾驭的力量迫使他和她分离。这一层隐含之意涉及到 *ἀποβλάπτω* 一词的特定含义: *ὅταν δέ τις θεῶν | βλάπτῃ, δύναιτ᾽ ἂν οὐδ᾽ ἂν ἰσχύων φυγεῖν*〔如果神明想要|加害于人的话,那么,即便是身强力壮者也不能幸免:索福克勒斯,《厄勒克特拉》,行 696〕。分词 *ἀποβλαφθεῖσαν* 又以阴性形式出现,因此,这句话中隐含的意味也就更加确定无疑:或许,在歌队队长看来,埃阿斯并非死于纯然的自戕,而在他自戕的背后还有一只手在推动、催动,而推动他的力量便是女神雅典娜。

87.4 苔柯梅萨将 *δοκεῖν* 和 *φρονεῖν* 两个词对举(行 942): *δοκεῖν* 一词一般可以理解为以为、觉得,在日常的演说中并无褒贬: *ἐγὼ δὲ οὐδένα οὕτω θερμὸν καὶ ἀνδρεῖον ἄνθρωπον εἶναι δοκῶ*〔我决不以为有那种精于算计而又英勇果敢的人存在:安提封尼,《演说集》,II. iv. 5〕。但是,如果仔细分析典籍,却可以发现, *δοκεῖν* 一词似乎

具有意思相反的两层含义：$τὰ\ ἀεὶ\ δοκοῦντα\ ...\ τῷ\ δοκοῦντι$
$εἶναι\ ἀληθῆ$〔看似真实的（东西）……对那些以为它们（真实）的人才是真
实的:柏拉图,《泰阿泰得》,158e〕。在柏拉图这句话中,前一个
$δοκοῦντα$〔看似〕和后一个 $δοκοῦντι$〔以为〕肯定不在同一层含义
上,虽然这只是同一个词 $δοκέω$ 的两种不同词法形态。于是,
当苔柯梅萨将这个词和表示真实感受的 $φρονεῖν$ 一词对举时,
几乎可以断定, $δοκεῖν$ 一词在以为之外可能还表示某种猜测
的含义。事实上,苔柯梅萨虽然也知道歌队对她倾注在埃阿
斯身上的感情有着了解,但她说他们是在 $δοκεῖν$,言外之意或
许还包含他们只是能够在某种程度上来评价埃阿斯的死带
给她的灾难,而她自己则将切身地感受这一灾难。这一区别
的意义在于,苔柯梅萨并不在意歌队队长试图为那个悲痛找
到的所谓理由。因为在她看来,歌队所能够提供的只是 $δόξα$
〔意见〕,而她却需要基于自己的经验去理解。

87.5　这个时候,苔柯梅萨的儿子欧吕萨克斯并不在舞
台上,亦即并不在他父亲自戕的现场。而诗人却让苔柯梅萨
采用一种 $ἀποστροφή$〔顿呼〕的形式,即在其独白中突然将欧吕
萨克斯拉入到这个情景中来。$οἷοι\ νῦν\ ἐφεστᾶσιν\ σκοποί$（行945）
这句话,从文本来理解,诗人在这里用了 $οἷοι$ 这个关系词,因
此,这句话也就仅只是将上句的意思换一种方式再说一次,
与上句并无修饰关系。有些近代译本将这句话理解为上一
句的原因,虽然不无道理,但与文本本身还是有距离的。如
果说先前苔柯梅萨当着埃阿斯的面所表达的担心（行496—行
505）还只是一种猜测的话,那么,当她看到埃阿斯的尸体的
时候,她马上就认定她的那种担心已经不再是猜测了。这
时,她已完全忘记埃阿斯临终前曾将欧吕萨克斯托付给了透
克洛斯,让他保护他们的儿子（行560—行564）。

88.（行946—行960）

歌队队长　哎呀！阿特柔斯的那两个儿子啊，
你在悲恸中历数了他们的严酷
与无情，实在让人无法想象！
或许只有神明才能阻止这件事情。
苔柯梅萨　[950]可没有神明参与，此事或许根本不会
发生。
歌队队长　是啊，他们的确让我们难以应付。
苔柯梅萨　这灾难啊，就是宙斯的女儿，就是那个
狂躁的女神为了奥德修斯给我们带来的！
歌队队长　[954]那人此时一定在他那阴暗的灵魂中
耐着性子讪笑，
他那种笑啊！对这近乎狷狂的悲恸，
他还能笑得出来?! 听到这样的消息，
[960]阿特柔斯那两个做王者的儿子会一起这样笑！

　　88.1 值得注意的是，歌队队长这一节的一句话（行946—行948）
中还带有一层言外之意：他想要告诉苔柯梅萨，在哀悼埃阿斯的时
候（τῷδ' ἄχει），她曾经历数阿特柔斯之子的冷酷无情，如果他们以这
样的冷酷来奴役苔柯梅萨和她的儿子，那么，他们就极为可耻的。
　　88.2 苔柯梅萨怀疑埃阿斯的悲剧中有雅典娜的参与（行
950），这句话当中已经流露出对女神雅典娜的怨怼。这种怨怼
正是由歌队队长刚刚说过的最后一句话引起：ἀλλ' ἀπείργοι ϑεός
〔或许只有神明才能阻止这件事情：行949〕。歌队队长的那句话显然
隐含地表示，如果神明不加以阻止的话，那么，阿特柔斯的儿子

们就会尽情地、不受任何惩罚地恣意放纵他们的冷酷无情。于是,苔柯梅萨回答说,按照她的揣测,这件事情如果没有神明在暗中帮助,甚至根本不可能发生。就这一点而言,苔柯梅萨是在借这句话告诉埃阿斯的随从,想要借助神的帮助避免埃阿斯自戕几乎是不可能的。此句中,这里将 μὴ θεῶν μέτα〔没有神明参与〕理解为一个条件子句,亦即将其看作是 εἰ μὴ μετὰ θεῶν τῇδε ἔστη 这样一个条件子句的缩略形式,表示 οὐκ ἂν τάδ᾽ ἔστη τῇδε〔这件事情不会发生〕的条件。

88.3　照字面意思, ἄγαν ὑπερβριθὲς γὰρ ἄχθος ἤνυσαν（行 951）这句话也可以理解为他们的确给我们带来非常大的沉重负担;而这里却将此句中的 ὑπερβριθὲς ... ἄχθος 理解为超出负荷的负担。但 ἄχθος 一词除了一般被用来表示负担外,还可以专指由悲伤而来的负担,或径指悲伤。若照此理解,这句话也可以理解为是他们给我们带来极为沉痛的悲伤。然而,从上下文语境来看,歌队队长在这里似乎并不是在继续谈论苔柯梅萨的哭丧,而是在说由于雅典娜的参与使他们想要改变埃阿斯自戕的努力变得一无所用。

88.4　有学者认为,这里所说的 κελαινώπαν θυμόν（行 954）应当是指埃阿斯当时的心理。若此,则这句话的意思就成了那人费尽功夫之后,还在嘲笑那个悲哀沮丧的心灵。不过,这种理解并未得到普遍的认可。ἀνήρ〔那人〕应当是指获得了阿喀琉斯兵器的那个奥德修斯,而 ἐφυβρίζει 所指的并不是对埃阿斯从那颗心里向外表现出来的嘲笑的行为或者言论,而是指在那颗心里兀自暗暗地讪笑。因此,这种嘲笑也就带有隐秘的性质,而复合词 κελαινώπαν①并不简单表示 κελαινόν〔黑的、暗的〕,而表示以内心的

___
① 即κελαινώπας（字面意思作暗黑的样子）,这个词由κελαίνος〔黑的,暗的〕与ὤψ〔脸,表面〕组合而成。

一种幽暗心理在某个幽暗的地方(对埃阿斯的遭遇)讪笑暗喜。事实上，*κελαινόν* 一词本身也时常被用来表示受某种情绪(如愤怒)感染时心里出现的某种状态：*μένεος δὲ μέγα φρένες ἀμφὶ μέλαιναι | πίμπλαντ'*〔让极度的愤怒充满暗黑的心灵：荷马，《伊利亚特》，卷 I. 行 103〕；*σπλάγχνα δέ μοι κελαινοῦται πρὸς ἔπος κλυούσᾳ*〔听到这话时心中只有幽暗：埃斯库罗斯，《祭酒者》，行 414〕；不过，与这两个示例不同，索福克勒斯并没有直接使用 *κελαίνος* 一词，而是换用了 *κελαινώπαν*。因此，在他笔下或在埃阿斯的随从那里，奥德修斯暗黑心中所蕴藏的恶意是隐含的。

88.5 上文(行 954)说，奥德修斯在其阴暗的心里窃窃讪笑。转行到这里(行 959)，*γελᾷ δὲ* 中的 *δὲ* 则是这种窃笑变成在心里大声的狂笑。而嘲笑的对象却是苔柯梅萨近乎疯狂的哀嚎。值得注意的是，虽然 *μαινομένοις*〔这里将其理解为恣意纵情〕显然是指苔柯梅萨的哭丧，但这个词其实隐含了 *μανία*〔疯癫〕这样一层含义，而这层含义却是和埃阿斯的失心与神志不清有着一定联系的。因此，这句话表明，埃阿斯的随从认为，奥德修斯不仅嘲笑着苔柯梅萨(或许还包括他们这些随从)，而且还对埃阿斯的境遇表现出幸灾乐祸的态度。

88.6 直到这一节结束之前，苔柯梅萨和埃阿斯的那些随从都还只是在谈论奥德修斯的态度，他们注意的焦点还是奥德修斯。到这一节结束时，歌队队长开始注意到 *διπλοῖ βασιλῆς ... Ἀτρεῖδαι*〔阿特柔斯那两个作王者的儿子〕。这样一来，除了奥德修斯之外，阿伽门农也参加到被埋怨、被怨恨的行列里来。但是，也要注意，埋怨奥德修斯是有原因的。因为埃阿斯的死就是由于奥德修斯将埃阿斯自认是自己应得的兵器赢走了，尽管这个埋怨或怨恨的理由十分牵强。然而，埋怨阿伽门农和墨涅拉厄斯的理由却只是因为他也是阿特柔斯的儿子。从另一个角度来看,歌队在这里并没有像苔柯梅萨(行924)那样充满信心。在他们看来,埃阿斯的那些敌人肯定会嘲笑埃阿斯。而且,这种嘲笑才是一种真正的 *ὕβρις*。

89. (行961—行973)

苔柯梅萨　让他们去笑吧,任由他们对着那人遇到的灾难尽情地去笑吧! 他活着的时候,他们不在意他,但到了需要刀剑的时候,他们就会为他的死而悲恸不已了。脑筋不好的人对他们手上所拥有的好的东西总是[965]浑然不知,非要等到被他们抛弃之后才会知道。

　　他的死,在我是劫难,但对那些人来说却是高兴的事;他也得到了欣慰,因为他得到了他渴望得到的死亡。而那些人又有什么道理嘲笑他? [970]他的死只和神明相关,而与他们不相干,毫不相干! 奥德修斯尽管可以无聊到恣意狷狂。埃阿斯在他们已经不再;可对于我,他虽然离去,却留下了凄楚与悲伤与我相伴。

89.1　短语 *ἐν χρείᾳ δορός* 应当是指到了需要刀剑的时候(行963)。实际上,正如杰布所说,这里的 *δορός*〔刀剑〕并不是指埃阿斯的那把剑,而是泛指舞刀弄剑的刀剑。所以,一般古典语文学家(Liddell & Scott)将这句话理解为到了战事危机的时候,或到了战事需要他的时候。而此处所说的 *βλέποντα μὴ 'πόθουν*〔(对他)不在意〕并不是表示他们从始至终都不在意埃阿斯。因为在他神志丧失之前,毕竟他还肩负着左路大军统帅这样重要的职责。他们对他的不在意应当只是在兵器颁赏决定做出之后到他死之前这段时间。在这段时间里,按照苔柯梅萨的看法,他们认为埃阿斯已经没有什么用处了,而这正是导致埃阿斯自戕的直接原因之一。苔柯梅萨在这里表达了一种观点,认为敌人的嘲笑对埃阿斯并不能造成伤害。埃阿斯自己显然并没有这样的看法,因为苔柯梅萨只能自我安慰地认为,敌人的嘲笑不可能长久。事实上,阿喀琉斯也曾预言,总有一天,阿开亚人会想起他的卓越,而他们那时就将会为曾经羞辱他而感到懊悔:

> 肯定会有那么一天,阿开亚人的子孙会回想起阿喀琉斯;那个时候,他们当中会有许多人死在屠夫赫克托耳手上,你自会因为无力拯救他们而感到悲哀。你会后悔当初曾经羞辱阿开亚人当中最英勇的这位英雄,你会让羞愤噬咬你那颗悲惨的心(荷马,《伊利亚特》,卷I. 行240—行244)。

89.2 在这一句带有箴言色彩的话语(行964—行965)中,从一般句法上说,短语 τάγαθὸν χεροῖν | ἔχοντες〔手上握有好的东西〕也可以写作 τάγαθὸν ἐν χεροῖν ἔχοντες(与前个短语同义),而按照简洁的原则还可以写作 τάγαθ᾽ ἐν χεροῖν ἔχοντες。但后一简洁用法因为使用的 τάγαθα 是复数,可能未必更准确。因为,按照上下文语境,单数的 τάγαθὸν 肯定要比单数的 τάγαθα 更为合适,事实上,苔柯梅萨这里是指埃阿斯这个人。

89.3 苔柯梅萨这句话(行966—行967)所要告诉世界,她也可能想要让希腊人(可能包括这个悲剧所要打动的当时就坐在舞台下的雅典观众)明白,埃阿斯的死对于她来说是一场灾难,但对于希腊人——首先当然是指出征特洛伊的希腊大军——来说,他的死却不是希腊人多么伟大的胜利,只不过是一种没有价值的愉悦,因为这种愉悦当中蕴藏着希腊人所要蒙受的损失。

苔柯梅萨这里所说的话看上去似乎有些悖谬:埃阿斯的死

既令那些厌恶他的人感到高兴，也会给埃阿斯自己带来欣慰。但是，如果埃阿斯的敌人不能认可埃阿斯的 *τὸ μεγά*〔伟大〕和他的 *ἡ ἀρετή*〔出类拔萃〕，那么，埃阿斯与他的敌人对这件事情同样感到高兴就会变得毫无意义。

89.4　在苔柯梅萨的语言中出现了两个与格名词(行970)：*θεοῖς*〔神明〕和 *κείνοισιν*〔那些人，他们〕，称为关系与格。在这里，关系与格的使用表明，埃阿斯的死只是他自己和神之间的事情，与阿开亚将领无关。从一般句法意义上来理解，这两个与格似乎可以看作被动动作的逻辑主词；但事实上，这两个与格并不是这样的含义，因为这样的含义当中可能还隐含着某种被强迫的意味，但埃阿斯的自戕却不是被强迫的，而且连隐含的被强迫的意味都没有。假如将埃阿斯的死看作是被强迫的，那么，这句话的意思便成了埃阿斯成为了神的牺牲——而这种解读显然是很难成立的。

89.5　原文中的 *πρὸς ταῦτ' Ὀδυσσεὺς ἐν κενοῖς ὑβριζέτω*（行971），照原文字面意思来理解，表示就让奥德修斯去毫无意义地恣意放纵吧。句中，*ὑβριζέτω*（*ὑβρίζω*）一词的本义是指凭借某种特别强悍的力量或某种感情的放纵做出躁动与狂放的举动，亦即是一种行止狷狂的行为方式，它又是 *ὕβρις* 一词的同源词。在有些情形下，这个词也被理解为狂欢滥饮：*ὑβρίζοντες ὑπερφιάλως δοκέουσι | δαίνυσθαι κατὰ δῶμα*〔在你的宫中恣意放纵，吃喝狂饮：荷马，《奥德赛》，卷 I. 行 227 以下〕。然而，这个 *ὑβριζέτω* 却可能和上文所说的 *ἐπεγγελῶεν*〔嘲笑〕相关；若此，则这句话也可转译作奥德修斯尽管可以无聊到尽情嘲笑。而在所见文献中，*ὑβρίζω* 一词甚至曾经被从这样一层含义引申，表示施暴、诅咒、斥责：*ὁ δὲ παραλαβὼν τὸ χωρίον πρότερον μὲν ὕβριζεν αὐτὸν ὡραῖον ὄντα*〔而他（指阿耳喀比亚得的父亲）在收回那个领地之前先要对他（指阿耳喀比亚

得)进行一番正当的斥责:吕西阿斯,《演说集》,XIV. 26〕。因此,当苔柯梅萨说到奥德修斯 *ὑβρίζέτω* 的时候,其含义当中也带有(奥德修斯可能对埃阿斯所表达出来的)某种讪笑和斥责的意味。有意思的是,*ὑβρίζω* 一词在恣意一项上还引申表示驴子(或因吃得太饱而)嘶鸣:*ὑβρίζοντες ὧν οἱ ὄνοι ἐτάρασσον τὴν ἵππον τῶν Σκυθέων* 〔驴子的嘶鸣声把那些斯吉底亚旗兵吓坏了:希罗多德,《历史》,IV. 129〕。这就有些对奥德修斯表示藐视的意味了,而这一层意味更是通过 *ἐν κενοῖς* 〔毫无疑义〕得到确认。在苔柯梅萨看来,奥德修斯在埃阿斯死后的狂喜毫无意义,完全是虚幻的。这或许也是苔柯梅萨对 *ὕβρις* 的一种理解。

89.6 此处(行973),诗人再次使用两个关系生格,让苔柯梅萨把自己和那些阿开亚将领相对比。但与前一次使用关系生格(行970)的对比不同,在这里,苔柯梅萨强调的并不是 *αὑτοῖς* 〔他们〕和 *ἐμοί* 〔我〕的对比,苔柯梅萨要说的重点是 *οὐκέτ' ἐστίν* 〔不存在了、不再了〕。无论对于阿开亚将领还是对于苔柯梅萨,埃阿斯都是已死的。但是,对于这两方而言,有所不同的是:埃阿斯的死在那些阿开亚将领来说就是全部,亦即他们不再关心这件事了(所以,这里将文本译作不再)。但是,对于苔柯梅萨来说,情况就有所不同了,埃阿斯的死使苔柯梅萨还有无尽的悲伤:*ἀλλ' ἐμοί | λιπὼν ἀνίας καὶ γόους διοίχεται* 〔却留下了凄楚与悲伤与我相伴〕。

本节第二段(行966−行973),这里采用的是杰布本,杰布则基本接受了赫尔韦尔顿(Herwerdun)的校勘,该校勘本在这里记作:

ἐμοὶ πικρὸς τέθνηκεν ἢ κείνοις γλυκύς,   966

αὑτῷ δὲ τερπνός· ὧν γὰρ ἠράσθη τυχεῖν   967

ἐκτήσαθ' αὑτῷ, θάνατον ὅνπερ ἤθελεν.   968

τί δῆτα τοῦδ' ἐπεγγελῷεν ἂν κάτα;　　　969

θεοῖς τέθνηκεν οὗτος, οὐ κείνοισιν, οὔ.　　　970

πρὸς ταῦτ' Ὀδυσσεὺς ἐν κενοῖς ὑβριζέτω.　　　971

Αἴας γὰρ αὐτοῖς οὐκέτ' ἐστίν, ἀλλ' ἐμοὶ　　　972

λιπὼν ἀνίας καὶ γόους διοίχεται.　　　973

但对这一段文字，史上也有不同的意见。校勘学的不同意见大多集中认为，这段文字应当与苔柯梅萨前面一段的语句（行 915 —行 924）在音律上相一致，因此，这里的 13 行文字中就应当有三行被去掉。其中，恩格尔校勘本记作：①

πρὸς ταῦτ' Ὀδυσσεὺς ἐν κενοῖς ὑβριζέτω.　　　971

Αἴας γὰρ αὐτοῖς οὐκέτ' ἐστίν· ἀλλ' ἐμοὶ　　　972

πικρὸς τέθνηκεν ⟨μᾶλλον⟩ ἢ κείνοις γλυκύς,　　　966

αὐτῷ δὲ τερπνός· ὧν γὰρ ἠράσθη τυχεῖν　　　967

ἐκτήσαθ' αὐτῷ, θάνατον ὄνπερ ἤθελεν.　　　968

而齐普曼校勘本则记作：②

πρὸς ταῦτ' Ὀδυσσεὺς ἐν κενοῖς ὑβριζέτω.　　　971

Αἴας γὰρ αὐτοῖς οὐκέτ' ἐστίν· ἀλλ' ἐμοὶ　　　972

λιπὼν ἀνίας καὶ γόους διοίχεται,　　　973

αὐτῷ δὲ τερπνός· ὧν γὰρ ἠράσθη τυχεῖν　　　967

---

① R. Enger, in *Rhein. Mus.*, 14. 475 ff.（这里所列举的恩格尔校勘本和齐普曼校勘本中，行末的数字均为该文字在赫尔韦尔顿校勘本中的行数。）

② A. Zippmann, in *Atheteseon Sophocl. specimen*, Bonn, 1864, p. 34.

ἐκτήσαϑ' αὑτῷ, ϑάνατον ὅνπερ ἤϑελεν.   968

除此之外,还有洛伊奇与丁道尔夫(Leutsch & Dindorf)校勘本删
除了行 966 至行 968;施耐德温(Schneidewin)校勘本删除了行
969,行 972 以及行 973;而薛尔(Schöll)校勘本则删除行 971 至
行 973。以上这五个校勘本可能对各行的顺序有所调整,但在
删去三行这一共同点上却是一致的,他们删去三行的出发点在
于认为,苔柯梅萨之前(行 879－行 924)的文字应当被看作是一段
正向合唱歌,而行 925 至行 973 则是一段与其相对应的转向合
唱歌。但杰布认为,行 879 至行 914 应当是一段正向合唱歌,这
样,行 925 至行 960 也就可以应当看作是其转向合唱歌;如果这
样的排列成立,行 915 至行 924 也就没有必要再找十行与其相
对应了。

第四场

提要 透克洛斯出场,要求大家尽快将埃阿斯的尸体收殓(行 974—行 989);歌队队长转述埃阿斯的遗言,透克洛斯的哀悼 (行 990—行 1001);透克洛斯想到的也是自己将要面对的局面 (行 1002—行 1020);透克洛斯的仇恨转向阿特柔斯的两个儿 子(行 1021—行 1046);透克洛斯开始与墨涅拉厄斯争论(行 1047—行 1051);墨涅拉厄斯陈述他对埃阿斯之死的看法(行 1052—行 1061);因此,在他看,葬礼禁令是埃阿斯应得的(行 1062—行 1090);接过歌队队长的话,透克洛斯直陈埃阿斯的伟 大功绩(行 1091—行 1117);墨涅拉厄斯与透克洛斯看是争论, 透克洛斯告诉他,葬礼一定要举行(行 1118—行 1141);葬礼的 举行是否涉及对神的虔敬(行 1142—行 1162);透克洛斯兀自 开始准备埃阿斯的葬礼(行 1163—行 1184)

90. (行 974—行 980)

透克洛斯 (在后台发出声音)呜啊,呜啊啊!

歌队队长 [975]安静点儿,我感觉好像听到了透克洛 斯在喊呢,这个声音里带着蒙受灾难的痕迹!

（透克洛斯上场。

透克洛斯　（走到埃阿斯尸体跟前）我最亲爱的埃阿斯
啊，我的亲兄弟，你怎么能容忍谣言这样四处传播？

歌队队长　他已经死了，透克洛斯，这件事你不用怀
疑了。

透克洛斯　[980]啊呀，这样沉重的打击要把我压
垮啦！?

90.1　行 974 至行 1184 是这部戏的第四个 ἐπεισόδιον。这个
场次分为两个场景：第一节（行 974－行 1039）较短，透克洛斯出
场，悼念埃阿斯；第二节（行 1040－行 1148）墨涅拉厄斯禁止人们
将埃阿斯下葬，由此引发透克洛斯对他公然反抗这一母题。

在前面，几次听到有人提及透克洛斯，于是，人们一直期待
他上场，希望看到埃阿斯如何保护他，或者他会如何维护埃阿斯
的尊严。但他却迟迟没有出场，这样，他的最终上场也就更具有
戏剧效果了。在雅典人应该耳熟能详的荷马诗句中，透克洛斯
是埃阿斯保护的对象：

第九个出战的是透克洛斯，他站在忒拉蒙的儿子埃阿
斯的重盾后面，开弓射箭。当埃阿斯把盾牌稍稍抬起时，他
便寻找战机，射出一箭，箭矢正中队伍中的一人，那人便应
声倒下，丢了性命。这时，透克洛斯把自己的身子稍稍向后
退，让埃阿斯用那把重盾来保护他，就像蜷缩在母亲怀中的
孩子一样（荷马，《伊利亚特》，卷 VIII. 行 266－行 272）。

而在索福克勒斯笔下，他们之间的关系却调换过来，现在需要透
克洛斯承担起保护死者尸身的责任。虽然他没有能够阻止埃阿

斯自戕,但人们还是希望他能够按照埃阿斯的嘱托为埃阿斯举行葬礼。当埃阿斯作最后的独白时,宙斯听到了埃阿斯的祈祷: ὀξεῖα γάρ σου βάξις ὡς ϑεοῦ τινος〔关于你的流言仿佛借了神助一样四处传播:行998〕,于是,那消息也传到了他这个同父异母兄弟的耳朵里。他首先想到的就是埃阿斯托付给他照顾的那个孩子。当他得知欧吕萨克斯被留在了营帐内时,他便马上让苔柯梅萨将他叫出来。接着,他掀开盖在尸体上的披风,此时他悲恸不已。当他将那把刺穿埃阿斯的剑从尸体上拔下来的时候,他想到的是,这是赫克托耳致命的恩赐。

90.2 第四场甫一开始,透克洛斯出场前在幕后喊叫,这同苔柯梅萨的两次喊叫(行891,行937)几乎完全一样。这种相同或相近很可能是诗人想要把这两种不同的悲痛合二为一,形成某种剧场效果。

90.3 短语 ἄτης … ἐπίσκοπον (行976)表示带有蒙受灾难的痕迹,是指透克洛斯的呼喊中带着嘶哑的声调。值得注意的是 ἐπίσκοπον 一词的词源学考证:从词源上看,ἐπίσκοπον 一词是前置词 ἐπί〔在之上〕作名词 σκοπός〔看守者、监工〕的前缀形成一个复合词,通常情形下表示看过去,在这里似乎可以说是指看到了那场 ἄτη〔灾难〕。然而,从 βοῶντος〔呼喊声、哭声〕一词中,无论如何都不能理解,声音怎么可能看到什么呢? 所幸的是,σκοπός 一词原本还有另一层含义,即表示某种标记(或许其监工的含义也是从这层含义引申来的)。这样,当 ἐπίσκοπον 复合词在这里出现时,就可以将其理解为那声音当中带着蒙受灾难之后的某种痕迹了。

90.4 原文中的 ξύναιμον ὄμμ' ἐμοί (行977)照字面意思理解是指我的有着共同血缘的那副长相的人。其中,值得注意的是, ὄμμ'(ὄμμ')一词最初的本义是眼睛,其一般的引申义大多与眼睛相关,譬如 ὄμμ' 一词有时可理解为天的眸子,表示白天的太阳:

ὄμμα ... αἰθέρος ἀκάματον σελαγεῖται ｜ μαρμαρέαις ἐν αὐγαῖς〔天空中的眼睛(即天上的太阳)不知疲倦地闪烁着辉光：阿里斯托芬,《云》,行 285〕；而 ὄμμα νυκτός〔夜晚〕则是夜晚的曲折表达方式：ἕως ... νυκτὸς ὄμμ᾿ ἀφείλετο (τὴν μάχην)〔最后,都被黑色的夜的眼睛(即黑色的夜)掩藏起来(即战役结束后的战场)：埃斯库罗斯,《波斯人》,行 428〕。不过,这个词更进一步的引申又可表示看到的面孔,样貌或长相：ἰδὼν τὸ ἐρωτικὸν ὄμμα〔看到由爱而生的样貌：柏拉图,《斐德诺》,253e〕。在索福克勒斯笔下,这个词却被借用来和 ξύναιμον〔有血缘关系的〕一词连用,表示对兄弟的亲昵称谓。如果一定要从字面上来理解的话,这句话或可理解为我视若自己眼睛一样珍贵的兄弟。正因为如此,有研究者索性认为, ὄμμ᾿ 一词一般也可用来表示可以为人带来光明与舒畅的至亲之人。① 因此,他们也将 ξύναιμον ὄμμ᾿ ἐμοί 这个短语理解为照亮我的那束来自兄弟的光芒啊。当然, ὄμμ᾿ 一词也可能是字面意思与譬喻的含义结合起来使用的,那末,这个称谓就隐含这样的意味：埃阿斯的眼睛是透克洛斯所挚爱的,因为这双眼睛曾经使他所厌恶的人胆战心惊(行 167－行 168),而在他的父亲面前,他也能够看到这双眼睛(行 462－行 466)。

90.5 原文中, ἠμπόληκας 一词(行 978)的本义是做买卖,尤指以物易物的买卖,在这里应当大致相当于 πέπραγας〔做〕,带有可以坦然面对的意味：ἠμποληκότα ｜ τὰ πλεῖστ᾿ ἄμεινον εὔφροσιν δεδεγμένη〔在远征的大半战斗中,他都取得了胜利(原文的字面意思为他把买卖做得都很好)：埃斯库罗斯,《复仇之神》,行 631〕。而在透克洛斯向埃阿斯的随从问话时,他并不知道埃阿斯这时已经

---

① A. A. Long, *Language and thought in Sophocles: a study of abstract nouns and poetic technique*, Oxford, 1968, pp. 101－102.

死了,他还以为他所风闻到的埃阿斯已死的消息是谣言。所以,
他才会责问随从,怎么能够让这个谣言就这样肆无忌惮地在各
地传播:χρατεῖ 一词本义是变得强大。因此,这句话也可以理
解为你怎么能坦然地让这样的谣言自行变得越来越强大。

91. (行981—行989)

歌队队长　　事已至此……

透克洛斯　　　　　　　　惨啊,真惨啊!

歌队队长　　惨得让人悲痛。

透克洛斯　　　　　　　　一下子就这样了?!

歌队队长　　的确如此,透克洛斯。

透克洛斯　　　　　　　　真是灾难啊! 那个孩子
呢? 我要到特洛伊的什么地方去将他找到?

歌队队长　　[985]就在营帐那边,独自一个人。

透克洛斯　　　　　　　　快点儿,赶紧把他从这
儿带走! 否则,他不就会像狮崽子一样被敌人掳走,让
母狮空余叹息吗?

　　(对苔柯梅萨)快点去,现在需要你一起来了,对于横
尸于此的人,每个人都会表现出嘲笑的态度!

　　91.1 这段对话是透克洛斯和歌队队长之间相互抢着话头,
相互不停地打断对方形成的;每个人每次说的话差不多都可以
被看作是半句话。歌队队长的第一次被打断就是半句话(行
981a):照字面意思,这半句话可以理解为事情就这样,但这样下
面似乎还有话要说,却被打断了。在悲剧创作中,希腊人称这种
在一行尚未完结就转由另外的人物紧跟着说话的形式为

ἀντιλαβή〔可意译作断句，也为格律的一种〕。本剧中，这种 ἀντιλαβή
早前也曾出现过，不过，在那里，这种 ἀντιλαβή 的作用并不像在
这里这样明显（行5）。在这里，当歌队队长刚刚说出 ἐχόντων 一
字时，透克洛斯马上接上去说出了自己痛苦的感受，这种方式在
使语言紧凑的同时也强调了自己的痛苦实在难以忍受。

91.2 原文中，ὦ περισπερχὲς πάθος（行982b）的字面含义是真
是快得很的灾难啊；其中，περισπερχὲς 显然出自 σπέρχομαι〔急速、
快速〕，而后者通常是就愤怒的情绪而言的，有时甚至径指愤怒
本身：Φωκέων καὶ Λοκρῶν περισπερχεόντων τῇ γνώμῃ ταύτῃ〔福吉亚
人和罗喀利亚人都对这番建议感到极为的愤怒：希罗多德，《历史》，VII.
207〕。当透克洛斯在这里用这样一句话打断歌队队长的话时，
他是在极度的感慨状态下对埃阿斯的死表示惊诧，若照这样的
含义意译，这句话甚至可译作简直糟糕透了。

91.3 在这一段的 ἀντιλαβή 中，透克洛斯的话题似乎从埃阿
斯转移到了欧吕萨克斯的身上。很久以前（行595），人们就已经
在猜测到这位欧吕萨克斯在什么地方了。在希腊文中，
τί γάρ,... ποῦ 通常表示两个问题的连续提出；这个结构是将两
个问题递进式地加以提出，以达到使语气愈益加重的效果。而
到了这里（行983b以下），透克洛斯称呼埃阿斯的儿子欧吕萨克斯
为 τέκνον τὸ τοῦδε〔那个孩子〕。在阿提喀方言中，τέκνον 一词虽
然自己是中性名词，但也有被阳性或阴性形容词性的人称代词
界定的实例。不过，在这里，却看不到诗人所说的这个孩子指的
是那夫妻二人当中哪一个的孩子：照一般理解，这当然是指埃阿
斯的孩子，进而也可以指那夫妻二人的孩子。但有一个细节却
需注意，在希腊悲剧中，τέκνον 一词通常会有对母亲的指向性，
亦即暗示这孩子与其母亲的关系：ὦ τέκνον Νηρῇδος ὦ παῖ Πηλέως
κλύεις τάδε〔海神耐涅伊多的孩子啊，佩雷奥的孩子（中译文说了两遍的

这个孩子在原文是 *τέκνον* 和 *παῖ* 两个不同的词,但都是指阿喀琉斯),这些都听到了吗:欧里庇得斯,《伊菲戈涅亚在奥里斯》,行 896〕；

Ἀγαμέμνονός　παῖ καὶ Κλυταιμήστρας τέκνον, ｜　ἄκουε καινῶν ἐξ ἐμοῦ κηρυγμάτων 〔阿伽门农的孩子(此处的 *παῖ*,有钞本作 *τε*,也作类似的理解)啊,克吕泰墨涅斯特拉的孩子(这里虽然说起来似乎是两个孩子,可剧情以及语气上都是指伊菲戈涅亚同一个人),｜你把我说的这个奇怪的消息听好了:欧里庇得斯,《伊菲戈涅亚在陶里斯人中》,行 238－行 239〕。从这一古典语文学细节,可以看到,在诗人笔下,透克洛斯虽然是在谈论埃阿斯死得悲惨的事情,但却隐约透露出他对苔柯梅萨在做什么表现出某种关切。

91.4　对透克洛斯的问题,歌队队长的回答(行 985a)看似一句很普通的话,诗人却以十分巧妙的方式让观众想到了另外一个很有意思的问题:这个孩子此刻正独自一人在营帐内,他的独处提醒人们这个孩子的父亲也曾这样独处过(行 359),而他的父亲埃阿斯在最后的嘱托中曾明确表示,希望他的儿子不仅继承他的那块著名的盾牌,同时也能将他的性格与人格继承下去(行574－行 576)。

91.5　接着(行 985b),诗人采用断句格让透克洛斯第四次打断歌队队长的话,借以表明透克洛斯语气的急促,从而也使剧情的发展得以急剧的转折。

然后,诗人采用了明喻的修辞手段,以母狮无力保护幼狮来比喻仅凭苔柯梅萨之力是不可能为欧吕萨克斯提供保护的(行 986－行 987)。事实上,透克洛斯很可能是想表明他的一种担忧:如果不把欧吕萨克斯尽快带走,那个母亲恐怕接着就会失去自己的孩子。在古希腊人看来,母亲一旦失去了自己的儿子,就一定会像被爱神蒙蔽了意志或理智一样,神志扭曲:

σὺ καὶ δικαίων ἀδίκους φρένας παρασπᾷς ἐπὶ λώβᾳ 〔即便是正常人,你

（指爱神）也会使其扭曲心肠，令其走向毁灭：索福克勒斯，《安提戈涅》，行
791〕。这个比喻可能出自荷马——阿喀琉斯对帕特罗克洛斯的
阵亡感到悲痛异常：

> 于是，他们当中的珀琉斯的儿子便开始哀悼恸哭，把他
> 那双杀戮之手放到他的伙伴的胸膛上嘘叹，就好像那头满
> 面须髯的雄狮(λίς)一样——猎人趁他回来之前将那幼仔掳
> 走，使他长吁短叹，在山谷之间徘徊，四处寻觅踪迹，心中熊
> 熊怒火难以遏制，执意要找到那敌人报仇(《伊利亚特》，卷 XI-
> IIV. 行 318－行 323)。

只是在荷马笔下，这个比喻中年长的狮子是 λίς〔雄狮〕；而在索
福克勒斯这里，狮子成了 λεαίνης〔母狮〕。这是因为，透克洛斯是
在对孩子的母亲苔柯梅萨说话，而苔柯梅萨也确实刚刚失去了
自己的丈夫，变成了 ἐν κενοῖς〔这里译作空余（叹息）〕。

91.6 对歌队队长说完那些话之后，透克洛斯转而催促苔柯
梅萨把那个孩子欧吕萨克斯带来(行 988－行 989)。从本义上说，
σύγκαμνε 一词表示一起做某件事情，同时，这种一起做当中也带
有帮助的意味：πάλαι πάλαι χρῆν τῇδε συγκάμνειν χθονὶ ｜ ἐλθόντα
〔老早之前，你就该到这里来，和我们一起干：欧里庇得斯，《瑞索斯》，行
396〕；因此，当透克洛斯看到苔柯梅萨时，他便催促苔柯梅萨和
他一道把埃阿斯的尸体收殓起来。接下来，他说出了尽快收殓
埃阿斯的原因，那就是不要让埃阿斯在死后蒙受耻辱，不要让敌
人羞辱埃阿斯的尸体。如果埃阿斯被曝尸荒野，那么，每个人都
会嘲笑这个死去的人，对于一世英名的埃阿斯来说，这无疑将是
这位英雄所能蒙受的最大的耻辱。这里将 κειμένοις 一词看作是
τίθημι〔放置〕的被动态形式，将其转译作横尸于此。

92.（行 990—行 1001）

歌队队长　[990]他还活着的时候就说过，透克洛斯，他想让你来料理，而你现在就是这样做的。

透克洛斯　此情此景，出现在我面前，此番情景此时此刻，竟让我亲眼得见！在我走过的路当中，令我万分[995]痛苦难熬的莫过于现在这条路了。我最亲爱的埃阿斯啊，我一听说你的死讯，就循着你的足迹寻踪到这里。关于你的流言仿佛借了神助一样四处传播，迅速传遍了整个阿开亚大军，说你离开后就死了。[1000]我听说这个不幸时，虽然没在这里，但心里依然十分难过，现在看到了，更是心碎。

92.1　原文中 τοῦδέ σοι μέλειν |… ὥσπερ οὖν μέλει（行 990—行 991)这样的结构，亦即以 ὥσπερ〔若、像〕将同一个动词前后重复两次出现，主句带有可能如何或打算如何的意味，而跟在 ὥσπερ 之后子句则意味实际的情形也确实如何：εἰ δ᾽ ἔστιν, ὥσπερ οὖν ἔστι, ϑεὸς ἤ τι ϑεῖον ὁ Ἔρως …〔如果埃若斯真是神明或者神祇，而其现在也的确就是，那么……：柏拉图，《斐德诺》,242e〕。此处 μέλω（μέλειν, μέλει）一词本义作照顾，引申作在意，关心，打理：οὐκ ἔφα τις | ϑεοὺς βροτῶν ἀξιοῦσϑαι μέλειν〔人们说，神明不会在意凡间的人做了什么：埃斯库罗斯，《阿伽门农》,行 370〕。不过，需要说明的是，这句的中译刻意回避了代词 τοῦδέ〔这个、那个〕的移译，亦即并不明示埃阿斯想要透克洛斯在他身后为他料理何人或何事。杰布以为，τοῦδέ 或指欧吕萨克斯，表示歌队队长在转述埃阿斯生前的遗愿(行 562—行 564)。但这个 τοῦδέ 一词也可指埃阿斯身

后葬礼事宜,在歌队队长看来,埃阿斯下葬的事宜这时只能托付透克洛斯了,而埃阿斯似乎也曾有过这样的嘱托(行 826-行 830)。

92.2 有意思的是,在这里出现了两个含义几乎相同的子句: ὦ τῶν ἀπάντων δὴ θεαμάτων ἐμοὶ 说的是此情此景,出现在我面前(行 992),而透克洛斯接着又说他亲眼看到了这番悲惨境况: ὧν προσεῖδον ὀφθαλμοῖς ἐγώ [此时此刻,竟让我啊,亲眼得见:行 993]。仅从语言上看,后半句显得似乎有些累赘,但这样的处理却表明透克洛斯此时情绪上的剧烈波动;索福克勒斯在其他的作品中也曾使用过这种方法: σύ τ' οὐδαμὰ | τοὐμὸν προσόψει κρᾶτ' ἐν ὀφθαλμοῖς ὁρῶν [至于你,你的那双眼睛啊,再也|别想见到我的这张脸了,再也不会了:《安提戈涅》,行 763]。

92.3 苔柯梅萨曾经把埃阿斯已经离开营帐的事情告诉了从透克洛斯那里来的信使(行 804)。这位信使接着便急匆匆赶回大营,把这个消息传递给透克洛斯。但是,在这个时候,信使应该还不知道埃阿斯的死讯;而透克洛斯这时则应该和那些阿开亚将领在一起议事,也应该不会知道埃阿斯的讯息,所以,他才会动身寻到这个营帐来。因此,他得到消息应该不是在动身之前,而是在到这里来的路上。所以,他才会说,他听到了一些 βάξις [传言、谣言],说是埃阿斯已经死了(行 996-行 997)。据此,这句话或许依然延续了上一句透克洛斯情绪极具激动的状态,所说并非实情。

92.4 实际上,透克洛斯这里所说的流言是埃阿斯曾经祈求宙斯把他死去的消息带给透克洛斯(行 826)。因此,透克洛斯所听到的传言和苔柯梅萨以及船员们所听到的传言,虽然内容相同,但所蕴含的意味并不相同:后者听到的传言侧重在对埃阿斯的诅咒上,而透克洛斯所听到的应当是让他尽快赶来,料理埃阿斯

身后之事。至于这个流言何以 *ὀξεῖα ... | διῆλϑ᾽ Ἀχαιοὺς πάντας*
〔迅速……传遍了整个阿开亚大军〕，透克洛斯则并不知道内中的缘
由，他只能猜测这个流言仿佛(*ὡς*)得了神助。事实上，在希腊人
心里，宙斯神是一个 *Πανομφαῖος* 〔无所不能预言的神〕：
πανομφαίῳ Ζηνὶ ῥέζεσκον Ἀχαιοί 〔阿开亚人时常祭奠无所不能预言的宙
斯神：荷马，《伊利亚特》，卷 VIII. 行 250〕。或许应该注意到，在战
争中，让谣言在军队中间流传具有着特别的意味。在希罗多
德笔下，当米卡列战役即将开始之前：(*τοῖσι Ἕλλησι ...*)
*ἰοῦσι δέ σφι φήμη τε ἐσέπτατο ἐς τὸ στρατόπεδον πᾶν ... ἡ δὲ φήμη
διῆλϑέ σφι ὧδε, ὡς οἱ Ἕλληνες τὴν Μαρδονίου στρατιὴν νικῷεν ἐν
Βοιωτοῖσι μαχόμενοι* 〔(那些希腊人……他们)动身之际，有一个谣言飞速
地传遍整个大军……那个谣言说，希腊大军在贝奥提亚战役中战胜了马
尔多尼厄的部队：希罗多德，《历史》，IX. 100〕。

92.5 透克洛斯的意思是说，本来他听到的传言已经够糟糕
了，看到实际情形，他才发现，实际情形比传言里所说的还要更
糟糕。短语 *ἐκποδὼν μὲν ὤν* (行 1001)可以有两解：其一是将这个
短语看作一个子句，亦即 *ὅτι ἐκποδὼν ἦν* 〔我不在这里〕，若此，
ἐκποδὼν μὲν ὤν | ὑπεστέναξον 一句则可理解为我为我没有在这里
感到很是难过——这种解释，在句法上是说得通的；其二，这个
子句也可以单独理解为一个表示当时情形的子句，那末，从这句
话中解读出来的就是：埃阿斯死的时候，虽然透克洛斯没有在现
场，但他后来还是在另外的地方听说了此事，那时他已是十分悲
痛了。这里倾向于采纳后一种解读。

93. (行 1002—行 1011)

透克洛斯　呜啊……

来吧,把这揭开,让我看一看这个蒙难的人。

哦,那张脸看上去多么痛苦啊,需要怎样的残酷,
[1005]你的死啊,给我带来了怎样的悲伤! 在你受难
的时候,如果我帮不了你,那么,我还能去什么地方?
我还能去投奔什么人? 忒拉蒙啊,你我二人的父亲啊,
照我的猜想,如果我不是带着你,而是独自一人回家,
他怎么可能会[1010]面带微笑慈祥地接待我? 他可是
那种即便遇到了好事也不会露出笑脸的人。

93.1 此处的 ἴθ', ἐκκάλυψον〔来吧,把这揭开〕是对随从说的,
因为这时苔柯梅萨已经离开这里(行989);透克洛斯说完这句
话,一个扮作随从的演员便趋前将盖在埃阿斯身上的披风掀
开来。

诗人曾用 ὄμμα〔眼睛〕一词来表示至亲(行977),亦即像自己
眼睛一样珍贵的人。在那里,透克洛斯说到埃阿斯的时候,称埃
阿斯是和他有着相同血缘长相的兄弟;如果还能记得这一点,那
么,在这里,透克洛斯在看到死去的埃阿斯脸上那副惨状时,心
里想到的肯定不再是那个 ξύναιμον ὄμμ' ἐμοί。这一惨状,在透克
洛斯看来,需要怎样的勇气,曾经有过怎样近乎残酷的一个自戕
过程(行1004)——这已让他万分悲痛!

93.2 埃阿斯曾说过,他受到那样的羞辱之后,已经无颜面
对自己父亲了(行462-行466);透克洛斯在这里则流露出另外一
种绝望,他也感到无法再面对他们共同的父亲忒拉蒙(行1004-
行1007)。他在这里把忒拉蒙称作是 σὸς πατὴρ ἐμός δ' ἅμα〔你我二
人的父亲:行1008〕,而这个短语的字面含义是你的父亲,同样也是
我的。后面说的 ἐμός δ' ἅμα〔同样也是我的〕是刻意强调忒拉蒙不
仅是埃阿斯的父亲,同时也是透克洛斯的父亲,这在语气上也有

强化的作用。或许,这种说法还有另一层含义,表示透克洛斯一直以来心里很在意的一件事情:忒拉蒙一直认为埃阿斯是自己的儿子,但却并不确认透克洛斯也是自己的儿子,而透克洛斯一直以来对此都十分敏感。

93.3　这里(行1010),有一个问句 $\pi\tilde{\omega}\varsigma\ \gamma\grave{\alpha}\varrho\ o\mathring{\upsilon}\chi$〔照字面意思直译作为何不呢〕,可以和前面的话合并到一起。这个问句是一个习惯用语,带有讽刺挖苦的意味。这个问句是特别针对上句的 $\delta\acute{\epsilon}\xi\alpha\iota\tau\alpha$〔接待、迎接〕而言的,由此而使上句的肯定句成为一句反诘疑问句,使上一句的意义得到强化。

93.4　透克洛斯说,忒拉蒙遇到好事未必会比遇到不好的事情更高兴(行1011)。这可能是希腊人对老年人性格的一种普遍的理解。亚里士多德就曾经说过,老年人的笑都是很勉强的:

> 年迈之人⋯⋯总是喜欢挑剔,既不喜欢机智幽默,也不喜欢嬉笑,因为挑剔的性格和喜欢嬉笑是相反的(亚里士多德,《修辞学》,1390a)。

此处的短语 $\H{o}\tau\omega\ \pi\acute{\alpha}\varrho\alpha\ |\ \mu\eta\delta'\ ...\ \gamma\epsilon\lambda\tilde{\alpha}\nu$ 表示不是那种⋯⋯露出笑脸的人,而其中的 $\pi\acute{\alpha}\varrho\alpha$ 一词则表示 $\pi\acute{\alpha}\varrho\epsilon\sigma\tau\iota$〔显示出〕。然而,如果将这个短语写作 $\H{o}\tau\omega\ \pi\acute{\alpha}\varrho\epsilon\sigma\tau\iota$,那么,这句话就有可能带有两种不同的含义:其一,它表示这是那种身处在某种特定环境下的人;其二,它又可以表示那个人身上所带的某种性格或气质特征。前一种含义,在文献中时常可以看到;而后一种含义则需在特定语境下才能表现: $\alpha\chi\acute{\alpha}\varrho\iota\sigma\tau o\varsigma\ \H{o}\lambda o\iota\vartheta'\ \H{o}\tau\omega\ \pi\acute{\alpha}\varrho\epsilon\sigma\tau\iota\ |\ \mu\grave{\eta}\ \varphi\acute{\iota}\lambda o\upsilon\varsigma\ \tau\iota\mu\tilde{\alpha}\nu$〔那种对友谊心怀不悦的人;欧里庇得斯,《梅狄亚》,行658〕。这里恰好采用了这后一层含义,亦即在透克洛斯的记忆里,忒拉蒙本来就是一个不苟言笑的人,如果他又不能把他最喜

爱的儿子埃阿斯带到这个做父亲的面前，那么，更不能想象他会对他带有笑意了。

94. (行1012—行1020)

透克洛斯　他有什么话没有说出来呢？再问一句，他难道不会咒骂，我就是他与某个剑下赢来的女子栽下的杂种，而我竟然胆怯地抛弃了你?! [1015]我最亲爱的埃阿斯，他竟然惦记着在你死后，把你的权力和你的家抢到手，活脱一个无赖。那样一个人，脾气实在是糟糕；他那老迈的年纪，我得说，使他变得冷酷，总是无缘无故地发脾气。最后的结果是，我被从那个地方撵出去，流落异乡，[1020]并且因为他的斥责从一个自由民沦为奴隶。

94.1　此节第一句话 ποῖον οὐχ … κακόν〔字面的意思是难道不是那一种恶言恶语；行1012以下〕可理解为一个反问句。这个反问句由 ἐρεῖ〔我要问一下〕确定，亦即透克洛斯十分肯定，如果他不能把埃阿斯带回萨拉弥斯岛，那么，他的父亲就一定会用最恶毒的语言来咒骂他。这句咒骂 τὸν ἐκ δορὸς γεγῶτα πολεμίου νόθον〔字面的意思是出自战争剑下的女子的贱子〕也指明透克洛斯和埃阿斯的身份并不相同。后者作为萨拉弥斯岛的王子，其身份是忒拉蒙与战俘女子所生之子透克洛斯不能相比的。当然，对这句话也不能作过度解释，将其理解为透克洛斯是在敌军阵营里生下的孩子，虽然 πολεμίου 一词在诸多情形下也可解作与敌军相关，或径译敌人。

94.2　接着，透克洛斯又说了一句语气逐渐加重的话（行

1017—行 1018);透克洛斯先说,忒拉蒙是个 δύσοργος〔脾气糟糕的〕
人,然后他又说当他 ἐν γήρᾳ〔在老迈的年纪下〕变得愈发地 βαρύς
〔冷酷〕;而这种冷酷又使他时常会 πρὸς οὐδὲν〔无缘无故地〕发脾气。
这里值得注意的是,照杰布的解释, δύσοργος 一词应当表示易于
发脾气,但实际上,它本身并不包含发脾气的意味,其本义只是
脾气(ὀργή)不好(δυσ-)。这样,下半句说他变得冷酷而且时常无缘
无故地发脾气(θυμούμενος)也才有了着落。而且,由于这种冷酷和
他的年龄联系在一起,所以,他的这一性情似乎就成了某种必
然,隐喻着人到年迈时或许带有"血质"上的变化。一个佐证是:
即便是埃阿斯,当他想到自己有可能再回到家时带上了耻辱的
印记,他也知道,这会令他的父亲忒拉蒙不快,甚至大发脾气(行
462)。

94.3 根据传说,或按照希腊传统的说法,透克洛斯在这里
的揣测后来很可能变成了现实:他回到家乡之后,忒拉蒙一怒之
下将其驱逐出那个岛:

透克洛斯　我的兄弟埃阿斯在特洛伊的死把我毁掉了。

海伦　何以如此? 拿走他的生命的又不是你的那把剑。

透克洛斯　是他自己扑倒在他的那把剑上死掉的。

海伦　他难道疯了吗? 那要怎样的一种精神状态才能干出
这种事情来?

透克洛斯　你知道珀琉斯的儿子阿喀琉斯吗?

海伦　我知道这一位,我听说他曾经向海伦求过婚。

透克洛斯　他死的时候把自己的兵器留给了自己的盟军。

海伦　哦,如果他死了,那这个东西给埃阿斯带来了怎样的
伤害呢?

透克洛斯　另外的人得到了那个东西,他便结束了自己的

生命。

　　海伦　　那末,他的蒙难使你也遭灾了?

　　透克洛斯　　是的,因为我没能和他一道去死。

(欧里庇得斯,《海伦》,行 94—行 104)

　　而后,当他流放到塞浦路斯的一个小岛上时,他在那里另外创立了一个也叫做萨拉弥斯的部落。对于透克洛斯在这里所表达的这种担忧,杰布转引古罗马时代最重要的悲剧作家之一帕库维斯《透克洛斯》一剧残篇中的一段文字,并且提出帕库维斯的《透克洛斯》很可能参照了索福克勒斯现已失传的(在当时很可能还在流传的)作品《透克洛斯》(Τεῦκρος)关于忒拉蒙曾将透克洛斯从萨拉弥斯岛驱逐出境的情节。① 这里将 ἀπωστὸς γῆς ἀπορριφθήσομαι 分作两个短语译出:前者 ἀπωστὸς γῆς 译作(我)被从那个地方撵出去,而其中的 ἀπωστὸς 一词在这里只表示被驱逐的意思:ὡς ἀπωστὸς τῆς ἑωυτοῦ γίνεται 〔(他)被从那个地方(τῆς ἑωυτοῦ,, sc. γῆς) 驱逐出去:希罗多德,《历史》,VI. 5〕;而语气进一步加重后,这种 ἀπωστὸς 相比较而言就变得更为严重 ἀπορριφθήσομαι 〔流落异乡〕了。至于 ἀπορριφθήσομαι 一词,则表示他的父亲不会允许他再回到自己的国家(行 1019)。

　　94.4 值得注意的是,透克洛斯这里所流露出的担忧(行1020)似乎和苔柯梅萨的担心(行 499)是一样的:都担心被贬为奴隶。φανείς 虽为被动态,但其被动的意味似乎只是隐含的:λυπηρότερον ἐκ βασιλέως ἰδιώτην φανῆναι ἢ ἀρχὴν μὴ βασιλεῦσαι 〔从国王变成平民肯定要比从来不曾做过国王更加痛苦:色诺芬,《远征记》,VII. vii. 28〕。至于此处的 λόγοισιν 一词,通常情形下可以理解为所说

---

① Cp. Marcus Pacuvius (ca. 220—130 BC), *Teucer*, fr. 19, ed. Ribbeck.

的言语,但问题在于这言语是谁说的。照杰布的说法,此处的 λόγοισιν 一词同时表示两层含义:其一,因有随文诂证说 ταῖς τοῦ πατρὸς λοιδορίαις〔亦即那个父亲的言语〕,于是,透克洛斯在这里所说的这句话的意思也就如这里所理解和转译的译文一样;其二,这个词也可能同时表示众人传言,这样一来,λόγοισιν 一词也就隐含着他是被众多自由民驱逐出萨拉弥斯的,或者是忒拉蒙出于自由民民意的考虑将其驱逐的,于是,ἀντ' ἐλευθέρου〔出于自由民〕也就可被解读为 ἔργῳ ἐλεύθερος〔自由民之功〕。

95. (行 1021—行 1039)

透克洛斯　回到家里后的情形肯定就是这样。而在特洛伊我又有很多敌人,能给我帮助的实在少得可怜。你死了,可我收获的又是什么啊?灾难啊,现在我该怎么办?我该怎么将你从[1025]从你的那把利剑上搬下来?可怜的人啊,那就是杀死你的凶手,是它使你最后咽气!看看吧——那个赫克托耳,虽然自己死了,可最终依然将你毁灭!凭着神明起誓,来看看这两个凡人的厄运吧!先是赫克托耳,他被拖在战车的车板上,[1030]用的却是那根馈赠得来的缰绳,他的身体不停地撞到岩石上,最后终于一命呜呼;而后是埃阿斯从那个人那里得到的这件馈赠,结果,他一跤跌到那把剑上,便要了自己的性命。这把剑不正是铜匠复仇之神锻造出来的吗?而[1035]那个东西不也是那个冷酷的工匠哈得斯制造的吗?就我自己而言,我敢断定,所有这一切肯定都是神明针对人而设下的机关。如果有什么人在心里对此不以为然,那么,就请他像我这样把自己的想法想清楚。

95.1 说到自己回到家之后可能遇到的情况,透克洛斯首先意识到,自己会被父亲斥责。接着,他又说到如果留在特洛伊会怎样(行1021－行1022)。他说,在特洛伊,敌视他,仇恨他的人很多(πολλοὶ μὲν ἐχθροί),想要害他的人很多。在他的感觉里,这或许可以通过埃阿斯的死得到证明。在他看,正是因为那些阿开亚将领的仇视,才使埃阿斯走上自戕而殁的道路,而他在这里留下来,也会是同样的结局。另一方面,他又说,在这里,能够为他效力的人很少,而能够使他的复仇得到实现的可能也是微乎其微。这里的译文采用模糊的处理方法,并不明言 ὠφελήσιμα 〔(对他)有用的、能够(为他)效力的〕是什么。它可能指两方面的东西,其一可能指人,亦即他的朋友;其二指物,亦即财力、物力,可能还有权力。对 ὠφελήσιμα 一词,斯托尔采用的是前一种含义,直接译作朋友,而杰布则采用后一种含义,将其译作(对透克洛斯)有所帮助的东西,这里则倾向于尽可能同时顾及到这两方面的含义。

95.2 从一般意义上来讲,ηὑρόμην 一词带有做买卖的意味,表示把东西出售后能够得到收入:ἄλλα τε πολλὰ χρήματα ἐλήφθη, ἃ ηὗρε πλέον ἢ ἑβδομήκοντα τάλαντα 〔他们又得到另一些财富,能够卖得 70 塔兰托:色诺芬,《希腊志》,III. iv. 24〕。诗人在这里选用这个词,意在表明,透克洛斯在自己的兄弟(虽然是同父异母的兄弟)死后需要他收殓尸身的时候想到的是自己的得失(行1023)。而在另外一位作家笔下,这时他所想到的可能就更加直接了:Αἴας μ᾽ ἀδελφὸς ὤλες᾽ ἐν Τροίᾳ θανών 〔我的兄弟埃阿斯死在特洛伊,此事将我彻底毁掉了:欧里庇得斯,《海伦》,行94〕。不过,ηὑρόμην 一词的使用也隐含着某种反讽的意味:普罗米修斯为人类带来火种,但他又说,θνητοῖς ἀρήγων αὐτὸς ηὑρόμην πόνους 〔我帮了那些凡人,却给自己赚得一番苦难;欧里庇得斯,《被缚的普罗米修斯》,行 267〕,这也属于一种反话正说。

95.3 在一声呼喊(行 1025)中,透克洛斯便像苔柯梅萨说的那样(行 920-行 921)将自己和埃阿斯联系到一起。这里将此处的 *τοῦδ᾽ αἰόλου κνώδοντος* 译作你的那把利剑,而其原文字面含义是那把锋利的剑,亦即埃阿斯倒插在沙滩上的那把剑。剑的一端此时插入埃阿斯的身体,而剑柄插在沙滩的地上。这个短语中有 *κνώδων (κνώδοντος)* 这样一个词,而这个词本来是由 *κνάω* 〔篱笆〕和 *ὀδούς* 〔剑〕合成的,表示插在围墙墙头尖利的铁刺,有些近似于近人所见的墙头铁蒺藜;也有学者认为,这里所说的这种 *κνώδων* 应当是指埃阿斯的剑柄,但这样,它前面的那个形容词 *αἰόλου* 〔锋利的〕也就没有着落了,而且文意上也很难成立。

95.4 短语 *καὶ θανὼν ἀποφθίσειν* 〔虽然自己死了,可最终依然将你毁灭〕是赫克托耳死后留给神明帮他做的事情(行 1027);关于死者为自己的死复仇,索福克勒斯在另一部作品中也曾讲到:赫拉克勒斯说,*ὅδ᾽ οὖν ὁ θὴρ Κένταυρος, ὡς τὸ θεῖον ἦν | πρόφαντον, οὕτω ζῶντά μ᾽ ἔκτεινεν θανών* 〔神曾预言,那个肯陶洛斯(即人头马身之怪兽)即便死后,也会把我的命拿去;《特拉喀斯女孩》,行 1162-行 1163〕。

95.5 祈愿语气的 *σκέψασθε* 〔你们看看吧〕一般说来都是泛指针对在场的所有人而言,在悲剧中也多是针对包括观众在内的人而言的;但在这里,这个祈愿语气显然仅指歌队,而不大可能包括在场的观众①,至少并不直接针对观众(行 1028)。

95.6 原文中所说 *ᾧ δὴ τοῦδ᾽ ἐδωρήθη πάρα* (行 1029)显然是指埃阿斯送给他的那根战车缰绳——这里将其转译作馈赠得来

---

① Cf. O. Taplin, *The stagecraft of Aeschylus: the dramatic use of exits and entrance in Greek tragedy*, Oxford, 1977, p. 131.

的。不过,按照荷马的说法(参见《伊利亚特》,卷 VII. 行 303 以下),赫克托耳应该在他被绑到那辆战车上之前就已经死了。荷马描述的情节大致是这样的:埃阿斯曾与赫克托耳在一次战役中相遇;战斗结束后,这两位勇士相互交换了物品:埃阿斯送给赫克托耳的是一根在战车上使用的缰绳,而赫克托耳送给埃阿斯的则是一把剑。后来,阿喀琉斯与赫克托耳又有过一战,并将其击败;然后,阿喀琉斯将赫克托耳绑在战车后面,于旷野之中拖着他四处狂奔,扬起漫天尘埃,以此羞辱战败的赫克托耳。然而在这里,按照透克洛斯的说法,赫克托耳并没有在死后被阿喀琉斯羞辱其尸体,而是在还没有死的时候被绑在战车后面,由于战车的狂奔而使他的身体不断地碰撞在沿途的岩石上,最后一命呜呼。

事实上,我们不能判断,诗人是否刻意同时提到埃阿斯送给赫克托耳的缰绳和后者送给埃阿斯的那把剑,但有一点是可以肯定的,诗人的确想让这两位英雄互赠的两件馈赠成为最后使各自丧命的物件。因为,如果埃阿斯死于那把剑,而赫克托耳并没有死于那根缰绳,而是像荷马所描绘的那样是在死后被阿喀琉斯用那根缰绳对其尸身加以羞辱的话,那么,他让透克洛斯将这两件使其各自丧命的馈赠并列提及也就没有了依据。由此,我们似乎可以作出两个不同路向的推断:其一,有可能诗人在这里对这一段情节有了新的创造,这种创造也使透克洛斯的陈述更带悲剧色彩;其二,也有另一种可能:按照杰布的观点,索福克勒斯在这里接受了来自另外两部失传的组诗《埃提奥庇斯》和《小伊利亚特》的说法。其理由在于这两部组诗的残篇中都出现了 $\H{o}\pi\lambda\omega\nu\ \kappa\rho\acute{\iota}\sigma\iota\varsigma$〔致命的兵器〕的字样。这一说法的关键在于据此这两件馈赠也就使诗人在这里有了借用来说明埃阿斯之死的理由,亦即赫克托耳送给埃阿斯的馈赠最终会使埃阿斯送命。在这一点上,那把剑同后者送给前者的缰绳的作用是一样。

95.7 诗人这里所使用的 ἐκείνου τήνδε 〔照字面直译作那个的这个〕是希腊人特有的一种代词用法。在这种修辞方法中,虽然两个代词的格位不同,亦即 ἐκείνου 为生格,τήνδε 为受格,但当其并列时却可以表示某种相互给予的关系。此外,或许还会注意,索福克勒斯在这里使用的 δωρειά 一词和阿提喀人通常说礼物或馈赠时所采用的那个 δῶρον 一词并不一样,虽然这两个词应该都出自动词 δίδωμι 〔给予〕。这个词,在古典语文学家所引证的公元前403 年一段碑刻上也曾出现过。① 按照亚里士多德的说法,ἀναπόδοτος δόσις ἡ δωρεά 〔(这种)馈赠是一种没有回赠的给予:亚里士多德,《工具论》,125a18〕;而且,我们在古典文献中也曾见到,这种 δωρεά 〔馈赠〕其实不只在这里和死联系在一起:οὗτοι δὲ θάνατον τῷ μηνυτῇ τὴν δωρεὰν ἀπέδοσαν 〔这个诉讼是要给他们以死的馈赠:安提封尼,《演说集》,V. 34〕。因此,从诗人此处的遣词中就可以见出埃阿斯和赫克托耳互赠的缰绳与剑作为一种 δωρεά ,原本就带有使受赠人死于赠品的意味(行 1032)。

95.8 诗人这里用 ἐχάλκευσεν 〔本义作以青铜打造〕这样一个原本是动词的词表示复仇女神厄里诺斯是打造那把剑的铜匠,而与接着说到的 δημιουργὸς ἄγριος 〔冷酷的工匠〕哈得斯相对应。这种说法并不鲜见:δίκην δ' ἐπ' ἄλλο πρᾶγμα θηγάνει βλάβης | πρὸς ἄλλαις θηγάναισι Μοῖρα 〔将正义的铜剑在磨石上打磨锋利,|为的是再次杀戮,那命运之神啊:埃斯库罗斯,《阿伽门农》,行 1535 以下〕。此外,特别值得注意的是此处的 κἀκεῖνον 〔这里译作那个东西〕一词:仅从句法上,将这个词同上一句的 ξίφος 〔剑〕联系起来也不无道理。若此,则这句话也就只是在说埃阿斯用来自杀的那把剑了,

---

① K. Meisterhans, *Grammatik der attischen Inschriften*, Berlin, 1885.

这样说,显然与此处文意有出入。在这段话中,透克洛斯始终在谈论赫克托耳和埃阿斯各自的馈赠。因此,在说过赫克托耳送给埃阿斯的那把剑之后,很自然地,透克洛斯就会说到埃阿斯送给赫克托耳的 *τὸν ζωστῆρα*〔那根缰绳〕了。所以,此处的这个 *κἀκεῖνον* 也就应当是指 *τὸν ζωστῆρα*。

95.9 *μηχανᾶν* 一词本义作在做某件事情时所要使用的装置或为达到某个目的所需采取的手段,进而表示制作某种东西所需的工匠之术:*ἰσχὺς δ' ἠδὲ βίη καὶ μηχαναὶ ἦσαν ἐπ' ἔργοις*〔其强悍雄壮与匠术精湛都是堪称一绝:赫西俄德,《神的族系》,行146〕;这里这个词则表示设下的机关,一方面意在强调缰绳与剑那两个器物的制作是神之所为,另一方面也表示这些其实都是神对这两个英雄设计好的结局。在这里,透克洛斯显然也接受了苔柯梅萨和歌队队长的判断,认为神明应当为所有人类的成功与失败负责(行1037)。这个概念恰恰也是自荷马以降传承下来的普遍的观念。

95.10 有一种观点认为,这段话中有两行(行1028—行1029)托伪,不是索福克勒斯原剧中的文字。① 杰布概括了这种观点提出的理由,其中最重要的是:第一,这种观点提出,在这里将赫克托耳得到的那根缰绳与埃阿斯的那把剑相提并论有些牵强,因为(按照荷马的记载)赫克托耳并不是死于那根缰绳,而埃阿斯却实实在在是倒在那把剑的利刃上的。在这里,诗人为了能够自圆其说,才让赫克托耳也像埃阿斯一样死于他们相互的那间馈赠。第二,这种对比只能是假定赫克托耳的死与《伊利亚特》当中的描述不一样:在索福克勒斯笔下,透克洛斯用了12行(行

---

① R. Morstadt, *Beiträge zur Exegese und Kritik den Sophokles' Ajax*, 1863, p. 30 f.

1028—行 1039)来描述阿喀琉斯并没有在战斗中将赫克托耳杀死,而是在战斗结束后将其折磨致死。第三,在用词上,这 12 行也有可疑之处。如此等等。杰布提出,这些文字应该是原剧中就有的,否则,透克洛斯的话就会在行 1027 被歌队打断,那么,歌队在行 1040 就不会称透克洛斯的这番言论是把话扯远了。

　　劳埃德—琼斯与威尔森全面接受了莫尔施塔特的观点。他们认为,这几行都是"过于空洞的大话",应该是公元前四世纪的钞本中加进去的。① 这段话如果提前(行 1027)被打断,显然要比后来被打断,效果更为显著。但是,接下来被认为应该删掉的话所涉及的在冥界可能出现的情况(即在这里是敌人,到了冥界依然会是敌人)却不能认为与本剧没有干系,这些话实际上有助于观众提前了解阿伽门农的禁令,也可以预感到奥德修斯将有可能采取与先前不同的态度。

96. (行 1040—行 1046)

　　歌队队长　[1040]别扯远了,还是好好想一想我们该如何将这个人埋葬,想一想你接着该说些什么话。因为,我看到敌人急匆匆地朝这边走来,想要害我们,而且还在嘲笑我们的悲伤。

　　透克洛斯　你看到的是军中的什么人吗?

　　歌队队长　[1045]是墨涅拉厄斯,而我们就是为了他才出海远征的。

　　透克洛斯　我看到了。离着不远,很容易辨认。

---

① Cf. H. Lloyd-Jones & N. G. Wilson, *Sophocles: studies on the text of Sophocles*, Oxford, 1990, pp. 32—33.

96.1 在古典时代,短语 μὴ τεῖνε μακράν〔别扯远了〕可能是一句常用语,并且可能带有贬抑的意味: ὡς δὲ μὴ μακροὺς τείνω λόγους … ἅπαντα ταῦτα συντεμὼν ἐγὼ φράσω〔不要把话(λόγους)扯得太远……我就(把该说的话)简单地说出来好了:欧里庇得斯,《赫卡柏》,行 1177 以下〕。不过,在悲剧作家笔下,这个常用短语通常标志着一场戏的下一个阶段即将开始。在本剧中,歌队队长接着会提到一个马上就要上场的人。这个即将上场的人就是阿特柔斯的一个儿子墨涅拉厄斯。而早前,歌队队长预言他会像卑劣之极的人一样嘲笑埃阿斯(行 955-行 960),也马上就会让观众看到。歌队队长接着又提醒透克洛斯,埃阿斯嘱咐的那些事情必须赶快去做(行 1040)。但是,埃阿斯自己可能并不需要有人这样去提醒这位透克洛斯。这个短语实际上意味着葬礼的母题在这部戏余下的时间里将会得到展开。

96.2 从字面上看, τάχα〔快速地〕一词可以理解为是对 κρύψεις〔埋葬〕和 μνήσει〔说话〕这两个动词的附加描述,表示这两个动作(亦即这两件事情)是要马上想一想(行 1041)。这句话更是针对上一句歌队队长对透克洛斯长篇大论议论的态度而言的。在歌队队长看来,亦即在埃阿斯的亲信随从看来,现在最为紧要的事情是将埃阿斯下葬,而要把他下葬,首先就要透克洛斯下达命令。

96.3 墨涅拉厄斯(Μενέλαος)的名字在这里第一次出现(行 1045)。墨涅拉厄斯和阿伽门农是迈锡尼王阿特柔斯与阿厄洛庇(Ἀερόπη)的儿子。而美貌的阿厄洛庇既是阿特柔斯的爱人,同时也是阿特柔斯的孪生兄弟提厄斯忒斯(Θυέστης)所爱的人,因此,阿特柔斯与提厄斯忒斯二人之间因为阿厄洛庇便产生了龃龉。而后阿特柔斯设计,诱使提厄斯忒斯将自己的儿子吃掉了,由此便相互结下仇怨(行 1293-行 1294)。为了报仇,提厄斯忒斯派他的另外一个儿子埃基斯托斯(Αἴγισθος)将阿特柔斯刺杀,并将墨涅拉厄斯和阿伽门农流放。两兄弟后来又返回迈锡尼，并在斯巴达王廷达洛斯(Τυνδαρεύς)的帮助下夺回了王位。多年之后，廷达洛斯的女儿海伦要出嫁了，各地的王子纷纷前往斯巴达求婚。而特洛伊王子帕里斯(Πάρις)也在其中。动身前，帕里斯赞美爱神阿芙洛蒂忒是诸神中最美的，于是，阿芙洛蒂忒便将海伦许配给了帕里斯；但此时，海伦已经是墨涅拉厄斯的妻子了，而特洛伊王子帕里斯却不管海伦是否愿意，强行将海伦带回到特洛伊去了。于是，墨涅拉厄斯将其他来向海伦求婚的人召集起来，立下誓言，出征讨伐特洛伊。值得注意的是，在这段情节发展的后半段，透克洛斯显然否认了歌队队长的这句话，然而这个说法实际上又是古希腊的每一个人都再清楚不过的事实(行1111－行1114)。

96.4　此时的墨涅拉厄斯已是斯巴达王。在雅典人看来，斯巴达人的做派以及行为方式粗鲁而又傲慢自大的。因此，当墨涅拉厄斯朝这边走过来时，大刺刺的做派当然很容易辨认(行1046)。对斯巴达人的这种做派，欧里庇得斯曾描写作凶神恶煞的行伍之人：νῦν δ᾽ εἰς γυναῖκα γοργὸς ὁπλίτης φανείς | κτείνεις μ᾽〔现在你却对着一个女人摆出一幅凶神恶煞的行伍之人的样子，还要将我杀死：欧里庇得斯，《安德洛玛克》，行 458〕。雅典人听到这样的话，也自然想到斯巴达人的傲慢与猖狂。

96.5　剧情发展到这个时候，墨涅拉厄斯带着一队士兵上场。他来到这里是为了宣布埃阿斯葬礼的禁令；而第四场的大部分篇幅都是围绕透克洛斯与墨涅拉厄斯之间的争论展开的。苔柯梅萨和歌队担心的是阿开亚人会幸灾乐祸，这一点似乎也得到了证实。墨涅拉厄斯一出场就宣布了埃阿斯葬礼的禁令，因为阿开亚人认为埃阿斯所做的事情比特洛伊城里的敌人还要糟糕。他曾经想要谋杀自己的盟友，只是由于雅典娜将他谋杀的对象转向了那些作为战利品的牛羊,才使阿特柔斯后代的部队免去了一场灭顶之灾。在古希腊人的观念中,对高贵者的报复似乎总是能够得到一般人的拥护。埃阿斯活着的时候对一般人曾经表现出傲慢无礼。现在,他死了,这些人自然要对他加以报复。此处,特别值得注意的是,墨涅拉厄斯这时所表现出来的 σωφροσύνη 竟然成为一种丑陋的人格:埃阿斯在放弃了自己的原则而表现出拥有着 σωφροσύνη 时(行 646—行 692),他的人格是带有特殊魅力的;而墨涅拉厄斯却是在拿着这种 σωφροσύνη 向别人布道,至于他自己做事却异常 ὕβρις。无论怎样,最后,透克洛斯虽然并未得到许可,但他在这番争论中却把墨涅拉厄斯压倒了。对此,海特认为,这是因为剧情发展到这里,雅典的观众已经对墨涅拉厄斯形成了某种成见,而这种成见之中又带有雅典人特有的某种道德判断。① 这里,对透克洛斯有着某种不尽满意之处:这场争执进行到最后会发现,透克洛斯似乎一直在强调埃阿斯和他们那些人之间有着某种苍白的近似。② 但事实上,埃阿斯自己却从未把自己降低到那些人的水平。这或许就是我们的诗人之所以不让埃阿斯直接面对敌视他的人的原因所在。平庸之辈如透克洛斯,虽然已然决定哪怕去死也要保护那个尸体,但他却不会像埃阿斯那样自戕而死。随后,墨涅拉厄斯便在歌队的哀歌声中离开了。

97. (行 1047—行 1061)

墨涅拉厄斯　　你们都在! 那好,我命令你们,谁也不得

---

① M. Heath, *The poetics of Greek Tragedy*, Stanford, 1987, pp. 80—81
② G. H. Gellie, *Sophocles: a reading*, Melbourne, 1972, pp. 22—23.

去收殓那个尸体，就让它待在那里。

透克洛斯　那是怎样狂傲的命令，让你这样徒费口舌？

墨涅拉厄斯　[1050]是我认为应该这样，而且最高统帅也这样认为。

透克洛斯　那你可以说一说为什么要这样的理由吗？

墨涅拉厄斯　是这样的：我们曾希望他从家乡来到此地，通过和我们这些阿开亚人并肩作战，成为我们的朋友，可据我们观察，却发现他比弗吕吉亚人还要敌视我们；[1055]他曾想使我们这支部队毁灭，深更半夜，手执那把利剑朝我们而来。不知是哪个神明把他的这番努力阻止住了，否则，我们就要面对他所面对的那种厄运，我们就会死掉，我们注定就要蒙羞横卧在这里，[1060]而他却会活下来。现在，神明调转了猖狂的方向，令其落到了那些牛羊的身上。

97.1　照一般看法，短语 $\sigma\grave{\varepsilon}\ \varphi\omega\nu\tilde{\omega}$ (行 1047)当然可以被看作是一个插入语，因为，从所能见到的文献中，很难找到在短语 $\varphi\omega\nu\tilde{\omega}\ \tau\iota\nu\alpha$〔对某人大声喊叫，呼喊〕后面接一个不定式短语作补语的情况。但是，杰布提出的一个意见却值得采纳：他认为，$\varphi\omega\nu\tilde{\omega}$一词虽然没有其他同样的例证证明有过这样使用的情况，但却可以参照另外一些同类的动词有过这种用法，譬如 $\lambda\acute{\varepsilon}\gamma\omega$〔说〕，$\varepsilon\tilde{\iota}\pi o\nu$〔据说〕，$\grave{\varepsilon}\nu\nu\acute{\varepsilon}\pi\omega$〔告诉〕，$\alpha\grave{\upsilon}\delta\tilde{\omega}$〔说〕，$\varphi\eta\mu\acute{\iota}$〔说〕等。这样一来，$\tau\acute{o}\nu\delta\varepsilon\ \tau\grave{o}\nu\ \nu\varepsilon\varkappa\varrho\grave{o}\nu\ \chi\varepsilon\varrho o\tilde{\iota}\nu\ |\ \mu\grave{\eta}\ \sigma\upsilon\gamma\varkappa o\mu\acute{\iota}\zeta\varepsilon\iota\nu$〔谁也不要去收殓那个尸体：行1048〕这个不定式短语也就成为 $\sigma\grave{\varepsilon}\ \varphi\omega\nu\tilde{\omega}$ 的补语，表示大声说出来的内容，而这样的内容自然也就带有命令的性质。动词 $\varkappa o\mu\acute{\iota}\zeta\omega$ 一词本来也可以作收殓解(行 1379)，那末，当墨涅拉厄斯说到 $\sigma\upsilon\gamma\varkappa o\mu\acute{\iota}\zeta\varepsilon\iota\nu$ 一词——这个词是动词 $\sigma\upsilon\gamma\varkappa o\mu\acute{\iota}\zeta\omega$ 的现在时不定

时形式——时,他想到的可能是单凭透克洛斯一人之力是不可能将埃阿斯下葬的。布隆代尔认为,墨涅拉厄斯之所以要把这个 συγ- 加上去,是因为任何葬礼都不可能由哪个人一人独力完成。① 不过,这句话从墨涅拉厄斯口中说出来,很可能还隐含着如果没有墨涅拉厄斯以及阿伽门农的同意。这也是 σύν- 的一种,那么,透克洛斯就不可能完成为埃阿斯举行葬礼的任务。而墨涅拉厄斯话中所流露出的这一层隐含的意味恰恰折射出他性格中狂妄的一面。

97.2 透克洛斯引人注目地说,阿伽门农的那道法令体现了一种行止狷狂的作风(行 1049)。需要注意的是,在此之前和之后,舞台上演员念白的文字都是采用四音步的韵文形式。而在这里,念白的韵律有所变化,即在第三音步之后有一个半音步的停顿。诗人的这种处理方法,照杰布的说法,显示出语气中的某种不屑。借此,诗人似乎试图显示透克洛斯对墨涅拉厄斯的一种态度,同时也是对其所下达的命令的一种态度。

97.3 现在时的分词短语 δοκοῦντ᾽ ἐμοί (行 1050)应该被看作是一个中性名词受格复数形式,是回答透克洛斯所提的那是怎样狂傲的命令,表示我所想要的,而言外之意则表示我认为下达这样的命令对我有好处。而这一行下半句 δοκοῦντα δ᾽ ὅς κραίνει στρατοῦ 当中的 ὅς κραίνει στρατοῦ〔最高统帅〕显然是指阿伽门农。不知道墨涅拉厄斯为何要提到阿伽门农:他是想要借阿伽门农的权威来印证自己宣示那个命令的分量? 抑或是告诉透克洛斯,这个命令其实是阿伽门农下达的,与他关系并不重大?

97.4 动词现在时不定式 ἄγειν〔带着、形成〕的主词应当是受

---

① M. W. Blundell, *Helping friends and harming enimies: a study in Sophocles and Greek ethics*, Cambridge, 1989, pp. 103—104.

格的 *αὐτόν*〔他,即埃阿斯〕,而它的宾词应当是那个 *ἐλπίσαντες*〔期待、希望〕。因此,这句话的意思就应当是指他们(即墨涅拉厄斯以及那些阿开亚将领)最初形成的期待是让埃阿斯能够在和他们一道作战时成为他们的朋友,而不是指他们希望把埃阿斯从家中带出来和他们一道作战,并成为他们的朋友(行 1053)。这样两种不同的解读,虽然在主要含义上并无显著的区别,但在细节上却有着某种细微的差异,这是阅读经典时需要注意的。

97.5 弗吕吉亚(*Φρυγία*)是特洛伊以东的一个王国,今属土耳其;根据史书记载,弗吕吉亚人(*Φρύγες*)是某个游牧民族迁徙到阿纳托利亚(*Ανατολία*)后形成的一个民族。在特洛伊战争中,弗吕吉亚人曾与特洛伊人结盟,与后者一道为保卫特洛伊城而战。在荷马那里,弗吕吉亚人与特洛伊人并不属同一民族,所以,他才会说,特洛伊王普里阿摩司(*Πρίαμος*)曾经帮助他们去和亚马孙女战士(*Αμαζόνες*)作战:

> 先前,我(即普里阿摩司)曾游历弗吕吉亚,那里遍布着葡萄树;在那里,我看到无数的弗吕吉亚勇士,驾驭着疾速奔跑的战马,还有厄特柔斯人(*Οτρῆος*)和英雄弥格东(*Μύγδων*),他们沿着桑伽阿里斯河安营扎寨。当时,我还是他们的盟友,所以,当那些像男人一样的亚马孙女战士来袭时,我便也参与到他们当中(荷马,《伊利亚特》,卷 III. 行 184—行 189)。

但是,在荷马之后,希腊人一般将 *Φρύγες* 当作是 *Τρῶες*〔特洛伊人〕的同义词。因为,当爱奥尼亚在西密西亚建立起殖民国时,这个地方的人已然成为弗吕吉亚的属民了。因此,墨涅拉厄斯这句话也可理解为埃阿斯要比他们共同征讨的特洛伊人危害更大。

97.6 埃阿斯是否清醒地想到过要使阿开亚人的部队遭受灭顶之灾(行 1055)？这个问题似乎值得深入探究。如果说做出决定将阿喀琉斯的兵器颁赏给奥德修斯的是那些阿开亚将领，那么，埃阿斯可能就确实应该将愤怒和仇恨倾注在这些将领身上(行 57 以下)。但是，埃阿斯却将整个希腊大军当作是他的敌人了，于是，他才会在祈求神明时说出 ἴτ’, ὦ ταχεῖαι ποίνιμοί τ’ Ἐρινύες, | γεύεσθε, μὴ φείδεσθε πανδήμου στρατοῦ〔来吧，厄里诺斯，真正的复仇神，惩罚他们吧，|将他们的部队完全吞噬，一个人都不要放过:行 843－行 844〕这样的话。

97.7 原文行 1056 的后半句话，我采用的读法是 ἕλοι δορί，而倾向于认为这个短语是指手执那把利剑；但也有刊本(如杰布)将表示剑的 δορί 一词正读作 δόρει。这样勘正之后，短语 ἕλοι δόρει 就有可能被认为应该合成一个词 ἐλοιδόρει，于是，这句话的含义也就会发生变化。因为后者的含义是斥骂、责骂。从两方面说，这一正读都可能无法成立:其一，虽然 δόρει 一词可以和 δορί 一样被看作是 δόρυ 的单数与格形式，但这种变体形式却从未在索福克勒斯的文字中出现过；其二，或许也是更为重要的，如果将此处正读作 ἐλοιδόρει〔斥骂、责骂，第三人称单数未完成时形式〕，那么，墨涅拉厄斯这样说话就显得有些矫情了，毕竟阿开亚大军是不可能在埃阿斯的责骂中倒下的。

97.8 κεἰ μὴ θεῶν τις τήνδε πεῖραν ἔσβεσεν 是一个一般条件从句，照字面意思可直译作如果某一位神明没有把这番努力阻止住的话(行 1057)；但是，如果将短语 θεῶν τις 直译作某一位神明，那么，就没有办法体现出这个短语中所表达的另外一层隐含的意味:墨涅拉厄斯这时并不知道是哪一位神明阻止了埃阿斯的疯狂举动。他从始至终都不曾提到过是雅典娜将埃阿斯的疯狂举动转向了那些牲畜。事实上，只有奥德修斯一个人知道，阻止埃阿斯疯狂举动的是雅典娜。基于这一考虑,笔者倾向于认为,这是一个让步条件句。

97.9 行 1058 的 $τήνδ'ἣν ὅδ' εἴληχεν τύχην$ 〔他所面对的那种厄运〕和行 1059 的 $θανόντες$ 〔死〕同为受格,应当看作是同位语,这样,短语 $ἂν προυκείμεθ' αἰσχίστῳ μόρῳ$ 也就不难理解了: $προυκείμεθ'$ 〔横卧在这里〕的并不是战死沙场的英雄,这在阿开亚人看来确乎是 $αἰσχίστῳ$ 〔让人蒙羞的〕。埃阿斯的死在他们看来也是最为耻辱的,所以,他们才不能想象自己也这样死去。此处,尤其需要注意,这句话并不意味着墨涅拉厄斯(以及其他阿开亚人)在这次征战中担心自己死去。

97.10 原文中, $ἐνήλλαξεν$ 一词(行 1060)的本义是交换: $αὐτά τ' ἐναλλάξασα φόνῳ θάνατον | πρὸς τέκνων ἀπηύρα$ 〔她也为杀死他而换来了死,|死在自己孩子手上:欧里庇得斯,《安德洛玛克》,行 1028〕;但也应注意到,在钞本的随文诂证中,此处也注有 $ἀντέστρεψε$ 的字样,这个词的意思是转向了相反的方向。因此,一般古典语文学家都认为, $ἐνήλλαξεν$ 一词在这里应当是指神明将埃阿斯的愤怒转移到那些作为战利品的牛羊身上。

98. (行 1062—行 1070)

墨涅拉厄斯　就是出于这个原因,任何人都没有权利将他那个人的尸体下葬,绝对不行;就应该让他曝尸在金色的沙滩上,任由[1065]海边的飞鸟果腹。你可一定要记住!千万不要将你心中那股恐怖的力量释放。如果说我们在他活着的时候不能将其制服的话,那么,我们至少要让他在死后服从我们的意愿;无论你们是否赞同,我们还是会动手调教他——[1070]因为,他活着的时候,从没有听从过我的命令。

98.1 原文中,能不能将那个 *σῶμα τυμβεῦσαι τάφῳ* (行 1063)
所说的原因看作是埃阿斯自戕之后一个新开始的悲剧的母题,
这取决于如何理解短语 *τυμβεῦσαι τάφῳ* 的含义。从一般意义上
讲,当然可以将 *τυμβεῦσαι τάφῳ* 拆解成两个各自有独立含义的语
词,将其理解为以典仪(之仪轨)将其下葬;但必须真正注意的却
是,*τυμβεῦσαι* 一词到底是一种一般的埋葬,还是其本身就成为
下葬典仪中的一项。从文本上看可以判断,笔者倾向于前者;但
从此处作为全剧的转折点来看,我更倾向于墨涅拉厄斯在这里
强调的很可能是后一层含义,而采用这样的含义也的确能够如
其所愿地达到他所要求达到的目的——羞辱埃阿斯,从而让埃
阿斯为其行为付出代价。

98.2 照字面的含义,*ἀμφὶ χλωρὰν ψάμαϑον ἐκβεβλημένος* 可
以理解为将其弃置在金黄色的沙滩上。照杰布的说法,
ἀμφὶ χλωρὰν ψάμαϑον〔在金黄色沙滩近旁〕对那片沙滩表现出某种轻
蔑、嘲笑的态度。根据上下文,这里将埃阿斯的尸体的意味转译
出来,将这句话译作弃尸在金色的沙滩上(行 1064)。这样,接下
来,墨涅拉厄斯说到的话(任由海鸟果腹)又与埃阿斯自己的推测
合在一起了:*ῥιφϑῶ κυσὶν πρόβλητος οἰωνοῖς ϑ' ἕλωρ*〔让我成为野狗与
鹰鹫捕食的腐肉:行 830〕。此外,这一句中,*ἐκβεβλημένος*〔及物动词
ἐκβάλλω 的完成时中动被动态分词阳性单数形式〕又是建构起埃阿斯
与他所在的共同体之间关系的一个关键词。这个词的主动态表
示抛弃,而它的中动态则近似于自外于主词原本从属的某个群
体,在埃阿斯那里就表示自外于共同体。因此,除了字面上的含
义之外,我们还可以从 *ἐκβεβλημένος* 一词的中动被动态形式中揣
摩出这句话的另外一层含义,即墨涅拉厄斯或许认为,尽管他可

能并不情愿说埃阿斯的死不能算作是重大事件,既然他生前特立独行,行止狷狂,那么,他死后就应该让他保持这样的性格,做到这一点的关键就是曝尸荒野。

98.3 透过墨涅拉厄斯的这句话(行1067—行1069),我们会忽然发现,埃阿斯葬礼一事一下子变成一件至关重要的事情。如果按照墨涅拉厄斯的说法去做,那么,埃阿斯最终便顺从了他的敌人。一般理解,短语 χερσὶν παρευϑύνοντες 是指用手去指导或指挥。在某种意义上,这个短语通常又可以看作和 χερσὶν εὐϑύνων〔用手领着,行542〕含义相近。因此,当墨涅拉厄斯说到 χερσὶν παρευϑύνοντες 时,可能还带有这样一层含义:现在,埃阿斯死了,而死了的埃阿斯应该是比较顺从的。在墨涅拉厄斯看来,这个时候,埃阿斯就会失去他原本的性格与力量,变得像孩子一样温顺,甚至可以像是训练动物一样来调教(行1254)。从这句话中,也看出,虽然苔柯梅萨曾经说埃阿斯的敌人也会为埃阿斯的死感到悲伤,但在这里却看到,至少墨涅拉厄斯是绝没有任何哀悼之意的。

99. (行1071—行1083)

墨涅拉厄斯　实际上,如果有臣民不肯服从统治者,那他就一定是品质恶劣的人。在城邦之中,法律如果离开了敬畏,就不可能给这个城邦带来繁荣;[1075]如果部队不用畏惧来保护自己,也没有了敬畏之心的话,那么,这支部队就无法指挥了。一个人即便是将自己的身体锻炼得十分强健,也依然会觉得哪怕一场不大的灾难便可以将他打垮。有一点,你完全可以肯定,只有心怀畏惧[1080]而又明白何为可耻的人才能拥有某种

安全感；如果行止猖狂，而且为所欲为，那么，不妨设想
一下：这样的城邦，虽然可能也有一帆风顺之时，但却
随时都会倾覆海底。

99.1 对于墨涅拉厄斯对不服从统治者的人做出评价时所
说的这句话(行 1071)，在文本上，杰布所采用的版本与得到普遍
认可的剑桥本，略有出入：剑桥本写作 $κακοῦ$ $πρὸς$ $ἀνδρὸς$
$ὄντα$ $δημότην$，而杰布则将此行记作 $κακοῦ$ $πρὸς$ $ἀνδρὸς$ $ἄνδρα$ $δημότην$
〔照字面直译作那一定是(那些人作为其)臣民(而堪称)品质恶劣〕。如
果说在通常情形下，文本上的细微差别并不能深刻影响文本的
含义，那么，这里出现的紧跟在 $ἀνήρ$〔人〕一词生格形式 $ἀνδρὸς$ 后
面的又一名词的受格形式 $ἄνδρα$ 也就只能从语气上去理解了：在
有些注疏家看来，这种说法带有某种粗俗的色彩。更有学者
(Reiske)将此处正读作 $ὄντα$，并将 $ὄντα$ $δημότην$〔可意译作当时的那
些臣民〕合在一起来理解。然而，或者诚如杰布所说，如果真的记
作 $ὄντα$ $δημότην$，那么，这种说法在希腊人听起来就会显得有些怪
异。相反，如果记作 $ἀνδρὸς$ $ἄνδρα$ $δημότην$，之后再与前面的 $κακοῦ$
连起来一道理解，则这句话中循序渐进的逼人语气就会一览无
余：事实上，作者先是突出强调这些人 $κακοῦ$〔品质恶劣〕，继而强
调他们本应是顺从的 $δημότην$〔臣民〕。这句话提出一个至关重
要的问题，即埃阿斯这个人是否品质恶劣的问题。曾有研究
者认为，这句话当中隐含着一个必然的结论：埃阿斯是一个
$κακοῦ$ 人。① 现在假定这个结论能够成立，那么，如果说墨涅拉
厄斯以及后面出场的阿伽门农是对的，埃阿斯作为一个英雄
的形象也就彻底崩塌了。但是，当墨涅拉厄斯将埃阿斯斥责

---

① J. D. Denniston, *The Greek particles*, Oxford, 1954, p. 563.

成为 $\delta\eta\mu\acute{o}\tau\eta\nu$ 的时候，一定会发现他的话完全是荒诞不经的。因为 $\delta\eta\mu\acute{o}\tau\eta\nu$ 一词所指的人唯一的责任就是服从，而埃阿斯显然不是这样的，这一点在开场时就已看到。

99.2　行 1073 至行 1074 的原文就是一个条件句。照字面含义及语序可直译作在城邦之中，没有任何的法律能够使其（即这个城邦）得到繁荣，如果在那里（即在法律中）没有能够确立起（对法律的某种）畏惧。在这个条件句结构中，作为条件前件，由于 $\check{\epsilon}\nu\vartheta\alpha\ \mu\acute{\eta}$〔在那里没有〕本身就带有条件前件的含义，因此，当它和一个虚拟语气的后件动词一道出现时，虽然它并没有 $\check{\alpha}\nu$ 作它的前件引导词，但它仍是一个条件句的前件，而它的后件只是一个虚拟的语气。据此，这句话的确切含义是：如果法律不是建立在城邦臣民对法律畏惧的基础上，那么，法律就不可能给城邦带来繁荣。因为其后件是一个虚拟语气，所以，这句话所要表达的是：事实是，在现有的（或现存的）城邦中，当法律建立在城邦臣民对其感到畏惧的基础上时，法律就会给城邦带来繁荣。同时，这两行的条件句又可以成为下两行条件句的一个前件；亦即，如果这个判断成立的话，那么，下面的判断也就可以成立了。这后一个成立则最终引导出墨涅拉厄斯禁止任何人为埃阿斯收尸的正当性。

99.3　短语 $\varphi\acute{o}\beta o\nu\ \pi\rho\acute{o}\beta\lambda\eta\mu\alpha$（行 1076）从字面上来理解是指凭借（他人对自己的）畏惧之心而使自己得到保护，或为自己设下屏障；其中，$\pi\rho\acute{o}\beta\lambda\eta\mu\alpha$ 一词的基本含义是指挂在前面的帷帐，进而引申作一种屏障或一种保护解，而这种保护或屏障又为了防备某种不利于自己的事情发生：$\alpha\grave{\iota}\nu\tilde{\omega}\ ...\ \pi\rho\grave{o}\varsigma\ \delta\grave{\epsilon}\ \tau o\tilde{\iota}\sigma\iota\ \chi\epsilon\acute{\iota}\mu\alpha\tau o\varsigma$ $\pi\rho o\beta\lambda\acute{\eta}\mu\alpha\tau\alpha$〔我要赞美（那神明）……他使我们有了抵御冰封酷暑的屏障：欧里庇得斯，《求祈者》，行 208〕。于是，这种防备也就成为统帅者对自己权威的一种保护。

墨涅拉厄斯此时虽然可能一直在考虑如何用自己的法令惩罚曾经冒犯过他的死者,但他也要借助神明的力量。对原文中的 μηδὲν φόβου πρόβλημα μηδ' αἰδοῦς ἔχων〔也可译作没有了畏惧之心的保护,也没有敬畏之心〕这样一句话,有随文诂证认为,或许可以从另一个短语中得到启发: ἔνθα δέος, ἐνταῦθα καὶ αἰδώς〔哪里有神明,哪里就有敬畏:埃庇卡墨斯,《尤昔弗罗》,12B〕。不过,杰布提醒,对这个随文诂证,或许应当理解为 ἵνα μὲν αἰδώς, ἔνθα καὶ δέος· οὐ μέντοι, ἵνα γε δέος, πανταχοῦ αἰδώς〔哪里有敬畏,哪里就有神明;但不能说,有了神明,就会有敬畏〕。而墨涅拉厄斯这种说法在雅典人看来当然是带着斯巴达特征的,斯巴达政制的特征之一就在于 φόβου〔畏惧〕居于核心地位: τιμῶσι δὲ τὸν φόβον ... τὴν πολιτείαν μάλιστα συνέχεσθαι φόβῳ νομίζοντες〔(他们)膜拜畏惧……将最重要的城邦事务与这畏惧联系在一起:普鲁塔克,《评传·克里奥门尼》,IX〕。对于雅典人来说,是 αἰδώς〔敬畏〕使他们感到某种另外模样的畏惧。据记载,在斯巴达,人们为 Φόβος〔畏惧,或福珀斯,或译畏惧之神〕建造了神龛(普鲁塔克,同上);而在雅典,则有 Αἰδώς〔敬畏,或埃多斯,或译敬畏之神〕的神位(鲍桑尼亚斯,《希腊志》,I. xvii. 1)。墨涅拉厄斯在这里提出,严明纪律和对法律的绝对服从;这些在城邦与军队当中都是同样必须的。他的这种观点和克瑞翁的观点(索福克勒斯,《安提戈涅》,行 663—行 676)并不一致。这种观点显然和斯巴达人的观念极为相近,而且也同雅典寡头政制的体制相近。① 由此可见,墨涅拉厄斯在这里所发表的意见显然是典型的斯巴达人的观点,而他也确实是一个斯巴达王。在这种语境下,有一个十分特别的现象必须注意,即在墨涅拉厄斯这里,σωφροσύνη 首要的是要正确处理统治者与被统治者的关系。

---

① Cf. M. Coray, *Wissen und Erkennen bei Sophokles*, Berlin, 1993, pp. 394—399.

99.4　行 1077 至行 1078 的意思是,人是否需要有畏惧和敬畏之心,并不取决于他是否身强体健,他的畏惧与敬畏之心取决于他对自己可能被某种变故〔或如原文所说的 σμικροῦ κακοῦ（小的灾难）〕所击垮。值得注意的是,诗人说 σῶμα … μέγα〔身体……强健〕似乎另有一层暗示的含义,亦即表示即便像 πελώριος Αἴας〔身强体壮的埃阿斯:荷马,《伊利亚特》,卷 III. 行 229〕那样的人,在灾难面前也无法逃脱败下阵来的结果。从这样一层暗示当中,甚至可以引申理解,之所以无法逃脱衰败或垮掉的结果,大半是因为那灾难——哪怕是很小的灾难——是神示的结果。所以,其结局无法改变。

照墨涅拉厄斯的理解,使自己得到安全的保证,这可能就是获得救赎的标志(行 1079－行 1080)。但埃阿斯的救赎概念显然与此不同。在埃阿斯看来,彰显自己的荣誉才具有至高无上的价值(行 691－行 692),而这正是埃阿斯的悲剧所在。

99.5　这里所说的 τὴν πόλιν … ἐξ οὐρίων δραμοῦσαν εἰς βυθὸν πεσεῖν〔一个城邦,虽然可能也有一帆风顺之时,但却随时都会倾覆海底:行 1082－行 1083〕,这种将城邦或国家比作一艘航行在大海上的船的作法,在希腊是十分普遍的作法(索福克勒斯,《安提戈涅》,行 162－行 163,行 189－行 190;《俄狄浦斯王》,行 22－行 24)。而从一帆风顺向转瞬倾覆的比喻也并非索福克勒斯的创造,在其他文献中也曾见过很有意思的相似的表述:

曾几何时,我们一直都在思考这样的问题:为什么民主政制时常会因为人们对政治制度改变的渴望而在一夜之间就被推翻? 君主政制和寡头政制为什么遇到民众运动就会顷刻垮台? 还有一些人,他们本来已经成为僭主,而且一直细心地维护着自己的统治,这些人看上去也的确具有惊人的睿智与成功；可是，他们为什么同样也会在转瞬之间就倒台了呢(色诺芬，《居鲁士的教育》，I. i. 1)？

所不同的是，在色诺芬笔下，政制的稳定与否取决于统治者的出色与否以及他的臣民对他顺服与否；而在墨涅拉厄斯口中，一个城邦会被倾覆到海底，除了因为他的臣民失去了对自己主人的畏惧之外，还有某种敬畏之心的丧失在起作用。这句话当中的 ἐκ (ἐκ)，照杰布的说法，表示某种条件，或引导某种条件，但是，如果将其理解为一种让步(虽然)或许更为恰当。至于一帆风顺会在意想不到之间倾覆海底，这也有可能带有某种隐喻：鼎盛之极本身就意味着灾难马上就会降临。

100. (行 1084—行 1092)

墨涅拉厄斯　不过，我想看到，在这个地方，人人都能感到畏惧。[1085]不要让我们以为，我们可以为所欲为，可以不为这样的行为付出痛苦的代价。世事轮回。那个人也曾经那么蛮横无理，现在轮到我威风了。所以，我要警告你们，不得将他火化，[1090]否则，你们就得为自己举行葬礼了。

歌队队长　墨涅拉厄斯呀，你撂下的这些话实在充满了智慧，只是千万不要在死者面前悖逆常情，表现猖狂。

100.1 照字面意思，*ἀλλ᾽ ἑστάτω μοι καὶ δέος τι καίριον* 可以理解为不过，在我看，畏惧在它该在的地方确立。这里所说的 *τι καίριον* 从字面上理解虽然是指该站着的或应当站着的地方，

但从上下文语境分析,墨涅拉厄斯所说的则是指在这个地方,亦即是指在他心目中的某个城邦(行1084)。因此,这句话的含义在于,他强调如果城邦要想政制稳固,那么,就必须让畏惧深入万民之心;民众有了对统治者的这种畏惧,统治者的智力才能得到有效的执行:ἔσϑ' ὅπου τὸ δεινὸν εὖ, | καὶ φρενῶν ἐπίσκοπον | δεῖ μένειν καϑήμενον〔畏惧有时或有益,让人能够控制自己,守护自己的心:埃斯库罗斯,《复仇之神》,行517〕。

100.2　行1085和行1086的原文押尾韵,即ἂν ἡδώμεϑα〔从心所欲〕押 ἂν λυπώμεϑα〔带着痛苦〕韵。在希腊诗歌中,这种押尾韵的情况并不普遍,而在希腊散文中可能稍多一些。除悲剧和散文外,只在赫西俄德的长诗中见过一处:εἰ δὲ κακὸν εἴπῃς, τάχα κ' αὐτὸς μεῖζον ἀκούσαις〔若是对人恶语相向,自会被人更加恶语相向:赫西俄德,《劳作与时日》,行721〕。而这一处的尾韵也还是在同一行中的上下两个半句之间。诗人在这里比较罕见地让他的人物这样说话,与悲剧通常的音律相悖,可能想要显示这位墨涅拉厄斯的言论平庸,至少是想表现其表达能力的某种欠缺。

100.3　将 ἕρπει παραλλὰξ ταῦτα(行1087)一句译作世事轮回,似乎有些欠妥,毕竟轮回二字带有宿命的意味。事实上,这句话可能从风水轮流转的角度理解更贴切。不过,虽然带有风水轮流转的意味,但 παραλλὰξ 一词却与风水(运道)无关,或许与世事或世道更为接近一些:διαφέρειν τὸν αἰῶνα ἐναλλὰξ πρήσσων ἢ εὐτυχέειν τὰ πάντα〔(我希望能够)有一种成败轮流转(成败相错)的生活:希罗多德,《历史》,III. 40. 2〕。此外,需要说明的是,这句话所反映的概念正是全剧的一个基本立足点。

这句话中,值得注意的另一点是,当墨涅拉厄斯说到埃阿斯时,他用了一个 ὑβριστής,而当他说自己同时又需要表示相同做派时,却没有使用与 ὕβρις 同源或相近的词,他使用的是

μέγα φρονῶ〔字面含义为以为伟大，转译作（耍）威风〕，因为 ὕβρις 一词用在受难的人身上要比用在强者身上显得更自然一些。但是，也有研究者认为，墨涅拉厄斯这时心里所想的就是自己也能猖狂起来了，[①]他的这种想法而后也被歌队所印证（行1086）。在墨涅拉厄斯的想法里，μέγα φρονῶ 似乎和 ὕβρις 同义但不等值：在墨涅拉厄斯看来，埃阿斯的傲慢是对他的一种冒犯。不过，这里所说的埃阿斯因为犯了行止猖狂的错误而理当受到神明的处罚，与墨涅拉厄斯的观点完全不同。

100.4 埃阿斯曾嘱咐和他一起来到特洛伊的那些萨拉弥斯勇士，在他死后要好好安排他的儿子殴吕萨克斯，并且要 τὰ δ' ἄλλα τεύχη τεύχη κοίν' ἐμοὶ τεθάψεται〔让他把其他的铠甲与兵器和我一道埋葬：行577〕。那时，他所说的 τεθάψεται〔下葬〕应当是一种厚葬。但在这里（行1089），当墨涅拉厄斯说到不能给埃阿斯举行葬礼时，这个 αἴθων〔火化〕的用词就没有那么庄严了。他只是说，不要把他那个尸体烧掉，也就是说，哪怕最普通的希腊式葬礼都不要为埃阿斯举行。

100.5 墨涅拉厄斯最后说的一句话，显然带着威胁的成分（行1090）。他要让埃阿斯的亲友明白，为埃阿斯举行葬礼也就意味着为他们自己举行了葬礼。因此，在他的言谈中也自然流露出挪揄或嘲讽的语气：短语 εἰς ταφὰς πέσῃς 照字面意思理解表示跌入（自己的）坟墓之中。他选用了 πέσῃς (πίπτω) 一词，其本义为跌倒，而这层含义用在表示跌入某种不合意的境地时，则会带有对其不得已的挪揄：ἔχουσι ... ἐς ἀκουσίους ἀνάγκας πίπτειν〔去做那种不得已而为之的事情：修昔底德，《伯罗奔半岛战争志》，III. 82. 2〕。

值得注意的是,经过一番长时间的争论后发现,墨涅拉厄斯却又回到了他开始时的起点(行1047—行1048)上。

100.6 歌队队长在墨涅拉厄斯说完之后只说了一句话(行1091—行1092)。他所说的话带有很大的怨恨意味,他并没有简单地说墨涅拉厄斯的话悖逆人之常情,而是在这悖逆人之常情的前面加上了 γνώμας ὑποστήσας σοφάς 一句。其中,特别值得注意的是 ὑποστήσας 一词,这个词的本义是使站立在某处,可以将其引申解作放下、搁下,或解作使其屹立。而这种动作通常意味着需要用很大的力气,可能还有某种隐喻表示为一个房子(或王室)奠定基础。据此,这里倾向于将其理解为撂下,或更可理解为狠狠地撂下。至于这里所说的 σοφάς〔智慧〕,言下之意其实只是墨涅拉厄斯为了达到自己目的的某种狡辩,也是歌队对他责备的理由。① 事实上,歌队这时的主要任务或许就是将墨涅拉厄斯话语中分量最重的部分以及这样的话语可能给墨涅拉厄斯自己带来怎样的后果说出来,让剧场中的观众能够听到。墨涅拉厄斯说到的禁令符合的是人的法律,即位高者为民众立下的法律。但是,墨涅拉厄斯宣示了这样的禁令,他自己就会遭到必然的报应,到那时,他自己也同样会被弃尸阳光之下,不会有人为他收尸,因为他的葬礼——或为他下葬——将会悖逆神的律法。因此,歌队队长在这里的回答是一种绵里藏针的回答。

101. (行1093—行1104)

透克洛斯　(对歌队说)你们这些人啊! 那些血统高贵

---

① M. Coray, *Wissen und Erkennen bei Sophokles*, Berlin, 1993, pp. 95—96.

的人，如果他们都能够容忍自己犯下错误的话，那么，
[1095]对于那些这样出身的人说出的话，再怎么恶劣，
我也不会感到丝毫的惊讶了。

　　（接着，转身对墨涅拉厄斯说）　来吧，从头再给我说
一遍，你真的认为是你让埃阿斯在这里成为阿开亚
人的盟友了吗？他难道不是自己出海采取行动吗？
[1100]你到底在哪些事情上让这个人自己做主了
呢？你凭什么对跟着他从家乡到这里来的那些人指
手画脚呢？你可以去做你的斯巴达王，可来到这里，
却不能做我们的主人。在任何情况下，他都没有权
力约束你的部队，同样，你也没有权力这样指挥他的
部队。

　　101.1 透克洛斯在这里所说的 ἄνδρες〔直译作你们这些人啊〕
是名词 ἀνήρ 的复数呼格形式，表示他要将自己的愤怒对那些和
自己可能比较亲近的人发泄。因此，他所指的是埃阿斯的那些
随从，亦即当时在舞台上的歌队（行1093）。在诗人的另一作品
中，克吕忒墨涅斯特拉在厄勒克特拉历数了心中对这个女人的
怨恨之后，也曾将她自己的怨恨对着歌队开始发泄（索福克勒斯，
《厄勒克特拉》，行612以下）。这或许证明，在古希腊悲剧中，愤怒
或怒火有时未必直接针对其愤怒的对象发泄。这时，歌队便成
为这种愤怒或怒火的倾听者。
　　101.2 透克洛斯的这句话（行1093—行1096）指出身高贵者
应该成为社会地位低的人的良好典范。透克洛斯说 ὧν γοναῖσιν，
照字面意思理解为这样出身的，但这显然仅指墨涅拉厄斯，虽然
他在这里用的是一个复数形式。而这一称谓实际上还隐含着另
外一层含义，即墨涅拉厄斯除了出身之外，实际上完全不能算作

是一个高贵的人，因为出身的高贵并不必然导致性格的高贵。①

101.3　对歌队说完那些话之后，透克洛斯便开始针对墨涅拉厄斯刚刚所作的那些虚伪的狡辩(行1052—行1054)说出自己的看法(行1097以下)。他并不否认埃阿斯作为盟军的一部分来到特洛伊。但是，透克洛斯强调的是，那些阿开亚人让他来到这里，而埃阿斯参加到征讨特洛伊的大军中来，并没有包含他自己的任何打算。

101.4　原文中的 ἤγαγ' 一词(行1101)历来有不同的正读，这里倾向于采用杰布的说法。这个词② 的本义是统领、指挥，这里应当是指下达命令。从此时透克洛斯的语气上看，他所说的很可能并不简单表示对部队下达命令，而带有某种不屑的意味，亦即把那个命令看作是一个恶的命令。在透克洛斯看来，墨涅拉厄斯虽然也是一地之王，但却没有权利对跟随埃阿斯出征的这些水手或随从指手划脚，没有权力给这些人下达命令。即便希腊部队应该有一个统一的指挥统帅，那么，在大量的文献中，并且在这个戏的前面，我们也已经看到，这支希腊大军的总的统一的统帅也不是墨涅拉厄斯，而是阿伽门农。

101.5　κοσμῆσαι 一词的本义是安排：σοὶ δ' ἔργα φίλ' ἔστω μέτρια κοσμεῖν〔令你小心将你的工作安排妥当：赫西俄德，《劳作与时日》，行306)。不过，在这里，κοσμῆσαι 一词似乎更倾向于表示对部队的指挥与调度，似乎是一个军事术语(参见色诺芬，《居鲁士的教育》，II. i. 26)。按照杰布的说法，这个词在这里或许暗示，透克洛斯提醒墨涅拉厄斯，作为一个斯巴达王，这位墨涅拉厄斯并没有权力调度埃阿斯从萨拉弥斯岛带来的部队。因为，即便埃阿

①　S. Goldhill, *Reading Greek tragedy*, Melbourne, 1972, pp. 162—163.
②　ἤγαγα 一词是动词 ἄγω 不定过去时第三人称单数陈述语气的形式。

斯活着,他也不可能去指挥和调度阿开亚人的部队。这似乎超
出了讨论墨涅拉厄斯所传递的命令的范畴(行1104)。

102. (行1105—行1119)

透克洛斯　[1105]让你漂洋过海来到这里的是另外的
人,而不是一个随时也能指挥埃阿斯的至高无上的统
帅。你需要做的只是去指挥你所统领的那些人,你可
以禁止他们去做什么;而我现在要去好好将这具尸体
安葬,因为这才是正事——[1110]不管你或者别的哪
个统帅下了禁令,我都不会理会的。那些人不辞劳苦
地参加这次远征,绝对不是为了成为你的嫔妃的那个
女人——他们只是为了他自己曾立下的那个誓约,而
不是为了你,他们从没把你这样无足轻重的人放在眼
里。[1115]你再回到这里时带来了传令官,还带了远
征指挥官;可你的那些大呼小叫却像一阵风吹过,随你
想怎么样就怎么样吧!
歌队队长　在形势不利的情形下,我无法接受这样
的言论;这种言论虽然正当,但却依然令人难以
接受。

102.1 这句话(行1105—行1106),初读上去似乎有些拗口,
甚至有些费解。为此,施耐德温曾建议将这两行文字删除。①
施耐德温或许是对的:因为,如果行1104之后直接接行1107,

---

① Cf. F. W. Schneidewin, *The Ajax of Sophocles, with notes*, trans. by R. B.
Paul, London, 1851.

这样可能会显得更自然一些;另一方面,墨涅拉厄斯也是一个听命于别人(即阿伽门农)的人,这样的话似乎与这里所要说的事情关系不大,唯一有些作用就是隐含埃阿斯即便不听命于墨涅拉厄斯,也要听命于阿伽门农。不过,在这部戏另外的地方,阿伽门农确实是指挥整个希腊大军的统帅(行 1116)。如果这个说法成立,那么,透克洛斯在这里很可能是刻意将想要说的话说得更加含混一些。这里,有一个很有意思的猜想值得注意:虽然这句话的后半句是一个阳性名词短语 οὐχ ὅλων στρατηγός〔其字面意思为绝不是一个至高无上的统帅〕,但是,这句话前半句当中 ἄλλων〔另外的〕却既可以是阳性,也可以是阴性或中性的生格形式。然而,照杰布的理解,如果此处的 ἄλλων 一词为中性生格。那么,与它后面的 ὅλων〔完全、所有〕的阳性生格就会出现冲突,而后面的这个 ὅλων 显然不能理解为中性生格——此处的猜测在于,这里的 ἄλλων 一词是否可能表示另外的某种东西? 或直言之,有没有可能暗示让墨涅拉厄斯漂洋过海来到特洛伊的是那个誓言(行 1111－行 1114)? 只是这样的猜想或许在句法上尚存疑。

　102.2 短语 ὧνπερ ἄρχεις ἄρχε (行 1108)的字面意思是你去指挥你所指挥的那些人吧。不过,需注意这个短语的语气中带有某种针锋相对的成分。按照荷马的记载,阿伽门农曾经对阿喀琉斯说 οἴκαδ' ἰὼν σὺν νηυσί τε σῆς καὶ σοῖς ἑτάροισι ｜ Μυρμιδόνεσσιν ἄνασσε〔带着你的船和你的那些人回家去,去管管你自己的那些家奴吧:《伊利亚特》,卷 I. 行 179 － 行 180〕,而阿喀琉斯的回答便是 ἄλλοισιν δὴ ταῦτ' ἐπιτέλλεο, μὴ γὰρ ἔμοι γε〔我可不会听从你的命令:《伊利亚特》,卷 I. 行 295〕。至于后半句的 τὰ σέμν' ἔπη ｜ κόλαζ' ἐκείνους〔字面直译作用那些带威严的话教训那些人〕,这里将其理解为对他们颐指气使,并不特别突出 κόλαζ' 一词中教训的含义,而注意到 *σέμν'* 中傲慢的含义: *ἀλλὰ διὰ ταῦτα σεμνότερος δοκεῖ καὶ φοβερώτερος εἶναι* 〔从而使其内心的傲慢和畏惧有增无减:《伊利亚特》,卷 IV. 行 18〕。

这段话(行 1100—行 1108)中,透克洛斯显然是在对墨涅拉厄斯的说法提出反驳:墨涅拉厄斯认为,埃阿斯应该无条件地服从他的命令;但透克洛斯在这里强调,墨涅拉厄斯只是他的斯巴达部队的指挥员或统帅,埃阿斯没有义务服从他的命令。事实上,在雅典人的观念里,墨涅拉厄斯的确不能算作是一个知道分寸的人。另一位悲剧诗人的话或可为此提供旁证: *ἦ τὸν ἁμὸν οἶκον οἰκήσεις μολὼν | δεῦρ'; οὐχ ἅλις σοι τῶν κατὰ Σπάρτην κρατεῖν* 〔难道你要到这里来,替我掌管我家的事吗? 有斯巴达的那些事情让你去管,这还不够吗:欧里庇得斯,《安德洛玛克》,行 581—行 582〕。不过,也没有理由认为,欧里庇得斯的这个说法出自索福克勒斯。[1] 事实上,透克洛斯的这一论点大半出自荷马:据《伊利亚特》说,每一支部队都有自己独立的指挥官或统帅,而整个大部队并没有一个统一的统帅。不过,这样一来,似乎阿伽门农作为整个部队的统帅又很难解释了。

102.3 此节的 *εἴτε μὴ σὺ φής | εἴθ' ἅτερος στρατηγός* (行 1108以下)中, *μὴ* 指的是墨涅拉厄斯与阿伽门农所禁止的将埃阿斯下葬,它所否定的不是 *φής* 〔宣布、颁布〕,而是后面(译文位于之前)的不定式 *εἰς ταφὰς θήσω* 〔好好地将那个尸体安葬:行 1109〕。因此, *μὴ φής* 也就转而表示宣布禁令,专指那些斯巴达人才能接受墨涅拉厄斯的禁令。

102.4 短语 *οἱ πόνου πολλοῦ πλέῳ* (行 1111)从字面上理解,

---

[1] Cf. K. Reinhardt, *Sophocles*, trans. H. & D. Harvey, Oxford, 1979, p. 234.

表示那些要做许多辛苦事情的人，可以看作是一个名词短语，表示那些墨涅拉厄斯的 λαοί〔臣民〕。显而易见的是，墨涅拉厄斯的那些臣民当然要按照他们主人的意愿去做，无论他有什么样的意愿，他们都要尽全力去做；但在透克洛斯这里，他显然是在强调埃阿斯出征特洛伊并不是为了墨涅拉厄斯，至少并不像墨涅拉厄斯的臣民那样可以任由他来指挥。这里将这个名词短语转译作一个动词短语，却没有把埃阿斯的名字加在这句话当中。不过，参照前面说到所有阿开亚人时把埃阿斯包含进去的说法(行 637)，透克洛斯的这句话显然带有这样的意味。

102.5　透克洛斯这里提到的是特洛伊之战起因于一个约定(行 1113 以下)：追求海伦的人当初曾经约定：

> 无论是何人，只要娶了廷达琉斯的女儿为妻，大家就都要帮助他；如果有人将她从那人的家中带走，使她离开夫君，众人就要齐力出击，将其城邦毁灭(欧里庇得斯，《伊菲戈涅亚在奥里斯》，行 61)。

而史家在说到这一约定时，曾说：

> 我知道，使阿伽门农能够将这支大军召集起来的是他的实力所造就的威力，并非仅仅因为希腊那些追求廷达琉斯女儿的人立下的誓言，他们才去追随他的(修昔底德，《伯罗奔半岛战争志》，I. 9. 1)。

当透克洛斯此时重新提到那个曾经的约定时，他至少表示两层的含义：其一，这个约定在立誓当初针对的是将来娶得海伦的人,并非专门针对墨涅拉厄斯的;其二,当墨涅拉厄斯成为海伦的夫君之后,这个约定就成为对墨涅拉厄斯的承诺了,那末,埃阿斯出征特洛伊并不是为了自己的某种利益,也未必出自自己的本意,而只是为了履行自己的承诺。不过,在这位诗人笔下,奥德修斯说到涅厄普托勒莫斯参加特洛伊之战的原因时,曾说他 οὔτ᾽ ἔνορκος οὐδενί〔绝不是为了那个誓约:索福克勒斯,《菲洛克忒特斯》,行 72)——这或许是为了刻意表示某种不屑。

102.6 从词源上讲,τοὺς μηδένας (行 1114)无疑是否定词短语 μηδὲ εἷς 的一种变化形式,在这里作名词使用,表示没有价值的人或物。在诗人其他作品中克瑞翁将自己的苟活说成是 τὸν οὐκ ὄντα μᾶλλον ἢ μηδένα〔不过是完全没用的人:索福克勒斯,《安提戈涅》,行 1322〕。关于这种活着毫无价值的人的说法,还有诸多不同例证:τοὺς οὐδένας (欧里庇得斯,《伊菲戈涅亚在奥里斯》,行 371);ὄντες οὐδένες (欧里庇得斯,《安德洛玛克》,行 700);οὐδένες ἄρα ἐόντες (希罗多德,《历史》,IX. 58)等。

102.7 墨涅拉厄斯来到这里时,有两个 κήρυκας〔传令官:行 1115〕陪伴。这两个传令官的出场旨在表明墨涅拉厄斯所承担的任务是一项十分严肃的任务。在《伊利亚特》(卷 IX. 行 170)中,当指挥官争论是否要与阿喀琉斯谈判沟通时,为了体现那次争论的严肃性,他们身边也都各自带了两位传令官。后世学者尤斯塔提乌斯(Εὐστάθιος, 1110 c. – 1198)称舞台上的传令官为 ἀργὰ πρόσωπα〔使主要人物得到凸显的背景人物:尤斯塔提乌斯,《荷马〈伊利亚特〉与〈奥德赛〉疏证》,780. 46〕。

102.8 这里有一个小品词 ἕως 值得注意。该词(行 1117)在一般句法意义上是一个关系小品词,除经常表示时间外,也可以表示某种让步的条件,用在让步条件句的前件中,应当与 ἕωσπερ 相通:τοῦτο μὲν πιστεύω, ἕωσπερ ἂν ἦς ὃς εἶ〔我相信你,随你怎样都可以:柏拉图,《斐德诺》,243e〕。

102.9　在歌队看来,从他们与埃阿斯一起出征的那一刻开始,他们的命运就和埃阿斯的命运拴在了一起。当埃阿斯在兵器颁赏的裁判中落败之后,他们也感到了和埃阿斯一样被敌视。所以,歌队队长说, ἐν κακοῖς〔在形势不利的情形下〕,即便是公正的言论,也不能令他们这些埃阿斯的朋友感到愉快。他们不会接受这样的言论,不会遵守这样的法令(行1118－行1119)。

103. (行1120－行1131)

墨涅拉厄斯　[1120]那个弓箭手啊,他还真以为自己是什么人呢?!

透克洛斯　没错,我的东西也不是一般的手艺。

墨涅拉厄斯　是啊,如果你拿到了那个盾牌,自然就敢说大话了。

透克洛斯　即便没有,我也敢与你这种装备精良的人比试一下。

墨涅拉厄斯　你说出这样的话,得需要多么吓人的勇气啊!

透克洛斯　[1125]只要行得正,精神的力量就是无坚不摧的。

墨涅拉厄斯　难道要让杀了我的人春风得意吗?

透克洛斯　谋杀?那可就怪了,你都被杀了,怎么还活蹦乱跳呢?

墨涅拉厄斯　那是因为神明祐我。不然,我早就死掉了。

透克洛斯　既然有神明庇护着你,你就不要玷污神明了。

墨涅拉厄斯　[1130]我怎么可能违背上天的礼法!?

透克洛斯　可你现在站到这里,禁止为他下葬。

103.1 一般情况下,*ὁ τοξότης* 一词,并不带有褒贬的意味,只是泛指一般意义上的弓箭手:*ἔκυρσας ὥστε τοξότης ἄκρος σκοποῦ*〔真好像一个弓箭手,一箭中的:埃斯库罗斯,《阿伽门农》,行 628〕。但在特定的语境下,*τοξότης* 一词却可能带有表示无足轻重小人物的含义,这层含义或许出自希腊人对身处部队后防线位置的弓箭手的轻视。因为,这些弓箭手毕竟不像身处队伍前锋位置的 *θωρακοφόρος*〔骑兵弓箭手〕那样需要时时直接面对敌军的进攻。为此,希腊人会将位于队伍前列的 *θωρακοφόρος* 和这种一般的弓箭手加以区别(色诺芬,《居鲁士的教育》,V. iii. 37)。而在雅典人的语言环境中,*τοξότης* 一词还被用来表示维护城邦秩序的警察。这种 *τοξότης*〔警察〕大多由一种叫做 *Σκύθαι*〔斯库提亚〕奴隶来担任:*καὶ | τὸν Σκύθην λάθοιμι*〔(我)怎样才能不被那个斯库提亚人看到:阿里斯托芬,《大地女神节上的女人》,行 1018〕,更是表示一种底层的(或卑贱的)职业。从另一个角度来看,在《伊利亚特》当中,很少有哪个英雄以弓箭作兵器。因此,可以想象得到,墨涅拉厄斯在这里可能是刻意地用 *ὁ τοξότης* 来称呼透克洛斯(行 1120),因为他也意识到持剑与矛作战的勇士一定要比 *ὁ τοξότης* 更为出色。事实上,在公元前五世纪的希腊,*ὁ τοξότης* 确实比一般的 *ὁπλίτης*〔重兵器步兵〕的地位要低得多。

103.2 照 *οὐ ... βάναυσον τὴν τέχνην ἐκτησάμην*(行 1121)原文字面语序可直译作我并不拥有手艺人(常会拥有)的那种技能或技艺。*βάναυσον*〔手艺人的〕一词在这里表示自由民技艺中不值得称道的方面,在柏拉图看来,这种性质是 *ἀνελεύθερος*〔卑劣的,劣等的〕：βάναυσόν τ' εἶναι καὶ ἀνελεύθερον καὶ οὐκ ἀξίαν τὸ παράπαν
παιδείαν καλεῖσθαι〔我们称此类教育是匠人的,卑贱的和完全没有任何
价值的东西：柏拉图,《礼法》,644a〕。亚里士多德在《政治学》中则
将这种技艺称作是卑贱的技艺：τάς ... τοιαύτας τέχνας ὅσαι
τὸ σῶμα παρασκευάζουσι χεῖρον διακεῖσθαι βαναύσους καλοῦμεν〔我们称这
种卑贱技艺为徒耗体力,只为赚取钱财的手艺：亚里士多德,《政治学》,
1337b11〕。βάναυσον 一词的本义带有机械性或重复操作性较强这
样一层含义,这种性质在古希腊人的观念中不能得到较高的评
价,而透克洛斯之所以要这样说,或许是想要告诉墨涅拉厄斯,
他的能力并不是人们常说的那种低级的能力,他的能力超出一
般人的水平。但是,透克洛斯的弓和箭却都出自阿波罗之手(荷
马,《伊利亚特》,卷 XV. 行 440－行 441)。因此,墨涅拉厄斯在这里
要么是忘了那些弓箭的出处,要么就是为了刻意贬低透克洛斯
而把他的兵器说成是劣等的。

103.3　行 1122 是一句反话:刚刚,墨涅拉厄斯说过透克洛
斯只是一个弓箭手。当他说到 ἀσπίδα 时,他所指的当然是重甲
步兵的全身装备,包括头盔、胸甲、护臂,以及握在手上的长矛。
实际上,因为透克洛斯只是一个位于部队后防线上的弓箭手,所
以,他不大可能拥有一身这样的装备。因此,当他说出那样大胆
的话时,人们只能判断他是在说大话。另一方面,也可以想到,
墨涅拉厄斯的这句话再次将透克洛斯与真正拥有那把重盾的埃
阿斯联系起来。但是,也要注意到,墨涅拉厄斯似乎是在提醒透
克洛斯毕竟不是埃阿斯,言下之意似乎又承认了埃阿斯的伟大。
这让人觉得,墨涅拉厄斯的辩论已经陷入混乱之中。按照荷马
的记载,透克洛斯作战时是把弓箭留在营帐,手持盾牌出战的
(《伊利亚特》,卷 XV. 行 479);因此,如果断定索福克勒斯采纳的是
荷马的《伊利亚特》版本的话,那么,这句话或许就意味着如果你

能像一个真正的战士一样去作战。

103.4 行 1123 所说的 ψιλός〔没有、缺乏〕延续了上文所说的 ἀσπίδα〔盾牌〕。就这一点而言,透克洛斯为自己所做的辩解同《伊利亚特》对洛克里亚人(Λοκροί)的描述形成鲜明的对比。在特洛伊,洛克里亚人并没有像重甲骑兵一样获得前锋部队应有的装备,他们只有一些弓箭,还有就是投石器。因此,他们无法在 σταδίῃ ὑσμίνῃ〔贴身作战:《伊利亚特》,卷 XIII. 行 713〕中占有优势:οὐ γὰρ ἔχον κόρυθας χαλκήρεας ἱπποδασείας,| οὐδ᾽ ἔχον ἀσπίδας εὐκύκλους καὶ μείλινα δοῦρα〔他们既没有那种带着猎猎缨穗的头盔,|也没有圆盾和蜡杆长枪:《伊利亚特》,卷 XIII. 行 714—行 715〕。不过,按照透克洛斯的说法,即便 ψιλός,他也照样能够在对敌作战中与墨涅拉厄斯以及希腊大军的所有其他将领一样勇猛杀敌。诗人巧妙地使用了 ψιλός 一词的隐喻含义。ψιλός 一词的本义作裸露,表示没有草木覆盖的贫瘠之地:ἀπολλῦσα ῥέον ἀπὸ ψιλῆς τῆς γῆς εἰς θάλατταν〔(雨水)沿裸露的大地倾注到大海里:柏拉图,《克拉底鲁》,111d〕。但在这里,诗人用这个词来表示透克洛斯的装备状况,显然不是指赤身露体,而是指完全没有防止身体受到伤害的护具。因此,将这个词理解为毫无护身装备,也不是完全没有道理的。

103.5 墨涅拉厄斯接着又说了一句反话(行 1124)。从字面上看,这句话似乎是在夸赞透克洛斯的勇气,但此处的 τρέφει 一词却透露出另外一层深意。照一般意思来理解,τρέφει 一词当然可以说是表示那种大得吓人的勇气深入到他的话语中,但在说到 ἡ γλῶσσά〔话语〕时却隐含另一层含义,表示透克洛斯不过是一个大话王,是枉自称大的家伙。如此看来,虽然这句话字面上的含义似乎是在夸赞透克洛斯勇气可嘉,但潜台词却是在贬损他只敢在嘴上体现那种伪劣的豪迈,而未必真的敢于按照自已所说的去做,未必敢于将自己的话付诸实践。因此,这里还是倾向于将 τρέφει 一词理解为吓人的。

103.6　透克洛斯的话(行 1125)既是针对墨涅拉厄斯说他只是个弓箭手(行 1120)而言的,也是对墨涅拉厄斯上一行话的回答。和墨涅拉厄斯一样(行 1078),透克洛斯也认为自己确是属于那种 μέγα φρονῶ 〔前面译作耍威风,这里可以理解为与无坚不摧相关〕。所不同的是,墨涅拉厄斯认为他 μέγα φρονῶ 是要从此断定他的 ὕβρις,并且以此攻击他。

103.7　在希腊语中, γάρ 用在表示怀疑的问句中,隐含着说话的人对前面说话者的话表示怀疑。在这种情况下,它并不是表示因为的后置词。① 杰布将这句话当中的 με 转译作 κτείναντά 〔杀死、谋杀〕的宾词,而将 κτείναντά 的主词看作是特指埃阿斯。这种理解,如果从上下文语气上判断,或许不无道理。但墨涅拉厄斯在这里似乎是在泛指任何人杀死人之后依然得意洋洋都是不大正常的,都没有正当性。此外,还有一点值得注意,在阿提喀方言中, κτείναντά 一词常被用作法律术语: τοῦτο μόνον δεῖν … εἴτε ἐν δίκῃ ἔκτεινεν ὁ κτείνας εἴτε μή 〔唯一需要考虑的事情就是……杀人者(谋杀者)的行为是否正当;柏拉图,《尤昔弗罗》,4b〕;墨涅拉厄斯使用这个词,也有将整个事情纳入世俗法律范畴内的意味,亦即世俗的法律也不能容忍任何杀人者或谋杀者在把人弄死之后依然逍遥自在、不受惩罚(行1126)。

103.8　透克洛斯机智地找到了墨涅拉厄斯的一个漏洞:后者夸大其辞地说如果他被杀掉后那么就会怎么怎么样,这就为透克洛斯挖苦他提供了一个极佳的机会。这里(行 1127)倾向于

---

① J. D. Denniston, *Greek particles*, Oxford, 1954, p. 77.

将 $\zeta\tilde{\eta}\varsigma$ 一词理解为活蹦乱跳,因为这个词至少在这里并不简单地意味活着,甚至还有可能活得像是沸腾的水,而 $\zeta\tilde{\eta}\varsigma$ 一词的本义就表示水或其他液体的沸腾:$\dot{\omega}\varsigma\ \delta\grave{\varepsilon}\ \lambda\acute{\varepsilon}\beta\eta\varsigma\ \zeta\varepsilon\tilde{\imath}\ \check{\varepsilon}\nu\delta o\nu$〔就像在釜中沸腾:荷马,《伊利亚特》,卷 XXI. 行 362〕,也可以引申为兴致勃勃或怒火中烧:$\dot{\varepsilon}\nu\ \tau o\acute{\upsilon}\tau\omega\ \zeta\varepsilon\tilde{\imath}\ \tau\varepsilon\ \varkappa\alpha\grave{\imath}\ \chi\alpha\lambda\varepsilon\pi\alpha\acute{\imath}\nu\varepsilon\imath$〔(他)在这种情形下怒火中烧,陷入极度的愤怒之中:柏拉图,《王制》,440c〕。那末,这句话还可以理解为你都被杀了,怎么还能在这里大发脾气。

103.9 在透克洛斯看来,禁止将埃阿斯的尸体下葬就是对神明的玷污,① 就是一种 $\check{\upsilon}\beta\varrho\iota\varsigma$,就是一种"超出法度之外的报复",就是对神明的冒犯(行 1129)。

被透克洛斯诘问到有些词穷之时,墨涅拉厄斯心中怒火欲发未发时大声喊叫起来(行 1130)。句中,小品词 $\gamma\acute{\alpha}\varrho$ 是一个语气词,表示这个问句是一个带着愤怒的反问。至于短语 $\delta\alpha\iota\mu\acute{o}\nu\omega\nu\ \nu\acute{o}\mu o\upsilon\varsigma$〔其字面意思为与神明有关的或神明确定下来的法则〕,墨涅拉厄斯此时只是针对透克洛斯的诘难在做回答:虽然舞台下的观众可能都已知道是哪一位神明庇护着墨涅拉厄斯,但他自己此时或许并不知道是雅典娜在起作用——是雅典娜将埃阿斯疯狂中的愤怒从他身上转移到那些牛羊身上。因此,$\delta\alpha\iota\mu\acute{o}\nu\omega\nu\ \nu\acute{o}\mu o\upsilon\varsigma$ 应当理解为上天的礼法,避开神明二字或许更合当时的情景。

103.10 墨涅拉厄斯语气当中所流露出来的愤慨,透克洛斯肯定感受到了,他在回答中也加重了语气(行 1131)。原文的语气加重通过 $\pi\alpha\varrho\acute{\omega}\nu$〔出现在这里,来到这里〕一词来体现。这种加重语气的手段,在汉语中却很难采用同样的手段表现出来。这句

---

① Cf. N. R. E. Fisher, *Hubris: a study in values of honour and shame in ancient Greece*, Warminster, 1992, pp. 147—148.

话的实际意思是说，如果你妨碍埃阿斯的下葬，那就一定会玷污神明。①

104.（行 1132—行 1141）

墨涅拉厄斯　他可是我的敌人呀，所以，为他下葬就是犯罪！

透克洛斯　难道埃阿斯曾经站出来，与你为敌吗？

墨涅拉厄斯　我们确实相互仇恨，这你是知道的。

透克洛斯　[1135]没错，但那是因为他发现你在投票时捣鬼了。

墨涅拉厄斯　毕竟弄垮他的是做出裁决的那些人，而不是我啊。

透克洛斯　你竟然能够将罪孽深重之事干得这么漂亮。

墨涅拉厄斯　这些话会给某个人带来灾难。

透克洛斯　好像不会有比我们所要蒙受的灾难更大了吧？

墨涅拉厄斯　[1140]我再对你说一遍，不许为那个人举行葬礼。

透克洛斯　那你听好了，这个葬礼一定要举行。

104.1　从希腊词义上讲，πολεμίους〔敌人〕一词（行 1132）是指埃阿斯成了战场上的敌人，这可能隐含着表示埃阿斯成为整个希腊大军的敌人。但是，在文本中看到，埃阿斯(τούς)和墨涅拉

---

① A. C. Moorhouse, *The syntax of Sophocles*, Leiden, 1982, p. 253.

厄斯(αὐτοῦ)是一种相互为敌的关系,亦即墨涅拉厄斯认为,当埃阿斯杀入作为战利品的牛羊之中时,他就已经是在与整个希腊大军为敌了。而且,因为他做了违背法律的事情,所以,他就应该受到惩罚。惩罚应该不仅是让这个犯罪的人去死,同时,因为这个人曾经抱着想要在希腊大军中肆意杀戮的想法。所以,他甚至比在战场上与其敌对的特洛伊人还要恶劣(行 1054),所以,让他暴尸海滩也就应该是对他应有的惩罚。注意,杰布提示,墨涅拉厄斯拒绝给一个 πολέμιος 尸体举行葬礼,这在他的观念里有着宗教的依据——他所根据的是克瑞翁说过的话:

> 你竟然声称神明会照顾那个尸体,谁会相信你的话!他们怎么会将一个把给他们的祭献放火烧掉,把为他们建造的神殿烧掉的人那样超乎寻常的荣誉!? 那种人火烧了他们的领地,践踏着那里的法律。难道你见过神明对这种恶劣的人以尊重吗? 没有,你绝对没有见过(索福克勒斯,《安提戈涅》,行 284－行 289)。

不过,这两处的情况略有不同,也同样值得注意。至于此处的后一句,这里将 οὐ ... καλόν 转而理解为犯罪,则只是对本义中不好、不正确的含义进一步加以引申罢了。

104.2 杰布认为,借助这句话,透克洛斯便巧妙地避开了在墨涅拉厄斯所提出的争论焦点上周旋,而将他们之间的争论转变为埃阿斯与墨涅拉厄斯个人之间的敌意关系(行 1133)。关键在于,墨涅拉厄斯始终想要在埃阿斯与公共利益之间建立起某种相互矛盾的关系。

104.3 μισοῦντ᾽ἐμίσει 两个词连用,成为一个单独的句子,表示相互间的敌视关系。前者为动词 μισέω〔敌视、仇恨〕的分词形式,而后者则是 $\mu\iota\sigma\acute{\epsilon}\omega$ 一词的第三人称未完成时形式,其字面的
意思是在敌视中有着敌视(行 1134)。从这句话中可以看出,墨
涅拉厄斯的性格中显然带有愚钝的成分:他刚刚说过,埃阿斯已
经成了整个希腊大军的敌人,但在透克洛斯的诱导下,他却落入
了后者的话语陷阱:他似乎承认,即便埃阿斯对他来说不是敌人
($\pi o\lambda\acute{\epsilon}\mu\iota o\varsigma$),对他也是有着仇恨的($\acute{\epsilon}\chi\vartheta\rho\acute{o}\varsigma$)。

　　有一个问题需要详细说明:墨涅拉厄斯用了 $\pi o\lambda\acute{\epsilon}\mu\iota o\varsigma$ 一词,
这个词通常是指战场上敌对双方之间的关系,可以理解为真正
的敌人;而 $\acute{\epsilon}\chi\vartheta\rho\acute{o}\varsigma$ 一词也是这部戏里常被使用到的,但它通常表
示个人之间的某种恩怨关系。这两个称谓虽然含义不同,但在
古典文献中却时常可以互换使用,因此,在解读其中内涵时也就
尤其需要小心。先来看一下 $\pi o\lambda\acute{\epsilon}\mu\iota o\varsigma$ 一词作敌人解时可能带有
的意味:有一种说法认为, $\pi o\lambda\acute{\epsilon}\mu\iota o\varsigma$ 一词很可能和 $\pi\acute{o}\lambda\iota\varsigma$ 〔城邦〕有
关。沿着这一思路考虑,成为 $\pi o\lambda\acute{\epsilon}\mu\iota o\varsigma$ 的人所敌对的也就是一
个政治共同体了,而 $\acute{\epsilon}\chi\vartheta\rho\acute{o}\varsigma$ 一词却并不带有(至少并不突出强调)
与政治共同体对立或为敌的意味。如果严格区分这两个敌对意
味,那么,或许在这里就无法看到透克洛斯与墨涅拉厄斯的论争
了。必须承认,聪明机智如索福克勒斯者,恰恰借用了这两个词
可以互换使用的特征,让透克洛斯把话说得似乎是一语双关:埃
阿斯既然在战斗中与墨涅拉厄斯属于同一阵营,那么,他又怎么
可能成为墨涅拉厄斯的 $\pi o\lambda\acute{\epsilon}\mu\iota o\varsigma$ 呢(行 1133)?而墨涅拉厄斯在
回答这个问题时,让人感到奇怪的是,他并没有说埃阿斯因为对
未经分配的战利品进行宰杀而成为这个军事共同体的 $\pi o\lambda\acute{\epsilon}\mu\iota o\varsigma$;
他回答的是即便我们可能还算不上是 $\pi o\lambda\acute{\epsilon}\mu\iota o\varsigma$,那末,我们至少
也应该算是相互仇恨的,或者说是相互讨厌、厌恶的。这句话意
味着他只承认他们之间的关系是一种个人恩怨意义上的 $\acute{\epsilon}\chi\vartheta\rho\acute{o}\varsigma$

关系。① 这一点在本剧中具有极为重要的意义,直接牵涉到埃
阿斯的悲剧的起因,即如果说埃阿斯悲剧在某个方面来说是由
于埃阿斯与阿开亚人相互间的敌意的话,那么,这种敌意是一个
人与其所在的共同体之间的敌对关系(即 πολέμιος),还是一个伟大
的人与他周围的人之间相互厌恶的关系(即 ἐχθρός)? 当然,这个
问题也涉及到埃阿斯的葬礼是否合法的问题。与《安提戈涅》中
的克瑞翁一样,墨涅拉厄斯不仅认为这样对待敌人完全是可以
接受,甚至认为这种做法是神明所赞同的。但与墨涅拉厄斯不
同的是,克瑞翁最终明白了一件事情,那就是神明要求所有的死
者都应当下葬。

104.4 照字面意思, κλέπτης γὰρ αὐτοῦ ψηφοποιὸς ηὑρέθης (行
1135)可以理解为你被发现做了一个对他来说偷选票的贼。仅
从 ψηφοποιὸς 一词的本义上看,将其理解为一种投票,当然并无
大的出入。而且,如杰布所指明的,可以在这个剧本中找到这样
理解的依据:在原文行 446(译文在行 445),埃阿斯说到阿开亚将
领投票裁决阿喀琉斯兵器归属时,曾说到他们已经打算好将兵
器弄到奥德修斯手里去。而这种投票一般认为是将作为选票的
石子(ψῆφοι)投入到一个水罐之中;在投票的过程中,参加投票的
那些人被帷幕遮挡起来,于是便形成一种秘密状态下的投票:
κρυφίαισι γὰρ ἐν ψάφοις Ὀδυσσῆ Δαναοὶ θεράπευσαν· | χρυσέων δ'
Αἴας στερηθεὶς ὅπλων φόνῳ πάλαισεν〔达那亚人秘密投票,推举奥德修
斯;|而对埃阿斯,却要剥夺其金色铠甲,令其与死神格斗:品达,《涅湄凯
歌》,VIII. 行 26—行 27)。假如这种说法成立,那么,透克洛斯所说
的作弊过程就可能是事前发生的。但是,我们在当时的文化遗

---

① Cf. R. P. Winnington-Ingram, *Sophocles: an interpretation*, Cambridge,
1980, p. 64; M. W. Blundell, *Helping friends and harming enemies: a study
in Sophocles and Greek ethics*, Cambridge, 1989, p. 39, p. 92.

存中看到，一些出土的陶器画（有公元前五世纪的红陶）表现了埃阿斯与奥德修斯在争夺兵器时出现的那种激烈的争执场面：他们相互冲撞，而另外一些人则试图把他们拉开，阿伽门农则站在二人中间，似乎在劝说二人停止争执。① 还有再早一些时（公元前六世纪）的黑陶，除埃阿斯、奥德修斯和阿伽门农三人外，现场还聚集了另外一些所谓 ἀγών〔聚众起来的人，或可引申表示凑热闹的人）。在这件黑陶的画面上，另外还有一些人参加到兵器争夺之中，这些人似乎是在撕扯扭打，而埃阿斯与奥德修斯则拔剑相向，画面中只有阿伽门农似乎在想办法将这些人分开。② 从这些陶画来看，对埃阿斯的不公正对待或许应该理解为阿开亚人在埃阿斯与奥德修斯的竞争中偏向奥德修斯，而不应该仅仅看作是墨涅拉厄斯一个人的诡计。那末，回过头来再看索福克勒斯让透克洛斯说对埃阿斯的不公正对待只是墨涅拉厄斯因个人恩怨所为，这显然与古希腊人的普遍记忆不相符。如果真是这样，那么，透克洛斯为何又要这样说呢？我们只能猜测，他是想让埃阿斯与共同体的冲突被淡化。也许，在透克洛斯看来，与共同体的冲突是不能宽恕的，而与阿特柔斯儿子们的冲突却可以因为埃阿斯的伟大而带有公正或正义的意义。

104.5 舞台下面的雅典人听到 δικαστής 一词（行 1136），首先想到就是雅典司法审判过程中作出最后裁决的人（是否可称作是陪审员，存疑）。在雅典人的语汇中，δικαστής 一词与 νομοθέτης〔立法者〕是相对应的：πρῶτον περὶ τούτων νυνὶ δικάζοντας μὴ μόνον δικαστὰς ἀλλὰ καὶ νομοθέτας αὐτοὺς γενέσθαι〔我们作出这项和平的决

① A. Baumeister (hrsg.), *Denkmäler des klassischen Altertums*, Münch, 1885—1888, p. 29, plate 30.
② Carl Robert, *Bild und Lied, archaäologische Beiträage zur Geschichte der griechischen Heldensage*, 1881, Berlin, p. 217.

定,不仅是由司法裁决者决定,而且也是立法者决定的:吕西阿斯,《演说集》,XIV. 4〕——至于这两个词所表现出的立法与司法的各自独立则是另外的话题。

104.6　一般的版本（如勒布本等）都将 *πόλλ' ἂν καλῶς λάθρα σὺ κλέψειας κακά* 一句(行 1137)当中的 *καλῶς* 〔美好、漂亮〕一词正读作 *κακῶς* 〔糟糕〕。也有钞本（如 L 钞本）将 *καλῶς* 一词加以保留。按照前一种正读,则这句话需译作你居然那么糟糕地做了那样罪孽深重之事;但是,这种正读可能将作者原意改动了。首先,作者并没有说明,剥夺埃阿斯赢得兵器的权利这一决定是由墨涅拉厄斯直接作出的。事实上,这个决定在表面上看应该是那些裁判者作出的,而墨涅拉厄斯可能只是借助卑劣的手段左右了裁判的结果。其二,短语 *κλέψειας κακά* 〔罪孽深重之事〕已经将 *κακός* 一词的含义说了两遍,这种行为当然是糟糕的、丑恶的;因此,将 *καλῶς* 〔美好、漂亮〕改作 *κακῶς* 〔糟糕〕只会在修辞上略显冗赘。相反,保留 *καλῶς* 不变却可以理解为古希腊语中的一种反话正说,亦即杰布所说的 *καλῶς* 一词的贬义,这种修辞手段可以使语言更加鲜活。

104.7　墨涅拉厄斯用不定代词 *τινι* 来代替 *σοί* 〔你〕,而前者带有模糊的性质,语词指谓不清(行 1138);采用不定代词来取代人称代词,这种做法本身就带有威胁的成分: *ἣ δ' οὖν θανεῖται καὶ θανοῦσ' ὀλεῖ τινα* 〔那她一定要去死,并在死后还要害死另外一个人;索福克勒斯,《安提戈涅》,行 751)。这种修辞手法,在希腊古典戏剧中也为多位作家所采用(埃斯库罗斯,《七雄攻忒拜》,行 402;欧里庇得斯,《安德洛玛克》,行 577;阿里斯托芬,《蛙》,行 552,行 554)。

104.8　原文中, *ἀντακούσει* 一词出自 *ἀντι-* 和 *ἀκούω* 〔听取〕的组合,表示反过来听取,亦即听取回答。而短语 *ἀλλ' ἀντακούσει τοῦτον ὡς* 则是一种强硬回答的开始,在这个组合中,由于有了前缀 ἀντι-,而这个前缀又与举行葬礼(τεθάψεται)有所关联,从而使这个短句成为一个很有分量的回答。有意思的是,在这两行(行 1140－行 1141)中,墨涅拉厄斯似乎试图通过重申自己的命令将这段可能令他不快的争论告一段落。但是,透克洛斯却并不听从前者的安排,他所做的只是重申他先前的决定,再次表明他并不打算服从墨涅拉厄斯。

105. (行 1142－行 1149)

> 墨涅拉厄斯　原来,我曾见过一个总是高谈阔论的家伙,在风暴到来的时候,让水手们出海。可当狂风刮起时,他的声音却完全听不到了,[1145]因为他已把自己藏到了那件披风的下面,任凭那些水手随意地踩着他,从那里跑过。如此说来,你现在也像他一样口吐狂言——那末,一阵飓风吹来,哪怕只是出自小小的一片云彩,也足以将你的那种装模作样的喊叫声淹没!

105.1 接下来是墨涅拉厄斯的一段话,这段话又是以一个副词 ἤδη [已经,曾经]开始的(行 1142)。这种修辞手段在阿提喀方言中又带有对某个问题作出强硬答复的意味: ἤδη γάρ του ἔγωγε καὶ ἤκουσα τῶν σοφῶν [原本,我也从某个有智慧的人那里听说过: 柏拉图,《高尔吉亚》,493a]。因此,墨涅拉厄斯一开口就像是在给透克洛斯下达最后的命令,不容后者再作任何争辩。

105.2 说 ᾧ φθέγμ' ἂν οὐκ ἂν ηὗρες (行 1144)这句话时,墨涅拉厄斯将其中的虚词 ἄν 重复两遍,其目的在于强化这句话的语气,这里将其理解为完全听不到了。此外, ηὗρες 一词的本义为找到、发现,这里 οὐκ...ηὗρες 则表示当初那个大声喝呼的声音找不到了,按照汉语的习惯只能说听不到了。这里还有一个有意思的地方值得注意：
在《新约》中，圣保罗提出，在进入冬季之后，最好不要让船队出海；
不过，他的这个建议却没有得到船长以及船主的赞同，他们反对的
理由是：ἀνευθέτου δὲ τοῦ λιμένος ὑπάρχοντος πρὸς παραχειμασίαν〔且因
在这海口过冬多有不便：《使徒行传》，27：12〕中，παραχειμασίαν 一词在
新约中只能当作过冬解，而不能解为度过风暴。如果将这个解
法应用到这里的话，那么，这句话的意思就会大变：因为，
ἡνίκ᾽ ἐν κακῷ χειμῶνος εἴχετ᾽ 这时就会被理解为在冬季的情形变得
很糟糕时，或许也可以引申表示船行不便时，但却似乎与这里的
剧情有些脱节；恰好，χειμῶνος 一词也确有一个引申义，表示
风暴。

　　105.3 一个动词不定式〔如此处的 πατεῖν 即 πατέω（本义作踩踏）
一词的现在时不定式形式〕与 παρεῖχε〔容忍，任凭〕一词连用，表示为
达到某种目的而让自己容忍另外的人去做某件事情。所容忍的
并不是别人，正是容忍的人。因此，这里应当有一个反身代词
ἑαυτόν〔自己〕是被省略了的（行1146）。这似乎是希腊语中 παρεῖχε
一词作容忍解时的一种习惯用法：ἐὰν δὲ πάντη ἀπορήσωμεν，
ταπεινωθέντες，οἶμαι，τῷ λόγῳ παρέξομεν ὡς ναυτιῶντες πατεῖν
τε καὶ χρῆσθαι ὅ τι ἂν βούληται〔如果我们发现自己无法摆脱困境，我
猜想，我们就会变得沮丧，就像遭遇海难的人一样，容忍人家踩着我们的
身体而过：柏拉图，《泰阿泰得》，191a〕。这一点表明，墨涅拉厄斯想
要借这个词隐含的反身代词的意思来告诉透克洛斯的并不是埃
阿斯可能遭遇的悲惨，而是埃阿斯在敌人的进攻面前表现出的
怯懦。这是墨涅拉厄斯对埃阿斯人格的一种贬低。墨涅拉厄斯
在这里似乎在转述一个故事，这个故事或许是埃特俄克勒斯曾
说过的一句箴言篡写：埃特俄克勒斯是俄狄浦斯与伊俄卡斯忒
的儿子。俄狄浦斯刺瞎自己的双眼之后将自己的另一个儿子波

吕涅克斯驱逐出忒拜城。波吕涅克斯来到阿尔戈斯之后,召集起希腊七雄攻打忒拜城。在这个故事中,埃特俄克勒斯曾说,

> 一个虔诚的人和恶贯满盈的一些水手一道登船出海,
> 或许他就会和那些亵渎神明的人一起毁灭(埃斯库罗斯,《七雄攻忒拜》,行602—行604)。

这句箴言的意思就是说,一个好人、一个出色的人,如果和糟糕的人搅到一起,就会和那些糟糕的人一起被毁灭。但在墨涅拉厄斯这里,好人与亵渎神明的人被巧妙地改成了机灵而有计谋的张狂者和愚蠢的傻瓜。

105.4 希腊人常用 ἐκπνέω 〔吹动〕一词的不定过去时分词 ἐκπνεύσας 〔狂吹起来的东西〕来表示 ἐκνεφίας 〔飑风〕: οἱ δὲ κατὰ ῥῆξιν γινόμενοι ... ἐκνεφίαι καλοῦνται 〔飑风聚集……形成(云团)相互冲突,交会:亚里士多德,《天象学》,394b18〕。从亚里士多德的这句话可见,希腊人所说的 ἐκνεφίας 是指不同的云团交会形成的夹杂着暴雨的飑风。不过,此处值得注意的是,墨涅拉厄斯刻意将形成这阵飑风的云团说成是 σμικροῦ νέφους 〔小的云团〕,以显示透克洛斯刚刚说的那些在他看来属于狂妄语言的大话是真正的虚妄之言(行1148)。

106. (行1150—行1162)

透克洛斯 ［1150］让我来说说,我也曾经见过这样的人,愚蠢透顶,当自己的同类遭受灭顶之灾时,竟然行止猖狂。而后,有一个脾气像我一样的人会盯着他,并且对他说,你这个家伙啊,千万不要去做伤害死者的事

情！[1155]否则，最后一定会伤害你自己。这便是他
当面对那个不幸的家伙提出的忠告。现在，我又见到
那种人；在我看来，你就是那样的。我说的话不会像是
谜语吧？

墨涅拉厄斯　我一定得离开了。因为，如果让人知道
我这样一个[1160]大权在握的人，竟然在这里发牢骚，
那可真丢脸了！

透克洛斯　你走吧。在我看来，在这里听一个愚蠢的
人说这种无聊的话，那才是令人丢脸的呢！

106.1　原文中，短语 $\acute{\epsilon}\gamma\grave{\omega}\,\delta\acute{\epsilon}\,\gamma$’（行1150）可以看作是反驳的引
导语，这里将其理解为让我来说说。① 而一般译本将此处的
$\tau\tilde{\omega}\nu\,\pi\acute{\epsilon}\lambda\alpha\varsigma$（行1151）译作邻居，的确也有一定的道理。$\pi\acute{\epsilon}\lambda\alpha\varsigma$ 在通
常情形下确实被用来表示与自己相邻近的人：$\acute{\epsilon}\gamma\varkappa\acute{\upsilon}\psi\alpha\nu\tau\epsilon\varsigma\,...$
$\acute{\epsilon}\varsigma\,\tau\grave{\alpha}\,\tau\tilde{\omega}\nu\,\pi\acute{\epsilon}\lambda\alpha\varsigma\,\varkappa\alpha\varkappa\grave{\alpha}$〔细心看清楚周围的人所遇到的灾难：希罗多德，
《历史》，Ⅶ. 152. 2〕。但在这里，将这个词译作邻居总会令人想
到作者（或舞台上的透克洛斯）可能还有另外的某种比喻，好像在
说邻居家遭灾肯定会殃及自家。事实上，从文本中却看不到这
样揣测出来的意味。笔者倾向于认为：诗人以这个词表示与自
己利害相关的人，亦即透克洛斯心里想到的是自己的那个同父
异母的兄弟——埃阿斯。对此，也可在古典悲剧中找到例证：
$o\tilde{\upsilon}\,\tau\acute{\alpha}\varrho\alpha\,\lambda\acute{\upsilon}\epsilon\iota\,\tau o\tilde{\iota}\varsigma\,\,\acute{\epsilon}\varrho\tilde{\omega}\sigma\iota\,\tau\tilde{\omega}\nu\,\pi\acute{\epsilon}\lambda\alpha\varsigma,\,\mid\,\,\acute{o}\sigma o\iota\,\tau\epsilon\,\mu\acute{\epsilon}\lambda\lambda o\upsilon\sigma$’，$\epsilon\acute{\iota}\,\vartheta\alpha\nu\epsilon\tilde{\iota}\nu$
$\alpha\acute{\upsilon}\tau o\grave{\upsilon}\varsigma\,\chi\varrho\epsilon\acute{\omega}\nu$〔对于那些现在爱着或者将要爱上相爱之人（此处所说相爱
之人即能够像自己爱他或她一样爱上自己的人）的人来说，如果必有一
死，那这相爱也就没什么好处了：欧里庇得斯，《希波吕托斯》，行441—行

———————————

① Cf. J. D. Denniston, *Greek particles*, Oxford, 1954, p. 153.

442〕。于是，几乎可以说，这句话的意思是说，透克洛斯想要告诉墨涅拉厄斯：他认为当自己的（哪怕是同父异母的）兄弟遭受如此的灾难时，如果自己还能高兴得起来，那才真是愚蠢透顶呢。至于 ἐν κακοῖς，比较好的方法是将其理解为遭受灭顶之灾。

106.2 一般而言，κᾆτ᾽〔即 (καί) εἶτα〕表示时间前后的相继关系：ἧ πρῶτα μὲν τὰ μητρός，ἥ μ᾽ ἐγείνατο，｜ ἔχθιστα συμβέβηκεν· εἶτα δώμασιν ｜ ἐν τοῖς ἐμαυτῆς τοῖς φονεῦσι τοῦ πατρὸς ｜ ξύνειμι 〔最初，对那母亲，她给我的生命中现在已被深仇大恨充盈；而后，在我的家中，我现在要与杀害我父亲的凶手同住：索福克勒斯，《厄勒克特拉》，行 261—行 264〕。这种表达当中并不带有因果关系方面的暗示；但通过对 εἶτα 一词使用的考察注意到，古希腊人已经意识到时间的前后承继之中可能确实隐含着某种因果关系：τοιαῦτ᾽ ὀνειδιεῖσδε· κᾆτα τίς γαμεῖ 〔这样的斥骂对你们发泄之后，你们还会有人娶吗：索福克勒斯，《俄狄浦斯王》，行 1500〕。当透克洛斯说到 κᾆτ᾽ 时，按照杰布的说法，他所想到的或者他想要墨涅拉厄斯想到的正是上文刚刚提到的那个灭顶之灾（κακοῖς ὕβριζε），亦即他提醒墨涅拉厄斯不要羞辱埃阿斯的尸体，因为这会使他面临同样的报复（行 1152）。这是埃阿斯所遭遇的灭顶之灾之后会发生的事情，也是那个灾难的结果。此外，特别需要注意的是，ὀργήν 所指的是一种脾气秉性：μηδ᾽ ἀνάνδρῳ καὶ γυναικείῳ τὴν ὀργὴν ἀνδρώπῳ 〔脾气秉性并不缺少丈夫气，也不像女人一样的人：埃斯卡尼，《演说集》，II. 179〕；而透克洛斯所说的脾气秉性则是指像他一样并不在意墨涅拉厄斯禁令的人的脾气。

106.3 πημανούμενος 一词作为及物动词 πημαίνω 〔伤害〕的未来时中动态分词形式在这个条件句后件中当取其被动意味，而这个分词的逻辑主词则是从 ποήσεις 〔做〕的第二人称单数判断出来的。至于 ποήσεις，则应当是指上一行所说的伤害死者，亦即让埃阿斯的尸体蒙受耻辱(行 1155)。

106.4 原文中, ἄνολβον 一词字面上表示悲惨、不幸、可怜，但在希腊语境中却经常可能带有某种反讽意味(行 1156)：当忒拜王克瑞翁说到自己可怜时，他的理由便是因为身居高位，有些决定是他不得不做出的：ὤμοι ἐμῶν ἄνολβα βουλευμάτων〔我得做出这样的决定，多么可怜啊：索福克勒斯，《安提戈涅》，行 1265〕。而在这里，反讽的意味更为明显：透克洛斯说 ἄνολβον ἄνδρα 指的应当是上文刚刚提到的那个 ἐν κακοῖς ὕβριζε〔愚蠢透顶的〕人。因此，他说 ἄνολβον ἄνδρα 并不表示他对这种人有什么怜惜之情，他只是觉得这种人头脑愚笨到让人觉得其不幸到家了。

106.5 这里是从 ᾐνιξάμην 一词字面上的含义来理解这句话的(行 1157—行 1158)：ᾐνιξάμην (αἰνίσσομαι)—词的本义是说 αἴνιγμα〔谜语〕，而在这里却是一个反问句，意思是说难道我说得还不够清楚吗。这个反问句显然带有嘲笑的口吻，而且是针对方才墨涅拉厄斯对他的嘲笑的一种针锋相对的反应。墨涅拉厄斯讲了一个故事之后，透克洛斯也编了一个故事来反驳墨涅拉厄斯。只是他不愿意像墨涅拉厄斯那样说话委婉，他编的这个故事甚至缺少想象的成分。

106.6 此处的短语 λόγοις κολάζειν (行 1160)表示发牢骚，在前面(行 1108)，我也曾将 κολάζω 一词理解为颐指气使。这两行(行 1159—行 1160)表明，墨涅拉厄斯此时已经在他与透克洛斯的争论中落得下风，于是他才会找托辞离开。但是，他所找到的托辞却是他的权力。事实上，这时的墨涅拉厄斯只剩下威胁透克洛斯的能力了。那末，墨涅拉厄斯为什么觉得自己会丢脸呢？毫无疑问，他也像埃阿斯一样十分在意自己的荣誉。在墨涅拉厄斯的观念中，对自己的敌人没有能力造成伤害，这才是丢脸的。这种观念显然和希腊的一般观念是相一致的，当然也是埃

阿斯和透克洛斯的观念一致。但在以下的想法上，墨涅拉厄斯
与希腊的一般观念之间又有着某种差异：他认为，一个人（哪怕是
自己的敌人）死后，依然可以继续虐待、凌辱这个人的尸体；而透
克洛斯显然对此不能认同。

106.7　有古典语文学家认为，这里的 ἄφερπέ 只是一般地表
示离开（Liddell & Scott, Jones）。但这种说法至少在此处的语境
下似乎有值得注意之处：之前，墨涅拉厄斯刚刚说 ἄπειμι〔我一定
得离开了：行1159〕，为什么透克洛斯在这一行要换另外一个词呢？
如果仅仅是诗人处于修辞上考虑所作的处理，当然无可置疑；但
是，如果注意到 ἄφερπέ 和 ἄπειμι 的不同之处在于，它还带有表示
某种猥琐的意味：τί σῖγ᾽ ἀφέρπεις〔你为何要这样蹑手蹑脚地离开：
索福克勒斯，《特拉喀斯女孩》，行813〕，那么，这就不能不稍稍慎重
了。事实上，这句话很可能还带有一层潜台词，那就是透克洛斯
此时是居高临下地告诉墨涅拉厄斯你可以退下了（行1161）。

106.8　在墨涅拉厄斯与透克洛斯这一来一往的对话（行1159—
行1162）中，墨涅拉厄斯已经在争论中败下阵来，他不得不求助于用
自己的权力来威胁透克洛斯，话语低沉，语调中应该带着悲怆。①
而透克洛斯最后说的这句话也表明此时他依然能够控制住局
面，不使自己落败。为了表现剧情发展的紧凑，墨涅拉厄斯说完
最后一句话（行1160），便急匆匆地离开了这里。这时，墨涅拉厄
斯已经败得不成样子，所以说出话来也会显得有些怯懦。不过，
尽管墨涅拉厄斯在和透克洛斯的争论中似乎认输了，可埃阿斯
的伟大却依然没有得到他的敌人承认。就像埃阿斯一样，无论
是墨涅拉厄斯还是透克洛斯，他们所关心的都是他们自己各自

---

① O. Taplin, *The stagecraft of Aeschylus: the dramatic use of exits and entrance in Greek tragedy*, Oxford, 1977, pp. 221—222.

的荣誉。墨涅拉厄斯认为，没有能够伤及敌人是一种耻辱。这一观念在希腊很可能是一种普遍的价值观念，① 而且也是埃阿斯的观念。所以，他才会极力使埃阿斯的葬礼不能举行。但在透克洛斯看来，敌人死了之后，对他的惩罚就不能毫无界限了。需要提醒注意的是，在《埃阿斯》当中，禁止葬礼的举行并未涉及悖逆神意的主题，直到此时，那个禁令都一直是阿特柔斯的儿子对埃阿斯的报复。

107. (行 1163—行 1167)

歌队　一场急风暴雨般的冲突就要到来！
可透克洛斯啊，你要尽可能地
[1165]快些为那个人挖出一个墓穴；
将他埋入到那阴冷潮湿的坟茔中，
让凡间的人们永久地将他记忆。

107.1 接着，墨涅拉厄斯退场。他离开不久，苔柯梅萨就带着欧吕萨克斯回到舞台上。现在，大人们让这个孩子在他父亲的尸体旁跪下来，为死者作最后的祈祷，命他将几缕头发拿在手上。透克洛斯担心墨涅拉厄斯可能会强行将死者的亲人从死者身旁带走。因此，他要让这个死者的尸体在带有宗教意味的祈祷仪式上受到保护，要让他的敌人想到，如果强行将为死者祈祷的人带走，是会受到诅咒的。在这里，尚难判断他是否以欧吕萨克斯这个孩子作为工具以达到自己的目的。随后，他便离开这

---

① M. W. Blundell, *Helping friends and harming enemies: a study in Sophocles and Greek ethics*, Cambridge, 1989, p. 55.

里,去为埃阿斯寻找一块下葬的地方。此处有一点需要指出,就戏剧效果而言,我们的诗人安排透克洛斯这样做可能还有一个特别的用意:首先,这样一来,他也就能使埃阿斯从始至终都在这部戏的核心位置上,哪怕是在埃阿斯自戕而死之后;其次,他也可以使埃阿斯的儿子成为这位真正的勇士的继承者,而透克洛斯随即便成了某种陪衬。这番安排极为重要,因为这涉及到整部戏的主题安排。离开了这种安排,这部戏或许也就真的成为前后两张皮,互不相干了。在这一场的最后,透克洛斯再次执着地提出要为埃阿斯举行葬礼,但此时观众已经意识到,单纯的葬礼已不能保证埃阿斯作为一个勇士得到他应有的尊严。首先,埃阿斯的伟大不仅需要他的朋友认可,而且也必须得到所有人的赞许;其次,人们必须等待阿伽门农出场,最后让奥德修斯来对埃阿斯的伟大画上一个圆满的句号。

107.2　歌队说话时使用的是 $εἰμί$ 一词的未来时形式 $ἔσται$(行1163),可事实是冲突早就开始了;但在歌队看来,先前墨涅拉厄斯与透克洛斯的冲突显然不是同一水平的两个人的冲突,而当阿伽门农出场(行1226)后再次出现的冲突显然就要大得多了($μεγάλης$)——这也反映了诗人的观点。这句话也可为墨涅拉厄斯的退场(这样也意味着墨涅拉厄斯在与透克洛斯的争执中最后败下阵来)做好铺垫。而此处的生格短语 $μεγάλης$ $ἔριδός$ 照字面直译作大的冲突的,作 $ἀγών$〔争执〕一词的述语,对后者的属性加以描述,这里将其理解为急风暴雨般的。事实上,墨涅拉厄斯与透克洛斯的争论早已经开始了,而歌队之所以还要这样说,那是因为歌队要预示给观众,争论会变得更为激烈。

107.3　透克洛斯提到的 $τῷδε$〔那个(人)〕是指埃阿斯(行1166)。歌队提醒透克洛斯,更大的麻烦还在后面,所以,要赶快拿铁锹为埃阿斯挖一个墓穴,言下之意即要赶快将其下葬。
κάπετον〔沟渠〕出自 σκάπτω〔铁锹〕一词,诗人以此与 κοίλην〔墓穴〕
一词连用,表示挖出一个墓穴。而荷马在写到赫克托耳的葬礼
时也曾使用过这样的短语。不过,在荷马笔下,这个短语变成了
一个名词短语: αἶψα δ' ἄρ' ἐς κοίλην κάπετον θέσαν〔迅速将其(即赫
克托耳的骨灰罐)埋入坟墓中:荷马,《伊利亚特》,卷 XXIV. 行 797〕。

　　107.4 歌队接下来的话(行 1167)看上去有些前后相悖:既然
要让活在尘世上的人记住死者,又怎样要将他埋入到那个阴冷
潮湿的坟茔中呢? 需知,原文中的 εὐρώεντα 一词出自 εὐρώς〔(湿
润的)泥土〕,可以用来表示阴曹地府。这在古希腊人的观念中
是一片阴冷、幽暗、特别潮湿的所在,在这个地方,所有的东西
都会在潮湿中化作腐朽。荷马曾将阴曹地府称作是冥神哈得
斯的家,对他的家则有过这样的描述: σμερδαλέ' εὐρώεντα,
τά τε στυγέουσι θεοί περ〔(那是一个)可怕而又阴暗潮湿,连神明都很是
厌恶的家;《伊利亚特》,卷 XX. 行 65〕。于是,后世也有学者倾向于
认为,理解为阴暗潮湿的 εὐρώεντα 一词应当是指 εὐρύς ,而后者
又被一位公元二世纪诗人(sc. Ὀππιανός)理解为宽广。除此之外,
在古典语文学中,对这个词还有多种不同的解读。不过,所有这
些解读都不足以解开诗人在此处留下的谜。

　　从行 1163 到行 1167,诗人让歌队——有学者认为也可能
是歌队队长——以抑抑扬格颂歌来吟唱,以此作为墨涅拉厄斯
的退场,同时也为苔柯梅萨带着欧吕萨克斯的重新出场做准备。
他们(或他)这时要给透克洛斯一些具体的建议,亦即想让透克
洛斯尽快将埃阿斯下葬,只是当透克洛斯正要离开时,忒柯梅萨
和他们的儿子欧吕萨克斯出场了,而后者的出场使透克洛斯的
离开耽搁下来。

108. (行 1168－行 1184)

透克洛斯　来了,此刻正好来了,那边,那个人的妻子
手领着他们的儿子正朝这边走来,[1170]要为那不幸
的尸体濯洗穿戴,举行葬礼。孩子,到这里来,到他的
身边来。把你的父亲把牢了,为他祈求神助,他可是你
的生身之父啊! 现在,跪坐到他跟前,将这几缕头发拿
好,这里已经有我和她的了,加上你的,就三缕了。
[1175]这是祈求神助所必需的。如果军中有人想要将
你从死者这里强行掳走的话,那么,他就会因为他的邪
恶失去自己葬身的地方,人们会使他的家族遭受灭门
之灾,那时,他就会像我方才铰下的那缕头发一样。
[1180]把这个拿好,孩子,把它守护住。不要让人把它
从这里抢走,好好在这里跪着。

　　(对旁边的水手说)还有你们,不要像女人一样站在
一边,你们是男人,你们应该守在这里,将他保护起来,
而我一定要把那个坟墓建起来——所有人都在阻止我
做这件事情。

108.1　一般说来,短语 *τάφον περιστελοῦντε* (行 1170)通常表示
一个完整的葬礼过程,照字面直译作有濯洗穿戴(程序)的葬礼,
亦即一个合乎礼仪的,每一项习俗都能够得到完整进行的(而非
简单敷衍的)葬礼。在希腊,合乎礼仪的葬礼是要为死者净身濯
洗后,为其穿戴上合乎死者身份的类似寿衣的服装的。古希腊
人将葬礼中的这个程序称作 *ἔλουσα κἀκόσμησα* 〔濯洗穿戴〕:
ἐπεὶ θανόντας αὐτόχειρ ὑμᾶς ἐγὼ ｜ ἔλουσα κἀκόσμησα κἀπιτυμβίους ｜

χοὰς ἔδωκα〔在你们死去的时候，我曾亲手为你们濯洗净身，为你们泼洒祭酒：索福克勒斯，《安提戈涅》，行 901 以下〕。在为埃阿斯举行的整个葬礼过程中，苔柯梅萨可能只参加 *χοαί*〔泼洒祭酒〕，虽然这里并没有明确地说葬礼的过程是怎样的，但从 *περιστελοῦντε*〔濯洗穿戴〕一词的双数形式判断，当指只有欧吕萨克斯一双手为埃阿斯濯洗穿戴。

　　108.2 最为值得注意的是 *ἱκέτης* 一词(行 1172)：这个词作阳性名词最初(在荷马笔下)表示在杀戮之后希望能够得到内心宁静的人(对比荷马，《伊利亚特》，卷 XXIV. 行 158；《奥德赛》，卷 IX. 行 270, 等等)，而后则表示在一般情况下去向神明祈求帮助：*ἱκέται δὲ ἱζόμενοι τοῦ θεοῦ*〔到神殿去祈求神助：希罗多德，《历史》，II. 113〕。不过，在悲剧中，这个词的原始含义又得到恢复。按照杰布的说法，透克洛斯告诉欧吕萨克斯，让他 *θάκει*〔跪在〕他父亲的身边祈求神助，表面上看似乎是为了祈求神明帮助他父亲在死后也能够得到尊严；而实际上，透克洛斯可能还有另一层担心，即如果他不在场的话，有人可能会来伤害这具尸体，而他这时恰恰要离开去为埃阿斯寻找一个下葬的地方。这样，如果在他离开的时候，欧吕萨克斯能够一直俯身在埃阿斯的尸体上，那么，就没有人能够伤害到埃阿斯了。因为，在雅典人的观念中，为死者祈求神助是一个事神的仪式，是不能被打断的。这意味着跪着的欧吕萨克斯将为他父亲的尸体提供保护，同时，从更深一层的意义上来说，也意味着欧吕萨克斯将为他父亲最后的荣誉而努力。更为重要的是，就在刚才，这个尸体躺在那里还显得那么无助；但现在，即便在他下葬之前，他就已经能够保护他的亲人了，他又可以与他的敌人相抗衡。亨利希思特别提醒注意一个悲剧英雄成为一场祭祀的主角的过程，我们的诗人晚年在他最后一部作品(《俄狄浦斯在克洛诺斯》)中对这个过程又进行了完整细致的描述。①

108.3 按照杰布的分析,虽然 *ϑάκει* 一词(行 1173)在大多数情形下表示坐姿,但考虑到而后的 *προστρέπεται* 〔跪着:行 1183〕,将其理解为跪坐或许更为贴切。韦伯斯特认为,这个时候,苔柯梅萨是将欧吕萨克斯抱在膝盖上。② 但从这里的文本看,透克洛斯所有的话都是针对欧吕萨克斯说的,这时,苔柯梅萨所在的位置应该离尸体稍远一些,否则,透克洛斯不可能不对她也说几句话,至少应该对她嘱咐几句。③ 于是就看到,这样伟大的一个英雄到最后竟然需要一个孩子来保护。透克洛斯要求,跪坐在埃阿斯尸体前的欧吕萨克斯手上拿着三缕头发,这表明他想让后者表现出正在做祈求神助的仪式,祈求下界的神明和死者的灵魂帮助,防止死者的尸体受到羞辱和强暴。在这个祈求神助的仪式中,放到尸体上几缕头发,可能代表了对死者的祭献:*ϑριξὶ δὲ πάντα νέκυν καταείνυσαν ἃς ἐπέβαλλον | κειρόμενοι* 〔他们剪下一缕缕头发放在那尸体上,将尸体完全覆盖:荷马,《伊利亚特》,卷 XXIII. 行 135〕。索福克勒斯在他的另一部悲剧中也写到,阿伽门农死后,厄勒克特拉也要将自己和自己妹妹的头发放到阿伽门农的坟冢上,而这些头发便是对死者的祭献(《厄勒克特拉》,行 453 以下〕。在古希腊人的传统中,在葬礼上郑重地放上几缕头发表示从自己头上剪下(或以刀剑割下)头发的人为死者作出了祭献,表明他希望能够保护死者安全抵达阴间,而这几缕头发(似乎)也象征着悼念者以某种形式在坟中做了死者的"陪葬"。此外,有

① A. Henrichs, "The tomb of Aias and the prospect of hero cult in Sophocles", *ClAnt*, 1993, p. 176.

② Cf. T. B. L. Webster, *Greek theater production*, London, 1956.

③ M. W. Blundell, `Helping friends and harming enemies: a study in Sophocles and Greek ethics*, Cambridge, 1989, p. 93.

一个有意思的数字值得注意：在古希腊，三似乎一直是一个幸运数字，许多事情凑成三则是一件完满的事情（对比索福克勒斯，《俄狄浦斯在克洛诺斯》，行 7 以下；埃斯库罗斯，《复仇之神》，行 758 以下；等等），这种观念似乎一直延续到《新约》中：βλέπομεν γὰρ ἄρτι διὰ ἐσόπτρου ἐν αἰνίγματι, τότε δὲ πρόσωπον πρὸς πρόσωπον. μένει δὲ τρία· πίστις, ἐλπίς, ἀγάπη. μείζων δὲ τούτων ἡ ἀγάπη〔我们现在通过镜子看，在谜之中，到了那个时候就要面对面了。他留下三样东西：信，望，还有爱。在那些东西当中，爱更大：《哥林多前书》，13：12—13〕。

108.4 短语 ἱκτήριον θησαυρόν（行 1175）在汉语中很难找到相应的译名。照字面含义，这个短语可直译祈求神助的人的仓库或宝库，亦即祈求神助的仪式如需发挥效用所必需的东西。而在这里，透克洛斯告诉欧吕萨克斯，他的祈求如需得到神明的回应，就靠他手中的这几缕头发，这是他的祈求能够与死者的灵魂相连接的唯一纽带。对这个唯一的纽带的评价，注疏者里又有两种不同的观点：杰布认为，这是生者的力量所在；而也有学者认为，这种纽带是祈求神助者的唯一财富，或唯一可以与神明及死者的灵魂相通的东西，其隐含的意味在于他能够祭献的东西并不多。① 纵观此处的语境，这里倒倾向于后者；也或许，这两层并不相同甚至有些相悖的意味是这个短语同时蕴含的。

108.5 原文中所说 ἄθαπτος ἐκπέσοι χθονός 意思是说被驱逐出那个地方，无处埋葬，亦即在死后尸骨都要被扔到他的国家之外，不能让他在自己国家埋葬（行 1177）。按照雅典的法律，如果一个人犯了叛国罪或者渎神罪——阻止欧吕萨克斯祭献自己的父亲，为自己的父亲祈求神助，这在透克洛斯看来就是一种渎神

---

① G. Wolff, *Sophocles für den Schulgebrauch erklärt*, Leipzig, 1885.

的行为——他死后就不能被埋葬在阿提喀地区。而透克洛斯在这里这样诅咒试图挪动埃阿斯尸体的人，似乎认定这种罪犯是阿提喀人，而不是特洛伊人。

108.6　照字面意思理解，短语 *γένους ἅπαντος ῥίζαν ἐξημημένος* 是指人们使他整个的家族（*γένους ἅπαντος*）从根（*ῥίζαν*）上斩断（*ἐξημημένος*）。而这里，这句话的意思是说那个人不仅在自己的国家将死无葬身之地，而且他的家族也会断子绝孙（行1178）。在古希腊人的观念中，子嗣的承继是家族的希望所在：*νῦν γὰρ ἐσχάτας ὕπερ* | *ῥίζας ὃ τέτατο φάος ἐν Οἰδίπου δόμοις*〔如今之时，希望的光芒全落在|俄狄浦斯家族这最后的根上：索福克勒斯，《安提戈涅》，行599以下〕。

108.7　有一种说法认为，此时透克洛斯嘱咐欧吕萨克斯的并不是守护那几缕头发，甚至也不是守护那个尸体。亨利希思认为，这一行并不涉及保护尸体或头发，而是表示透克洛斯让那个孩子紧紧靠在自己父亲的尸体上。① 从上下文语境上来看，这个说法可能牵强了些。在古希腊，将头发摆在坟上，是完整祭祀过程的一部分。在本剧中，欧吕萨克斯要代表三个悼念者完成一项象征性的自我牺牲的过程。不过，也不妨将欧吕萨克斯把头发摆到埃阿斯尸体上的动作看作是使这个孩子与他的父亲建立起联系的过程。② 在这个过程中，哀悼者的头发与死者在一起，象征着哀悼者与死者的同在。但是，除了上述的作用之外，透克洛斯还赋予祭献的头发其他作用。他说，他这样做是为了使其带有某种魔力，使其成为对敌人的诅咒——曾经伤害过

---

① A. Henrichs, "The tomb of Aias and the prospect of hero cult in Sophocles", *ClAnt*, 1993, p. 167.

② L. Gernet, *The anthropology of ancient Greece*, London, 1981, pp. 177—179.

埃阿斯的那些人会像我方才铰下的那缕头发一样(行 1179)被砍杀。

108.8 原文中的 κινησάτω 一词(行 1181)是动词的第三人称单数不定过去时命令语气形式。从句法意义上讲,命令语气形式的否定句如果以 μή (或 μηδέ)作否定词,出现在诗句中,则这种句子便会显得粗鄙,但在散文中却未必如此: καὶ μηδεὶς ὑμῶν προσδοκησάτω ἄλλως 〔你们谁也不要再去想别的什么了:柏拉图,《辩诉》,17c〕。苏格拉底这句话并不带有粗声粗气的性质,只是平和地说出的一句劝慰,但却使用了命令语气。

108.9 透克洛斯将说话的对象转向歌队,这些歌队成员都是跟随埃阿斯来到这个海滩的。此处, ἀνδρῶν 并不是泛指一般人,而是与 γυναῖκες 〔女人〕相对称的。这个 ἀνδρῶν 强调这些随从应该在这个时候显示出其男性的气概(行 1182)。

108.10 τάφου μεληδεὶς 应当是指为埃阿斯建造一个坟墓,而不是指为埃阿斯举行葬礼(行 1184)。虽然 τάφου 一词本身也可表示葬礼,但这句话却是对早前歌队所提出的要求(行 1165)的回应。至于下半句的 κἂν μηδεὶς ἐᾶ ,虽然这个短语当中带有一个表示让步的小品词 κἂν ,但依然可以当作直陈式来理解,即所有人都不允许我那样去做。

第三肃立歌

提要　歌队感叹征战的艰辛(行1185—行1198);这次出征,给歌队带来的并不是荣誉,而是苦难(行1199—行1210);歌队现在想到的只是安全地回到自己的家乡(行1211—行1221)

109. (行1185—行1198)

歌队　[1185]最后的岁月啊,它会怎样? 这四处游荡的漫长的日子啊,何时,
何时能够走到头? 我们又为何要手执长枪,千辛万苦,征战
[1190]在特洛伊这片辽阔的土地上,
竟然还要忍受那些希腊人这样令人感到耻辱的诅咒?

但愿啊,先把那个人拐到天边,或是送到许多人都会去的地狱,
[1196]他让希腊人和他一起领教了
阿瑞斯带来的灾难;

这灾难带来了无尽的痛苦——将人的身心彻底毁灭!

109.1 第三肃立歌并没有对透克洛斯与墨涅拉厄斯在上一场的争论加以评论。在这首肃立歌中,歌队对自己在这次远征特洛伊的过程中所承受的苦难发出哀叹,对发动这场战争的人表达了某种怨怼。埃阿斯一死,他们所面对的状况便会变得前所未有地糟糕起来,他们的唯一希望就是赶快回到自己的家乡。作为跟随埃阿斯出征特洛伊的水手,歌队所蒙受的灾难以及他们在特洛伊与在自己家乡的不同境遇或许也是贯穿这部戏始终的一个隐含的母题。而这个母题的充分展开恰好在两场争论之间起到了缓和气氛的作用,虽然缓和气氛的结果可能带有一些忧郁的色彩。

109.2 在第三肃立歌开始(行1185)时,从句义上看,歌队似乎提出了两个问题,亦即在 τίς ἄρα νέατος ἐς πότε λήξει 当中的 νέατος 和 ἐς 之间加一个问号,从而形成两个问句:最后会怎样? 何时才会停下来? 不过,也有古典语文学家认为(Liddell & Scott, Jones),νέατος 应当被看作是 λήξει 的前置修饰。若此,则这句话又可理解为最后,这些事情何时能够有个了结。而下半句(行 1186),πολυπλάγκτων 一词本义作游荡(πλάγκτός)很多的(πολύς),这里将其理解为四处游荡。这句话本来的意思可能只是说往后的日子只是平淡无奇地流过,亦即永远地失去了他们原本生活中的那些精彩。但这里,歌队队长很可能还有一层含义想要表达,即他们随埃阿斯出海征战的时间已经那么长了,征战又充满艰辛。事实上,这种语气含混的表达也是诗人特殊的风格体现(对比索福克勒斯,《安提戈涅》,行615)。

109.3 形容词 δορυσσοήτων 应当是受格名词 ἄταν〔辛苦〕的述词,其字面含义为手执长枪的辛苦。但在这里,这个词的含义可能有所改变,表示与战事有关,或表示作战。据此,这里将这个短语 *δορυσσοήτων μόχϑων ἄταν* 理解为手执长枪辛苦征战（行1188）。

109.4　这里出现的一个形容词 *εὐρώδεα*（行1190），[①]使人们想到荷马称呼特洛伊时的一个说法: *Τροίην εὐρυάγυιαν*〔街道宽阔的特洛伊:《伊利亚特》,卷 II. 行141〕。有学者认为,在索福克勒斯这里, *εὐρώδεα Τρωῖαν*〔特洛伊这片辽阔的土地〕很可能是 *Τροίην εὐρυάγυιαν* 的误写或篡写;但在这个语境下却不能得出这样的结论。

109.5　一般说来,在雅典人的观念中,哈德斯执掌的领地当是恐怖、令人惧畏之域。而说到天或天空,希腊人却有两个不同的说法:其一是天神 *Οὐρανός*〔乌兰诺斯〕居住的 *οὐρανός*〔上天〕,另一个则是此处所说的 *αἰϑέρα*。在通常情况下, *αἰϑήρ* 一词更多地表示与大地相对应的遥远的高高在上的某个所在: *Κρονίδης ὑψίζυγος, αἰϑέρι ναίων*（sc. *Ζεύς*）〔高高在上坐着的,住在苍天之上的克洛诺斯之子(即宙斯):赫西俄德,《劳作与时日》,行18〕。在这个示例中,诗人赫西俄德是指宙斯从高高在上的苍天将夜神之女的根深深地植入大地之中,并不带有苍天空灵的意味。近世技术术语 *aether*〔以太〕即出于 *αἰϑήρ* 一词的拉丁文。所以,这个短语 *αἰϑέρα δῦναι μέγαν*（行1192）也就带有胁掳的意味,意谓令其消失在遥远的天边。杰布称,就好像被 *ἅρπυιαι*〔拐骗者〕捉走了一样。事实上, *αἰϑήρ* 一词的这种表示遥不可及的意味,在其他文献中,也可以看到: *αἰαῖ πᾶ φύγω, ξέναι | πολιὸν αἰϑέρ' ἀμπτάμενος ἢ πόντον*〔哎呀,你们这些异乡的女人,飞过遥远的苍天,穿越

[①]　这个词是形容词 *εὐρώδης* 的阴性单数受格形式,施耐德温刊本此处写作 *εὐρώδη*,亦为 *εὐρώδης* 一词的阴性单数受格形式。

大海,要我朝哪里逃:欧里庇得斯,《俄瑞斯忒斯》,行 1375]。它的这一层含义体现了希腊人的一种普遍的观念:希腊人在说到 αἰϑήρ 一词时通常都是在表达一种意愿,希望某个人(通常还会是说话的人自己)能够消失到天空或地下。① 而要某个人消失到地底下,这又是对自己的敌人最常见的一种诅咒。② 最后的 πολύκοινον 本义作许多人共同的,在这里应当是指欢迎人们前往的,或对人十分热情的。这种说法显然是一个极尽反讽的说法,但其中却蕴含着另一层意思:所有人都有可能以为自己一时疏忽犯下错误,于是便成了哈得斯等着接待的人。

109.6 这里, κεῖνος ἀνήρ〔那个人〕指的是哪一个人,似乎并不清楚。一般认为,这个人并不是那个引发特洛伊这场战争的人,亦即并不是指帕里斯,而是指发动这场战争的人,亦即墨涅拉厄斯(行 1194)。杰布还为这一说法找到后世的一个证据——公元一世纪拉丁诗人提图卢斯的《要和平,不要战争》中曾有过这样的诗句:*Quis fuit, horrendos primus qui protulit enses? | Quam ferus et vere ferreus ille fuit*〔是何人?是何人将那可怕的箭打造?|那人拥有着怎样的铁一般的意志! 怎样的用铁打造而成:提布鲁斯,《诗集》, I. X. 1〕。但是,如果将 κεῖνος ἀνήρ〔那个人〕看作是帕里斯,亦即看作是战争因他而起的那个人,似乎也不是完全没有道理——只是,如果采用这样的观点,则此处的译文就会有很大的不同。

109.7 歌队所说的 κοινὸν Ἄρη 照字面含义来理解,表示共同的作(与战神)阿瑞斯(有关的东西)。这个短语从字面上也可解作共同的战争,而所谓共同的战争却并不是简单的并肩作

---

① Cf. Barrett on E. *Hipp.* 732—734.
② Cf. F. Leo, *Plautinische Forschungen*, Berlin, 1912, pp. 151—154.

战,同仇敌忾。按照一般的理解,这个短语可以表示征讨特洛伊的这场战争: πρὸ γὰρ τῶν Τρωϊκῶν οὐδὲν φαίνεται πρότερον κοινῇ ἐργασαμένη ἡ Ἑλλάς〔在特洛伊之战以前,希腊并无任何可能共同行动的迹象:修昔底德,《伯罗奔半岛战争志》,I. 3. 1〕。不过,也需注意,此时的歌队应该是在为埃阿斯抱不平,或者是在埋怨发动这场战争的人,他们显然把这场战争看作是一场共同的灾难(行1196)。但是,按照荷马的观点(《伊利亚特》,卷 XVIII. 行 309), ξυνὸς Ἐννάλιος〔共同的战神〕意味着 ὁμοιίου πτολέμοιο〔战争对每一个人来说都是同样的〕。这一观点用现在的语言来表达就是,战争对于全人类来说都是一样的。如果从这个角度来理解歌队的这句话,那么,上面所说的希腊人共同面对特洛伊人就略显狭义了。

109.8　短语 ἰὼ πόνοι πρόγονοι πόνων (行 1197)是一个插入式感叹句,与后半句的感叹句 κεῖνος γὰρ ἔπερσεν ἀνθρώπους 相对应,可以理解为哎呀,由那发动这场战争的人带来的灾难或痛苦,有多少灾难或痛苦都由此生出。显而易见,说这话的人是在痛斥阿开亚人对埃阿斯做了多么不公平的事情,使埃阿斯遭遇了那样的痛苦,使埃阿斯身心在这灾难中被毁灭殆尽。

110.(行 1199—行 1210)

歌队　没有得到让人欣喜的花环,
[1200]也没有深深的杯盏
令我与欢乐相伴;
也没有优雅的笛声缭绕;
真是命运多舛啊,再没有了休憩的甜美,
哪怕已经夜深;
[1205]爱啊,那爱也被他从我这里夺走。

我在这里驻扎,却完全得不到任何人的关心,

任凭密匝的露水将我的头发打湿——

[1210]将特洛伊的忧郁留在记忆里。

110.1 原文中,στεφάνων 一词(行 1199)仅表示花环,这种花环通常以番樱桃花枝(μυρρίναι,学名 *Myrtus communis*)编制而成。古希腊人招待客人宴饮时,在 πότος〔酒宴〕开始前先要 σπονδαί〔以酒祭祀神明〕,而在这些活动开始前,主人会为客人戴上这种花冠,以示热情,使客人能够尽情感受宴饮的快乐:τὸν παρὰ καλλι- | στεφάνοις εὐφροσύναις〔(在那宴饮尚未开始前,)客人们都戴上了漂亮的花冠:欧里庇得斯,《酒神的伴侣》,行 373 — 行 378〕。此句或可理解为他们在埋怨,他们为了阿开亚人远道出征特洛伊,但却没有得到相应的尊重——这也是继续了上文中歌队为埃阿斯的遭遇所表达的不平。

110.2 雅典人说到酒杯时,通常采用 κύλιξ 一词,而歌队在这里所使用的 κυλίκων (κοτύλη) 一词则是萨拉弥斯人所使用的酒杯(行 1200)。雅典人的 κύλιξ 是一种阔口浅底的陶制碗状器皿,这种 κύλιξ 一般带有高脚,在酒杯的两侧有时还镶有 ὦτα〔把柄〕;而 κοτύλη 的型制,却找不到相关的文物证据。不过,有一点或许可以确定,雅典人听到舞台上的演员提起酒杯时首先想到的就是雅典人自己常见的那种阔口浅底的 κύλιξ。所以,诗人在这里才会刻意要歌队申明,那个酒杯该当是 βαθεῖαν〔深的〕。这一点至少证明歌队所说的酒杯并不是雅典人常见的那种。

110.3 古希腊人的宴饮活动中,大多有 αὐλητρίδες〔吹笛少女〕在旁以 αὐλός〔双管竖笛〕伴奏,有时还会有异乡卖艺者在宴饮大厅中央表演杂耍或有情节的歌舞(参见色诺芬,《会饮》,II. 1— 2)。当雅典人听到 οὔτε γλυκὺν αὐλῶν ὄτοβον〔没有优雅的笛声缭绕:

行1202〕时，想到的应该是一种凄凉。诗人形容笛声用的是 *ὄτοβον* 一词，该词通常情况下只有两种含义：其一是指战车奔驰时形成的隆隆轮毂声：*ὄτοβον ἁρμάτων ἀμφὶ πόλιν κλύω*〔我听到那战车的隆隆声穿过城垣：埃斯库罗斯，《七雄攻忒拜》，行151〕；其二是指雷电的霹雳声：*μάλ' αὖϑις ἀμφίσταται διαπρύσιος ὄτοβος*〔那刺耳的霹雳再次缭绕在我们周围：索福克勒斯，《俄狄浦斯在克洛诺斯》，行1479〕。但在这里，诗人显然不是在说没有 *γλυκὺν αὐλῶν*〔优雅的笛声〕发出霹雳般的轰鸣，诗人的意思是要强调那笛声的回响与缭绕(行1202)。

110.4 雅典人听到 *ἰαύειν* (*ἰαύω*) 一词首先想到的是睡觉，但在这里却并不是这样一层含义。*ἰαύω* 一词的词根是 *ἀϝ* (*ἄω*)，这个词根的本义是喘息、喘气。作为独立的一个单词，*ἀϝ* 的不定过去时形式 *ἄεσα* 又引申表示驻扎：*νύκτα μὲν ἀέσαμεν χαλεπὰ φρεσὶν ὁρμαίνοντες*〔夜晚，我们驻扎下来之后，双方的想法依然相去甚远：荷马，《奥德赛》，卷III. 行151〕。至于在索福克勒斯这里，这个词应当又回归其词根 *ἀϝ* 的本义，即歇息、休憩(行1203)。

110.5 原文中的 *ἀμέριμνος* (行1206)虽然是一个形容词，但在这里却带有被动态的性质。这个形容词可以是主动态性质的，也可以是被动态性质的，亦即表示不被任何人关心。而此行最后一个词 *οὕτως* 则是用来强调它所修饰的形容词：*γένος ὠλέσατε πρυμνόϑεν οὕτως*〔〔将俄狄浦斯的家族〕从根上彻底毁掉：埃斯库罗斯，《七雄攻忒拜》，行1062〕。这里，它所强调的是 *ἀμέριμνος* 一词。

110.6 露水如何能够 *δρόσοις*〔密匝：行1207〕，这似乎需要一些想象力。按照杰布的解释，这里的 *δρόσοις* 应该是指 *λειμώνιαι*〔草丛的〕浓密，这或许有猜测的意味。其实，也可以想象得到，在距离海边这么近的一片开阔地，清晨时分的雾气化作露珠会是很重的。

110.7 短语 λυγϱᾶς μνήματα Τϱοίας 表示只剩下关于特洛伊的一些忧伤的记忆。这是一个与上面的句子并列的短句,可以看作是一个单独成立的句子(行 1210)。歌队的这些水手们来到特洛伊,宿营在草丛密匝的露天,天亮时发现自己被露水打湿,这肯定不是一个十分愉快的经历,也会令他们难以忘记。对军旅生活的这种艰辛,在索福克勒斯前人的作品中也曾有过类似的描述:ἐξ οὐϱανοῦ δὲ κἀπὸ γῆς λειμώνιαι | δϱόσοι κατεψάκαζον〔天上地上,露水纷纷,落在草地上的我们身上:埃斯库罗斯,《阿伽门农》,行 560 —行 561〕。

111. (行 1211—行 1222)

歌队　在先前,那随着黑夜而来的
恐惧以及飞驰而来的箭都有
埃阿斯为我挡下;
而现在,他成为厄运的
[1215]牺牲品;给我的还有什么? 哪里还会再有
任何的欢欣?
但愿我能够被这大海送回到
那林木茂盛,海浪冲刷的海角,回到
[1220]苏尼乌姆的高山之下,
我或许会在那里亲吻雅典的神圣!

111.1 对于行 1211 至行 1213,有一种正读(丁道尔夫)认为,短语 αἰὲν νυχίου δείματος〔随着黑夜而来的恐惧〕中,νυχίου〔夜的〕一词应当写作 ἐννυχίου〔到了夜晚(出现的)〕。这样一来,它的前面就应该加上一个前置词 ἐς,表示远离那种恐惧。不过,我们注意到,这句话

中,如果加上了前置词 ἐς,那么,后面的谓语动词 προβολὰ 一词便
带有了两层含义,既表示要保护或维护某种东西,又表示要对其
加以警惕。这样的一种双重含义显然有些偏离此处的剧情。

111.2　动词 ἀνεῖται 是一个以其主动态的形式表示被动意
味的动词,亦即表示被当作是给某个神明的祭献,也可以理解
为成为了某个神明的牺牲(行 1214)。而特别需要提示的是,
ἀνεῖται 一词原本一般指已经祭献给神明的牲畜,但这些牲畜并
不是马上就会被杀死的,它们还会被放养在草场上,任其自由
活动: τῶν δὲ εἵνεκεν ἀνεῖται τὰ ἱρὰ (sc. θηρία) εἰ λέγοιμι, καταβαίην
ἂν τῷ λόγῳ εἰς θεῖα πρήγματα 〔如果让我说清楚这些牲畜(即祭给神的)
为什么会是祭献的,那么,我就不得不讲述一些我所不愿意涉及的神明方
面的事情:希罗多德,《历史》,II. 65〕。在希罗多德笔下,那些祭献是
一些牲畜;而在这里,那个祭献便是埃阿斯了! 事实上,这句话
隐含的意思是说,埃阿斯在活着的时候就已经被当作是那个厄
运的牺牲品了。这是从什么时候开始的? 是从投票剥夺了埃阿
斯获得阿喀琉斯那里缴获来的兵器的权利开始,还是从埃阿斯
出征特洛伊时妄言不需神明相助开始? 二者选一,我倾向于
后者。

111.3　先前,跟随埃阿斯来到特洛伊的歌队境况已经十分
糟糕了;但那时,埃阿斯还在为他们抵挡。现在,歌队明白了,或
者说在表示他们的幽怨,由于埃阿斯死了,他们的境遇将会更为
糟糕。早前,歌队即便睡觉时也感受不到休憩的快乐(行 1204),
但那时,毕竟还有埃阿斯可以使他们睡觉时不会感到恐惧与害
怕。但现在这种安全感已经不会再有了。

111.4　关于埃阿斯自杀时那个海角是否 ὑλᾶεν 〔林木茂盛的:
行 1217〕,19 世纪,被杰布称作是著名希腊文学史作家的莫尔曾
有过一段评述:“索福克勒斯将苏尼乌姆称作是林木茂盛的一个

海角,这一描写并不十分贴切。在神殿下面的斜坡上,只是稀稀
落落地有一些长得不大好的冷杉树丛,而这一描写似乎只是在
他那个时代才能算得上恰如其分。"①事实上,无论莫尔的说法
有多大参考价值,至少他提醒,在索福克勒斯所描写的那个时
代,这个海角可能真的是 ὑλᾶεν。当然,也不能排除,索福克勒斯
在这里为了剧情发展的需要而让这个海角林木茂盛一些。

111.5 苏尼乌姆(Σούνιον:行 1220)位于阿提喀半岛的最南端,
是希腊历史上极为著名的一个地方——据传说,最早的雅典王
埃勾斯(Αἰγεύς)就是因为在这个海角的高坡上看到自己儿子忒
修斯的船帆后纵身跳海死掉的,而爱琴海(Αἰγαῖο Πέλαγος,照字面
直译作埃勾斯的海)也由此得名。苏尼乌姆海角地势陡急峻峭,三
面为凹凸不平的山,而西南面海有一处海滩和一个小海湾。海
角的制高点是一座朵利亚式雅典娜神殿,②神殿大约建于公元
前五世纪中叶。现代希腊人将这个海角称作是 Κολόνναις〔科洛
纳海角〕,这个词的本义是指朵利亚式圆柱。神殿以白色云石建
造,远远望去,异常耀眼;莫尔说,它"就像白雪或盐做成的柱
碑"。此处是出海作战的希腊军队回到希腊时落脚的第一站,沿
海再向北行,便可回到萨拉弥斯岛,而向阿提喀内陆行,则可抵
达雅典;这样一个地方或许是左右路军队回归之后分手的地方。

111.6 在 τὰς ἱερὰς ὅπως προσείποιμεν Ἀθάνας (行 1221 以下)一
句中,προσείποιμεν 一词③采用的是一种祈愿语气,与上面

---

① William Mure, *Journal of a Tour in Greece and the Ionian Islands: With Remarks on the Recent History — present State — and Classical Antiquities of Those Countries*, Adamant Media Co., 1842, vol. II. p. 123.

② 一说是海神波塞冬神殿(见阿里斯托芬,《骑士》,行 560)。Cf. Christopher Wordsworth, *Athens and Attica*, 1836, p. 177.

③ προσείποιμεν 一词本义作致礼,而在古典时代,亲吻亦是致礼的一种方式。

γενοίμαν 一词(行 1217)的祈愿语气相对应,表示这些歌队成员对来到(或回到)苏尼乌姆海角有一种感恩的念想,这种念想具体到仪式上便是俯身亲吻这片土地(对比埃斯库罗斯,《阿伽门农》,行 503;维吉尔,《埃涅阿斯纪》,III. 524)。需注意,杰布提示,鲍桑尼亚斯在描述雅典卫城那座高大的雅典娜云石雕像时说过这样一段话: ταύτης τῆς Ἀθηνᾶς ἡ τοῦ δόρατος αἰχμὴ καὶ ὁ λόφος τοῦ κράνους ἀπὸ Σουνίου προσπλέουσίν ἐστιν ἤδη σύνοπτα〔这座雅典娜(雕像),其剑锋与铠甲的冠翎,来雅典的船只一过苏尼乌姆(海角)就能够看到;鲍桑尼亚斯,《希腊志》,I. 28. 2〕。虽然鲍桑尼亚斯的记载经常为学者质疑,但考虑到雅典卫城上的雅典娜雕像可能确实带有象征意义。因此,当歌队在这里说自己要亲吻卫城下的这片土地时,或许真的有一层未曾明言的意思,表明此时他们已经归顺于雅典娜了。这与埃阿斯最初的态度已经大相径庭。

在古希腊悲剧中,歌队时常会流露出某种愿望,希望能够到一个很远的地方去,这个地方通常都带有有一些幻想的成分,而且与现时舞台上令人恐惧的情景迥异(对比欧里庇得斯,《希波吕托斯》,行 732—行 751;《海伦》,行 1479—行 1486;《酒神的伴侣》,行 402—行 416)。这里,我们的诗人让歌队的愿望变成为想要逃回到阿提喀这样一个对雅典人来说十分现实的地方。诗人藉此表明,歌队这时甚至认为自己已经是雅典人了。但歌队毕竟只是萨拉弥斯岛的人,所以,他们描绘的情景只能是苏尼乌姆山下的爱琴海海角。

退　场

提要　透克洛斯与阿伽门农相遇,阿伽门农斥责透克洛斯的胆大妄为(行 1223—行 1234);阿伽门农提醒透克洛斯自己的奴隶身世(行 1235—行 1245);而他认为自己的决定是公正的(行 1246—行 1258);透克洛斯对不公正裁决的猜测(行 1259—行 1289);对阿特柔斯的这两个儿子的身世,透克洛斯也提出质疑(行 1290—行 1315);奥德修斯再次出场,与阿伽门农相劝(行 1316—行 1331);奥德修斯劝说阿伽门农解除禁令,认为这对他们自己也有好处(行 1332—行 1369);阿伽门农婉转地接受了劝告(行 1370—行 1373);透克洛斯表示感谢,但不希望奥德修斯碰埃阿斯的尸身;于是,奥德修斯离开(行 1374—行 1401);在透克洛斯的安排下,全剧以埃阿斯的葬礼结束(行 1402—行 1417);最后箴言(行 1418—行 1420)

112. (行 1223—行 1225)

透克洛斯　我刚刚看到统帅阿伽门农,他正急匆匆地朝这边过来,于是,我也赶紧朝这里赶。[1225]我知道,他想必要放开那张倒霉的嘴。

112.1　紧接着第三肃立歌的是最后一段哀歌,可以将这段哀歌看作是 ἔξοδος〔退场〕。此剧的退场可以分作三个部分:第一部分由阿伽门农与透克洛斯各自的两大段念白组成,继续了透克洛斯与墨涅拉厄斯的争论;第二部分则以奥德修斯出场为标志,由奥德修斯与阿伽门农的一段对话组成;第三部分是奥德修斯同意埃阿斯下葬以及埃阿斯的葬礼。索福克勒斯在写到奥德修斯上次退场(行133)后再次出场时并没有让舞台上的人物像阿伽门农上场时那样作出语言提示(行1223-行1224),而是让歌队队长直接对他说话。① 但是,歌队队长所说的话(行1316-行1317)显然表明,他似乎忘了,埃阿斯和他的朋友们在整部戏中都对奥德修斯充满敌意。因此,当他请求奥德修斯化解透克洛斯与阿特柔斯儿子们的冲突时,就会令人感到有些奇怪。有研究者认为,或许可以从歌队队长心理的角度来解释他这时态度的变化,亦即认为歌队队长此时或许有些急躁,忘记了自己曾对奥德修斯心怀敌意。② 但这种观点解释的成分似乎过多了,事实上,歌队队长之所以这样说,可能只是表明索福克勒斯为了提示观众剧情在这里将发生逆转。

112.2　退场开始时,歌队在最后的肃立歌吟唱结束后进入舞台两侧的 ἡ ὀρχήστρα〔歌队合唱席〕。这时,透克洛斯匆忙上场,他知道阿伽门农就在附近,正在朝这里赶来。而上场后,阿伽门农便毫不掩饰地对透克洛斯表现出不满的态度: τὸν ἐκ τῆς αἰχμαλωτίδος〔你这个女战俘生出来的孩子:行1228〕。在他看来,透克洛斯完全没有资格与他对话,更不要说口出狂言了。接着,他又对埃阿斯表现出不屑一顾的傲慢: ποῖ βάντος ἢ ποῦ

---

① O. Taplin, *The stagecraft of Aeschylus: the dramatic use of exits and entrance in Greek tragedy*, Oxford, 1977, p. 288, p. 346.

② Cf. W. B. Stanford, "Light in darkness in Sophocles' *Ajax*", *GRBS*, 1978.

στάντος οὗπερ οὐκ ἐγώ〔他去过或是驻扎过的地方，哪里我没有去过呢：行 1237〕。而说到埃阿斯在投票中落败，阿伽门农强调这是根据事先定好的规矩决定的。在阿伽门农看来，即便透克洛斯对这项裁决不服，以他的出身和身份也没有权利自己讨要公正：οὐ μαϑὼν ὃς εἶ φύσιν | ἄλλον τιν' ἄξεις ἄνδρα δεῦρ' ἐλεύϑερον, | ὅστις πρὸς ἡμᾶς ἀντὶ σοῦ λέξει τὰ σά〔你要弄明白你的身份，|你最好另外找个人来，还得是自由民，|替你把你的事情在我们面前说一说：行 1259—行 1261〕——这无形中也在强调透克洛斯的奴隶身份。而透克洛斯的回答也同样尖刻：ἡνίκα | ἑρκέων ποϑ' ὑμᾶς οὗτος ἐγκεκλημένους, | ἤδη τὸ μηδὲν ὄντας, ἐν τροπῇ δορὸς | ἐρρύσατ' ἐλϑὼν μοῦνος〔你曾经|长时间困守在自己的营寨中，一筹莫展，|局势十分不利，持剑赶来搭救你的|只有埃阿斯：行 1273—行 1276〕。说到埃阿斯曾经到过的地方，透克洛斯又说，οὐχ ὅδ' ἦν ὁ δρῶν τάδε, | ὃν οὐδαμοῦ φής, οὐ σὺ μή, βῆναι ποδί〔不正是他吗？你且说说看，这个人|是不是再没有去过你的脚未曾落地的地方：行 1280—行 1281〕。至于阿伽门农对他身世的奚落，他也提到了阿伽门农与墨涅拉厄斯的母亲埃洛珀（Ἀερόπη）是一个偷情的女人。透克洛斯的母亲先是多次被墨涅拉厄斯提到，而且特别强调她的女俘虏身份，后来又被阿伽门农提起。但是，阿特柔斯这两个儿子的母亲在本剧中却只被提到一次。因为透克洛斯并没有把那个母亲的名字说出，只是说她是 μητρὸς ... Κρήσσης〔克里特母亲：行 1295〕，从这一点上看，透克洛斯还是有所克制的。

112.3 相比而言，阿伽门农的话要比墨涅拉厄斯的话更为尖利刺耳，更加刻薄。他开口就提到透克洛斯那位女战俘母亲，这显然是一种羞辱的表示。接着他又说，透克洛斯的言语和他的身份并不相称。在阿伽门农看来，此时的透克洛斯显然已经成为他发泄对埃阿斯怒气的对象，或者说，他在羞辱、斥责透克洛斯的时候心里想着的显然是埃阿斯。原文中，阿伽门农有一句这样的话：σέ τοι〔（我）说的就是你：行 1228〕。这句话的关键在于，这里的你究竟是指埃阿斯，还是指透克洛斯。而阿伽门农不把特指哪一个你的名字说出来，也似乎是刻意为之的。在阿伽门农心目中，埃阿斯与透克洛斯两兄弟尽管同父异母，但都是女奴隶的儿子。这时，他对忒拉蒙这两个儿子的鄙夷态度，甚至比墨涅拉厄斯表现出来的更为显而易见：ταῦτ' οὐκ ἀκούειν μεγάλα πρὸς δούλων κακά〔听奴隶如此口吐狂言，这难道不是一种耻辱吗：行 1235〕。但他斥责透克洛斯 ὕβρις，也实在缺少说服力：θαρσῶν ὑβρίζεις κἀξελευθεροστομεῖς〔你竟然像自由民那样对我们恣意狂妄自大：行 1258〕。事实上，根据发展到现在的剧情，透克洛斯并未对阿伽门农表现出任何 ὕβρις。阿伽门农在斥责透克洛斯缺少 σωφροσύνη 的时候（行 1259），他想到的显然是埃阿斯。没有理由相信，透克洛斯提出要为埃阿斯举行一个葬礼的要求带有任何不知分寸的、猖狂的成分。除了通过斥责透克洛斯来贬低埃阿斯之外，阿伽门农还通过对埃阿斯在战斗中的表现及作用作出评价，来贬低埃阿斯（行 1236－行 1238）。在这一点上，他也超过了墨涅拉厄斯。埃阿斯之所以在兵器颁赏的竞争中败给奥德修斯，确实是大多数人公平投票的结果。但值得注意的是，索福克勒斯在应该描写到这个情节的地方（行 442－行 446），却没有详细说明那次投票。对阿伽门农的诘难，与应对墨涅拉厄斯的时候相比，透克洛斯此时的回答显然更有分量。他直接反驳说，埃阿斯要比阿伽门农伟大得多。但是，却很难在谴责阿伽门农缺少知恩图报的美德，缺少对埃阿斯的同情之心时忽略这样一个事实，埃阿斯自己曾表示过他对知恩图报之类的要求很是不以为然，他甚至曾经明确地拒绝了苔柯梅萨报答他。透克洛斯并未止于维护自己家族的声誉，而且还着力于贬低阿伽门农的身世。

虽然经过这样的努力,透克洛斯依然没有能够说服阿伽门农解除葬礼的禁令——他第二次努力也宣布失败了。苔柯梅萨和歌队都把全部的希望放在了他的身上,甚至埃阿斯死前也把自己的葬礼托付给了他。但他却没能做到。

112.4 短语 $\varkappa a \grave{\iota} \mu \acute{\eta} \nu$ 是为了强调 $\iota \delta \grave{\omega} \nu$〔我看到〕一词,笔者倾向于将其理解为我看到(行1223)。在古希腊戏剧中,两个人物同时而又分别从不同方向上场,相对而言比较少见。① 而且,采用这样的方式,由一个刚刚上场的人物来介绍同时(或即将)上场的另外一个人物。这也比较少见,通常的情况是由已经在舞台上的人物或歌队来做此番介绍。因为 $\iota \delta \grave{\omega} \nu$ 一词并无人称,只是 $\varepsilon \grave{\iota} \delta o \nu$〔看,看到〕一词的不定过去时分词单数主格形式。所以,也有学者(摩尔施塔特等)认为,这个词很可能是歌队队长说的,亦即歌队队长在说,看看,埃阿斯上来了;但从剧情上,这种解读显然很难成立。

112.5 这一节中,可能会有争议的是短语 $\sigma \varkappa a \iota \grave{o} \nu$ $\grave{\varepsilon} \varkappa \lambda \acute{\upsilon} \sigma \omega \nu$ $\sigma \tau \acute{o} \mu a$ (行1225)的理解。其中,$\grave{\varepsilon} \varkappa \lambda \acute{\upsilon} \sigma \omega \nu$ 这个词的本义就是释放,而将嘴释放则意味着让人畅所欲言或胡说八道:$\grave{\varepsilon} \pi \varepsilon \lambda \acute{\eta} \lambda \upsilon \vartheta \acute{\varepsilon} \mu o \iota \tau \grave{o}$ $\pi a \varrho \varrho \eta \sigma \iota \acute{a} \zeta \varepsilon \sigma \vartheta a \iota \lambda \acute{\varepsilon} \lambda \upsilon \varkappa a \tau \grave{o} \sigma \tau \acute{o} \mu a$〔这会使我说话随便,放开自己的嘴巴:伊索克拉底,《演说集》,XII. 96〕。这个短语中,对 $\sigma \varkappa a \iota \grave{o} \nu$ 一词,从它的本义中却可以引申出两种差别明显的含义,虽然这两层含义内在地或许还有着某种相互联系。$\sigma \varkappa a \iota \grave{o} \nu$ 一词的本义是左手的、左侧的。然而,这个词却很少在其本义上使用,因为在古希腊时代,神像大多坐南朝北,所以,神像变成左西右东,而 $\sigma \varkappa a \iota \grave{o} \nu$ 一词也就表示西:$a \grave{\iota} \psi a \delta$' $\grave{\varepsilon} \pi \varepsilon \iota \vartheta$' $\grave{\iota} \varkappa a \nu o \nu$ $\ddot{o} \vartheta \iota$ $\sigma \varkappa a \iota a \grave{\iota}$ $\pi \acute{\upsilon} \lambda a \iota$ $\mathring{\eta} \sigma a \nu$〔他们便迅速

---

① O. Taplin, *The stagecraft of Aeschylus: the dramatic use of exits and entrance in Greek tragedy*, Oxford, 1977, pp. 148—149; pp. 351—352.

来到（特洛伊城的）西门①:《伊利亚特》,卷 III. 行 145〕;而占卜也以神的左手示意为凶兆: φιλοτιμίη κτῆμα σκαιόν〔傲慢是一种会带来厄运的财富:希罗多德,《历史》,III. 53〕,由此引申,则这个词便表示命运多舛、倒霉的: σεσιγαμένον οὐ σκαιότερον χρῆμ᾽ ἔκαστον〔藏而不露的事情必是倒霉的事情:品达,《奥林匹亚凯歌》,IX. 行 104〕。不过,也可猜测,或许希腊人已意识到,人的右手总比左手灵巧,所以, σκαιόν 一词也引申表示笨拙、愚笨: τοῦτον δὲ οὕτω σκαιὸν εἶναι ὥστε οὐ δύνασθαι μαθεῖν τὰ λεγόμενα〔那人愚蠢得完全无法理解这些话:吕西阿斯,《演说集》,X. 15〕。多个近代译本,如杰布本、加尔维本等,都将 σκαιόν ... στόμα 译作愚蠢的嘴。不过,这里更倾向于将 σκαιόν 一词理解为倒霉的意思,而这一层含义中,从汉语理解,还有给人带来厄运的意味。

113.（行 1226—行 1234）

阿伽门农　说你呢,我听说,你竟然张开大嘴对我们说出那样大胆的话！难道你还没有受到任何惩罚吗？我说的就是你,你这个女战俘生出来的孩子,如果养育你长大的母亲出身高贵的话,那么,[1230]你咆哮的声音就会更高,人也会变得趾高气扬;你这样一个完全没用的人,所有的努力都是虚无缥缈的！你大言不惭地说,无论是指挥官,还是船长,我们谁都没有权力向阿开亚人或是向你下达命令,而埃阿斯,照你说的,他是自己做出出征决定的。

———————

① 即悲剧舞台左边的门,也有学者认为这个门应该有一个专有的名词:斯凯安门。

113.1 将受格的 $\sigma\grave{\epsilon}$〔你〕和小品词 $\delta\acute{\eta}$ 联在一起放到一段陈述之首(行 1226),这是一种特殊的句法结构。阿伽门农在对透克洛斯开始一大段训斥之前就是从个短语开始的。这种短语意味着提醒对方小心注意听或注意下面说的话,所以,在译文中有时要加上一个动词,譬如听好了之类: $\sigma\grave{\epsilon}\ \delta\acute{\eta},\ \sigma\grave{\epsilon}\ \tau\grave{\eta}\nu\ \nu\epsilon\acute{\upsilon}o\upsilon\sigma\alpha\nu$ $\pi\acute{\epsilon}\delta o\nu\ \varkappa\acute{\alpha}\varrho\alpha,\ \varphi\acute{\eta}\varsigma$〔你听好,你对着大地好好告诉我:索福克勒斯,《安提戈涅》,行 441〕。这里根据上下文语境加上了说字。

113.2 阿伽门农接着就通过一句话对透克洛斯表现出极度的蔑视,而这种蔑视的语气是通过 $\tau\grave{o}\nu\ \grave{\epsilon}\varkappa\ \tau\tilde{\eta}\varsigma\ \alpha\grave{\iota}\chi\mu\alpha\lambda\omega\tau\acute{\iota}\delta o\varsigma$ 这样的修辞手段体现出来的(行 1228)。通常说一个由某个女人生下的孩子会直接用这个女人的名词的生格来表示,亦即这里的话只是写作 $\sigma\grave{\epsilon}\ \tau\grave{o}\nu\ \tau\tilde{\eta}\varsigma\ \varkappa.\tau.\lambda.$ 即可。但这里,阿伽门农为了刻意地表示对透克洛斯的蔑视又在 $\tau\tilde{\eta}\varsigma\ \alpha\grave{\iota}\chi\mu\alpha\lambda\omega\tau\acute{\iota}\delta o\varsigma$〔女战俘、女奴隶〕一词前加上一个 $\grave{\epsilon}\varkappa$〔其字面含义为从……而来〕,同时也让透克洛斯想到自己的出身。事实上,透克洛斯的母亲赫西厄涅有着双重的身份:一方面她是拉俄墨冬的女儿,是普里阿姆王的姊妹;但另一方面,她也确实是赫拉克勒斯作为奴隶送给忒拉蒙的。阿伽门农在这里为了贬低透克洛斯的出身刻意将赫西厄涅的奴隶身份单独提出来,加以强调。

113.3 短语 $\varkappa\grave{\alpha}\pi'\ \mathring{\alpha}\varkappa\varrho\omega\nu\ \grave{\omega}\delta o\iota\pi\acute{o}\varrho\epsilon\iota\varsigma$ 的字面含义指在脚趾尖上走路(行 1230),但并不是走路的方式,而是走路时的一种步态。根据杰布提供的文献,对这个短语有一则随文诂证说, $\grave{\epsilon}\pi'$ $\mathring{\alpha}\varkappa\varrho\omega\nu\ \delta\alpha\varkappa\tau\acute{\upsilon}\lambda\omega\nu\ \mathring{\epsilon}\beta\alpha\iota\nu\epsilon\varsigma\ \gamma\alpha\upsilon\varrho\iota\tilde{\omega}\nu$〔走路时脚趾翘得很高〕;不过,这个短语也未必一定带有贬义: $\grave{\epsilon}\nu\ \delta'\ \mathring{\alpha}\varkappa\varrho o\iota\sigma\iota\ \beta\grave{\alpha}\varsigma\ \pi o\sigma\grave{\iota}\nu\ |\ \varkappa\tilde{\eta}\varrho\upsilon\xi\ \mathring{\alpha}\nu\epsilon\tilde{\iota}\pi\epsilon$〔(指挥官)大摇大摆地走上前去,邀请那些客人:欧里庇得斯,《伊安》,行 1166—行 1167〕。在欧里庇得斯笔下, $\grave{\epsilon}\nu\ ...\ \mathring{\alpha}\varkappa\varrho o\iota\sigma\iota\ \beta\grave{\alpha}\varsigma$ 所说的显然就不是趾高气扬,而是指挥官在客人面前走路大摇大摆的步态,这

种步态或许还带有些许的热情。阿伽门农在这里可能还有另外一层含义，就是说透克洛斯把自己的身份过分地抬高了，在雅典人看来，这本身就是一种猖狂傲慢。

113.4 原文中的 ὅτ᾽ οὐδὲν ὤν 应当看作一个原因从句，这样一来，ὅτε 一词也就可以被看作与 ἐπειδή〔因为〕等值（行 1231）。在这个从句中的 οὐδὲν ὤν 字面意思表示作为无存在（的那个人），ὤν 是现在时主动态单数主格分词，因为分词没有人称。所以，仅从这个短语从句的字面上尚无从判断谁是可以被当作不存在的人。而且，说一个人是 οὐδὲν，通常都是针对死人而言的；而在说一个活着的人的时候，一般都说 μηδὲν。① 那末，如果粗心一点就会把 οὐδὲν 当作是埃阿斯来理解。但是，从上下文语境又可看到，这句话是对透克洛斯说的。因此，如果在这里的译文中加上一个人称代词"你"，也算不得错。事实上，完全可以猜测，阿伽门农在这里或许有意要这样说。他的这句话实际上就是告诉透克洛斯，虽然他好像还活着，但却和死人没有什么不同。由此，这句话也就带有了嘲笑的意味——这种嘲笑是专门针对透克洛斯才会有的；而针对埃阿斯，阿伽门农的语气还会更为尖刻。

113.5 在杰布的注疏中，他说阿伽门农这里所说的 ἡμᾶς〔我们〕既包括他自己，也包括了墨涅拉厄斯。而透克洛斯在前面说的话（行 1105）则暗示，他只承认阿伽门农是这次征战的主帅，而不认为墨涅拉厄斯也拥有指挥埃阿斯的权力（行 1100），而且，他认为这两个人都没有权力禁止别人为埃阿斯举行葬礼（行 1109）。事实上，阿伽门农这句话表明，如果透克洛斯拒绝接受他们的指挥，那么，他就背叛了整个希腊大军（行 1232）。但透克

① 需说明的是，这里提到的 οὐδὲν 和 μηδὲν 这两个词在本义上都表示无，但在表示人的存在状态时却可能有不同的含义。

洛斯自己却并不这么认为,他认为自己并没有拒绝阿伽门农的统帅,他只是不认为墨涅拉厄斯对他也能说三道四。当然,拒绝任何人为埃阿斯举行葬礼,在他看来,无论是阿伽门农,还是墨涅拉厄斯,都没有这样的权力,因为这悖逆了神意。

113.6 此处的 $\overset{v}{\epsilon}\pi\lambda\epsilon\iota$ (行 1234)是动词 $\pi\lambda\overset{v}{\epsilon}\omega$〔做出(决定)〕的未完成时形式。在希腊句法中,未完成时既带有时间的意味,表示埃阿斯从一开始就是自己决定是否参加这次出征的;同时,还有一层因果的含义,即表示埃阿斯之所以参加这次出征也是因为这个决定可以由他自己做出。换言之,他参加这次出征,并不是被迫的,而是他自愿的。

114. (行 1235—行 1245)

阿伽门农　　[1235]听奴隶如此口吐狂言,这难道不是一种耻辱吗? 他是什么人,竟然让你这样对他赞不绝口? 他去过或是驻扎过的地方,哪里我没有去过呢? 在阿开亚人当中,难道除了他之外就再没有其他人了吗? 我们发布了命令,将阿尔戈斯人召集到一起,[1240]做出裁判,决定阿喀琉斯兵器颁赏给谁——这已经是很糟糕的一件事情了;而无论结果怎样,我们又都无法让你透克洛斯满意,尤其当你们在竞争中落败,那个结果既会让你们感到不快,又要让你们接受,那情况就会更糟糕;你们在竞争落败之后,正在用污言秽语[1245]对我们百般诋毁,刻意讽刺挖苦。

114.1 在这里, $\delta o\acute{v}\lambda\omega\nu$〔奴隶〕一词虽然采用阴性形式,但却并不是指透克洛斯的母亲,而指透克洛斯。这里的 $\delta o\acute{v}\lambda\omega\nu$ 一词

以复数形式出现,可能只是诗歌语言所要求的,并不一定表示复数的对象(行1235)。但或许也可以想到,这个词事实上还在暗指埃阿斯,因为埃阿斯此时虽然已经死了,但仍然可以认为,他还在通过透克洛斯与阿伽门农争执。在前面(行1020),曾经看到,透克洛斯说过,他的父亲很可能担心他会使埃阿斯的形象受损。这里还有一层含义是说他们都是一个 αἰχμαλωτίς〔女奴隶、女战俘〕的儿子。按照古希腊的礼法,奴隶的儿子也是奴隶;在这里,阿伽门农显然是把他们当作是生来就是奴隶的那种奴隶了。最后一点不能断定的是,阿伽门农是否真的认为透克洛斯是个奴隶;因为,在诗人的另一部作品中,克瑞翁可以几乎毫无根据地将安提戈涅称作奴隶(索福克勒斯,《安提戈涅》,行479)。

114.2 特别要提醒的是,阿伽门农对他提出的这个问题其实并不认为可能会有任何合理的回答,因为他的这个问题实际上涉及到了埃阿斯悲剧的核心:埃阿斯是一个 ἀνήρ〔人〕到底意味着什么(行77)。

114.3 在希腊语中,βάντος 一词本来是有两层含义的,这个词既可以表示走过的、行进的,也可以表示站着的、停留下来的。在这里,当它和单纯只表示停留下来的 στάντος 一词相对称时,照杰布的说法,古典作家不太可能用 ποῖ βάντος 来表示去过哪里,而会说 ποῖ βάντος。事实上,这种修辞手段也使 ποῖ 一词不致在同一句话或同一个句法结构中两次出现(行1237)。

114.4 从语义学上看,πικροὺς 一词在这里只能表示带来痛苦,而这个词的本义所指的是尖锐、刺痛。在这里则表示无论表决的结果怎样,情况对于阿开亚人来说都会很糟糕。而事实上,投票的结果是埃阿斯败给了奥德修斯,因此,情况更会糟糕到家了(行1239-行1245)。从此可见,这个词在索福克勒斯笔下,很可能还带有某种付出代价的含义:ὡς εἰ τάδ᾽ ἡ τεκοῦσα πεύσεται, πικρὰν | δοκῶ με πεῖραν τήνδε τολμήσειν ἔτι 〔如果让我的生身母亲知道了,我担心,|总有一天我会为自己竟敢这样做付出代价:《厄勒克特拉》,行 470—行 471〕。

114.5 在这里,πανταχοῦ 一词不是表示地点的副词,而是指无论在何种情形下,我将其理解为无论结果如何。这句话的意思是说,不管投票的结果怎样,埃阿斯和透克洛斯以及所有从萨拉弥斯岛来的士兵都会不满意的。其中,ἐκ Τεύκρου 表示从透克洛斯的观点来看(行 1241)。在这里,和埃阿斯与透克洛斯一样,阿伽门农也同样关心自己的形象以及人们对他的评价。而此处的 κακοί 〔糟糕〕既有道德的意味,也涉及对一个人在人们心中价值高低评价的意味。事实上,阿伽门农也意识到,如果自己在这场争论中落败,那么,自己在人们心目中的形象就一定会受到损害。

114.6 从句法上判断,这两行(行 1242—行 1243)显然也像行 1241 那样带一个引导条件句的连词 εἰ。但是,杰布很敏锐地注意到,诗人这里使用的不是条件句的否定词 μηδ’,而是κοὐκ。这一转换表明,萨拉弥斯岛上来的人埃阿斯在竞争阿喀琉斯兵器过程中落败的结果确实出现了。而短语 εἴκειν ἅ ...ἤρεσκεν 中,ἅ 的先行词应当是一个代词 ταῦτα。这里,此处写作一个同样性质的代词 εἴκειν,这里将其理解为那个东西。实际上,这个 εἴκειν 是指那个裁决,亦即将阿喀琉斯的兵器颁赏给奥德修斯的裁决。

114.7 原文中的 λελειμμένοι 一词(行 1244)是动词 λείπω 〔留下、落在后面〕的过去分词形式,在这里作 οἱ 的述词,表示在某一次竞争中落败: μή σοι δοκοῦμεν τῇδε λειφθῆναι μάχῃ 〔在你看,这一次,我们不会落败于对手吧:埃斯库罗斯,《波斯人》,行 344〕。

115. (行 1246—行 1263)

阿伽门农　如果在这种情况下,我们将正当获胜的人
弃之不顾,而把落到后面的人提到前面来,这就违背我
们事先定好的规矩。[1250]这样的事情绝对干不得!
那种膀大腰圆的人未必总是最为可靠的,而多用心思
的人却可以每每占得上风。腰身宽厚的犍牛,也需要
用小小的鞭子抽打才能沿着那条路笔直地走下去。
[1255]我得说,如果你稍稍有一些常识,你就一定能够
找到一个做事的良方。至于那个人,他现在已经不在
了,已成了一个幻影,而你竟然如此猖狂,像个自由民
一样对我们言语攻击。你怎么这样没有分寸?你要弄
明白你的身份,[1260]你最好另外找个人来,还得是自
由民,替你把你的事情在我们面前说一说。当你说话
的时候,我总是弄不清那些话是什么意思;因为,你那
种粗俗的语言,我完全听不懂。

115.1 阿伽门农这里第一句话(行 1246—行 1249)译文的语
序与原文的语序有较大差别。短语 ἐκ τῶνδε ... τῶν τρόπων (行
1246)的字面意思指情形是这样,是一个让步短语,亦即阿伽门
农认为,既已如此,再违背众人决定,将武器奖励给投票中落败
的埃阿斯,就会违背大家事先的约定。这个短语,并非和后面说
到的 εἰ 相对应。否则,这个段落也就有可能与上个段落相互脱
节了。而这个段落以这个短语开始,恰好也可以起到承前启后
的作用。表示下面所说的情况就是听从透克洛斯的说法之后可
能产生的后果。

115.2 短语 τοὺς δίκῃ νικῶντας 也可理解为真正的获胜者(行 1247),而其字面含义则是公正公平地获得胜利的那些人。其中,νικῶντας 一词为 νικάω〔获胜〕的现在分词阳性复数受格形式,可视作 τούς 的述语:ὁ δὲ μὴ νικῶν τοῖς μὲν νικῶσιν ἐφϑόνει〔如果他没能做到,那么,他就会嫉妒取得成功的对方:色诺芬,《居鲁士的教育》,VIII. ii. 27〕。这里所说的 ἐξωϑήσομεν 本义为扔到一边(即弃之不顾),是指将公平获胜者排挤到获胜者的荣誉之外,亦即剥夺奥德修斯公平获胜的荣誉。

115.3 照一般的理解,τοὺς ὄπισϑεν εἰς τὸ πρόσϑεν ἄξομεν(行 1248)确实是指将落到后面的人(τοὺς ὄπισϑεν)提到前面来(εἰς τὸ πρόσϑεν)。但在特定的情形下,又可以表示某种混乱的局面:οἱ ὄπισϑε τεταγμένοι ἐς τὸ πρόσϑε τῆσι νηυσὶ παριέναι πειρώμενοι〔编队后面的船只赶到编队的前面:希罗多德,《历史》,VIII. 89〕。赫西俄德的这句话是说波斯人的船队在萨拉弥斯岛周边陷入了队形混乱。而放到这里,显然也带有将会陷入混乱的含义。

115.4 κατάστασις ... νόμου(行 1249)表示我们事先定好的规矩。单从字面上来看,这个短语似乎也可以理解为已经订立的法律。不过,在古希腊,人们在说立法时通常都会用 νομοϑεσία 一词来表示,至少用了后者可以表明所立法律的严肃性:τί οὖν ... ἔτι ἂν ἡμῖν λοιπὸν τῆς νομοϑεσίας εἴη〔那末,在立法一事上,我们还能做什么呢:柏拉图,《王制》,427b〕。然而,我们却不知道,阿伽门农为什么在这里用这样一个词来表达,或许他这样做的目的是想稍稍缓和一下语气。

阿伽门农的这句话(行 1246-行 1249)直接涉及到对雅典政治制度的判断:即便不去考虑兵器颁赏的裁判是否公正、公平,阿伽门农关于法律的确立取决于多数人的裁定这种说法真的无懈可击了? 或者,假如出现了不公正或不公平的裁判,通过第二

次裁决,是否就体现了正义呢? 在荷马那里,他把第二次裁决的
奖项称作是头奖之外的二奖而已:

> 那个人(指欧墨洛斯)拖着只有一只蹄子的马最后一个
> 到达终点,可他却是最出色的;为了恰如其分,我们也应该
> 颁给他一项二奖(δεύτερος),同时承认提丢斯的儿子(指狄厄墨
> 得斯)依然是第一名(τὰ πρῶτα)(《伊利亚特》,卷 XXIII. 行 536—
> 行 538)。①

笔者深切地怀疑这是荷马在为某种制度寻找托辞。而此处,阿
伽门农的说法在对雅典政制熟知的雅典观众看来,似乎完全不
需证据地肯定了这个制度的根基。绝大多数雅典人当然不会对
这个根基产生任何疑问,但阿伽门农的说法却是熟悉论理的雅
典人很难完全接受的。

　　115.5 康莫贝克认为, ὅδε 〔代词,译作这样的事情〕是指埃阿
斯的葬礼,② 这显然是说不通的。这里更倾向于采用斯坦福的
观点,认为这是指阿伽门农刚刚说的那些做法。③ 换言之,阿伽
门农的这句话看上去虽然像是重申他所颁布的埃阿斯葬礼禁
令,但从他说话时的语境来判断却是在强调其禁令的公正性,亦
即既然那个裁决是根据经过共同体中大多数人事先认可的规则

---

①　荷马所说的 δεύτερος 并不表示二等奖:首先,这个序数词本身并不带有等级的意
味;同时,更为重要的是,对照索福克勒斯在这里所说的内容,荷马在说到这个
奖项时显然是指对最初的裁决要做修改,要做出第二次裁决,只是这个第二次
裁决要以 ὡς ἐπιεικὲς (恰如其分)为尺度。因此,我认为,至少在荷马笔下,
δεύτερος 一词只能理解一个二次奖。

②　Cf. J. C. Kamerbeek, *The plays of Sophocles: commentaries*, Part 1: *the
Ajax*, E. J. Brill, 1963.

③　Cf. W. B. Stanford, "Light in darkness in Sophocles' *Ajax*", GRBS, (19)
1978, pp. 189—197.

作出的,而他的禁令又是由于埃阿斯违背了这一规则,因此,禁令就自然具有公正性(行 1250)。由此,还会发现,当对 ὅδε 一词作了这样的解读之后,阿伽门农借这个词的指谓还隐含地流露出另一个可能——他的禁令是可以违背的,只是共同体公正的规则不能违背,这便为他在奥德修斯出面时作出让步(行 1368—行 1373)留下了余地。

115.6 原文中的 οἱ πλατεῖς |... εὐρύνωτοι φῶτες (行 1250 以下)应当是指埃阿斯。这个短语或许是诗人创造出来的一个成语,其字面含义是(臂膀)宽大而腰背结实的(凡)人。在荷马的笔下,因此也在一般希腊人的观念里,埃阿斯 ἔξοχος Ἀργείων κεφαλήν τε καὶ εὐρέας ὤμους〔要比那些阿尔戈斯人高出一头,腰背是十分结实:荷马,《伊利亚特》,卷 III. 行 227〕。至于 ἀσφαλέστατοι 一词,可以有两种理解:其一是指在竞争中总能胜出;从这层含义中,ἀσφαλέστατοι 一词引申出另一层含义,即在朋友当中最为可靠,这种可靠又带有两层含义,其一是这种可靠的人自己不会轻易失败,其二是这种人不会使自己的朋友失败。这里,这个词则表示最为骁勇善战:ἀσφαλὴς γάρ ἐστ' ἀμείνων ἢ θρασὺς στρατηλάτης〔一个可靠的统帅要比鲁莽者强:欧里庇得斯,《菲洛克忒特斯》,行 599〕。

115.7 分词 φρονοῦντες (行 1252)在这里做动形容词,表示用心思的、有心思可以用的。而这个分词后面加上了副词 εὖ 之后,这个短语也就表示能把心思用得很充分。阿伽门农的这句话是完全针对上一句话而言的,因此,差不多可以说是取其最初、最基本的词义。① 但有一点需要注意,这个希腊字还带有另外一层含义,表示展示善意、忠诚:μαλακὰ μὲν φρονέων ἐσλοῖς, | τραχὺς δὲ παλιγκότοις ἔφεδρος〔对高贵者,应有谦和的忠诚;|对敌对者,

---

① Cf. M. Coray, *Wissen und Erkennen bei Sophokles*, Berlin, 1993, pp. 155—156.

则充满冷酷的敌意：品达，《涅湄凯歌》，IV. 行95〕。对于阿伽门农来说，忠诚的人才是一个真正会用心思的人应该有的品质。后世，这句话又被人们当作是一句格言传颂：15世纪拜占庭学者阿波斯陀利乌斯（Michael Apostolius）编纂的《格言集》(Σιναγωγή Παροιμιῶν)将这句话列为希腊最重要格言之一。但是，不知何故，阿波斯陀利乌斯在这句格言之后又加上一句 ὁ γὰρ φρονῶν εὖ πάντα συλλαβὼν ἔχει〔聪明智慧者，方方面面皆如此〕，并且在这一行之下特意标注了 Σοφοκλέους〔语出索福克勒斯〕。不过，据考，被加上去的这句话也可能出自生活在公元58年的一位主教牧师。对后来加上去的这句话，也有学者认为（斯托巴乌斯），应当出自公元前四世纪希腊悲剧诗人喀莱蒙(Χαιρήμων)，其依据是亚里士多德说，这个人说话的风格 ἀκριβὴς γὰρ ὥσπερ λογογράφος〔就像讲演辞那样直白：亚里士多德，《修辞学》，1413b14〕。

115.8 阿伽门农接着说，μέγας δὲ πλευρὰ βοῦς ὑπὸ σμικρᾶς ὅμως | μάστιγος ὀρθὸς εἰς ὁδὸν πορεύεται〔腰身宽厚的犍牛，也需要用小小的鞭子|抽打才能沿着那条路笔直地走下去：行1253—行1254〕。虽然这句话似乎和现在所说的响鼓还需重锤有些相近，但在语义上却是相反的。这个短句的意思是说，犍牛的壮硕并不能让它成为最优秀的牛，也必须拿与它相比要小得多的鞭子督促它，它才会尽心竭力。在这里，μέγας ... πλευρὰ〔大的腰身〕与 σμικρᾶς〔小的〕东西形成了语义上的对比，也让人们联想到埃阿斯所受的惩罚与他所犯下的罪孽相比显得微不足道。

阿伽门农在这一段话（行1250—行1254）中提出脑子好要比身强体壮更为重要，这个观点即便在当时也是被普遍接受的。但是，他为了贬低埃阿斯却提出，埃阿斯的伟大仅限于他的身材高大，仅限于他的膀大腰圆，而且以牛作比喻说明埃阿斯

也需调教,这在雅典人的普遍观念中却未必能够被接受。在《伊利亚特》中,荷马也曾提到过埃阿斯的身高与宽大的肩膀: τίς τὰϱ ὅδ' ἄλλος Ἀχαιὸς ἀνὴϱ ἠΰς τε μέγας τε | ἔξοχος Ἀϱγείων κεφαλήν τε καὶ εὐϱέας ὤμους〔谁是另外的那个阿开亚人,他的英勇,|他的头和那宽大的肩膀能在这个阿尔戈斯人之上;《伊利亚特》,卷 III. 行 226-行 227〕。但他只是强调埃阿斯是一个身强力壮的勇士,却并没有刻意突出他是一个聪明睿智之人。可在索福克勒斯笔下,雅典娜也不得不承认埃阿斯是一个有能力独立思考的人(行 118-行 120),从雅典娜的观点看,阿伽门农这里的说法显然是不对的。

115.9 柏拉图在《王制》中曾用到过一个词,即 κτῆμα〔本义作获得,多用在表示财富的获得〕:καὶ ὅλη ἡ ψυχὴ … σωφϱοσύνην τε καὶ δικαιοσύνην μετὰ φϱονήσεως κτωμένη〔完整的心灵……(应当)严谨,并且既要保证自己的明智,又要保持公正;柏拉图,《王制》,591b〕。而杰布根据这一情况认为, κατακτήσει 一词带有道理的意味,虽然在柏拉图笔下, κτῆμα 一词所表达的道德良知的意味并不是明喻。在索福克勒斯笔下, κατακτήσει 一词(从 κτῆμα 一词而来)即便是带有某种道德意味,也许不过是一种比柏拉图的隐喻更深的暗示而已(行 1255)。据此,这里从本义的角度出发将 νοῦν κατακτήσει 这个词组理解为常识,即最简单的、一般的见识。

115.10 原文中, φάϱμακον 一词的本义是鞭子,同义于 τὴν μάστιγα,在这里也被当作纠正方向的东西。在希腊,这个词曾被用来表示可以使其拥有魅力的某种东西。雅典娜给柏勒洛丰的那匹马佩迦索斯的是一双能够使其飞翔的羽翼,那匹战马也因此获得了它特有的魅力: ἄγε φίλτϱον ἵππειον δέκευ〔快来,把那魅力拿给那匹马;品达,《奥林匹亚凯歌》,XIII. 行 68〕。不过,品达又说,这匹飞马带着的笼头是这种魅力的体现,或者说是这匹马获

得魅力的良方：Βελλεροφόνταϛ φάρμακον πραΰ τείνων ἀμφὶ γένυι，|

ἵππον πτερόεντ᾽〔柏勒罗丰要将尽显魅力的笼头逃到那匹长着羽翼的马的

嘴上：品达，《奥林匹亚凯歌》，XIII. 行 85〕。这里将 φάρμακον 一词也

视作一个良方，亦即服从阿开亚人的法令是使透克洛斯做出正

确举动的最好的方法(行 1256)。

　　115. 11　原文中的 σκιᾶϛ 一词的本义是影子。在希腊人的

观念中，人死后，他的影子会时常出现：ἀντὶ φιλτάτηϛ |

μορφῆϛ σποδόν τε καὶ σκιὰν ἀνωφελῆ〔还有就是你那可爱形象的幻影：索

福克勒斯，《厄勒克特拉》，行 1158〕。但这种幽灵一样的幻影却是毫

无价值的。因此，这个词甚至会被用来表示无用的东西：

τἄλλ᾽ ἐγὼ καπνοῦ σκιᾶϛ | οὐκ ἂν πριαίμην〔哪怕让我用云雾遮挡出的阴

凉去交换，我都不干：索福克勒斯，《安提戈涅》，行 1170〕。不过，在这

里，这个幻影并不单纯：阿伽门农在这里说到那个幻影显然是指

埃阿斯(行 1257)，这样一来，透克洛斯也就成为埃阿斯的替身。

　　115. 12　值得注意的是，阿伽门农说到了 ὑβρίζειϛ〔如此猖狂〕，

这表明，他把透克洛斯等同于埃阿斯了(行 1258)。方才，墨涅拉

厄斯曾用猖狂咒骂死去的埃阿斯(行 1061，行 1081，行 1088)。这样

一来，观众或许就会觉得，阿伽门农在这里对透克洛斯的斥责已

经不再是清醒的判断了，人们会把阿伽门农所斥责的这些品质

看作是阿伽门农自己的龌龊。原文中的 κἀξελευθεροστομεῖϛ 一词

是动词 ἐξελευθεροστομέω 的现在时形式与一个并列连词 καί 缩音

连缀形成，而动词 ἐξελευθεροστομέω 又是动词 ἐλευθερόω 的语气强

调形式①。后者自然出自动词 λύω〔释放、解放、给予自由〕，因此，

ἐλευθερόω 一词也就带有得到释放的人(亦即自由民)的意味。通常

---

① E. Tsitsoni, *Untersuchungen EK-Verbal-Komposita bei Sophokles*, Kallmünz, 1963, p. 30, p. 35.

情形下，古希腊人在说到自由民的时候，多会涉及到财产处理问题：ἐλευϑεριότητος δὲ τὸ περὶ τὰς κτήσεις〔像自由民那样处理财产：亚里士多德，《政治学》，1263b10〕。不过，阿伽门农显然想要奚落透克洛斯，因为他一上场便声言透克洛斯只是一个女奴隶的儿子，不管这时后者是否已被改变成自由民，但原本的身世已经决定，他根本没有资格对阿开亚将领发表意见，更不可能有权利违背阿开亚将领确立的规矩。从这一层含义上来理解，此处所说 κἀξελευϑεροστομεῖς 肯定是与行 1228（τὸν ἐκ τῆς αἰχμαλωτίδος）以及行 1235（ταῦτ' οὐκ ἀκούειν μεγάλα πρὸς δούλων κακά）所强调的透克洛斯的身世相互呼应。据此，将这个短语理解为竟然……像个自由民一样。事实上，当雅典人经历了民主制之后，他们会认为，能够自由地发表意见，这应该是一种美德，而不是一种罪：σαφῆ δ' ἀκούεις ἐξ ἐλευϑεροστόμου | γλώσσης〔你能听到，自由说出来的话都是明白无误的：埃斯库罗斯，《求祈者》，行 948〕。然而，在阿伽门农心目中，透克洛斯只是一个奴隶，所以，他自由发表意见也就不是美德，而是一种僭越，是一种罪。

　　115.13 原文中的 οὐ σωφρονήσεις〔你怎么这样没有分寸〕是一个反问句，意思是要透克洛斯知道自己的社会地位，要他明白在和那些比他身份尊贵的人打交道时应该收敛、有所节制（行1259）。这句话是针对上一句中的 ὑβρίζεις〔如此猖狂〕而言的，这也是 σωφρονή 和 ὕβρις 相对应最明显的一处。而接下来的 μαϑὼν ὃς εἶ φύσιν，其字面意思是你要明白你是何出身，而 ὅς 一词则是代词 ὅστις〔这个〕的另一种形式，表示人的身份，即出自（φύσιν）何种身份。同时，也注意到，以 ὅς 代替来 ὅστις，在表示身份之外表示又有一层表示品格的意味。

　　115.14 原文中的 ἄλλον τιν'... ἐλεύϑερον（行 1260）这一句法结构中的 ἐλεύϑερον 一词是 ἄλλον τιν'〔其他人〕的述词，对那个其

他人加以描述，杰布为这一句法结构找到两处佐证：ἅμα τῇ γε καὶ ἀμφίπολοι κίον ἄλλαι〔那几个女人以及他的其他一些随从：荷马，《奥德赛》，卷 VI. 行 84〕，以及 τῶν πολιτῶν καὶ τῶν ἄλλων ξένων〔这个城邦的市民以及其他一些外来者：柏拉图，《高尔吉亚》，473c〕；不过，我依然将这个 ἐλεύθερον 单独抽取出来，作为独立的子句表述。这里依然是为了强调 ἐλεύθερον 一词的自由民含义。

115.15　如果将短语 ἀντὶ σοῦ λέξει τὰ σά（行 1261）放在诉讼辩护词中，当然可表示为你作辩护，其字面意思也的确是指为你就你的案件（事情）说话。但是，这里显然并不是在做一场诉讼，阿伽门农是在宣示他的一项命令，所以，不将这个短语理解为辩护，而将其理解为替你把你的事情……说一说。这样，这个短语或许也就更能体现阿伽门农对透克洛斯的不屑。值得注意的一点是，雅典执政伯里克利在他的法典中对 locus standi〔出庭陈述权〕作出规定：如果一个人不是父母均为雅典人，或者此人是一个奴隶，则他在遇有讼案时就必须找一个雅典的自由民替他出庭陈述案情，可以是起诉，也可以是应诉（参见普鲁塔克，《评传·伯里克利》，37）。奴隶是无权自己出庭的，因此，当阿伽门农借用这样一个短语告诉透克洛斯，即便从出庭陈述权来说，他都没有权利这样和他说话时，阿伽门农实际上是要再次提醒透克洛斯明白自己的身世。这也是对透克洛斯进一步的奚落。

115.16　在古希腊人那里，不说希腊语的部落都是 βάρβαρον〔蛮族〕：τὸ δὲ Ἑλληνικὸν γλώσσῃ … αἰεί κοτε τῇ αὐτῇ διαχρᾶται … τὸ Πελασγικὸν ἔθνος, ἐὸν βάρβαρον〔希腊部族……一直都在说同一种语言……而佩拉斯吉亚部族则是（说另外一种语言的）异族：希罗多德，《历史》，I. 58〕。在希波战争期间，βάρβαρον 一词又被用来专指波斯人。在这里，透克洛斯的生母赫西厄涅是特洛伊战俘。因此，阿伽门农除了强调赫西厄涅的女战俘的奴隶身份外，还有一层含义就是指明透克洛斯的语言太过粗俗,以至于无法和真正纯正的希腊语言的典雅相媲,这也是透克洛斯没有资格与他相争的理由(行 1263)。此处的 μανϑάνω 一词的本义是了解、学会,因此可以被用来表示在争论中某一方已接受了另一方的观点。①

116. (行 1264—行 1271)

歌队队长 你们两个最好尽量克制一下自己——[1265]我能劝告你们的也就是这句话了。

透克洛斯 (对死去的埃阿斯说)呃呀,为死者祈福这么快就从人们的心里流失,人们这么快就抛弃了你,那人啊,现在却不肯再为你说一句话,也全然没有想起你埃阿斯;你为了他这样[1270]千辛万苦,把命都搭在那把剑上了。而你做的那一切全都白费了,都被扔到了一边。

116.1 阿伽门农说完之后,透克洛斯还没有说话,歌队队长就插进来了。歌队队长接过阿伽门农的话,似乎是在争论的双方斡旋、调和(行 1264—行 1265)。但事实上,歌队队长这样说,应该是对透克洛斯的一种关心。φράσαι 一词的本义虽然是指表明、指出:ἑλοῦ γάρ, ἤ πόνωντὰ λοιπά σοι | φράσω σαφηνῶς, ἤ τὸν ἐκλύσοντ᾽ ἐμέ 〔你来挑选一下,是让我说一说为你准备好的痛苦,还是让我告诉你谁会来解救你:埃斯库罗斯,《被缚的普罗米修斯》,行 780—行 781〕。但是,这个本义当中带有忠告的意味,在有些情况下甚至带有教导的意味:

---

① M. Coray, *Wissen und Erkennen bei Sophokles*, Berlin, 1993, pp. 315—316. 译文中这个词转译作弄清楚那些话是什么意思。

ᾧ προσετέτακτο　ὠνεῖσϑαι καὶ　ἀναλίσκειν εἴ τι φράζοι　ὁ διδάσκαλος
ἢ ἄλλος τις τούτων〔其任务就是去买下或者消耗掉那个诗人或另外三人
中任意一位所教给他的东西：安提封尼，《演说集》，Ⅵ.13〕。当歌队队
长在这里说这样的话的时候，或许可以猜测，诗人是想让他表现
出一种对受难者的关心。不过，这种关心只是一种赐予，而且，
也很难判断这种关心是不是出自真心的。值得注意的是，杰布
还提醒，此处的 φράσαι 一词和与它相关的拉丁词 *phrasis* 并无
十分紧密的对应关系：这个词可能与另一个拉丁词 *monstrare*
关系更为紧密。如果是这样，那么，就不能不看到，*monstrare* 一
词当中所包含的某种传授神意的意味：*res gestae ... Quo scribi
possent numero, monstravit Homerus*〔可以写到何种程度，是荷马
传授(此处应理解为借助诗的手段将其中的——即所描述的事迹中所蕴
含的——神意传递)给我们的：贺拉斯，《论诗艺》，73〕。至于歌队队长
的这句话是否带有神意，那就只能凭猜测来推测了。

116.2 接着是透克洛斯对歌队队长的回答。短语
ὡς ταχεῖά τις 照字面意思可以理解为以一种迅速的方式，亦即异
常迅速地。这种迅速除了表示物件的移动很快之外，也表示某个
想法或感情发生变化的迅速：ὅταν ταχύς τις οὑπιβουλεύων λάϑρᾳ |
χωρῇ〔如果那个卑劣的阴谋者很快形成了(自己的)想法：索福克勒斯，
《俄狄浦斯王》，行618〕。因此，当透克洛斯惊呼 χάρις τοῦ ϑανόντος
〔人们为死者所作的祈福〕——这其实是一种感情——竟然这样迅
速地消失时，他所说的实际上是人们感情上的一种快速的变化
(行1266)。即便仅从词义上来理解，χάρις τοῦ ϑανόντος 也应当是
常驻在活着的人心里的一种感情，如果这种感情被抛弃了，那就
意味着活着的人已经背叛了死者，此实为大逆不道之事。

116.3 照字面意思，短语 σμικρῶν λόγων 是指简单的话，表示
说得很少的话。而在这里，这个短语写成 οὐδ᾽ ἐπὶ σμικρῶν λόγων，

其含义是哪怕(最)简单的话都没有使用(行1266)。透克洛斯似乎迁怒于歌队队长,认为埃阿斯将被阿开亚人羞辱,不能下葬时,歌队队长竟然会劝说他放弃努力。杰布在分析文本时提出,ἐπί〔本义作在……之上〕一词在这里应该接生格名词 σμικρῶν λόγων〔小的(即简单的)话语〕。为了证明这一用法,他列举了两个例证:ἐπὶ μεγάλης σπουδῆς〔凭着如此强烈的渴望:柏拉图,《会饮》,192c〕以及 οὔτ᾽ ἐπ᾽〔不说一句实话:德墨斯提尼,《演说集》,XIIIV. 17〕。但是,这两个例证却都无法证明这里提到的 ἐπὶ σμικρῶν λόγων 到底是指为埃阿斯说几句话,还是指赞美埃阿斯几句话。为他说几句话是要说服阿伽门农允许他们为埃阿斯下葬,而赞美的语言则是在葬礼上陈述一个人一生的功绩。杰布也不能判断短语 ἐπὶ σμικρῶν λόγων 到底是指哪一层含义。

116.4 透克洛斯的意思是说,埃阿斯曾为了替阿开亚人墨涅拉厄斯做主,参加了对特洛伊的远征,并且付出了艰辛的努力,最后还将自己的性命搭上去了(行1269以下)。令人感到有些奇怪的是,为什么透克洛斯要把埃阿斯的自戕算在这场战争身上,毕竟埃阿斯并非死在与敌军作战的战场上,也或许透克洛斯是在刻意回避埃阿斯死于自戕。此处原文中的 προτείνων 一词,其本义是从前向后延伸,色诺芬曾用这个词表示为马套上口衔:ἁρπάζοι τὸν χαλινὸν αὐτόματος προτεινόμενον〔把它(指马)戴着的口衔向后拉便会成为它也愿意的事情了:色诺芬,《驭马术》,VI. 11〕。一般古典语文学家(Liddell & Scott, Jones)认为,索福克勒斯这里所说的 προτείνων ... ψυχὴν 表示危及生命。而从此处的文本看,这里更倾向于杰布的观点:προτείνων ... ψυχὴν δόρει 这个短语表示用那把长剑将性命拉走(即夺走)。

透克洛斯的这些话似乎和苔柯梅萨曾经说过的话很相像。当初,苔柯梅萨说的是埃阿斯对他的妻子全无怜悯之心(行520—

行 524）；现在，透克洛斯则说，埃阿斯也没能因为他的英勇得到应有的尊重与感激。① 埃阿斯与阿伽门农二人都拒绝承担他们理应承担的义务，亦即没有对自己应当感激的人表现出应有的尊重。但是，同时又发现，埃阿斯这样做是为了维护自己的荣誉，而阿伽门农这样做却只能证明他是一个缺少气量而又报复心极重的人。

116.5 这里将 ἐρριμμένα 一词（行 1271）直译作扔，而这个词的本义也仅表示将某个东西扔掉或扔出去：πρῶτον μὲν αὐτοῦ χερμάδας κραταιβόλους | ἔρριπτον〔将大石朝他猛扔过去：欧里庇得斯，《酒神的伴侣》，行 1097〕。但或如杰布所说，ἐρριμμένα 一词在这里还带有不屑一顾的意味，亦即在获得胜利之后，那些阿开亚人轻蔑地对待埃阿斯的出征以及战场上的努力；他又以埃斯库罗斯作证：Κύπρις δ' ἄτιμος τῷδ' ἀπέρριπται λόγῳ〔库布里斯被扔到一边，任凭这样的言语将她羞辱：埃斯库罗斯，《复仇之神》，行 215〕。如果杰布的说法成立，那么，透克洛斯虽然只是说了一句很简单的话，却依然在话语中充满对阿开亚人的怨怼。

117.（行 1272—行 1281）

透克洛斯　（转身对阿伽门农说道）你这个狂言蠢话说了一大堆的人啊，难道你一点儿都不记得了吗？你曾经长时间困守在自己的营寨中，一筹莫展，[1275]局势十分不利，持剑赶来搭救你的只有埃阿斯。大火从船尾尾舷台的两侧燃烧，一直烧到尾舷台上，而赫克托耳

---

① Cf. R. P. Winnington-Ingram, *Sophocles: an interpretation*, Cambridge, 1980, p. 30.

则一跃跨过壕沟,直接朝着船队冲过去,这时,又是什么人将他阻击回去?〔1280〕不正是他吗?你且说说看,这个人是不是再没有去过你的脚未曾落地的地方?

117.1 透克洛斯回答了歌队队长之后,便转身对阿伽门农粗言相向。他先把阿伽门农称作是一个 *πολλὰ λέξας ἄρτι κἀνόητ᾽ ἔπη*〔狂言蠢话说了一大堆的人:行1272〕,接着又说他的脑子也不大好使。这里所说 *οὐ μνημονεύεις … οὐδέν, ἡνίκα* (行1273),照杰布的分析,应该是一个习惯用法,表示不记得曾经发生的某件事情。杰布以修昔底德为例说明类似习惯用法的存在:*μεμνημένοι καὶ Πλειστοάνακτα … ὅτε ἐσβαλὼν τῆς Ἀττικῆς … ἀνεχώρησε πάλιν*〔人们记得,普雷斯托亚纳克斯先是进军阿提喀,而后却撤退了:修昔底德,《伯罗奔半岛战争志》,II. 21. 1〕。[1]

117.2 这里所说的 *ἑρκέων* (行1274)是指希腊大军在特洛伊筑起的一道工事,即建在希腊海海岸上的一道木栅,用于保护其舰船免遭特洛伊人偷袭。据荷马的记载,当阿开亚人的船队抵达特洛伊海滩时,遭遇了特洛伊人的进攻,于是,*τεῖχος ὕπερθεν | εὐρύ, τὸ ποιήσαντο νεῶν ὕπερ, ἀμφὶ δὲ τάφρον | ἤλασαν*〔为了保护自己的船队,他们建起一座营寨,并在营寨前面又挖了一道壕沟:荷马,《伊利亚特》,卷XII. 行4〕。这时,虽然特洛伊城还没有被围,但阿开亚人也确实不知道该如何出击特洛伊人。另外,我们也注意到,在透克洛斯这里,这一道 *ἑρκέων*〔营寨木栅〕似乎成了希腊大军面对特洛伊人进攻时的避难所,甚至让阿开亚人显得有些怯懦——这或许是透克洛斯无意间流露出的对阿开亚人的轻蔑。而此处的 *ἤδη τὸ μηδὲν ὄντας* (行1275),字面含义为竟是乌有,表示这些阿开

---

[1]　杰布此处的引文系从原文中截取,故译文也只适于此处语境。

亚人面对特洛伊人的进攻时无所作为；在另外的地方，诗人也曾近似地使用这样一个短语，表示一个人无能为力：κἂν τὸ μηδὲν ὦ | κἂν μηδὲν ἕρπω, τήν γε δράσασαν τάδε | χειρώσομαι κἀκ τῶνδε〔虽然我什么都不是，|虽然我连一步都走不动，|可做出这种事情的女人还是觉得我动得了手：索福克勒斯，《特拉喀斯女孩》，行 1107－行 1109〕。据此，我将此处的 ἤδη τὸ μηδὲν ὄντας 一句理解为一筹莫展。

117.3　照字面意思来理解，短语 τροπῇ δορός 可直译作掉转长枪的方向，即持剑返回，在这里则表示奔回大营来解救阿伽门农（行 1275）。诗人在其他地方也曾使用过类似的短语：ἤδε (sc. ἀναρχία) συμμάχου δορός | τροπὰς καταρρήγνυσι〔这（指有令不行，群龙无首的情况）甚至会使|前面的与我们结盟的部队将枪掉转过来：索福克勒斯，《特拉喀斯女孩》，行 1107－行 1109〕。不过，在《特拉喀斯女孩》中，这个短语指的是一种背叛，而在这里则应当仅仅表示一种献身，并不带有反叛的意味。透克洛斯的这句话显然是在反驳阿伽门农刚刚说的话（行 1231）——危难之时，与埃阿斯相比，阿伽门农和墨涅拉厄斯才是真正的 ὅτ᾽ οὐδὲν〔完全没用的人〕。

117.4　在 ἀμφὶ μὲν νεῶν | ἄκροισιν ἤδη ναυτικοῖς ἐδωλίοις（行 1276－行 1277）一句中，ἐδωλίοις 在公元前五世纪的希腊是指船尾后甲板的尾舱台，即比船舷甲板较稍高出一些的部分，而非泛指整个后甲板。按照欧里庇得斯的说法，这个尾舱台与船舷之间尚有一小段距离，在这个较低的甲板上则设置了划船手的座位：Ἑλένη καθέζετ᾽ ἐν μέσοις ἐδωλίοις〔海伦步态优雅地登上那个尾舱台：欧里庇得斯，《海伦》，行 1571〕。杰布为此还找到一个更为可靠的史家证据：希罗多德曾写道，当阿利翁意识到自己必死无疑时，便向那些科林斯叛逆者提出请求，希望他们能够让自己 στάντα ἐν τοῖσι ἐδωλίοισι ἀεῖσαι〔站在尾舱台上高歌一曲：希罗多德，《历史》，I. 24. 4〕，那艘船上的船长同意了阿利翁的请求，并且说

ἀναχωρῆσαι ἐκ τῆς πρύμνης ἐς μέσην νέα 〔他们也想听一听这个唱歌美妙的人的歌声:希罗多德,同上,I. 24. 5〕,于是便将阿利翁独自一人留在了 *ἐδώλια* 上。按照荷马的记载,特洛伊人进攻希腊战船时,点燃的是将普洛特希拉厄斯的船的 *πρύμνην* 〔尾舷〕《伊利亚特》,卷 XVI. 行 124),而在说到赫克托耳可能对阿开亚船只发动的进攻时则说他 *στεῦται γὰρ νηῶν ἀποκόψειν ἄκρα κόρυμβα* 〔将船尾制高点斩断:《伊利亚特》,卷 IX. 行 241〕。这里所说的 *ἄκρα κόρυμβα* 〔船尾制高点〕应当是指船尾的 *ἄφλαστα* 〔舰旗〕,而不是这里所见到的这个 *ἐδωλίοις* 〔高点〕。据此,或许可以推测,索福克勒斯在写到此处时想到的是前一个关于攻打普洛特希拉厄斯战船的情节。但是,杰布认为,由于这里有 *ἄκροισιν* 〔最高一点〕这样一个词,所以,我们便可能有另外两种猜测:或者是说赫克托耳将希腊船舰上的舰旗斩断了,也或者是指后舷的火光冲天,冲到了这艘船的最高点。这里倾向于后一种猜测,因为这一猜测可能更能使这段念白具有视觉效果。

117.5 索福克勒斯笔下的透克洛斯所描述的这番情节(行 1277—行 1278),与荷马笔下的记载显然有所不同。在荷马那里,埃阿斯是在特洛伊人翻越了营寨栅栏(也或许是土墙)之后对其发起反击,并且使赫克托耳受到他的那个致命伤,而这些都是发生在特洛伊人火烧希腊战船之前。在荷马的《伊利亚特》里,希腊部队最危险的时候是特洛伊人火烧普洛特希拉厄斯战船的时候,也是在这个时候,埃阿斯回到了希腊大营。同时,在《伊利亚特》里,赫克托耳一跃跨过营寨壕沟的情节也不曾出现。按照杰布的分析,索福克勒斯的这些描写与荷马的记载并不相同,可能有两方面的原因:其一,索福克勒斯参照的可能是另一部史诗或抒情诗;其二,诗人照样是在依据荷马《伊利亚特》的记载来写作,只是并未全盘接受荷马的说法,对相关的细节有所增补。

117.6　透克洛斯这段话(行 1273－行 1280)对埃阿斯在特洛伊之战时的表现描述得十分细致,但就一个个细节而言,又与《伊利亚特》的描述不尽相同。相对来说,唯一接近的就是《伊利亚特》卷十五当中对一场海战的描写。不过,也没有任何证据证明,我们的诗人在这里采用了另外的传说版本。事实上,索福克勒斯很可能是将荷马的版本加以综合改写而成的。因为,一方面,《伊利亚特》当中确有两处与这里的描述相关:写到埃阿斯时,《伊利亚特》有 *Τρῶας ἄμυνε νεῶν, ὅστις φέροι ἀκάματον πῦρ* 〔特洛伊人意欲将他的战船点燃烧毁:卷 XV. 行 731〕;另外一方面,在写到赫克托耳率领特洛伊众将士穿过希腊营寨栅栏,冲向希腊船队时,《伊利亚特》里又有 *ἦ ῥ' ὅ γ' ὁ λυσσώδης φλογὶ εἴκελος ἡγεμονεύει* 〔你这个疯子啊,就像燃烧的火焰一样率队向前冲:卷 XIII. 行 53〕这样的描述。除了杰布所提醒注意的这两个相关证据外,后一种说法或许也为索福克勒斯的创造性发挥提供了可能。

118. (行 1282－行 1289)

透克洛斯　　以你的观点来看,该做的他是不是都做到了呢? 后来,他不是又独自与赫克托耳有过一次较量吗? 那次是通过抽签决定的,而不是因为什么人给他[1285]下了命令;他并没有设计逃灾避难,并没去弄一团烂泥来糊弄,而是让他的那只骰子最先从镶着翎毛的头盔中掉出来。没错,这些事情确实就是他做的,而我,这个奴隶,这个蛮族女人的儿子,我就在他身边。

118.1　此处的 *ταῦτ' ἔδρασεν* (行 1282)照字面意思,可理解为

做完那些事情。在这里，ἔδρασεν 一词是 δράω〔做〕的不定过去时形式，表示埃阿斯在过去一段时间以来一直在履行自己的职责。所以，杰布径直将这个词转译作履行职责。而这里更倾向于采用原文中的这种模糊的说法，只是把 ταῦτ' 一词解释成该做的事情，把 ἔδρασεν 一词解释的空间留给读者。

118.2 在这里，αὖθις 一词应当取其本义，因为它指的是前面叙述的事情过后发生的情况：ἀλλ' ἤτοι μὲν ταῦτα μεταφρασόμεσθα καὶ αὖτις〔而这些东西，我们将来会考虑的：荷马，《伊利亚特》，卷 I. 140〕。这个词表示透克洛斯刚刚叙述的特洛伊人进攻希腊船队的事情发生之后出现的情况，亦即在特洛伊人突袭希腊船队之后，埃阿斯与赫克托耳进行的那场生死较量。而与赫克托耳的较量，按照透克洛斯的说法，是 αὐτὸς ... μόνος μόνου，亦即完全是由埃阿斯一个人独力承担的。原本 αὐτὸς〔他〕一词的单数形式就已经表达了埃阿斯是一个人与赫克托耳较量的，而透克洛斯接着又说了 μόνος μόνου，更加大了独自作战的意味（行 1283）。接下来，透克洛斯说，埃阿斯之所以去和赫克托耳较量，是 λαχών τε κἀκέλευστος〔通过抽签决定的，不是什么人下令去做的〕。有一个很有意思的、值得注意的地方：埃阿斯去迎战赫克托耳，并不是出自他自己的意愿，只是因为他抽到了那一签。但一般情形下，参加抽签的人都是自愿的，而 λαχών〔抽签决定〕一词本身却带有 ἑκών〔自愿〕的意味。赫克托耳与埃阿斯的这场较量在《伊利亚特》当中也有十分详细的描述（卷 VII. 行 38—行 312）。根据荷马的描述，赫克托耳挑战的是希腊大军的九个统帅，而希腊大军经过抽签，决定由埃阿斯迎战赫克托耳。那天，赫克托耳与埃阿斯从清晨一直鏖战到黄昏，最后，传令官将他们分开，而他们在分手前便互换了馈赠。荷马的描述与索福克勒斯的描述显然有很大的出入。

118.3 希腊人需要以掷骰子来决定某一件事情时,便会以石子或陶片来做 κλῆρος〔骰子〕,每个参加掷骰子的人都会在骰子上刻上自己的一个记号;然后,每个参加掷骰子的人将各自的骰子放进一个头盔中,用力地摇动头盔;于是,有一只骰子最先从头盔中掉出来,这只骰子的主人便是抽中者。之后掉出来或者没有掉出来的骰子,希腊人称作是 δραπέτης ——字面意思是逃灾避难(签),这里与接着说到的 ὑγρᾶς ἀρούρας βῶλον〔字面意思作湿的泥块〕相联系,将其理解为设计逃灾避难。按照透克洛斯的说法,埃阿斯的骰子便是第一个从头盔中掉出来的(行 1287)。索福克勒斯笔下的透克洛斯叙述了埃阿斯当时参加掷骰子的过程。一般认为,这一段所描述的情节可能出自一个希腊传说。这个传说可见于后世阿波罗多洛斯的关于克雷斯封忒斯(Κρεσφόντης)的记载:当朵利亚人征服了伯罗奔半岛之后,克雷斯封忒斯、忒梅努斯与一个不知姓名的阿里斯托得墨斯之子三人决定以掷骰子的方式来瓜分这片土地,并且事先定好第一个掉出的骰子的主人将得到阿尔戈斯,第二个得到的是拉克戴蒙,第三个得到的是墨桑尼亚。 Κρεσφόντης δὲ βουλόμενος Μεσσήνην λαχεῖν γῆς ἐνέβαλε βῶλον〔克雷斯封忒斯想要得到墨桑尼亚,于是便用了一块湿泥块来做自己的骰子:阿波罗多洛斯,《希腊神话》,II. viii. 4〕。他将这个湿泥块放到掷骰子的那只水罐中,湿泥块便半粘到水罐的内壁上,不会像另外两个骰子一样,只能最后掉出来,于是他便得到了墨桑尼亚。也有注疏家认为,引用阿波罗多洛斯的这一记载在年代上有问题,因为阿波罗多洛斯毕竟是晚至公元前二世纪的人,迟了索福克勒斯数百年。不过,也不能排除他所记载的传说出现得更早。

118.4 透克洛斯语带讥讽地接受了阿伽门农的说法,也把自己称作是 τῆς βαρβάρου μητρός〔蛮族女人的儿子:行 1289〕。这里,有一处可疑的地方:透克洛斯刚刚说完 ταῦτα〔那些事情〕都是埃阿斯做的,而所谓的 ταῦτα 就是指埃阿斯与赫克托耳的较量。在埃阿斯与赫克托耳的较量中,透克洛斯肯定不曾参加,但是,为什么他又说 σὺν δ᾽ ἐγὼ παρών〔字面意思是我也一道做了〕呢?杰布依照荷马(《伊利亚特》,卷 XV. 行 436 以下)认为,透克洛斯的说法只是指他和埃阿斯在 τειχομαχία〔围困特洛伊城的战斗〕中是在一起的。

119. (行 1290—行 1305)

透克洛斯　[1290]倒霉的家伙,你怎么能假装不明真相,这样大喊大叫呢?你难道没有想到过你父亲的父亲,早年间的那个珀罗普斯曾经是一个弗吕吉亚人,一个劣等的人吗?还有,你的父亲阿特柔斯不是还曾设下那样绝顶丑恶的餐宴,把他兄弟的儿子当作是一餐美食供那个兄弟享用吗?[1295]至于你自己,你也是一个克里特母亲生下的。而她的亲生父亲不就是因为发现了她的那个情人,才决定命人让她做那些不会透露消息的鱼的诱饵吗?你这种人又凭什么来指责我的出身呢?从一个方面说,我是我父亲忒拉蒙的儿子,[1300]而他因为作战表现特别出色得到奖励,而得到了我的母亲,和她结了婚。至于她,她也血统高贵,是拉俄墨冬的女儿;而且又是挑选出来,由阿尔喀墨涅的儿子作为战利品奖给忒拉蒙的。这样高贵的血统,出自这样两个高贵的双亲,[1305]又怎么会给我自己的血肉带来羞辱呢?

119.1 这里将 δύστηνε 一词解释作倒霉的家伙(行1290),意指在透克洛斯看来,阿伽门农是给埃阿斯(以及埃阿斯的亲人与随从)带来羞辱的人。前面(行1230),曾将这个词理解为命运多舛。短语 καὶ θροεῖς 当然可以表示大吼大叫。不过,其中的 καὶ 一词最好不被单纯地当作是连词。这个小品词还带有对后面的一词加以强调的作用。因此,在这个地方,这句话也就应当理解为竟然还在这里大喊大叫。这个小品词的使用还表明,透克洛斯认为,说他是蛮族女人之子,这只是阿伽门农对他的一种诬蔑,是他指控透克洛斯的一个借口或托辞。① 至于说阿伽门农假装不明真相,是指阿伽门农在说那些话时对他自己的身世假装不知道。因此,在透克洛斯看来,这种情况下的阿伽门农也就丧失了羞耻心。②

119.2 在这里,短语 ἀρχαῖον ... Πέλοπα 可以被看作是整个句子断句识读的依据(行1292)。事实上,这句话,单从句法结构上看,确实可以有另外一种断句方式,即杰布所指出的以形容词 ἀρχαῖον 作为名词 βάρβαρον 的述语,但这样理解的句法结构却在语义上可能有问题。若形成短语,则这个短语便表示开始时(即生来、天生)就是 βάρβαρον,这显然不合珀罗普斯的实际情况。若将 ἀρχαῖον 一词看作是 Πέλοπα 的述语,这句话或许就会显得含义比较清晰了,亦即表示珀罗普斯在开始的时候曾经如何。值得注意的是,这里说珀罗普斯是弗吕吉亚人,似乎有些含义模糊:珀罗普斯的父亲坦塔鲁斯传说中的领地在希布鲁斯山,这座山位于马埃厄尼亚,亦即后来被称作是吕底亚的地方。而弗吕吉亚一词所表达的含义则年代更为久远一些,含义也更宽泛一

① J. D. Denniston, *Greek particles*, Oxford, 1954, p. 315.
② D. L. Cairns, *AIDOS: the psychology and ethics of honour and shame in ancient Greek literature*, Oxford, 1993, p. 158.

些——早期包含吕底亚。不过,对此,似乎也不必深究,在这里,透克洛斯说阿伽门农出身弗吕吉亚,语中暗含了某种轻蔑的意味,而 βάρβαρον 一词在这里也不必解作一般意义的野蛮人或蛮族,透克洛斯只是想说,阿伽门农你自己也出身低等,出生于劣等人。

119.3 从句法上看,形容词 δυσσεβέστατον〔本义作最亵渎神明的,这里译作绝顶丑恶的〕一词又可以是 Ἀτρέα〔阿特柔斯〕的述语,也可以作 σε〔你〕的补语,还可以表示 δεῖπνον〔餐宴〕的性质(行1293)。但从语义的角度来看,这里所说的并不是阿伽门农自己所做的事情,而是阿特柔斯曾做过的事情,而阿特柔斯所做的最为丑陋的事情就是他为自己孪生兄弟设的那次餐宴。因此,还是应该将 δυσσεβέστατον 看作是 δεῖπνον 的述语。阿特柔斯和他的孪生兄弟提厄斯忒斯同时爱上了美貌的阿厄洛庇。后来,阿厄洛庇被阿特柔斯娶得,于是兄弟二人便结下龃龉。阿特柔斯为了报复自己的孪生兄弟,将他的两个儿子杀死,然后将其肢解,烹入菜肴中,又将提厄斯忒斯邀来餐宴。提厄斯忒斯不知就里,将自己儿子的尸身食下。之后,阿特柔斯又将真相告诉了提厄斯忒斯。当然,在其他文献中也见到过这样的情况:Ἀτρεὺς προθύμως μᾶλλον ἢ φίλως πατρὶ | τῷμῷ, κρεουργὸν ἦμαρ εὐθύμως ἄγειν | δοκῶν, παρέσχε δαῖτα παιδείων κρεῶν〔最为邪恶的阿特柔斯对我的父亲甚是|热情,似乎想要圣宴招待我的父亲|给他肉吃,吃的却是他儿子的肉:埃斯库罗斯,《阿伽门农》,行 1591—行 1593〕,亦即 προθύμως〔这里译作最为邪恶〕一词将直接用来作 Ἀτρεύς 一词的述语;但在那里,语境的情形毕竟与此处的语境不同。

119.4 阿伽门农的生母阿厄洛庇是克里特王 Κατρεύς〔卡特若斯〕的女儿,是希腊英雄 Μίνως〔米诺斯〕的后代。按照此处索福克勒斯的说法,有一次,卡特若斯发现自己的女儿与一个情人在一起,一怒之下便将她送到欧巴厄王 *Ναύπλιος* 〔瑙普利厄斯〕那里,命后者将其溺死水塘中。不过,瑙普利乌斯却将她救下来,而后,她与阿特柔斯结婚了。有钞本在行 1297 的随文诂证称这个传说或许在已佚欧里庇得斯悲剧《特洛伊女人》(*Κρῆσσαι*)中也有记载。所不同的是,按照后者所记,阿厄洛庇并未嫁给阿特柔斯,而是嫁给了某一位 *Κλεισθένης* 〔克莱斯忒尼〕。这或许也从另一侧面反映出,希腊作家对神话传说的不同理解以及对同一题材的不同的处理手法。

119.5　原文中,形容词 *ἐπακτὸν* 一词(行 1296)出自动词 *ἐπάγω* 〔本义作引领,怂恿〕,其本义是从海外带回来的;意近进口的。不过,在有些古典文本中,*ἐπακτός* 一词又回归其词源最初的含义,表示被勾引的。这样一来,文中的短语 *ἐπακτὸν ἄνδρα* 也就带有勾引的意味了。因此,*ἐπακτὸν ἄνδρα* 所指的也就是合法丈夫相对应的情人。至于短语 *ὁ φιτύσας πατήρ* 〔亲生父亲〕,从语境上看,只能认为是指阿厄洛庇的父亲卡特若斯。对此,曾有争议:有欧里庇得斯《俄瑞斯忒斯》一剧钞本的随文诂证(所诂文字见该剧行 812)曾记载,索福克勒斯曾在另外一个地方。据杰布猜测,可能是一部叫做《迈锡尼的阿特柔斯》(*Ἀτρεὺς ἢ Μυκηναῖαι*)的已佚悲剧——描述过阿特柔斯对自己妻子的惩罚,因为他的妻子犯下了双重罪孽,与提厄斯忒斯私通和偷盗金灯。有校勘者认可了这一说法,将 *πατήρ* 〔父亲〕一词勘正作 ς' *ἀνήρ* 〔你的那个人〕或 ς' *Ἀτρεὺς* 〔你的阿特柔斯:赫尔曼勘正〕。杰布甚至提出一个更简单的勘正意见,将 *πατήρ* 〔父亲〕一词勘正作 ὅ ς' *ἐκφύσας πατήρ* 〔生下你的那个父亲〕一词。但杰布十分敏锐地觉察到,我们的诗人在这里应当是参照了另外的传说版本,因为由卡特洛斯来发现阿厄洛庇的出轨更能满足此处剧情的要求,这表明阿伽门农的母亲也是一个在他出生之前就曾犯下罪孽的女子,而在这里陈述她背叛阿特柔斯而将被阿特柔斯溺死则完全没有必要。

119.6 短语 ἐφῆκεν ... διαφϑοράν（行1297）表示指派瑙普利厄斯将她沉入池塘喂鱼，而有钞本此行有随文诂证称：ὁ πατὴρ Ναυπλίῳ παρέδωκεν, ἐντειλάμενος ἀποποντῶσαι· ὁ δὲ οὐκ ἐποίησεν〔那个父亲瑙普利厄斯把她送走，命人将她溺水；可这件事情并未真的实施〕，也为这一理解提供了注脚。这里，其实真正值得注意的是 ἑλλοῖς 一词：首先，从词法上看，这个词的单数主格形式应当是 ἑλλός〔这个词在其他作家那里被当作表示小鹿；对比荷马，《奥德赛》，卷 XIX. 228〕，而在索福克勒斯的文献中，语文学家考虑，这个词可能是 ἑλλοψ 一词的另外一种写法。至于后者的词源一直无法搞清楚，所以，也很难确认它的本义。在一般情形下，这个词是指不出声的、哑的。但这个词在使用过程中又经常被用来表示鱼，还有一种说法是认为这个词以不出声来比喻鱼。长期以来，人们对此一直有所争论，学界也未形成相对统一的意见。

119.7 这句话的原文就有些拗口，但似乎是透克洛斯刻意所为。当透克洛斯说到 ἐκ πατρὸς μὲν〔一方面出自父亲〕这个短语时，照一般句法说，接着就应该说一句 ἐκ δὲ μητρὸς〔另一方面出自母亲〕，但他却没有跟着说这个 δὲ〔另一方面〕的事情。因为，这时他需要对自己母亲的出身加以解释，而这个解释却不是用一个 δὲ 就可以讲清楚（行1299）。

119.8 此处的现在时动词短语 ἴσχει ξύνευνον 表示过去的事情，但这件事情应当是众所周知的；因此，当透克洛斯这样说起他父亲娶他母亲的事情时，也隐含着提醒阿伽门农这件事情他也是很清楚的。接下来，他采用了 μὲν ... δὲ 这样的句法结构（而没有像上面那样只使用 μὲν 一个词），强调了他母亲在两个方面都是出类拔萃的。在 φύσει〔出身，身世〕上，她有着王族的血统，是特洛伊王拉俄墨冬（Λαομέδοντος）的女儿；而另一方面，她之所以被奖

励给忒拉蒙,又是因为她的美貌。这样,她才会被挑选出来
(ἔκκριτον)当作战利品(行 1301)——这种句式是一种典型的对偶
句式。

119.9　实际上,虽然我们也意识到透克洛斯可能是在强调
自己王族出身的高贵,但却很难将拉俄墨冬(透克洛斯实际上的外
公)和高尚或高贵联系起来(行 1302)。至少不止一处文献显示
(参见荷马,《伊利亚特》,卷 V. 行 638 以下;品达,《伊斯特米凯歌》,V. 行
27 以下),拉俄墨冬是一个欺骗成性的卑劣之人:拉俄墨冬曾经
许诺阿波罗与波塞冬,如果他们能够帮助他将特洛伊城墙建起,
他会对他们有所答谢,但当城墙建好后,拉俄墨冬却食言了。于
是,海神波塞冬为了惩罚他,将一只怪龙送到了特洛伊。为了祛
灾,特洛伊人要将王族中的一位处女杀死,以祭献那条怪龙,于
是,拉俄墨冬的女儿赫昔厄涅便被选中作为牺牲。这时,拉俄墨
冬又请求赫拉克勒斯帮助他,并且答应后者,如果他能帮忙,那
么,他就会把宙斯送给特罗斯的那些战马送给他。然而,当赫拉
克勒斯杀掉了怪龙,救了赫昔厄涅之后,拉俄墨冬再次食言。于
是,赫拉克勒斯便将特洛伊洗劫一空,并将赫昔厄涅送给了忒
拉蒙。

119.10　阿尔喀墨涅(Ἀλκμήνη)是希腊传说中的一个人物,她
是迈锡尼王厄勒克特利昂与提林斯公主阿娜科索的女儿,而赫
拉克勒斯正是她和宙斯私通生下的双生子之一。所以,当透克
洛斯提到 Ἀλκμήνης〔阿尔喀墨涅的儿子〕时,在雅典人听来,他们想
到的自然是赫拉克勒斯。

119.11　透克洛斯在描述自己身份时使用了两个词:在谈到
自己的时候,他说 ἄριστος;在说到自己的生身父母时,他使用的
是 ἀριστέοιν(行 1304)。虽然这两个词在词义上并无大的差别,但
在透克洛斯这里,或许其中也有几乎分辨不出的细微差别。前

者包含着两层含义,一方面是 $\tau\grave{o}\ \gamma\varepsilon\nu\nu\alpha\tilde{\imath}o\nu$〔出身家世的高贵〕,另一方面则是 $\tau\grave{o}\ \varepsilon\dot{\upsilon}\gamma\varepsilon\nu\acute{\varepsilon}\varsigma$〔生来具有的高贵〕;而后者 $\dot{\alpha}\varrho\iota\sigma\tau\acute{\varepsilon}o\iota\nu$〔其阳性主格形式为 $\dot{\alpha}\varrho\iota\sigma\tau\varepsilon\acute{\upsilon}\varsigma$〕则更多地强调身世的高贵,或强调家族谱系的高贵。为此,杰布说,这个词用来描述透克洛斯,既不必要,也不恰当,因为这个词带有对某种身份的承认,而这种身份恰恰是透克洛斯所不具备的。那末,诗人为什么会在透克洛斯说到自己时要使用这个表示两层含义的 $\dot{\alpha}\varrho\iota\sigma\tau o\varsigma$ 呢? 比较合理的解释就是透克洛斯自己他的身份的高贵并不十分自信。最后的问句其实是对阿伽门农早前(行1260以下)的要求的回应:阿伽门农要透克洛斯另外找一个自由民替他为埃阿斯伸张权利。对于这个反问句,又不由得要问,为什么由忒拉蒙与赫昔厄涅这样高贵的儿子来为埃阿斯申辩就会给后者带来差辱呢? 透克洛斯对此显然是不认可的。透克洛斯这种不愿意承认自己身世的做法,和埃阿斯维护自己名誉的做法(行434—行440)之间似乎有着某种联系。对于透克洛斯而言,他的耻辱并不是他的家世,而是他没有能力使埃阿斯的尸体下葬,最重要的是他似乎无法得到任何人的帮助(行1006—行1007)。如果他能够使埃阿斯的尸体下葬,那么,他也就可以使埃阿斯的荣誉得到维护,他自己也可以由此得到荣誉,哪怕他的出身并不高贵。

120. (行1306—行1315)

透克洛斯　现在,他遭遇了这样的横祸倒下,而你却大言不惭,要将他弃尸在那里,不许埋葬,这难道不可耻吗? 好吧,假如你将他抛弃在这里的话,那么,你就把我们三个人的尸体也一起抛弃吧。[1310]如果我为了他去死,而不是为了你的那个妻子,或者我该说,那是

你兄弟的女人,在一般人眼里,是不是好一些呢?你大
可不必在意我会怎么样,应该小心的倒是你自己;因
为,如果你为难我的话,那么,你面对我的时候,[1315]
就会发现自己在粗野发泄之前已经变成了一个懦夫。

120.1　原文中的 *τοιοῖσδ' ἐν πόνοισι κειμένους*〔倒在这样的一些灾
难当中〕可以看作分词短语作状语,表示埃阿斯先遭受了由雅典
娜带来的精神错乱,而后又在精神错乱的情况下莽撞地将作为
战利品的牛羊恣意宰杀,以为是为自己所遭遇的不公复仇,继而
或许是在精神恢复正常的情形下因悲愤而自戕(行 1306)。埃阿
斯遭遇的灾难不只一项,这重重的灾难体现在 *πόνοισι* 一词的复
数形式上,而后的分词 *κειμένους* 也因其先行词的复数形式而以
复数形式出现。后者的复数形式并不意味着多个人的倒下,仅
意味着因多重的灾难多次倒下。至于透克洛斯为什么会
οὐδ' ἐπαισχύνει λέγων〔照字面直译作说不得举行葬礼〕,阿伽门农并没
有把他禁止为埃阿斯下葬的命令重复一遍,但是,其话里话外确
实已经很清楚地表明,墨涅拉厄斯所传递的消息应当就是他的
意思。

120.2　透克洛斯所说的 *τρεῖς*〔三个人〕指哪三个人?L 钞本
的随文诂证称,指阿伽门农、墨涅拉厄斯和透克洛斯(行 1309)。
按照这则笺注的说法,这句话应当理解为如果透克洛斯想要和
阿伽门农与墨涅拉厄斯在这里殊死鏖战一番,那么最后就会两
败俱伤。但是,从文本上看,在 *τρεῖς* 之前还有 *χ'ημᾶς*〔我们〕一
词,这样,*χ'ημᾶς τρεῖς*〔我们三个人〕也就只能是指苔柯梅萨,欧吕
萨克斯以及透克洛斯。这三个人在决定要为埃阿斯举行一个体
面的葬礼之初,就已经知道自己可能会因为这场葬礼而被处死。

120.3　透克洛斯这里说的这句话(行 1310—行 1312)针对的

是希腊大军进攻特洛伊。透克洛斯是想表明他自己的判断。尽管他将这个判断归结为一般人的观念,即在普遍观念中(προδήλως μᾶλλον),当自己的亲人受到不公对待时,他是有权利对抗公共审判。在这种情况下,透克洛斯认为,为了自己的亲人去死要比为了海伦在战场上被杀死好得多。原文中,对 τῆς σῆς ... ἢ τοῦ σοῦ γ' ὁμαίμονος λέγω 这个短语,我基本采用照字面含义直译的方式来处理,即你的妻子,或者我 γε〔应该〕说是你兄弟的女人。在这句话中,透克洛斯流露出极度轻蔑的态度。事实上,他不可能不知道海伦到底是阿伽门农的妻子,还是墨涅拉厄斯的妻子。但在索福克勒斯的笔下,他却刻意提醒阿伽门农,特洛伊战争是为了阿伽门农兄弟而战,至于海伦则不过是这场战争的一个借口而已。杰布曾提醒注意,早期注疏者曾有随文诂证认为,透克洛斯的这段话和阿喀琉斯曾经对阿伽门农部队的诸将士所说的话形成了对照。阿喀琉斯就曾经问过这些希腊将士,他们远征而来仅只为了一个女人。不过,在阿喀琉斯那里,这样的问话并不带有轻蔑的意味。

120.4 原文中,τοὐμόν (行 1313)是一个缩音连缀词,是 τό 和 ἐμός 经缩音后连缀而成的一个词,表示与我相关的事情,有时还带有利害关系的意味:ἐγὼ μέν ... τὸ σὸν σπεύδουσ' ἅμα | καὶ τοὐμὸν αὐτῆς ἦλθον〔我到这里来……是真心地想要为你好,而不是为了我自己:索福克勒斯,《厄勒克特拉》,行 251〕。

121. (行 1316—行 1329)

歌队队长　统帅奥德修斯,你来得正是时候! 只是不要把事情弄得更纠结,最好能将疙瘩解开。
奥德修斯　朋友们,出了什么事情吗? 我在老远就听到了,阿特柔斯的儿子对着那个勇士的尸体呼喝。

阿伽门农　[1320]统帅奥德修斯,我们只是因为总是听到这个人污言秽语才那样的,这难道不是理由吗?

奥德修斯　他说了些什么? 如果有谁被别人斥责,而他则以辱骂来回应,那么,我便可以原谅他。

阿伽门农　是我在斥责他,那是因为他的行为冒犯了我。

奥德修斯　[1325]他做了什么事情,伤害到你了?

阿伽门农　他说,他不能容忍这个尸体无法得到它应该享有的葬礼,而对我的法令完全不理会。

奥德修斯　如果一个朋友坦率地把实话告诉了你,你是否还会像先前一样与他同舟共济呢?

121.1　这时,奥德修斯上场。歌队队长见到他,便请他居间调解那兄弟二人与透克洛斯的纷争,因为阿伽门农向来十分尊重奥德修斯的意见。在奥德修斯看来, *κἀμοὶ γὰρ ἦν ποϑ᾽ οὗτος ἔχϑιστος στρατοῦ | ἐξ οὗ ᾽κράτησα τῶν Ἀχιλλείων ὅπλων*〔自从我在争夺中击败他,得到了阿喀琉斯的|那些武器,他就成了我在这支部队中最大的敌人:行 1336—行 1337〕;接着,这位赢得了阿喀琉斯兵器的人便说出或许是此剧中最重要的一句话: *ὥστε μὴ λέγειν | ἕν᾽ ἄνδρ᾽ ἰδεῖν ἄριστον Ἀργείων, ὅσοι | Τροίαν ἀφικόμεσϑα, πλὴν Ἀχιλλέως*〔我还不得不承认,|在这次到特洛伊来的希腊人当中,他是|我见到的除阿喀琉斯之外最为出色的勇士:行 1339—行 1340〕。阿伽门农虽然也不反对,但还是有些于心不甘。最后,他说道, *οὗτος δὲ κἀκεῖ κἀκεῖ κἀνϑάδ᾽ ὢν ἔμοιγ᾽ ὁμῶς | ἔχϑιστος ἔσται· σοὶ δὲ δρᾶν ἔξεσϑ᾽ ἃ χρῆς*〔对于这个人,无论到了那里,还是在这里,我都会|同样地表示我的厌恶;而你可以照你想的去做吧:行 1372—行 1373〕。他自己对埃阿斯带有仇恨的心理,

他不会同意透克洛斯为埃阿斯举行葬礼,但他对奥德修斯的尊重使他可以允许奥德修斯按照自己的意愿去做。他这样说意味着:第一,他已不再坚持那个禁令了;第二,他肯定不会解除自己下达的禁令;第三,如果奥德修斯违背了那个禁令,他也不会反对。阿伽门农离开后,奥德修斯直接上前对透克洛斯表示希望能够参加葬礼——这意味着阿伽门农最后说的话,在场的人都听懂了。可这时,透克洛斯又担心,如果接受奥德修斯的意见,与他一道操办葬礼,恐怕会使死者不悦。如果奥德修斯能够只做一个旁观者站在一边,那倒可以接受。奥德修斯对此表示赞同,然后便退场了。如果说埃阿斯的伟大或 ἀρετή〔出类拔萃〕原本还需要依靠他的所作所为来证明,那么,此时,他的 ἀρετή 也就只意味着他被人认可是什么样的人。而奥德修斯似乎直到最后也没有承认埃阿斯的 ἀρετή,他只是想通过允许举行埃阿斯的葬礼使自己的伟大得到证明!

121.2 在古希腊,身份较低的人大多被身份高一些的人称作 ἄναξ〔本义作主人〕,但这并不意味着身份低一些的人就是后者的仆从或奴隶。在有些情况下,ἄναξ 一词仅意味着这个人(或神)的能力超过其他人的人(或神)。在这里,歌队由跟随埃阿斯来到这里的水手组成的,他们并不是奥德修斯的随从。他们称奥德修斯作 ἄναξ,只是对后者的一种尊重,或者毋宁说是对后者最后所作的努力的认可。因此,将这个词直译作主人,显然不恰当;这里,我将它理解为大军统帅,以表明这是歌队对奥德修斯的尊重(行 1316)。

121.3 此处的 μὴ ξυνάψων, ἀλλὰ συλλύσων πάρει 一句,照字面意思来理解,表示不要系扣,而是解扣。注意,ξυνάψων〔将扣系上〕一词和 συλλύσων〔将扣解开〕一词是相对应的。因此,这句话也可以理解为不要让事情变得错综纠结,而应该把事情的纠结化解开,而 ξυνάψων (συνάπτω)只是表示让原本对立的各方陷入更深的冲突(行 1317)。对此,杰布认为,这两个词都应取其隐喻的含义,前者表示使其陷入难缠的糟糕状态,后者表示帮忙来解决冲突。但这样引申后,原文中的意韵似乎有所缺失。从剧情上看,歌队队长在奥德修斯一上场就说出这样的话,至少有两方面的含义:第一,虽然剧情发展到现在大家都已知道,在兵器颁赏一事上,获得好处的是这位奥德修斯,但是,歌队队长的一句尊称便使奥德修斯不得不站在公正的立场上来评判埃阿斯是否应该有一个体面的葬礼;第二,事情的各项要素纠结在一起毕竟是一种糟糕的状况,而能缓解这种僵持状态的人,在歌队队长看,正是奥德修斯。

121.4　奥德修斯一上场就为自己的情绪确定了基调:他先礼貌地用 ἄνδρες 〔字面直译作人们,阳性呼格复数〕一词来回应歌队队长对他的尊称。而 ἄνδρες 也的确带有示好的意味(行 1318)。接下来,他提到阿伽门农以及墨涅拉厄斯时,又巧妙地称之为 Ἀτρειδῶν 〔阿特柔斯的儿子(们)〕,刻意显示出对这两兄弟家世荣誉的尊重。当说到埃阿斯时,他并没有直接用一个代词来表示,甚至没有直呼埃阿斯的名字,而是将那个尸体看作是一具 ἄλκιμος 〔勇士的〕尸体。至于 βοὴν Ἀτρειδῶν 〔阿特柔斯儿子的呼喝〕,首先是指当他离这里很远的时候,他就听到了墨涅拉厄斯的喊叫。当然,走近这里,阿伽门农对透克洛斯所说的话,就更应该听得到了。奥德修斯在开场时曾经出场。那时,他像是一个猎人,所做的事情就是 πάλαι κυνηγετοῦντα καὶ μετρούμενον | ἴχνη 〔睁大了眼睛,一直像猎犬一样搜寻(猎物):行 5〕。而现在,他的态度发生了陡然的变化,与墨涅拉厄斯以及阿伽门农那种粗暴的态度形成鲜明的对比。泰普林对比奥德修斯的这两次出场认为,这时,奥德修斯已经不必再对埃阿斯小心谨慎,也不必使用他的计

谋了。① 事实上,当他说出 νεκϱῷ〔尸体〕一词的时候(行 1319),观众就已经从他的口中得知他已经知道了埃阿斯已经自戕的消息,他最大的对手已经不再对他构成威胁,所以,他的狡猾便使他的态度发生了显著的变化。

121.5 一般说来,短语 οὐ γὰϱ 导一个表示愤怒的反诘问句。在索福克勒斯的另一部作品中,伊斯墨涅看到安提戈涅的内心痛苦,询问个中缘由,安提戈涅的回答就是 οὐ γὰϱ τάφου νῷν τὼ κασιγνήτω Κϱέων | τὸν μὲν προτίσας, τὸν δ' ἀτιμάσας ἔχει〔那个克瑞翁对我们的两个兄弟,一个人的葬礼风光无限,|另一个却无法下葬,饱受羞辱,这难道还不是理由吗:《安提戈涅》,行 20—行 21〕。按照古希腊人的一般观念,争执由何人引起是一个至关重要的问题。② 因此,如果一个人的对手首先发起争执,那么,这个人就有权反击。阿伽门农在这里就是想告诉奥德修斯,他们与透克洛斯的争论是后者引起的(行 1321)。

121.6 据 Γ 钞本,奥德修斯说的这句话(行 1322—行 1323)是一句斥责之辞,读作 φαῦλος。但是,照杰布的说法,古典作家在表示斥责或指责时,其规范的用法应当用 φλαῦϱα 一词来表示。这是两个不同的词,虽然它们的词义有相通之处。杰布还为此列举了多达十处的古典文献作为证据。原文中的 συμβαλεῖν ἔπη κακά 是以辱骂来回应辱骂,这也只是为了显示前面刚刚说的 φλαῦϱα 一词的意思再次出现。因此,κακά 一词可以看作与 φλαῦϱα 一词同义。奥德修斯在这里打算原谅的是透克洛斯,而不是阿伽门农;他想要阿伽门农改变主意,撤销他的那道禁令。但他为自己这样做所寻找的理由却是传统伦理中的

---

① Cp. O. Taplin, *Greek Tragedy in action*, London, 1978.

② M. W. Blundell, *Helping friends and harming enemies: a study in Sophocles and Greek ethics*, Cambridge, 1989, p. 37.

法则，即对伤害与辱骂予以回击是完全正当的。奥德修斯的意思是，如果透克洛斯辱骂了阿伽门农，那么，阿伽门农就可以对透克洛斯大声呵斥。

121.7　从字面上来看，阿伽门农在 ἤκουσεν αἰσχρά（行 1324）一句中并没有提到谁说了让透克洛斯能听到的(ἤκουσεν)责骂的话。这句话照字面含义理解表示他听到了责骂(他的话)。但是，如果细心观察一下，那些责骂的话既然是透克洛斯听到的，就应该是阿伽门农说的——而下半句的 με〔我〕则表明了 αἰσχρά 的主人就是阿伽门农自己。而杰布也认为，ἤκουσεν αἰσχρά 一句中其实就隐含了 ἐγὼ αἰσχρὰ ἔλεγον αὐτόν〔我对他说了一些责骂的话〕的意味。不过，如果把话都明明白白说出来，可能与阿伽门农的性格有了距离，而照字面意思直译却必会显得语焉不详。

121.8　奥德修斯再次显示出他的狡狯性格。在他的这句话（行 1325）当中或许能够找到两种解释：其一，可以将 ὥστε καὶ βλάβην ἔχειν 的后面看作还有一个 σε〔你，受格单数〕，并注意到前半句有一个 ς'（sc. σε），这样一来，这句话照字面意思直译便是他对你做了什么事情，给你带来伤害；其二，也可能不把后半句当中隐含的 σε 一词加上去，那么，这句话就会变成他做了什么事情，造成了(那么大的)伤害这样的意思。这样的理解则会显得有些语气含混，这里不接受这样的理解。

121.9　短语 ταφῆς ἄμοιρον 照词源的含义来理解，是指得不到该在葬礼上应有的一些仪式(行 1326—行 1327)。而这句话中，最为重要的是 ἄμοιρον 一词，它是 μοῖρα 的否定词，后者则表示应得的一份。索福克勒斯在《安提戈涅》中曾将 ἄμοιρον 一词和 ἀκτέριστον 与 ἀνόσιον 两个词连在一起，表示在葬礼上依然受到羞辱：ἔχεις δὲ τῶν κάτωθεν ἐνθάδ' αὖ θεῶν | ἄμοιρον, ἀκτέριστον, ἀνόσιον νέκυν〔(你，即克瑞翁)却把属于下界神明的身体留在了这里，| 不

让他下葬,不能得到哀悼,也不许为他沐浴:《安提戈涅》,行 1071〕。

　　阿伽门农承认,他确实辱骂了透克洛斯,但同时又用奥德修斯的论点作论据,证明自己的行为正当。透克洛斯之所以应该受到呵斥是因为他的举止做派可耻,但实际上,透克洛斯却并没有做任何与阿伽门农作对的事情(行 1326)。原文 *τί γάρ σ' ἔδρασεν* 〔他在对你做什么〕中,*ἔδρασεν* 一词是动词 *δράω* 的不定过去时陈述语气形式,并不带有祈愿或向往的意味,这句话中也没有想要的含义。卡默贝克在这里加上了想要去做,则显然出离了原义。① 而奥德修斯也只是取这个词的基本含义,亦即是想让阿伽门农把透克洛斯所做的事情说出来。因此,当阿伽门农告诉奥德修斯,埃阿斯只是言语上有所冒犯〔*φήσι*(他说)〕之后,奥德修斯会采取什么态度也就十分清楚了。

　　121.10 原文中的 *ξυνηρετεῖν* 一词(行 1329)是动词 *ξυνηρέτης* 的现在时不定式。这个词由 *ἐρέτης* 〔划桨手〕加表示共同的前缀 *ξυν-* 构成的,在后世通常是指某种亲密无间的关系。不过,这里更倾向于将希腊古典时代作家笔下的这种概念还原其本来的含义。另外的例证也见于与此相近的复合词: *τοῖς σοῖσιν οὐκ αἰσχύνομαι | ξύμπλουν ἐμαυτήν* 〔与你同舟共济,我并不感到羞愧:《安提戈涅》,行 541〕。

122. (行 1330—行 1335)

　　阿伽门农　　[1330]你说吧。我现在真的有些糊涂了,
　　　　　　　　而我把你看做是希腊大军中最重要的朋友。

---

① J. C. Kamerbeek, *The Plays of Sophocles: Commentaries*, Part 1: *the Ajax*, E. J. Brill, 1963.

奥德修斯 那末,好好听着。这个人,在神明面前,你不
要那么冷酷地让他一直躺着在这里,不许下葬。你千
万不应当让暴戾将你征服,心怀[1335]仇恨;千万不要
将公正踩在脚下。

122.1 阿伽门农把奥德修斯称作是 φίλον … μέγιστον 〔(最)
重要的朋友:行1331〕,或许并不表示他和后者会有怎样的友谊,虽
然 φίλον 一词本义中确实带有友谊的意味,但此句的重点却在
μέγιστον〔大的、重要的〕一词上。照诗人的习惯,这种重要的朋友
应当带有某种利益关系: οὐκ οἶδά πω τί φησι· δεῖ δ᾿ αὐτὸν λέγειν |
εἰς φῶς ὃ λέξει, πρὸς σὲ κἀμὲ τούσδε τε 〔可阿特柔斯的儿子却是我的敌
人,而这个人|才是我最要好的朋友,因为他对他们也是恨之入骨:索福克勒
斯,《菲洛克忒特斯》,行585〕; ὃ γὰρ | μέγιστος αὐτοῖς τυγχάνει δορυξένων
〔因为|他恰好是那些人最忠诚的盟友:索福克勒斯,《厄勒克特拉》,行
46〕。可以明确地说,阿伽门农之所以将奥德修斯说成自己
φίλον μέγιστον,也确实带有利益关系。从另一个方面来看,奥德
修斯的狡猾使他在对话的一开始就让阿伽门农明白了他们两人
之间的朋友关系,并且使阿伽门农认识到希腊人对朋友关系的
一些基本价值观。他先要阿伽门农接受他所提出的这个基本条
件,这样一来,阿伽门农也就注定不会在接下来的对话中再和他
争论。至于索福克勒斯,他提醒注意奥德修斯与阿特柔斯儿子
之间的这种朋友关系,显然是为了加强戏剧效果,因为奥德修斯
马上就会站在埃阿斯一边。

122.2 一般说来, βαλεῖν 和 προβαλεῖν 可以看作是同义的,但
在特定的情形下,这两个词又有些许的细微差别。βαλεῖν 的本义
是搁放,而 προβαλεῖν 一词由于表示向前的前缀 προ- 的作用,因而
带有扔的意味:当透克洛斯对阿伽门农说到后者的恶劣时,他

说，后者是将埃阿斯的尸体 προβαλεῖν〔扔，抛弃〕在那里（行 1308）；而奥德修斯说到这具尸体时，却没有带愤怒的感情色彩，只是在陈述，因此，他便说，阿伽门农只是一直让埃阿斯躺在这里（行1333）。另一个词的使用也表明奥德修斯和歌队的态度并不相同。歌队在说到阿伽门农（以及墨涅拉厄斯）时曾用过 ἀναλγήτων 来表示这两兄弟的严酷无情（行 947），这个词本义中充满了敌意；而奥德修斯在这里则只使用了偏中性的 ἀνάλγητος，而这个词的本义也可理解为感觉不到痛苦，亦即感觉不到埃阿斯的朋友的痛苦，或可理解为毫无同情之心。

122.3 刚刚，阿伽门农把透克洛斯说得异常无理（行 1327）；这时，奥德修斯提醒阿伽门农，他也可能变得行止粗鲁（行1335）。在古希腊人的眼里，粗暴有时就是一种力量的体现，有时甚至和正义与公正成对结双地出现。但在这里，这两种东西却是截然对立的——暴君的特征就在于他们总是无情地践踏正义与公正：墨涅拉厄斯说，像他那样做了斯巴达王的人，如果遇事优柔寡断，满腹牢骚，那么，只能被下人看不起（行 1159－行1160）。而这种对正义与公正的践踏，在古希腊人的观念中，甚至有可能就是对神明荣誉的侵害（对比索福克勒斯,《安提戈涅》,行745）。此处，βία 原本表示一种抽象属性；由于诗人在它前面加上冠词 ἡ〔阴性单数主格〕，βία 便成为一种人格化的表述，亦即不要让 ἡ βία〔照字面直译作这位暴庚〕把阿伽门农征服了。其中的意味是，如果阿伽门农残暴地对待埃阿斯（的尸体），那么，这种残暴在落到埃阿斯身上的同时也落到了阿伽门农自己的身上，使他强悍的力量变成一种恶的力量。希腊诗人还曾将 βία 一词人格化为一方神明：Κράτος Βία τε, σφῷν μὲν ἐντολὴ Διὸς | ἔχει τέλος〔权力神克拉托斯与暴庚神庇亚,宙斯给你俩的|谕令已经完成：埃斯库罗斯,《被缚的普罗米修斯》,行 12－行 13〕。

123. (行 1336—行 1345)

奥德修斯　　自从我在争夺中击败他，得到了阿喀琉斯的那些武器，他就成了我在这支部队中最大的敌人。不过，虽然他对我怀有敌意，我却不会反过来侮辱他，我还不得不承认，[1340]在这次到特洛伊来的希腊人当中，他是我见到的除阿喀琉斯之外最为出色的勇士。他侮辱你，可能确实触犯法律，而你伤害的可能并不是他，而是神明的律法。一个出色的人死了，还要伤害他，[1345]那肯定是不公正的，哪怕你很厌恶他。

123.1　原文中，ἔχθιστος 一词是形容词 ἐχθρός〔仇恨的，可恨的〕最高级形式(行 1337)。这个词，有时带有主动态的性质：μετὰ γὰρ Θηβαίων τῶν ἡμῖν ἐχθίστων ἐπὶ δουλείᾳ τῇ ἡμετέρᾳ ἥκετε〔因为，你们参加了我们最大的敌人忒拜人的部队，到这里奴役我们：修昔底德，《伯罗奔半岛战争志》，II. 71〕；有时又带有被动的意味：πρὸς τοὺς ἐκείνου ἐχθίστους ἀποστὰς〔投奔其(即居鲁士)最大的敌人：色诺芬，《远征记》，III. ii. 5〕。在这里，或者确如杰布所说，这种视为敌对的关系是一种相互的关系，亦即埃阿斯是阿伽门农自己最大的敌人，而奥德修斯至少在潜意识里也将埃阿斯看作是自己在这个军营中的对手。显然，这一层潜意识奥德修斯自己并未明确意识到，但从他在这句话的用词中可以清楚看到。

123.2　行 1339 有一疑点：原文中的 ἀντατιμάσαιμι (ἀντατιμάζω) 一词带有相互的意味，但在剧中却看到，埃阿斯对奥德修斯只是抱有明显的敌意，却并未对其做出任何羞辱的举动。那么，奥德修斯为什么要说，他并没有反过来（ἀντ-）去羞辱埃阿斯呢？唯一的解释就是，此处的语词转换似乎巧妙地使奥德修斯将自己的想法隐含在话语中了。

123.3 索福克勒斯笔下的奥德修斯在这里所说的话（行1341），很可能出自荷马的描述（《伊利亚特》，卷 II. 行 768 以下；卷 XVII. 行 279 以下），而这样的描述或许成为后世对埃阿斯的一个基本的评价，即埃阿斯是仅次于阿喀琉斯的希腊英雄：*cur Aiax, heros ab Achille secundus*, | *putescit*〔稍逊于阿喀琉斯的埃阿斯为什么会腐朽：贺拉斯，《杂集》，II. iii. 193）。而在奥德修斯的这句话中，值得注意的是 ἄριστον 一词的意味：从词源上说，ἄριστον 一词应该是出自 ἀγαϑός〔本义可理解为好的〕一词，是后者的最高级形式；而 ἀγαϑός 一词本身又蕴含三层略有差别的含义：勇敢的、高尚的、强壮的。这三方面的含义在比较级与最高级的变化中则显示出三组变化形式。这里的 ἄριστον 是其第一层含义（即勇敢的）的最高级形式，因此，将 ἄριστον 转译作最为出色的勇士或许是比较恰当的。有些晚近译本将这层含义转译作 best and bravest〔最好的与最勇敢的〕也不是完全没有道理。奥德修斯在这里并不是在说阿伽门农厌恶埃阿斯有什么不对，因为他自己也很讨厌埃阿斯；奥德修斯的这句话是想说明，正义与公正要求他们将仇恨与厌恶暂时先搁置到一边。他说他并不想羞辱埃阿斯，是因为他也意识到在希腊人当中，除了阿喀琉斯之外，埃阿斯就是最为出色的了。所以，他要维护埃阿斯的英雄形象，接受埃阿斯曾经作出的判断（行 423－行 426）。按照研究者的观点，奥德修斯这时似乎也承认，阿喀琉斯兵器颁裳的裁决虽然未必带有欺骗的因素，但却有

错误。① 因此,当他劝说阿伽门农允许为埃阿斯举行葬礼时,他的用意里或许还带有对不公正裁决能够有所补偿的意味。

123.4　在说到禁止为埃阿斯举行葬礼时,奥德修斯用的是短语 *οὐκ ἂν ἐνδίκως* (行 1341)。*ἐνδίκως* 一词虽然可以看作源自 *δίκαιος* 〔公正的、正义的〕,但在其演化过程中已逐渐倾向于表示法令。事实上,这个词在这里或许应该只是特指阿伽门农所下达的那个禁令。因此,与下半句的 *τοὺς θεῶν νόμους* 〔神明的律法〕也才有了照应关系。这时,奥德修斯提醒阿伽门农,不允许埃阿斯的家人将埃阿斯下葬,这件事情所伤害的并不是埃阿斯或者他的家人,而是会伤害到死者所跟随的那些 *νέρτεροι θεοί* 〔下界的神明〕以及这些神明所立的律法。注意,索福克勒斯笔下的奥德修斯此处所说的话与这位诗人在《安提戈涅》(行 1070,行 456)中所阐释的道理似有相通。奥德修斯明确了所有的死者都应当下葬,这也为下面将要谈论的关于公正的话题做好了准备。

123.5　奥德修斯最后说到了公正,他提出,需要公正地对待埃阿斯并不是因为他在道德水平上出类拔萃,而是因为他乃希腊的英雄(行 1344)。他的意思并不是说,神明会因为有人禁止为一个 *τὸν ἐσθλὸν* 〔好人、出色的人〕举行葬礼就受到冒犯。他是想告诉阿伽门农,那个禁令会使埃阿斯作为英雄的形象变得更为高大。② 这句话的句法结构略显复杂,一般说来,有两种观点:其一认为不定式 *βλάπτειν* 〔伤害〕逻辑意义上的主词

---

① R. P. Winnington-Ingram, *Sophocles: an interpretation*, Cambridge, 1980, p. 35; A. Machin, *Cohérence et continuité dans le théâtre de Sophocle*, Quebec, 1981, pp. 38—39; B. Seidensticker, "Die Wahl des Todes bei Sophokles", in *Entreitiens Fondation Hardt*, Vandoeuvres-Geneva, 1982, p. 128.

② N. R. E. Fisher, *Hubris: a study in values of honour and shame in ancient Greece*, Warminster, 1992, p. 320.

为 τὸν ἐσϑλὸν，而只有 ἄνδρα〔人〕一词作它的宾词。这样的话，这句话就应该理解为好人去伤害已经死了的人是不公正的。杰布认为，这种观点忽略了两个情节，即在这部戏里，死者的优点(亦即他的出色之处)在前面曾经提到过(行 1335)，而且，οὐ δίκαιον〔不公正〕在这里也应当理解为是在一个十分宽泛的基础上表现得不公正，并不仅指因为出色而带来的荣誉。所以，杰布提出，这句话中，ἐσϑλὸν〔好的〕一词应当作为 ἄνδρα 一词的述词，这样，便形成 τὸν ἐσϑλὸν ἄνδρα 这样一个短语① 作不定式 βλάπτειν 的宾词。这里也采纳了杰布的这一观点。

124.（行 1346—行 1357）

阿伽门农　奥德修斯，你是在为了他与我相争吗？

奥德修斯　我是这个意思。我也厌恶他，可对他的厌恶也是一种欣赏。

阿伽门农　那末，现在他死了，你难道不更应该踩他几下吗？

奥德修斯　没什么可喜的，阿特柔斯的儿子，那样的礼遇并不恰当。

阿伽门农　[1350]权倾一时者要想维护自己的威望，并不容易。

奥德修斯　可如果朋友提出忠告，那就应该得到回馈。

阿伽门农　忠诚的人就应当听从发号施令者的命令。

奥德修斯　到此为止吧！这样才能使你对你的朋友而言更

---

① 这个短语字面含义为出色的人，而按照正常的词序，此处读作 τὸν ἄνδρα ἐσϑλὸν 或许更合适一些。

为重要。

阿伽门农　你要想一想,你现在欣赏的是怎样一个人?

奥德修斯　[1355]他先前曾是我厌恶的人,但也是有尊严的。

阿伽门农　你要做什么? 你为什么要对你所厌恶的尸体表示尊重呢?

奥德修斯　因为,他的出类拔萃要胜出他的龌龊许多。

124.1　如杰布所说, *ταῦτα* 在这里以受格的形式作副词,表示 *ὑπερμαχεῖς ἐμοί* 〔与我相争的〕目的,亦即是为了他与我相争(行1346)。受格作状语,在希腊句法中并不是一个普遍的语言规则,只是 *ὑπερμαχεῖς* 〔争执〕一词可以有这样的受格状语: *ἀνϑ' ὧν ἐγὼ τάδ', ὡσπερεὶ τοὐμοῦ πατρός, | ὑπερμαχοῦμαι κἀπὶ πᾶν ἀφίξομαι* 〔我会接受这样的理由,把它当作我自己父亲的事,|一到那里就会尽力为他据理力争:索福克勒斯,《俄狄浦斯王》,行264—行265〕。

124.2　奥德修斯对埃阿斯并不是 *ἐχϑαίρω* 〔仇恨〕,而是 *μισέω* 〔厌恶〕,亦即只是一种不喜欢,抑或近似于因秉性不合而产生的厌恶感。在这一点上,他和阿特柔斯儿子的看法可能有所不同(行1347)。唯其如此,他才会在埃阿斯死后对他表现出某种怜悯。事实上,埃阿斯活着的时候,自己也意识到这一点(行457—行458)。而且,他也知道,神(即雅典娜)对埃阿斯是一种 *ἐχϑαίρομαι* 〔仇恨〕,而阿开亚人对他则只是一种 *μισεῖ* 〔厌恶、不屑一顾〕。此处的未完成时则表明,在埃阿斯自戕死去前,精神失常的埃阿斯也得到了奥德修斯的同情(行121),因为他并不恨他,只是不喜欢他的做派或人格。

124.3　事实上,在古希腊人那里,踩踏敌人的尸体,可能是发泄仇恨最有效的一种方式: *παῖδ' Ὀρέστην ἐξ ὑπερτέρας χερὸς |*

ἐχϑροῖσιν αὐτοῦ ζῶντ' ἐπεμβῆναι ποδί 〔让他年轻的儿子俄瑞斯忒斯活着，|
大摇大摆把脚从敌人身上踩过：索福克勒斯，《厄勒克特拉》，行 456〕。阿
伽门农这里提到这种发泄方式（行 1348），但却没有意识到上一
行中奥德修斯措辞中所体现的细微含义，这才是此行值得注意
的地方。

124.4 行 1349，照字面意思，亦可直译作不要对带有并不
好的性质的利益感到高兴。不过，我只是按照原文语序将这
句话分作两部分转译出来，而将带有劝解阿伽门农平息心中
怒气意味的 *Ἀτρείδη* 〔阿特柔斯的儿子〕插入中间。其中，
κέρδεσιν τοῖς μὴ καλοῖς 是一个与格短语，作谓语动词 *χαῖρ'*〔高兴〕
的补语，表示一种不能算作是好东西的收获，亦即是指拥有一种
能够与某种更高的礼法相抗衡的权力。直言之，在奥德修斯看
来，或奥德修斯想要对阿伽门农说的是，不允许将埃阿斯的尸体
下葬，这在阿伽门农虽然只是权力的体现，是一种 *κέρδεσιν* 〔收获、
利欲〕，但它所违背的却是更高的礼法，亦即神的礼法。在奥德
修斯看来显然是不值得，也是不应该的——这一观念也见于诗
人的其他作品（对比索福克勒斯，《安提戈涅》，行 1056）。

124.5 阿伽门农无法否认奥德修斯的话是对的。此时，他
只是以他现在的地位和应当承担的义务为托辞来逃避所面临的
困境（行 1350）。受格 *τόν ... τύραννον* 〔王者〕当看作是现在时不定
式 *εὐσεβεῖν* 〔维护威望〕的主词。几乎可以肯定，阿伽门农所说的
这个词指一般意义的统治者，只是在公元前五世纪那些经历过
僭主政制的民众听起来，这个词才会带有僭主的意味，甚至表示
暴君。① 通过这句话，阿伽门农似乎开始考虑妥协了。杰布说，

---

① 不过，在译文中，笔者还是将这个词转译作权倾一时者，因为至少在阿伽门农自
己看来，他并不是僭主，当然更不可能是暴君。

这句话是阿伽门农的决定开始动摇的第一个征兆；从这句话开始，阿伽门农逐渐感觉到责任之间的冲突：作为一个最高统帅，他必须保护好大家共有的财产——也就是被埃阿斯杀掉的那些牛羊，同时他也必须以严苛的命令对叛逆者加以惩罚，而这是需要通过 εὐσεβεῖν 才能做到的；但另一方面，如果他这样做了，又会使他的这种 εὐσεβεῖν 受到损害，因为，正如奥德修斯刚刚说的(行 1343)，他这样做有可能违背 θεῶν νόμοι 〔神明的礼法〕。

124.6　钞本在行 1351 有一则随文诂证，其中有一句 κατὰ κοινοῦ ῥᾴδιον ἔστιν οὖν ὁ νοῦς τοιοῦτος 〔这种人如果向下示好当然很容易〕这样的疏义。这表明，奥德修斯此时的狡猾体现在他已接受了阿伽门农的观点(行 1330—行 1331)，并对阿伽门农的说法加以延伸，亦即如果说他与自己的敌人埃阿斯作对是正当的话，那么，他就应当同样接受他的朋友奥德修斯的忠告。这也是他必须承担的义务。另一方面，还要注意，这句话除表面含义之外，还有一层潜台词，即如果一个王者自己很难明白自己应该如何做，那么，他至少应该明白，当他的朋友给了他好的建议而且这些建议或忠告纷繁杂多时，他就需要择其善者而从之。海蒙对克瑞翁也曾说过这样的话：καὶ τῶν λεγόντων εὖ καλὸν τὸ μανθάνειν 〔于此之外，多听听人家的意见，也是应该的：索福克勒斯，《安提戈涅》，行 723〕。

124.7　短语 τὸν ἐσθλὸν ἄνδρα (行 1352) 的 ἐσθλόν 一词本义与 ἀγαθός 〔出色的〕同义，并像 ἀγαθός 一样也带有(在现代人看来)多重的含义，有时甚至表示财富的丰沛，与 δειλός 〔懦弱、卑贱、贫穷〕相对：ὕβρις ... τε κακὴ δειλῷ βροτῷ· οὐδὲ μὲν ἐσθλὸς | ῥηιδίως φερέμεν δύναται 〔暴烈对贫穷者已是十分糟糕，而富有的人承受起来也不是轻松的事：赫西俄德，《劳作与时日》，行 214－215〕。在这里，当然可以把 τὸν ἐσθλὸν ἄνδρα 这个短语简单地理解为好的人或出色的人。从

这个意义上看,埃阿斯对于阿伽门农来说当然不能算作是好人,否则,他就应该承认阿伽门农的权威。而对于奥德修斯或者埃阿斯来说,何谓好人却可能有着不同的含义。如果从阿伽门农关于好人的标准出发来解读这句话,那么,就有可能得出这样的结论:倘若阿伽门农所说的好人指奥德修斯,则奥德修斯就应该尊重阿伽门农的权威。然而,事实上,这似乎是不大可能的。如果涉及道德,特别是涉及朋友之间、主仆之间、统治者与被统治者之间关系的道德准则,这个词自然地会被用来表示某种忠实或忠诚: κύνα | ἐσθλὴν ἐκείνῳ, πολεμίαν τοῖς δυσφροσιν 〔看门的狗|对他可是忠诚,而与那些对他心怀恶意的人却充满敌意:埃斯库罗斯,《阿伽门农》,行608〕。在这里,从阿伽门农刚愎自用的性格以及 ὕβρις 的作风来分析,他显然是说,如果你奥德修斯对我阿伽门农忠诚(即朋友之间的真诚),你就不会违背我的意愿;当然,如果透克洛斯以及其他跟随埃阿斯的人对我阿伽门农忠诚——而且也应该只对我阿伽门农忠诚(即统帅与被统帅之间的忠诚),那么,他们也不会冒犯埃阿斯葬礼的禁令。

124.8 如果阿伽门农在前面说到的是自己的权威(行1352),那么,奥德修斯接着说的这句话(行1353)就会显得稍有些突兀。事实上,奥德修斯是想让阿伽门农不要再接着对他在神明面前所应该承担的责任恣意作为,亦即不要再做阻止他为埃阿斯能够下葬所作的努力。对于埃阿斯而言,奥德修斯的这句话似乎带有讽刺意味:埃阿斯活着的时候并不愿意履行他的义务,现在他死了,他的葬礼却只能凭借他所厌恶的人阿伽门农去履行他所不愿意履行的责任才能得以举行。不过,这只是理解的这句话的一个方面;对这句话,杰布还有另外一种理解。他认为,这句话的意思是说:“当一个朋友想要耐心说服你的时候,如果你能够对这个朋友(也就是奥德修斯自己)表示容忍,你自己的利益就可以得到最好的体现,而这对你来说才是真正重要的。"这种理解或许还可以找到依据: *πολλὰ μὲν τῶν χρωμένων ἡττώμενος, ἅπαντα δὲ τῶν ἐχθρῶν περιγιγνόμενος*〔对自己的亲友,他时常是听从的,而对敌人则十分严厉:伊索克拉底,《演说集》,IX. 44〕。不过,这个依据似乎显得有些牵强。

124.9　需要注意,小品词 *ποτ'*〔*ποτέ*, 先前〕同时界定了他对埃阿斯两方面的判断;在奥德修斯的观念中,埃阿斯既对他十分厌恶,同时也是高贵而有尊严的。不过,也因为这个小品词,*ὅδ' ἐχθρὸς ἀνήρ, ἀλλὰ γενναῖός ποτ' ἦν* (行 1355)这句话便只涉及埃阿斯在世的时候:从字面上,按照原文语序去翻译——这种译文在汉语中虽然显得佶屈聱牙,但却十分准确:这个(人,)一个厌恶(着我的)的人,却高贵而有尊严,(他)先前是(这样的)。

124.10　阿伽门农在说 *ἐχθρὸν ὧδ' αἰδεῖ νέκυν*〔对厌恶你的人的尸体这样表示敬畏:行 1356〕时,他已经将自己和奥德修斯争论的范围缩小到只是奥德修斯和埃阿斯个人关系的范围内了。透克洛斯在前面也曾将埃阿斯和阿开亚人之间的冲突限定在他与墨涅拉厄斯之间(行 1333—行 1334)。

前面,奥德修斯在说到埃阿斯曾是他所厌恶的人的时候用到了 *ποτέ*;这个词既可以作小品词,表示已经过去的意思,又可以作语气词。而奥德修斯在说到曾经是的时候,应该以过去完成时形式出现的谓语动词被略去了,这样,到了这一行,阿伽门农便继续产生了误解:他不明白奥德修斯为什么会对一个自己所厌恶的人表现出尊重。

124.11　*ἀρετή*〔(他的)出类拔萃〕应当是奥德修斯这句话(行 1357)的主语,亦即是一个主格单数形式,作谓语动词 *νικᾷ*〔取胜,战胜〕的主词。*τῆς ἔχθρας*〔(他的)龌龊〕是一个生格,作 *πολύ*〔许多〕的补语,表示比较或对比的关系,亦即字面含义作出类拔萃胜出

龌龊许多,而且字面直译在文意上顺畅得多。显而易见, *ἀρετή*
一词在这里更多地是指埃阿斯在作战过程中的骁勇善战,而其
中所蕴含的德性的要素则少而又少。这也从一个侧面显示,与
雅典人的观念中的 *ἀρετή* 一词相比,晚近用来表示德性的 *virtus*
一词虽然出自 *ἀρετή*,其内涵显然要小得多。奥德修斯的这句话
或许是整部戏后半段最重要的。

125.（行 1358—行 1369）

阿伽门农　不过,这种类型的人大多都是反复无常。

奥德修斯　相当多的人,现在可能还挺友好,过后就变
成了仇敌。

阿伽门农　[1360]你是想让我们把这样的人当作是朋
友了?

奥德修斯　我并不指望固执己见的人表现出友好的
态度。

阿伽门农　你是要使我们在这个时候显示出懦弱。

奥德修斯　恰恰相反,每一个希腊人都会觉得我们做
得很是公正。

阿伽门农　你不是想让我允许这个死者下葬吧?

奥德修斯　[1365]我是这样想的。将来有一天,我也
会这样。

阿伽门农　果然,每个人都只为自己着想。

奥德修斯　除了我自己,我还应该为什么人着想呢?

阿伽门农　这件事情,你要做就去做吧,我是不会去
做的。

奥德修斯　无论是你自己还是你允许别人去做,都对

你会有好处。

　　125.1　显而易见,阿伽门农的语气此时已经显得缓和了许多(行1358)。虽然他这时在谈论埃阿斯,但在这里,他并没有把话说透,而只是说 τοιοίδε ... φῶτες 〔这样的人〕。接下来,他所说的 τοιόσδε 也是指身位变动不居的埃阿斯(行1360)。对此,或许可以认为(参见 L 钞本),行末结尾处的 βροτῶν 〔人〕一词因为与前面的 φῶτες 〔人〕一词在词义以及句义上重复,因此可视作是修辞上的败笔,亦即 πλεονασμός 〔赘言、冗辞〕。不过,这种说法仅能作一参考,因为这种 πλεονασμός 在古典文献中并不少见。至于 ἔμπληκτοι 一词,既要注意它出自动词 ἐμπλήσσω 〔冲、奔〕,因此带有向前猛闯的意味;同时,也要看到,作为形容词,它表示的是一种反复无常,轻浮而无信: μηδέποτε ὁμοίους μηδ' αὐτοὺς αὑτοῖς εἶναι, ἀλλ' ἐμπλήκτους τε καὶ ἀσταθμήτους 〔他们连自己的(奴隶)都信不过,性情轻浮,且反复无常:柏拉图,《吕西斯》,214c〕。不过,这里所说的 ἔμπληκτοι 似乎并不表示性格上的多变,而是表示身位上的多变:阿伽门农在说到埃阿斯的时候,也主要是指他时常从朋友(或更准确地说是盟友)变为敌人。① 这几句(行1354,行1358,行1360)涉及的应该是同一个人,但问题在于把埃阿斯当作或称作是朋友是否合适。按照布隆代尔的观点,具有讽刺意味的是,埃阿斯不得不接受他曾经十分厌恶的人的原宥,只是因为他也拥有他所鄙视的那种多变。② 但布隆代尔的问题在于,他似乎把性格的多变与身位的多变搞混了:埃阿斯自戕而死之后,他的性格(以

---

①　H. D. F. Kitto, *Form and meaning in drama*, London, 1956, p. 194.

②　Cf. M. W. Blundell, *Helping friends and harming enimies: a study in Sophocles and Greek ethics*, Cambridge, 1989. 不过,布隆代尔将两种类型或两种性质的人统称为敌人,似乎并不恰当。

及由此影响到的人际关系)并没有变化;这时,发生变化的是埃阿斯在与奥德修斯关系中所体现(实现)的另一种身位。死后的埃阿斯即便仍旧为奥德修斯所厌恶,但却可以成为奥德修斯体现自身美德的凭借物。从这个意义上讲,这一环节的多变丝毫不带任何的讽刺意味,倒是阿伽门农在无意中泄露了奥德修斯的秘密。

125.2 奥德修斯的这句话(行 1359)看上去像是埃阿斯另一句话(行 679—行 682)的另一种说法。在这里或许更希望奥德修斯说敌对者时常会变身为朋友。然而,他现在想要解决的问题却是埃阿斯从一个敌对者变身成为朋友,而相反的身位变化只是这句话中的隐含之意。不过,从另一个角度来考虑,阿伽门农刚刚指责奥德修斯是一个 ἔμπληκτος〔多变的、反复无常的〕人,那末,奥德修斯这句话也就成为对这种"指责"做出回应:他这句话的意思是说,从朋友变为敌人是一件很平常的事情。所以,如果他能够忘记埃阿斯先前的敌对之意,只记得埃阿斯在战场上的出色表现,那么,他就能够做到对埃阿斯所犯罪孽加以宽恕。不过,这句话中似乎还隐含着另一层意思:即阿伽门农这时已经不再像他原来所表现的那样拥有 φιλία〔爱〕,似乎变得十分 πικρός〔尖刻、苛刻〕。这个词的本义是尖锐的,译文采用其引申义敌视的;同时,这个词的本义中还带有尖刻、苛刻之意。

125.3 奥德修斯的 σκληρὰν ἐπαινεῖν οὐ φιλῶ ψυχὴν ἐγώ 这句话(行 1361)里有两处需作说明:我将 ἐπαινεῖν〔想让〕一词理解为指望,而原文中,诗人却是以重复使用 ἐπαινέω 一词的方式体现奥德修斯的这句话是对阿伽门农的回答,只是这样的表达方式在汉语中似乎显得有些不便。其次,从字面上,短语 σκληρὰν ... ψυχήν 几乎可以译作禀性刚直的人。但对这个短语指的是谁,似乎并无定论。一种观点(杰布)认为,这里所说的 σκληρὰν ... ψυχὴν

应当是指耿直而不善妥协的埃阿斯。但这种观点的问题在于，如果奥德修斯此处忽然又提到埃阿斯能不能对他友好，似乎就意味埃阿斯并没有死。而事实上，埃阿斯在前面就已经自戕而死了，除非假定奥德修斯在这里所说的话带有借喻的性质。另一种观点则认为，奥德修斯所说的 σκληϱὰν … ψυχήν 应当是指阿伽门农，这样，奥德修斯这句话的意思就成了他并不指望像阿伽门农这样很难改变自己主意的人接受他的建议。① 对此，这里更倾向于后一种观点。从上下文语境来理解，奥德修斯对阿伽门农的刚愎自用是有所责备的。不过，这后一种观点同时也会使人感到奥德修斯这样说话似乎有些不贴切：在冥顽不化这一点上，埃阿斯和阿伽门农是同样的，而让奥德修斯这样描述阿伽门农，总会让人觉得有些别扭，这个描述似乎更适合于埃阿斯。但是，如果看到赫拉克勒斯曾经用这个词描述自己灵魂的坚强：πϱὶν τήνδ' ἀνακινῆσαι | νόσον, ὦ ψυχὴ σκληϱά 〔我的坚强的灵魂啊，在你把她唤醒之前一直疯癫：索福克勒斯，《特拉喀斯女孩》，行 1260〕，或许就不会认定这个词贬义的意味那么重了。

125.4 从字面意思上，短语 δειλοὺς … φανεῖς（行 1362）就表示显示出懦弱。其中，φανεῖς 一词带有以具有某种属性而闻名的意思，而且时常还是一种污渍的显示或一种卑劣的表露：τὸν δὲ μιαϱὸν τῷ χϱόνῳ ἀποδόντες φῆναι 〔你使那人身上的血渍随着时间而逐渐显露出来：安提封尼，《饮说集》，IV. iv. 11〕。杰布说，这个词在适当的语境下可能专用于表示让某人显得像是某种类型的人，这似乎有些牵强。至于这句话中的短语 τῇδε ϑἠμέϱᾳ，其字面意思作在这一天，通常专指说话的当下，所以，将其译作今天似乎

---

① B. Knox, *The heroic temper: studies in Sophoclean tragedy*, Berkeley, 1964, pp. 23—24, p. 23.

也不算过分,但从此处剧情发展来看,或许译作这个时候可能更贴切一些。

125.5 诗人在这里使用的由两个小品词组合成的小品词短语 μὲν οὖν (行 1363)一般用来表示在前面的一段陈述之后提出一个转折性的(通常与前面的陈述相反的)看法,这个短语与拉丁语中的 *immo* 一词是等值的:

> 帕弗拉康　　德莫斯,擤擤鼻子,把手在我的头上擦一擦。
>
> 腊肠贩　　别呀(μὲν οὖν),在我头上擦吧!
>
> (阿里斯托芬,《骑士》,行 911)

应当注意到,短语 μὲν οὖν 在没有小品词 δέ 相伴时大多有着这样的作用,通常要当作一个独立的句法结构来处理,而且这个句法结构又带有否定的性质。在阿里斯托芬这里,这个独立的句法结构译作别呀;在索福克勒斯笔下的奥德修斯口中则译作恰恰相反更顺畅些。在这里,这个短语表示,奥德修斯对阿伽门农的说法不能苟同,他是想说,人们不会认为,如果阿伽门农允许埃阿斯下葬或认可透克洛斯以及埃阿斯的亲人违背那个葬礼禁令,阿伽门农以及这些阿开亚人就是懦夫。相反,他们都会认为这才是公正的体现。不过,在奥德修斯的语气中确也可以解读出这样的含义:奥德修斯并不能向阿伽门农保证,如果他作出让步,就会被看作是一个真正的英雄;他只是告诉阿伽门农,这样做在所有其他人看来,都是正确的。

从接下来阿伽门农说的那句话(行 1364)来看,他似乎已不打算再作争辩了,而他所使用的简单反问句或许表明他已经放弃了他所下达的那项埃阿斯葬礼禁令。

125.6 行 1365 的 ἔγωγε 一词是人称代词第一人称单数主

格 ἐγώ 的强写形式,在这里作为一个独立的句法结构,表示对对方提问的肯定回答,根据不同的语境,可以有不同的转译。在行104,我将这个词译作我是在问你,在行 1347 则译作我是这个意思。无论怎样转译,从古典语文学的角度来看,这个第一人称单数的我字都是不能省去的。相反,接下来的一句中,动词 ἕξομαι 倒是不必把主词写出来;而 ἐνθάδ' ἕξομαι 则表示我将会那样,亦即有朝一日,我也会那样,这句话是指我也会需要 τὸ θάπτεσθαι〔举行葬礼〕。ἐνθάδ'〔那样〕应当包括奥德修斯指自己有一天也会死,到那时,他同样也需要有葬礼举行。

125.7　按照杰布的说法,大多数校勘者都认为,在 ἦ πάνθ' ὅμοια πᾶς ἀνὴρ αὑτῷ πονεῖ 一句(行 1366)中的 ἦ πάνθ' ὅμοια 后面应该加上一个半句符,从而使这个半句符后面的文字 πᾶς ἀνὴρ αὑτῷ πονεῖ 可以成为一句谚语。这样,这句话便可译作事情总是这样的(ἦ πάνθ' ὅμοια·):每个人都是为自己着想的(πᾶς ἀνὴρ αὑτῷ πονεῖ)。为此,也有随文诂证称,ὄντως πάντα τὰ ἀνθρώπινα ὅμοια· πᾶς γὰρ ἄνθρωπος τὴν ἑαυτοῦ πραγματεύεται σωτηρίαν 〔事情实在只能是这样;因为,每个人都只能解决自己的麻烦〕。不过,杰布也认为,这种解读对于索福克勒斯这样的悲剧作家来说似乎过于肤浅。他倾向于认为,ὅμοια 一词在这里是一个副词,那么,如果没有那个半句符,则这句话也就表示所有的人每每遇到事情时似乎(ὅμοια)都只会为自己着想,即便在为他人举行葬礼这种事关天理的事情上也不过如此。对于此句,如果考虑到 αὑτῷ 一词的多重含义,后半句或许也可理解为每个人都会自行其是(αὑτῷ πονεῖ)。这一理解的核心在于将 αὑτῷ 一词看作与 πονεῖ〔做事〕连用,而不是看作与 ἀνὴρ〔人〕连用。不过,这种解读可能背离了现时的语境。

125.8　杰布认为,从奥德修斯的话中,似乎可以看到,他也接受了阿伽门农这种自私的指责，或许在这种自私的名目下，他也使自己得到了荣誉(行 1367)。但是，还可以从另一个角度来理解：任何判断都只是从本心出发的，而雅典娜对奥德修斯的帮助也不是通过教诲发挥作用，正如她对埃阿斯的惩罚并不是通过给埃阿斯送去任何的话语(或逻各斯)才使他失心疯癫的，埃阿斯的疯癫是因神明高台上的雅典娜从心的诱导。

奥德修斯所说的 ἐνθάδ' ἵξομαι〔我将会那样〕，充分反映了他总是能够通过其他人来看自己并且能够用这种看法去影响他人，而他的这种能力在前面就曾经展现过(行 121－行 126)。至于阿伽门农的回答，却带有犬儒学派的味道，显得有些愤世嫉俗。他通过 πᾶς ... πονεῖ 的头韵使其回答变得像是一句格言，好像这个回答并不是他个人的看法，而是人们普遍接受的道理。比勒尔并不认为奥德修斯的这种态度是一种自私的态度，他把奥德修斯的这句话当真看作是一句格言了。① 这种观点的问题在于它并没有对这句话产生任何的怀疑。不过，这里更倾向于另外一种分析：奥德修斯(至少在这里)是想以阿伽门农能够理解的方式来说服阿伽门农。② 不过，索福克勒斯也并没有打算让读者接受阿伽门农那种愤世嫉俗的观点。事实上，在希腊古典作家那里，至少在他们的悲剧作品当中，感同身受的感情总有自私的成分，亦即同情某个人只是因为在这个人身上看到了自己的影子。③ 但这里的问题却在于，奥德修斯确实表现出感同身受，而阿伽门农却不能理解这种感同身受。

125.9 原文 ὡς ἂν ποήσῃς (行 1369)中的不可译小品词 ἂν 当然带有引导条件句前件的作用，但当它与连词 ὡς 在一起使用

① W. Bühler, *Zenobii Athoi proverbia*, IV, Göttingen, 1982, p. 100.

② J. A. S. Evans, "A reading of Sophocles' *Ajax*", *QUCC*, 1991, p. 82.

③ J. Jones, *On Aristotle and Greek tragedy*, London, 1962, pp. 189－191.

时，这个短语便表示无论采用何种方式。在这里，这个子句照字面含义应当理解为无论（你）采用何种方式做，亦即无论是你自己去做，还是你撤销你的禁令，允许他人去做。事实上，当奥德修斯这样说时，他已经知道，经过他的说服，阿伽门农此时可能已经接受了他的观点。这时，虽然让阿伽门农亲自为埃阿斯举行葬礼依然是一件不太可能的事情，但如果让透克洛斯为埃阿斯举行应该有的葬礼，阿伽门农或许不会再惩罚他了。当奥德修斯说，如果阿伽门农照他的要求去做了，那么，他就是 *χϱηστός*〔字面意思是有用的，有效的，引申也可作正直的〕。奥德修斯并没有在这里使用可以表示出色，高贵或正直的 *ἀγαϑός* 或 *ἐσϑλός*。这一点暴露出奥德修斯的诡谲之处：他并没有用正义或者神明律令的道理来说服阿伽门农，而是试图用阿伽门农能够给自己带来荣誉来说服他；而阿伽门农这时所做的一切，在他自己法令的范畴内都是无懈可击的，但这种无懈可击却不能给阿伽门农的荣誉带来任何的好处。

126.（行 1370—行 1373）

阿伽门农　[1370]好吧，不过，你得想清楚，虽然除了这件事情，你做别的事，我可能会对你更满意一些，但是，对于这个人，无论到了那里，还是在这里，我都会同样地表示我的厌恶；而你可以照你想的去做吧。

126. 1 阿伽门农最后的话，在语言上颇具深意：*ἀλλ' εὖ γε μέντοι* 是一个特别的结构：在这里，*ἀλλά* 和 *εὖ* 连用，表示赞同，而小品词 *γε* 则用来强调 *εὖ*，亦即强调阿伽门农已经表示可以接受奥德修斯的建议了；至于 *μέντοι* 则表示对于所赞同的意见依然持有保留态度(行 1370)。而以这样的语言来表示自己的妥协,阿伽门农显然还是心有不甘的,同时,他也希望奥德修斯能够看到他并不情愿。

126.2 短语 *κἀκεῖ κἀνθάδ' ὤν* 的字面意思是在那里(并且)在这里;这句话的意思却是说,即便你将埃阿斯埋到地下,他也还是像现在这样(行 1372)。这是一个并列结构,即在 *κἀκεῖ* (*ἐκεῖ*)和 *κἀνθάδ'* (*ἐνθάδε*)这两个副词不需加连词而表示二者并列,二者之间没有侧重,只是表示二者一样。因此,将这个短语理解为无论在那里,还是在这里都是可以的:*ὁ δ' εὔκολος μὲν ἐνθάδ' εὔκολος δ' ἐκεῖ* 〔他(指索福克勒斯)去那里很容易,到这里来也很容易:阿里斯托芬,《蛙》,行 82〕。

126.3 在古希腊语中,*χρῆς*〔意欲〕一词要求与动名词连用,此处的 *δρᾶν* 一词则动词 *δράω*〔做、完成〕的现在时不定式形式。对于 *χρῆς* 一词,可以有不同的理解,比较合理的理解是把这个词看作是名词 *χρή*〔必然〕的复数与格形式。但是,这种"必然"却有可能使人认为,阿伽门农这句话的意思是埃阿斯的葬礼必须举行。由此,有一种反对意见认为,阿伽门农在这里又回到了他们争论的原点,而且其实依然没有改变态度(行 1370 — 行 1373)。但是,阿伽门农的这段话确实表明,奥德修斯终于在阿伽门农离开之前部分地说服了阿伽门农,使他在离开前同意奥德修斯把埃阿斯的尸体收殓下葬。这便出现了一个似是而非的矛盾:一方面,阿伽门农同意了葬礼,似乎改变了主意;另一方面,他又没有说,自己要为埃阿斯举行这个葬礼。事实上,阿伽门农并没有对透克洛斯说他可以把他的同父异母兄弟下葬。当然,对这一点,也可以有多种不同的解读:阿伽门农早前禁止任何人为埃阿斯举行葬礼应该是对埃阿斯的一种惩罚,但在透克洛斯反复申辩的情形下依然坚持这个禁令,便有可能是因为透

克洛斯的出身卑微。现在,他不再禁止埃阿斯的葬礼,但他并未
说明是否赞同透克洛斯为埃阿斯举行葬礼,他只说他的禁令对
奥德修斯解除了。而且,他应当想到,即便是奥德修斯为埃阿斯
举行了葬礼,如果不能让透克洛斯参与,那也将是对埃阿斯以及
埃阿斯身边的人的一个差辱。从文本上看,他把是否差辱的权
利让渡给了奥德修斯。最后,阿伽门农说的 ἄ χεῆς 只能理解为
允许奥德修斯去照自己的想法去做。

127.（行 1374－行 1380）

歌队队长　奥德修斯,看你已经做到,如果有谁不承认
[1375]你拥有智慧,那他就一定是一个愚蠢的人。
奥德修斯　对于透克洛斯,现在,我要郑重地声明,先
前我曾十分讨厌他,但从此刻起,我是他的朋友了。我
很愿意和大家一起将死者下葬,一道为他举行葬礼,不
要出现丝毫的疏漏,[1380]让人们能够缅怀这个最高
贵的人。

127.1　阿伽门农的离开意味着他已被奥德修斯说服,不再
坚持禁止举行埃阿斯的葬礼。于是,歌队队长对奥德修斯表示
了最大的感激之情。这似乎意味着奥德修斯的目的终于达到
了:他使自己不再是那种脑子不好的人(行 964－行 965)了。但
是,歌队队长在这里对奥德修斯的称赞是否真诚的,这依然十分
可疑。索福克勒斯在这个时候让歌队队长这样说,其目的也是
我们不能确定的。不过,或许可以猜测,诗人的目的是要提醒
注意透克洛斯将会作出怎样的反应。在古希腊悲剧传统中,
奥德修斯的那种聪明或狡狯一般都是同恶和龌龊联系在一

起的：*σοφὸς παλαιστὴς κεῖνος· ἀλλὰ χαὶ σοφαὶ | γνῶμαι, Φιλοκτῆτ᾽, ἐμποδίζονται θαμά* 〔他可是一个聪明的对手！不过，|菲洛克忒特斯，绞尽脑汁的筹划最后也常会失算：索福克勒斯，《菲洛克忒特斯》，行 431—行 432〕。而贯穿在这部剧中，奥德修斯一直因为他的那种聪明或狡狯不断地受到埃阿斯以及他的朋友的指责。这让人想到，在希腊，大多数人并不把 *σοφός* 〔聪明〕看作是一种美德，而更看重它的负面的含义。① 因此，当歌队队长说奥德修斯凭借他的聪明可能已经说服了阿伽门农的时候，他的这句话里便带有某种反讽的意味了。

127.2 奥德修斯显然已经意识到，阿伽门农这种态度的转变不仅是针对埃阿斯的，而且也同样是针对透克洛斯的。所以，他开口便表明了自己对透克洛斯的态度，这种态度此时已发生了转变（行 1376 — 行 1377）。此句的主句是 *ἀγγέλλομαι ... εἶναι φίλος* 〔我宣布……是朋友了〕；其中，*ἀγγέλλομαι* 一词的本义为传递信息、送信，是一个常用的动词，并不带有郑重或庄重的意味，而且也很少以一个动名词作其宾词。而当它以这样的方式使用时，大多都带有郑重其事的意味：*κἀξαγγέλλομαι | θνήσκειν ἀδελφῶν τῶνδε κἀμαυτῆς ὕπερ* 〔我郑重宣示，我将为我的兄弟们和我自己去死：欧里庇得斯，《赫拉克利特的儿女们》，行 531〕。

127.3 奥德修斯的话即便说到这里，我们仍不能判断他所说的 *ξυμπονεῖν* 〔一起完成葬礼的举行〕是要和谁一起完成此事（行 1379）：从他刚刚说过的话来看，他设想中的将和他一起完成这件事情的人应该是现在已被他宣布为朋友的透克洛斯。但他说这话时，歌队也一直在一边，而歌队的那些人又都是跟随埃阿斯

---

① M. Coray, *Wissen und Erkennen bei Sophokles*, Berlin, 1993, pp. 122—123, pp. 131—132, pp. 385—386.

来到特洛伊的水手,由他们与透克洛斯一道为埃阿斯举行一个葬礼,也是顺理成章的事情。这一指代不清的陈述,事实上也为他最后离开葬礼现场留下了伏笔。

127.4 从敌人到朋友,奥德修斯这样来描述他和埃阿斯之间的关系变化,目在于强调他现在已经和埃阿斯的朋友有了共同的目标,他将为埃阿斯恢复荣誉,重塑埃阿斯的英雄形象。这段话(行1376-行1380)与他在开场时所说的话形成鲜明的对比:开场时,他曾说自己要完成一项近似于狩猎的任务,而这项任务在当时是他最大的一件心事(行24)。

128. (行1381-行1392)

透克洛斯 最高贵的奥德修斯,听了这些话,我对你只有称赞的权利。你曾在我满怀希望时欺骗了我。在阿尔戈斯人当中,你曾对他怀有最大的敌意,可你也是唯一可以站在他身边,伸出援手的人。[1385]你也没有像那个疯了的统帅和他的兄弟那样,虽然人家都死了,你一个活人还要对他羞辱虐待——那兄弟俩竟然要让埃阿斯曝尸荒野,禁止将他埋葬,他们是想以此报复他。奥林匹斯山上的至高无上的天父,[1390]记忆超强的厄里诺女神,以及做出最后决定的公正女神,他们总是以厄运将丑恶的人毁灭,他们现在就是这样,将那人抛弃在这里,让他蒙受羞辱。

128.1 透克洛斯的回答里,依然带着固有的猜疑,应该说这种猜疑也并非空穴来风。透克洛斯的回答,其语气似乎流露出他的那种猜疑。*ἄριστ'*〔最勇敢的〕在语气上是说话的人表达谢意

的一个套话。在这里,似乎并不表明透克洛斯心中的芥蒂已去
(行1381)。这里,有一点值得注意,透克洛斯这句话里对奥德修
斯的描述和奥德修斯在上一句里对埃阿斯的描述竟然完全一
样,他们都采用了 ἄριστος 一词。但是,这两个人在使用上应该
有不同的含义:对于奥德修斯来说,他说埃阿斯最为勇敢,应该
更倾向于承认埃阿斯的作战英勇,因此比较贴近 κράτιστος〔最强
壮的〕一词。而对于透克洛斯来说,他说奥德修斯最为勇敢,更
多的隐含着某种不服气的意味。至于这句话主句中的 λόγοισι
〔话语〕,应当是与格名词作状语。但对此,学术上却有着不同的
解读:一种解读认为(我也采纳了这样的解读),这个 λόγοισι 是指奥
德修斯所说的话,包括他对阿伽门农所说的那些话,也包括他说
他想和他们一起为埃阿斯举行葬礼;另一种解读认为,这里的
λόγοισι 应该是指透克洛斯将要说的话。若此,则这句话就会变
成在我的(将要说的)话里面,或无论我说了什么,我都会对你的
努力表示赞赏。这种解读从句法上是可以成立,而且这也预示
着透克洛斯此刻已经想好,要把奥德修斯排除在埃阿斯葬礼活
动之外。虽然事实上,最后,奥德修斯确实被排除在外了,但单
就这里的几行而言,从语气和语境上,这种解读还是显得有些突
兀,似乎不能看作诗人的本意。

    128.2 短语 ἀνὴρ μόνος παρέστης χερσίν (行1384)照字面意思可
以理解为唯一(能够在关键时刻)站在(他的)身边,伸手的人。对这
个短语,有一则随文诂证解读为 συνεμάχησας ἔργῳ, οὐ λόγῳ〔共同
去做,并不止于言谈〕。事实上,奥德修斯到这里来也的确是为了
提供真正的帮助,是想改变阿伽门农和墨涅拉厄斯兄弟作出的
决定,让阿伽门农能够解除禁令,允许埃阿斯下葬。此处,χερσίν
一词,按照杰布的解释,是指采取行动,亦即 ἔργῳ〔做,行动〕,与
相关随文诂证中所说的 λόγῳ〔言谈,此处意近空谈〕相对应。这或

许有些道理,但如果将 χερσίν〔用手〕一词和 ἔργῳ 一词在词义上
直接联系到一起,显然缺乏相应的证据。

128.3　透克洛斯所说的 ἀνὴρ μόνος παρέστης χερσίν〔那个疯了的
统帅〕当然是指阿伽门农,而此处的 οὑπιβρόντητος 一词字面上的
含义是遭受雷击,引申则表示吃惊、目瞪口呆,进而表示疯狂、狂
暴(行1385)。但这个词在这里却并不表示阿伽门农像前一天晚
上的埃阿斯那样失心疯狂,它仅指阿伽门农因傲慢而猖狂:
ἐμβρόντητε, εἶτα νῦν λέγεις〔你这个疯子,说这样的话有什么用:德墨斯
忒尼,《演说集》,XIX. 243〕。按照透克洛斯的性格,这句话应该并
不带有对奥德修斯的反讽,而是指阿伽门农,是直接表达他对阿
伽门农厌恶的。但是,不清楚是否隐含对奥德修斯的疑虑。

128.4　原文中,ὁ πρεσβεύων πατήρ (行1390)一般意义上的字
面本义作年纪最大的父亲,而这个词的引申义则表示站在前列
或最为突出:Κνωσίους … τὸ πρεσβεύειν τῶν πολλῶν πόλεων〔科诺索
斯……那是在众多城邦中最为突出的:柏拉图,《礼法》,752e〕。在这里,
那位居住在奥林匹斯山上最为年长的神明,在雅典人看来,就是
至高无上的天父。希腊人并没有关于天父专名的称谓,因此,当
索福克勒斯在这里不想直言宙斯,而要指明宙斯乃至高无上时
便使用了这样的描述。

128.5　在通常的情形下,μνήμων 多表示细心、小心,在这个
含义上引申,表示对丑恶与罪行不能忘记:εὐμήχανοί |
τε καὶ τέλειοι, κακῶν | τε μνήμονες Σεμναί〔我们谋划能力很强,又长于
实施,而将那些恶行交给记忆尊者:埃斯库罗斯,《复仇之神》,行381-行
384〕。由此,这个词通常与复仇女神厄里诺连在一起(对比埃斯库
罗斯,《被缚的普罗米修斯》,行516)。在这里,透克洛斯提到这位厄
里诺斯女神可能并不带有想要替埃阿斯复仇的意思,只是为了
提醒人们不要忘记埃阿斯在他临死前发下的诅咒(对比埃斯库罗

斯,《复仇之神》,行383);而说到 $\Delta i\kappa\eta$〔公正女神〕时, $\tau\epsilon\lambda\epsilon\sigma\phi\delta\varrho\sigma\varsigma$ 一词
则带有命运之神的意味,亦即所有的事情最后都将归结到 $\Delta i\kappa\eta$
所确定的结局那里(行1390以下)。

　　128.6 假如能够确定行1392的那个 $\tau\grave{\sigma}\nu\ \check{a}\nu\delta\varrho a$〔人〕是指埃阿
斯的话,那么,照杰布的说法,这个短语就应该写作 $\tau\grave{\sigma}\nu\ \check{a}\nu\delta\varrho a$。
但是,刚刚(行1388)已然提到了埃阿斯,因此,在这里将 $\tau\grave{\sigma}\nu$〔冠
词〕写作 $\tau\grave{\sigma}\nu\delta'$〔那个〕似乎就显得没有必要了。然而,也不妨将这
个 $\tau\grave{\sigma}\nu$ 看做是一般泛指,如此一来,透克洛斯的这句话便颇具深
意了:奥林匹斯山上的神明惩罚恶人将其曝尸旷野,这成了一个
普遍的惩罚恶人的方式。进而言之,曝尸旷野本身也就成了一
种普遍的对死者羞辱的方式。

129. (行1393—行1401)

透克洛斯　　但是,尊敬的拉厄耳忒的儿子啊,是否可以
　　让你在葬礼上接触那个尸体,我一直在犹豫;[1395]我
　　担心,那样的话,可能会冒犯死者;不过,你还是可以参
　　加进来,做些别的事,如果你愿意,也不妨带着军中的
　　士兵来;他们在这里也会受到欢迎。剩下的事情,就让
　　我来准备吧。至于你,一定要记住,在我们看来,你已
　　经很高尚了。
奥德修斯　　[1400]我还是希望能够参与。但是,如果
　　你不愿意我留在这里,那么,我会尊重你的意愿,离开
　　这里。

　　129.1 透克洛斯用 $\gamma\epsilon\varrho a\iota o\tilde{\upsilon}\ \sigma\pi\acute{\epsilon}\varrho\mu a\ \Lambda a\acute{\epsilon}\varrho\tau o\upsilon$〔尊敬的拉厄耳忒的
儿子〕称呼奥德修斯,在语气上表现出对后者的尊重(行1393)。

实际上，原文中的 (ὁ) γεραιός 一词在荷马笔下作名词使用是有着双重含义的：一方面，它表示年迈的先辈，另一方面也表示因其年迈而具有神的品质，故而值得尊敬：πολλὰ δ' ἔπειτ' ἀπάνευϑε κιὼν ἠρᾶϑ' ὁ γεραιός ǀ Ἀπόλλωνι〔他走了很远之后，便向尊贵的阿波罗祈祷：荷马，《伊利亚特》，卷 I. 行 35—36〕。这种用法也见于上文（行 1349）奥德修斯对阿伽门农的称呼：Ἀτρείδη〔阿特柔斯的儿子〕。不过，这两处尊称的意味却不尽相同：前者是奥德修斯为了请求阿伽门农解除禁令而对他表示尊重，或许真心的意味更多一些，而在这里，透克洛斯则显然是一种客套。

129.2　在透克洛斯接下来的这句话（行 1394）中，ἐπιψαύειν 一词的本义是轻触到某个东西的表面：οὔτ' ἄρ' ἐπιψαύων σάκεος ποσὶν οὐϑ' ἑκὰς αὐτοῦ〔他的脚并未碰到盾上，不过离得也不远：赫西俄德，《赫拉克勒斯之盾》，行 217〕。这个词的另一层引申义也颇值得注意，在有些情形下，这个词也会被用来表示机巧、投机取巧的意思：ἐπιψαύῃ πραπίδεσσι〔巧用心机：荷马，《奥德赛》，卷 VIII. 行 547〕。不能断定，透克洛斯这里使用这个词是否带有这样的意味。但不能排除这样的可能性，当透克洛斯说出这样的话时，雅典人想到的那个奥德修斯应当是一个很多算计的人。当然，如果据此将这句话理解为透克洛斯想要拆穿奥德修斯的哪个计谋，则又背离了原意；不过，透克洛斯心里或许有着某种潜意识，这样说也不是完全没有道理。

129.3　无论是否出于精心算计，奥德修斯确实曾经提出请求，希望能和透克洛斯以及埃阿斯的家人与朋友一道为埃阿斯举行葬礼（行 1379）。所以，透克洛斯这时说奥德修斯也可以参加进来，就是对他的请求的回应。但是，透克洛斯在说这样的话之前，先说了一个短语 τὰ δ' ἄλλα〔别的事〕——这个短语可以看作是一个独立的句子（行 1396）。这是对同意奥德修斯参与的一

个限定,而所谓别的事当然就是除触碰尸体之外的所有事。杰布认为,透克洛斯这句话的意思是只同意奥德修斯作为旁观者观看埃阿斯的葬礼,至多是防止有人出面打断葬礼——这种解读似乎也有一定道理。需注意,杰布说,ξύμπρασσε〔一道参加〕隐含着对奥德修斯的请求的回应,并因此将 ξύμπρασσε 一词和 συνθάπτειν〔一道(将死者)下葬〕与 ξυμπονεῖν〔一道做〕联系在一起。但在那里,奥德修斯显然是想要和透克洛斯以及埃阿斯的亲人一道为埃阿斯举行葬礼,而非带着自己的士兵一道参加这个葬礼:τὸν θανόντα τόνδε συνθάπτειν θέλω | καὶ ξυμπονεῖν〔我很愿意和大家一起将死者下葬,|一道为他举行葬礼〕。

129.4　然后,透克洛斯便委婉地告诉奥德修斯:不允许他接触埃阿斯的尸体,亦即将埃阿斯的尸体埋入地下的仪式以及在葬礼上进行的为埃阿斯沐浴净身的仪式都不能让他参加(行1396—行1397)。在古希腊,葬礼的这些仪式一般都由死者的至亲来完成;没有安排奥德修斯参与这些仪式意味着,在透克洛斯心里,奥德修斯还算不上是埃阿斯的至亲。不过,尽管如此,奥德修斯还是可以帮助透克洛斯,保证葬礼顺利进行的。他虽然做不了参与者,但却可以做一个旁观者;而且,他还可以随身带一些他自己的士兵。在这部悲剧的解读中始终关注着一个问题,即埃阿斯与其所在共同体之间的关系问题。当透克洛斯说到奥德修斯也可以带一些他自己的人来参加葬礼时,自然会令人想到,透克洛斯至少在某种程度上想到了埃阿斯重新回归他的共同体。

129.5　这里所说的 τἄλλα πάντα（行1398)照字面意思直译作所有其他的事情。但这里所说的其他的事情和前面提到的别的事属于两类不同的事情。前面提到的别的事是指奥德修斯可以做的事情,而这里所说的则是奥德修斯不能做的。因此,这句话的意思是指可能会接触到尸体的事情,就由我们去做好了。索福克勒斯在这里并没有再次提到葬礼,而用一个在雅典人听来并不婉转的、显得有些直截了当的话来说,这似乎是要表明他的一种急切心理。

129.6　奥德修斯最后说的 $\dot{\alpha}\lambda\lambda'\,\ddot{\eta}\vartheta\varepsilon\lambda o\nu\,\mu\acute{\varepsilon}\nu$, $\ddot{\eta}\vartheta\varepsilon\lambda o\nu$ 一词是动词 $\dot{\varepsilon}\vartheta\acute{\varepsilon}\lambda\omega$〔希望、想要〕的未完成时第一人称单数形式。在古希腊语中,在不采用不可译小品词 $\ddot{\alpha}\nu$ 的情况下,这个未完成时形式表示的是对未曾实现的某件事情能够得到实现,亦即希望某件不现实的事情能够成为现实,是一种不能实现的愿望。而小品词 $\mu\acute{\varepsilon}\nu$ 则暗示这个希望同现实的事实是相悖的:$\dot{\varepsilon}\beta o\upsilon\lambda\acute{o}\mu\eta\nu\,\mu\grave{\varepsilon}\nu\,o\dot{\upsilon}\varkappa\,\dot{\varepsilon}\rho\acute{\iota}\zeta\varepsilon\iota\nu\,\dot{\varepsilon}\nu\vartheta\acute{\alpha}\delta\varepsilon$〔我真希望我并没有在这里争论不休(而实际情况是我一直在这里争论不休):阿里斯托芬:《蛙》,行 866〕。这句话虽然未必是奥德修斯的客套,但在未完成时的 $\ddot{\eta}\vartheta\varepsilon\lambda o\nu$ 和小品词 $\mu\acute{\varepsilon}\nu$ 的使用中看出,他现在已经明确地意识到,这里不再需要他了。而这句话里也带有奥德修斯被拒绝后的伤感或失落(行 1400)。

129.7　简单地将 $\tau\grave{o}\,\sigma\acute{o}\nu$ (行 1401)理解为你的东西,这或许也无不可。但是,对这些东西该是什么,却会产生些许细微的差别。一种理解把 $\tau\grave{o}\,\sigma\acute{o}\nu$ 理解为透克洛斯说出口的言语($\lambda\acute{o}\gamma o\varsigma$),亦即透克洛斯明言的要求;再一种理解,也可将 $\tau\grave{o}\,\sigma\acute{o}\nu$ 看作是透克洛斯心中所想。后者不再简单是透克洛斯言语的表面含义,透过透克洛斯的言语,其实已经看出,他对奥德修斯——以及所有的阿开亚人——都还心结难解。如果采用后一种解读,那么,这句话的意思就变成我知道你透克洛斯对我们心结难解,所以,我还是离开这里的好。

130.（行1402—行1420）

透克洛斯　好了，中间已经耽搁很长时间了。你们去
一些人尽快将墓坑掘好，另一些人将高大的鼎架起来，
在周围[1405]将火燃起，为他做好神圣的净身沐浴。
还要另外一队到他的营帐里去，将他挡在盾牌后面的
那身华丽铠甲取来。

　　还有你，孩子，他可是你的父亲，[1410]现在用力，
用你的爱，和我一道将他抱起来。他的血管还带着丝
缕的温暖，从那里，暗红色的血还在流淌。

　　来吧，所有自称是朋友的人，请快点儿到这里来，
都来[1415]为这个人真正的高贵做些什么；为了凡人，
做什么都没有做这件事情值得。（我的意思是，哪怕他
比埃阿斯更为高贵。）

歌队　许多事情，只要看上一眼就能心里透亮；可在亲
眼见到之前，[1420]却没人能够预知未来。

130.1　接下来是透克洛斯对埃阿斯葬礼的安排。他将埃阿
斯抱起，让那个孩子将手臂放到埃阿斯的身上，而他自己则腾出
另一只手来指挥大家。然后，埃阿斯的尸体被抬着向前行进，埃
阿斯的妻子和儿子跟随在两边，透克洛斯以及从萨拉弥斯跟随
埃阿斯来到这里的那些水手也在送葬的队伍当中。埃阿斯被安
放在赫勒斯珀特附近洛托姆海角的坟茔里，那坟茔将会
βροτοῖς τὸν ἀείμνηστον τάφον〔让人们永久地将他留在记忆里：行1166〕。

130.2　透克洛斯在这里说已经耽搁很长时间了（行1402），应
当是指歌队曾让透克洛斯出去，为埃阿斯寻找一块墓地（行

1165)。于是,透克洛斯中间便离开了一段时间(行 1185－行 1222)。当他寻找墓地回到这里时,便开始安排萨拉弥斯水手该去墓坑,同时他又安排了一些人去将支架架到墓坑附近。最后一组人,透克洛斯则安排他们去到营帐中将埃阿斯遗留下来的兵器取来。如果回顾一下,就会发现,从透克洛斯离开一直到现在,苔柯梅萨和欧吕萨克斯一直跪在埃阿斯的尸体旁边(行 1171 以下)。而后,埃阿斯的尸体被透克洛斯和欧吕萨克斯(可能还有埃阿斯的一些随从)抬起,而后缓慢前行,歌队这时则紧随其后。这便是埃阿斯的葬礼过程。

130.3　透克洛斯接下来说的 οἱ μὲν, τοὶ δ', μία δ' .. ἀνδρῶν ἴλη 则是指透克洛斯将歌队分为三组(ἴλη),分别为他们安排了各自的任务(行 1403)。在透克洛斯给这三组歌队成员安排任务时,从舞台调度上看:最初,歌队或许在开始时为三排横队(κατὰ ζυγά);当透克洛斯说到一组时,这组的歌队成员便变成纵队(κατὰ στοίχους),为最后退场做好准备。维尔克尔认为,在这个过程中,每当透克洛斯安排好一项任务,这一组的歌队便退下舞台,这三组分别从左右和舞台的正面退下。[①] 不过,杰布认为,这样的舞台调度似乎不大合适,因为,如果在埃阿斯的尸体缓缓退场时,这些歌队队员分作三队跟随其后,这样效果会更好一些。

130.4　从词义上说, ὑψίβατος 一词的本义是高处的: Ἀχαιῶν ὑψίβατοι πόλιες〔阿开亚高处的那些城镇:品达,《涅湄凯歌》,X. 行 47〕;但透克洛斯这里所说的 ὑψίβατον τρίποδ' 并不是放在高处的三足鼎,而是指高大的三足鼎(行 1404)。在古希腊,一个将领

---

① Welcker, F. G., "Über den *Aias* des Sophokles", *Rhein. Mus.*, 1829, pp. 87－92.

战死，他的盟友便会为他做一些类似法事的 λουτϱόν〔沐浴净身〕，这种沐浴净身通常使用的是一种 τϱίπους〔三足鼎〕；洗濯之后，人们还会在死者的尸身上搽上橄榄油，再在伤口处涂抹香膏，然后才能将死者入殓下葬：

> 说着，伟大的阿喀琉斯便命其随从赶快将那个 τϱίποδα〔三足鼎〕在火上架好，为那帕特罗克洛斯把身上的血渍洗濯。他们将沐浴净身用的鼎架到烧旺的火上，在鼎内灌满水，在下面加添了柴禾；在鼎的周围都是烈焰，俄顷水便烧热了，稍后锃亮的铜鼎内热水沸腾起来。这时，他们为那个尸体净身，然后再在上面涂抹上橄榄油，在那受伤处填充了存至九年的膏脂。之后，他们将那个尸体放到床板上，用柔软的亚麻布将他从头到脚盖上，然后再盖上一块白色苫布（荷马，《伊利亚特》，卷 XVIII. 行 343－行 353）。

在古希腊，这是有尊严地下葬的程序。不过，在这里，埃阿斯的亲友为他所进行的净身沐浴还意味着埃阿斯在尘世所沾染的污秽在他的葬礼上都被洗刷掉了，这是埃阿斯的英雄得到恢复的标志，也是埃阿斯的伟大与美德得到承认的标志。

130.5 原文中的 κόσμον 一词本无铠甲之义，但从把这个词和 ὑπασπίδιον〔在盾牌后面的〕放到一起的角度去理解，这个 κόσμον 便应该是指埃阿斯的那身铠甲（行 1408）。而且结合埃阿斯曾嘱咐要将他的那把著名的盾牌留给他的儿子欧吕萨克斯（行 574－行 576），这里所说的也就只能仅仅包括他曾经穿在身上的那身铠甲。而中文译文中的华丽二字出自 κόσμον 一词，还带有表示女人华丽首饰之义：πάντα δέ οἱ χϱοϊ κόσμον ἐφήϱμοσε Παλλὰς Ἀθήνη〔帕里斯雅典娜以华丽的首饰将自己装点；赫西俄德，《劳作与时日》，行 76]。

130.6 事实上，透克洛斯这里是在对欧吕萨克斯说，让他伸出臂膀，和他一道将埃阿斯的身体抬起来（行 1410）。但诗人却没有使用 βραχίων〔手臂〕一词来表示，而是用了一个名词的 φιλότητι〔爱〕，照字面直译作用爱把他的两肋围起。

130.7 如果将 σύριγγες ἄνω φυσῶσι 按照字面含义直译作从管道中向上流淌，无论在汉语中，还是在其他语文中，都会显得十分怪异（行 1412）。或许直到亚里士多德那个时候，本义表示管道的 σύριγγες 这个名词都还被当作是鼻孔，而亚里士多德则将它看作是肺气泡或肺孔：αἴτιον τοῦ ἀναπνεῖν ὁ πνεύμων σομφὸς ὢν καὶ συρίγγων πλήρης〔呼吸的肺有着许多气泡，并布满肺管：亚里士多德，《论呼吸》，478a13〕。按照亚里士多德的这种解释，这句话显然是说不通的。因此，只能猜测（仅仅只是猜测），这个 σύριγγες〔管道〕似乎应该是指 φλέβες〔血管〕，而表示 ἀρτηρίαι〔气管〕可能是亚里士多德之后的事情。虽然公元前五世纪中叶的前苏格拉底作家 Ἐμπεδοκλῆς〔恩彼多克勒斯〕曾用 σύριγγες 一词来表示通气的管道：ὧδε δ᾽ ἀναπνεῖ πάντα καὶ ἐκπνεῖ : πᾶσι λίφαιμοι | σαρκῶν σύριγγες πύματον κατὰ σῶμα τέτανται〔负责吸气与呼气的在后面延展的管道里是没有血的：第尔斯，《前苏格拉底哲学家残篇》，344〕。他说 λίφαιμοι〔没有血〕，是因为古代人把动脉血管当作是气管，亦即人们看到，当人死后，气管会是空的，而静脉里依然是回流心脏的血。于是，人们便以为这个空着的气管是心脏向外输送血液的动脉——不过，恩彼多克勒斯的这一说法，即便在古典文献中也是绝无仅有的。

这里所说的这句话看上去与苔柯梅萨刚刚见到埃阿斯尸体时所说的话（行 918－行 919）十分相似。但是，很难相信，我们的诗人为了戏剧情节的发展以及为了营造最后的戏剧高潮竟然会忽视一个基本的事实：从埃阿斯自戕而死到现在已经过去了很长时间。这么长时间过后，死者的血怎么可能依然从血管里喷薄而出？因此，有些校勘学者认为，这句话很可能是后世传抄过程中篡改的。然而，这是不太可能的失误。唯一可以给出的解释就是，诗人或传抄者在最后高潮的营造中认为，那样的实事可能并不重要，至少和这里所需的高潮相比并不那么重要。

130.8 原文中，*φίλος ὅστις ἀνὴρ φησὶ παρεῖναι* 这个短语(行 1413 以下)的意思是说，如果有谁认为自己还是埃阿斯的朋友，那么，就请他马上过来帮助透克洛斯，使埃阿斯能够顺利地下葬。在透克洛斯的话语中，*φησί* 〔说，说自己是〕一词显然带有对自己加以证明的意味。事实上，这句话还有一层隐含的意味，那就是说当时在场的人都自认为是埃阿斯的朋友。因此，这时的埃阿斯，自戕而死之后的埃阿斯已经不再是一个没有朋友保护的人(行910)了。

130.9 歌队最后的这段话中，*ἰδοῦσιν* 一词(行 1418)是动词 *εἶδον* 〔看〕的不定过去时分词，杰布认为，表示既往曾经看到，指凭借经验。而这里则倾向于认为，*ἰδοῦσιν* 一词是指匆匆看过一眼之后；这样一来，这个不定过去时分词 *δοῦσιν* 也就与不定过去时不定式 *ἰδεῖν* 对应起来：分词的一次性动作意味着前者表示看一下，而不定式持续性动作则意味着后者表示看明白。

参考文献

Adkins, A. W. H., *Merit and responsibility: a study in Greek values*, Oxford, 1960.

Baumeister, A. (*hrsg.*), *Denkmäler des klassischen Altertums*, München, 1885—1888.

Bergson, L., "Der *Aias* des Sophokles als 'Trilogie'", *Herms*, (114)1986, pp. 36—50.

Pitman, J. R., *The Ajax of Sophocles*, London, 1878.

Blundell, M. W., *Helping friends and harming enemies: a study in Sophocles and Greek ethics*, Cambridge, 1989.

Borton, R. W. B., *The chorus in Sophocles' tragedies*, Oxford, 1980.

Bowie, A. M., "The end of Sophocles' *Ajax*", *LCM*, 1983, pp. 114—115.

Bowra, C. M., *Sophoclean tragedy*, Oxford, 1944.

Bradshaw, "The Ajax myth and polis: old values and new", in Pozzi and Wickersham (*edd.*), *Myth and polis*, London, 1991, pp. 99—125.

Blaydes, F. H. M., *Sophoclis Ajax, denuo recensuit, brevique annotatione critica*, 1875.

Brown, W. E., "Sophocles' Ajax and Homer's Hector", *CJ*, (61)1965/1966, pp. 118—121.

Bühler, W., *Zenobii Athoi proverbia*, IV, Göttingen, 1982.

Burton, R. W. B., *The chorus in Sophocles' tragedies*, Oxford, 1980.

Buxton, R., *The Complete World of Greek Mythology*, Thames & Hudson, 2004.

Cairns, D. L., *AIDOS: the psychology and ethics of honour and shame in ancient Greek literature*, Oxford, 1993.

"Hybris, dishonour, and thinking big", *JHS*, 1996, pp. 17—22.

Camerer, R., "Zu Sophokles' *Ajax*", *Gymnasium*, (60)1953, pp. 289—327.

Campbell, L., *The Seven Plays in English Verse*, London, Oxford University Press, 1933.

Cohen, D., "The imagery of Sophocles: a study of Ajax's suicide", *G&R*, (25)1978, pp. 24—36.

Conington, J., *P. Vergili Maronis opera with a Commentary*, London, 1876.

Coray, M., *Wissen und Erkennen bei Sophokles*, Berlin, 1993.

Dale, A. M., *Collected papers*, Cambridge, 1969.

Davidson, J. F., "The parodos of Sophocles' *Ajax*", *BICS*, (22)1975, pp. 163—177.

Dawe, R. D., *Studies on the test of Sophocles I: the manuscripts and the text*, Oxford, 1973.

Degani, E., *Helikon*, 1962, pp. 37—56.

Denniston, J. D., *Greek particles*, Oxford, 1954.

Diller, H., *Gottheit und Mensch in der Tragödie des Sophokles*, Darmstadt, 1963.

Dove, K. J., *Greek popular morality in the time of Plato and Aristotle*, Oxford, 1974.

Easterling, P. E., "The tragic Homer", BICS, 1984.

Ebeling, R., "Missvertändnisse in den *Aias* des Sophokles", *Hermes*, (76) 1941, pp. 283—314.

Edgeworth, R. J., "Terms for 'Brown' in Ancient Greek", *Glotta*, 1983, pp. 31—40.

Ellendt, F. T., *A Lexicon to Sophocles*, Oxford, 1841.

Euben, J. P., (ed.), *Greek tragedy and political theory*, California, 1986.

Evans, J. A. S., "A reading of Sophocles' *Ajax*", *QUCC*, (38)1991, pp. 69—85.

Ferguson, J., "Ambiguity in *Ajax*", *Diomiso*, (44)1970, pp. 12—29.

Finkelberg, M., "Ajax's entry in the Hesiodic catalogue of women ", *CQ*, 1988, pp. 31—41.

Fisher, N. R. E., *Hubris: a study in values of honour and shame in ancient Greece*, Warminster, 1992.

Fraenkel, Ed., *Due seminari romani*, Roma, 1977.

Gardiner, C. P., *The Sophoclean chorus*, Iowa, 1987.

Garvie, A. F., *Aeschylus' Supplices: play and trilogy*, Cambrigde, 1969.

Gellie, G. H., *Sophocles: a reading*, Melbourne, 1972.

Gernet, L., *The anthropology of ancient Greece*, London, 1981.

Ghron-Bistagne, P. (*et al.*), *Les Perses d'Eschyle*, Montpellier, 1993.

Goldhill, S., *Reading Greek tragedy*, Melbourne, 1972.

Golston, C. and Riad, T., "The phonology of Classical Greek meter", *Linguistics*, (38—1)2000, pp. 99—167.

Graves, R., *The Greek Myths*, Penguin, 1960, 2 vols.

Heath, M., *The poetics of Greek Tragedy*, Stanford, 1987.

Helbig, W., *Das homerische Epos, aus den Denkmälern erläutert*, Leipzig 1884. 2nd ed. 1887.

Henrichs, A., "The tomb of Aias and the prospect of hero cult in Sophocles", *ClAnt*, (12)1993, pp. 165—180.

Holt, P., "The debate-scenes in the *Ajax*", *AJPh*, (9)1981, pp. 22—33.

Hommel, H. (*ed.*), *Wege zu Aischylos*, Darmstadt, 1974.

Jebb, R. C., *Sophocles: the plays and fragments, with critical notes, commentary, and translation in English prose*, Part VII: the *Ajax*, Cambridge, 1896.

Jens, W. (*ed.*), *Die Bauformen der griechischen Tragödie*, München, 1971.

Jones, J., *On Aristotle and Greek tragedy*, London, 1962.

Josserand, Ch., in *Mélanges Emile Boisacq*, II, Brussels, 1938.

Jouanna, J., "La métaphore de la chasse dans le prologue de *l'Ajax* de Sophocle", *Bull. de l'Assoc. G. Budé*, 1977, pp. 168—186.

Kamerbeek, Jan Coenraad, *The Plays of Sophocles: Commentaries*, Part 1: the *Ajax*, E. J. Brill, 1963.

Kirkwood, G. M., *A study of Sophoclean drama*, Ithaca, 1958.

Kitto, H. D. F., *Form and meaning in drama*, London, 1956.

Poiesis: structure and thought, Berkeley, 1966.

Knox, B., *The heroic temper: studies in Sophoclean tragedy*, Berkeley, 1964.

Knox, B., *Word and action: essays on the ancient theater*, London, 1979.

Leo, F., *Plautinische Forschungen*, Berlin, 1912.

Linforth, I. M., "Three scenes in Sophocles' *Ajax*", *Class. Philol.*, (15) 1954, pp. 1—28.

Linwood, W., *Sophocles, with brief Latin notes*, 2 vols., 1846—1852.

Lloyd-Jones, H., "Artemis and Iphigeneia", *JHS*, 1983, pp. 96—99.

Lloyd-Jones, H. and Wilson, N. G., *Sophoclea: studies on the text of Sophocles*, Oxford, 1990.

Lobeck, C., *Rematikon: sive verborum graecorum et nominum vebalium technologia*, 1846.

Long, A. A., *Language and thought in Sophocles: a study of abstract nouns and poetic technique*, Oxford, 1968.

Machin, A., *Cohérence et continuité dans le théâtre de Sophocle*, Quebec, 1981.

March, J. R., "Sophocles' *Ajax*: the death and burial of a hero", *BICS*, (38)1991—1993, pp. 1—36.

Meisterhans, K., *Grammatik der attischen Inschriften*, Berlin, 1885.

Mitchell, T., *The Ajax of Sophocles, with notes critical and explanation*, Oxford, 1864.

Moorhouse, A. C., *The syntax of Sophocles*, Leiden, 1982.

Morshead, E. D. A., *The Ajax of Sophocles*, London, 1895.

Morstadt, R., *Beiträge zur Exegese und Kritik den Sophokles' Ajax*, 1863.

Müller, A., *Lehrbuch der griechischen Bühnenalterthümer*, Freiburg, 1886.

Mure, William, *Journal of a Tour in Greece and the Ionian Islands: With Remarks on the Recent History — present State — and Classical Antiquities of Those Countries*, Adamant Media Co., 1842, vol. II.

Nauck, A., *Sophoclis tragoediae*, Berlin, 1867.

Perrota, G., "L' Ajace di Sofocle", *Atene e Roma*, (2)1934, pp. 63—98.

Pitman, J. R., *The Ajax of Sophocles, with English notes*, London, 1830.

Poe, J. P., *Genre and meaning in Sophocles' Ajax*, Frankfurt am Main, 1987.

Reinhardt, K., *Sophocles, trans.* H. & D. Harvey, Oxford, 1979.

Renehan, R., "Review on Lloyd-Jones and Wilson", *CPh*, (87)1992, pp. 335—375.

Robert, Carl, *Bild und Lied, archäologische Beiträge zur Geschichte der griechischen Heldensage*, Berlin, 1881.

Romilly, J. de, *Time in Greek tragedy*, Ithaca, 1968.

Rosenmeyer, T. G., *The masks of tragedy: essays on six Greek dramas*, New York, 1971.

Schlegel, A. W., *Lectures on Dramatic Art and Literature*, Book Jungle, 2008.

Schlesinger, E., "Erhaltung im Untergang: Sophokles' *Aias* als pathetische Tragödie", *Poetica*, (3)1970, pp. 359—387.

Schneidewin, F. W., *The Ajax of Sophocles, with notes*, trans. by R. B. Paul, London, 1851.

Scodel, R., *Sophocles*, Boston, 1984.

Scott, W. C., *Musical design in Sophoclean theatre*, Hanover, 1996.

Seale, D., *Vision and stagecraft in Sophocles*, London, 1982.

Segal, C., *Tragedy and civilization: an interpretation of Sophocles*, Cambrigde, 1981.

Sophocles' tragic world: divinity, nature, society, Cambridge, 1995.

Seidensticker, B., "Die Wahl des Todes bei Sophokles", in *Entreitiens Fondation Hardt*, Vandoeuvres-Geneva, (29)1982, pp. 105—144.

Sicherl, M., "The tragic issue in Sophocles' *Ajax*", *YCIS*, (25)1977, pp. 67—98.

Simpson, M., "Sophocles' Ajax: his madness and transformation", *Arethusa*, (2)1969, pp. 88—103.

Schmidt, J. H. H., *An Introduction to the Rhythmic and Metric of Classical Languages, trans.* by J. W. White, London, 1879.

Smith, W., *Dictionary of Greek and Roman Antiquities*, London, 1890, 3rd ed.

Sommerstein, A., *Greek Drama and Dramatists*, Routledge, 2002.

Stanford, W. B., "Light in darkness in Sophocles' *Ajax*", *GRBS*, (19) 1978, pp. 189—197.

Steppard, J. T., *Greek Tragedy*, Cambridge, 1911.

The wisdom of Sophocles, Allen & Unwin, 1947.

Stevens, P. T., "Ajax in the Trugrede", *CQ*, (36)1986, pp. 327—336.

Storr, F., *Sophocles, with an English translation*, vol. II: *Ajax*, Loeb Class. Lib., Cambridge, 1913.

Synodinou, K., "Tecmessa in the Ajax of Sopjocles", *A&A*, (33)1987,

pp. 99—107.

Taplin, O., *The stagecraft of Aeschylus: the dramatic use of exits and entrance in Greek tragedy*, Oxford, 1977.

Greek Tragedy in action, London, 1978.

Torrance, R. M., "Sophocles: some bearings", *HSPh*, (69)1965, pp. 269—327.

Tsitsoni, E., *Untersuchungen der EK- Verbal-Komposita bei Sophokles*, Diss. München, 1963.

Tyler, J., "Sophocles' *Ajax* and Sophoclean plot construction", *AJPh*, (95)1974, pp. 24—42.

Wachsmuth, K., *Die Stadt Athen*, Bd. 1, Leipzig, 1874, Bd. 2, 1890.

Waldock, A. J. A., *Sophocles the dramatist*, Cambridge, 1951.

Webster, T. B. L., *Greek theater production*, London, 1956.

An introduction to Sophocles, London, 1969.

Welcker, F. G., "Über den *Aias* des Sophokles", *Rhein. Mus.*, 1829, pp. 87—92.

West, M. L., "Tragica II", *BICS*, (25)1978, pp. 106—122.

Wigosky, M. M., "The 'salvation' of Ajax", *Hermes*, (90) 1962, pp. 149—158.

Wilson, J. C., *Ajax of Sophocles*, Cambridge, 1906.

Winnington-Ingram, R. P., *Sophocles: an interpretation*, Cambridge, 1980.

Whitman, C. H., *Sophocles: a study of heroic humanism*, Cambridge, 1951.

Wolff, G. *Sophocles für den Schulgebrauch erklärt*, Leipzig, 1885.

Wordsworth, C., *Athens and Attica*, 1836.

Wunder, E., *Sophocles, with annotations, introduction, etc.*, vol. V. : *Ajax*, London, 1864.

后　记

　　本书的《埃阿斯》中译文，最初根据杰布编辑的希腊文版译出，当时只为自己作一读书笔记存留。后经多年，也见到了多个大同小异的校勘本。近年，一次很偶然的机会我见到丁道尔夫的一个奇特版本——这个版本将原有钞本的行序完全打乱，另立新的行序。细读之下，发觉尚有多处值得深入探究。虽然我只在本书"疏证"部分三次提到这个勘本(59.3, 89.6, 111.1)，但在译文中，还是多次参考了丁道尔夫勘本的勘正成果。在移译过程中，我依然恪守通行版本的行数排列，并尽量照顾原文的行数关系，尽可能依照希腊原文语序转译，保持原有韵味。事实上，虽然希腊文字的语序安排未必有一定之规，但行文之中的语序变化却多有特别意味。

　　本书的疏证部分，我首先参考杰布的疏证，同时也注意到诸多重要注疏本所提供的有益视角和提示。疏证部分，除引述杰布注释中所提供的观点不做一一标注外，大多注有征引的出处，可供读者查验。这些疏证，如有出色之处当归功于前辈，有舛谬出现则皆由笔者鄙陋所致。

　　本书在注疏过程中保留了大量的希腊语原文，这会给一般读者带来一些阅读困难。但对于这样一部古典时代的经典作品,有些文字的内涵却不是通过译文可以传递的;而且,我的疏证至少大部分都只能通过对原文本身的解说才能厘清。至于大段引述文字,在不涉及原文的情况下,即不再保留原文。

　　索福克勒斯的《埃阿斯》在诗人传世作品中被传抄最多,这很可能和拜占庭时期人们曾经以这部作品为传授希腊文明的凭据有关。当然,也可能是因为它的悲剧成就与艺术价值——20世纪,有研究者认为索福克勒斯"希望讲述现实生活中的生动故事。不过,这个现实生活却并不是雅典当时的那个现实,而是英雄时代的现实"(J. T. Steppard, *Greek Tragedy*, Cambridge, 1911, p. 90)。事实上,随着时代更迭,对这个作品以及对埃阿斯的传说,总会出现不同的解读,但它的艺术成就却毋庸置疑。

　　最后需要申明,笔者虽小心谨慎,仍不敢妄称熟谙。如此重要之经典的移译与注疏,或有错脱,或有妄断曲解之处,谨祈方家正义。

图书在版编目(CIP)数据

高贵的言辞——索福克勒斯《埃阿斯》疏证/沈默
撰. —上海：华东师范大学出版社，2010.10
（经典与解释. 西方传统）
ISBN 978-7-5617-7697-1

I. ①高… II. ①沈… III. ①悲剧—文学研究—古希
腊 IV. ①I545.703

中国版本图书馆 CIP 数据核字(2010)第 075318 号

华东师范大学出版社六点分社

企划人 倪为国

古希腊悲剧注疏

高贵的言辞——索福克勒斯《埃阿斯》疏证

沈默 撰

责任编辑　戴鹏飞
封面设计　吴正亚
责任制作　肖梅兰
出版发行　华东师范大学出版社
社　　址　上海市中山北路 3663 号　　邮编　200062
电话总机　021－62450163 转各部门　　行政传真　021－62572105
客服电话　021－62865537（兼传真）
门市（邮购）电话　021－62869887
门市地址　上海市中山北路 3663 号华东师范大学校内先锋路口
网　　址　www. ecnupress. com. cn
印 刷 者　上海印刷（集团）有限公司
开　　本　890×1240　1/32
插　　页　2
印　　张　20.75
字　　数　420 千字
版　　次　2010 年 10 月第 1 版
印　　次　2010 年 10 月第 1 次
书　　号　ISBN 978-7-5617-7697-1/I·693
定　　价　59.80 元

出 版 人　朱杰人